위키드

A LION AMONG MEN
by Gregory Maguire

Illustrations by Douglas Smith
Map by Douglas Smith after the original by Gregory Maguire
Korean Translation Copyright © 2012 by Minumsa
This Korean edition is published by arrangement with
HarperCollins Publishers through EYA.

Map by Douglas Smith after the original by Gregory Maguire

Korean Translation Copyright © 2012 by Minumsa

WICKED

겁쟁이 사자 이야기

위키드

그레고리 머과이어
이지연 옮김

민음사

차례

누군가가 정말로 확고히 결심을 굳히는 순간,
그 순간에는 섭리도 움직인다.
그러지 않았으면 발생하지 않았을 온갖 일들이 일어나 그 결심을 돕는다.
그 결정으로부터 줄줄이 사건들이 생겨나고,
예측 못 할 갑작스러운 일들이 온갖 방법으로 그에게 이롭도록 일어나며,
그렇게 도움을 받으리라고는 누구도 꿈꾸어 보지 못했을
인간적 만남과 물질적 보조가 찾아온다.
할 수 있는 일이, 또는 할 수 있으리라
꿈꾸는 일이 무엇이든 간에, 시작하라!
과감함은 하늘이 부여한 재능이다,
힘과 마법이 그 안에 깃들어 있다. 지금 시작하라!

—괴테(의 말로 추정된다.)

운수를 논한다는 것은 심리적인 이야기이지
세계에 대한 이야기가 아니다. … 우리는 뜻밖의 행운이나
크나큰 실책이라 부를 만한 것들과 마주치곤 하며, 그
래서 막히지 않는 도로로 접어들었다고
행운의 별에 감사하는가 하면 작은 파도에 떠밀려 나자빠졌다며
하필 우리를 그렇게 만든 몹쓸 운수를 탓한다.
나중에 복기해 볼 때에 우리는 중요한 사건이
일어난 시점 이전에 일어난 온갖 일들은 그 사건에 선행하는 것이자
그 사건을 향하여 진행되어 간 일들이고, 그 시점 이후의 모든 일들은
그 사건으로부터 파생된 일이라고 보는 경향이 있다.
그렇지만, 운 좋은 사람 본인이 아닌, 그 밖의 외부의 관찰자에게는,
행운이란 단순한 우연이다. 우연은 중립적이다.

—에릭 크래프트,
「내 행운을 고찰하다」, 『형제와 야수: 동화 속 인간 선집』에서

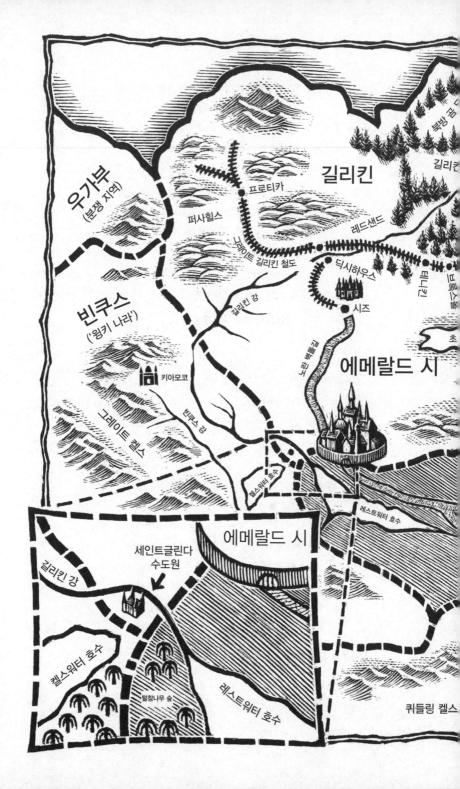

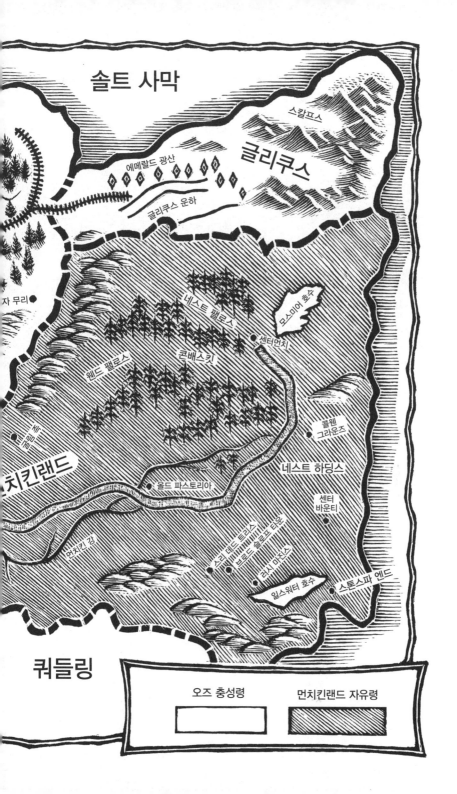

주요 가문 가계도

= 결혼   (~) 혼외 관계

오즈마 가문
── 에메랄드 시 ──

시조 (始祖) **오즈마**

|

다수의 **오즈마**들과 몇 명의 오즈마 섭정들

|

역겨운 오즈마 = 파스토리우스(오즈마 섭정)

|

오즈마 티페타리우스

먼치킨랜드의 트롭 가문

─── 콜웬 그라운즈, 먼치킨랜드 ───

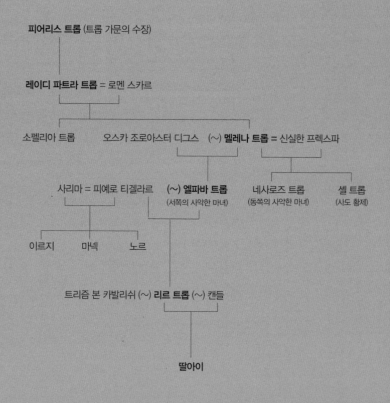

피어리스 트롭 (트롭 가문의 수장)

레이디 파트라 트롭 = 로멘 스카르

소펠리아 트롭   오스카 조로아스터 디그스 (∼) **멜레나 트롭** = 신실한 프렉스파

사리마 = 피예로 티겔라르   (∼) **엘파바 트롭**   네사로즈 트롭   셸 트롭
(서쪽의 사악한 마녀)   (동쪽의 사악한 마녀)   (사도 황제)

이르지   마넥   노르

트리즘 본 카발리쉬 (∼) **리르 트롭** (∼) 캔들

딸아이

길리킨의 업랜드 가문
──── 프로티카, 길리킨 북서부 ────

라레나 업랜드 = 하이무스터 아르두에나

갈린다 업랜드(글린다) = 목베거홀의 처프리 경
(왕권 대리인)

티겔라르,
빈쿠스의 아르지키 족장 가문
──── 빈쿠스 그레이트 켈스 지역의 ────
노블헤드 파이크 산비탈에 있는 키아모코 성

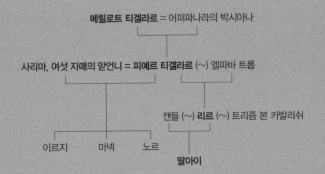

메릴로트 티겔라르 = 어퍼파나라의 박시아나

사리마, 여섯 자매의 맏언니 = **피예르 티겔라르** (∽) 엘파바 트롭

캔들 (∽) **리르** (∽) 트리즘 본 카발리쉬

이르지   마넥   노르

딸아이

오즈의 역대 통치권자들에 대한
──── 간략한 해설 ────

근현대사를 공부하는 학생들이 관심을 가질 만한
선별된 사건들에 대한 메모를 첨부하여 증보함

오즈마 집권기

모계 상속의 오즈마 가문이 설립되다.

오즈마 혈통은 한 길리킨 씨족으로부터 이어져 내려왔다. 오즈마 가문은 본디 전설적인 오즈의 창조자 럴라이나와 혈연이 닿아 있는 신성한 핏줄이라 알려진 데 근거하여 정통성을 주장하였다. 그러한 주장에 힘입어, 역사에는 마흔 명에서 쉰 명에 이르는 오즈마들과 그 섭정공들이 기록되어 있다.

마지막 오즈마인 오즈마 티페타리우스가 '역겨운 오즈마'로부터 태어나다.

'역겨운 오즈마'는 쥐약을 탄 리조토와 관련된 사고로 인해 승하하다. 오즈마 티페타리우스가 미성년인 기간 동안 그녀의 부군(父君)인 파스토리우스가 오즈마 섭정 자리에 오르다.

파스토리우스가 오즈 중앙지를 두루 다스리다.

고대의 매장지인 '열린 무덤' 근처 너블리메도스라고 불리던 작은 촌락을 파스토리우스는 에메랄드 시라고 재명명하고, 에메랄드 시를 오즈 연방국의 수도로 선포하다.

대기근이 시작되다.

기구를 타고 오스카 조로아스터 디그스가 에메랄드 시에 당도하다.
디그스가 궁전 쿠데타를 성공리에 완수하다. 파스토리우스는 암살당하고, 갓난아이인 오
즈마 티페타리우스는 행방이 묘연하다. 오즈마 티페타리우스는 살해되었을 것으로 추정
되며 아마도 '남쪽 계단' 감옥('열린 무덤' 위에다 세웠다.)에서 살해되었겠지만, 시들 줄 모
르는 뜬소문은 그녀가 마법에 걸린 채 동굴 안에 누워 있으며 오즈에 가장 암울한 시기가
닥쳐오면 비로소 돌아올 것이라고 주장하다. 디그스는 '오즈의 마법사'라 알려진 존재가
되다.

마법사 집권기

에메랄드 시의 새 단장이 완료되다.

오즈의 마법사가 노란 벽돌길 건설을 명령하다.
이 길은 에메랄드 시 군대의 신속 통행로로 기능하며, 또 이전까지는 독립적이었던 지방
거주민들, 특히 쿼들링 지역과 빈쿠스의 그레이트 켈스에 살고 있는 이들로부터 지방세를
거두어들이는 데에도 일조한다.

'동물' 조례가 제정되다. (일명 '동물' 규제법이라고도 했다.)

먼치킨랜드, 오즈 충성령으로부터 분리 독립하다.
먼치킨랜드의 총독인 네사로즈 트롭의 치리 하에, 분리 독립은 최소한의 유혈로써 진행된
다. '오즈의 곡창 지대'는 오즈 충성령과 불편한 상업적 교류를 유지한다.

네사로즈 트롭의 사망
오즈에 한 방문자인 캔자스(때때로 '칸지즈'나 '캔주스'라고 표기되기도 함)의 도로시 게일
이라 하는 이가 찾아옴으로써 총독의 죽음이 초래되다. 네사로즈의 언니인 엘파바 트롭이
먼치킨랜드로 돌아와 에메랄드 시에 대항하여 네사로즈가 일평생 했던 것 이상으로 크게
공격적인 군사 작전을 전개할 것이라는 추측이 대두되다.

엘파바 트롭 완패당하다.

이른바 '사악한 서쪽 마녀'이자 한때 반항적 운동가였다가 은둔자가 된 이가 막강한 도로시 게일 앞에 진입되다.

오즈의 마법사 하야

마법사는 근 40년이나 권력을 쥐고 있었다. 그가 떠나간 이유들은 추측의 영역으로 남다.

1, 2차 왕권 공백기 정부 시대

글린다 처프리 부인(옛 성은 업랜드)이 짧은 기간 왕권 대행 수상으로 자리하다.

'동물' 규제법은 철폐되었으나 별 효과가 없었다. '동물'들은 오즈의 인간 사회에 다시 어울려 들어갈 수 있을지에 관하여 여전히 회의적이었다.

허수아비가 글린다를 대신하여 왕권 대행 수상 자리에 오르다.

출신이 분명치 않은 인물인 이 허수아비가 왕권 대행 수상 직위를 차지하게 된 것은 용병으로서 첩보 분야에 몸담고 있던 야심만만한 벼락출세자 셸 트롭에게 동조하는 궁전 기관원의 소행이라고 추정하는 이들이 많다. 허수아비는 아무 힘도 없는 허수아비 수상으로 판명되었다. (비유적으로도 그렇고 말 그대로 진짜 연약한 지푸라기 인간이기도 했다.) 그러나 그의 재임 기간이 있었기에 셸 트롭은 지휘권을 얻기 위해 대중의 신망을 받고 있는 글린다 부인에게 도전할 필요가 없었다. 단출하게 끝이 난 치리 기간 이후에 허수아비의 행방은 드러난 바가 없다. 몇몇 역사가들은 왕권 대행 수상으로 일했던 허수아비는 도로시와 벗했던 그 허수아비와 다른 허수아비라고 고집한다. 그러나 이러한 주장은 입증된 바 없다.

셸 트롭이 스스로 오즈의 황제 자리에 군림하다.

트롭 가문 삼남매 중 막내인 셸은 궁전의 실세들을 교묘하게 조종하여 스스로 지배력을 행사할 수 있는 권한을 요구, 획득한다.

『위키드 1: 엘파바와 글린다』에서

스리 퀸스 학생 하나가 쟁반 모양의 바퀴 달린 탁자를 밀고 들어왔다. 그 위에 새끼 사자 한 마리가 되도록 몸을 작게 보이려는 듯이 웅크리고 있었다. 발코니에 앉은 학생들까지도 사자가 겁에 질려 있다는 것을 감지할 수 있었다. 사자는 으깬 호두 같은 색깔의 꼬리를 앞뒤로 흔들면서 어깨를 잔뜩 웅송그렸다. 너무 조그매서 아직 갈기도 나지 않았다. 그러나 마치 위협의 정도를 따져 보려는 듯 갈색 머리를 이쪽 저쪽으로 꼬았다. 어른 사자를 흉내 내어 입을 벌려 조그맣게 겁에 질린 어흥 소리 도 냈다. 학생들 모두 동정심을 느끼며 탄성을 올렸다.

"우아아."

니키딕 박사가 입을 열었다.

"기껏해야 고양이 정도지. 이놈을 프라라고 부를까 생각했지만, 겁에 질려 떠느라 고 잘 으르렁대지도 못하니 '브르르'라고 부르겠어요."

사자는 니키딕 박사를 쳐다보고 나서 탁자 끝으로 몸을 웅크렸다.

"이제 이것이 오늘의 질문입니다. 웅얼웅얼하는 딜라몬드 박사의 다소 빗나간 관심 에서 착안한 질문이지요. 이 동물이 동물인지 동물인지 누구 말해 볼 사람?"

엘파바는 호명되기를 기다리지도 않았다. 그녀는 발코니에서 일어나 또렷하고 우 렁찬 목소리로 질문을 던졌다.

"니키딕 교수님, 교수님이 던지신 질문은 저 사자가 동물인지 동물인지 말할 수 있느냐는 것이었습니다. 제 생각에는 어미 사자가 대답할 문제 같네요. 어미는 어디에 있습니까?"

흥미를 느낀 학생들이 웅성거렸다. 박사가 유쾌하게 대답했다.

"구문 의미론의 늪에 빠진 것 같군요." 박사는 이제야 강당에 발코니가 있다는 것을 알아차렸다는 듯이 목소리를 높였다. "좋아요. 그럼 질문을 다시 하겠습니다. 이 종의 본질에 대해 가설을 내놓을 사람? 그리고 그렇게 추측한 이유를 설명할 수 있는 사람? 우리는 지금 눈앞에 유아기의 짐승을 놓고 있습니다. 언어 구사 능력이 있다 해도 말을 할 수 있게 되려면 한참은 더 있어야 하지요. 언어를 습득하기 이전이라도 이 짐승을 동물이라 할 수 있을까요?"

엘파바가 또 외쳤다.

"다시 질문하겠습니다. 이 사자는 아주 어린 새끼입니다. 어미는 어디에 있습니까? 이렇게 어린것을 왜 어미한테서 떼어 놓으셨죠? 제대로 먹기는 합니까?"

"학문적 주제를 앞에 놓고 그런 질문은 무례하군. 하여간 젊은이들은 마음이 여리다니까. 어미는 안됐지만 불의의 폭발 사고로 죽었다 칩시다."

모든 야생의 것들의 왕, 모리스 센닥에게

—— 예언자의 퇴진 ——

1

죽을 때가 왔지만, 그 노인은 죽을 것 같지 않았다. 그러니 아마 기력이 쇠해 스러질 거라고 다들 생각했는데, 실제로 기력이 쇠하기는 했어도 영 스러지지는 않고 버텼다. 그렇게 임종의 사면식을 가질 때가 되어 쇄골 위에 초를 세워 불을 켜려고 했는데 노인이 그러도록 가만히 두질 않았다. 기운차게 신성모독적인 욕설을 퍼붓더니 손 닿는 곳 협탁 위에 준비해 놓은 수의 위에다 향유를 엎질러 버렸다.

"신이 저이를 사랑하셔."

그들은 쓸쓸하게, 설득력 없는 어조로 말하곤 했다. 아니면 그들이 하려고 했던 말은 이것이었을지도 모른다. '이름 없는 신께서 저이를 사랑해 주시길, 참회할 줄 모르는 우리 야클 자매를! 왜냐하면 우리는 도저히 저이를 사랑할 수 없으니까요.'

"날 토굴로 내려 보내." 야클이 정면으로 수녀들에게 말한 것은 몇 년 만에 처음이었다. "너희들은 너무 젊어서 몰라. 원래부터 하던 방식이라고. 나이 든 이가 갈 때가 됐는데 가지를 않으면, 할망구를 저 아래 납골당에 안치해서 해골들과 어울리게 해 주는 거지. 양초 한두 자루와 포도주 한 병을 갖춰 주고. 익숙해지게끔 하는 거야. 그러곤 1년이나 그쯤 있다가 다시 가서 남은 유해를 쓸어 담지.”

“원 세상에.” 곁에서 그 말을 들은 누군가가 말했다.

“내가 그러잖아. 학자 수녀한테 확인해 보라고. 날 실어 보내 줄 테니.”

“완전히 머리가 도셨네.”

누군지 다른 사람이 초콜릿 냄새를 풍기며 그렇게 말했다. 야클은 초콜릿을 좋아했다. 사실상, 먹는 거라면 뭐든 다 좋았다. 10년도 더 전에 시력이 사라져 버린 때로부터 야클은 한 사람 한 사람을 말씨와 입 냄새로 구분했다.

“이이는 원래부터 제대로 미쳤지. 차라리 귀엽지 않아?”

세 번째 사람이 말했다. 식초에 절인 아몬드다.

야클은 던질 것을 찾아 손을 뻗었지만 찾을 수 있는 거라곤 자기 손뿐이었다. 그건 팔에서 뗄 수가 없었다.

“수화를 하네요.”

“가엾어라, 순한 비둘기 같은 양반. 오락가락하시네.”

“저렇게나 끈질기게 목숨 부지를 하시다니…… 무엇 때문일까요?”

“아직 때가 아닌 게야.”

“때야.” 야클이 말했다. “때는 됐다고. 내가 계속 말을 하잖아. 이 악귀 같은 것들이 날 죽게 해 주지 않을 셈이야? 난 바구니 하나 들고 지옥에 가고 싶다니까. 이 고생을 그만 벗고 내세로 가게 해 줘.

내세에서라면 내가 아주 제대로 화를 불러일으킬 수 있을걸. 빌어먹을."

"제정신이 아니에요." 누군가 말했다.

"전에도 제정신은 영 아니었어. 말하는 걸 들어 봐요." 다른 이가 말했다.

침대에 깔린 홑이불은 불이 붙으면 활활 잘 탔다. 야클은 오히려 즐기면서 일을 저질렀을 텐데, 그녀의 평판이나 병상에 누운 처지가 전혀 도움이 되지 못하다 보니 가까운 데에 있는 인화성 물질이라고는 코냑뿐이었다.

그래도 야클은 단념할 마음이 없었다.

"수녀원에 총감독이 있지 않나? 누군가 법을 제정할 사람이 있을 테지?"

"원장 수녀는 10년 전에 죽었어요. 우린 이제 모두의 의견을 모아 일을 하지요. 산 채로 매장해 달라는 당신의 요청을 기록해 두었어요. 그 사안을 의제로 삼아서 다음 주 총회의 때 표결에 붙일 거예요."

"저이는 수녀원을 송두리째 태워 버릴 거야. 우리도 다 타죽을걸." 한 견습 수녀가 중얼거렸다. 잠시 시간이 지난 뒤였다.

야클은 그 순진한 아가씨가 용기를 내려고 혼잣말을 한 것임을 확신했다.

"이리 오렴, 꼬마 오리야." 자기 손을 움켜쥐며 야클이 말했다.

"요 근처에 박하 향내 나는 계집애가 있구나. 냄새로 알지. 얼씬대며 마늘 냄새를 풍기는 감독 수녀는 없고 말이야. 네가 감시 당번이냐? 우리 둘만 있는 게냐, 그래? 이리 와, 가까이 좀 앉아라. 틀림없이 아직도 약제사 수녀가 이 집 어디에 있긴 할 테지? 두루두루 쓰는 상비약이며 만병통치약, 물약, 알약이 들어 있는 약장도 있겠지? 약제사 수녀한테 필경 밀봉한 항아리가 하나 있을 건데, 검푸른 색유리로 된 항아리야. 키가 요만큼 되고, X자 모양의 뼈다귀 그림이 세 개 박힌 딱지가 붙어 있을 거란다. 그걸 찾아서 나한테 고놈의 독 탕약 한 모금만 따라다 주지 않으련?"

"한 숟갈이라도 안 돼요. 제가 설마 그런 일을 해 드리려고요." 박하 향 아가씨는 그렇게 말했다. "이 손 놔요, 마귀할멈 같으니. 손 놓으라니까! 안 그럼 깨물 거예요!"

어린 게 불쌍하다 싶어서 야클은 손을 놓았다. 가엾은 아가씨가 늙은 야클을 깨물어 뜯는다고 좋을 게 없었다. '아직 해독제가 발명되지도 않았고 말이지.'

하루의 시간이, 그리고 날들이 지나는 속도가 눈먼 사람에게는 고무줄처럼 제멋대로 늘어나는 법이었다. 깜빡 졸고 또 깨어나기를 되풀이하는 동안, 일상적인 낮의 햇빛이나 밤의 어둠이 훼방을 놓고 있기는 한지 야클에게는 분명치가 않았다. 하지만 브로콜리 냄새가 나는 숨결로 야클이 분간하는 누군가가 마침내는 다가와서는 야클에게 수녀 모임에서 그녀의 마지막 소망을 존중하기로 했다는 소식을 전해 주었다. 그들은 토굴 납골당에, 오래전에 죽은 여자들의 유해들 가운데에 야클을 안치할 것이다. 야클은 빠르게든 느리게든 닥쳐올 육체적인 부패를 마침내 맞아들일 수 있게 되었다.

"양초 세 자루와 음식물 말씀인데요, 적포도주가 좋으세요, 아니면 백포도주로 할까요?"

"석유로 한잔 하고 입가심은 성냥으로 하지."

야클이 말했다. 하지만 농담으로 한 소리였다. 야클은 그만큼 기분이 좋았다. 그녀는 알싸한 계피 향 플라우캉드와 라임베리 향을 가미한 밀랍 초를 주문했다. 불을 켜기 위해서가 아니라 향기를 맡기 위해서다. 야클은 이제 불빛이 필요 없었다.

"좋은 여행 하소서, 가장 나이 든 이여."

수녀들은 야클을 떠메고 층계를 내려가면서 그렇게 송가를 불러 주었다. 야클의 몸무게는 바싹 마른 설탕과자 정도밖에 안 나갔지만 옮기려니 고역이었다. 야클은 자기 팔다리를 제대로 제어하지 못했다. 제멋대로이고 성미 고약한 야클의 심보가 스며들기라도 한 듯이 그녀의 사지는 자꾸만 멋대로 뻗쳐 문을 못 지나가게 문설주에서 버텼다. 장엄해야 할 과정이 도무지 그렇질 못했다.

"최소한 1년은 내려와 보지 마." 야클이 어린애처럼 들떠서는 말했다. "2년으로 하는 게 낫겠구먼. 내가 비록 죄악처럼 오래 묵은 늙은이지만, 일단 썩기 시작하면 과히 보기가 좋지 않을 거야. 내가 지하실 뚜껑 문을 쾅쾅 두드리더라도 열지 마. 아마 그저 지옥에서 동정 좀 받아 볼까 싶어서 그러는 것일 테니."

"수녀님이 죽음과 혼인하실 그때에 우리가 결혼 축가를 불러 드릴 수 있을까요?" 야클을 떠멘 이들 중 하나가 수의를 더 꼭 끼도록 조이면서 물었다.

"개 아가리 냄새 나는 숨결은 아껴 두시지. 가, 가라고. 너희들은 살날이 아직 남았잖아, 이것들아. 삶이란 풍성하고 신비스러운 난장판이었지. 내 일은 신경 쓰지 마. 난 내 불빛을 낮추기 전에 촛불부터 불어 끌 거야."

1년이 지나서 자매 하나가 또 다른 장례 건을 예비하러 토굴 속

으로 내려갔다가 야클의 수의 자락 끄트머리와 마주쳤다. 그 수녀는
죽음에 맞닥뜨려 훌쩍이며 울었는데 야클이 벌떡 일어나 말을 했다.

"뭐야, 벌써 애도하는 건가? 난 노상 꾸던 추잡한 꿈을 꾸고 있었
는데!"

수녀의 눈물은 비명으로 바뀌고, 그 자매는 날 듯이 위층으로 달
아남으로써 그로부터 이어진 길고 파란만장한 술꾼의 인생길에 바
야흐로 첫발을 내디뎠다.

2

다른 수녀들은 겁쟁이 견습 수녀가 술을 먹고 횡설수설하는 소리를 아예 귀담아듣지 않았다. 그들은 견습 수녀가 전쟁의 위협을 못 견뎌 공포에 먹혀 버린 거라고 생각했다. 당장 시작될 전쟁, 코앞에서 벌어질 국지전이다. 세탁물의 비누 냄새나 하수구의 악취처럼 공기 중에 전쟁의 냄새가 떠돌고 있었다.

어쩌다 한 피란민이 말들에게 물을 먹이러 잠시 들렀던 때로부터, 접객 담당 수녀는 할 수 있는 한 소식들을 모아들였다. 그녀는 알게 된 사실들을 동료 수녀들과 나눔으로써 신중의 서약을 깼다.

늦은 봄에 이르러 길리킨 강 북안에는 에메랄드 시의 보병 네 개 사단이 운집했고, 다섯 번째와 여섯 번째 사단이 이에 합류했다. 병사들을 징집해 가는 바람에 교외 농촌 지역에는 일손이 부족해졌다. 체리스톤 장군은 몇 개 조로 부하들을 풀어 만물 올리브와 일찍 여문 불귀리 수확을 거들도록 했다. 일이 끝나자 군대는 자기네가 거둬들인 수확물 대부분을 조력의 대가로 거두어 갔다.

"사실이지." 접객 담당 수녀가 소리를 죽여 말했다. "술집 주인들은 가짜 벽 뒤에다 품질 좋은 맥주를 쟁여 놓는다고 하더라고요. 그 여편네들이 얼근히 취한 장교들 얘기를 엿듣고는 이러니저러니 서로 다른 뜬소문들을 가지고 수다를 떨어요. 아무도 뭐가 어떻다고 확신 못 해요. 군대가 먼치킨랜드로 통하는 지하 수로를 건설하고 있는 걸까요? 그 거대한 호수 물에 닿을 때까지? 침략군을 무적으로 만들 신무기가 상류에서 완벽하게 갖추어지고 있나요? 아니면 이 군사 작전이 그저 먼치킨랜드 사람들을 위협해 양보를 얻어 내려는 전략적인 밀고 당기기일 따름일까요?"

접객 담당 수녀의 믿을 만한 동료들은 저마다 고개를 저었다. 음모라는 생각에 머리가 어질어질했다. 그런 생각은 묘하게도 수녀원의 생활과 닮은 느낌인데 단지 좀 더 심했다.

"요새 들어서는 분위기가 그래요. 평화를 기원하며 기도를 드리되 지갑과 마누라는 숨겨 놓아라, 그리고 자식들은 가능한 한 멀리 보내 두어라."

수녀들도 이 같은 충동에 감염되었다. 그들에게는 지갑도, 아내도, 신경 써야 할 자녀도 없는데도 그랬다.

접객 담당 수녀는 지대한 흥미를 품고 일꾼들의 집회소를 엿볼 수 있는 구멍에 달라붙어, 실제로 보이는 것 저 너머까지 상상의 나래를 폈다. 눈에 보이는 네모난 틀 안의 광경에다 더 넓은 세상에 대한 애틋한 기억을 덧씌워 보았다.

접객 담당 수녀는 생각했다. 군사적 충돌에도 아랑곳없이 밀밭의 밀들은 쑥쑥 자라겠지. 바랜 삼베처럼 희게 패어서는, 산들바람이 불면 이리 휘었다 저리 휘었다 할 테지. 참새들은 총포 소리에 공중을 빙빙 돌고, 말들은 뒷발로 서서 앞다리로 허공을 휘젓고, 돼지들은 한꺼번에 구유로 몰려들어 먹어 대겠지.

집안 살림은 어떤가? 냄비들은 검댕 칠도 안 되어 있고, 침대보는 표백 손질을 안 했겠지. 굽 높은 유리잔에 오돌토돌 돋아 있던 물방울 장식들은 집안 살림을 하는 하녀의 악몽 속에서 말라붙어 가지. 앞치마는 다림질도 안 했고. 위층에서 지내는 할머니들한테는 찾아 뵙는 사람 하나 없어. 반짝반짝 윤이 나던 칼과 숟가락들은 묵은 기름때가 엉겨 흐려지지. 마치 다가오는 암운에 숨고 싶어 하듯이 말이야.

아무도 찾아뵙지 않는 그 할머니들, 밀밭 옆 석조 건물에 사는 그이들은 남편이나 자식들 일도 기억을 못 해. 그래도 자기 손은 염려하지. 물에 씻기만 하면 될 텐데. 할머니들은 생각해, 이렇게.

당초에 우린 이상적인 완벽성을 띠고 출발을 했지. 환한 빛을 뿜으며, 반들반들 흠 한 점 없이, 태양 빛을 가득 받고서 말이야. 인생길의 사고들이 우릴 멍들게 하고 구질구질한 제 나름의 변별성을 만들어 주고 말았어. 우리는 한스러움과 만났지. 우리 인격은 무뎌지고 기름때가 끼었어. 우린 죄스러움과 마주쳤어. 우린 알지, 알고 말고. 인생의 대가는 부패라는 걸. 한때 있었던 그 환한 빛은 이제 없는 게지. 무덤에 들어가면 우린 구분할 길 없는 동일성 속으로 전락하는 게야.

접객 담당 수녀는 뜬생각을 멈추었다. 자기 자신의 생각인 건지, 누군지 모를 쭈그렁 할멈의 생각을 상상하는 건지 알 수 없게 되어 버렸던 것이다. 그녀는 조그만 나무 쪽문을 탕 소리가 나도록 닫고는 잡다한 일거리 쪽으로 돌아섰다.

정원에는 아무도 지난해의 더께 진 낙엽을 갈퀴로 긁어내러 오지 않았다. 튤립들은 모양이 쭈그러져서 솟아났다. 서쪽 벽에 돋을새김으로 조각된 이교의 여신상은, 유일교가 이 해묵은 신전을 징발하여 수도원으로 삼기 이전에 새겨진 것인데, 겨울 이끼가 자라는 바람에 턱수염이 생겼건만 아무도 걷어 치워 주지 않았다. 전쟁 시에 유용한 가장이라 해야 할까? 누가 그딴 일에 호들갑을 떨겠는가?

어쩌면 이름 없는 신이 아직 그들에게 은총을 주고 있는지도 모른다. 어쩌면 임박한 전쟁은 뜬소문과 공포, 단지 그뿐인 것으로 밝혀질지도 모른다.

사과꽃이 파르르 떨다가 떨어져 내렸다. 아무도 주워 모으지 않았다.

고양이들은 사냥 실력을 갈고닦을 기회를 잃었다. 쥐들마저도 달아나 버렸기 때문이다.

약초밭에는, 해시계 위로 거미줄이 점점 짙어졌다. 아무도 쓸어내 버리지 않았다. 햇빛 비치는 날에는 사닥다리 모양의 그림자가 녹슨 숫자들 위로 스멀스멀 기어가며 각 시각을 알리는 숫자들에 새로운 흥취를 부여했다. 하나씩 하나씩, 해가 저물거나 구름이 밀려들 때까지…… 어둠은 무엇으로 인한 것이든 간에 해시계를 침묵시킬 수 있다.

어쩌면 군사적인 충돌은 없을지도 모른다고, 수녀들은 용기를 북돋우며 말하곤 했다. 하지만 한 명 한 명이 저마다 다른 방식으로 도저히 피할 수 없는 전쟁의 저주를 감각하고 있었다.

세탁 담당 수녀는 이제 침대보를 햇볕 아래 내다 널지 않았다. 침대보가 항복을 알리는 백기처럼 보이기 때문이며, 병사들이 떼 지어 수녀원에 몰려드는 것은 아무도 바라지 않았기 때문이다. 접객 담당 수녀는 이 외진 변경 지대를 지나가는 방랑자들에게 쉴 곳 내주기를 거절하기 시작했다. 그자들이 비밀 요원으로 밝혀질지도 모르니까. 약제사 수녀는 의학적으로 고통을 겪는 이들을 위해 남겨 두었던 진정제 음료를 자신에게 처방했다. 잔돈 담당 수녀는 꿈자리가 사나웠다.

"전쟁은 돈이 들어." 잠꼬대를 웅얼거리는 그녀의 음성은 떨리고 있었다.

"우린 어느 쪽 군대건 겁낼 필요가 없어요." 사안이 총회의에 갱신되어 상정되자 의사 수녀가 지적했다. "석 주 전, 오즈 충성령(忠誠領)에 대한 즉각적인 선제공격에 나선 먼치킨랜드 약탈자들이 휩쓸고 지나갈 때에 그자들은 우리를 강간하거나 약탈하기 위해 발길을 멈추지 않았어요. 그들은 서쪽에 집결한 황제의 군대를 일거에 때려 부수고 싶어 했지만, 급조된 어중이떠중이들이 경계선의 한 지점을 함락시켰을 뿐이죠. 자매님들, 정신을 가다듬어 봐요. 이제 먼치킨랜드 인들은, 그러니까…… 뭐라고 말하면 좋을까…… '줄행랑'을 칠 참이라고요. 목숨을 건지려고 달아나는 거지요. 자기네 영토 경계선 안으로 도로 쫓겨 들어가느라 정신이 없는 판국에 한숨 돌리고 농탕을 치자고 여기에 들를 여유가 있을 리 없잖아요. 마음을 밝게 가져요."

수녀들은 복종을 서약했기에 마음을 밝게 가지려고 노력했다. 늘 그렇듯 퉁명스러운 의사 수녀의 진단이 아무래도 난마처럼 꼬인 군사 전략을 짚어 내기에는 역부족인 것 같긴 했지만 말이다.

그렇긴 하더라도, 속된 세상일로부터 멀리 떨어져 있고 싶은 세일샐로의 세인트글린다 수녀원은 이달 내내 퀴들링 논의 볏모 속에 모습을 숨기고픈 길리킨의 큰단풍나무처럼 우뚝 서 있었다. 정말이지 엄청나게 두드러져 뵈는 목적물이다. 이만큼 널찍하고 확보하기 쉬우며 보급에도 안성맞춤인 시설물은 이 지역에 달리 없었다. 수녀들 대부분은 점령은 그저 시간문제라고 생각했다. 그런데 그 시간은 언제며, 문을 두드리는 것은 어느 쪽 군대가 될 것인가? 터줏대감 패거리인가, 아니면 반란의 오합지졸인가? 잘 훈련받은 에메랄드 시 군사들이 될 것인가, 아니면 먼치킨랜드 부대, 그 임시변통으로 모여든 지원병 무리일 것인가? 수녀원은 오즈 충성령 쪽에 세워져 있지만, 영적인 귀속감을 느끼는 수녀들은 애국심을 드러내 보인다는 게 채신없다고까지는 못할지라도 역시 적절치 않다고 보는 편이었다. 양측 적대 진영에서는 스스로 외떨어져 어느 쪽에도 물들지 않으려는 종교 조직에 대하여 자비를 보여 줄 것인가?

"당연히 그러겠죠." 강연대에 선 의사 수녀가 우겼다. "우리는 자비의 본을 보이는 사람들이에요. 우리가 기준을 세우며, 군대란 것은 우리의 기준을 필연적으로 존중해야만 하는 거예요."

수녀들은 십분 존경심을 보이며 고개를 끄덕였으나 설득되지는 않았다. 사내들이란 짐승이다. 누구나 아는 사실이었다. 대다수 여자들에게는 그거야말로 애당초 수녀원에 들어오게 된 까닭이었던 것이다.

저녁 식탁에서 나누는 대화는 매양 군사 작전에 대한 화제로만 돌아갔다. 요새 들어 병사들이 벌이는 소규모 접전의 소음을 뛰어넘어 얘기를 하려면 여자들은 목소리를 높여야 했다. 돌격 훈련을 하는 거겠지, 수녀들은 그러기를 빌었다. 투석기를 설치하는 데 쓰일 나무들이 베어져 나갔다. 이런 소란 속에서 누가 제대로 생각을 할 수 있을까? 누가 기도할 수나 있을까? 아니, 다르게 말해 누가 기도를 멈출 수 있을까?

설상가상으로 투석기로 쏘아 낸 불붙은 역청과 짚 덩어리가 엉뚱한 방향으로 날아 예배당 지붕 위에 내려앉는 바람에 총회의에서는 집수리를 해야 한다는 부담까지 떠안고 끙끙 앓았다. 전선을 뚫고 와 달라고 숙련공을 부르는 일은 불가능했다. 망치 수녀가 하노라고 했지만 충분치 않았다.

밤을 타서, 의사 수녀는 청석 망루에 올라 동서로 대치한 채 전진하고 후퇴하는 양 진영의 화톳불들을 열병하듯 살펴보았다. 진격이 있고, 퇴각이 있었다. 이만큼 높은 곳에서라면 군사 행동을 읽을 수가 있다. 저녁밥으로 양고기가 나왔군. 음식 냄새도 맡을 수 있었다.

용기를 북돋아 주려고 눈을 깜박거려 가며, 의사 수녀는 에메랄드 시 대부대가 먼치킨랜드 봉기군을 저희 땅 경계까지 밀어붙이고, 어쩌면 더 심하게 동쪽으로 밀어붙여 먼치킨랜드 본토까지 진격해 들어갈 거라고 보고했다. 키가 작달막한 먼치킨랜드 유민 출신의 약제사 수녀는 이토록 노골적으로 황제에 대한 심정적 지지를 드러내는 발언 앞에 거센 항변을 억누를 수 없었다. 그래서 의사 수녀는 황제가 먼치킨랜드 인들의 실책을 침공의 구실로 삼아 레스트워터 호수를 점령함으로써 마침내 체제에 반역하는 먼치킨랜드를 잘라내 버리려고 한다는 뜬소문에 대해서는 입을 다물었다. 호수를 점령하면 오즈의 곡창 지대인 먼치킨랜드에 용수(用水) 보급원이 끊어진다. 정치에 박학한 고명 인사들은 오래전부터 이 행동을 예측해 왔다. 먼치킨랜드 군대가 제 무덤을 판 셈이니, 좋다. 오즈 충성령에 큰 선물을 준 것이다. 저희들이 차지하고 있던 도덕적 우위를 양보하고, 적에게 군사적 보복의 정당한 이유를 제공하는 거니까. 정말 똑똑하기도 하지. 그 바보 잔챙이 놈들이란.

"숨 쉬는 법을 기억하세요. 뭐가 어찌 됐든, 그거야말로 삶의 비결이니까." 의사 수녀는 동료들에게 그렇게 조언했다.

수녀들은 착실하게 숨을 쉬었다. 숨 쉬기가 별로 편해지진 않았지만 말이다. 수녀들은 당장은 무사히 지내고 있는 데 대해 감사하는 마음으로 송가를 불렀다. 과거에 무사히 살아남았던 사람들, 그들은 기억에 남을 만한 고통을 당했던 것이니까.

수녀들은 사과 여러 바구니와 수녀원 우물에서 길어 올린 물 여러 양동이로 중립의 대가를 치렀다. 에메랄드 시의 직업 군인들에게도, 3주 전 먼치킨랜드의 땅딸막한 농사꾼 병사를 대접했던 것과 똑같이 구원자 대우를 하며 음식을 푸지게 먹였다. 수녀들은 배고픈 이를 먹이는 일에 인색하게 군 적이 없었다. 먹을 것을 바구니에 담아 줄을 매어 담 너머로 드리워 줄 수 있어서 꼭 숟가락으로 음식을 떠 넣어 줘야만 하는 상황이 아닌 한은 말이다. 모든 일에 한계란 게 있는 법이다. 달걀, 붕대, 들숨과 날숨, 그리고 자비심에도 한계가 있었다. 수녀들 자신이 밥을 빌어먹는 지경에 처한다면, 자비심 반쪽이라도 베풀어 줄 사람이 세상천지 어디에 있을까?

의사 수녀와 그녀의 부루퉁한 하급자인 약제사 수녀가 부상자를 돌보기 위해 나설 때에 그들은 뒷문으로 나갔고 어둠에 숨어 움직였다.

3

여러 마일 남쪽, 힝힝거리는 기병대 말들과 구름 덮인 듯 흐릿한 수녀들의 송가 소리로부터 멀리 떨어진 곳에서 오즈의 밤이 빚어내는 음향은 더 불규칙적인 박자를 탔다. 나무의 높은 가지 사이로 불어 가는 실바람. 이웃 놈을 향한 개구리의 둔탁한 충격음, 퉁. 비단처럼 스르르 지나가는 물뱀. 한밤중 모기의 애애앵 소리. 오즈 숲 지대는 나름의 밤일에 한창이었다. 적당한 평화로움.

깊은 숲에 안전하게 파묻힌 채, 무오류의 '시계'는 춤추는 듯한 째깍째깍 소리로 제 생애의 일 초 일 초를 헤아려 갔다. 나무 자배기에 떨어지는 개암 같은 소리가 났다. 팅, 팅, 통, 팅, 팅, 통.

난쟁이와 그 일행인 미신에 빠진 젊은이들은 계속해서 코를 골았다. '시계' 수행원들 중 유일한 여자이면서 나이가 짐작이 안 되는 이 하나가 수색대나 짐승이나 손버릇 나쁜 거지들에 대비하여 밤새 경비를 섰다. 그녀는 이 패거리에 들어온 지 아직 얼마 되지 않았다. 게다가 이들에게 목숨 빚을 진 처지였다. 그래서 하라는 일을 하면서 자연히 발에 채는 정보들을 할 수 있는 한 주위 모으고 있었다.

그녀는 때때로, 어떤 때는 기지개 한 번 켤 사이에 몇 년씩이나 '타임 드래곤의 시계'가 시야에서 사라진다는 사실을 알게 되었다. 시계의 종자들은 이런 어처구니없는 현상을 은폐해 버렸다. 그들은 시계 자체가 지닌 지옥의 주술이 시계를 보호할 것을 믿고 있었다. 또 젊은이들은 그렇게 할 만큼 사리 분별이 있는 듯도 했다. 경호대 (보이지 않는 현상을 보완하는, 별처럼 빛나는 눈을 한 몇 명의 개종자들) 가 전체 일행을 불러 모으면 그들의 보물은 언제나, 아무튼 겉보기엔, 잘 작동하고 있는 것 같았다. 가끔은 담쟁이덩굴이며 이끼가 무성히 자라 있었다. 낙엽이며 덩굴손, 거미줄이 달라붙어 있기도 했다. 아마도 시계가 제 스스로 불러들인 자연적 위장인 듯했다. 그런 것은 문제가 되지 않았다. 수공으로 이루어진 그 걸작품은 즉각 작동을 재개했다. 톱니바퀴는 여전히 민활히 돌고 벨트는 탄탄했으며 체인도 찰칵찰칵 틀림없이 돌아갔다. 시계의 기계장치는 끈끈하게 눌어붙은 마법력에 보강되어 득을 보고 있다고들 했다.

밤샘 경비를 선 여자, 시계 추종자 무리의 견습생은 경호대장에게 목적지를 물은 적이 있었다.

"변덕스러운 횡설수설을 좇아 우린 아무렇게나 헤매는 거야, 시계가 명백하게 말해 주지 않는 이상엔." 그게 대답이었다. "변덕스러운 게 또 운명이거든. 더 종잡을 수 없을 뿐이지."

"변덕이 절 구하게 했나요, 대장 나리, 아니면 명백한 지령에 따르셨나요?"

"다들 알고 싶어 하는 게 그거야." 경호대장, 즉 통탄할 만큼 치아 위생에 무관심한 난쟁이가 겨자가 잔뜩 낀 것 같은 미소를 흘렸다. "하지만 그건 기밀 사항이란다, 요 귀여운 것, 우리 보조개 아가씨야. 진짜 비밀 거래인 게야."

다섯 주에 걸쳐 스스로 종자를 자처한 시계의 일행은 탑처럼 높다란 시계를 밀고 끌며 길을 갔다. 시계는 바퀴 달린 받침대 위에 올려 앉혔다. 일행은 농가를 멀찍이 피해 목초지와 습지를 가로질러 나아갔다. 작은 마을을 통과해야 할 때는 한밤중까지 기다렸다.

바퀴 넷 달린 수레는 돌로 된 바다에 띄운 장식용 쪽배처럼 이리저리 흔들리고 휘우뚱거렸다. 수레 위에는 시계태엽 장치의 드래곤이 굽어보았다. 그 무딘 눈알들은 오즈의 풍경을 얼마나 많이 담아 왔던가? 오즈는 제 자신을 연습하고, 매 10년, 10년마다 제 자신을 재배열하고 있다. 변덕스러움과 숙명, 운명과 우연. 오즈마 가문의 몰락, 마법사가 지배한 더러운 세월, 흠잡지 못할 완벽성의 셸, 거룩한 오즈 황제의 흥기. 운이다, 어느 경우든. 시계의 기계장치가 째깍거리는 순간순간 바뀔 수 있는 운수가 바꾸지 못할 전기적(傳奇的) 사실로 전환돼 들어갔다.

시계가 그녀를 구한 뒤, 경호대장은 새로 들어온 막내 개종자에게 설명해 주었다.

"우리는 대단히 주의를 기울여 길을 선택하지. 지금은 모든 것이 달아올라 불붙기 직전이고, 활활 타오를 준비가 돼 있어. 우리에겐 사명이 있다. 시계가 말해 주었어. 조용히, 신속하게, 서로 싸우는 맨티코어〔사자 몸에 뿔 달린 사람의 머리와 전갈의 꼬리를 단 괴물〕와 바실리스크〔뱀처럼 생긴 괴물〕의 발가락 사이로 몰래 빠져나가는 생쥐처럼 우린 지령을 받은 대로 살며시 전진하는 거야."

"마지막으로 관중 앞에 끌고 나갔던 때 이후 시계가 봐 온 게 무엇일지 상상해 봐." 턱수염도 나지 않은 소년 하나가 말했다. "상상해 봐. 넋이 나간 다람쥐랑 백치 원숭이가 초록 숲 속에서 시계와 마주치는 거야! 아무도 없이 시계만 뚝 떨어져 앉아 존재감을 과시하지, 이교의 신전처럼! 시계를 따르며 봉사하는 우리들이 없다면 넌 이 연기 뿜는 친구가 저 혼자 일어나서 선고를 내릴 수 있을 것 같아?"

"말하는 원숭이에게? 정신 차려. 만에 하나 그런 일이 일어난다면 꼭 보고 싶은데! 원숭이가 정신이 나가 먹따는 소리를 지르면 참 재미있겠어. 올라갔던 나무에서 대번에 떨어져 버리고 말걸!"

난쟁이는 알고 있었다. 하지만 말은 하지 않았다. 인적 드문 변두리 지역 괴괴한 시간에는 생물들이 슬그머니 기어와 냄새 맡고 살펴보고, 심지어 저 경이롭고 특이한 덩어리 위에 기어오르기까지 한다는 것을……. 빽빽한 삼림이라도 그 속에 사는 것들을 막아서진 못한다. 그리고 숲 속의 생물들은 저희들 영역을 침범한 것은 모조리 다 알아챈다. 운명까지도 말이다.

원숭이들, 고상한 척 으스대며 신랄하게 구는 그들은 떠들어 댈 기회가 있으면 결코 가만히 있지 않았다. 앵무새들, 저희 의견을 개진하는 데 더 재능이 있는 그들은 뒤에서 흥을 보듯 꽥꽥 울어댔다. 더 어리고 수줍음을 타는 숲의 주민들은 저희들 좋은 시간에 접근해 왔다. 줄뱀이 누이동생과 함께 찾아왔다. 몹시 울적해 보이는 너구리가 왔다. 기묘한 새끼사자 한 마리도 개중에 들어 있었다.

가장 늦게 합류한 신입 밤샘 당번은 동물들에 관해서는 크게 신경을 쓰지 않았다. 가까이 와서 냄새를 맡으라지. 그녀가 최대한 피하고 싶은 건 사람이었다. 그래서 한밤중에 경비 서는 이 임무가 좋았다. 무리에 들어 있지만 그러면서도 혼자다. 사내아이들은 제멋대로 사지를 뻗고 난장판이 되어 있고, 주름이 쭈글쭈글한 경호대장은 끼익끼익 소리가 나는 그물침대에 누워 흔들리고 있었다. 마음대로 주위를 돌아다녀도 된다. 그들이 깨어 있으면 몹시 성가시게 한다는 뜻은 아니었다. 그렇게 철없진 않았다. 하지만 그녀는 호젓한 게 좋았다. 감옥에서 잔뼈가 굵은 고참 수인에게 고독이 새삼 불쾌하게 느껴진다는 일은 좀처럼 없다.

그녀는 숄을 걷어 나뭇가지에 걸쳐 놓고 솔밭을 사락거리며 몇 걸음 걸어서 물가로 다가갔다. 오즈의 내해(內海)인 레스트워터 호수가 그곳에 자그마하게 후미져 들어와 아늑한 욕실을 이루었다. 잠든 동료들의 시야에서 벗어나자(그들이 잠에서 깨어났을 때 볼 수 있는 곳을 벗어났다는 뜻이다.) 그녀는 튜닉의 죔쇠를 풀고 어깨 위로 옷을 벗어 올렸다. 밑에는 끈으로 매는 홑옷을 입고 있었는데 그것도 끈을 풀고 벗기 시작했다. 아래에서 위로 접듯이 옷자락을 걷자 배가, 그리고 젖가슴이 드러났다.

여전히 풍만하고 높다랗게 솟아 있어 호르몬에 바짝 자극을 받은 사내놈들은 걸핏하면 그 생각이었지만, 그녀는 자기 젖가슴을 의식하지 않았다. 그녀의 의식 속에 있는 것은 하얀 종이와 검은 잉크, 그리고 잉크로 선을 그어 한 페이지의 악보를 그리는 일, 그래서 그것을 노래 부르게 만드는 일의 어려움과 위태로움이었다. 그 종이가 노래할 수 있다면 말이다. 그녀가 그걸 노래하게 만들 수 있다면.

하지만 그게 노래한다면, 그 노래는 그녀의 의도와는 다른 뭔가를 말할 터이다. 노래는 아마도 그녀가 누구이며 어디에 있는지를 말해 버리고 말 것이다. 최선을 다해 모든 것을 숨기고 있는 것도 아랑곳없이.

책들이란 지옥의 환호성을 모조리 풀어놓을 수 있는 듯하다. 그녀는 전에 그럴 수 있는 책을 한 권 알았다.『그리머리』라는 이름으로 알려진 주문서이다. 그러나『그리머리』가 그랬듯 역사 속에 폭음을 터뜨린 책이 아니라 해도 책은 여전히 저희들의 사적 비밀은 속삭여 줄 수가 있다. 그리고 글을 쓰고픈 그녀의 마음은 남이 읽고 알아볼 것에 대한 두려움에 맞닥뜨려 철회되었다.

목면 코르셋에서 해방된 젖가슴이 쿡쿡 저렸다. 풀려난 두 유방은 바깥쪽을, 이두박근 쪽을 향했다. 그녀는 무심코 먼저 한쪽을, 이어서 다른 한쪽을 손등으로 문질렀다. 그러고는 치마를 여민 끈을 풀었다. 치마를 가까운 가지 위에 걸어서 혹시 뜨게 될지 모르는 산 자들의 눈으로부터 한 겹 더 자신을 가릴 장막을 쳤다.

고요한 물 속으로 걸음을 떼기에 앞서, 그녀는 오른손 손가락으로 다리 사이에 갈라진 금을 따라 쓸어 만졌다. 쾌락을 얻으려는 것이 아니었다, 기쁨 따위는 남아 있지 않으니까. 그 동작은 봉인이 깨지지 않았음을 확인하려는 것이었다.

고독, 금욕, 침묵. 그녀 자신의 과거사를 단단히 지키는 일. 그녀로부터 뻗어 나올지 모르는 그 어떤 미래라도 그렇게 단단히 가둬 놓는 일. 큰 소리로 꽥꽥거리며 빨아 마시고자 두리번거리는 미래를 가두는 일.

만족스러웠다. 만족스러운 것 이상이었다. 긴장을 탁 풀고서, 그녀는 발을 구부려 막 물에 들어가려고 했다. 그러나 그러기 전에, 작은 못의 반드르르한 녹색 수면에 비친 달을 보았다. 처음에는 생각했다, 저기 저 면에 써 내려간다면 종잇장에 쓰는 것보다 안전하겠구나. 물속에 든 달의 둥그런 책장이다. 물에 쓴 말마디들은 분명 물에 씻겨 가 버리겠지. 또 달이라고 더 빠끔할 리 없고.

먹을 감으려고 몸을 낮추어 등을 구부린 자세를 취하며 그녀는 보는 이가 정말 하나도 없는 건 아니라는 사실을 깨달았다. 물 위에 뒤집어 놓은 물음표 같은 소용돌이 모양으로 비죽이 뻗어 난 뭔가가 보였다. 자신과 다른 이들이 몸 바쳐 섬기는 타임 드래곤의 머리가 비친 것인 줄을 그녀는 알았다.

타임 드래곤의 눈은 빨겠다. 녹색 물 위에 비친 빨간 눈이다. 깜박도 하지 않고 찰랑이지도 않는, 빨간 눈.

너, 너라면 원대로 봐도 좋아. 그녀는 그렇게 생각했지만, 그러면서도 서둘러 물속으로 미끄러져 들어갔다.

월면에 쓰고자 생각한 말들은 물속에 푹 잠긴 순간 씻겨 나갔다. 그녀는 아무도 아무것도 방해하지 않으려고 신경을 썼다. 더더욱 물살 하나 가로막지 않으려고, 심지어 수면에 반사되는 자그만 녹색 달빛 동그라미들을 흐트러뜨리지도 않으려 했다. 그녀는 옆으로 비켜서서 아무런 영향도 끼치지 않고자 했다. 지금뿐 아니라 생애 끝까지 내내.

4

치료하러 갔던 일행이 돌아온 새벽 시간에 접객 담당 수녀는 수녀원 뒷문으로 오라는 전갈을 받았다. 치료반은 키가 크고 자세가 구부정한 동행을 하나 달고서 왔다.

"우리는 병사들을 재워 주지 않아요." 접객 담당 수녀가 질겁한 소리를 냈다. "총회의에서 제가 분명히 공언했던 거 아시지 않아요, 의사 수녀님."

"이 친구가 뭐든 간에 군인은 아니에요." 의사 수녀가 말했다.

그 작자는 여행용 망토를 걸치고 있었다. 망토에 붙은 두건에는 뻣뻣이 일어선 기름 낀 털 장식으로 가를 둘렀다⋯⋯. 이것이 접객 담당 수녀가 받은 첫인상이었다. 방문객이 두건을 벗어젖히자 접객 담당 수녀는 모피 장식인가 했던 것이 사실은 텁수룩한 갈기였음을 깨달았다. 성역을 찾아든 남자는 실제로는 한 마리 사자였다.

접객 담당 수녀가 몰아붙였다.

"대체 이자가 누구예요? 어떤 계급, 어떤 부류의 일탈자지요? 탈

영병인가요? 양심적 반대자인가요? 언론에서 나온 방문자인가요?"

"중립적인 임무를 띠고 온 사절이지요." 정체를 밝히지 않는 편이 나을 끈저이는 뭔가로 범벅된 덧장화를 벗으면서 의사 수녀가 대답했다. "저이는 에메랄드 시 구세군에서 허가한 이곳의 무사 통행권을 갖고 있어요. 그러니 우린 그를 환영합니다, '접객 담당' 수녀님." 의사 수녀는 내뱉듯이 그 직함을 불렀다.

사자는 쫓겨나게 될 거라고 생각하는 건지 바닥만 뚫어지게 보고 있었다. 입에는 불을 붙이지 않은 궐련이 매달려 있고, 조끼 주머니에서는 종이 묶음이 튀어나와 있고, 녹색 유리로 된 이중 초점 렌즈 안경이 사슬로 우단 옷깃에 채워져 있었다. 접객 담당 수녀는 사자가 입은 망토 앞에 희끗희끗한 갈기털 몇 가닥이 붙어 있는 것을 알아챘다. 그 모습이란…… 글쎄, 그의 모습은 접객 담당 수녀가 우월한 위치에서 그의 어깨 아닌 자기 어깨를 꼿꼿하게 펴도록 만들어주었다.

"브르르." 방문객이 말했다.

"데운 코코아를 가져다 드리지요." 접객 담당 수녀가 말했다. 그다지 지성껏 말한 건 아니었다.

"아니요. 코코아는 저한테 맞지 않아요. 브르르, 전 자기 소개를 한 겁니다. 제 이름이 '브르르'라고요."

사자는 읽기 힘든 글씨체로 자기가 보려고 뭔가를 끼적여 놓은 카드 한 장을 건네주었다.

"죄송해요, 그쪽 면이 아니네요." 그러자 거기에 쓰여 있었다. "브르르, '르'가 두 개입니다. 에메랄드 시 법원 행정관 서기."

의사 수녀와 약제사 수녀는 각자 옷을 벽에 걸었다. 약제사 수녀는 낮은 옷걸이 쇠를 썼다. 의사 수녀는 더 이상 무슨 말 없이 긴 양말을 신은 발로 쿵쿵 걸어 나갔다. 그녀의 왜소한 동료는 미안한 듯 안색을 붉혔다. 손님을 향해 약제사 수녀가 말했다.

"의사 수녀와 나는 수녀원 일지에 관련된 활동에 참여해야 해요. 나도 좀 실례할게요. 접객 담당 수녀님이 필요한 것들을 살펴 주실 거예요."

그러고는 사자를 청소용 양동이와 옥수수 가루가 담긴 나무통들과 말린 콩을 보관한 뒤주 사이에 세워 둔 채 가 버렸다.

접객 담당 수녀는 사자의 여행용 망토를 걸어 두려고 옷장으로 가져갔다. 주머니 하나가 꿈틀 움직이는 바람에 접객 담당 수녀는 흠칫 몸서리를 쳤고, 터져 나오고야 만 욕설을 기침으로 위장하려 했지만 썩 잘되지는 않았다.

"이런, 제 신변 경호용 고양이가 어지간히 놀라게 해 드렸습니다 그려." 사자가 말했다.

'거의 칭찬에 가까운걸?' 하고 접객 담당 수녀는 생각했다.

"우리 자그마한 야옹야옹이를 까맣게 잊을 뻔했네요. 이놈은 시즈에서부터 절 따라왔어요. 아마 사자를 보기는 제가 처음이었던 게죠. 보고는 홀딱 빠진 거예요. 보세요, 요 말랑말랑 조그만 요걸."

고양이는 한때는 하얬던 모양이지만 이젠 늙어서 털이 듬성듬성했다.

"이런 건 처음 보겠네. 명백히 눈에 거슬려요. 섬뜩해라. 거의 투명하잖아요. 암놈이에요, 수놈이에요?"

"그렇게까지 투명하지는 않은 것 같은데요. 사실 도저히 투명하다곤 할 수 없죠."

"대체 무슨 병에 걸린 건가요?"

"이놈은 분명 엄청 오래 살았을 텐데, 고양이는 그렇게 오래 살지 못하지요. 제 생각엔 이래요. 고양이가 늙으면, 털이 희끄무레해지고, 죽게 되죠. 이 고양이는 퍽이나 나이를 먹었잖아요, 그래 보이죠? 그런데 만약에 고양이 털이 맨 처음부터 흰색이라면, 나중에 희어져 봤자 얼마나 희어지겠어요? 보세요." 사자는 앞발로 고양이의 늙어 앙상해진 등뼈를 훑어 내렸다. 그러자 발바닥에 거미줄 같은 털 가닥들이 묻어 나왔다. 사자는 앞발을 내밀어 그 털들을 보여 주었다. 한 올 한 올이 어찌나 가냘픈지 유리로 뽑은 실인가 싶었다.

"역겹기도 하군요." 접객 담당 수녀가 충분히 관대하게 평했다.

"봐요, 그림자가 거의 생기지 않는다니까요."

브르르가 말했고, 그 말은 대략 틀림이 없었다. 고양이는 아침 빛이 문 통로로 비스듬히 비쳐 들어오는 자리에 서 있다가 앙상한 등뼈를 쭉 펴며 바닥에 깔린 판석 위에서 기지개를 켰다.

"이름을 뭐라고 부르면 오나요?"

"뭐라 부른들, 부른다고 오는 고양이 보셨나요? 하지만 전 '그림자꼭두각시'라고 불러요. 왜냐하면 이 녀석이 늙긴 했지만 아직도 먹잇감을 뒤쫓는 놀이를 즐기니까요."

"저 녀석이 유리처럼 연약하다면, 우리 쪽에 있던 쥐잡이들이 다 도망쳐 버린 게 저놈한테는 다행이겠네요." 접객 담당 수녀가 말했다. 그리고 사자를 접객실로 안내하려고 올라가는 층계로 데리고 가면서 말을 이었다. "고양잇과 동물들은 굉장히 텃세를 부리곤 하니까 말이죠. 여기 계신 분은 제외하고요."

"아, 저도 영역 의식은 있어요. 그래도 그림자꼭두각시는 제 곁을 떠나지 않지요. 그리고 귀 수녀원의 고양이들이 돌아온다면 제가 겁을 주어서 쫓아 버릴 수 있을 겁니다."

사자는 그림자꼭두각시를 집어 올렸다. 층계가 너무 가팔랐기 때문이다. 게다가 접객 담당 수녀는 노령의 고양이를 위해 발걸음을 잠시 멈추지 않을 터였다.

"좀 물어봐도 될까요? 법원 행정관 서기라는 게 대체 뭐죠, 브르르 씨?" 접객 담당 수녀가 두꺼운 커튼을 걷자 오래된 붕대 색깔의 햇빛이 비쳐 들었다.

"브르르 경입니다. 고향에서는요." 사자는 미안한 듯이 고쳐 주었다. "글린다 부인께서 직접 내려 주신 칭호지요. 도로시에 관한 대단치 않은 사건을 마무리 지었을 때에요."

"미안하네요." 접객 담당 수녀가 말했다. 어조에 미안한 기색은 눈곱만큼도 없었다.

사자가 서둘러 말했다.

"제가 그 칭호를 쓴다는 건 아니고요. 그 집이 떨어진 때도 그렇고, 세월이 흉흉하지요. 제가 기밀 임무를 수행하는 건 수요가 있을 때만 임시로 하는 것뿐이에요. 그럼 이제 일 얘기를 하지요. 저는 에메랄드 시의 고위 행정관께서 긴급히 파견하셔서 댁의…… 부족이라 할까, 떼라고 할까, 댁들 수녀분들 무리를 원래 뭐라고 부르시는지 모르겠는데, 하여튼 그중 한 분을 좀 조사하러 왔어요. 벌은 벌 떼고 까마귀는 까마귀 떼고 부엉이는 부엉이 떼인데 수녀분들은, 글쎄 뭐지요?"

"듣자니 한 무리로 모인 사자들은 사자 집단이라고 한다더군요."

"다른 이들도 들어갈 수 있는 무리요. 그쪽 얘기는 하지 말지요."

사자가 말을 잘랐다.

"복종하는 수녀들의 모임이라고 부르세요, 댁이 꼭 뭐라고 불러야만 하겠다면요. 그렇기에 그럴 만한 일이라면 우리는 복종하는 마음으로 도와드리려고 노력할 거예요. 물어볼 게 있다는 그 수녀의 이름은 알고 왔나요? 우리들은 수녀원의 책무에 따라 새로운 이름을 받게 되어 있지만 대개는 원래 자기 이름이 뭐였는지 기억하고들 있어요."

사자는 안경을 코 위에 올려놓았다. 안경알에 비듬이 끼어 희끗희끗했다. 앞발에 든 작은 수첩을 뚫어지게 보다가 눈을 껌벅거리는 것도 무리가 아니었다.

"제가 쓴 건데 읽을 수가 없네요. 자칼?"

"자칼 수녀라는 사람은 없어요."

"쾌클? 아니, '캐' 자인 것 같군요. 캐클?"

접객 수녀가 조심스럽게 말했다.

"저런, 세상에. 아마 댁이 말씀하는 건 야클 수녀가 아닌가 싶군요. 그분은 1년 전에 영면하셨어요."

"그 수녀님이 예언자셨나요?"

"브르르 경, 우리는 거룩한 여인들이 모인 수도회예요. 예언을 파는 일은 하지 않아요. 미래를 보는 이가 수녀원에서 뭘 한단 말인가요?"

"제 질문에 대한 대답이 아닌데요. 그 수녀님이 예언자셨던가요?"

"그 질문에는 제가 대답할 도리가 없네요. 그분의 고해(告解)를 들은 사람도 아니고."

"어느 분이 들었습니까?"

접객 담당 수녀는 생각해 보았다.

"사실은, 고해를 하지 않으셨어요. 입교 의식을 치른 적도 없는 것 같네요."

"여기 야클이 예언자였는지 아닌지 알 만한 사람이 있을까요?"

"아마 예전 총감독 수녀님은 아셨을 텐데 지금은 안 계세요."

"쉬고 계신가요?"

"최후의 휴식을 취하고 계시죠."

"쯧쯧. 이 시설에 직업병이 있는가 보죠?"

"나이 드는 것 말인가요? 그럼요."

브르르의 설명은 이렇다. 궁정에 해결해야 할 사소한 근심거리가 생겨서 상급 행정관이 뭘 좀 찾아달라고 연락을 했다. 브르르는 황제의 직인이 찍힌 명령에 따라 어떤 방향에서건 문제의 핵심을 파고들어 보도록 급파된 몸이었다. 그는 옆 주머니에서 공식 증명을 필한 출입 영장을 꺼내어 내밀었는데 서류에는 자잘한 빵부스러기가 점점이 묻어 있었다. 브르르는 영장을 앞발로 편편하게 폈다. 고급 송아지 피지에 법률적인 서체로 그물처럼 종횡으로 그어진 읽기 힘든 글자가 가득했다.

"이 영장이 저에게 무엇이든 하고자 하는 질문을 할 수 있게끔 하는 권위를 부여합니다. 그럴 일이 생긴다면요."

"지금 협박하시는 건가요, 경?"

"저야 댁 같은 분들을 협박할 필요가 없지요. 협박은 이게 합니다." 그가 대답하면서 서류를 톡톡 두드렸다.

"난 여기에 신경 쓸 여유가 없어요. 시간도 없고요." 접객 담당 수녀는 그렇게 말했다. "게다가 내가 수녀원 일을 좌우하는 권위자도 아니고 말이지요. 우리는 총회의를 통해 수녀원을 운영하고 있어요. 그래도 내가 당신이 한 얘기를 총회의에 보고할 수는 있고, 보고해야만 해요. 정확히 어떻게 해서 여기에 오게 됐는지 말 좀 해보시죠?"

"아주아주 기밀인 사항입니다. 그렇고 그렇죠."

"비밀이라면 지켜요. 아무튼 난 접객 담당 수녀지, 뜬소문 퍼뜨리기 수녀가 아니니까. 손님맞이에 기밀 유지가 필요하다고 하면 나야말로 충분한 자격이 있는 사람이에요."

접객 담당 수녀는 꽉 다문 입술 위를 집게손가락으로 톡톡 두드리며 숨죽이는 시늉을 해 보였다. 그러고는 속삭였다.

"난 듣기만 하지요."

사자는 혼자서 뭔가 중얼거리며 어떻게 할지를 따져 보았다. 마침내 그는 이만큼은 얘기했다. 사자는 최근에 시즈의 길리킨 도시에서 일주일을 보내며 시즈 대학교의 기탁 장서 도서관을 샅샅이 뒤졌다. 그는 한때 크레이지홀의 교장 노릇을 했던, 오래전에 저세상으로 건너간 인물(그녀의 영혼에 안식이 있기를), 마담 모리블의 서류들을 열람하겠다고 요청했다. 출납부에 있던 키 작고 통통한 여자 사서는 안 된다고 뻗댔지만, 사자가 이겼다.

"그래서 뭘 찾아냈지요? 제발 말해 보시죠?"

사자는 좀 성질이 난 듯 마음을 다스리려 했다. 접객 담당 수녀가 호기심을 보이는 게 전혀 신뢰가 가지 않는 모양이었다. 그래도 말을 하게 되자 어조는 충분히 평상시와 같았다.

"그렇게 상냥하게 물어보시니까 말씀드리죠. 작고한 여교장의 수기(手記)로 보이는 짧고 애매한 기록들이 단지 '야클'이라고만 알려진 의문의 인물상을 드러내었습니다. 어떤 뚜렷한 개인, 그러나 과연 어떤 종류의 인물인가? 누구의 비밀 요원인가? 예언을 하는 인물이라면 협잡꾼인가, 아니면 대예언자인가? 이런 조사를 진행하다 보면, 아시겠지만, 정보가 꼬리에 꼬리를 물고 이어지게 마련입니다. 에메랄드 시의 세인트글린다 광장에 있는 세인트글린다 수녀회의 본부에는 전에 야클 수녀라는 이가 있었지만 은퇴하여 다른 곳으로 보내졌더군요. 선교 거점으로 말이지요, 셰일셜로의 궁벽한 예배당으로. 그렇게 해서, 팬터마임 할 때 하는 것처럼 이렇게……. 짜잔!"

하얀 고양이는 햇볕 조각 속에 자리를 잡고 몸단장을 시작했다. 거의 사라져 버릴 것만 같았다.

"좀 일찍 오셨으면 좋았을걸. 근방에 무장 충돌이라는 사소한 상황이 진행 중이에요."

"제가 그걸 모를까요."

"아무도 길을 방해하지 않았나 보군요. 지금 당장은 해 드릴 수 있는 일이 없네요. 야클이 어떤 사람이었든(죄악 그 자체보다도 나이를 먹은 늙어빠진 광인이었지.) 그이는 세상을 떠났어요. 그리고 아무튼 내가 아는 한에는 절대 예언자가 아니었다고요."

"다시 생각해 보시지!" 문에서 목소리가 났다.

둘은 몸을 돌렸다. 야클이 말했다.

"댁이 조만간에 여기 찾아올 줄 알고 있었다오. 하지만 내가 층계를 올라오자면 일기가 좋은 계절이라야 해서 말이야. 늦지 않게 와서 다행이구면."

사자는 지금 눈앞에 펼쳐진 상황이 어떤 것인지 정확히 알지 못하면서도 그저 입을 떡 벌렸다. 접객 담당 수녀는 다리미판이 무너지는 덜커덩 소리와 더불어 바닥에 퍼져 버렸다.

"이분을 죽이신 것 같습니다." 사자가 새로 온 인물에게 말했다. 충분히 정중한 어조였다.

"그간 몇 달을 보내고 또 보내면서도 나 자신을 죽이지 못했는데, 말 한마디 척 한 걸로 의로운 사람을 끝장냈단 말이야? 그렇담 댁에게 신세를 진 게지." 야클이 말했다.

사자는 옷소매에 싸인 팔꿈치를 슬쩍 내밀었다. 야클이 움켜잡았다. 사자는 야클을 의자 쪽으로 이끌어 갔다. 야클이 잔뜩 휘감은 홑이불에는 한 점 핏자국도 배설물 얼룩도 없었다. 지하에서 질질 끌고 올라온 탓에 먼지투성이가 되었을 뿐이다. 사자는 아무런 악취도 더러움도 감지하지 못했다. 야클이 단언했다.

"거룩함의 냄새이러니."

"예언자시군요. 바로 제가 만나 뵈러 온 그분이시지요." 브르르가 말했다.

그림자꼭두각시는 접객 담당 수녀 곁에 알찐거리며 냄새를 맡았다. 그녀는 이제 정신이 돌아와서 일어나 앉았다. 잔뜩 흥분해서 그녀가 따졌다.

"야클 수녀님, 눈이 머셨잖아요. 돌아가신 건 관두고라도요. 도대체 어떻게 올라오는 길을 찾으신 거예요?"

"그 미치고 환장할 매일의 일상이란 것에서 잠깐 말미를 얻어 빠져 있노라니 내 내면의 시야가 더 밝아진 모양이지. 날 층계 밑으로 실어 내려간 한 발짝 한 발짝이 다 기억나더라고. 문손잡이가 얼마만 한 높이에 있었는지도 기억나고. 그래 그런 식으로 왔지."

사자가 또 다른 호주머니에서 코르크 마개를 한 작은 잉크병과 펜을 끄집어냈다.

"지금 같은 때는 또 없습니다. 전쟁의 조수는 밀려들고 또 밀려 나가기도 하지요. 어느 군대가 되었든 차 마실 시간에는 여길 휩쓸어 버릴지 몰라요. 사내들이 옆에서 야단법석을 떨어서야 집중을 할 수가 없겠죠. 그때는 분위기 전환이 되겠지만, 지금은 당신이 여기 계시니까."

"널은 버려두고 이렇게 막무가내로 올라오셔서 무슨…… 무슨 술집에서처럼 이러시면 정말이지 안 돼요."

접객 담당 수녀가 징징거렸지만, 다른 둘은 그녀는 안중에도 없이 일에 착수했다.

5

브르르는 야클 수녀의 외모가 마음에 들지 않았다. 누구의 마음엔들 들랴? 송장이 걸어 다니는 형국이었다. 야클의 두 눈은 통제가 되지 않고 제멋대로 떼굴떼굴 구르며 그 내면의 시야를 비추어 보였다. 입술은 실처럼 가늘었다. 손톱은 야클이 안치된 동안에도 계속 자라나 한낮의 햇볕을 막으려고 드리운 대나무 발인 양 서로 부딪쳐 짤가닥짤가닥 소리를 냈다. 야클은 머리 가죽 어디를 긁으려고 하다가 손을 가져갈 각도를 잘못 맞추는 바람에 하마터면 자기 고막을 뚫어 버릴 뻔했다.

죽음을 이렇게 가까이서 보기는 참 오랜만이라고 브르르는 생각했다. 죽음 그 자체가 안 죽고 끝탕을 하는 거야. 이 사람이야말로 사망이라는 계간지의 특집 화보 페이지로구나.

"한창때는 내가 아주 볼 만했지." 야클이 말했다. 그의 마음을 읽은 것일까, 아니면 사리 판단이 되어서 자기가 소름 끼치는 몰골을 하고 있는 줄을 안 것일까?

"'때'라는 게 발명된 지 그렇게나 오래되었던가요?"

"재담꾼일세그려. 내가 어릿광대 지망생 상대로 얘기를 하자고 죽음의 문턱을 밟았다가 돌아온 모양이지."

"시작을 하죠."

브르르는 팔락팔락 수첩을 펼쳤다. 빈 종이 맨 위에는 자기가 보려고 써 놓은 글귀가 있었다. "인터뷰의 제일 요건, 토하지 말 것."

야클이 아주 오랫동안 말을 끊고 있어서 브르르는 그녀가 숨을 거두었나 했다. 시간 맞춰 온 건가? 브르르는 생각했다. 내 운이지. 만약 내가 운을 믿는다면 말이야. 나는 오직 운하고 정반대되는 것만을 믿어. 그게 뭐든 간에.

그러나 그때 야클이 도로 숨을 챙겼다.

"나한테 뭘 원하시나, 친절하신 나리?" 야클은 모음을 길이 있게 발음했다. 흡사 그 말들에 담을 수 있는 뉘앙스를 한 방울 남김없이 쥐어짜 내려는 것처럼.

"전 조사 업무를 수행 중입니다. 공적인 업무지요. 법적인 근거를 대 드리고 서류를 눈앞에 보여 드리는 방법도 있겠습니다만. 한데 눈이 머셨고, 어찌 됐든 서류는 읽으실 수가 없을 테니까 신뢰를 가지고 받아들여 주세요. 시간이 많지 않습니다. 전 마담 모리블에 관련된 이야기를 해 줄 수 있는 사람이라면 누구든 가리지 않고 철저히 탐문하고 있어요. 그러다 수녀님 이름이 나왔답니다."

"그건 대답이 안 되지. 내 이름이야 어디가 됐든 충분히 깊숙이까지 파헤치기만 하면 다 나올걸. 난 왜 마담 모리블의 행적을 샅샅이 훑고 있는 건지 알고 싶구려. 댁은 왜 성가신 일을 하고 있우?"

"법원에서 모종의 사건을 구성하고 있는데 저는 배경 조사서를 꾸미는 중입니다."

"마담 모리블을 핵심 증인으로 하는 법정 사건이라고? 그 여자가 재주 있는 사람이었던 건 알지만, 무덤 저편에서 선서하고 증언을 할 수 있다 치면 내 생각보다 더 연줄이 훌륭했구먼."

브르르는 이 말에 코웃음을 쳤다. 그러나 그가 경계를 푼 틈을 타서 야클이 한 방 찌르고 들어왔다.

"아니면 댁은 그 '리르'라는 젊은 친구를 찾으려고 이 근처를 냄새 맡고 돌아다니는 중인가? 마지막으로 들은 얘기로 그 청년은 무법지대로 모습을 감췄다더군."

사자는 화들짝 놀랐지만, 야클이 눈치 채지 못했기를 빌었다. 후회막심한 과거의 어느 때인가 부르르는 개인적으로 리르라는 이름을 가진 누군가와 안면을 텄다. 그 유명한 마녀와 함께 저 서쪽 멀리서 살았던 부랑아 소년. 하지만 브르르는 스스로 다짐한 일을 어기지 않을 터였다. 그는 자장가를 부르듯 나지막이 어르는 소리를 냈다.

"당신이 저에게 선서하고 증언해 주셔야 합니다, 할머니는 맘씨 좋은 분이시죠? 걱정 마시고 별 볼 일 없는 이 딱한 저에게 기억하고 계신 걸 말씀해 주세요."

"댁이 물어본다고 꼭 내가 말을 해야 할 까닭은 없지요. '이 나라에서는 그 무엇이든 간에 얻으려면 대가를 치러야만 한다.' 이게 그 몹쓸 늙다리, 사랑스럽게 떠나가신 우리 마법사 나리께서 늘 하시던 말씀이 아니던가?"

야클의 대꾸에 브르르는 갈피를 잡지 못했다.

"아마 정신이 몽롱하셔서 최근의 정치적 난맥상을 까맣게 모르고 지내 오셨나 봅니다. 이제는 오즈에 황제가 계시답니다. 강철 같은 의지를 지닌 분이지요, 하필이면요."

"죽음에 인이 박힌 사람한테 협박은 안 먹힌다오. 내가 거의 그렇다고 할 수 있지. 사실 무슨 차이가 있으려고. 그러니 다시 시도해 봐요, 이 양반아. 댁이 먼저 나한테 댁 얘기를 하는 거요. 난 결정을 내리기 전에 내가 누굴 상대로 말을 하고 있는지 알고 싶거든. 댁이 실제로 찾아 나선 게 뭔지도 알고 싶고. 또 누굴 위해 일하고 있는지도. 그리고 나한테 뭐에 관한 면책권을 줄 수 있는지도 알아야지. 증인으로서 갖는 특권 말이우. 그런 다음이 돼서 봅시다, 내가 보답으로 댁의 질문에 대답을 해 줄 기분이 날지 어떨지를."

브르르는 숨을 들이마셨다. 야클이 말했다.

"거짓말은 하지 말고. 나한테 거짓말을 하는 날에는 내가 아주 펄펄 뛸지도 몰라."

어디서부터 시작한다? 언제나 그게 문제다.

"음, 일단 말씀드려 볼까요. 전 아주 근사한 가죽 옷을 입은 신사입니다." 반쯤은 조롱기를 담아 브르르가 말했다. 야클의 눈이 어느 정도로 어두운지 보려는 의도도 있었다.

그러나 그렇게 첫 수를 둔 것을 대번에 후회했다. 만약 야클이 앞으로 몸을 숙여 가죽조끼를 만져 보려고 한다면 그 손톱에 갈가리 찢겨 조끼가 남아나지 않을 것이다. 설상가상으로 실은 처음부터 그다지 보기 좋은 상태가 아닌 판인데. 조끼는 남의 손을 거친 중고품이었으며 어쩌면 두서너 명이나 거쳤을지도 모른다.

"동물 옴 자국은 없고?"

야클이 물었다. 브르르가 인간이 아니라 사자임을 아는 것일까?

"제 살가죽 얘기가 아닌데요. 신사용 가죽조끼를 입고 있다는 말씀입니다. 맞춤 제품이지요. 헐렁해서 좀 따로 놀긴 합니다만…….
제가 전보다 살이 빠졌거든요. 그래도 진짜 람피니 제예요. 빨간색으로 포인트를 주어서 섬세하게 털을 댔지요. 색깔이 보이시나요?"

"아니, 하지만 냄새는 맡지. 노랑, 노랑, 노랑이야." 야클이 말했다.

수족을 제대로 못 쓰는 늙은이가 옹송그리고 앉아서 그를 비웃고 있다. 브르르는 잠깐 동안 앞발 발톱을 세웠다. 축 늘어진 야클의 두 귀가 보드라운 발톱 홈으로부터 튀어나오는 뾰족한 갈고리발톱 하나하나의 소리를 듣도록. 야클은 고양잇과 동물의 기척을 알아들었다.

"사자로구먼." 그렇게 말하고 연극처럼 숨죽인 소리를 냈다. "숲의 왕이지, 아무렴!"

야클이 쓴 표현은 재에 묻힌 불씨 같은 그의 유년 시절을 쑤석여 추억의 불길이 활활 피게 만드는, 맞춘 듯이 정확한 한마디였다. 브르르가 저항해도 소용없었다. 숲의 왕. 브르르는 자기도 모르게 몸서리쳤다. 아래턱이 절걱이는 소리를 야클이 못 듣기를 바라면서…….

야클은 우위를 점하고 계속 압박해 왔다.

"난 재판장도 아니고 배심원도 아니야. 난 증인이라오. 댁이 진정누구인지 말을 해봐요, 브르르 경. 그리고 어떻게 여기에 왔는지도.
말할 땐 진실만 꺼내고. 그러면 내 마음이 동할지 몰라. 댁이 어렸을 적부터 약았던 건 아니지 않우? 약아빠진 족제비도 처음부터 약지는 못하다니까."

그림자꼭두각시가 우아하게 걸음을 떼어놓으며 욱신거리는 앞발을 살펴보면서 브르르의 의자 다리를 마주 보고 집어 올려 달라고 가르랑거렸다. 브르르는 원대로 해 주었다. 고양이가 그의 마음을 진정시켰다.

이 사람한테서 증언을 받는 일은 절대로 망쳐서는 안 될 작전 행동이다. 오즈마에 대한 사랑에 걸고, 그가 식탁보를 둘둘 감은 정신 나간 늙은 마녀와 맞상대를 못 할까? 그리고 손 안에 영장도 있다. 필요한 경우 야클의 신병을 구속할 수 있는 허가를 받았다. 이점을 취하게 되면 취할 생각이었다.

지금 여기서 쥐와 고양이 놀이를 하게 된 것이라면, 브르르는 유전적으로 고양이 노릇을 할 자격이 있었다. 그에겐 동기가 있었다. 힘으로 뒤를 받쳐 줄 빌어먹을 놈의 법정도 있다, 필요하다면. 브르르는 오즈의 거물과 명사들 사이에서 평판과 지위를 되찾을 것이고, 그 썩을 낯짝들이 띠고 있는 능글맞은 웃음기를 리본이 매어진 이 꼬리로 한 방에 쓸어버릴 터였다.

"예언자시지요. 얘기를 들었는데요. 보고 싶으시면 제 풋내기 시절을 얼마든지 보실 수 있잖습니까?"

"난 말로 듣는 게 좋아. 어린 시절 하면 난 구미가 당기거든. 게걸스럽다고 할 정도지, 하필이면."

숲 속의 육아실

1

 다른 이들의 어린 시절 추억이 세세하고 각별한 것은 늘 브르르를 창피하게 만들었다. 할머니가 처음 다니러 오셨던 때! 선생님 머리 위로 야자열매가 뚝 떨어졌던 때! 앨번이 아기 적에 목이 막혀 큰일 날 뻔했던 일! 얼마나 웃었던지, 어떻게 울었던지. 우리가 어떻게 추억을 하는지. 다들 함께.

 브르르의 첫 기억이자 가장 오래된 기억은 단조로움이었다. 끝날 줄 모르는 숲. 이렇다 할 특징이 없는 계절들. 위안을 바라지 못할 외로움. 외로움 속에 브르르가 어떻게 위안을 상상이나 할 수 있었겠는가, 아직 벗할 이를 만난 적도 없었는데? 이름 붙여지지 않은 것은 고치기도 어렵다.

 브르르는 어머니가 자기를 낳다가 숨을 거둔 것인지, 아니면 망각증에 걸리고 만 것인지 알지 못했다. 아니면 혹시 어머니는 불이 나가듯 까무룩 꺼져 없어졌는지도 모른다. 왜냐하면 그의 어머니는 자연스러운 어미가 못 되었기 때문이다. 외톨이든가, 정신분열증이었겠지. 아니면 혹시 어머니는 비천한 행실로 인하여 한동아리에서 쫓겨났던지도 모른다. 브르르는 뭐였을지 생각하곤 했다.

물론 당시에는 스스로 그런 줄 깨닫지 못했지만, 브르르 역시 자기 동족의 혜택을 보지 못하고 자라났다. 그의 어머니가 어떠했고 어디로 갔으며, 왜 가 버렸는가 하는 빈 칸을 채워 줄 이모들이 그에게는 없었다. 가족의 방식에 맞도록 자식을 길러내느라 사랑스러운 새끼와 드잡이질을 시작할 때조차 갈기 아래 애정 어린 미소를 숨길 성미 괄괄한 아버지도 그에겐 없었다.

브르르의 맨 첫 기억들, 풀처럼 흐린 그 기억들은 시즈 북쪽의 길리킨 대삼림 속에 살금살금 숨어 다니던 일이었다……. 마치 스컹크처럼, 그라이트처럼, 제 동족한테도 따돌림 당하는 그런 생물 중 한 마리처럼 말이다……. 인간처럼 말이다.

훗날 에메랄드 시에서 출세하려고 악착같이 애를 쓰며 수많은 시 낭독회에 엉덩이를 붙이고 지내던 때에 브르르는 길리킨 대삼림을 형용할 방법을 생각해 냈다. 셰리주를 두 잔째 들고 나자 브르르는 거미줄의 수의(壽衣)에 관해 정말 그럴싸하게 그려낼 수 있게 되었다. 줄지어 늘어선 병든 흙소나무들이 만들어 놓은 습하고 우묵한 공터, 차디찬 노란빛이 내리치는 듯 줄무늬를 드리우고 있었지. 숲 속의 지면에는 온통 가시딸기 덤불이 깔려 있었다. 어처구니없이 흐드러진 봄, 아무 보답 없이 순식간에 스쳐 가는 여름, 음울한 가을과, 아, 빌어먹을, 뼈를 에이는 그 겨울. 굳이 새끼를 낳아 미개지 중에서도 하필이면 그 숲에다 버리는 암사자란 대체 웬 망할 것이란 말인가?

사람들은 조금씩 물러나면서 예의 바르게 고개를 끄덕였다.

나무들은 삐걱삐걱 소리를 냈다. 온 세상이 바야흐로 왈칵 뛰어오르려고 끊임없이 근육을 움직이기라도 하는 것 같았다. 도르르 말린 순을 펼치는 고사리에 얻어맞아 요양소로 여섯 걸음쯤은 가까이 갈 수가 있다. 부엉이, 박쥐, 숲 하르푸이아이, 오소리. 풀숲에 숨어 있던 야생 칠면조가 깜짝 놀라 날아오르는 그 소리는 소규모의 폭발음에 진배없다. 안개야 더 말할 것도 없고. 브르르는 안개가 끔찍이 싫었다. 게다가 옻나무. 그리고 뱀 얘기는 꺼내지도 마세요.

그리고 요정들 얘기도. 아니, 새끼돼지보다 몸집이 큰 짐승 뭐라도, 아예 신물이 납니다.

브르르의 기억에 맨 처음 그곳을 찾아왔던 인간들은 정신 나간 럴라인 교도들이었다. 브르르는 뻣뻣한 큰 고사리 장막 뒤에 숨어서 훔쳐보고 있었다. 그들은 이교의 의식을 거행하느라 뭐라고 주절대며 손발을 놀렸다. 연기와 향냄새, 단3도의 노랫소리, 그런 것들이었다. 브르르는 그들로 인해 언어에 접근해 갔다. 어떤 종류의 언어, 즉 종교적인 운율에 실려 낭랑히 읊어지는 말 말이다. 나중에 밝혀졌듯이 영 당혹스러운 일이었다. 훗날 그가 파락호들 사이로 도피해 버리고 싶어졌을 때 그런 말투는 쓰레기를 뒤져 먹는 들고양이 짓을 해 나가는 데 아무런 도움이 못 되었다.

하지만 브르르는 그 단어들이 저마다 특정한 의미에 결속되어 있음을 제대로 깨우치기 전부터 주고받는 대화의 대위법이 정말 좋았다. 어느 길로 갈지 옥신각신하는 두 여행자의 이야기를 엿듣는 것은 브르르에게는 구미 당기는 자두 즙을 빠는 느낌이자, 포근한 이불에 닿은 입맞춤이나 엄마의 젖 같기만 했다. 이야기를 주고받으며 통통 튀는 인간의 음성, 울리는 비음(鼻音), 말과 말 사이의 늘인 듯한 침묵…… 브르르는 이런 즐거움을 맛보기 위해 얼룩얼룩한 숲 그림자 아래 털끝 하나 꼼짝 않고 숨죽이는 법을 배웠다. 박자와 완급이 먼저 느껴지고 그 다음에 어휘가 따라왔다. 그러나 연습은 한 적이 없었다. 나무 밑 비밀 장소에서 혼자 말해 본 것 말고는……. 풋내기 사자라고 해도 브르르의 덩치는 인간보다 한결 컸다. 만약 바보같이 말을 한다면 덩치 큰 얼간이로서 남 앞에 제 모습을 선뵈는 꼴이 될 따름이었다.

생애 최초의 몇 년을 대체 어떻게 살아 냈던가? 브르르는 숲에서 나는 야생 순무와 파와 식용 버섯 지스러기 외에는 먹은 게 없었다. 그는 인간 여행자들을 살금살금 뒤쫓아 모닥불 가에서 주고받는 잡담을 엿들으면서 세간의 양식이라 할 만한 것은 무엇이든 애써 주워 모았다. 비록 그때엔 세상이란 게 뭔지 아직 알지도 못했지만 말이다. 간혹 모닥불 빛 속에 벌어지는 낭만적인 행위를 지켜보면서 그는 더 많은 것을 배웠다. 그러나 가설을 뻔질나게 실험으로 옮길 만큼까지는 못 되었다. 더더욱 딱한 일이었다.

"댁의 어린 시절 말이우."

야클이 구슬리는 음성을 내었다. 브르르의 생각을 냄새 맡기라도 한 것처럼. 브르르가 술자리에서 쪼개 판 바 없는 그 오솔길들을 냄새로 알아낼 수 있다는 듯이.

야클의 말이 그를 어르고 달랬다. 과거란, 심지어 쓰디쓴 과거란 일반적으로 현재보다 더 알싸한 법이다. 아니면 적어도 마음속에서 더 말이 되는 형태를 취하고 있기라도 한 듯이.

2

그는 거의 다 자랄 때까지 살아 있는 그 누구와 말 한마디 나누어 본 일이 없었다. 사자의 경우 그렇게 자라는 데는 3년 정도가 걸린다. 그렇기에, 그는 대화 중에 단어를 듣기는 했어도 사냥이라는 개념을 습득하기까지는 매우 오래 걸렸다.

그 추억은 여전히 쏘는 듯 아팠다. 브르는 다리를 꼬고 앉았다. 시체 싸는 천을 휘감고 앉은 늙은 증인이 그의 고환을 오그라들게 만들려는 정맥혈 혈관 작용의 기척을 귀로 들어 알기라도 할 것처럼……. 그는 람피니 코트를 매만져서 배에 불룩 튀어나온 덩어리를 덮었다.

사냥이라……. 하긴, 지금 그가 하고 있는 것 또한 사냥이다. 그렇지 않은가? 조끼 주머니에 총이 들어 있지는 않다, 사실이다. 에메랄드 시의 거물들이 인정하는 법률상의 특수한 권한이 있을 뿐.

브르는 처음으로 장총의 총성을 들었던 때를 추억했다. 충분히 멀리 떨어진 곳에서 듣는 소리는 멍성한 한 올의 벼락, 거기서 발라

낸 가느다란 신경섬유 한 가닥 같았다. 브르르는 나무에 사는 설치류들이 영리하다는 것을 알고 있었다. 그 녀석들이 찍 소리 없이 줄행랑을 친다면 거기엔 그럴 만한 이유가 있는 것이다.

브르르는 몸을 낮추었다. 납작 엎드린 자세였다. 위협을 당한 사자의 반응으로서 일반적이라고는 할 수 없겠으나, 그가 어떻게 알았겠는가? 얼마 지나지 않아 제복을 입은 남자 4인조가 가까이 왔다. 그들은 천막을 치더니 모닥불을 피웠다. 겨우 몇 걸음 떨어진 곳에 브르르는 쓰러진 흙소나무처럼 꼼짝 않고 엎드려 있었다. 얼마 후 사자는 그들이 휴대용 천둥의 장본인임을 알게 되었다. 불탄 화약 냄새를 짙게 풍기는 장총 몇 자루가 서로서로 기대어 세워져 있었다.

브르르는 자기 체취가 풍겨 그들에게 발각될까 봐 겁이 났다. 아니면 울렁거리는 뱃속 때문에 발각될까? 하지만 사냥꾼들은 술에 취해 시끄럽게 떠들어 댔고, 브르르는 사냥에 대해서 배운 것 외에는 그다지 겁낼 일이 없었다. 사냥꾼들은 사슴을 쏘아 맞히는 일에 관하여 주거니 받거니 이야기하고, 오셀롯의 가죽을 벗겨 판자에 펼치는 이야기며 엘크 가죽을 무두질하는 얘기, 사자 대가리를 잘라내어 두개골 속에 톱밥을 가득 채우고 이빨을 윤내는 이야기를 해 댔다. 그렇게 한 뒤에 윤이 나게 닦은 흑옥 구슬로 눈알을 뽑아 낸 눈구멍에 박는다는 것이었다.

브르르의 피는 묵처럼 굳어진 듯 느리게 흘렀다. 가장 늦게까지 깨어 있던 사냥꾼마저 고개를 꾸벅거리기 시작하고 모닥불이 사그라져 숯불이 되었다가 슉 하고 꺼져 나간 때까지도 브르르는 수염 한 가닥 움찔하지 않았다. 사냥꾼들이 냄새로 그를 찾아내어 그를 내려다보고 우뚝 서서 열까지 센 후 머리에 한 방 먹였다 해도 브르르는 움직일 수 없었을 것이다. 허풍 섞인 사냥 얘기들이 브르르를 마법에 걸어 그의 사지를 시커먼 화산암으로 바꿔 버렸다.

사냥꾼들은 동 트기 전에 일어났다. 그중 한 명은 하마터면 브르르에게 소변을 갈길 뻔했지만 제대로 숙취에 절어 있어서 눈치 채지 못했다. 사냥꾼들은 모래를 발로 차 모닥불에 끼얹고 장총과 짐꾸러미들을 추슬러 메었다. 그러고는 코뿔소들처럼 기세등등하게 브르르의 성역으로부터 멀어져 갔다.

브르르는 남은 일생 숨어 살겠노라고 혼자서 굳게 다짐했다. 떠돌이로 남으리라, 아무와도 상관 않고 누구의 시선도 끌지 않고, 안전하게. 하나 그런 삶이 대체 무엇일까? 브르르는 어린 시절 추억을 떠올리고 순식간에 그리움에 젖었다. 럴라인 교도들이 찬가를 부르던 일, 좀처럼 마주치기 힘든 도보 여행자들이 이정표를 두고 서로 지껄이던 일, 모닥불 빛 속에서 서로 몸을 맞대고 꼬아 대던 애인들…… 죽도록 가려워서 견딜 수 없는 것처럼 굴었더랬지. 이제 막 내린 금욕의 선택은 근사하게 낙심되고 후련하도록 슬펐다.

그것은 그가 어른이 되어 처음 한 결정이었는데, 그런 까닭에 금세 허사로 돌아갔다. 며칠이 지난 후 그는 그의 자질을 시험하는 첫 관문을 말 그대로 '밟고 비틀거렸다.'

저녁이었다. 브르르는 달착지근한 숲 호박이 얼마나 자랐는지 살펴보러 갔다. 그가 특별히 좋아하는 음식이었다. 그는 땅에 가로누운 사람을 보지 못했고, 그래서 정통으로 밟아 버렸다. 내리밟은 그의 앞발 무게 때문에 고통에 시달리다 정신을 잃었던 사냥꾼이 깨어났다.

"살려주세요." 그 남자가 말했다.

브르르는 펄쩍 뛰어 물러났다. 놀란 것도 놀란 것이지만 무서워서 정신이 없었다.

그 사람은 사냥꾼 네 명 중 가장 젊은 사냥꾼으로, 개중 제일 괜찮은 사람이었다. 풍기는 역한 냄새로 미루어 보건대 천사까지는 아니겠지만……. 그 청년의 한쪽 다리는 무슨 덫 같은 것에 단단히 물려 있었다. 고름이 흘러 파리 떼가 잔치를 벌이고 있었다. 불쌍한 젊은이가 애원했다.

"덫을 벌려 줘요. 절 좀 풀어 주세요. 아니면 최소한 단숨에 잡아 먹기라도 해 줘요. 벌써 며칠이나 말 못할 고통을 겪었다고요."

'사흘 이상 되지는 않았을 텐데?' 하고 브르르는 생각했지만, 따지고 들지는 않았다.

"하룻밤도 더는 못 견뎌요." 그자가 주장했다.

"아주 캄캄한 거." 사자가 말했다. 그러곤 그 말로 충분치 않은 것 같아, 이렇게 덧붙였다. "정말정말 무서어어업—지 않아?" 이 말이 브르르가 자기 자신 아닌 다른 누군가에게 처음 한 말이었다. 그렇기에 어린애처럼 쨍알거리는 자기 말소리를 들은 것도 이게 처음이었다. 그게 다 무슨 상관이람?

"제발요. 자비를 베풀어 줘요. 이름 없는 신에 대한 사랑을 두고."

사자는 물러나며 몸을 세웠다. 불룩이 불거진, 혹은 더 툭 튀어나온 수염이 일제히 쭝긋대었다.

"날 풀어 주든지 해치워 버리든지 해요. 이거든 저거든 해 달라고요." 남자가 말하고는 신음하기 시작했다. "날 죽여요. 그러면 끝내는 당신 이빨로 이 망할 놈의 다리를 내 몸통에서 썹어 떼어낼 수 있을 테니."

"사실은, 난 진짜 채식주의자인걸." 사자가 말했다. '사실은'이라는 말을 쓴 게 뿌듯했다. 대화란 이런 식으로 진행되는 거잖아? 당신 차례야.

젊은 남자는 또다시 손을 뻗어서(아마 1만 번은 했을 동작이었다.) 힘으로 덫을 벌리려고 애썼다. 하지만 덫은 안 벌려지고 버티게끔 만들어진 물건이었다. 남자가 힘이 없기도 했다. 덫은 꿈쩍도 하지 않았다.

"당신이 그쪽을 당겨요, 내가 이쪽을 잡아당길 테니. 둘이 함께 힘을 쓰면 벌릴 수 있어요. 그런 다음엔, 나를 거주지로 실어다 주든가, 아니면 하다못해 시냇가라도 데려다 주세요. 식물들에 맺힌 이슬을 핥아먹은 거 말고는 마실 것 하나 없이 이 자리에서 썩어 가고 있었다고요."

하지만 사자가 덫을 보자 이빨들이 섬뜩했다.

"아주 쇠 아가리네. 아주 너무 많이 위험해. 당신이 당한 거 봐."

"일단 작동해서 물었으니까, 다시 물 일은 없어요. 사냥꾼이 놓는 덫들은 그런 식으로 깨물지 않아요."

브르르는 고개를 저었다.

"이런 벽창호, 돌대가리 쇠고집 같으니. 부탁이니 제발……."

"위험은 무릅쓸 수 없어. 내가 부양해야 할 식구들이 있는걸." 사자는 말하면서 마음속으로 생각했다. 나 하나, 혼자뿐이지. 하나라도 충분하잖아. "게다가, 난 당신처럼 새우 닮은 구부러진 손가락이 없다고. 당신 깨문 그거 푸르르를 수가 없어. 몰라?"

브르르는 농담을 하느라고 한 것인데 콕 찌르는 맛이 부족했던 듯, 사냥꾼은 그저 괴로워할 뿐이었다. 브르르는 여전히 썩 괜찮은 자신의 위치를 지키면서 여기저기 앞발로 건드려 보고 킁킁 냄새를 맡기도 하며 자기 갈기털을 매만졌다.

"그래, 이게 사냥꾼의 덫이란 말이지. 그리고 당신은 사냥꾼이고. 난 이제야 그 두 가지를 하나로 엮어 생각했는걸. 당신 말이야, 조금 창피하지 않아?"

"뭐든지 주겠어. 내가 가진 건 동전 한 닢까지 전부 줄게요. 우리 아버지 농장 집도……. 저당도 안 잡힌 알짜배기 집이라고요. 개울이 흐르고, 벽난로가 두 개에, 경치는 끝내준다니까요."

"인간들 농장 집 한가운데 있는 농장 집을 준다고?"

"정말 괜찮은 집이에요. 내부 장식을 새로 손볼 필요도 없어요."

"사냥꾼들 아버지들이 득실득실한 농장 집들? 난 별론데."

남자는 뒤로 벌렁 쓰러져, 아무 소리 없이 뻗어 버렸다. 그러더니 흐느껴 울기 시작했다. 조용히, 지독하게 그는 울었다. 사자는 머쓱해졌고 은근히 화가 났다. 생각했던 것과는 달리 재미있질 않았다. 인간이 팔꿈치를 짚고 몸을 일으키더니 가까스로 떨리는 음성으로 말했다.

"당신의 무리가 이 근처에 있겠지요……. 당신네 왕국에 낯선 이에게 자비를 베풀어 줄 줄 알 만큼 나이가 든 누군가가 있다면……."

"도움을 청하러 가 줄 순 있어." 사자가 말했다. "그치만 아주 가까운 데 누가 있는 것 같진 않은걸."

"도움의 손길이라면 충분히 가까운 데 있어요. 당신네 부족 중에서 와 주지 않는다면 내 동족이 있잖아요. 난 방금 전에 동료들하고 떨어졌으니까. 아니, 정말이지 그렇게 오래되진 않았다고요. 우리 동료들은 지금쯤 딱 원래 정했던 야영지까지 되돌아갔을 거예요. 게다가, 내 말 좀 들어 봐요, 만약에 야영지에서 천막 말뚝을 다 뽑아 갔다고 하면 테니킨에 주둔하고 있는 마법사의 군대 소부대가 있어요. 난 그 부대의 일원이에요……. 군대 동료들과 함께 우리 연대를 위해 사냥을 하고 있었죠. 우리 부대는 오즈의 마법사께 충성하지요! 부대원들이 데리러 와 줄 거예요, 당신이 내가 어디 있는지 말을 해 준다면요. 병사는 동료를 저버리지 않아요."

"병사에다 사냥꾼이라." 새로운 개념이었다. 사자는 조심스럽게 말을 이었다. "우리 모두에게 교훈이 되는 얘긴걸. …… 그럼 나도 울 엄마가 병사였으면 좋았을걸 그랬네. 한동아리를 향한 충성이라. 멋진 얘기야." 하지만 이건 혼자 생각을 되씹는 것뿐이지 대화가 아니었다. 브르르는 다시 도전해 보았다. "요 얕은 숲 속에 와 보니 어땠어, 즐거웠어?"

"지금 날 고문하는 거요?" 그 녀석(사실 그렇게 부를 정도 나이밖에 안 된 청년이었다.)은 힘을 다해 할 수 있는 한껏 몸을 일으켰다. "이게 전부 내가 상상해 낸 환각인 건가? 날 죽이든 살리든 해 달라니까, 당신이 원하는 대로요. 하지만 이름 없는 신의 사랑에 걸고, 제발 빨리 해요. 난 정말 혼자뿐이군요."

사자의 마음을 동정심 쪽으로, 아니면 하여튼 동정심과 비슷한 뭔가 쪽으로 움직인 것이 이 마지막 말이었다. 그는 혼자라는 게 어떤 건지 알았다. 그곳에서 날씨는 언제나 추웠다.

브르르는 투덕투덕 앞으로 걸어 나가서 커다란 대가리를 남자의 가슴 쪽으로 숙였다. 남자는 공포인지 경악인지로 인해 기절했고,

산탄총을 쏴 대듯 두방망이질 치던 가슴의 심장 고동은 한결 차분한 박자로 가라앉았다.

사사는 살금살금 기어 도망칠까 생각해 보았다. 이 모든 일이 몹시도 민망하고 당황스러웠다. 그러나 부르르는 대화란 대체로 "잘 자요."라든가 "안녕히."라든가, 아니면 최소한 "꺼져 버려."라는 말이라도 나와야 끝나곤 했다는 것을 기억해 냈다. 그는 작별 인사도 남기지 않고 떠나 버리는 무례한 이가 되고 싶지 않았다.

부르르는 콧등에 주름을 잡고 끄나풀처럼 솔솔 피어오르는 냄새 가닥들을 가렸다. 미칠 듯한 두려움과 긴장의 페로몬(젊은 병사나 젊은 사자 양자 모두에게서 나온 것). 짭짤하고 톡 쏘는 수컷의 땀내. 계피 비슷한 인간 대변의 악취. 말라붙은 소변 냄새(묘하게 성욕을 불러일으켰다.)와 말라붙은 피 냄새(그의 외부 후각 기관을 진정시키는 효과가 있었다.), 그리고 곰팡이 냄새……. 하지만 나뭇잎에 피는 흔해 빠진 곰팡이가 아니다. 표백을 하고 일정한 크기로 자른 종잇장들에 핀 곰팡이 냄새였다.

브르르는 느끼기는 했지만 표현할 만한 어휘가 모자랐다. 아무튼 알 듯 말 듯 감질나는 차이였다. 그는 코가 이끄는 대로 찾아가서 책 네 권을 묶어 놓은 학생용 책띠를 발견했다. 덫과는 몇 미터 거리를 둔 곳에 떨어져 있었다. 브르르는 입으로 책 꾸러미를 물어 올려서 병사에게 가지고 왔다. 띠를 물린 고리에서 쇠 냄새가 났고, 이어서 합금을 위해 화학 처리한 주석의 냄새가 이를 시리게 했다. 병사는 가슴에 훈장을 달고 있었다. 어둑한 숲 속이어도 훈장에 비치는 빛은 매혹적이었다.

사자는 폭 빠져 버렸다. 그는 스핑크스처럼 두 앞발을 앞으로 뻗고 주저앉아 전쟁 영웅께서 몸을 꿈질거릴 때까지 기다렸다.

"책을 가지고 왔어." 브르르가 말했다.

"아, 당신을 본 게 꿈이었길 바랐는데." 병사가 중얼거렸다. 브르르가 불평 거리가 된 맨 처음 경우였다.

"갖다 주면 좋아할 줄 알았지." 브르르는 꾸러미를 물어다 주려고 했지 그의 머리에 떨어뜨릴 생각이었던 건 아니었다. "실수했네. 미안해."

"내 거 아니야, 괴물 같은 양반아. 당신이나 가져." 젊은 남자가 투덜거렸다.

"난 배운 게 없어. 안 그러면 당신이 시간을 보낼 수 있게 큰 소리로 읽어 줘도 좋은데."

"사자 양반, 댁은 누구 딴 사람이 저지른 몹쓸 짓 때문에 날 조롱하고 있는 거라고요. 난 당신 자비에 몸을 맡겼는데 말이에요."

"내가 뭘 해 주면 좋겠어?"

"도대체 무슨 소리예요? 이놈의 책들을 도서관에 반납이라도 해 달라는 게 아니잖아요! 난 도움을 원한다고! 가서 도와줄 사람을 데려오라니까, 골 빈 들짐승 같으니!" 병사는 고래고래 고함을 쳤다. 질질 짜는 모습이 퍽이나 예뻤다.

"여기서 기다려. 마실 물을 갖다 줄게."

"난 아무데도 안 가요. 빨리 오지 않으면 럴라인의 가슴에 안기고 말겠지요." 병사는 박박 깎인 머리를 손가락으로 이리저리 문질렀다. "벌레들이 내가 완전히 죽을 때까지 좀 기다려 주면 좋을 텐데."

사자는 돌아왔다. 속을 파낸 표주박에 물을 담아 가지고 기울이지 않고 갖고 오기란 힘든 일이었고, 결국 거의 다 흘리긴 했지만, 그래도 남은 몇 방울이 꺼칠해진 병사의 입술을 적셔 주었다.

"당신이 내 다리를 문 이 쇠 아가리를 비틀어 떼어낼 수 없다면, 제발 부탁이니 가서 내 전우들을 데려와 줘요. 만약에 그들이 날 수색하길 그만뒀다면 테니킨의 막사를 찾아볼 거예요. 그들에게 젬시가 보냈다고 하세요. 그이들이 젬시를 잊을 리가 없죠. 다들 날 제일 좋아했는데. 난 그들에게 막내아우 같았으니까요."

"젬시, 맞지? 젬시. 난 병사들하고는 절대 상종 안 해! 병사들이니 군사 작전이니 그런 거 말이야. 젬시. 진짜야."

"바보 같은 농담 마요. 길게 보면 결국엔 누구라도 병사하고 자게 돼요."

"내가 잘못 본 게 아니라면, 젬시, 당신 며칠 밤 전에 다른 병사들이랑 있었잖아, 젬시? 계집년을 어쩌느니 저쩌느니 큰소리 탕탕 치던데? 그거 당신 아니었어, 젬시?"

"정말이지 말귀 못 알아듣는군요. 하지만 그래서 이게 그 벌인가요? 말하는 사자한테 붙들려서 죽을 때까지 설교를 듣는 게?"

모든 사자들이 다 말을 하는 게 아니라는 사실을 브르르가 감 잡은 것은 이 말로 인해서였다.

"당신 헛소리야. 아마 배가 고파 정신이 없나 봐." 브르르가 말했다. "젬시, 내가 먹을 거라도 갖다 줄게."

브르르는 테니킨 쪽으로, 즉 쓰러진 청년이 가라고 한 쪽으로 꼬리를 뺐다. 그리고 무르익은 딸기 덤불을 지나게 되자 몇 홉이나 되는 딸기를 따서 입에 머금고 되돌아왔다. 한 알 한 알 혀를 굴려서 따 문 것이다.

물이 병사에게 생기를 주어서 고통을 더 확실히 느끼게끔 만들어

놓았다.

"먹을 거나 먹이자고 가던 길을 멈추지 말라고요." 그는 입에 딸기를 잔뜩 문 채 끙끙거렸다. "채소로 풀코스를 채워 주려고 다시 돌아오고 그러지 마요. 그냥 내 동료들이나 불러 줘요. 빌어먹을 도와줄 사람이나 데려오란 말이야. 내가 그 정도 자비도 베풀어 줄 놈이 못 되나요?"

"글세, 난 뭐라고 말 못 하겠는데. 훈장은 무슨 일로 받은 거야, 젬시?"

"무용(武勇) 훈장이에요." 젬시는 손톱을 물어뜯기 시작했다.

"근데 왜 당신이 달고 있는 건데, 젬시?"

"용감하게 몸을 던졌으니까."

이런 순환 논법은 브르르의 이해 범위를 넘어섰다.

"갖고 싶어요? 이 훈장? 가져요. 아무튼 난 이제 달 자격이 없으니까, 어차피. 이 꼴로 널브러져서 죽을 판인데." 병사는 겉옷에서 훈장을 떼었다. "저 책들을 한데 묶은 책띠에다 달아서 당신의 그 우람한 뒷다리에 두르면 될 거예요."

브르르는 자기 다리가 정말 그렇게 우람한가 한번 흘긋 훔쳐보고 싶은 것을 참아야 했다.

"난 훈장을 탄 게 아닌데, 젬시."

"테니킨에 무사히 들어갈 통행증이 돼 줄 거예요. 마법사의 군대 병사를 도우러 왔다고 하면 아무도 당신을 해치지 않을 거예요. 당신이 내가 동지들에게 합류할 수 없는 상태라고 소식을 전해 준다면 그들은 나를 버려두지 않을 거예요. 병사들은 자기 동료를 살펴주게 돼 있어요. 내가 계급이 낮긴 하지만."

브르르는 앞으로 나가서 입을 벌려 증표가 될 훈장을 받아 들었다. 그러느라 젬시의 손을 거의 팔꿈치까지 입 안에 물어 보았다. 씻지 않은 손 맛은 상추처럼 싱거웠다. 브르르의 혀에 느껴진 손은 힘없이 축 늘어뜨린 채였고, 한순간 둘 중 누구도 움직이지 않았다.

그러고 나서, 다문 입술 사이로 부드럽게 손이 빠져나가도록 한 다음 책 더미 위에다 훈장을 뱉어 낸 브르르가 부드럽게 말했다.

"책띠에다 달아 봐. 당신이 말한 대로 말이야. 책들도 가지고 갈 거야."

"정말 고마워요." 젬시가 대답했다.

"만약에 내가 살아남지 못하면, 내 동료들더러 우리 아버지께 내가 최후까지 그분을 사랑했노라고 얘기해 드려 달라 말해 줄래요? 그리고 당신이랑 당신 동족들한테 내가 한 몹쓸 짓들을 용서해 줘요."

"난 동족 없어." 사자는 그렇게 말했다. "하지만 좋아, 그럴게. 당신이 그래서 개운해진다면 말이야. 근데 그 몹쓸 짓이라는 게 뭘까, 젬시?"

하지만 젬시는 몸을 굴려 옆으로 돌아누웠고, 침 범벅이 된 손을 사타구니에 끼고 덫이 허락하는 대로 최대한 무릎을 구부렸다. 그리고 다시 말을 하지 않았다.

감사인가. 사자는 생각했다. 그는 책띠를 입에 물고 그 자리를 떠났다. 하지만 점점 멀리 갈수록 브르르에게는 자기와 젬시 사이에 돋아 올랐던 자그마한 사귐의 싹에 대하여 확신이 사라져 갔다. 대화는 친구 됨을 낳는 것일까? 만약 그렇다면, 이것은 그가 처음으로 갖게 된 우정인데, 이게 얼마나 연약한 것으로 드러날 수 있을지 브르르는 감을 잡지 못했다. 어떻게 그 친구를 그냥 그렇게 버려둘 수 있단 말인가? 만약에 젬시가 잠이 들어서 나쁜 꿈을 꾸면 어떡하려고? 브르르가 그토록 자주 그랬던 것처럼 나쁜 꿈을 꾸어서 비명을 지른다면?

그래서 브르르는 빙 돌아서 되돌아갔다. 그러나 오랜 습관으로 인해, 보일 만한 거리 바깥에 쓰러져 썩고 있는 나무 둥치 그늘에 자리 잡았다. 그는 거기서 친구가 잠든 모습을 지켜보고, 덫을 풀려고 버둥거리다가는 점차 잠잠해지는 모습을 보고 있었다. 브르르는 이 문제를 온 능력을 다 동원해 검토했다. 맨땅에서부터 언어상의 물증들을 지어 올려 가면서 생각해 보았다.

한 측면을 보자면, 젬시와 그의 동료들이 바로 저 덫을 설치했다. 그게 아니더라도 저런 덫들을 놓긴 했다. 그들은 브르르가 아니면 브르르의 동족을 사냥하려던 것이다. 브르르 자신의 동족 말이지. 맞나? 맞지? 그리고 이제 병사가 그를 잡았다. 젬시가 스스로 사자를 붙잡은 것이다, 그가 바랐던 식으로 잡은 것은 아닐지 몰라도.

다른 측면을 보면, 어쩌면 경험(어떤 경험이든 간에)만이 타당한 것일지 모른다. 만약 경험이 같은 진술을 재정의해 준다면 말이지. 예를 들어 용감함 같은 거. 가는 게 용감한가, 그냥 있는 게 용감한가? 어느 쪽이 더 용기의 정의에 들어맞는가?

어떤 선택을 내리든 간에 그 결과가 친구의 미래에 이렇게 또는 저렇게 영향을 미치리라는 것을 브르르는 알게 되었다.

남자가 열에 들떠 큰 소리로 외쳐 불렀을 때, 그의 심장은 애정으로 불타올랐다.

"사자여, 내 친구 사자여! 날 버린 건가요?"

'내가 당신 가슴속에 있어서 희망을 준다니 정말 좋네.' 사자는 생각했다. '죽음에 이르기까지 희망을 준다니.' 그는 감히 할 수 있는 최대치까지 병사에게 바짝 몸을 붙이고 엎드려 밤중에 그를 따뜻하게 해 주려 했다. 더 이상 따뜻하게 해 줄 것도 없어질 때까지……. 젬시가 죽은 후에도, 그래서 냄새가 고약해져 가도, 사자는 시체 곁을 떠나기가 싫었다.

"이제 도움을 청하러 갈게." 시체를 향해 그가 말했다. "당신 아주 참을성이 많았어."

젬시는 대답이 없었다.

"왜 그러는 거야. 왜 말을 안 해?" 브르르가 말했지만, 그 음성은 공허했고 그는 입을 다물었다.

내 최초의 대화. 브르르는 생각했다. 그리고 그의 걸음에는 활력이 더했다. 그는 상당히 들떠 있었다. 물론, 끝은 좀 서툴렀다. 죽음이란 재치 있는 말대꾸를 영 못 하게 만드는 것이다. 하지만 전체적으로 보아 잘 굴러간 편이라고 브르르는 생각했다.

대화에다 친구까지. 젬시는 "친구 사자여!" 하고 소리쳤다. 그러니 우정은 짧았지만 정말로 있었던 것이다. 이제는 죽어 버렸다. 되살릴 수는 없다. 그것은 그의 가슴속에 신성불가침으로 간직되었다. 그리고 반짝이는 훈장은 들고 다닐 수 있는 찬사 그 자체였다. 브르르가 약속을 지키러 테니킨으로 향할 때 그 훈장은 다름 아닌 브르르 자신의 용감함을 광고해 주는 것이었다. 브르르는 죽어 버린 젬시의 소식을 애도하는 그의 군대 동료들에게 전해 줄 터였다. 그리고 그들을 통하여 소식은 젬시의 아버지에게도 전해지리라. 그 아리송한 존재, 자기 아들을 본 체 만 체 군대의 보살핌에 내맡겼다는 그 인물한테도.

✢✢✢

"용맹무쌍한 사자 심장이로구먼." 야클이 웅얼대었다. 거의 혼자
서 가르랑거리는 듯한 음성이었다.

브르는 야클이 악의를 보인다면 어떨지 상상하지 않으려고 애
썼다. 하지만 도미노 패처럼 한 장 한 장 차례차례 넘어가는 추억들,
그의 유년기를 끝맺은 그 기억을 떠올리지 않을 수는 없었다. 마음
은 제 나름의 추진력을 가지고 있었다.

3

그렇게 그 다음 기억이 쓰러지듯 앞으로 밀려 나왔다. 전율에 이은 전율. 젬시. 그의 시체는 실온에 방치된 푸딩처럼 땅 속으로 스며들어 갔다. 젬시 생각을 한 지 대체 얼마나 지났을까? 상처에 앉은 딱지가 억지로 떼어져 나갔다. 이토록 많은 시간이 흐른 후에. 입을 벌린 상처에서 흙냄새가 스며 올랐다. 저 먼 시간의 구석에서 어린 시절 그 숲의 냄새가 올라오며 브르르의 생각을 이끌어 갔다.

젬시를 향해 바쳤던 그의 말없는 맹세가 야심에 조종간을 내준 게 어느 시점의 일이었던가? 젬시의 죽음이라는 소식을 전해 주고 싶은 마음이 감사를 받고픈 굶주린 욕망으로 대체된 게 그래 얼마나 지난 후였나? 어쩌면 그 일은 그렇게 노골적으로 일어난 건 아니었던 것일까?

이제 와서는 기억이 나지 않았다. 오로지 공포와 흥분이 하나의 목표를 찾아 완전히 풀려났던 것만 생각났다. 테니킨. 테니킨이다. 군대의 주둔지. 그리고 멀지 않은 곳에, 아들을 애도하는 병사의 아버지도 있지. 브르르가 집고양이처럼 몸을 말고 온기를 쬘 수 있는 벽돌 난로도 있고. 대신 아들이 되어서, 가르랑거리면서, 길든 고양이가 되어, 칭찬과 인정의 따스한 맛을 한껏 즐길 수 있겠지.

브르르는 사악하고 새로워진 기분이었다. 생짜 행운이 그의 허울을 벗겨 놓았다. 생전 처음으로 벌거벗었다는 생각이 들었다. 그 일을 제대로 해내기만 한다면 수줍음을 이길 수 있을 듯한 느낌이 들었다.

테니킨에 가는 거다. 젬시의 명예훈장을 돌려주는 거다. 주석으로 만든 표식을 진짜와 바꾸는 거지. 그의 정의로움과 용감함에 대하여 많은 이들이 갈채를 보내는 가운데 브르르 자신이 그 영예를 차지하게 될 거다.

그래도 시간은 좀 걸릴 터였다. 브르르는 걸음으로 재어 둔 자기 영역 너머로 과감히 나서야만 했다. 영역 표시를 하는 다른 모든 짐승들과 마찬가지로 브르르는 믿지 못할 미지의 영역에 들어서고 있는지 아닌지를 확실히 분간할 수 있었다. 나무 밑 숲 바닥의 식물들이 뿜어내는 냄새부터가 불길한 느낌을 준다.

마음속에 그린 그림은 점점 더 근사해졌다. 아마도 겁이 나게 될까 두려워 일부러 그런 생각들을 했던 것이리라. 아늑한 군대 주둔지의 시설들이며, 식사를 하는 장소. 혹시 정말로 노천 맥주집도 있을까? 꽃들. 가시며 거스러미를 말끔히 벗겨 낸 꽃들이 층계며 창가에 놓인 화분이랑 꽃병에 완전 가득가득 피어 있어야지. 사탕 같은 색깔의 새들이 은 새장에 들어 있지. 숲 속의 독수리들처럼 신경 거슬리게 울부짖으며 위협해 오는 새들 말고, 진짜로 노래하며 지저귀는 새들이 말이야. 새장은 봉에 걸려 있고. 그리고 주둔지 마을에는 처녀들도 있어서 역시 지저귀듯 노래를 하지. 새들의 노래를 받아서 더 아름답게 부르는 거야. 그런 생각들을 했다.

어떻게 해서 이런 그림이 머릿속에 파고들게 된 것인지는 말하기 어려웠다. 한참 옛날, 뭐가 뭔지도 모르던 시절에 숲 속에서 한 점씩 한 조각씩 주워들은 이야기들이 모자이크처럼 짜 맞추어진 것이었으리라. 하지만 이 얼마나 아름다운 광경인가! 아가씨들은 물동이며 광주리를 들었고, 모자이크 된 조약돌들 하나하나가 반짝거린다. 창문턱마다 식히려고 내놓은 갓 구운 과일파이들이 있고, 주부들은 하나같이 인심 좋게 파이를 나눠준다. 학교 다니는 아이들은 한결같이 명랑하고 해맑다. 그리고 아버지들은 모두가 점잖아서 고마워할 줄 안다. 특히 젬시의 아버지는 더하지. 브르르는 당장 가고파 견딜 수 없었다.

밤이 와 잠을 청할 때, 낯선 이끼 위에 불안한 마음으로 누워서, 브르르는 이러한 영상들을 되풀이해 그려 보곤 했다.

그렇게 엿새 남짓 길을 갔다. 소리를 내어 대화의 첫 수를 연습하면서 가고 있었다.

"안녕하세요! 전 이 마을에 아주 처음 옵니다.""안녕하세요! 당신 마침 새 친구 아주 필요하지 않으세요? 전 친구 해본 경험 있어요." 그러면서 무성하게 흐드러진 블루베리 덤불 가장자리를 뚫고 지나가려 했다. 진한 파란색과 검은색과 분홍색 과실들이 가지가 무겁도록 달려 있는데, 작은, 대략 인간 소년과 비슷한 크기의 웬 짐승 하나가 그 사이로 불쑥 주둥이를 내밀었다. 브르르는 자제할 수가 없었다. 말을 붙였다.

"이 큰 숲 속에 달랑 혼자서 돌아다니다니 너 참 아주 용감하구나."

작은 짐승은 얼어붙었고, 블루베리를 닮은 눈 하나를 굴려 사자를 올려다보았다. 브르르는 어깨를 딱 펴고 머리를 높이 쳐들어, 갈기가 근사해 보이도록 바람을 넣었다. 그러거나 말거나 작은 짐승은 땅바닥에 발라당 뒤로 자빠지더니 과일 즙에 물든 두 앞발을 굽혀서 털이 복슬복슬한 턱 아래에 붙였다.

"맙소사, 럴라이나여. 내 대화술이 어찌나 재치 넘치는지 뭐라고 한마디만 하면 이리저리 턱턱 죽어 쓰러지네요."

브르르는 좀 더 자세히 보려고 가까이 갔다. 그 어린 짐승은 죽은 게 아니고 죽은 체하고 있을 뿐이었다. 브르르는 그 녀석이 틈새 바람에 날개를 떠는 나비 모양으로 파르르파르르 떨고 있는 걸 눈으로 보았다.

"너 뭘 하는 거야? 난 널 해치지 않아."

"다 제 운이죠." 새끼 곰이 말했다. 이제 보니 보통 곰이 아니었다. "규칙을 어기고 혼자 나와 돌아다니니까 '숲의 왕'이 날 잡아먹으러 온 거잖아요."

브르르는 그 '왕'이 오나 하고 뒤돌아볼 뻔했다.

"설마 내 얘기야? 아주 익살을 떠는구나. 일어나. 해치지 않을 테니까. 몸을 일으키라고. 아주 심장 발작이라도 난 것처럼 그렇게 땅에 눕는 이유가 뭐야? 꼴사납게."

새끼 곰은 일어나 앉았다.

"일어나라면 일어날게요. 절 해치지 않겠다고 약속하실 거죠?"

"약속은…… 내 미래가 약속돼 있지. 왜 그렇게 풀썩 쓰러진 거야? 내가 사냥꾼 같아 보이던?" 브르르는 괘씸하기보다 궁금증이 났다.

"그건 더 큰 상대를 만나면 하는 거예요. 더 힘세 보이는 적 앞에서 순진하고 가련한 척을 하는 거죠. 그러면 그 모습이 상대방의 고귀한 자비의 감정을 자극하게 돼요. 아무튼 이론은 그래요. 전에는 한 번도 실습을 해볼 필요가 없었어요. 그치만 효과가 있는 거 같네요. 내 이름은 커빈스예요."

새끼 곰은 비록 목소리에 떠는 기색이 있긴 해도 유창하게 지껄이는 게 어른스러워 보였다. 브르르는 혹시나 하는 기대감에 물어보았다.

"너희 부족한테 버려져서 길을 잃고 외톨이로 지내고 있니?"

"다들 끝도 없이 시시덕거리는 게 지겨워 잠깐 따로 나와 쉬고 있었을 뿐이에요. 우리 무리는 저 아래쪽 시냇가에 있어요. 우리 부족을 죄다 죽여 뿌리까지 없애려고 온 건 아니시죠?"

"그럴 리야. 난 방향을 좀 알았으면 해."

"짐승들의 왕께서 방향을 아셔야 한다고요?"

"그 소리 좀 그만둬 줄래? 난 하다못해 동네 수준의 유명 인사도 못 된단 말이야. 그냥 지나치는 길이고 내 일에만 아주 신경 쓸 뿐이야."

"그런가요. 그 훈장이며 뭐며, 척 봐도 관청에서 나오신 분 같아서요. '아주'란 말을 그렇게 아주 자주 쓰는 게 그 때문 아녜요?" 커빈스는 어린 게 사실이지만 사자를 놀려먹고 있었다.

"날 너희 지도자한테 데려다 줘. 부탁해." 브르르는 '아주'라는 말을 쓰지 않으려고 노력하며 말했다.

커빈스는 순순히 말을 들었다.

"여왕님이 지도자로 돼 있긴 하죠. 그치만 사실은, 내가 바로 우리 무리의 소년 보안관이에요. 아무튼 당신이 발을 헛디뎌 내 머리 위로 튀어나왔어도 제게 자비심을 보여 준 이상, 원하시는 대로 해드릴게요. 날 따라오세요."

새끼 곰은 브르르를 데리고 땅이 층진 곳 가장자리를 따라가다가 내려가는 길을 찾아 널찍하고 야트막한 시냇물 가로 나갔다. 그러고는 큰 소리로 외쳤다.

"숲 속에서 길 잃은 나를 찾아 준 게 누군지 좀 보세요!"

"거짓말쟁이, 거짓말쟁이, 바지 궁둥이에 불붙었다니?"

다른 곰들이었다. 다 자란 놈들이 다섯인가 여섯 마리 거기 있었다. 덩치가 실한 곰 몇은 서로 어울려 놀고 있고, 나이 들어 늙은 한 마리는 흡사 지저분한 반신욕조인 양 물웅덩이에 몸을 반만 담그고 들어앉아 있었다.

"저이들이 하는 소리 맘에 두지 마세요. 오후 시간을 다 바쳐 발효된 꿀이 찬 벌집을 후비고 있었거든요." 커빈스가 말했다.

브르르는 징검다리를 삼을 만한 돌들을 골라 발바닥 살이 젖지 않게 조심해 가며 시냇물을 건넜다.

"우우우, 오늘 갓 나온 신품 머저리가 행차하셨네?" 손위 곰들 중 한 마리가 말했다.

"미처 알아 뵙지 못했는걸? 점잔 빼는 아가씨이신걸. 조 돌들을 사뿐사뿐 밟고 가시는 모양새가, 저희 엄마 비단양말을 버릴까 봐 걱정되는 게지."

"그만해요, 브루너 오브루인! 이 양반은 나한테 잘해 줬다고요." 커빈스가 윽박질렀다.

"사자 나리, 성함은 어찌 되십니까요?" 브루너 오브루인이 물었다.

"브르다." 사자는 대답을 하면서 갈기를 흔들었다. 자기의 어조에나 그 이름 자체에서도 위협적인 분위기가 풍기게 하고 싶었다. "너희들은 누구냐?"

"오즈 최후이자 최고의 희망이지요. 정재계를 쥐고 흔드는 무리들이오!" 브루너 오브루인이 놀리듯이 말했다. 그러곤 벌떡 일어나 궁둥이를 뒤로 빼고 흔들어 댔다.

다른 곰들은 낄낄거리며 난리가 났다. 커빈스는 눈을 떼굴떼굴 굴리더니 망가진 쇠바가지로 물을 떠 사자에게 한 모금 들라고 권했다.

"우리는 '북방의 여왕'인 우르살리스의 궁정에 몇 남지 않은 잔존자들이랍니다. 어려운 시절로 굴러 떨어졌지만, 심성은 반듯해요. …… 반듯하길 바라요. 저기 있는 저분이 우르살리스예요."

커빈스는 가장 나이가 많은 곰을 지목했다. 그녀는 때마침 앉은 자리에서 일어나 기지개를 켜는 참이었다. 우르살리스는 엄청나게 덩치가 컸다. 입수염까지 희게 세어 첫눈에 나이가 드러나 보였지만, 그럼에도 덩치만은 우뚝해 한무리 곰들을 압도했다.

"우르살리스, 손님한테 인사하세요."

여왕의 털가죽은 쥐가 파먹은 꼬락서니에, 옷이라 부를 만한 것은 전혀 걸치지 않고 세 사이즈는 더 크게 만들어야 할 법한 여자용 왕관만을 쓰고 있었다. "질 좋은 주류를 상식 이하 가격으로 드립니다."라고 쓰여 있는 긴 천을 한쪽 어깨에서 다른 쪽 허리 아래까지 비스듬히 걸쳐 매었다. 여왕은 낯을 찌푸렸다. 관절염을 앓고 있는 듯했다.

"북방의 여왕이라고?"

"북방 곰들의 여왕님이세요." 커빈스가 말을 고쳤다. "야생에 남아 있는 우리는 수가 그렇게 많지 않죠. 우리 친척들, 사촌들은 인간 세상의 편의와 오락이라는 미끼에 쉽사리 유혹당하니까요. 침대에다, 줄줄 나오는 뜨거운 물, 휘스트 카드놀이 대회, 얼마든지 있지요. 그래도 우리 몇몇은 오랜 삶의 전통을 고수하고 있고, 우르살리스가 우리의 영도자세요."

여왕은 네 발을 다 딛는 육중한 걸음으로 나섰다.

"사자가 경의를 표하러 왔구먼." 그러면서 부드러운 눈으로 브르르를 건너다보았다. "이 근방에서 사자를 보기는 여러 해 만이야."

"이 근처에서 사자를 보신 일이 있다고요?" 브르르는 대화를 할 새로운 이유를 발견했다. 과거사를 점검할 수 있다. "아주 얼마나 놀라운 일인지 모르겠군! 난 다른 사자를 만나 본 적이 없어요. 그게 누구였나요? 그 사자들이 어디로 갔나요? 그들이 사자 새끼를 엉뚱한 데서 잃어버리지는 않았는지 혹시 아세요? 그 사자들이 저같이 생겼던가요?"

"보채지 말게. 내 머리론 자세한 건 기억 못 해." 우르살리스가 말했다. 그녀는 자기 발톱을 꼼꼼히 살펴보더니 인상을 구겼다.

"아, 하지만 작은 거 하나라도 기억이 나신다면 제발요! 아주 작은 거 하나라도요!" 브르르가 졸랐다.

우르살리스는 머리를 옆으로 돌려, 한쪽 눈으로만 브르르를 보았다. 눈빛이 차가웠다. 브르르는 덧붙였다.

"여왕 마마."

그 말에 여왕은 기분을 풀었다.

"가끔은 아무 노력 안 해도 자질구레한 것들이 기억날 때가 있지. 어떻게 되나 한번 보세. 그건 그렇고, 무슨 바람이 불어 우리 숙영지에 오게 되었는가?"

"테니킨으로 가고 있어요. 인간들의 주거지지요. 병사들이 거기 주둔하고 있는 걸로 알아요. 오즈의 마법사에게 충성하는 부대 병사들이요."

"테니킨이라." 우르살리스는 콧노래 부르듯 그 이름을 되풀이했다. "여봐들, 테니킨이 뭔지 알겠나?"

"테니킨은 굳이 알아야 할 게 못 되죠. 우리가 한동안 알고 있음으로써 그곳을 알 가치가 있는 곳으로 만들어 주지 않는 이상에는요." 브루너 오브루인이 말했다. 어조는 자신 만만했지만 말을 하면서 슬그머니 외면하는 것이, 여왕과 눈을 마주치고 싶지 않은 듯했다.

여왕은 계속해서 물었다.

"케러웨이 코일? 벙글러 미그로리? 섀빈 브리요인? 누구 테니킨이 기억나는 곰 없어?"

섀빈이라 불린 곰이 입을 열었다. 그 곰은 암컷으로, 앉아서 겨드랑이에서 서캐를 뜯으면서 이렇게 말했다.

"지나 버린 일들이 너무 많아요. 테니킨이 굳이 기억할 가치가 있다고는 생각 안 해요, 설사 우리가 그곳을 알았더라도 말이죠. 그렇지 않다면 우리가 기억하고 있을 거 아니겠어요?"

"늘 그렇지만 참 옳은 말이야. 역시 우리 섀빈이지." 수컷들이 말했다.

그렇게 입을 모아 찬동하는 소리에 여왕은 만족스러운 듯했다. 우르살리스는 몸을 돌려 사자를 향했다.

"우린 이 일에서 자넬 도울 수가 없는 것 같구먼. 역시나 말이지. 테니킨이라는 이름을 들어도 아무 생각이 안 난다네."

"한바탕 밥찌꺼기를 뒤져 먹곤 했던 데가 거기 아니에요?" 커빈스가 물었다. "저야 물론 작년 봄엔 진드기 새끼만 한 꼬맹이였지만, 마구 달려 지나가는 기차 엔진 소리에 기겁했던 곳이 바로 테니킨 아니었나요?"

"네 생각 따위는 상관 말려무나." 우르살리스가 자애롭게 타일렀다. "넌 너무 어려서 필요 없는 것들을 잊는 방법을 못 배워서 그렇지. 네가 장담을 한들, 우리가 맞다고 힘을 보태 줄 수 없는 한에는 그 얘기 속에 득이 되는 진실은 담겨 있지 않은 법이야." 그러고는 한쪽 눈썹을 치올리고 브르르를 보았다. "자넨 꿀 좀 들겠나?"

사자는 고개를 저었다. 그들끼리 나눈 절름발이 대화를 듣고 있노라니 힘이 쭉 빠졌고, 지키려고 애쓰던 확신에 찬 태도도 이제 막 무너지려고 했다.

"물 한 모금만 더 마시고, 이제 가던 길이나 가렵니다."

"가던 길이라니, 무슨 길?" 우르살리스가 물었다.

"테니킨으로 가는 중이라니까요."

"그런 이름은 들어 본 적이 없군." 여왕은 엄숙하게 단언했다.

"우리 싸움꾼들 중에 누구 테니킨이라고 들어 봤나?"

"난 몰라요." 캐러웨이 코일이 말했다.

벙글러 미고리는 두 앞발 사이에 대가리를 박고는 코를 골기 시작했다. 섀빈 브리요인이 말했다.

"이 얘기를 전에 한 번 했던 것 같아요. 하지만 내가 어디 다른 장소를 가지고 착각하는 거겠죠. 아니면 우리가 했던 얘기의 화제가

뭔가 다른 것에 관한 것이었든지……." 그러면서 멍한 낯으로 뜯어
낸 서캐를 먹었다. "난 얘기하는 게 좋더라." 하지만 혼잣말에 가까
웠다.

우르살리스가 사자 쪽으로 고개를 돌려 물었다.

"자네 이름이 뭐지?"

"한 번 말을 한 것 같은데요. 브르르라고 합니다."

"근사한 이름이야. '브르르'라니, 곰 이름처럼 들리는군. 조상 중
에 곰이 있는가?"

"그럴 리는 아주 없을 것 같습니다." 브르르가 말했다. "여기까지
오는 길에 누구한테 조롱은 좀 받았던 것 같지만, 전 그야말로 아주
사자임에 틀림이 없다고 생각하는데요."

"그러면 자네 부모님이 어째서 그렇게 곰 같은 이름을 지어 주었
나?"

"전 부모가 없어요." 브르르가 대답했다. "혹시 여왕님께서 이 근
방에서 사자를 본 걸 기억하신다면 모르지만요. 사자들의 무리가 무
슨 일로 행진해 지나가는 걸 보신 적 없으세요?"

"누군가 자네한테 이름을 지어 준 게지. 아니면 자네가 스스로 자
기 이름을 지어 가진 겐가?"

이 질문은 이전에는 한 번도 브르르의 머릿속에 떠오른 적이 없
었다. 브르르는 자기 이름을 지은 일이 없었다. 그렇다면 그의 이름
은 대체 어디서 왔단 말인가?

"부모님이 계셨던 기억이 없습니다." 브르르는 그렇게 대답했다.

"곰이라면 누구나 부모가 있네." 우르살리스가 말했다.

"캐러웨이, 네 녀석도 아버지와 어머니가 있지? 안 그래?"

"여왕님이 우리 어머니시잖아요. 아닌가요?" 캐러웨이는 수상하다는 듯 되물었다.

이번에는 우르살리스가 헛기침을 하며 화제를 바꿀 차례였다. 그 문제에 제대로 판정을 내려 줄 수 없었던 것이다. 그녀는 서둘러 말을 이어 갔다.

"내가 자네라면, 부모님을 찾아내서 왜 나한테 곰처럼 들리는 이름을 붙여 주었느냐고 물어볼 거야. 그렇게 되거든 돌아와서 우리에게 말해 주게나."

"우리가 댁을 못 알아볼 가능성이 있긴 하지만요." 섀빈이 말했다.

"커빈스를 제외하곤 말이지." 우르살리스가 자애롭게 말했다. "넌 기억을 할 테지. 안 그러냐, 사랑스러운 것아?"

커빈스는 고개를 다른 쪽으로 돌렸기에, 여왕은 그가 자기 쪽으로 눈알을 굴리는 것을 보지 못했다.

"제 부모님은 찾을 수가 없어요. 누구였는지도 모르는걸요." 브르르가 말했다. "내가 아는 바로는 부모님은 돌아가셨어요. 그게 다예요. 그건 그렇고, 저는 테니킨으로 가고 있거든요? 남쪽에 있는 인간들 마을인데요?"

"아, 인간들. 흐으으음. 나는 그들이 세상에 존재한다는 말에 넘어간 적이 없지. 인간들이라니."

"물론 인간은 존재해요. 우리 사촌 친척들이 더 이상 못 참겠다며 떠나 버린 게 다들 그들한테 간 건데요." 브루너 오브루인이 말했다.

"그 애들이 인간이 되러 갔느냐?"

"아니요. 그이들은 인간들 있는 데로 갔어요."

"테니킨 같은 곳 말이지요." 사자가 말했다. 이야기를 진행시키려고 한 것이지만, 더 이상 참을 수가 없었다. "아시잖아요. 테니킨이라니까요. 인간들 주거지예요. 내가 알기론 병사들이 주둔하고 있다고 하고요. 오즈의 마법사한테 충성하는 병사들이요."

"아하." 우르살리스가, 듣긴 들었는지 이렇게 말했다. "위대한 '우우' 말이로구먼."

커빈스가 그 말을 브르르가 알아듣게 설명해 주었다.

"'우우'란 건 우리가 오즈의 마법사를 부르는 이름이에요. '위대하고 놀라운 우우'라고 그러죠."

"한데 정말로 세상에 그런 존재가 있다손 치면 말일세, 그이는 그이 있는 곳에 있고 우리는 우리 있는 곳에 있는 게지. 아무튼 간에, 우린 어디의 누구건 '마법사'의 백성은 아니야. 그자는 길리킨 대삼림은 통치하지 않아."

"까마득 멀지요." 캐러웨이 코일이 트림을 하며 맞장구쳤다.

"그자는 여기 와 본 적도 없는걸요." 새빈도 말했다.

"만약에 그자가 실제 있다면, 우리가 사지를 좍좍 찢어 버릴 거야." 캐러웨이 코일이 말했다. "내가 4분의 3박자로 헐떡이는 것 좀 봐 줘. 진짜 근사하다고." 그는 다른 이들에게 그렇게 강요하더니, 별안간 수성 뇌막염에 걸린 개가 코에 모기를 앉힌 것처럼 굴었다.

"오즈의 마법사는 온 오즈를 다스린다고 생각했는데요." 브르르는 그렇게 말하며 곰들의 주의를 도로 돌려놓으려고 애썼다.

"이름이야 아무라도 자기 마음대로 지어 가질 수 있잖아요. 오즈의 마법사가 됐든, 우우가 됐든, 짐승들의 왕이 됐든." 커빈스가 말했다.

"나도 이 정도는 알아. 그자가 인간 병사들을 우리의 숲 속으로 들여보냈어." 브르르가 대꾸했다.

"그자하고 안 마주치게 피해 있을 만한 이유가 충분히 되네요. 이 깊은 곳에 사는 우리들 야생 곰들은 개종을 거부하는 오즈마의 추종자들이에요. 오즈마가 이미 오래전에 대중의 눈앞에서 모습을 감추어 죽은 걸로 여겨지고 있기는 하지만요. 그럴지라도 우리들은 그녀를 위해 횃불을 나르고 있어요. 오즈마의 치세에는 야생 짐승들한테 현 정권처럼 이렇게 적대적으로 대하지 않았어요. 그녀가 다시 돌아와 주기를. 듣기로는 오즈의 수난 시대에 이르러 그녀가 오즈를 구하러 돌아올 거라고들 하지요."

"누가 그런 얘길 하는데?" 브르르가 물었다.

"일반적으로 퍼져 있는 예언이에요. 상식이라고나 할까, 난 몰라요."

"그런 얘기를 할 놈들이야 하라고 그래." 우르살리스가 짖었다.

커빈스는 말을 이었다.

"글쎄 말이죠, 내가 알고 싶은 것은 이것뿐이에요. 오즈마가 뭣 때문에 시간을 끌고 있는지? 요즘 세상 같아서는 충분히 수난 시대 잖아요. 어디를 가든 위협과 공포뿐이에요. 상황이 더 악화될 때까지 기다려야 하는 걸까요?"

"저 잘나 빠진 녀석 하는 소리 보게. 우리는 절대 오즈마를 믿은 적 없어." 우르살리스가 말했다. "내가 절대로 안 믿었으니까, 너도 절대로 안 믿은 거야. 난 너희 여왕이라고."

"전 글쎄 당신도 믿은 일이 없네요." 섀빈이 말했다.

여왕이 섀빈 쪽으로 눈을 부라리자 섀빈은 얼른 브르르를 가리켰다.

"이 무리를 건사하자면 눈코 뜰 새가 없겠군요." 브르르가 중얼거렸다.

우르살리스가 말을 받았다.

"사실 말이지, 우리 중에서 영리한 축들이 인간 세상으로 떠났다는 얘기도 있다네. 출세하기에 더 유리한 조건이 어쩌고 하는 등등 얘기지. 어쩌면 그렇기보다는 그냥 일어나서 쓱 가 버린 것일 게야. 개인적으로 난 이렇게 생각한다네, 여기에 머물러 궁정을 꾸리고 통솔해 나가는 데는 확실히 성격이 좀 있어야 해. 태곳적의 야생지에서 존재를 유지하려면 말일세. 숲은 목가적인 곳이니."

우르살리스의 말투로 들으면 숲이 낙원 같았다. 쉴 새 없이 집적거리는 날벌레들, 족내혼으로 이루어진 가족 안에서 되풀이되는, 술 취한 듯 빙빙 제자리에서 맴도는 대화가 말이다.

"어찌 되었든 우리가 귀찮음을 무릅쓰고 오즈마를 믿는다 치면 우리는 그녀가 돌아오길 기다리는 중일세. 인간들과 거래를 해봐야 뭐 하나 좋을 일이 없거든. 내 말을 기억해 두게나, 젊은 사자여."

"하지만 그들이 다시 돌아오기는 하나요? 인간 세상에 사는 여러분의 사촌들이요?"

"커빈스, 우리 손님을 좀 도와주련? 얘기 들어 주기도 지치는구나." 우르살리스는 일부러 한다는 것이 뻔히 보이는 하품을 한 방 내놓고는, 작은 바윗돌만 하게 잘라 놓은 세모꼴 벌집 덩어리에서 뚝뚝 흘러 떨어지는 벌꿀 방울 쪽으로 돌아갔다.

커빈스는 다른 곰들에게 고개를 끄덕여 보이고는 머리로 사자를 쿡 찔렀다. '이쪽으로 오세요, 이쪽으로.' 사자는 그를 따라갔다. 뱃살을 출렁이지 않으려고 몹시도 노력을 했다. 그랬는데도 그가 지나쳐 갈 때 곰들은 숨죽여 이러쿵저러쿵 뒷말을 해 댔다.

"여기 있는 너희 가족 정말 끝내 주는구나." 그들이 엿들을 염려
가 없을 만큼 충분히 거리가 떨어진 뒤에 브르르가 말했다.

"너무 그러지 마세요. 저이들은 정말 어쩔 수 없어서 저러는 것뿐
이니까. 저게 우리들 곰들에게 닥친 일이에요."

"꿀을 먹어서 정신이 나간 거야?"

"꿀 때문이라고는 할 수 없을 것 같아요. 정말로 이렇다 저렇다
확신할 수는 없지만요. 전 아직 술이 들어간 벌꿀은 별로 안 좋아해
요. 그래서 저이들하고 같이 먹지 않죠. 그렇긴 해도, 지켜본 바에
의하면 곰이 어른이 됨에 따라서 어떤 음식에 대한 입맛이 발달하곤
하더라고요. 어찌 됐든 간에 제 생각에는 우리 곰들이 그저 종족의
기억을 그다지 갖고 있지 않다는 것, 그뿐인 것 같아요. 곰은 현재의
생물이에요. 어떤 곰이 혹시 자기가 현재에 만족하지 못하고 있다는
생각이 들면, 글쎄요, 그 곰은 뛰쳐나가 인간들의 세상으로 가지요.
당신이 말한 테니킨이라든가, 아니면 다른 데 어디로 가겠죠. 어쩌
면 그이들은 기억에 짓눌려 사는 인간들처럼 기억의 무게에 자신들
이 익숙해질 수 있을지 시험해 보려고 했다가 그 무게에 깔려서 옴
짝달싹 못 하게 된 건지도 몰라요. 어쩌면 우우가 그들을 붙잡은 건
지도 모르고요. 누가 알겠어요?"

어쩌면 그것이 브르르의 부모에게 일어난 일이었을지도 모른다.
어쩌면 그들이 인간들 세상에 들어간 것인지도. 하지만 브르르는 커
빈스와 그 얘기를 하고 싶지는 않았다. 이런 모든 궁금증들이 그에
게는 새로웠다. 아마 그의 친구 젬시가 쓰러져 죽어 가면서도 자기
아버지를 애정 깊게 추억했던 얘기를 듣던 중에 생겨난 것들이리라.

브르르는 생전 처음으로 화제 바꾸기라는 대화의 술수를 시도해 보았다.

"넌 어떻게 해서 보안관이 되었지?"

"그냥 제가 제일 어려서 그래요. 제일 나이가 어린 곰이 항상 그 무엇보다 중요하거든요, 물론 여왕님은 빼고요. 전 보안관이고, 회계도 맡고 있고, 미수 계정 담당관이기도 하고, 목사에다가, 사회보장 위원회 노릇도 하고, 게다가 역사학자예요. 누군가가 사고를 쳐서 또 다른 새끼 곰을 갖게 되면 그 즉시 전 제 직위를 그 애한테 물려주고 물러날 거예요. 이쪽에서는 제일 어린 곰이 책임자니까요. 우리는 자라면서 잊어버리게 돼요. 근데 제가 이 말 이미 하지 않았나요? 어쩌다 잘못해서 했던 말을 되풀이하면 전 걱정이 돼요."

"넌 멀쩡해." 브르르가 말했다.

"당신 왜 야생을 등지고 인간 주거지를 찾아가고 있는 건지 말안 했어요."

브르르는 아직 젬시에 관해 이야기하고 싶지 않았다. 그것은 그의 비밀이었다. 그의 실수라고 해야 할 것이다, 아마도. 아니, 어쩌면 그것은 그 자신만의 희귀하고도 아름다운 미래로 가는 열쇠일지도 몰랐다. 어느 쪽이든 간에 브르르는 자기가 커빈스를 같이 데려가고 싶은지 어떤지 확신이 서지 않았다. 커빈스는 브르르보다 훨씬 더 사랑스러웠다. 어쩌면 젬시네 아버지의 시골집에는 커빈스가 들어가고 브르르는 마당에 쇠줄로 묶여 있게 될지도 모른다.

"도서관에 반납해야 할 책이 몇 권 있어. 친구 대신에." 브르르는 그렇게 말하면서 머릿짓을 해 가죽 끈으로 묶인 책 뭉치를 가리켰다.

"책이라고요! 당신 도대체 길리킨 대삼림 속에서 책을 갖고 뭘 하는 거예요? 놀라 자빠지겠네!"

"돌려주러 간다니까. 내가 말했잖아."

"그렇지만 원래 어디서 났는데요?" 커빈스는 책이 탐이 나는지 안달을 했다. "나 좀 보여 주세요. 봐도 되죠?『말하는 동물들의 자유에 관한 논문 3편집』. 금박이 거의 흐려진 이 책은 뭐지?『밝혀지지 않은 오즈마』. 우와, 세상에. 보물을 찾았네. 게다가 딱 우리 같은 동물들한테 흥미 있을 법한 책들이네요."

"저기, 꼬질꼬질한 앞발로 그렇게 마구 발 도장 찍으면 안 돼. 내 책이 아니니까 빌려줄 수 없다고."

"이 무늬가 새겨진 은색 기장은 뭐예요?"

"훈장이지." 브르르가 말했다. 한층 낮은, 머뭇거리는 기색이 있는 음성으로, 마치 너무 겸손해서 그 이상은 말할 수 없다는 듯이 그가 말했다. "굳이 말하자면 용감함에 대한 표창이라고나 할까."

"전혀 짐작도 못 했네요, 그건." 커빈스의 말은 푹 찌르는 것처럼 솔직했다. 다만 눈은 여전히 책들 위에 못 박은 채였다.

"저기 말이야, 나한테는 지켜야 할 일정이 있거든?" 사자가 말했다. "점점 확실히 알게 되는데 말이지, 난 바쁜 몸이라고. 자, 아무튼 나한테 도움이 될 만한 길을 일러 줄 수 있을 것 같니? 네 생각엔?"

"우리들 곰들이 가 본 적도 없고 믿지도 않는 그 테니킨이라면 남쪽에서 아주 조금 남서쪽 방향에 있어요." 커빈스는 비꼬는 기색도 없이 그렇게 말했다. "제가 가르쳐 드릴 수 있는 길은 하나뿐인데, 그리로 가면 구름 늪지대에 불안할 만큼 가까이 접근하게 돼요. 하긴 당신은 우리들 곰들이 그러는 것처럼 그렇게 그 길을 꺼림칙해하지 않을지도 모르지만요."

"그 장소는 들어 본 적이 없는 곳인데."

"구름 늪지대요? 아, 거긴 숲지대가 국물처럼 걸쭉하게 된 곳이에요. 습지라고 할까, 당신이라면 그렇게 부르겠지요? 여기서 그렇게 많이 멀지 않아요. 대개의 시간 동안에는요. 비록 기묘하게 움직여 다니는 경향이 있긴 해도요……. 구름 늪지대에 대해서 몰랐다니 상상이 안 가네요."

"나한테 그 얘기를 해 줄 부모님이 안 계셨으니까." 브르르가 메마른 소리로 대답했다.

"흠. 거긴 오즈미스트들이 떠돌고 있어요."

"오즈미스트라. 뭐 하는 자들이지? 아까 얻어들은 그, 왕위를 빼앗긴 오즈마의 혈통을 지키는 비밀 수호자들인가?"

"짐작은 근사하네요. 하지만 틀렸어요. 오즈미스트는요…… 더 좋은 표현이 생각나지 않으니 당신이라면 그들을 유령이라 부를 거라고 해 둘게요. 아니면 유령의 파편이라고나 할까."

"옮겨 다니는 유령들이란 말이지." 브르르는 평정한 목소리를 내려고 애를 썼다. "오래된 유령이야, 요새 들어 생긴 거야?"

"전 몰라요. 우리 곰들은 대개 언제든지 구름 늪지대를 피해 다녀요. 아마 우리는 좋든 싫든 간에 우리의 과거를 포기하고 사는 거겠죠, 좀 전까지 보셨잖아요? 그런데 유령들이란…… 정말이지, 유령들이란 그야말로 과거 외에는 아무것도 아니에요. 보세요, 당신 부모님이 돌아가셨다면 말이에요, 그 구름 늪지대에서 하나쯤은, 아니면 두 분 다의 오즈미스트하고 마주칠지 몰라요. 그러면 최소한 왜 당신 이름을 브르르라고 불렀던 건지는 들을 수가 있겠네요. 아니면 왜 당신만 남기고 떠나서 죽었는지, 뭐 그런 것도 더 가르쳐 달랄 수 있겠죠."

"우리 부모님이 돌아가셨다고 말한 적은 없는데."

"그래요. 그런 말 안 했죠. 하지만 그럼 그분들은 어디 계신 건데요? 오즈의 근사한 세상 물결 속에 다른 말하는 동물들과 인간들 사이에서 고상한 삶을 누리고 있겠어요?"

"만약 그들이 유령이라면…… 음…… 유령이 누굴 해칠 수 있니?"

"당신이 얘기하는 건, 당신을 해칠 수 있느냐 하는 거겠지요? 그럴 일은 없을 것 같은데요." 커빈스가 대답했다. "그들은 그저 관념일 뿐이에요. 그렇지 않은가요? 한 개인의 수의가 스르르 녹아 없어지는 중이라고 할 수 있는, 그런 거죠. 그래도 공평하게 말을 해야겠죠, 이 문제에 대하여 내 말만 너무 믿진 마세요. 왜냐하면 내가 아는 바로는 우리들 곰들을 깜짝 놀래서 이렇게나 건망증에 빠지게 만들어 놓은 게 유령들이었으니까 말이에요. 언제 우리가 모험을 감행해 구름 늪지대 속에 들어선 일이 있기는 했던지 우린 절대 기억 못해요. 내가 아는 건 그저 내가 책임을 맡은 이후로는 그런 적이 없다는 것뿐이에요. 그 점 하나만은 내가 확신해요."

브르르는 어떤 개념의 유한한 껍데기를 벗겨 버리고 알맹이만을 마주한다는 생각이 구미를 당기는지 어떤지 확실히 정할 수 없었다. 이런 얘기를 어떻게 말로 할지는 도무지 몰랐지만 말이다.

커빈스가 어깨를 으쓱했다.

"그냥 생각일 뿐이에요. 어쩌면 부모님이 돌아가셨건 안 돌아가셨건 당신은 알고 싶지 않을지도 모르죠. 당신이 생각하기에 별로 탐탁지 않으면, 과거 쪽을 향하고 가 보세요. 당신이 말한 테니킨을 찾을 수 있을 거예요. 남쪽으로 가요, 거기 어디일 테니까. 그렇지만 정확히 어디 위치하는지는 난 모르겠네요. 누구 다른 사람한테 가르쳐 달래야 할 거예요."

"안타깝구나. 네가 좀 더 좋은 정보를 알려 줬다면 이 책 중 한 권으로 신세를 갚으려고 했는데."

커빈스는 실망한 기색이었지만 원래 성격대로 명랑하게 대꾸했다.

"뭐, 상관없어요. 내가 앞으로 뭘 읽든 간에 결국 조만간 잊어버리고 말 테니까요."

"머리가 있는 곰이 너 혼자뿐이라는 건 힘든 일일 거야." 브르르가 말했다.

"당신하고 같이 가면 좋기야 하겠죠. 그렇지만 누군가 이 한 무더기의 친구들을 똑바로 잘해 나가게 잡아 줘야만 하니까요. 만약에 내가 일깨워 주지 않으면, 저이들은 듣기도 짜증나는 그 케케묵은 말장난 수수께끼의 답 하나도 까먹고 말 거예요. '곰이 숲 속에 똥을 누게 안 누게?' 이런 거."

브르르는 자기가 결국에는 테니킨에서 차지하게 되리라고 꿈꾸는 영광을 한 조각인들 커빈스에게 나눠주고 싶지 않았다. 하지만 다른 한편으로는, 브르르가 피하려고 마음먹고 있는 오즈미스트와 혹시라도 어쩌다 우연히 맞닥뜨리게 되고야 말았을 경우에, 꼬마 곰 보안관이라는 길동무와 함께한다는 것은 환영할 만한 일이었다. 그래서 이렇게 말해 보았다.

"네가 그냥 여기에서 떠난다 쳐도, 너희 가족은 1분 만에 널 잊어버릴 거야. 그게 대체 뭔가를 잃어버렸다고 할 만한 것이나 되니? 그들을 위해 너 자신을 희생할 것 없어. 그들은 뭐가 달라졌는지 알지도 못할 텐데."

"듣자니 뭔가 알 것 같군요." 커빈스가 말했다. "가족이 있다는 건 상처 될 일이 아니에요. 아시다시피, 문제가 있는 가족일지라도요. 최소한 나는 내가 어디에 있는지는 알고 있어요. 당신은 테니킨에서 뭘 찾으려는 거죠? 당신 부모님이 그리로 가셨다고 생각하나요?"

브르르는 갈기를 홱 떨쳤다.

"내 용건은 내가 알아서 할 일이야."

"당신은 정말로 구름 늪지대로 출발해서 뭘 할 수 있을지 찾아봐야 해요. 알잖아요. 그렇게 하는 게 수색 범위가 좁아져서 당신한테 도움이 될 거예요. 선대 분들이 죽고 없다면 뭣 때문에 그분들을 찾아내자고 시간을 허비하는 건데요?"

"고마워. 하지만 그건 됐어." 브르르는 그렇게 말했다. 그러고는 젠체하던 태도를 포기해 버렸다. "진실을 말하자면, 나는 동행이 없이는 그게 어디든 구름 늪지대라고 불리는 장소에 발을 들여 놓을 엄두가 안 나."

"구름 늪지대? 그게 뭐예요?" 커빈스가 말했다. 하지만 사자가 놀라서 뚫어지게 보는 사이에 새끼 곰의 눈이 장난스럽게 반짝였다. "이제 가는 편이 낫겠어요. 여기 사는 우리 가족 무리는 그럭저럭 괜찮지만, 저러다 안 괜찮아질 수도 있거든요. 분위기가 바뀌는 건 한순간이에요. 저이들이 당신이 나를 유괴해 가려 한다든가 어쩐다든가 하는 의심을 품고 수상하게 보기 전에 떠나도록 하세요. 그들이 확실히 아는 것 하나는, 그들의 삶에 그만큼이라도 의미를 부여해 주고 그나마 남아 있는 얼마 안 되는 역사를 지탱해 줄 아기곰이 없이는 모든 게 끝장이라는 거니까 말이에요."

"그런데 넌 혼자서 블루베리를 따러 나왔단 말이지."

"못된 짓은 하루에 한 번이면 족하지 않나요?"

"만나게 되어 정말로 즐거웠어." 사자가 말했다. 진심에서 우러난 말이었다. 커빈스와 헤어지려니 마음이 안타까웠다. "행운이 있길 빌어. 내가 인간들 세상에 들어가는 데 성공한다면, 언젠가 거기서 너하고도 마주치게 되었으면 하고 희망할 거야. 넌 여기서보다 좀 더 좋은 환경에서 살아야 해."

"삶이란 예측을 불허하죠." 커빈스가 말했다. "난 우리가 다시 만날 일은 상상이 안 되지만, 누가 알겠어요? 거드럭거리면서 폼을 재는 사자를 찾아보도록 할게요. 농담이에요."

"그럼 이제 내가 구름 늪지대를 피해 가고 싶다면 어느 길로 가야 할까?" 사자가 물었다.

"이 지점에서 시내 바닥을 따라간다면 왼쪽이나 오른쪽이나 상관없어요. 계속해서 오르막으로 길을 잡기만 하면 늪지대를 빙 둘러 가게 될 거예요." 커빈스가 말했다. "행운을 빌어요, 아주 브르르한 양반."

4

 곰들의 여왕 우르살리스의 말은 정곡을 찔렀다. '가끔은 아무 노력을 안 해도 자질구레한 것들이 기억날 때가 있지.' 그 어느 때에 추억이 부르지도 않았는데 별안간 터져 나와 볼모를 잡게 될 것인지 누가 알까? 야클의 질문은 브르르가 이 모든 추억들을 꽉 얽매어 두었던 오래 묵은 쇠사슬 중 몇 가닥을 홱 잡아채 풀어 버린 게 분명했다.

 그리고 이렇게 우르르 쏟아져 내린 과거의 회상은 브르르가 반기든 꺼리든 상관없이 그가 달려온 길 위를 유막처럼 매끈하게 뒤덮고 있었다. 더 전에 무슨 일이 일어났던가에 관한 브르르의 기억은 그 다음에 무슨 일이 일어났는가라는 명백한 이유로 인해 한계 지어져 있었다. 미래가 과거의 추억들을 새 모양으로 빚어내고, 그 중요성을 가늠할 저울눈을 다시 맞추었다. 어떤 일들은 더 높이 기용되고 다른 일들은 더 이상 부름을 받지 못해 묻혔다.

 하지만 그의 의도는, 맨 처음에는, 구름 늪지대를 피하려던 것이었다. 그런 게 아니었나? 자기 부족의 혼령들을 만날지도 모른다는 호기심에 그가 얼마나 안달을 했건 간에 그런 생각은 젬시의 유령과 마주치게 되리라는 공포심 앞에 맥을 못 추었던 게 맞다. 브르르가 젬시의 아버지에게 훈장을 전해 주기 전에는 안 된다. 그가 다른 누구 아닌 자신에게 수여되는 무용 훈장을 받아 마땅할 그때까지는. 애도하는 동료 병사들의 무리가 고마워하며 그를 한동아리로 맞아들여 막무가내로 훈장을 수여하고야 말지 않겠는가? 그리하여 사라져 버린 브르르의 원래 일족들에게 그가 혼자서 살아남았다는 걸 보여 줄 수 있게 될 때까지는 안 된다. 살아남았을 뿐 아니라 승리했다는 것을 보여 주어야지. 구름 늪지대는 그때까지 기다리고 있으면 된다.

그런데 테니킨의 위치가 결국 어디였던 걸로 밝혀질지는 몰라도 브르르로서는 내리막길을 향하지 않고는 절대 그곳까지 이를 수 없을 것만 같았다. 높은 지대로 올라가는 길이랍시고 그가 길을 찾기만 하면 바로 그 다음번 개 이빨처럼 삐죽삐죽 울타리 진 가시덤불이나 불쑥 튀어나온 화강암 덩어리를 돌아가는 족족 숨어 있던 물웅덩이가 나타나는 것이었다. 고약한 일이었다. 길에서 벗어나려고 해봤지만 그것도 헛수고였다. 지나갈 틈 하나 없이 줄줄이 꽉 맞물린 백악 낭떠러지 벽에 맞닥뜨리고야 마는 것이다. 너무 가팔라기어오를 수도 없었다. 마찬가지로 가다가 땅이 갈라진 틈새를 만나게 되면 번번이 너무 넓어 건너뛸 수가 없었다. 그리고 또다시 개이빨 같은 가시 울타리가 앞을 막았다.

결국에는 저지대를 피해 보자고 생각했던 것도 소용없이 배고픔이 브르르를 내리막길로 몰아갔다. 습기 차고 컴컴한 그곳에서라면 필경 보석을 덕지덕지 과하게 붙인 듯 지나칠 만큼 푸지게 연 달콤한 녹색 열매들을 뿜어내는 울퉁불퉁 마디진 자갈딸기 덩굴을 찾을 수 있을 터였다. 브르르는 단 열매를 정신없이 따 먹었다. 자갈딸기는 뒷맛이 시고 떫어서 과연 두 번째로 열린 것들다웠다. 봄이 지나가고 있었다.

브르르는 시간이 그 나름의 허기를 품고 있어서 기다란 섬유 줄기 같은 일 분 일 분을 뽑아 먹고, 차례로 나오는 정찬 같은 한 시간한 시간을 집어삼키고, 한 철 한 철 수확물을 거두어들여 그것을 다먹어 버린다는 생각이 들었고 그 생각을 떨쳐낼 수 없었다. 이런 생각도 아마 시간이 지나가는 것을 전혀 의식하지 않는 채로 영원한현재에 살고 있는 저 곰들을 지켜보았기 때문에 들게 된 것이리라. 곰들은 자갈딸기 덩굴이 억지로 힘을 짜내어 열매철의 마지막을 알리는 아린 맛의 군것질거리를 맺었든 말았든 거기에도 아무 생각이없을 것이다.

몇 분이 지나자 브르르는 혹시 자기가 허겁지겁 삼켜 내린 자갈딸기 열매들이 발효되기 시작했던 건 아닌지 의심스러워졌다. 활기있던 평소 걸음걸이가 좀 무거워지는 듯, 아니 심지어 축축 처지는듯했다. 머릿속이 점점 빽빽해지고 해독 불가능한 상념의 안개가 늪이 뿜어내는 독기와도 같이 밀려들어 그를 휩쌌다. 얼마 더 가지 않아서 그는 턱을 땅에 박으며 고꾸라졌고, 빙그르르 몸을 뒤집어 등을 땅에 대고 벌렁 누웠다. 그는 눈을 뜬 채로 졸고 있었다. 하늘의별들이 그 무수한 등불을 밝혀 그의 내장이 꿈틀 하고 수축하며 뒤틀리곤 하는 꼴을 내려다보았다.

별이 보인다면, 분명 밤이 된 것이다. 지평선에 나타나 성좌를 지워 없앨 조상들의 구름 따위는 보이지 않았다.

기어 나와 돌아다니며 밤의 합창에 한몫을 하고 저희들 볼일을 보곤 할 숲의 생물들이 오늘 밤에는 거의 없다시피 했다. 사실상, 브르르는 바람이 사초 북데기를 흔들며 빚어낸 종이 사락거리는 듯한 소리 외에는 아무런 기척도 느끼지 못했다. 땅바닥에 괸 물웅덩이에 뛰어드는 개구리 한 마리 없었다. 변명 같은 울음을 끊임없이 지절대며 땅거미에 묻혀 갈 입내새 한 마리 울지 않았다.

심지어는 모기조차 한 마리도 없었다. 이것은 기쁜 일이기만 한 게 아니고 아예 불가능한 일이었다. 늪지대에서는 더욱이.

늪지대. 여기는 정말 늪지대가 맞았다. 아마 이제 생겨나서 커져 가는 중인 듯했다. 브르르가 뻗어 있는 자그마한 둔덕 주위에 강철 쟁반 같은 물이 사방을 두른 것 같았다. 수면이 너무도 잔잔해 성좌가 완벽하게 그대로 비쳤다. 어디에서 물이 끝나고 어디부터 하늘이 시작되는지 선을 그을 수가 없을 지경이다. 차라리 천상의 존재들 사이를 떠다니는 것 같지, 그 아래에서 표류하는 것 같지 않은 느낌이었다. 공기는 색이 없고, 이렇다 할 느낌도 없고, 달콤하지도 차갑지도 않고, 그렇다고 맑은 것도 아닌 데다 조금이라도 움직이는 기색이 전혀 없었다.

독성이 있는 자갈딸기였던가? 어쩌면 그럴지도 모르겠다고 브르르는 생각했다. 난 죽은 거야. 그래서 내 주위에 있는 산 것들도 모두 다 죽어 버린 거지. 왜냐하면 내가 더 이상 살아 있지 않을 때에도 생명이 이어져 간다는 증거가 어디 있느냐 말이야? 아무튼 간에, 벌레들이 귀찮게 집적거리지 않는 삶이라니 이게 대체 웬일이람? 이거야말로 완벽한 삶이겠지. 그런데 삶이란 완벽하지 않으니까 이

건 살아 있는 것일 수가 없어.

차분한 감각으로(아니면 마비 상태였던가?) 브르르는 별들이 자기 쪽으로 움직여 온다는 것을 깨달았다. 아주 느리게, 극히 미미한 정도로 커지고 있을 뿐 그 외에는 알아볼 만한 단서가 없었다. 브르르가 처음에 생각한 건 이랬다. '구름 늪지대에 잠겨서 썩어 가는 나무들의 유령이로구나. 좋든 싫든 내가 그 장소에 와 있는 건 틀림이 없어.'

그러더니 그것은 전쟁을 벌이듯 한데 뭉쳐 악다구니하는 반짝이는 날벌레 떼처럼 보였다. (벌레들이 다 어디로 갔나 했더니 이거였던가? 유령들 집단이 있을 법한 삶의 빈 구멍으로 자석에 끌려가듯 빨려 들어가, 분간할 수 없을 정도로 작디작은 얼룩이지만 그래도 눈에 보이기는 하는 살아 있는 몸뚱이로 그 구멍의 진공을 메우는 건가?)

이제 그것들은 경쾌한 움직임으로 형태를 바꾸어 꽃다발 모양이 되었다. 점점 가늘어지는 목 위에 얹힌 거대한 머리들 같기도 하고, 서서히 나선형으로 감아 오르는 꽃줄기 위에 소용돌이치며 피어나는 꽃송이 같기도 했다. 그것이 점점 가까이 더 가까이 오면서 존재감과 거리감 둘 다를 점령했다.

"난 유령을 믿지 않아." 브르르가 말했다. 자기 자신에게 한 것인지 그들을 향해 한 것인지, 아니면 양자 모두에게 한 것인지 모를 말이었다. 그들이 이 말에 비위가 상해 없어져 주었으면 싶었다.

그것들은 브르르 주위를 빙빙 돌기 시작했다. 점점 더 가까이 다가올수록 그것들은 더욱더 전부가 일가 친족 같은 느낌을 풍겼다. 산 생물이 일단 죽어 유령이 되면 생물학적 다양성에 의한 차이점들을 슬그머니 떨쳐 버리고, 고유성도 깡그리 소멸해 버리기 때문인

걸까? 왜냐하면 그것들은 그저 삶의 그림자일 따름이기에? 과거가 남긴 발자국에 지나지 않기에?

"난 더 이상 오즈에 있는 게 아니라는 느낌이 너무나 확실히 드는걸." 브르르가 말했다. 이제 그는 스스로 용기를 북돋우려고 큰 소리로 말하고 있었다.

유령들이 그를 빙 둘러 소용돌이를 이루었다. 그러면서 점점 원을 좁혀 들어올수록 그들 각각을 구분하던 경계선이 녹아 사라져 갔다. 브르르는 우유 푸딩을 닮은 안개 망령들 속으로 꿀까닥 삼켜지기 직전에 천둥 같은 울부짖음을 내놓았다. 그래 봐야 그 존재들에게는 전혀 아무런 감명을 주지 못한 게 분명하지만, 자신이 아직 울부짖을 수 있었다는 게 브르르는 기뻤다. 그건 그가 죽지 않았다는 뜻이었다, 아마도.

"덩치가 커서 죄송합니다. 저도 어쩔 수가 없어요." 그가 말했다. 그래, 유령한테 대고라도 말 못 할 게 뭐람? 원래 무슨 일이 있어도 구름 늪지대를 피해 가려고 했지만 기회가 스스로 눈앞에 나타났다. 게다가 대화야말로 그가 가진 유일한 재주였다.

"함부로 쳐들어 온 데 대해 양해를 구합니다. 제가 정말이지 생각이 없었네요." 그는 계속해서 말을 했다. "여러분 중에 질문 한두 개 받아 주실 대표 분이 계신지요? 잠깐만 시간을 내 주실 수 있으시다면 말입니다만?"

공중에서 북 치는 듯한 소리가 일었다. 마치 10억 개의 작디작은 목구멍들이 목청을 가다듬는 것 같은 소리였다. 그 소리는 나른하게 한데 어우러지더니 박자가 더욱 재어지며 하나의 공통된 음으로 합쳐 들었다. 그러나 그 음은 숨을 꽉 눌러 참고 있는 브르르에게 아무런 말도 건네주지 않은 채 그냥 꺼져 사라졌다.

"제 소개를 하게 해 주시겠습니까?" 브르르는 더 강한 자세로 나갔다. "저는, 이건 꾸밈없는 사실입니다만, 숲의 왕이랍니다."

대답이 없었다. 유령들 집단이 여기에 아무런 관심을 보이지 않는다는 게 틀림없어 브르르는 창피했다. 게다가 겁도 났다. 물론 그들은 브르르가 절대 왕 같은 게 아니라는 사실을 뻔히 알 것이다. 브르르는 생각을 추스르며 좀 더 정직하게 굴기로 했다.

"전 여러분의 휴식을 방해하러 온 게 아닙니다." 그가 선언했다. "정말이에요. 여러분을 귀찮게 하지 않고 지나치고 싶었단 말입니다. 우리 서로 예의 바르게 목례를 하고는 '안녕히 계세요.'라든가 '꺼져 버려.'라든가, 뭐라도 좋으니 적당한 말을 건네고 각자 횡 하니 갈 길을 가는 게 어떻겠습니까?"

유령들의 무리는 공중에 떠서 머뭇거리며 그의 말을 고스란히 듣는 것 같았다. 아니면 그 태도는 손가락으로 자기 팔을 톡톡 치면서 고려해 보는 것 같았다고나 할까? 아무튼 말은 없었다. 아직 넘어오지는 않은 듯했다.

"잠깐만요."

한 목소리가 말했다. 브르르가 말한 것이 아니다. 그러나 보통의 음성이 분명 단어를 말했다. 젬시인가? 사자는 이리저리 홱홱 고개를 돌렸다. 정확히 그 소리가 닥쳐 온 방향을 알 수가 없었던 것이다.

눈에 보이지 않는 언덕 턱에서 실수로 발을 헛디딘 듯, 눈에 보이지 않는 자작나무에 부딪혀 가지를 우지끈 부러뜨리면서 커빈스가 굴러 떨어졌다. 그는 눈에 보이는 유령들 무리에 물보라를 일으키며 뚫고 들어와 브르르의 옆구리 쪽에 나타났는데 넓적다리가 젖어서 번질번질했다. 커빈스는 한쪽 앞발 아래에서 벌집 조각을 떨어뜨렸다.

"유령들하고 이야기를 하려면 그들에게 뭔가 공물을 바쳐야만 한다고 말해 준다는 걸 깜박했어요." 커빈스가 말했다.

또 한 가지 사소한 대화의 비결이다. 대체 남들은 어떻게 해서 무지로 인해 기회를 무참히 망쳐 버리지 않고 이렇게나 교묘한 언어적 협상에 익숙하게끔 되는 것일까?

그래도 브르르는 소년 보안관을 다시 보게 되어 기뻤다. 또 혼자서 나온 거로군, 요 개구쟁이 꼬마 녀석이! 마치 젬시가 진짜로 저 날벌레 떼에서 형체를 이루어 나와서, 쇠 이빨로부터 풀려난 모습으로, 보드라운 볼에 미소를 지어 그의 마지막 친구를 향하여 반갑게 인사를 건넨 것처럼, 그래서 브르르로 하여금 자신의 첫 친구에게 마주 미소를 보낼 수 있게 해 준 것만큼이나 반가웠다. 그러나 커빈스는 동행으로 삼기에 남부끄럽지 않은 친구이고, 브르르는 부자가 된 기분이면서 동시에 젬시의 추억을 배신하는 듯한 느낌도 들었다. 자기가 커빈스도 좋아하다니, 그것도 이렇게나 금세.

브르르는 고마운 마음을 감추고 이렇게 말했다.

"너희 부족이 아무도 유령을 믿지 않는데, 넌 유령한테 선물을 줘야만 한다는 걸 어떻게 알고 있지?"

"내가 우르살리스한테 물어봤어요. 여왕님은 오즈미스트를 만난 일이 없노라고 우기셨지만, 그러면서도 이런 식으로 하는 것이 오래도록 지켜져 온 관습이라고 알려 주더군요."

사자가 한쪽 눈썹을 치올렸다.

"묻지 마요." 커빈스가 한숨을 쉬며 말했다. "난 여왕님의 논리

전개를 따라갈 수 있을 거라 생각 안 하니까. 그저 하시는 말씀을 듣고 그대로 따르기만 할 뿐이에요."

"하지만 너 혼자서 무리를 떠나 달려 나와선 안 되는 거잖아. 말 안 듣는 건 하루에 한 번으로 충분하다고 안 했어?"

"혼자서 망해 먹을 만큼 용감한 사자시군요." 새끼 곰이 대꾸했다. "더구나 당신이 떠나고 10분 만에 아무도 당신이 찾아왔던 걸 기억 못 했어요. 그래서 난 당신 말이 옳았다고 생각했죠. 우르살리스의 궁정에 머물러 있어서 내가 무슨 영광을 보겠어요?"

"그이들은 네 가족이잖니!"

"그이들이 세상 전부인 건 아니에요. 내가 가고 싶으면 언제든지 돌아갈 수 있어요."

브르르는 조심스럽게 말했다.

"그이들을 찾을 수 없게 되면 어떻게 할래? 다른 곳으로 옮겨 갈 지도 모르잖아?"

커빈스가 웃었다.

"옮겨요? 그거야말로 북방 곰들의 핵심을 찌르는 얘기네요. 그들은 절대 움직일 줄을 몰라요. 그래서 당신이 해 준 말이 나한테는 실마리가 됐지요⋯⋯."

커빈스는 벌꿀이 찬 벌집을 그들이 있는 빈터의 바윗돌 위에 올려놓았다. 잉잉거리는 날벌레 떼가 벌집 쪽으로 밀려들었다. 날벌레 떼는 더 조밀하게 한데 뭉치면서 무슨 유령 같은 형체를 이루는 것 같았다. 인간의 얼굴은 아니다. 아예 얼굴이라고 할 수도 없었다. 그러나 어쩐지 좀 더 알아볼 수 있는 형상을 띠기 시작했다.

"유령이란 게 벌레들이야?" 브르르가 속삭이는 소리로 물었다.

"누가 알겠어요? 다음번에 당신이 바퀴벌레를 짓이겨 죽이게 된다면 그게 나이 드신 그로일린 아줌마를 다시 한 번 죽이는 일일지도 모르지요. 아니면 벌레들이란 생명의 가장 작은 부분으로서 한 마리 한 마리의 개성을 갖고 있지 않기 때문에 유령들이 부리기 좋은 졸개들일는지도 몰라요. 내가 세운 이론은⋯⋯."

그 순간 느닷없이, 빈터에 말소리가 울려 퍼졌다. 본래의 정체로부터 완전히 갈라선, 되울리는 메아리 같은 음성이었다. 오즈미스트들이 한목소리로 말한 것이다.

"거래다." 수많은 음성의 합창단은 그렇게 말했다.

"거래라고? 뭘 어떻게 하자는 거야?" 브르르가 소곤거렸다.

"얘기를 나누자는 말의 다른 표현인 것 같은데요, 제 생각엔." 커빈스가 대답했다. "내가 짐작하기로는 당신이 저들에게 저들이 원하는 것을 말해 준다면 저들도 당신에게 당신이 원하는 말을 해 준다는 것일 거예요."

"이것도 또 우르살리스가 가르쳐 준 거니?"

"상식이에요. 이건 우르살리스한테서 나올 리가 없는 것인 줄 당신도 알죠. 쉬이잇, 저이들이 뭘 원하는지 알아내 봐요."

브르르는 목청을 가다듬었다.

"좋아, 그럼." 그는 그렇게 말을 시작했다. "여러분이 제 말에 청중으로서 귀를 기울여 주시는 이상, 저는 여쭤 보고자 합니다. 혹시 사자나 암사자의 유령이 여러분의, 음, 조직의 일원이 된 일이 없었는지요? 아니면 사자들의 한 무리가 통째로 가입을 했거나요? 그냥 아무 사자에 대한 걸 여쭙는 게 아니라, 제 일족인 사자 말씀입니다. 제 친척 사자들요."

붕붕거리는 속도가 어느 정도 기준에 이르자 오즈미스트들은 진동음을 조절하여 하나의 공통된 음색을 만들려고 시도했다. 완전한 단일음까지는 이룰 수 없을지라도 말이다. 그들은 정확히 말이라고도 할 수 없고 음악이라고도 할 수 없는 방식으로 할 말을 가까스로 전달할 수 있었다. 사자와 새끼 곰은 그런 소리라도 놓칠세라 바짝 귀를 기울였다.

"네 질문 알았다. 대가로 이것을 내라. 먼저 우리에게 말해라. 그 무시무시한 마법사가 아직도 오즈의 왕좌에 앉아 있는가?"

"여러분이 저보다 더 잘 아실 텐데요." 브르르는 시간을 벌려고 그렇게 대꾸를 했다. 대답할 수 없는 질문을 받자 당황스러웠던 것이다. "여러분은 어찌 됐든 유령이시잖아요. 영혼이고, 초월적 존재죠. 전 그저 여기 땅바닥에 코를 대고 터벅터벅 걸어가는 존재일 따름이고요. 귀 뒤는 축축하고 갈 길은 아직도 멀거든요."

"우리라고 살아 있는 것들보다 미래에 대한 경험이 더 많지는 않다." 오즈미스트들이 말했다. 그러나 그들의 목소리는 바짝 조율되어 있던 음색을 벗어나 수백 개의 음성들이 각자 동시에 같은 생각을 영창하는 것처럼 들렸다.

"우……우……리……라……고…… 스……아……알……아……인……는…… 거……뜰……보……다…… 미……미르……애……예……대한…… 경허므이으이으이……."

"그래서 미래의 역사에 굶주려 있으시군요." 브르르가 말했다.

"오늘날 너희가 살고 있는 이날은 우리에게는 도저히 닿을 수 없는 미래다. 그 마법사가 여전히 왕좌 위에 도사리고 앉아 있는가? 우리는 미래가 미칠 듯이 알고 싶다." 오즈미스트들이 말했다.

"좋아요, 잘됐어요. 하여튼 내가 아는 거라면 뭐든지 기꺼이 소식을 나누어 드리도록 하지요. 난 최근에 숲 속에서 병사들 몇 명을 만났어요. 특히 그중에서도 특별한 병사 한 명하고 만났는데…… 그 병사들은 위대하고 강력한 오즈의 마법사의 군대에 복무하고 있었습니다. 그러니 더는 못 알려 드려도 이 정도는 대답을 해 드릴 수 있겠네요. 오즈의 마법사가 오즈의 왕좌에 앉아 있습니다. 답례로 대답을 부탁드려도 될까요? 제 선대 사자들의 흔적이라도 여러분 날벌레 떼 속에 새겨져 있는 게 있습니까?"

오즈미스트들이 내는 빛이 더 강해지고, 그들은 작은 원을 그리며 제자리를 맴돌았다.

"우리는 섞인다, 우리는 뒤덮는다, 우리는 자리를 바꾼다, 우리들 가운데에 네 질문의 단서가 있는지 뒤져 본다."

브르르는 기다렸다. 오즈미스트들은 그 이상 말이 없었다.

"조사하고 있는 걸까요?" 커빈스가 소곤거렸다.

"모르겠는데."

"그래요? 그럼 이거나 말해 봐요." 커빈스가 흥분한 기색으로 이어서 질문을 했다. "저 사자의 부모님이 당신네 오즈미스트들 속에 있는지 어떤지 찾고 있는 동안에, 그 속에 누가 없는지에 대해서는 말을 해 줄 수 있겠지요? 종적을 감춘 오즈의 여왕 오즈마가 당신네들 가운데 들어 있나요? 그녀가 아기를 눕히는 흔들 요람 안에서 살해당했다는 소문도 있는데 그게 정말이에요? 아니면 그녀의 영혼은 지금까지 원래 타고난 인간 형체 속에 담겨 있나요?"

오즈미스트들이 솟구쳐 일어났다. 김 서린 공중으로 스무 자, 서른 자나 되게 높이 솟아올랐다.

"뒤에 한 질문은 없던 걸로 치세요." 브르르가 큰 소리로 그렇게 외쳤다. "신경 쓰지 마세요. 우린 우리대로 그냥 헤쳐 나갈게요. 여러분은 이제 그만 가셔도 좋아요."

그는 자신과 커빈스도 그만 갈 수 있었으면 얼마나 좋을까 하는 마음이었다. 그러나 오즈미스트들이 대답을 했다.

"시간이 얼마 남지 않았다. 우리들이 한데 뭉친 움직임으로 인해 증기가 불안정해졌으니. 너는 모든 곰들이 던지곤 하는 주제넘은 질문을 던졌고, 그 대가를 치를 것이다. 오즈마는 죽지 않았다. 그러나 너는 우리들의 잃어버린 오즈에 대하여 아무런 새 소식도 가져오지 않았지. 너는 계약을 어겼다. 그 대가를 치르게 될 거다."

커빈스의 작은 아가리가 딱 벌어졌다.

"새 소식 말인가요!" 그는 기억해 내려고 했다. "북방 곰들에 관한 새 소식요……." 하지만 커빈스는 나이가 어렸다. 그가 기억하는 때로부터 곰들의 생활에는 변한 것이 전혀 없었다.

브르르는 말하고 싶었다. '저들에게 거짓말을 해, 아무 말이나 해 주라고!' 하지만 감히 입 밖에 낼 수는 없었다. 사방에 오즈미스트들이 있으니 아무리 작게 속삭인다고 해도 뻔히 들릴 터였다.

"새 소식이 있어." 사자가 말했다. 그 어조로 커빈스가 말을 꾸며 내도록 훈수를 두려고 한 것이다. 그러나 그때…… "커빈스! 저들에게 말해 줘! 너 알잖아. 새 소식 말이야. 그야말로 최신 새 소식이 있지 않니!"

커빈스는 정신없이 주위를 두리번거리며 보석처럼 반짝이며 휘도는 유령들 사이에서 이제 막 형성 중인 현대사를 찾아보려고 했다. 그의 눈길이 브르르가 지니고 있는 책 묶음에 떨어졌다. 커빈스는 맨 위에 올라온 책을 거머쥐었다.

"있어요…… 최신 소식이…… 여러분한테…… 건네 드릴게요. 여기요!" 그러고는 제목을 읽었다. "『밝혀지지 않은 오즈마, 왕위 계승자의 혈통을 이은 탄생』."

그러나 심지어 브르르까지도 말할 수 있었다. 이건 지나 버린 역사지 최근의 사건이 아니었다.

"아니면…… 아니면요……." 커빈스는 두 번째 책을 잡아 빼었다. "『동물 마법, 또는, 언어의 비밀 주문』." 그는 도표로 가득 찬 책장들을 휙휙 넘겼다. "문법 교과서. 아시잖아요, 언어는 늘 바뀌고 있다고들 그러죠. 늘 새롭다고요. 자기 자신을 갱신하면서……."

눌러 담았던 천둥소리가 새어 나오는 것처럼, 빙빙 도는 바퀴 한가운데에서 낮은 소리가 일기 시작했다. 오즈미스트들은 서로 끊임없이 자리를 바꾸며 한데 뭉친 그 덩어리를 옆으로 기울이더니 물이 질척한 습지 땅을 가로질렀다. 사자와 커빈스를 스쳐 지나며, 어쩌면 그들을 뚫고 지나며 오즈미스트 무리가 가로로 눕자 두 동물은 벌 떼 한복판에 갇힌 꼴이 되었고, 소음은 귀가 멍멍할 만큼 커졌다.

"곰이여, 네가 성실하게 거래를 완수하지 않는다면, 널 우리 중 하나로 만들기 전에 여기서 쫓아내 버릴 테다!"

"난 유령을 믿지 않아." 사자가 말했다.

그는 작은 새끼 곰 앞을 막아서려고 했다. 그러나 오즈미스트들이 사방 천지에 가득했고, 커빈스를 사방으로 에워싸기에는 사자의 수가 모자랐다. 오즈미스트들이 내는 소리는 그들 둘 다에게 똑같이 머릿속을 후벼 파는 듯했지만, 커빈스는 두 앞발로 귀를 막았다. 그러더니 오즈미스트들은 실제로 눈에 보이는 습지에서 떠오르는 증기 속으로 녹아 없어졌다. 그것들이 있던 자리에는 지각이 없는 날파리며 각다귀 떼가 장막처럼 자욱하게 진을 치고 있었다. 날벌레들은 한순간 꿀 냄새에 멈칫하고는 있으나 브르르가 예측하기에 금방이라도 방향을 돌려 그들에게 덤벼들 태세였다.

커빈스는 벌써 버둥거리며 비탈을 올라가고 있었다. 이제는 그래도 괜찮은 것 같았다. 어리둥절한 나머지 사지와 꼬리가 후들거리는 사자도 그 뒤를 따랐다. 그는 금세 어린 곰을 따라잡았다.

'등신 쓰레기가 된다는 게 이런 기분이구나.' 하고 브르르는 생각했다. 온 세상으로부터 사방에서 두들겨 맞고, 억지로 앞으로 바깥으로 노골적인 악취와 빛 속으로 쫓겨 나가야만 하는 것 말이다. 그러나 브르르도 커빈스도 도망을 치면서 춤이라도 출 듯했다. 안도감과 해방감이 온 몸에 활력을 불어넣어 주었다. 그들은 늪지대 지면의 보이지 않는 틈바구니에서 때때로 푸쉭 하고 터져 나오는 짠내나는 김을 용케 피해 가며 도망쳤지만 후드득 쏟아지는 뜨거운 빗물까지 피할 수는 없었다.

따끔거리는 눈을 꾹 감고서 달아나던 브르르는 커다란 바윗덩이에 부딪히고, 나무줄기에 부딪히고, 가시덤불을 앞발로 헤집으며 뚫고 지났다. 그때쯤에는 둘 다 구름 늪지대에서 빠져나와 있었고, 정상적인 비바람이 몰아치는 가운데 날이 막 밝으려는 참이었다.

"방금 한바탕 난리를 친 게 우리한테 뭘 어떡한 거야?" 이제는 목소리가 갈라지지 않고 제대로 나올 것 같다고 생각되자마자 브르르는 커빈스에게 물었다.

"푹 젖게 해 줬죠." 커빈스가 말했다.

"아, 그래, 그건. 그런데 오즈미스트들은 도대체……?"

커빈스가 브르르를 쳐다보았다.

"난 오즈미스트 같은 거 안 믿어요. 곰들이 안 믿는다는 거 당신도 알잖아요."

사자는 그만 으르렁 소리를 냈다. 지금 네 익살이나 구경하자는 거 아니거든, 커빈스! 곰의 눈길이 다시금 브르르를 향했다. 어쩐지 흐리멍덩한 것이 전같이 반짝반짝하는 맛이 없었다. 어쩌면 구름이 잔뜩 낀 하늘 탓일지도 모른다.

사자는 은근히 떠보았다.

"그들이 말하길 오즈마가 아직 어딘가에 살아 있다고 했잖아."

"소문이야 온갖 소문이 다 있죠." 커빈스가 말했다.

"당신 그 책들 어디서 났어요?"

"이거……." 브르르는 말을 끝맺을 수가 없었다.

커빈스는 앞발로 책들을 잡더니 책등을 보았다.

"『밝혀지지 않은 오즈마』. 재미있겠는데요. 당신은 뭐에 쓰려고 이런 책들을 가지고 있는 거죠?"

"나도 몰라." 사자는 얼마 후에야 그렇게 대답했다. "나한테는 별로 쓸모가 없는 책들이야."

"그럼 내가 가질래요. 책에 담겨 있는 생각들이 마음에 들거든요. 여기 또 한 권에는 색깔 있는 판화들이 수록돼 있네요…… 봐요! 『럴라인과 프리넬라, 가난한 자들의 요정 이야기』. 이야, 진짜 굉장한데! 길리킨 대삼림에 살고 있으면 책 같은 건 도무지 접할 수가 없다고요. 당신도 알겠지만요."

"그래, 그럴 것 같네."

"만약에 숲 속 어디에 떡 하니 책이 있는 게 보인다면 말이죠, 멀지 않은 곳에 어떤 식으로든 덫이 놓여 있는 게 보통이에요. 미끼죠. 뻔하잖아요. 인간들이 숲 속에 책을 박아 놓는 거예요. 자기네들을 탄압하는 마법사의 법망을 피해 도망쳐 이 근방에 정착한 도회지 출신의 말하는 동물들이 거기에 꼬이기를 바라면서 말이죠. 당신도 이런 것쯤은 알고 있었겠지요?"

"글쎄다." 브르르는 한숨을 쉬었다.

"그리고 사냥꾼들이, 어쩌면 총까지 들고, 근처에 대기하고 있죠." 커빈스는 책장을 넘기고 있었다. "숲 속에서 이 책들을 집어 드는 날에는, 녹슨 이빨이 돋친 웬 무시무시한 쇠 턱에 깨물리지 않으면 다행이지요."

"아마 나한테 행운이 따르나 봐." 하지만 너무나 끔찍한 일이었다. 브르르는 물어보았다. "너희 부족한테 돌아가는 길은 잘 알겠니?"

"부족이라니요?"

"우르살리스랑 다른 곰들 말이야. 브루너 오브루인이랑, 캐러웨이 코일이랑. 알고 있잖아."

여왕의 이름을 듣는 순간 커빈스는 빙그레 웃었다.

"아, 알지요! 물론이죠! 잠깐 정신이 헷갈렸나 봐요. 으음, 당신이 좋다고 하면 이 책들은 내가 가질게요. 그리고 우리 일족한테 돌아가야지요. 우리는 책이라면 죽고 못 산답니다. 알아요? 우리 곰들은 말이에요. 몇 번이고 읽고 읽고 또 읽지요."

"잘됐네."

"우리는 절대 책에 질리는 법이 없어요." 커빈스의 목소리가 낮아지는 것이, 또다시 멍한 기운이 그를 내리덮으려는 것 같았다.

"왜냐하면 다 읽기가 무섭게 싹 잊어버리거든요. 그러니까 바로 또 한 번 읽기 시작할 수가 있는 거지요."

브르는 부드럽게 말을 건넸다.

"그렇지만 네가 괜찮다면, 훈장은 내가 가지고 갈게. 누구한테 갖다 줘야 하거든."

"그러세요. 당신이 차세요." 커빈스가 대답했다. "아니, 그보다 내가 그 훈장을 이 가죽띠에 달아서 당신 목에 걸어 드릴게요. 책들은 팔에 안고 가면 돼요. 자, 어때요?"

커빈스의 작은 갈색 앞발 두 개가 뻗어 올라왔다. 브르의 머리를 넘겨 가죽띠를 걸치느라 새끼 곰은 저절로 사자의 머리뼈를, 곰들이 그러듯, 두 팔로 얼싸안게끔 되었다. 꺼칠꺼칠한 곰의 털은 털 난 부위가 가늘어지는 겨드랑이 방향으로 가지런히 누워 있었는데, 털들이 사자의 갈기에 문질러지자 그 느낌이 나쁘지 않았다.

"그런데 이 훈장은 뭘 표창하는 건가요, 도대체?"

사자는 차마 '용기'라는 대답을 할 수 없었다. 한동안 그는 아예 말을 할 수가 없었다. 그는 그저 돌아서서 그대로 걸어갔다. 뒤를 돌아본 건 한 번뿐이다. 커빈스는 책 속 어느 페이지인가를 들여다보고 있었다. 그러더니 머리를 절레절레 흔들고, 앞발의 발등으로 눈을 씻었다.

남쪽을 향해 터덜터덜 걸으며 브르는 오즈미스트들과 가졌던 너무나도 치명적인 대담을 곰곰이 되씹어 보았다. 어쩌면 대답과 바꿀 만한 제대로 된 새 소식을 가지고 있었던 곰들은 아무런 해를 입지 않고 풀려났을지도 모른다. 어쩌면 그런 곰들이 바로 인간 사회에서 출세의 기회를 노릴 만큼 경쟁심이 있는 곰들이었겠지. 만약 그렇다면, 커빈스는 혼령을 소환하는 브르르를 도와주느라 자기 자신의 야심을 희생하고 만 셈이다.

하지만 그래도…… 좀 더 되짚어 본다면…… 그 모든 일들 중 하나라도 정말로 일어난 일이 맞을까? 게다가 그 오즈미스트들, 유령인 그 존재들이 뭐에 대해서건 진실을 말해 주리라고 브르르가 믿어야만 할 이유가 무엇인가? 만약 오즈미스트들이 커빈스처럼 순진무구한 새끼 곰한테까지 그토록 인정사정 없이 가혹하게 굴 수 있다면, 필경 거짓말을 할 수도 있을 것이다. 오즈마가 아직 살아 있는지 어떤지에 대해서나, 심지어 브르르의 사자 일족이 티끌처럼 무수한 그들의 집단 속에 있는지 없는지에 대해서도 말이다.

아무튼 한도 끝도 없어 보이는 하늘에 황홀히 빛나던 그 별들은 영혼 구름의 눈속임이었다. 산 것들이 살면서 거짓말을 하듯이 아마 유령들도 죽어 있으면서 얼마든지 거짓말을 할 수 있을 것이다.

브르르는 푸르른 월계수 아래에 가서 몸을 쭉 뻗고는, 생각에 잠겼다. 과거의 유령조차도 속내를 슬그머니 감출 수 있다손 치면, 도대체 그 어디에 세상 물정 모르는 사자가 신뢰를 줘도 될 만한 상대가 있을까?

필경 아무데도 없겠지. 아마 커빈스가 오즈미스트들을 만났을 때도 그렇게 해야 했을 것처럼 땅에 벌렁 누워서 죽은 척하는 것만이 몹쓸 삶에 맞닥뜨려 취할 만한 하나뿐인 대응책일 것이다.

어찌 되었든 간에, 오즈미스트들은 그들의 날벌레 떼에 갓 합류했을 젬시의 목소리로 말을 하지는 않았다. 브르르에게 호통 치며 실수를 꾸짖지도 않았고, 냉큼 목적지로 가라고 재촉하지도 않았다. 브르르는 테니킨으로 가던 길을 계속 갈 것이다. 젬시의 아버지에게

이 소중한 훈장을 전해 주기 위하여, 그리고 자기 자신 또한 훈장을
받을 만한 자격을 갖추기 위하여. 오직 혼자서 간다, 길동무도 없이.
그러나 우연히 만난 유령 덕택에 아마도, 어쩌면 조금은, 하루 전보
다 더 현명해진 채로 말이다.

5

몇 주가 지나서 사자가 처음으로 길리킨 대삼림을 빠져나와 인간들 세상에 들어가게 된 날, 그는 잠시 멈추어 서서 우물물로 입을 헹구고 갈기 털을 최대한 말쑥하게 펴 내렸다. 허영심 때문이라기보다는 신경이 날카로워져서 그런 것이다. 사람들이 우글우글 모여 사는 인간 주거지는 지금까지 한 번도 본 일이 없었다.

쌀쌀하지만 햇살이 쩽쩽하던 늦은 봄의 어느 날 브르르는 오즈와 오즈 시민들에 대하여, 자기가 숲 속의 우연한 만남에서 추론해 낼 수 있었던 것 이상으로 많은 것을 배웠다.

처음 마주친 사람들은 브르르를 슬슬 피한 것은 사실이지만, 최소한 비명을 지르며 달아나 문을 쾅 닫고 틀어박히지는 않았다. 그들은 줄곧 거만한 태도로 그 장난감처럼 조그만 코들을 허공에 쳐들고 있었다. 그 장난감처럼 조그만 장화를 꿰어 신은 장난감처럼 조그만 발들이 더 이상 그럴 수 없도록 경멸적인 태도로 턱턱 앞을 차며 걸어갔다. 브르르는 마을 주민들이 냉정하다고 탓할 수만은 없었다.

브르르는 마침내 근시가 심해서 그가 다가오는 것을 미처 보지 못한 늙은 여자 하나를 놀라게 하는 데 성공했다. 공식적인 첫 인사로 할 발언 내용을 몇 주 동안이나 연습한 터였으므로, 자기가 유창하게 술술 말할 수 있다는 게 뿌듯했다.

"잠깐 실례합니다, 부인. 테니킨에 병사들 부대가 주둔하고 있다고 들었습니다만, 그 위치가 어디인지 좀 여쭈어 보고 싶습니다."

노파의 턱이 쪼글쪼글한 복숭아씨 모양으로 볼록 튀어나오더니 뜨개 손가방에서 코안경을 끄집어냈다.

"이게 뭐람, 사자로구먼." 이제 제대로 볼 수 있게 되자 노파는 꼼꼼히 뜯어보았다. "오만 군데 다 놔두고 하필 여기서 테니킨에 주둔한 병사들을 찾고 있다니, 어쩌다 그런 얼토당토않은 생각을 했소?"

이 말로 브르르는 자기가 길을 지나치게 동쪽으로 치우쳐 잡았다는 사실을 알게 되었다. 그는 지금 테니킨에 있는 게 아니고, 트라움이라는 길리킨 인 주거지의 번화가에 서 있었다.

"요 깜찍한 천치 양반아, 지나가게 길 좀 비켜요." 노파가 얘기를 매듭지었다. "난 우리 며느리를 못살게 굴러 가야겠으니. 군인 부대하고 민간인 시가지의 차이도 모른다면 댁은 정신 나간 얼간이가 틀림없구먼."

브르르가 어떻게 안단 말인가? 브르르는 얼굴이 빨개졌다. 물론 원래부터 색이 진한 사자 얼굴에 홍조가 올라 봐야 남에게 보이지는 않을 테지만 말이다.

그렇기는 해도 근사한 곳이었다, 이곳 트라움은…… 시가지에는 번영의 빛이 보이고, 뽐낼 만한 특징 있는 건축물들이 몇몇 눈에 띌

만큼 제법 오래되기도 했으며, 관광 안내 책자에 따르면 심지어 매혹적이라고까지 할 수 있었다. 통나무로 뼈대를 짠 구빈원과 술집들. 돌로 지어진 직업 조합 본부들에는 담쟁이덩굴이 기어올랐고 이끼 낀 함석지붕은 갈매기 모양으로 무늬를 넣어 이었다.

"테니킨으로 가는 길은 알고 있우?" 노파가 물었다. "누가 가르쳐 줄 테지. 하지만 난 안 돼요. 나는 가야 하니까. 요새 세상엔 길에서 불러 세운다고 멈춰 설 일이 아니거든. 건달이며 부랑자들이 잔뜩 돌아다니는 판이니."

노파는 안경을 안경집에 넣어 딸깍 닫아 치우더니 브르르를 밀치듯 하며 가 버렸다.

브르르는 다시 걸음을 옮겼다. 호기심에 차서, 매순간 점점 마음이 대담해졌다. 트라움 사람들은 전에 사자를 익히 본 게 틀림없었다. 그곳 주민들이 보여 주는, 자기들 사이에 들어와 있는 방문자를 향한 속물적인 경멸감에 찌든 태도에서 그 사실을 알 수 있다. 어쨌든 브르르가 처음에 읽어 낸 바로는 그랬다. 사실은, 맨 처음 브르르가 말을 걸었던 그 나이 든 여자와 마찬가지로 트라움 시민들은 다들 다른 데 신경 쓸 일들이 있었던 것이다.

사자는 상점가를 걸었다. 가끔씩 멈춰 서서는 줄로 엮어 못에 걸어 놓은 마늘 다발 냄새를 맡거나, 유리 부는 기술자가 작품을 만드느라 용을 쓸 때 모양으로 아치 문 건너편을 뚫어져라 넘겨다보거나 하면서 말이다. 브르르는 당장 테니킨으로 가는 길을 물으려고 했다. 또다시 누군가와 눈이 마주치기만 하면 물어볼 심산이었다. 그러나 트라움 주민들은 시선을 피하는 데에는 하나같이 대단한 고수들이었다.

아무튼 간에 방향을 묻는 일은 트라움을 구경하고 나서 해도 되지 않을까 싶다. 이곳 트라움은 건설된 지 오래되었고, 브르느는 뭐라 해도 역시 풋내기 사자였던 것이다. 그의 주의를 확 끄는 것들이 어찌나 많은지! 철로 위에 올라앉은 증기 엔진. 깨끗한 물이 줄줄 흐르는 도랑. 다리에는 검은 양말을 신고 얼굴에는 남을 힐난하는 듯한 턱수염을 기른 유일교 목사. 그 수염 끄트머리는 손가락처럼 지나가는 죄인 하나하나를 꼭 짚어 가리키는 듯했다.

"여기 읍내에는 혹시 군인이 없니?"

브르느는 학교 다니는 꼬마를 잡고서 물어보았다. 그를 겁주지 않은 유일한 인간이었다. 그 여자아이는 뿌루퉁해서 입을 삐죽거리더니 대답 대신 엄지손가락을 빨기 시작했다.

"군인들은 필요할 때는 없는 법이죠." 꼬마의 보호자 격인 십 대 소녀가 나서서 말했다. "사나운 트롤들이 읍내에 우글우글한데, 우리가 이번 주에 여기 있어 줄 군대 병력을 지원받았을 것 같아요? 아니요. 보내 줄 리가 없죠. 뻔하잖아요." 소녀는 제 담당 꼬마를 길 가장자리로 홱 끌어냈다. "가자, 그리트츨가. 얌전히 굴지 않으면 못된 트롤들이 홀라당 잡아먹어 버린단다. 트롤들은 너처럼 말 안 듣는 애들을 맛있어해."

사자는 일찌감치 가게 문을 닫는 중이던 신경 예민한 상인들에게 한두 번 질문을 던져 보았다. 그들은 하던 일을 멈추지도 않고 대답도 하지 않았다. 그렇기는 해도 한 군데 커다란 상점에서는 포장을 친 짐마차에서 한창 도자기 짐들을 내리고 있는 중이었기에 일꾼들이 상품을 날라 들일 수 있게끔 문을 그대로 열어 두었다. 마을 주민들에 비해 좀 더 말상대를 잘해 줄 사람 몇이 거기에 다 모여 있었다.

"트라움, 이곳은 아무 데로도 통하지 않는 십자로지요." 모음 발음을 하는 중간부터 소리가 새는 젊은 점원이 말했다. "아니면 어디로든 다 통한다 할 수도 있고. 똑같은 얘기예요. 안 그래요?"

"나는 트라움하고 테니킨을 분간 못 하겠어요. 트롤하고 트롤리카도 헷갈리고요." 브르느는 그렇게 말하고 자기가 한 재담에 우쭐해졌다.

점원이 눈을 굴렸다.

"좋은 지도 한 장 사시려고요?" 그러면서 그는 그 지역을 담은 여러 색으로 된 지도를 내밀었다.

브르느는 전에 지도를 본 일이 없었다. 죽죽 그어진 선들과 얼룩처럼 찍혀 있는 색깔 조각들에서 어떻게든 의미를 읽어 내 보려고 안간힘을 썼다. 코담배를 찾던 한 호리호리한 노신사가 카운터에 몸을 기대고 그 모습을 넘겨다보았다. 그러더니 말했다.

"나는 도무지 말을 안 들어먹는 사내아이들을 붙잡고 30년이나 지리와 자연윤리를 가르쳐 왔다네. 내가 설명해 주지."

사자는 트라움이 숲이 우거진 두 산줄기 사이 완만한 골짜기 지대에 터를 잡고 솟아올랐다는 사실을 알게 되었다. 골짜기 지대이지만 가파르지 않아 철로가 지날 만했기에 남서쪽의 머나먼 시즈로부터 뻗어 나와 트라움으로, 그리고 그 너머까지 이어지는 철도가 이곳을 지나쳐 달렸다. 북동쪽으로 가면 철도선은 가파른 황야를 지나간다. 험한 땅을 만나 격자를 짜고 받침대를 세워 이어진 철로는 오르막 비탈을 오르고 올라 유명한 글리쿠스 운하의 선착장에 이른다.

"어떤 이들한테는 유명하겠지만 모두가 다 아는 곳은 아니네요."

137

브르르가 말했다. 나이 든 남자는 코담배를 조금 집어 맡았다. 자기 전공 분야에 대하여 이제 슬슬 열을 올릴 참이었다.

"글리쿠스 수로는 그 기원이 오직 신화로만 설명될 어마어마한 태곳적에 어떤 자연적인 사건으로 인하여 생겨나게 된 것일세. 글리쿠스 서쪽 민둥산들에 파인 에메랄드 광산에 가 닿기 위한 상업로로 이용되고 있지. 그 산지의 원주민들은, 그들을 '글리쿤'이라고 부르는데, 사실은 다름 아닌 '트롤'들이야. 아무도 부인할 수 없는 사실이라네. 하여튼 그 글리쿤들은 그러한 천혜의 물길과 우리네 산업 철도 덕택에 자기네가 채굴한 에메랄드를 시장에 내지."

"그렇군요. 그런데 테니킨은 여기서 어느 길로 가나요?"

"트라움이야말로 에메랄드 산업 전체를 총괄하는 교역의 요충지예요. 테니킨은 왜 가려고 그래요?" 점원의 말이었다. "우리 가게에는 에메랄드로 만든 기념품도 종류별로 다 있다고요. 에메랄드 가루를 뿌린 끈적한 초콜릿 퍼지까지 있어요."

상자 하나에 담긴 초콜릿 퍼지에는 흔히 보는 먼지 가루 같은 것이 씌워져 있어, 정교하게 만든 이 간식이 필수품이 아닌 진기한 사치품임을 알려 주었다.

"테니킨에도 철로를 타고 갈 수 있습니까?" 브르르가 물었다.

"저것 봐요, 지금 저기 나와 있네." 중산층 아낙네 하나가 몸에 두른 숄을 꽉 당겨 죄면서 말했다. 체통을 지키려는 동작이었다. 거리가 상당히 떨어져 있었는데도 말이다. "세상에 맙소사, 저것들만 보면 난 아주 소름이 끼친다니까!"

브르르는 열려 있는 상점 문을 통하여 글리쿤들을 살펴보았다. 땅딸막하니 살집들이 두툼했다. 일생 동안 거의 땅 밑에서 지내는 것들이 많이들 그렇듯 그들 역시 바랜 듯이 색이 허옜다.

"우리들 길리킨 인이 창백하다지만 그건 빈쿠스의 꺼먼 놈들이나 혈색이 불그죽죽한 쿼들링들하고 비교해서 그렇다는 것뿐이지. 글리쿤들은 완전히 색소 결핍이거든." 비실비실한 노신사가 웅얼거렸다. 장광설을 늘어놓고 싶은 충동을 못 이기는 모양이 뻔했다. "내 말이 맞지 않소? 그 말 그대로 아니오?"

"제가 봐도 저이들은 농장에서 갓 만든 치즈만큼이나 허옇네요." 그 부인이 맞장구쳤다.

글리쿤 일가족은 바깥쪽에서 서성이며 가게 안에 감히 발을 들여놓아도 되는지 망설이고 있었다. 이끼 같은 금발이 모자처럼 두피 위에 씌워져 있기는 갓난아이부터 나이 지긋한 어른까지 모두에게 한결같았다. 끊임없이 흘긋흘긋 곁눈질을 하는 와중에 브르르가 용케 볼 수 있었던 그 트롤들의 눈에는 하나같이 강철 같은 광택이 흘렀는데, 희끄무레한 눈동자가 파란색을 띤 흰자위 위로 떠오르고 있는 것만 같았다. 암컷이고 수컷이고 돌연변이로 인한 두툼한 살혹이 눈에 띄게 울룩불룩 튀어나와 있어서 특별히 그것만을 감싸기 위한 덮개가 필요했다. 그 혹 덮개들은 각각 단추를 달거나 끈을 묶거나 가장자리에 고무줄을 넣어 여며 두었다.

그들은 스카크 가죽 칼집에 넣은 짧고 탄탄한 단도들을 몸에 지니고 있었다.

"저게 저들의 족장이라네." 학교 선생 노릇을 했던 노신사가 말했다. "여자인데 이름은 사칼리 오아피시라고 하지."

가죽 각반을 두르고 잿빛 머릿수건을 쓴 트롤 여자 하나가 임신한 동행자의 부른 배를 문질러 주면서 험상궂은 얼굴로 주위를 둘러보고 있었다.

"여족장이 지금 사고의 낌새를 챈 거예요. 그러니까, 음모 말이죠." 점원이 말했다. "어, 무서워라. 캄캄한 밤, 골목길에서, 저 커다란 식칼로…… 난 질색이에요."

"어린애가 젖을 빨려고 하면, 글리쿤들은 젖꼭지가 아니라 칼끝을 물려준다죠." 부인이 말했다.

"단박에 젖을 떼어서 못 자라게 하려는 거예요. 윗대보다도 더 글리쿤스럽게 만들려고요."

"오즈의 마법사께서 에메랄드를 원하시니, 에메랄드를 차지하셔야지." 학교 선생이 말했다. "오즈의 마법사께서 법을 제정하신다네. 이 경우에는 수요와 공급의 법칙이라고 할까? 마법사께서 요구하시면, 저자들이 공급을 충당해 드리지. 그걸로 왈가왈부는 끝이야."

"오즈의 마법사로군요." 사자가 말했다.

사자는 오즈미스트들의 질문이 생각났다. 잘난 척하며 경멸하는 어조로 "우우 말이죠?" 하고 말할 만한 배짱이 있었으면 하고 바랐지만, 스스로 생각해도 자기가 그런 말을 입 밖에 낼 수 있을 것 같지 않았다.

"오즈의 마법사, 그렇다네. 자넨 어디 바위 밑에서라도 기어 나온 참인가? 스스로 칭하는 바에 따르자면, 이 사랑스러운 영토 전체를 다스리는 가장 부강한 군주이시지. 그거면 설명 끝이야. 마법사께서는 최근 들어 에메랄드 시의 공공사업 계획을 발동시켰다네. 에메랄드가 고블린 떼처럼 줄줄 들어가는 대사업이지. 평상시 생산량의 네 배나 되는 양을 증산하라는 징발령이 내렸어. 글리쿤들은 자기네 광산에서 생산에 박차를 가하고 있고 사전에 준비한 대로 에메랄드는 트라움으로 운송된다네. 저이들은 여기 와서 현금으로 급료를 받고 곡물과 약품을 조달해 가지."

"그리고 베르무트 술도요." 점원이 아는 척하며 운을 달았다.

"당신네 가게에서도 트롤을 받는군요, 그렇죠?" 부인이 따졌다.

"저이들이 내는 돈도 아주머니 돈이나 똑같이 값어치가 있답니다." 점원이 말했다.

"트라움의 경제는 트롤들에게 의지하고 있어요. 그런데 왜들 불평들을 하는지 나는 모르겠소. 언제 사업이 이렇게나 호황인 적이 있었느냐 말이야. 없었고말고. 그건 그렇지만, 자네 젊은 총각은 말일세." 학교 선생은 점원을 향했다. "성난 군중과 문 하나를 사이에 두고서 장사에 관해 합리적인 논쟁을 할 수 있는지 잘 생각해 보게나."

만약 바깥에 있는 일가족 일곱 명을 두고 군중이라고 한 것이라면, 그들은 전혀 성내고 있지 않았다. 글리쿤 아기는 막대사탕을 빨면서 좋아서 까르륵 웃고 있었다.

"뭐에 대한 불평인데요?" 브르르는 가게 안쪽으로 더 깊숙이 들어가면서 거기 진열된 상품들을 구경하는 척했다. 여성용 속옷들이 줄줄이 걸려 있었다. 캐미솔, 뷔스티에, 슈미즈, 판탈롱 등등.

"아, 제발 저 문 좀 닫아 줘요." 부인이 점원을 향해 신경질적으로 속삭였다.

학교 선생은 코담배 값을 내려고 지갑을 뒤적거렸다.

"사칼리 오아피시가 이제 막 낌새를 챘지. 뭐라 할까…… 불공평한 점이라 할까, 계약상의 변칙을 말일세. 트라움의 상인들은 글리쿤들에게 일반적인 가격대로 에메랄드 값을 쳐 주고 있거든. 그야

거래 계약에 명시된 대로 정정당당하게 제때제때 치러 주고는 있지. 그러나 우리 상인들이 철도를 이용해 저 아래 시즈까지 보석 원광을 운송하는데, 이제는 화물 값을 네 배로 올려 받게 된 참이란 말이야. 그러니 에메랄드를 기차에 싣고 수백 마일 남쪽에서 다시 내리는 간단한 작업만 하면서, 글리쿤 광산 노동자들의 노동력과 그들이 캐낸 상품을 가지고 상인들이 배를 불리는 판국이라고."

그러자 점원이 말했다.

"글리쿤 인들은 응당 받아야 할 만큼 받고 있어요. 내가 들은 얘기대로라면요. 운송업자 조합에서는 저 트롤들한테 땡전 한 푼이라도 떼먹은 게 없다니까요."

"계약이야 그대로 지켜지고 있지. 하지만 계약 자체가 불공정할 수도 있잖나." 노신사가 역설했다.

부인이 투덜거렸다.

"우린 잘못된 때에 잘못된 장소에 와 있는 거예요. 내가 좀 더 똑똑한 여자만 같았음 고르고 골라 하필이면 오늘 같은 날 여기 와 서 있는 대신에 우리 언니가 오라고 했을 때 언니 보러 테니킨에나 가 있었을 걸 그랬죠."

"테니킨이라고요! 병사들이 사는 테니킨 말이죠?" 브르르가 물었다. "기차 타고 거기로 갈 수 있나요? 아주머니, 아세요?"

"나야 가지요. 그쪽 같은 족속들을 태워 주는 기차는 따로 없지만."

"오늘 우리가 어쩌다 이런 말썽에 휘말리게 됐는지 난 도대체 모르겠네요."

젊은 점원은 햄 같던 분홍색 얼굴이 창백하게 질렸고 목소리는 갈라져 나왔다. 그는 계산대 뒤에 서 있었는데, 아까 봤을 때보다 계산대가 더 높아진 것처럼 보였다. 학교 선생이 나무랐다.

"내 말을 제대로 안 들었군그래? 사칼리 오아피시가 거래상의 불공정성을 깨닫게 된 참이라고 했지 않나. 트롤들이 은화 다섯 닢을 벌면 상인들은 스무 닢씩을 가져간단 말일세. 사칼리는 지금 노발대발했어. 시즈 상인들의 대리인들이 실어 가는 에메랄드에 대하여 협상했던 가격의 갑절을 치러 주지 않는다면 파업을 하겠노라 선언했다네. 이번에 신고 갈 화물부터 말일세. 바로 오늘부터. 글리쿤들이 여기를 떠나기 전까지. 하지만 시즈 상인들의 대리인들은 자기네한테는 새로 협상을 할 직권이 없고 예상치 못했던 추가금으로 지불 가능한 자금 역시 전혀 마련돼 있지 않다면서 뒤로 빼고만 있지. 당연히 글리쿤들은 말벌 떼만큼이나 성이 났어. 그리고 트롤들이 다들 그렇듯이 무지무지 고집이 세지. 저자들이 폭동을 일으키지나 않을지 온 마을이 지켜보며 기다리는 중일세."

"우리 남정네들한테는 총이 있어요. 남자들이 이 사태를 맡아 해결해 줄 거예요. 트라움 민병대가 일주일에 한 번씩 확실하게 훈련을 하고 있으니까요." 부인의 말이었다.

"딱 10분씩 훈련을 하지요. 나머지 시간은 저녁 내내 맥주를 마시고 말이오." 학교 선생이 대꾸했다.

부인은 자신 만만하게 코웃음을 쳤다.

"우리 남편 에이밀도 복무 중이랍니다. 그이는 설사 코가 비뚤어지게 술을 마시고 난 뒤에도 쉰 걸음 밖에 있는 놈을 쏘아 죽일 수 있어요."

"그렇담 아주머니 남편 에이밀이란 양반이 맥주 한잔 하느라 딴

청 피우고 있기를 바라오. 달이 떠오르기 전에 여기서 총격전이 벌어질 테니 말이오."

"내 말 잘 들어 두세요. 민병대가 출동해서 저 글리쿤 놈들에게 나팔총 끝을 들이대고 사업이란 게 뭔지 가르쳐 줄 거예요. 어디 한 번 저기 얼쩡거리고 서 있는 저 허여멀건한 물혹 덩어리들한테나 가서 잘난 척해 보시죠."

"강경책은 이런 시점에 좀처럼 도움이 되지 못해요." 노신사가 응답했다.

"아주 직접 재판소를 차리시는구먼요?" 부인은 턱을 쳐들더니 고약한 것을 맛보기라도 한 것처럼 입술을 둥글렸다. "왜, 그렇게나 동정심이 흘러 넘쳐서 저것들 편을 드실 거면 아예 저 두더지 족속들하고 함께 땅 밑에 들어가 사시지 그러세요?"

"뭘 판결하겠다는 건 아니잖소. 그저 여기 아무것도 모르는 방문객한테 상황을 알려 주려는 거지." 학교 선생이 부드러운 말투로 수습을 했다.

잠시 동안 펼쳐진 불꽃 튀기는 설전 탓에 사자는 어둑한 곳으로 더 깊숙이 물러나 있었다.

"그 페티코트는 당신한테는 안 맞아요. 작은 사이즈라고요. 여자분이라야 소(小) 사이즈가 맞죠." 짓궂게 굴려는 건지 농담을 하려는 건지, 점원이 말을 하는 바람에 주의가 분산되었다.

"친구 줄 것을 사려고요." 브르르가 손에 들었던 속옷을 도로 떨어뜨리며 최대한 냉담하게 대꾸했다. 올망졸망 구멍이 뚫린 레이스며 톱니무늬 가장자리 장식 탓에 그는 그것이 뭔가 머리에 쓰는 것인 줄로만 알았다.

"댁은 저 족속들과 친구 아니에요? 저이들이 올 때 같이 왔고 말이지. 안 그래요?" 중산층 아낙네가 물었다.

"아니에요. 무슨 말씀을." 브르르는 기분 상했다는 티를 내려고 더한층 애를 썼다. "난 저이들하고 아무 상관도 없어요."

"댁이 저자들이 고용한 별난 호위병이 아니라면, 우리를 위해 저자들을 좀 쫓아내 주면 어떻겠어요? 저것들은 댁이 얼굴만 비치면 대번에 도망칠걸요."

"나는 트롤들하고 척진 거 없어요." 브르르가 말했다.

그 부인은 상을 찡그렸다.

"거기 댁이 가슴에 걸고 있는 그거, 훈장이지요. 그렇지 않아요? 뭘로 탄 훈장이에요? 용감하게 쇼핑을 한 공으로 탄 건가요?"

"난 테니킨에 있는 병사들 부대를 찾고 싶은 겁니다. 이건 전부 착오예요."

"아무렴, 군인들이 당신 같은 족속들을 그래 참 잘도 상대해 주겠지요!" 부인은 심통 난 얼굴로 입술을 지갑처럼 꾹 닫고는 눈썹 밑으로 시야를 확보하기 위해 쳐들었던 턱을 내렸다. 바위 밑에 도사리고 내다보는 도마뱀 같은 눈빛이었다.

브르르는 그 자리에 서서 해명하려고 애를 썼다. 그는 가게 안의 어둑한 그늘 속으로 스르르 사라져 버리고만 싶었다. 그럴 수 있다면 얼마나 편리할까? 예전에 숲 속에서는 나무 그늘에 몸을 숨길 수가 있었는데 말이다.

상점 바깥의 글리쿤들이 미처 어떤 움직임을 보이지도 않았는데, 차르르 울리는 잔 북소리가 상점가를 채웠다. 트라움 수비 여단이 출동한 게 분명했다. 그 부인은 교전이 벌어진다는 생각에 기대감을 품은 얼굴이었다.

턱받이에 침을 흘리고 있는 아기 트롤을 데리고 있어 아직 맞붙을 준비가 되지 않은 상태였던 사칼리 오아피시는 방향을 바꾸어 가게 문 쪽으로 일행을 이끌고 왔다.

"맙소사, 이를 어째. 문을 닫아요. 닫을 수 없나요?" 부인이 점원에게 말했다.

점원은 큰 걸음으로 나서면서 거리 쪽을 향해 말했다.

"마을 거주민으로 등록된 분 이외에는 출입하실 수 없습니다."

사칼리가 문틈으로 발을 끼워 넣었다. 슥 보는 눈빛에 두려운 기색은 거의 비치지 않았다. 그녀가 입을 열자, 그 목소리는 낮았으며 긁히는 듯 심히 귀에 거슬리는 소리였다.

"그래? 그러면 저 사자는 트라움에 사는가?" 사칼리의 한 손은 어린것의 머리 위에 얹혀 있고, 다른 손은 단도 자루에 가 있는 채였다.

침묵이 이어졌다.

"제대로 요점을 짚었군요." 점원이 브르르에게 말했다. "나가 주셔야겠습니다."

"이건 말도 안 돼. 이럴 필요는 없잖나······."

학교 선생이 끼어들었지만, 점원은 말을 이었다.

"나가 달라고 말씀드렸습니다. 아니면 상점 호위인들을 부를 겁니다. 우리 사장한테 상품으로 갖춰 놓은 딕시하우스 제 만찬용 호화 식기 일습이 난리 통에 박살났다고 보고할 수는 없으니까요."

"오늘은 쇼핑이 그다지 마음 내키지 않는군요." 끝내 브르르는 그렇게 말했다.

브르의 등 뒤에서 가게 문이 닫혔다. 그는 문 잠금쇠가 끼워져 들어가는 매정한 쩔꺼덕 소리를 들을 수 있었다. 그 명예심 높던 학교 선생은 동료 시민들과 연대하기를 선택한 게 틀림없었다.

"자네는 고통 받는 이들 편에 서기를 선택했구면." 사칼리 오아피시가 존경스럽다는 듯이 말했다.

"전 그런 거 선택 안 했습니다." 브르가 바로 쏘아붙였다. 그는 길 저쪽 끝을 보았다가 다시 반대쪽 끝을 보았다. 사태가 더 언짢은 방향으로 진전되기 전에 트라움을 벗어나고 싶었다.

"당신은 테니킨으로 가는 길을 모르시겠지요? 병사들이 있는 곳인데요?"

"마법사 휘하의 병사들 말인가?" 사칼리 오아피시는 침을 뱉듯이 그 말을 했다.

"제가 아는 병사 한 명이 있었는데요, 그 사람은……."

하지만 브르는 젬시를 어떻게 형용해야 할지 몰랐다. 그러나 사칼리라는 이 여자 트롤은 눈치가 빨랐다.

"자네가 아는 병사가 하나 있었는데, 그자는 자네하고 친구가 되고자 군대를 등졌단 말이지?"

트라움 민병대가 번화가 끄트머리에 진입해 들어오며 그 모습을 드러냈다. 체중 과다의 상인들, 흥분이 도를 넘은 십 대들, 아까 브르가 본 바로 그 수염 기른 딱한 목사까지, 온갖 사람들이 뒤죽박죽 한데 모인 오합지졸이었다. 건초 뜨는 쇠스랑 몇 자루에 반죽 펴는 밀대 하나, 그리고 너무나 위험해 보이는 총도 몇 자루 섞여 있었다.

"전 할 일이 있는 몸이에요." 브르가 말했다. "당신네들이 병사들하고 감정이 있는 건 안됐지만요, 제가 옆에 붙어 서서 해결해 드릴 수는 없다고요. 전 심부름을 하는 중이라서 인정상 세상을 떠난 친구의 아버지를 찾아뵈어야 한단 말입니다."

"자넨 몰려오는 이 인간 폭도들 앞에 무장도 안 한 우리를 내버리고 떠나진 않을 테지. 무슨 사자가 그래?"

이 질문에, 사자는 때로 침묵이 대답이 될 수 있다는 것을 깨우쳤다.

뭐가 어찌 되었든 트롤들은 비무장이라고 보기 힘들었다. 브르르는 그 말을 할까 생각했다.(하지는 않았다.) 동료 글리쿤들이 이쪽 골목길에서, 저쪽 교회 문에서 곡괭이를 들고 속속 나타났다.

지역 민병대가 장총을 겨누었다. 글리쿤들은 허리를 굽혀 길바닥에 박힌 돌들을 흔들어 빼려고 했다. 건물 위층 어딘가 눈에 안 보이는 어느 부엌으로부터 찻물 끓이는 주전자가 쉬익쉬익 날카로운 소리를 냈다. 마치 언덕 너머에서 들리는 소규모 폭우 소리 같았다.

'또 시작이군.' 브르르는 생각했다. '내 제일가는 재주지. 있어서는 안 될 장소에, 하필 이때를 골라서, 엉뚱한 열쇠를 들고 있는 것.' 그는 설명하려고 해보았다.

"제가 싸워야 할 이유가 없잖아요. 저한텐 지켜야 할 약속이 있다고요……."

뒤쪽으로 물러나던 브르르는 별안간 뾰족탑에서 울려 퍼지는 성스러운 종소리에 그만 기겁하게 놀라 꼬리를 꿈틀거렸다. 럴라인 교도들의 음악처럼 곱기만 한 음향이었다. 브르르는 그렇게 쟁쟁 울리는 아름다운 가락을 들은 일이 한 번도 없었고, 왠지 그 소리가 어떻게든지 추상적인 해결책을 알려 줄 것만 같았다.

그러나 트라움 읍내 광장 사방에서는 근심에 찬 시민들의 손이 꽝꽝 대문들을 걸어 잠그며 울리는 쇳소리로 음악을 빚어내고 있었다. 정원 담에 난 창마다 나무 덧창들이 세차게 닫히고 안쪽으로 빗장이 질러졌다. 널빤지가 바닥에 콰당 콰당 떨어지는 소리에서 참나무 목재의 음악을 들을 수 있었다. 통행이 자유롭던 번화가와 시장 광장 거리는 잠깐 사이에 커다란 우리로 화했다. 적을 함정에 빠뜨려 가두기 위한 출구 없는 울짱이었다.

군부대가 없는 교역촌에서는 이런 식으로 방비를 하는구나. 브르는 그렇게 생각했고, 그러고 나서야 자신이 울타리 안에 갇혀 버렸음을 깨달았다.

사칼리 오아피시는 그들이 이런 식으로 환영해 줄 것을 미처 예상하지 못했다. 아마도 이것은 최근에 발명된 새로운 전법인 듯했다. 그녀가 고함 쳤다.

"여봐, 사자! 가서 벽을 뭉개 버려! 저자들이 우릴 하나도 남김없이 학살하기 전에!"

"하…… 하지만 전…… 테니킨에 볼일이……." 거절하는 게 아니었다. 거절하는 게 아니라…… 하지만 그러면 그가 한 것이 뭐였던가?

쇠창살이 쳐진 철문이 바로 코앞에 있다. 얼굴에 닿을 지경이다. 그리고 아무리 부딪혀 봐도 소용이 없다. 왜냐하면 철문은 튼튼하고…… 그는 아직 어린 새끼이기에…….

브르가 도리질을 쳐 생각을 떨쳐 내고 다시 말을 할 수 있게 되기 전에, 총소리가 울렸다. 한 발 아니면 두 발. 브르는 최근 들어 숲 속에서 총성을 익히 들은 바 있지만 여기 휑하니 뚫린 곳에서,

돌과 함석판으로 지어진 읍내에서 쩌렁쩌렁 울리는 그 소리는 소름이 쫙 끼쳤다. 그는 감각이 마비된 채 옆쪽으로 꽁무니를 뺐다. 뛰려는 생각도 없이 껑충껑충 뛰던 그는 그만 뚜껑이 덮인 우물의 돌 아치를 들이박았다. 머리가 빙빙 돌며 멍해진 상태에서, 브르르는 잠시 선 채로 사칼리가 머리에 돌을 맞는 광경을 보았다. 마치 쌀가마니가 옆으로 넘어가듯이 그녀의 몸이 뻣뻣이 넘어가 쿵 하고 땅바닥에 쓰러졌다.

브르르는 휘청거리다 그대로 엎어져 땅에 깔린 잔돌 위에 토했다.

"여기야, 여기." 다른 글리쿤들이 외쳤다. 글리쿤 민간인 몇 명이 그 거칠거칠한 목소리로 소리치고 있었다. 사칼리는…… 죽었나, 살아 있나? 아무도 말해 줄 수 없었다. 체구가 작은 두 명의 용감무쌍한 트롤들이 웃음소리 비슷한 쉬어 터진 끙 소리와 함께 사칼리의 몸을 들어 올렸다.

"자자, 문으로 가요! 벽으로 가! 하나를 위해, 모두를 위해서!"

글리쿤들 두세 명이 브르르를 향해 펄쩍 뛰었다. 흡사 술통을 나르듯 사칼리를 짊어진 채였다.

"안 돼." 그들에게만 들리기를 바라는 심정으로, 브르르는 우물우물 말했다. "죽은 척해요. 죽은 척하라고! 살 길은 그것뿐이니까."

브르르는 글리쿤들을 떨쳐 버리고 뒹굴 몸을 굴렸다. 등을 대고 벌러덩 누워서, 어떻게 하는 것인지 보여 주려고 두 앞발을 가슴에 올리고 힘을 빼어 버클을 채우지 않은 허리띠 끄트머리처럼 축 늘어뜨렸다.

트롤들은 브르르가 무슨 성벽이라도 되는 것처럼 옆에 딱 붙어 반죽처럼 그를 에워쌌지만 그것도 얼마 가지 않았다. 모든 방향에서 장총이 겨누어졌고, 반듯이 드러누운 사자는 그들에게 아무런 쓸모도 없는 사자였다. 그들은 브르르를 버리고 가장 낮아 제일 약할 것 같은 문을 향해 우르르 몰려갔다. 거기에는 단 한 명의 명사수가 있어서 달려오는 트롤들을 한 명, 두 명, 세 명까지 맞힐 수가 있었다. 그렇게 되자 나머지 트롤들은 브르르의 조언을 너무 늦게 실천에 옮겨서 죽은 시늉을 했고, 포로로 잡혔다.

처음에, 즉 그날과 그 다음 날에 걸쳐 트라움 주민들은 브르르를 성대하게 기리는 일대 행사를 벌였다. 글리쿤 트롤들을 피신시키기를 거부한 그의 행동이 용감하다는 이름을 얻었다. 번화가에서 벌렁 드러누운 것은 공공의 이익을 위하여 자신을 희생한 행위로 간주되었다. 폭도들을 다루는 전술 치고는 정말이지 절묘한 수법이었지 뭐야. 폭동이 터지려는 와중에 평화주의라니, 정말 굉장해!

한동안은 브르르도 대중 선전에 혹했다. 글리쿤들을 지켜 주기를 거절한 그의 행위가 끊임없는 선전을 통해 과연 누가 실제로 폭력을 행사했던가를 주목하지 못하게끔 하고 있다는 생각이 들게 되기까지는 말이다. 거기에 생각이 미치자 브르르는 번번이 찬사의 외침 속에 비웃음이 똬리를 틀고 숨겨져 있는 게 아닌가 의심이 갔다. 아마도 그가 받아 마땅할 비웃음이리라.

브르르는 트라움을 떠나도 안전하겠다는 생각이 드는 즉시 떠나기로 마음먹었다. 그렇게 되기까지 여러 주가 걸렸다. 그는 기차를 타고 테니킨으로 향했는데, 가는 동안 내내 복수심에 불타는 글리쿤들이 철로를 폭파하지 않을까 두려워 떨었다. 철로 위를 달리던 열차를 탈선시키겠지. 운송 중이던 에메랄드를 깡그리 되찾으려 하겠지. 그러고는 객실 차량을 샅샅이 뒤져 그의 비겁한 몸뚱이를 적발해서는 자기네 부족에게 일어나거나 말거나 그가 그냥 방치했던 일들을 그대로 그의 몸에 가해 오겠지.

브르르는 자신의 명성이 자신을 앞질러 퍼져 나갔음을 알게 되었다.

"이거 행운이군요. 영웅 사자분을 직접 만나 뵙다니요."

식당차에 있던 풍채 좋은 언론인이 그렇게 말하며 속기 수첩에 뭔가를 끼적거렸다. 그는 독서용 안경 너머로 정답게 사자를 바라보더니 셰리주가 담긴 술잔을 그를 향해 들어 올렸다. 브르르는 그 사람의 식탁 쪽을 보고 앉아서 막 두 번째 저녁 식사를 배식 받은 참이었다.

"고마운 마음에 찬 트라움 시민들이 감사의 염을 표하며 당신의 기여에 보답하고자 굳이 억지를 써서 자그마한 돈지갑을 증정했다고 들었는데요?"

"그랬지요." 브르르가 유보적인 태도를 유지하며 말했다.

"그들이 얼마를 갹출했든 간에 원래 글리쿤들에게 지불했어야 할 금액보다는 적을 겁니다."

"과연 그렇겠네요." 브르르가 말했다. 그 돈 중에서 얼마는 포목점에서 써 버린 터였다. 현금을 주머니에 간수하려고 조끼를 샀던 것이다. 그리고 위엄을 차리려고 지팡이도 한 자루 샀다. "그 돈은 그저 고마움의 증명이었을 따름입니다."

"증명된 영웅에게 걸맞은 사례 말씀이죠. 게다가 그야말로 영광스러운 그 무용 훈장을 보세요. 당신이 세운 공로를 치하하고 있군요."

그의 눈에 담긴 번뜩임이 매서웠다. 브르르는 소화불량이 온 체하며 자리를 피했다. 냄새 고약한 화장실 칸에 혼자 틀어박혀서, 그는 핑계로 지어냈던 복통이 실제가 되었음을 깨달았다.

화장실 칸을 나왔을 때, 브르르는 식당차로 돌아가는 대신에 목적도 없이 반대쪽으로 걸음을 옮겼다. 기차의 맨 끝 차량에 이르자 그는 뒷문을 열고 덜컹거리는 승강구에 섰다. 남들의 시야로부터 벗어난 그곳에서 브르르는 홀로 울컥 치밀어 오른 막대한 수치감에 몸을 맡겼다. 그러다가 기차가 버팀다리 위를 덜커덩거리며 달려 시커먼 물이 고인 음울한 호수를 가로지를 때 브르르는 가죽띠에 채운 훈장을 멀리 내던졌다. 훈장이 물에 떨어지고 마지막 반짝임을 던지며 가라앉았다.

이제 일은 진정으로 시작되기도 전에 끝나 버렸다고, 브르르는 그렇게 생각했다. 찬사를 받으려던 나의 원정길이. 오직 브르르에게만은 끝이 없을 것이다. 정말로 끝난다는 것은 있을 수 없다. 잘못 찾아든 마을에서 겪은 반시간 동안의 사고, 그에게 씌워진 저주는 말이다.

기차는 그날 저녁 늦게 테니킨에 정차했지만, 브르르는 내리지 않았다.

이제 그의 삶은 출세 가도에 접어들었다. 몇 가지 재주, 몸에 익힌 몇 가지 기술로써…… 뒹구르르 자빠지기, 죽은 체하기, 실수 저지르기, 대화하기. 그러나 올라간다 해도 거기엔 목적지가 없었다.

곰들의 망각 증세를, 그리고 오즈미스트들이 자기네 집단을 구성한 하나하나의 정체를 제대로 짚어 내지 못한 것을 믿고서 브르르는 트라움에서 자신이 저지른 치욕스러운 짓 또한 금세 잊히지 않을까 기대했다. 브르르는 그렇게까지 운이 좋지는 못했다. 브르르는 아직 인간들에 대해 충분한 경험을 쌓지 못한 상태였기에 그들이 무엇보다 애호하여 가슴속에 고이 간직하는 것, 다른 것은 다 희미해질지라도 마지막까지 놔 버리지 못하는 그것이 바로 타인의 저열함 앞에서 뿌듯해하는 심리라는 사실을 알지 못했다.

6

수녀원 접객실의 공기는, 과거 이외에는 살아 있는 것이 아무것도 없는 듯이 착 가라앉은 느낌이었다.

"처음 몇 년에 대해서는 별로 할 말이 없습니다." 브르는 말을 맺었다.

하지만 접객실은 그 말소리에 기묘한 웅웅거림을 보탰다. 살아 있는 시체 할머님께서는 어찌나 살뜰하게 귀를 기울이시는지 사자는 자기가 자기 출신에 관하여 입 밖에 내어 말한 것으로 기억하고 있는 그 한두 마디 이외에 더 많은 것을 지껄이지나 않았나 싶을 지경이었다. '저 할망구는 교활해.' 브르는 생각했다.

"재능이 풍부한 게지, 교활하다기보다는." 야클이 끊고 들었다. "한데 댁은 어쩌다 브르르라는 이름이 떠올랐던 거요?"

"할머니가 저의 속마음을 읽으실 수 있다면, 솔직히 그건 제 망할 놈의 사생활에 대한 침해라고 말씀드려야겠지만, 아무튼 그럼 이미 아실 텐데요."

"나는 마음을 읽지 않아. 더구나 댁은 펼쳐 볼 만한 마음이랄 것도 안 가졌으면서 뭘 그러우."

"남의 마음을 읽지 못한다면, 그럼 예언자 노릇을 어떻게 합니까?"

야클이 대답했다.

"난 그저 댁이 생각하는 게 뭔지 짐작해 볼 뿐이라오. 그리고 말을 하면 그게 정말인지 짐작이 가고. 내가 아직 실내 온도까지 데워지질 않았거든. 내 경우에는 죽은 체를 한 게 내 평상시 집중력을 요만큼 헐어 갔으니 말이지."

"누가 제 이름을 브르르라고 지어 줬는지 전 모릅니다. 그리고 아무래도 상관없는 일이죠. 이제 당신이 저한테 출신 얘기를 하세요. 기록을 위해서요. 제가 발견한 사실들을 취합할 때 필요하니까요."

"제 자신이 어떻게 생겨났는지 아는 이는 아무도 없지. 아는 건 제 부모들한테서 들은 것하고 우리나라 국가에 담긴 신화뿐이야."

"저한테 비협조적으로 이러시면 안 됩니다. 보세요, 할머니가 듣고 싶어 하신 것을 말씀드렸잖아요. 제가 너무 정직해서 기분이 상하셨나요? 얼마든지 그러시든가요. 여태까지 제가 살아온 게 그랬으니까요. 할머니는 빌어먹을 여기에 안 얽히실 수도 있단 말입니다."

"인간들의 습성에 기분 상할 일이야 나보다 더 없는 사람이 있을라고." 야클이 차분하게 대답했다. "그러니 사자의 구질구질한 도덕 윤리 재담에야 더 말할 것도 없지. 게다가, 나 자신도 그렇게 순진무구한 영혼의 꽃다발 따위는 아니거든."

"좋아요, 그러면. 얘기를 진행시키자고요. 좋으시죠? 왜 당신이 마담 모리블의 일기장에 연루돼 있습니까? 시간이 하루 종일 있는 게 아니라고요. 저야 할머니 속마음을 읽을 수 없는 건 물론이고 표정도 못 읽겠습니다, 눈이 그 꼴이고 보면요. 법정에서는 이류 철학쟁이나 보자는 게 아니거든요. 제가 원하는 건 사실입니다."

"뭐든 간에, 내가 왜 댁한테 말을 해야 하우?"

브르르는 생각에 잠겼다.

"상호 교환이죠. 옛날에 오즈미스트들이 제시했던 대로 말입니다. 할머니도 저한테 원하는 게 있잖습니까. 안 그래요? 분명히 있어요, 제가 여기 다다를 때까지 안 죽고 고통만 받았다면서요. 제 등을 긁어 주시면 저도 등을 긁어 드리지요. 상부상조합시다." 말을 하다 그는 그르렁 소리를 냈다. "나이가 드셔서 그런지 등이 엄청 굽었군요. 꼭 혹이 난 것 같습니다."

"자화자찬은 집어치우시지. 댁이 나한테 뭘 해 줄 수 있다는 거요?"

"원하는 걸 말씀해 보세요."

야클은 잠잠히 앉아 있었다. 브르르가 그녀로 하여금 생각해 보게 만들었다. 그는 야클이 거래에도 응할 것임을 확신했다. 조건으로 뭘 내걸지는 아직 모르지만 말이다. 그는 이 일을 해내기 위해서라면 온 세상이라도 주겠다고 약속할 참이었다. 야클은 어차피 온 세상을 다 그러모을 만큼 오래 살지는 못할 것이다.

브르르는 백치의 주의를 끌려고 하는 것처럼 수첩으로 자기 이마를 탁 쳤다.

"준비가 되셨으면 저도 준비 완료입니다." 그러고는 다시 수첩을 파라락 펼쳤다. "법원이 추적해 들어가려는 부분은 당신과 트롭 일가 사이의 관계에 대해서입니다." 브르르가 말했다. 그가 수를 쓰고 있다는 점을 야클이 짚어 낸다면(그의 쩨쩨한 술수는 거짓이라기보다는 가장된 진실에 가까웠지만), 브르르는 그녀가 진짜 예언자이고 돌팔이가 아니라는 증거를 손에 쥐게 될 터였다.

브르르는 야클의 반응에 만족했다. 의자에 앉아 있던 야클은 몸을 조금 뒤로 기댔는데, 메말라 껍질이 일어난 그 콧구멍이 겁에 질린 말의 콧구멍처럼 세차게 벌름거렸다.

"법원이 뭐에 쓰려고 내 증언을 내놓으라 하는고?" 야클이 알아야겠다는 듯 따져 물었다.

"먼치킨랜드 콜웬 그라운즈의 트롭 일가와 처음 관련을 맺게 된 게 언제 일이지요?"

"그녀가 돌아왔나? 그녀가 여기 있우?" 야클이 물었다.

"누구 말이죠?" 브르르는 짜릿한 승리감에 숨을 죽였다. 술책이 통했다. 앞일을 보는 사람이라 할지라도 깜짝 놀라는 경우가 있는 모양이었다. 브르르가 물어보았다. "누구를 말씀하시는 겁니까?"

"엘파바지, 당연한 걸."

야클이 대답했고, 그러자 둔해 빠진 브르르조차도 느낄 수가 있었다. 엘파바의 이름을 들먹이고 그녀가 관련된 유감스러운 과거사를 언급한 것은 야클의 늙은 핏줄 속에 왈칵 치미는 생기를 불어넣었다. 죽음을 차 버린 쭈그렁바가지, 늙은 수녀 야클, 그녀가 진정 누구든 간에 그녀는 아직까지 인간이었다. 감정에 감염될 여지가 남아 있는 인간. 이토록 오랜 세월이 지난 후에도 한 줌의 회한이, 또는 그 어떤, 몹시도 절실한 감정이 여전히 크레이프처럼 쪼글쪼글 주름진 그녀의 피부 밑에 퍼져 나가는 한 동이의 피로 홍조를 물들여 놓았다.

브르르가 이것을 보았다. 야클을 손아귀에 넣었다. 그는 자신이 생각했던 것만큼 멍청하진 않았다.

"캔들이 발견되었나? 리르도?" 야클이 말했다.

리르라면 아까도 입에 올린 적이 있었다. 하여튼 세상에는 하지 않으면 좋을 말을 하는 사람들이 있다. 리르는 사자 그 자신의 욱신거리는 과거에 박혀 있는 또 한 개의 가시였다. 그리고 그는 자기가 얼마나 간단히, 두 번 생각지도 않고 쉽사리 그 집 잃은 소년을 저버렸던가를 결코 떠올리고 싶지 않았다.

브르르는 다시 펄럭펄럭 수첩을 펼쳤다.

"당신이 말할 차례입니다, 야클. 그리고 저한테는 다른 정보원들로부터 얻어 낸 증거들이 있으니 당신의 진술과 어긋나는 점이 있는지 점검해 볼 겁니다. 그러니까 허섭스레기 같은 허튼소릴랑 할 생각 마세요. 이 정도면 공평하지요?"

야클은 새끼손가락의 손톱을 질근질근 깨물었다. 흡사 호수에 사는 일각고래 지느러미로 만찬을 드는 듯한 모습이었다. 방 바깥에서는 길게 몰아치는 가을철 돌풍이 덧창에 붙은 채 말라 가는 담쟁이덩굴을 바스락거리게 했다. 야클이 마침내 입을 열었다.

"진군하는 소리가 들리는구먼."

"에메랄드 시 사단들이 진흙투성이 장화로 땅을 구르며 먼치킨랜드로 진격하는 중이죠. 모르셨습니까? 되갚음이라는 명분 아래 진격 중이에요. 식민지화라는 방법으로 자기 방어를 하는 거라고 봐야겠지요."

"나는 인간들 정치사에 끼어든 적이 없어."

"건전한 습관입니다. 멀리 떨어져 계세요. 아주 멀리요. 들어 보세요, 배경이 알고 싶으신가요? 지금까지 제가 짚어 낼 수 있었던 바로, 우리의 영예로운 황제께서 그분 자신이 바로 실질적인 트롭 가문의 장이자 먼치킨랜드의 총독이라고 주장하고 계십니다. 왜냐하면 폐하의 증조부께서 트롭 가문의 삼사 대 전 수장이었기 때문이랍니다. 사도 황제이신 셸 황제께서는 콜웬 그라운즈의 저택에 대한 권리를 주장하시며, 더 나아가 그 지역의 치리권까지 자신에게 있음을 주장하고 계십니다. 그러니 황제는 먼치킨랜드 자유령을 재합병할 참인 겁니다."

"하지만 트롭 가문의 장한테는 딸들이 있었는데. 그리고 상속권은 여계로 전해 내려가요. 나라도 그 정도는 기억하고 있다우."

"아아, 하지만 셸이 그 혈통에 마지막 남은 사람이랍니다. 그분의 누이들은 엘파바도 네사로즈도 후손을 남기지 못하고 죽었거든요."

"과연 그랬을까?" 야클이 큰 소리로 외쳤다.

"그에 대해 뭔가 아십니까?" 브르르가 물었다. "그리고 그보다도, 이게 핵심인데, 왜 그 일에 신경을 쓰는 거죠?"

브르르의 목소리는 자기 자신이 듣기에도 거칠고 무작스러웠다. '몸이 단 게지, 나한테 보여 주고 싶었던 것보다 더 드러내 보일 만큼이나.' 야클은 그렇게 생각했다. 그러나 야클한테는 지금 당장은 브르르를 끼워 넣을 빈자리가 없었다. 기억들을 구겨 넣은 부싯깃통이 터져 나갈 지경이었기 때문이다. 야클의 두 눈, 10년 이상이나 물기를 머금어 본 일 없는 그 눈들이 끈끈해지고 마음은 모질어졌다 물러지기를 되풀이했다.

"그들을 처음 알게 된 게 언제인지 말하십시오." 브르르가 재촉했다. "왜 말 못 합니까? 말하는 편이 좋을 겁니다. 당신이 예언자일지는 모르지만 어떤 예언자도 모든 것을 다 알지는 못하지요."

브르르의 이 말에 기어코 질척한 눈물이 굴러 떨어졌다. 야클이 몸에 감은 얼룩 한 점 없는 홑겹 천에 그 눈물들이 떨어지자, 눈물 모양으로 천이 타서 구멍이 뚫리며 겹겹이 층진 페이스트리 모양의 자글자글 주름진 살이 흐릿하게 보였다.

"난 댁이 약속을 지키게끔 만들 거요." 말을 할 수 있게 되자 야클이 말했다. "그렇지 않음, 댁을 죽여 버리든가."

자리에서 일어선 야클은 마치 증언석에 선 것처럼 의자 등을 붙들고 서 있었다. 그나마 보이던 눈의 홍채 부분이 천천히 위로 말려 올라가 그녀의 머리 속으로 들어갔다. 브르르는 그 광경에 뱃속이 뒤집히다 못해 자신의 배설물 맛을 느낄 수도 있을 것 같았다.

야클은 아직 이야기를 시작하지 않았다. 머리뼈에 박혀 든 무늬진 차돌인 양, 그 눈에 흰자위밖에는 남지 않게 될 때까지.

✛✛✛

내가 그들을 처음 알게 된 게 언제냐고? 오즈의 마녀들을 말이지?

─ 좋았던 옛날이 없어서 할 얘기도 없다 ─

1

"할머니 자신의 근본 얘기부터 해보세요." 브르는 목소리를 부드럽게 깔아 거의 가르랑거리는 소리를 냈다. "이름하고, 출생지, 생년월일부터요. 늘 대는 별것도 아닌 사항들부터 기분 좋게 갑시다."

"글쎄, 난 근본이 어딘지 모른다우." 야클의 음성이 아련하게 멀었다. 아마도 거짓말을 꾸며내느라 천천히 말하고 있는지도 모른다. 아니면 과거라는 개념을 다시 찾는 데 좀 시간이 걸리는 것일지도……. "내 출생은 시간의 안개 속에 사라져 버린 것 같구려, 아무래도."

"저를 조롱하시는 건 법정에 대한 조롱입니다."

"나는 아무도 아무것도 조롱하지 않아요. 내가 기억하는 맨 처음은 혼수상태에서 깨어 일어나 앉은 거요. 갓난아이처럼 벌거벗고 있었고, 지각도 없었고, 똥오줌도 못 가리는 상태였지. 하지만 주름살 하나는 아주 대단 번쩍하게 잡혀 있었고, 앞이 안 뵈는 것도 아기들 눈이 아직 안 뜨인 거하고는 달랐지. 내 젖가슴은 꼭지가 발가락을 향하도록 늘어져 있었다우. 난 발가락을 꼼지락거렸고, 젖가슴도 꼼지락거리려고 해봤우. 생강 냄새랑 진주과일과 젤리 냄새가 났고 지독하게 배가 고프더군. 그래서 일어서서 근처를 다녀 봤지. 벽에 거울이 있는 걸 찾아냈기에 나한테 눈이 있었던 줄을 알았다우. 그래 거울을 보니 축 늘어진 살갗이 빠질 것 같은 눈알을 간신히 눈구멍에 붙들어 두고 있더구먼. 귓불에는 검버섯이 나 있고, 머리카락은 듬성듬성하니 허옇게 세었어. 게다가 등은 쑤시지 뭐요. 나는 말을 할 수가 있었고, 그래, 욕하는 법도 알았다우. 내 몸뚱이가 썩기는 그때도 벌써 어지간히 썩어 있었던 게지. 알아듣겠우?"

"하지만 장소는 어디였나요, 방 안입니까? 침대 위였어요? 어느 지역이었습니까?"

"어딘지 방이긴 했지. 침대도 있었고, 가난뱅이들이 묵는 무슨 여관인가, 그랬우. 아마 그랬을걸. 그거나 알자고 어정거리고 있진 않았으니까. 나는 세면실 받침에서 가운 한 장하고 슬리퍼를 훔쳐 입고 아장아장 문을 걸어 나왔지. 그러곤 내가 있는 곳이 오즈 북부의 시즈 시라는 걸 알게 됐다우. 뒤뚱 걸음이든 자전거로든 말을 타고든 간에 옆에 지나가는 지각 있는 것들 대부분보다 내가 더 늙은 몰골이더구먼."

"이름은 기억이 나시던가요?"

"이름이 없는데 어떻게 기억을 하나. 이름이 있어야 기억을 하지? 안 그러우, 브르르 경? 만약에 내가 그 전에 이름이 있었더라도 이미 알 수가 없게 돼 버렸지. 그래서 내가 내 이름을 지어야 했다우. 시장판 진열대에 윤전기로 찍은 그라비어로 인쇄된 책이 꽂혀 있기에 그걸 넘겨 가면서 들여다봤지. 보니까 설화 속의 등장인물들을 예술적으로 해석했노라고 선전하고 있더군. 거기엔 옹이투성이 늙다리 쿰브리시아가 있고, 요정 여왕 럴라인이랑 럴라인 친구 프리넬라도 들어 있었우. 세상을 꿈꾸는 용과 자격 없는 자들에게 붙어 괴롭혀 주는 자그마한 요정 진드기들도 있었지. 그렇게 넘겨 가다가 어떤 쪽에 가니까 지팡이를 짚고 줄에 맨 자칼을 거느린 나이 든 여신 그림이 나오더구먼. 망태기에 달을 넣어 가지고 등에 걸머진 모습이었다우. 예쁜 그림이었우. 그림 설명이 '야클 스날링'이라고 돼 있는데, 난 그 할망구가 무슨 얘기에 나오는 인물인지도 모르고 얘기 같은 건 아예 하나도 아는 게 없지만서도 그 이름이 맘에 들더라고. 야클. 그 스날링이라는 건 이름의 한 부분인지 그 할망구가 으르렁거리고 날름거리기라도 한다는 건지 뭔지 모르겠기에 그냥 떼어 버렸우."

"의사한테 가 보진 않았습니까? 아마도 모종의 발작을 겪은 것일 가능성을 넌지시 던져 준 사람이 아무도 없었던가요?" 브르는 인정 있게 굴려는 게 아니라 단지 어떻게 된 것인지 파악을 하려는 것이었다. "정신의 톱니바퀴가 잘못해서 빠져나간 것뿐이었을 겁니다. 쇠약한 노인네들에게는 드문 일도 아니죠."

"약이니 치료니 하는 개념을 모르는 사람은 의사를 찾아가 보일 생각도 못 하는 거요."

브르는 더 다독이는 어조로 말하려고 노력을 했다. 그러나 그의 입에서 나온 말은 야비하고 교활하게만 들렸다.

"약 처방을 좀 받으시든가, 아니면 정신이 나는 술이라도 한 모금 해보시지요. 지난 삶의 기억이 돌아오지 않을까요?"

"글쎄, 어떨까?" 야클이 대답했다. "어쨌든 난 지난 삶 같은 건 안 믿는다우."

"잃어버린 어린 시절의 기억이 문득문득 찌르듯이 떠오르지 않나요? 불현듯 스쳐 가는 기시감이라든가, 그런 것도 없습니까? 뭔가 평범하고 하찮은 것, 그러니까…… 신발 끈이나, 또…… 롤빵이라도 집어 들어서 물끄러미 들여다본 적이 없으십니까? 그런 게 실마리가 되어 옛일이 떠오를 수도 있잖습니까?"

"난 여태껏 상상으로 옛일들을 지어내는 짓은 하지 않았우. 그러니 그리울 것도 아쉬울 것도 없었지. 난 그저 노인의 몸으로 그때 갓 찍혀 나온 새로 난 사람 같았더란 말이오. 어떤 이들은 눈이 먼 채 태어나요. 어떤 이들은 날 때부터 성미가 고약하고, 어떤 이들은 날 때부터 우월하지. 또, 날 때부터……." 야클은 손가락 하나를 브르르에게 향하고 흔들어 댔다. "……초록색인 사람도 있고. 나는 날 때부터 늙어 있었우. 늙은 채로 이 세상에 왔고, 더 늙어서 떠날 참이지. 어떻게 떠나면 될지 내가 알기만 하면 말이오."

브르르는 수첩에 적었다. '기억상실증이 있어 초년 일이 생각나지 않는다고 주장함. 미친 것인가? 솔직한 진술? 잔꾀? 법적 책임을 피하려는 영리한 술책?'

"우리는 지금 트롭 가문과 당신 사이의 관계에 관하여 몇몇 사실을 알아내고자 이 자리에 있는 겁니다. 얘기를 계속할까요?" 브르르가 말했다.

"말로는 마담 모리블의 인맥을 파고들다 여기까지 왔노라고 했던 것 같소만?"

"마담 모리블, 트롭 자매. 겹치는 데가 있는 주제들이지요. 더럽게 잘 아실 일을 가지고 왜 그러십니까? 자, 이제 어디서부터든 시작을 해보세요. 얘기가 갈팡질팡한다 싶으면 제가 끼어들어 막지요."

"난 정말 댁이 맘에 안 드는구려." 야클이 말했다. "하지만 내가 초대받아 온 자리가 작고 후의 잡담회인 모양이고 보면 내가 댁을 좋아하든 싫어하든 별 문제가 안 되겠지."

"관을 차고 일어나서 저를 만나러 오셨잖습니까." 브르르가 상기시켰다. "분명히 지금 저한테 해 줄 아주 중요한 얘기가 있으신 거죠. 안 그렇습니까? 자꾸만 횡설수설로 만들어 버리려고 하시는데, 알맹이를 끄집어내 보자고요. 기꺼이 경청해 드릴 테니까요. 귀 기울여 듣겠습니다. 정말이에요."

야클이 턱을 홱 끌어당겼다. 그녀는 전혀 브르르의 감언이설에 혹하지 않았다. 그를 탐탁지 않아 하는 것은 그대로였다. 그런 태도가 겉으로 보기에도 아주 훤히 드러났다. 아무려면 어떠냐고, 브르르는 신경을 쓰지 않았다. 자기 할 일만 하면 그뿐이다. 그가 말했다.

"자, 하실 말씀을 해보시지요. 저 저벅거리는 군홧발들이 도로 이쪽으로 저벅거리고 몰려오기 전에요."

야클은 이야기할 준비가 되었는가? 정말로? 그녀는 거듭 생각해 보았다. 이 사자가 한편이 돼 줄 거라는 데 어느 정도 확신이 들기도 전에, 우연히 뭐라도 누설할지 모르는 진술을 과연 해야 할 것인가? 확신은 지금으로서는 요원한 이야기였다. 야클 앞에 버티고 앉아, 갈기에 침칠을 해서 끄트머리를 뾰족하게 꼬고 있는 놈. 야클은 기적으로 일거일동을 다 알았다. 그녀의 귀는 그토록 예민했다. 사자는 무언극에 나오는 악당이 콧수염을 매만지듯이 꼭 그렇게 굴고 있었다.

어쩌면 이자는 그저 속임수에 지나지 않은 거겠지. 몸 풀기랄까? 아마도 야클이 차갑고 습기 찬 널에서 몸을 일으킨 것은 이 느끼한 위인에 뒤이어 나타날 다른 누군가를 만나기 위해서였을 것이다.

야클은 예언자가 맞건만, 자기 코 앞의 미래는 볼 수 없었다.

2

브르르는 연필 끝을 톡톡 두드렸다. 인내심은 브르르의 장기가 아니었다. 그래도 그는 야클의 말에 지그시 귀를 기울이려고 애를 썼다. 그녀가 자신에게 보여 준 그대로, 가혹할 만큼의 집중력을 가지고서.

✢✢✢

행동거지에 별날 게 없었으니까 나는 사람들 주의를 끄는 일 없이 슬그머니 숨어 다닐 수가 있었우. 내가 무슨 이렇다 할 미모도 아니겠고. 나이 든 여편네가 중얼중얼 혼잣말을 하면서 빈민가에 어슬렁거리는 거야 보기 드문 광경이 아니지요. 지나가는 사람들이 굳이 발길을 멈추고 간섭할 일은 좀처럼 없다고 해야겠지.

난 깨끗이 씻지 않고 있는 게 도움이 된다는 사실을 알게 됐어요. 온몸에서 냄새를 풍기는 사람을 가까이서 유심히 들여다보고 싶어

할 이는 아무도 없거든. 그 덕분에 배경에 묻혀서 살금살금 돌아다니기가 더 쉬웠지. 사람들이 묘한 짓들을 하는 것도 실눈을 뜨고 훔쳐볼 수가 있었고 말이오. 상황을 파악하려고 그랬지요. 수수께끼인 이 나의 존재에 관하여 얻을 수 있는 단서는 뭐라도 주워 모으려고 했다오.

그래서 나는 터벅터벅 시즈 시를 배회하고 다녔우. 눈을 아래로 깔고 귓구멍을 열어 놓고, 그때 당분간은 이 커다란 떠버리 입을 꾹 닫고 지냈지요.

이 시절은 마법사가 왕림하기 전이우. 그래요, 펜을 잡아요, 내 최대한 상세하게 말을 할 테니. 하긴 정치판 돌아가는 거야 나한테는 도무지 아리송한 얘기지만은. 하지만 이제는 웬만큼 알게 되었지. 내가 최초의 잠에서 깨어난 그 시대는 오즈마 혈통이 다스리던 최후의 평온한 시절이었다고 말을 할 만큼은 말이오. 비록 평온한 시절이라는 게 기억 속에서만큼 그토록 달콤하지는 않다지만…….

베인 파스토리우스가 오즈마의 섭정으로서 옥좌 위에 도사리고 앉아 있었더랬지. 갓난 딸 오즈마 티페타리우스를 대신하여 그가 에메랄드 시에서 통치를 했소. 그 작자 아주 가관이었지. 그 둔해 빠진, 턱주가리가 주먹 덩어리 같은 파스토리우스. 지금이 인간들 책력으로 언제지요? 그게 한 50년, 55년 전인가? 내세울 만한 어린 시절을 갖지 못하고 태어난 탓에, 나는 시간은 영 잘 모르겠거든. 내가 말하는 옛 시절이란 댁이 말하는 것하고는 다르다우! …… 하여튼 그 일은 퍽이나 오래전인 듯해요. 파스토리우스, 그 백치 영감쟁이. 사치 방탕에다 매독에 걸려 그리 됐지. 몸에는 비단을 누에고치 모양으로 친친 휘감고, 제 똥구멍을 핥아 주는 총신들이 지절거리는 아부의 말에 정신 못 차리고 취해 살았우. 그 시절은 격식 있는 궁정에서는 성대한 무도회를 열고 궁전 담 밖에서는 애국심에 들떠 음탕한 축제들을 벌여 대던 시절이지. 도시 빈민들이 대기근이 끼친 손실을 직시하지 못하게 하려고 그런 거요. 그 가뭄으로 말하면 아무도 어떻게 손써 볼 도리가 없었으니 말이오.

✢✢✢

"댁은 그 시절을 기억 못 할 거요. 아직 태어나기도 전이었을 테니." 야클이 단정했다.

"말씀해 주세요. 열심히 듣고 있습니다." 브르르는 지금 막 나뭇가지 위로 표범의 기척을 눈치 챈 암사슴만큼이나 귀를 바짝 세웠다.

"내가 이승에서 보낸 세 토막의 역사 시대 얘기를 듣고 싶으시우? 최근 역사 속 그 시대들을 나는 톡톡히 겪으며 살아왔지요, 그걸 산 거라고 불러 줄 수 있다면 말이지. 나는 이미 나이를 먹고 쭈그러든 채로 세상에 왔우. 날 때부터 추한 노파로, 오즈마 섭정 통치의 끝 무렵에 태어났지. 파스토리우스가 마법사에게 자리를 뺏기고 아기였던 오즈마가 왕위를 찬탈당해 비밀리에 어디론가 사라지기 전 시대에요. 오즈마는 아마도 살해되었겠지.

그 후에 마법사의 치세가 되었우. 권력이 에메랄드 시로 집중 강화되어서, '위대한 머리'의 시대는 거의 40년을 갔지요. 동물들은 공민으로서 가진 권리들을 빼앗겼고, 마녀라는 초록색 때까치가, 엘파바 트롭이 사람들을 선동하며 하늘을 날았던 거요. 엘파바의 여동생 네사로즈는 따로 떨어져 나간 먼치킨랜드를 지배했고 말이오.

마법사가 왕위를 내놓고 물러난 후에, 짧은 기간 깔끔히 처신한 권력 공백기 정부가 둘 지나갔지. 첫 번째는 글린다 부인, 그 염색한 금발 계집애 시절이고, 그 다음에 소위 '허수아비'라는 작자가 다스렸우. 제 형제뻘 되는 가을 짚더미가 겨울 횃불에 확 타는 것보다도 더 잽싸게 권력을 쥐었다 놔 버린 위인이지요.

그 불이라는 신앙심의 횃불이우. 사도 황제 셸이 쳐들고 나섰지. 엘파바와 네사로즈의 남동생 셸. 그 녀석은 이름 없는 신이 직접 자신의 자리를 정해 주었노라 맹세코 장담을 했우. 모르긴 해도 아마 셸은 그자…… 그자의…….” 야클은 마음속 생각이 목에 걸린 듯 말을 뚝 끊고는, 허공에 든 손을 저어서 앞으로 구르는 시늉을 해 보였다. “셸은 그저 역사라고 해야겠지요.”

브르르는 야클의 이야기를 어딘가로 유도할 뜻은 없었다. 그녀가 꿍꿍이를 차릴 빌미를 주고 싶지 않았다. 만약 야클이 진짜 예언자라면…… 그녀로 하여금 그 부정한 재능을 내보이게 해야 한다. 하지만 호기심이 일기도 했다. 그는 말하고 싶은 것을 참지 못하고 이렇게 말했다.

“셸 황제께서는 지금도 에메랄드 시의 옥좌에 앉아 계십니다. 폐하가 직접 허락하신 사면권에는 누구도 이의를 제기할 수 없지요.”

“그야 당연하지. 이름 없는 신이 몸소 골랐다는 왕자에게 그 누가 딴소리를 하겠우?”

브르르가 고개를 끄덕였다. 계속하세요.

　나는 자연히 근자에 일어났다는 일들을 얻어들었지. 시즈는 옛날부터 대학촌이었고, 역사를 읽는 아직 졸업 안 한 재학생들이 그렇게 지껄여 대니까 말이우.

　나는 길바닥에서 내 일에만 신경 쓰고 살았우. 글쎄, 구걸도 좀 했고, 소매치기도 했다오. 왜냐하면 그게 보통 사람들이 입에 풀칠하는 수단인 줄을 눈으로 봐서 알게 되었거든. 차츰 물리가 트여서 자질구레한 예언도 지어내게 되었지. 들었음 직한 거짓부렁을 적선하듯 이 사람 저 사람한테 돌리는 거요. 그걸로 얼마나마 돈이 들어왔어요.

　예지자인 척을 해서 어떻게 벌어들인 잔돈푼으로 끼니거리를 사고 맥주를 마셨지. 제법 그럴싸하게 예언을 했다오. 썩 능란한 거짓말쟁이인 데다, 그 분야를 좀 파 보게 되니 단골손님이 생기더군. 몸엔 숄을 둘렀우, 야클 스날링처럼 말이지. 머리카락이 날리도록 푸르르 흔들어 사람들 눈총을 한 몸에 받아 가면서 재미있게 지냈어요. 작은 돈지갑에 따로 떼어 둔 돈이 좀 모이자 이발소 위층에 방을 얻어서 안정제가 되는 약초들을 죽 갖춰 놓았지. 심히 해롭지는 못한 저주며 사이비 사랑의 주문 같은 것들도 모아들였우. 내가 취급한 건 자질구레한 술법들만이었우, 경찰하고 말썽을 빚는 건 사양이니까.

　한동안은 재미 좋았지. 찻잔 바닥에 가라앉은 찻잎을 살피고, 노처녀의 눈가 주름을 양쪽 모두 찬찬히 뜯어보고 나서 낯선 사람이니 연애사니 하는 헛소리를 지어냈다오. 연애라는 게 뭐 그리 탐나는 건지 난 도무지 모르겠더군. 나 자신은 그런 종류 감정을 전혀 느껴 본 적이 없으니 말이지. 아마 내가 그 분야에서는 진액이 다 말라 있어 그랬겠지. 품어서 깔 알도 없잖우. 나로 말하면 입 맞추고 더듬어 댈 이유도 없을뿐더러 그쪽으론 구미가 동하지도 않았어요. 하지만 누군가의 품에 안겨 쓰다듬는 손길을 느꼈던 추억이 있는 사람들은 좀처럼 애정이란 개념을 과거 속에 남겨 두고 싶어 하지 않더라고. 심각한 추물이라 연애 쪽으로는 전망이 영 밝지 못할 때조차도 말이오.

그러다가 내가 딱 말썽에 휘말렸우. 지엽적인 소란이었으니 댁은 하나도 신경 쓸 필요 없어요. 내가 투자 상의 예측을 한 번 나쁘게 해 줬더니 파멸의 가장자리에 간당간당하고 있던 시즈 금융업자 두엇이 그만 뚝 떨어져 버린 거요. 그 작자들의 똘마니 놈들이 앙갚음을 하겠답시고 날 쫓게 됐는데, 그때에 이르러서야 나한테는 불현듯이 오즈의 다른 곳 산천경개도 좀 구경하고 싶은 맘이 솟아났다오. 그래 에메랄드 시로 뜰까 하고 고려해 보게 됐지. 에메랄드 시는 당시 아직 건설 중이었지만, 그때도 이미 오즈에서 제일 큰 집합 도시였우. 거기서 나를 찾을라치면 어지간히 수고가 들 테고, 놈들이 그만큼까지는 못 하겠지 싶었다오. 그런데 하여튼 댁은 나를 찾아냈구려. 누구네 밥을 얻어먹는 똘마니인지?

✝✝✝

브르르는 생각했다. 내가 어린 사자였을 때 도덕적으로 둔감했던 일을 고백한 것 때문에 그냥 지어낸 얘기 아닐까? 봐라, 옳고 그름을 가리는 인습의 사슬에서 우리는 둘 다 똑같이 풀려나 있지 않느냐 하고 말함으로써 나를 회유하려고.

하지만 법정 서기로서의 첫 번째 임무는 들은 말을 들은 그대로 보고하는 것이었다. 증언에 신뢰성을 부여하는 일은 누구 다른 사람이 하면 된다. 잃을 것이 더 많은 사람이 하라지…… 흐흥, 세상에 그런 사람이 있긴 한가?

"몹시 흥미롭군요."

브르르는 몇 가지를 적었다. 그러고는 자기가 적은 것을 의심스럽게 들여다보았다. 근육의 배치가 틀려서 인간처럼 펜을 잡지 못한다는 약점을 보충하기 위해 브르르는 스스로 자기만의 속기술을 고안해 냈다. 하지만 때로는 자기가 끼적여 놓은 것을 읽을 수가 없었다. 그는 에메랄드 시로 돌아가 법정 속기사들 대기실에 가서 담당 필사인에게 구술해 줘야 할 때가 왔을 때 낭패를 보는 일이나 없었으면 싶었다. 그 여자는 사정없이 망신을 줄 것이고 저희 동료들끼리 낄낄 깔깔 웃어 댈 것이다. 그 머저리들이.

"제 질문에는 대답을 안 하셨습니다. 전 언제 어떻게 해서 맨 처음 트롭 일가와 접촉하게 되었는지 물었습니다만. 애초에 당신이 그 집안을 알게 된 때가 언젠지 말입니다. 그리고 마담 모리블이라는 이름으로 활동했던 마법사 측 비밀 첩보원의 문서 기록 속에 왜 군데군데 당신의 이름이 적혀 있는 것인지, 전 그게 알고 싶습니다."

브르르의 질문에 야클은 대답했다.

"얘기를 하자면 어디서부터건 시작을 해야잖우. 내가 오즈의 뒷골목 사회에서 투시력이 있다고 이름이 나게 된 탓에 트롭 가문 곁가지를 돌보고 살던 아랫것 하나가 나를 주목하게 된 거요. 되짚어 보면 모든 게 그리로 돌아간다우."

"그래도요. 바로 핵심으로 들어갈 수 없을까요? 제가 이 근방 군부대들의 진퇴 상황을 다 짚고 오지는 않았습니다만 만일 우리를 둘러싸고 벌어지는 싸움이 좋지 않은 방향으로 흐를 경우 에메랄드 시 구세군들은 재결집을 위해 물러나야 할 겁니다. 밤이 올 때쯤 그들이 이 수녀원을 징발해 병사들을 재운다 해도 놀랍지 않아요. 전 그런 일이 벌어지기 전에 깔끔하게 일을 마치고 제 갈 길을 갈 생각입니다. 병사들하고 너나들이하는 데는 흥미가 없거든요. 제 취향이 아닙니다."

"그렇게 닦달하지 마시우." 야클이 쏘아붙였다.

브르르는 자세를 곧추세웠다. 구금에서 풀려난 이후 들어 본 말 중에 제일 듣기 좋은 소리였다. 그는 밀어붙였다.

"트롭 일가요."

"댁 차례요." 야클이 말했다. "교환 조건이잖우. 기억해요? 재산권 사회에 처음으로 발을 들였을 때 무슨 일이 있었우? 문명 세계와 그에 적대한 반항자들에게?"

사자의 목소리가 퉁명스러웠다.

"당신은 에메랄드 시 치안판사 법원의 명령에 따라 정보를 요청하는 저의 요구에 부응하셔야 합니다. 저는 쓸데없이 참견하는 당신의 질문에 답변할 필요가 없고요. 심사 받듯 얘기하는 것도 이만하면 됐습니다. 제가 해야 할 말은 다 했습니다."

"그래서 그 병사의 아버지를 결국 찾았는지 얘기 안 했잖우. 약속한 거잖우. 댁은 약속을 지키나? 난 그냥 물어보는 거요."

"저에게 창피를 줄 수 있다고 생각하세요? 좀 더 애를 쓰셔야겠네요."

"댁한테 창피를 줘? 무슨 소릴. 내가 그럴 수가 있을라고." 야클이 말했다. "그럴 수도 없거니와 그럴 생각도 아예 없다오. 나는 창피 같은 것하고는 인연이 없지. 도덕심이란 아이 적에 배우는 건데, 난 소위 어린 시절이라는 그런 휴일 따윈 가져 보질 못했으니. 난 그냥 궁금한 것뿐이우."

3

그들은 말없이 앉아 있었다. 양쪽 다 양보할 마음이 없었다. 그렇게 얼마 시간이 지나고 수녀 한 사람이 방에 들어섰다. 그녀는 올챙이밥과 양파를 갈아 만든 양념을 바른 버석버석한 호밀 비스킷을 접시에 수북이 담아 들고 왔다. 야클도 브르르도 고맙다는 인사를 하지 않았다. 둘 다 예의범절 속에 면면히 흐르는 약한 면모를 자기가 먼저 내보이고 싶지 않았던 것이다.

수녀가 냅킨이니 소금, 후추 따위를 가지고 부산을 떠는 동안, 브르르는 세상의 소리에 귀를 기울였다.

셰일샬로의 세인트글린다 수녀원 건물은 털참나무가 우거진 숲으로부터 얼마 떨어지지 않은 곳에 자리 잡고 있었다. 다 자란 털참나무는 위쪽 가지에서 기다란 덩굴손 같은 것이 뻗어 나왔다. 초가을이 되면 그 덩굴손에 조그만 도토리가 빽빽하게 열려서 바람에 흔들리다가, 마침내 알이 다 차 무거워지면 제각각 깍정이에서 빠져나와 땅에 떨어져 씨앗 구실을 하는 것이었다. 하지만 도토리가 떨어져 내리기 전까지는 그 무게가 실처럼 기다란 덩굴손 오라기를 잡아당겨 점점 더 팽팽하도록 만들게 마련이다. 남쪽에서 바람이 일 때면, 지면 가까이 낮게 부는 바람일 경우, 그렇게 당겨진 실오라기 에서 하프 줄을 퉁기는 듯한 소리가 날 수 있었다. 숲의 신음 같은 소리였다. 럴라이나이든 아니면 그 어떤 빌어먹을 여신이든 오즈의 식물계를 발달시킨 데 책임이 있는 장본인은 털참나무의 번식 체계 를 조율하는 데 굳이 신경을 쓰지 않았다. 그 음향은 오케스트라가 서로 음을 맞추는 소리보다는 물귀신 떼가 만찬 삼아 어떤 놈을 잡 아먹을까 의논하는 소리에 더 가까웠다.

끊어지지 않고 이어지는 그 음이 주위에 떠돌았다. 투명한 고양 이는 측은하다는 듯 가볍게 목을 울리기 시작했다. 칼날에 부딪힌 포도주 잔의 진동 같은 울림이다. 장식용 문진이 가르랑거릴 수 있 다면 바로 저런 소리로 가르랑거리겠지.

수녀는 나갔다. 소리 없이 문을 닫았지만 면담을 하나도 얻어듣 지 못해 약이 오른 게 분명했다. 바람은 더 길게 불어 지나며 숲에 서 반쯤 목 졸린 신음을 이끌어 내다, 끝내는 그 소리마저 질식시켜 들리지 않게 되도록 불기를 그치지 않았다. 브르르가 마침내 먼저 입을 열었다.

"저 소리가 싫어요."

"무슨 소리인데?" 떨어뜨린 비스킷을 찾느라고 바닥을 더듬으며 야클이 물었다.

"털참나무의 합창이요. 안 들리시나요? 눈이 먼 분들은 그 대신 에 청각이 더 예민해지는 줄 알았는데요."

"안 들려. 나한테는 다른 게 대신해 준다우…… 미각이라고나 할까. 좀 전의 그 도우미 년이 진은 안 갖다 줬지? 주전부리랍시고 내놓은 게 정말 형편없구먼."

"안됐지만 물뿐입니다. 맥주가 좀 있으면 좋을 텐데."

"그렇구먼. 잘못해서 트라움에 들어간 게 숲 바깥에서 맨 처음 경험한 일이라고 했지요? 정말 그런 게 확실하우?"

"아니요. 어쩌면 제가 너무 어려 뭐가 뭔지 모를 시절에 바깥을 돌아다녔을 수 있다는 얘기도 들어 봤습니다. 그래서 뭐가 어떻다는 거죠? 그런 일이 있었다 친들 없었던 것과 아무 다를 게 없잖아요. 안 그렇습니까?"

"아마 그렇겠지." 야클이 답했다. "아닐 수도 있고."

"그럼 할머니한테도 어린 시절이 있었던 거겠네요. 할머니가 한 80년 넘치는 감정을 가지고 세상 풍파도 한껏 맛보며 이래저래 살았다 칩시다. 그러다가 덜컥 발작이 왔든지 병에 걸린 거예요. 시즈의 그 지하실에서 정신이 돌아왔을 때는 다시 아이처럼 되었지요. 칠판이 지우개로 싹 지워진 셈이랄까요. 늙은이들은 그렇게 되는 경우가 있다고들 하잖아요. 인간들뿐 아니라 동물도요."

"아니, 아니야. 병이 들어 기억이 상한 이들이라 해도 어딘가에 꿍쳐 둔 과거는 있게 마련이거든. 하지만 나는 기억할 일이 하나도 없어요. …… 버리고 도망칠 어린 시절이 아예 없다고. 이해가 안 되우? 내 생각엔 그래서 내가 미래를 볼 수 있는 것 같아, 내가 볼 수 있는 한도까지는 말이지. 아마 이게 댁이 말한 보상의 원칙이겠지. 나는 과거를 떠올릴 도리가 없우, 그래서 내가 미래를 떠올릴 수 있는 거요."

"좋습니다, 그렇다면요. 그걸 저한테 입증해 보십시오. 제가 그들

183

이 원하는 정보를 쥐고서 에메랄드 시로 돌아갔을 때 저한테 무슨 일이 일어나게 될지 떠올려 봐 주세요. 그 정보란 이제부터 당신이 저에게 넘겨주실 것이고요."

그는 불을 가지고 장난치고 있었다. 하지만 더 이상 잃을 게 무엇일까? 체면은 아니다. 이 심술궂은 마귀할멈 앞에서 얼굴을 못 들 일이 뭐가 있겠는가? 처음부터 그의 얼굴을 제대로 볼 수도 없는 노파인데…… 아니면 너무나 뚜렷하게 볼 수 있든가. 이렇든 저렇든 마찬가지지.

"정말로 알고 싶지는 않을 텐데."

"아니면 대부분의 예언자들이 그렇듯이 당신도 기가 막힌 사기꾼인가요? 보십시오, 저는 제 치부를 보여 드렸습니다. 요구하신 대로 말이죠. 그럼 당신도 트롭 가문 사람들 얘기를 하시라고요. 트롭 집안 말입니다." 브르르는 연필 끝으로 수첩을 톡톡 쳤다. "아니면 할머니의 기억력이 이렇게나 빠르게 쇠퇴하고 있나요? 우리가 여기 앉아 있는 동안에도 물동이가 줄줄 새고 있는 겁니까? 할머니의 과거가 줄줄 새어 나가고 있어요?"

"나한테 과거가 있기만 했다면야. 난 과거가 없다오."

브르르는 야클을 향해 빙그레 웃음을 지었다. 야클이 과연 표정도 알아볼지 궁금했다.

"그리고 제가 찾고 있는 것을 찾아내지 못하는 날에는 저한테는 미래가 없습니다. 그러니 실례 좀 하겠습니다. 속도를 올려 볼까요?"

4

야클이 그녀가 가진 기억인지 뭔지 모를 착상 속으로 침잠해 들어가는 모습을 브르르는 지켜보고 있었다. 딱한 할망구 같으니. 결국에는 이 노파에게서 그 어떤 좋은 것이 나올 수 있기나 할까? 아니, 우리 중 누구에게서든 간에 좋은 것이 나올 도리가 있나? 브르르는 그렇게 고쳐 생각했다.

야클의 기억들도 그렇게 갑작스럽고, 쿡쿡 쑤시는 아픔을 줄까? 그때 트라움에서 트롤 학살극이 절정에 달했을 때에 브르르를 덮쳤던 돌연한 쇠창살 우리의 기억과 같이?

✝✝✝

난 댁이 생각하는 것보다 더 많은 것을 떠올릴 수 있어요.

그렇긴 해도 그 의미가 뭔지 늘 말로 할 수 있는 건 아니지. 예언자란 모두 다 기가 막힌 사기꾼이라오. 능력을 가진 예언자라 해도 마찬가지요.

내가 시즈를 떠났던 것 말이오. 어두운 밤을 틈타 얼마 안 되는 내 소유물을 꾸렸고, 마지막 동전 한 닢까지 탈탈 털어서 에메랄드 시로 가는 야간 차편을 탔다오.

노중에…… 노중 일이야 댁의 조사하고는 아무 관계가 없지. 하지만 내가 몸에 두른 레이스 숄 끄트머리를 입으로 빨고 있었던 건 생각이 나는구먼. 그걸 걸치고 먹다 흘린 감자 스튜 맛을 느끼느라고 빨고 있었던 거요. 거의 혼이 나간 상태였지. 언감생심 에메랄드 시에 가다니, 난 겁에 질렸지만 그러면서도 바라 마지않는 마음이 있었우. 빙고 게임장이나 교회 행사에 온 어떤 다른 할멈에게서 뭐라도 그러모을 수 있지 않을까 생각한 거지. 어쩌면 나 말고 다른 누가 늙어서 태어났다는 얘기를 들을지도 모르잖우. 그러면 혹시 내가 어째서 이렇게 말라 쪼그라졌는지 알게 될 수도 있지 않겠는가고.

댁이 가엾다고 비웃고 있는 거 나한테 다 느껴져요. 자기 자리가 어디인지 알지 못하는 게 어디 계집애처럼 약해 빠진 짐승들만 그런 줄 아시우?

그렇게 나는 내 운을 찾아 에메랄드 시에 왔지요. 팔십 늙은이 몸을 한 서너 살배기가. 수도의 소음, 도시의 숨결, 코를 찌르는 냄새, 빛, 사람들 성깔에 난 아주 넋이 빠졌다오.

에메랄드 시는, 이름은 그래도, 그때까지는 별로 에메랄드투성이가 아니었어요. 이제 한창 일이 진행될 태세였다는 게 옳지. 그 이름은 투자를 끌어 모으려는 개발업자의 선전이었우. 글리쿠스 광산에서 캐낸 초록색 보석으로 치장한 건 궁전뿐이었어요. 왕좌가 놓인 그 건물 주위 도시의 너저분함이란 흡사 돼지우리였다니까. 아무튼 간에, 에메랄드 시는 바야흐로 제 스스로를 흠잡고 팔아넘기는 기술을 수련하기 시작한 참이었우.

얼마 지나지 않아 훔쳐 내고 슬쩍해 낸 돈푼이 좀 모여서 내가 새로 개업을 할 만큼이 되었우. 그래도 지난 일에서 배운 게 있었지. 이젠 재정상의 조언은 하지 않겠다, 그리고 어떤 여자든 내가 점쳐 준 것으로 인해 어떠한 큰 재앙이 닥쳐오더라도 결코 경찰 같은 세상 권력을 끌어들이지 않겠노라고 약속하지 않는 한 손님으로 받아 주지 않겠노라고 말이우……. 아, 미래가 어찌 될지 신경 쓰는 건 거의 늘 여자거든. 안 그래요? 만약에 어떤 여자가 그래 놓고 약속을 지키지 않는 날에는 나도 그 여자와 나 사이의 계약에 구속 받지 않게 된 걸로 간주하고 단속하는 주문을 걸 수밖에 없노라고 분명히 밝혀 놓고 시작했다우.

착각하지 말라고 얘기하지만, 나한테 주문을 거는 재주 따위는 없었우. 나는 어떤 종류의 마녀건 마녀는 아니었으니까. 하지만 거짓말을 하는 재주 하나는 썩 쓸 만했지요. 의뢰인들은 언제나 내 조건을 받아들였우. 이런 일 저런 일이 알고 싶어서 환장하며 달려들었지.

그이들을 가만히 살펴보고 있노라니, 그리고 그이들이 제 스스로를 속이듯이 나한테도 어떻게 거짓말을 할 수 있지 않을까 싶어 그 방식을 알아내려고 용을 쓰다 보니, 새롭게 눈에 띄는 것들이 있더구면. 손님들에 대해서만이 아니라, 나에 대해서도요.

알잖우, 난 어린 시절이 없었으니까 교육이란 건 누구 다른 사람한테서 슬쩍 후려야 했단 말이우.

그렇게 눈을 부라리지 마요. 눈 부라리는 소리가 다 들린다니까.

그래요, 트롯 일가. 지금 그 얘기로 가고 있는 중이우.

에메랄드 시에서 일한 지 3년째 되던 해…… 파스토리우스 영감쟁이가 아직 권력을 쥐고 있고, 오즈마 제방 길을 따라 제 자식 오즈마를 보여 주면서 오르내리고 있던 시절인데, 어느 쌀쌀한 가을날 오후 나를 찾아온 사람이 있었우. 남의집살이 하는 중년 여편네였지요. 이름이, 그 여자가 대기는, 캐터리 스펀지라고 했는데 자기 일하는 가문에서는 그냥 '유모'라고 하면 통하는 사람이었우. 엉덩이에 살집이 피둥피둥하고 가슴팍도 베개처럼 푹신한 게, 좋은 집 어린애를 돌보는 전문 보모로구나 싶더구면.

그 여자는 '가문' 운운하길 좋아하고, 자기가 척 하면 통한다는 얘기를 아주 신이 나서 주워섬겼다우. 자기네 여자 고용주가 입다 버린 여우 털을 첩첩이 두른 것 모양 어지간히도 점잔을 빼며 허세를 부리더라고.

이 캐터리 스펀지라는 여자가 어느 특출한 가문에서 몇 대에 걸쳐 살림을 총괄했다는 것을 알게 되는 데는 그리 시간이 걸릴 것도 없었우. 그 문벌이란 먼치킨랜드 총독 피어리스 트롯, 그건 고향에서 불리는 이름이고 정부 쪽에서 부를 때에는 트롯 가문의 수장이라 일컫는 그 사람이 우두머리로 있는 집안이었우.

그래, 끝끝내 트롯 일가 얘기에 이른 거요.

캐터리 스펀지는 고사리를 심은 작은 화분을 들고 왔더랬지. 내가 점심 먹은 것을 치우자마자 그 여자가 식탁 위에 화분을 놓더니 내 쪽으로 쭉 밀더구면. 점심이래야 끈끈한 타르 뿌리 쪼가리에다 죽사발이나 되었나. 얼마나 변변찮은 살림이었는지 알겠지요. 고사리를 척 보고서 내가 그랬우.

"물건은 안 받아요. 돈으로만 받소."

"드리는 게 아니에요. 환심을 사려는 것도 아니고요. 유모는 환심이나 사자고 굽실거리고 그러지 않아요."

나는 고사리는 그냥 그대로 가만 놔뒀우. 파릇파릇한 것들은 내가 옆에 있으면 어쩐지 누렇게 뜨더라고. 우유는 시어지고, 애들은 울고, 고양이는 목에 털 뭉치가 걸려 캑캑거리고 말이오. 내가 애 어미 노릇을 했더라면 세상 끔찍했을 거요, 내 장담하지.

"말씀해 보시우."

고사리에는 손 하나 안 댄 채로 그 여자한테 말했지요.

그 여자는 융단 천으로 만든 가방이 잘 안 열리는 척 걸쇠를 한참 주물럭대면서 빨갛게 닳아빠진 손에 낀 근사한 흑요석 반지를 나한테 구경시키지 뭐겠우.

연애질도 못할 만큼 늙은 건 아닌가 보다고 나는 짐작했지. 아이를 가질 나이는 지났지만 말이오. 법적인 문제에 말려들었다기엔 그렇게까지 안절부절못하는 것 같지가 않고. 병이 낫질 않아서 고생하고 있다기에는 풍채가 너무 좋더구먼. 뭔가 실마리를 잡아 보려고 말을 걸었지.

"이름이 피어리스 트롭이라는 총독님이시라고? 그 총독이라는 게 뭔지 나는 확실히 모르겠구려. 먼치킨랜드에는 한 번도 살아 본 적이 없어서."

"총독이라는 것은 그 지역을 다스리는 가문의 어른이에요. 왜, 모르세요? 먼치킨랜드에는 유서 깊은 가문이 열두엇쯤 있는데, 트롭 가문이 그중 제일 윗길 가지요. 트롭 가문의 장은 여타 먼치킨랜드 귀족들 누구보다 더 신분이 높은 분이랍니다. 그 총독이라는 용어는 먼치킨랜드에서만 쓰이는 것일 거예요, 확실하지는 않지만. 나는 그렇게 여행을 많이 한 사람이 아니라서요. 집이 좋죠, 그렇잖아요?"

그 여자가 상을 구기더구먼.

"정말이지 만사 편하고 좋죠."

그러니 얘기는 어떻게든 진행이 돼야지. 내가 말했우.

"피어리스 트롭은 아직 생존해 있는……?"

"네, 부인은 돌아가셨지만요. 그러니까 그 어른이 트롭 가문의 장이고, 어찌 되었든 먼치킨랜드의 통치자이신 거예요. 따님 한 분은 레이디 파트라라고 하는데 결혼해서 슬하에 자매를 두셨죠. 소펠리아 트롭과 멜레나 트롭이에요. 그 아가씨들을 기르는 걸 내가 도와드렸답니다. 언니 소펠리아는 정신 이상이 되어서 남모르게 시설에 넣었지요. 그렇다고 볼꼴 사납게 미친 것은 아니고요. 동생 멜레나는, 나는 내 할 수 있는 최선을 다했어요. 활력이 넘쳤죠, 그 아가씨는."

'도덕심이 느슨해 빠진 행실 난잡한 귀족 아가씨라는 말이로구나.' 하고 나는 짐작을 했우.

"계속해 봐요."

"멜레나는 누구라도 신랑으로 얻을 수 있었지만, 못되게시리 질질 끌면서 미적거렸지요. 식구들을 괴롭히려는 게 아가씨의 가장 큰 의도였어요. 레이디 파트라가 권한 대로 다른 집안 수장의 아들과 인연 맺는 건 거절을 하고, 대신에 유일교 신앙에 봉사하는 목사하고 눈이 맞아 도피를 했답니다. 신랑은 아가씨보다 한참 못 미치는 사람인데요. 이름은 프렉스파라고 해요, 이게 상관있을는지 어떨는지. 혹시 그 양반이 상관있을는지 모르겠네요. 웬드 하딩스 오지의 척박하기 짝이 없는 땅에 부임해 있지요."

그래, 이 얘기 전부 기억이 난다오. 바로 어제 일만 같구려. 그렇지만 내 정신이 나 자신의 80년 기억으로 꽉꽉 차 있는 건 아니었다는 점을 염두에 둬야 해요. 이걸 넣자고 저걸 빼고 할 필요가 없었거든.

그 유모란 여자는 흥을 내어 집안 혈통을 줄줄이 읊어 대더구먼.

"멜레나는 트롭 집안의 2대손이에요, 아시겠지요. 할아버님과 어머님이 두 분 모두 돌아가시면 아가씨가 총독이 되는 겁니다. 총독의 영예는 여계로 이어지거든요, 오즈마 가계와 마찬가지죠. 물론 잠정적인 얘기예요. 정신 이상이 된 소펠리아가 그 칭호와 가문에서의 지위를 요구하며 소를 제기하지 않을 경우에 한해서죠. 소펠리아가 그런 일을 할 수 있을 거라고 생각하는 사람은 없겠지만요."

유모는 그렇게 평하더구려.

"아무튼 소펠리아에게는 자식이 없으니, 총독 칭호는 이르든 늦든 간에 멜레나 트롭에게 돌아오게 될 겁니다."

이 무슨 장광설이람. 내가 물었우.

"여긴 왜 오셨지요, 스펀지 양?"

"유모라고 부르세요."

친근하게 그랬지만 난 그렇게 안 부르고 말았우. 그 여자가 얘기를 계속했지요.

"트롭 가문의 손녀인 우리 사랑스러운 멜레나 아가씨는 아직 나이도 젊고 아이를 가질 수 있는 몸이에요. 고약이 되었든 주문이 되었든 뭔가 방지책이 필요해요. 둘째 아이가…… 아무런 흠결 없이 태어날 것을 보장하는 묘방을 주세요."

191

"첫아이는?" 내가 물었우.

"엘파바요." 유모가 그랬지.

내 몸속을 전율이 뚫고 지나갔다오. 전에는 떨린다는 게 뭔지 몰랐던 내가 말이오. 보통 때처럼 부적 삼을 약이나 지어 주지 않고 물어봤지요.

"짐작컨대 심한 문제가 있었던가 보구려. 그렇지 않다면 여기 오실 일이 없으셨겠지."

고개를 끄덕이데. 눈물 한 방울이 굴러 떨어졌고, 난 그게 진심의 눈물인 걸 알 수 있었우.

계속 말을 해봤지.

"불행하게 태어난 갓난애는 고생을 면하게 해 주곤 하지 않던가요?"

"어림없어요. 그게 어디 될 일이었을라고요. 그 아이는 봄날보다 더 팔팔하고 거세답니다."

"그럼 엄마 몸이 성치 않게 된 건가? 내 도움을 받으려면 솔직하게 말을 해야만 해요."

유모가 고사리 화분을 내 쪽으로 더 바짝 밀어붙이더구먼.

"초록색이에요. 살갗이 그 고사리 모양으로 진한 초록이라고요. 눈으로 보시라고 이걸 들고 온 거예요. 그 아이는 이제 돌이 됐지요, 징그럽고 딱한 것. 할머니한테 그 애 상태를 고쳐 달라고 부탁하는 게 아니에요. 그 애 엄마 멜레나 트롭을 거듭되는 재난에서 구해 줄 예방약을 달라는 거예요. 둘째 아이를 위해서요, 엘파바가 아니라. 엘파바는 시름겹게 살다 죽을 운명이지요."

"엘파바한테. 못 이길 운명 따위는 없어요." 나도 모르게 그렇게 말을 하고 있지 뭐겠우. "그 아이에 대해서는 쓰여 있는 내용이 하나도 없다오. 그건 모든 게 가능하다는 얘기지."

"그거야 기분 내키는 대로 하시는 말씀이지요." 그 집에 고용살이하는 여자는 그렇게 말했지만, 동요한 기색이 눈에 보였지. "유모가 기대한 건 약초 처방 쪽으로 어떻게 해 주었으면 하는 것이지, 예언이나 듣자는 게 아니라고요."

"여기는 식당이 아니에요. 내가 내놓는 걸 받으셔야지." 말은 그리 했지만 나도 내가 왜 이리 난리인가 싶어 놀라웠다오.

"지금 마음이 내키는 게 예언 쪽이라면 더 본격적으로 해 주시면 어떨까요? 무슨 말인가 하면요, 유모의 일이라는 게 모든 가능성에 미리미리 대비를 하는 것이니까 말씀이에요. 앞으로 어떤 일을 주의해야 할는지 안다면 도움이 될 거 아니겠어요. 질병이라든가, 남자라든가, 높은 탑의 층계 발판이 썩어 있을 거라든가, 그런 말씀을 해 주신다면요."

이리도 뻔뻔스러운 청을 들으니 정말 속이 뒤집히더군. 내가 누구요? 양갓집 귀공녀하고는 천만 년 거리 아니우. 확실한 어머니도 없고 보면 사생아조차 못 되는 신세 아니냐고. 떵떵거리는 명문 귀족 문벌가하고 무슨 일로든 상종이 된 것부터가 애초에 위험천만한 일일 게요. 그런데도, 마음이 당기더라 이거요. 그럴싸한 눈물바람 따위에 넘어간 건 아니에요. 하지만 초록색 계집아이 얘기에는 주의가 확 쏠리고 만 게지. 세상에 나 같은 이는 나 하나라는 생각이 있긴 했던 모양이우. 아마 동질감이 들었나 봐요.

"손에 쥘 것이 있어야 해요."

머릿속에 생각이 달음질을 치는 동안, 시간을 벌려고 내 그렇게 말했우.

유모는 가방에 손을 집어넣더군. 처음에는 그냥 탁자 위에 올려 놓았던 손을 치운 것인 줄 알았지. 그래서 뭘 하는 건지 몰랐우. 그런데 보니까 가방 속을 뒤적이고 있는 거더라고. 그 여자가 말하겠지요.

"그러실 거라고 짐작했지요. 준비해 가지고 왔어요. 예언자를 찾아온 것이 이번이 처음은 아니거든요, 말씀을 드리자면 말이지만."

"그럼 왜 전에 찾아갔던 예언자한테 가지 않고?"

"그이는 죽었답니다. 안됐죠. 대리석으로 된 파스토리우스의 반신상이 좌대에서 떨어져 그 여자 머리를 으깨 놨어요."

그러고는 처음으로 요점을 찌르더구면.

"그래요, 그렇군요. 그이가 석상이 떨어질 걸 미리 내다보지 못했다면, 자기 전문 분야에서 실력을 의심받아 마땅하지요. 그러니 죽었다 해도 할 말이 없겠네요."

나는 예의상 코웃음을 쳤지. 동업자에 대한 공격이 될 정도로 큰 소리를 내지는 않았지만요. 그 죽은 여자가 평안히 쉬기를. 평안하다는 게 어떤 것일지 모르긴 하지만 말이오.

유모는 계속 잡동사니를 뒤지면서 지껄이더군.

"그렇기는 해도, 우리 중 그 누가 정말로 자신의 죽음이 다가오는 것을 볼 수 있겠어요?"

옛날 그 시절에는 그로부터 몇 십 년 후에 이것이 나 자신의 문제가 되리라고는 전혀 알지 못했우. 내가 나 자신의 죽음을 찾아낼 수 없을 줄은 꿈도 꾸지 않았지. 나는 이렇게 물었우.

"그 속에 뭐가 있기는 있는 거예요?"

유모는 예쁘장하게 새김을 넣은 구슬들 꾸러미를 끄집어냈우. 상아인지 뭔지 그 비슷한 것이었지. 그리고 가장자리를 올록볼록하게 꾸민 금빛 양말대님도 꺼내 놓았우.

"구슬은 멜레나의 신랑인 목사가 만든 거예요. 여기 새겨진 건 이름 없는 신의 상징 기호라고 들었어요. 나한테야 외국 돈의 액면가 기호처럼만 보이지만, 내가 뭘 알겠어요. 말했다시피 난 그다지 여행을 많이 한 사람이 아니라서."

나는 손에 구슬 꾸러미를 쥐어 보았우. 내 손에 쥐인 구슬 알들은 시원하니 생뚱맞은 느낌만 들고 나한테 아무런 말도 해 주지 않더구먼. 내가 무슨 충격적인 영적 교감을 바란 거라면 실망해 마땅한 상황이랄까.

"양말대님을 한번 봅시다. 이게 댁네 귀동아가씨 물건인가요?"

"그랬죠. 그래요. 그게……."

여기서 유모는 얼굴을 붉히더구먼. 그 여잔 내가 진실을 말하는 사람인 줄 알고 있던 판인데, 그게 그제야 생각이 난 게지. 고백을 하더군.

"지난번에 아가씨네 집에 갔다가 오는 길에 어쩌다 보니 내 물건들하고 같이 가지고 왔더라고요."

훔쳤다는 얘기지. 나는 뭐 탓하는 기색 없이 고개만 끄덕였다오. 나 자신 도둑보다 낫다고 할 수도 없고. 내가 슬쩍하는 건 보통 예쁜 물건보다는 먹을 것이기는 했지만 말이오.

양말대님을 만져 봤지만 별 소득은 없었우. 이렇게나 장식이 들어간 허벅지 대님을 차는 여자는 자기한테 푹 빠진 남자들이 자기 다리를 더듬어 올라올 걸 염두에 두고 있는 거겠지. 생각한 건 그게 전부인데, 그 정도는 이미 다 알고 있는 거였우. 양말대님을 돌려주면서 물어봤지요.

"다른 건 없나요?"

"어머, 정말 제법이시네요. 여기 있어요."

손님이 그 다음으로 가방에서 낚아 올린 건 녹색 유리로 된 조그만 병인데, 코르크 마개가 돼 있었우. 높이는 대충…… 요만 하고, 앞에는 종이로 딱지가 붙어 있었지요. 그래요, 거기 적혀 있던 말도 기억난다오. 잠깐만 있어 봐요. 거기 쓰여 있던 건 '기적의 영약'이라는 말이었우.

"기적의 물약을 가지고 있으면서 나한테는 뭐 하러 찾아왔소?" 내가 물었우.

"얻을 수 있는 도움은 다 필요하니까요." 그 여자 대답이었지.

라벨을 손가락으로 집적거렸더니 조금 벗겨지더군. 글자의 일부가 담긴 종잇조각이 떨어져 나온 거요. 장식 문자로 ㅢ와 ㄹ이 적혀 있는 부분이…… ㅢ, ㄹ, ㅢ르, 이르, 읽자면 그렇게 읽히겠지요. 아니면…… 리르라고 읽을 수도 있으려나. 나는 종이 뒷면에 말라붙은 풀 자국을 꼼꼼히 살펴봤어요. 거기에 비밀의 언어로 쓰여 있는 희끄무레한 글자가 있기라도 할 것처럼 말이오. 마른 풀이 떡진 얼룩일 뿐 그 이상도 이하도 아니더군요.

그래도, 손님은 극적인 뭔가를 원하고 있고, 또 나 자신 이전 그 어느 때보다도 정신이 밝게 깨어 있는 느낌이었지요. 난 사기로 된 막자사발을 하나 찾아다가 그 종잇조각을 거기 넣어 태웠다오. 그러면서 소용돌이쳐 오르는 연기 가닥에서 무슨 말인가 읽을 수 있지 않을까 해봤어요. 안 되더구면. 그래 약초를 으깨고 수정을 부수고

곰바 기름을 좀 보태서 다 섞은 걸 증류기에 넣었지요. 그러고는 17에서부터 거꾸로 수를 셌어요. 그런 것 전부가 흔히 사람들 앞에서 하는 장난질이었우.

그러고 나서 코르크 마개를 뽑고 기적의 약을 한 모금 꿀꺽 들이마신 거요.

나는 시인이 아니지. 그리고 내 전문 분야에 안 어울리게도 난 미사여구에는 별 재주가 없다오. 그 맛이란 혀를 지지는 것 같고 아주 지독하더군. 약의 술기운에 눈알이 푹 쪄지는 느낌이었우. 웬 파도가 무정한 유령들 모양 대열을 이룰 듯 말 듯 우우 밀려들었다 무너지는데, 빈혈 때문에 눈앞이 뿌예질 때하고 비슷하달까? 뭐가 보일 듯도 한 느낌이…… 정신적으로 한껏 발돋움을 한 상태로, 그게 무슨 뜻인지 읽을 수도 있을 것만 같은 느낌이 들었다오. 하지만 대부분의 꿈들이 실제로 그렇듯이 그 역시 형태가 잡히지 않은 어떤 것이었지요. 우리가 꿈에다 부여하는 형상은 낮 동안 생각했던 것이거든. 그럼으로써 꿈이 원래 전달하려는 의미를 빼앗아 버리는 게지. 나한테 꼭 그랬우. 삶이란 그리도 풍부하고 생생한데, 나는 내가 이미 지내 온 삶의 경험을 가지고서만 삶을 생각할 수 있었으니까. 그리고 겉보기에 이토록 늙기는 했어도 경험을 따지면 변변한 양이 못 되었던 거요. 다섯 살배기 아이 같았지. 이제 겨우 글자를 배우면서 옛 학자 고르파 빈 테세린의 주해판 『위대한 형태학』을 선물 받은 꼴이랄까? 어린애가 거기 달린 각주의 숫자는 셀 수 있을지 몰라도 그 이상 뭘 어찌 알겠우.

아무튼 간에 나는 두 손을 탁자 위에 편편히 펴고 나뭇결 표면을 느꼈지요. 그리고 정신을 자유롭게 하려고 노력했우. 목재는 나에게

'죽어서 쓸모 있음'을 뜻했우. 목재는 또 '죽은 후에도 계속 일해라.'
하는 뜻도 전해 주더구먼. 나는 그때까지는 켜 놓은 나무토막을 가
지고 생명선을 읽어 내려 해본 일이 없었우.

"괜찮으신 거예요?"

유모가 물었우. 그러면서 자기 물건을 주섬주섬 주워 모으기 시
작했지. 그 병도 집어넣었고. 분명 내 모양이 꼭 숨이 넘어갔나 싶었
을 거요. 아니면 폭발하고 난 것 같았든가.

"꼭 왔던 길로 나가도록 해요."

내가 일렀우. 그 여자가 대꾸하더군.

"층계라고는 하나밖에 없던걸요."

"그 얘기가 아니에요." 내가 무슨 얘기를 하려는 건지, 그 유모라
는 여자와 무슨 관련이 있긴 한 얘기인지 확실히 알지도 못하면서
어쨌든 난 그렇게 말했우. "기록해 주기를 기다리는 역사가 있다오.
그리고 이 가족은 그 속에서 한몫 할 거요."

5

"흐음." 사자가 말했다. "왔던 길로 나라고요? 그래 무슨 뜻으로 그런 말씀을 하셨던가요? 이 세상에 들어온 바로 그 방법대로 이 세상을 벗어나야 한다는 겁니까? 아무것도 모르고 똥오줌도 못 가리는 상태로요?"

야클은 말이 없었다. 브르르는 말하고 싶은 대로 더 몰아붙였다.

"그렇게 횡설수설 지껄인 얘기가 그래, 본인은 해석이 되었습니까? 당신은 인간으로 죽으려고 노력해 왔지요. 하지만 처음부터 인간으로 태어난 게 아니었다면, 엉뚱한 나무를 보고 짖는 개 꼴인 겁니다. 하하."

야클은 한참 동안이나 잠잠했다. 그 두 손은 마치 마음속에서 옛날로 돌아가 다시 새롭게 그 초록빛 유리병을 집어 올리는 것처럼 움직이고 있었다. 야클이 입을 열었을 때 그녀의 음성에는 묘하게 모호한 데가 있었다.

"그래, 댁이 나한테 줄 게 있기는 했구려. 그렇게 있는 대로 모를

세우고 옷은 또 느끼하게 빼입고 나타나더니, 필경 할 얘기가 있었
던 모양이야."

브르르는 어깨를 추썩였다. 야클이 무슨 소리를 하는 건지 알아
들을 수가 없었다.

"그게 바로 내가 1년 동안이나 저 아래 지하 토굴에 있으면서 죽
음 나라라는 이름의 신사 손님한테 방문을 받는 즐거움을 맛보지
못한 이유였우. 내 첫 예언, 내가 그걸 잘못 읊었지. 왔던 길로 가야
만 한다. 그 얘긴 나한테 맞는 얘기였구려. 캐터리 스펀지한테 해 줄
말이 아니고 말이오."

"날 쳐다보지 마세요. 난 보증 못 합니다." 브르르의 앞발이 저절
로 올라갔고, 사람이 손바닥을 편 것처럼 납작하게 펼쳐져 대항하듯
쳐들렸다. 흡사 죽은 척을 하는 새끼 곰과 같았다.

야클은 동요했다. 의자 등을 놓더니 갈지자걸음으로 창 쪽으로
갔다. 그러고는 오래도록 창가에 서 있었다. 그러다가, 화제를 바꾸
려는 듯이 이렇게 말했다.

"저 아래에서 누가 음식을 하려고 불을 지폈구면. 수녀원 왼쪽에
있는 집 중 한 집이겠지."

"이제 눈이 보이십니까? 아니면 다른 수단으로 '보고' 있는 건가
요?"

"냄새를 맡고 있우, 이 썩어 문드러질 등신 머저리 양반아. 바람
이 서쪽에서 쉬지 않고 치불어 오고 있고, 저 방향으로 저만치에 돌
로 지은 시골집 몇 채가 있었던 걸 내 기억하지. 댁이 말한 것처럼
우리가 군사들 접전의 와중에 딱 들어와 있는 상황이라면 수녀원에
식량을 대던 소농장 거주민들은 보호를 받으려고 우리네 큰 회당에

200

웅기중기 모였을걸. 이 시설이 세워지던 무렵의 원래 용도가 그거였다오, 아무튼 말이오…… 말하자면 요새지."

"아무튼 거기 바깥쪽에 사는 사람이 누구든 간에 겁을 먹지는 않은 모양이군요, 분명히."

"전쟁을 안 무서워한다고? 흐흠."

"아니면 굶주림이 더 겁나는지도 모르지요. 지금은 추수철이고, 병사들이 떼를 지어 나라를 가로질러 사방을 군홧발로 쿵쿵거리며 밟고 다닌다고요. 지역 주민들이 이 척박한 토지에서 가까스로 일궈낸 얼마 되지도 않는 가을 밀 이삭들을 그나마 죄다 납작하게 짓밟아 버리고 있단 말입니다." 브르르는 창가로 가 야클 옆에 섰다. "제 말이 맞아요. 저 사람들 집은 추수할 때가 다된 조그만 곡식 밭 세 개를 끼고 서 있어요. 군대가 저 밭을 밟아 뭉개서 야영지로 삼든가 교전 중에 피로 물들여 놓을 거예요."

"그렇다 해도 말이지. 농부들이 전쟁의 요다음 희생자가 된다 치면 밀로 만든 빵 맛도 못 보게 될 거 아니우. 그런데 뭐 하러 수확물을 지키고 있나? 빠져나갈 수 있는 동안 내빼야 옳지."

"어쩌면 다들 살 만큼 살았나 보죠. 이만하면 됐다 할 정도로 자기 몫을 누리고."

"살 만큼 살다니, 세상에 그런 사람이 누가 있우?"

"당신이 있잖습니까. 스스로 죽으려고 드러누우셨잖아요." 브르르가 대답했다.

"난 가려고 했지." 야클은 그렇게 고쳐 말했지만, 그러고 나서는 울음을 터뜨렸다.

브르르는 야클이 정말로 자기가 한 말의 뜻을 몰랐던 거라고 생각했다. 남들한테는 다 예언자 노릇을 하면서 자기 자신에 대해서는 단 하나의 실마리도 없다니, 즐거울 일이 아니다.

그들이 이야기를 계속하기 위해 의자로 돌아오기에 앞서 수녀원 안에 종소리가 울렸다. 유리 고양이는 그대로 잠들어 있었다. 야클이 말했다.

"저녁 식사 전 기도 시간이구먼. 이제 좀 쉬었다 하지 않겠우?"

"기도를 하시려고요?"

"난 이곳의 옛 방식을 기억하지요. 우선은 손톱깎이를 찾아서 이 성가신 손톱을 다듬을 거요. 그러고 나서 기도하는 사람들 사이에 가 앉아 있을 참이우. 댁이 에메랄드 시에서 영장을 들고 온 것은 온 것이고, 그 영장이 그래, 나더러 내 종교적 의혹의 면적 경계를 측량해 내놓으라는 영장은 아닐 것 같소만."

브르르는 또 한 번 어깨를 추썩였다. 야클이 올러댔다.

"같이 가시려우?"

"얘기는 아직 제대로 시작도 안 했잖습니까? 유모를 만났다는 말을 하셨고, 어떻게 해서 트롭 집안에 관해 알게 됐는지 얘기하셨죠. 그 정도는 그저 수박 겉핥기예요. 가시기 전에 그 엘파바, 그 사악한 마녀에 대해서 더 말씀해 주십시오. 제가 보기에 당신은 아무래도 오늘 밤 기도가 끝날 때쯤이면 생신으로 내세에 들어가실 것 같으니까요."

"친절한 소리는 작작 하구려." 야클이 대꾸하고는 문을 향했다. 그러다 그녀가 몸을 돌렸다. "유모는 고용주를 위해 조언을 구하러 왔던 거요. 그 멜레나 트롭, 엘파바의 어머니이자 그 후에 네사로즈와 우리 '헐렁하신' 오즈 황제 셸의 어머니가 되기도 한 그 여자 말이지. 내가 뭔가 주긴 줬을 거요. 핀로블 잎에다 젖꽃인지 뭔지를 합쳐 썰어 줬던 것 같구먼. 기억도 안 나요. 효용이야 있지요, 마술적인 거라고는 할 수 없겠지만. 나는 멜레나나 남편이라는 목사 양반은 만난 적도 없다오. 네사로즈나 셸도 만난 적 없고 말이오. 그리고 그 엘파바, 그 초록색 계집애! 그 애가 어찌 되었는지는 우리 모두 아는 일이지. 나야 거기에도 때마침 옆에 있어서 이리저리 조금씩 관여했다오."

"계속하시죠."

"나가야겠어." 야클은 한 손을 내저어 허공을 긁으며 문손잡이를 찾았다. "그런데 댁은 내 말이 무슨 말인지 못 알아듣겠우? 내가 처음으로 진정한 예지를 느낀 거라고요, 아무리 약물 덕택이라지만 말이오. 가능성에 대한 얘기지. 안개 낀 듯 뿌옇게 나타난 그 형상들, 무엇인가 이해할 수 있는 형태를 취하려고 애쓰며 빙빙 소용돌이치던 느낌들…… 그 모든 것 속에서 나는 처음으로 힘을 느꼈고 희망을 품었다오. 그리고 내가 진짜 예언자일 수 있다는 사실을 알았지요. 과연 어떤 예언자가 되는지 그거야 모를 일이었지만. 내가 부름을 받은 건 그저 농지거리가 아니란 말이우."

브르르는 야클을 몰아붙였다.

"엘파바가 마녀 짓을 하는 데 썼던 도구들 있잖습니까. 빗자루에다 수정 구슬에다. 그리고 책도 한 권 있었지요, 아마? 마법책이 있지 않았습니까?"

야클은 미끼를 물지 않았다.

"그 물약은 내게서 의미를 읽어 내는 능력을 일깨워 준 거요. 나는 의미를 읽어요. 아주 간단한 얘기지요. 댁은 알겠우, 나는 줄곧 뭔가 내가 주의를 집중할 만한 것을 기다리고 있었던 거라고요. 나는 오즈라는 이 이승의 감옥에서 내 삶이 갖는 의미를 감지하기 위해 무엇인가를 찾아야만 했어요. 어쩌면 나는 말이오, 이를테면 어미 잃은 새끼 오리가 자기한테 잘해 주는 개니 암탉이니 하여튼 뭔가 어미 대용품으로 삼을 것을 찾아낸 꼴이었달까?"

"나한테는 적용하지 마십시오. 어머니가 없다고 해서 누구나 대용품을 찾는 것은 아니랍니다."

"판사한테나 그렇게 말하시구려." 야클은 그렇게 대꾸하고 방에서 나갔다.

앞이 안 보이는 사람들이 많이들 그렇듯이 야클도 공간적 기억력이 날카로운 듯했다. 마룻장 삐걱거리는 소리와 투덕거리는 발소리를 남기며 야클은 예배당을 향해 멀어져 갔다. 브르르는 그녀가 휘감고 있던 홑이불 가장자리가 마룻바닥에 스륵스륵 끌리는 소리를 듣고 있었다.

야클이 죽은 거나 다름없던 상태에서 일어나 올라왔다는 사실을 미처 전해 듣지 못한 어떤 젊은 견습 수녀가 비명 지르는 소리를 듣는 것도 재미있을 것이다. 하지만 브르르가 들을 수 있었던 것은 털참나무들이 빚어내는 가락의 아르페지오뿐이었다.

✢✢✢

남쪽으로 불과 몇 마일 안 되는 곳 빈쿠스 강둑 위에는 어린 활엽수들이 서로 퍽이나 촘촘하게 달라붙어 자라나고 있었다. 8년인가 10년 전에 산불이 나서 수풀을 바닥까지 태워 없애 버렸으므로,

그 재 속에서 돋아난 것들은 처음 난 식물들로서 대충 같은 높이로 들 자라났다. 브르르에게 쌍안경이 있었더라면, 그리고 그 방향으로 시력을 최대한 돋구어 바라볼 마음이 있었더라면 무언가 보기 낯설면서도 느낌이 뒤숭숭한 대가리 하나가 아직 풋풋한 나무들의 우듬지 위로 헤엄치듯 움직이는 광경을 한순간이라도 볼 수 있었을지 모른다. 그 대가리에는 드래곤의 귀 같은 귀가 붙어 있고, 드래곤의 눈 같은 눈이 박혀 있지만, 그 발걸음은 육중하게 걷는 네발짐승의 걸음걸이라기보다는 거대한 뱀이 꼬리를 끌며 가듯이 단락 없이 죽 이어지고 있었다. 다만 브르르에게는 그 광경을 볼 쌍안경 따위는 없었다.

6

시계의 움직임은 느릿하기만 했다. 시계를 밀고 끄는 소년들은 편편하지 못한 지형을 가로질러 가느라 무진 애를 썼다. 꼭 수레를 끌고 한 줄 한 줄 착실히 쇠 레일이 박힌 여러 줄의 선로들 위를 억지로 넘어가는 형국이었다. 반쯤은 땅 위로 드러난 털참나무 뿌리들이 땅바닥에 온통 얼기설기 창살을 짜고 있었던 것이다.

난쟁이와 새로 가입한 추종자 둘이서 앞장서 걸어가며 그나마 제일 나은 길을 골랐다. 하늘에서 빛이 가시고 있으니 얼마 못 가 행보를 멈춰야 할 듯했다.

"우리는 특별히 조심해서 갈 거다, 행운의 귀공녀야." 대장 나리가 말했다.

"보통 때 같으면 말썽이 날 것 같은 이웃들은 피해서 돌아가겠지만, 이번에 받은 조언은 무기를 든 성미 고약한 사내들 패거리가 분쟁을 빚고 있는 한가운데로 우리 갈 길을 이어 가라는 것이거든. 딱그들의 중간 지점에 있는 안전한 피난처에 도달할 때까지…… 그곳은 돌로 지은 높다란 집으로, 관습에 따라 우리에게 성역이 되어 줄 거야."

"성역에는 대가가 따르지요. 아무리 감추어져 있다고 해도요." 여자가 대답했다.

"허, 우리 까다로운 색시 졸병님이 말씀을 내려 주시다니 황공하기도 하구먼! 어디 말을 해봐, 귀염둥이야." 난쟁이는 제자리에서 뜀뛰기를 했다. 놀리는 말에 애정이 깃들어 있긴 해도 말하는 데는 거침이 없었다.

"무슨 뜻이 있어서 한 말은 아니에요. 그저…… 그저 공짜로 오는 구원은 없다는 얘기죠."

"요 뾰로통한 것, 요 샐쭉한 것. 그래 우리가 그 고통의 탑에서 널 구출해 내고서 우리 패에 들어와 봉사할 마음을 심어 줬다 이 말이지. 그게 우리가 감사 받은 거다 이거로구먼. 난 속상하구나."

여자는 어깨를 으쓱했다. 어쩌면 그런 뜻으로 한 말일지도 모른다. 몇 주 전, 지금의 생활을 하게 되기 전에 그녀는 나이 지긋하던 고용주에 의해 돌로 된 부속 탑 꼭대기 층에 갇혀 있었다. 그녀는 간병인으로 들어갔었는데 그 늙은이는 의료상의 보살핌을 넘어서는 것을 원했고, 그녀는 구애 앞에 순순히 고집을 꺾기를 거부했던 것이다. (설령 자신도 원했다 할지라도 그녀로서는 응할 수 없는 일이었다.)

늙은이는 탑 아래에서 득의만면해서 올려다보며, 한 번은 꼬드겼다가 한 번은 위협하기를 되풀이했다. 어느 날 아침 기도 시간에 그의 목에 포도 알이 걸릴 때까지는 말이다. 그녀가 늙은이를 살려 내자고 그 높은 창문에서 몸을 던질 수는 없었다. 지면까지의 거리가 너무 멀었다. 주먹으로 두드려서 문짝을 자빠뜨릴 수도 없었다. (이것은 해보기는 했다.) 그녀는 늙은이가 비틀 걸음으로 무릎을 땅에 짚고 목울대를 움켜쥔 채 자신을 올려다보는 모습을 죽 보고 있었다. 늙은이는 말을 뱉지 못했다. 그녀가 할 수 있는 일이라고는 아래 있는 그에게 이런 말을 지저귀지 않는 것뿐이었다. "식사 전에 약은 제대로 드셨어요?" 늙은이가 쓰러지자, 그의 몸뚱이는 테라스에 그림자를 만들었고 곧 얼룩으로 변해 갔다.

그녀는 굶주림이 두려웠지만, 하루도 채 지나지 않아 난쟁이와 그가 이끄는 소년들이 그 놀라운 시계를 이끌고 당도했다. 드래곤은 백조를 닮은 철갑 두른 목을 그녀가 있는 창가에 거의 닿을 만큼 높이 뻗어 올렸고, 그녀는 빠져나올 수가 있었다. 애정 깊은 악귀 하나가 다른 하나로 바뀐 셈이다. 하지만 최소한 난쟁이와 그의 혈기 방장한 소년들은 여자와 성교하지 않기로 서약한 바 있었으므로, 일단 지금은 그들과 함께하는 편이 한결 낫다고 할 만했다.

경호대장은 말수가 적은 새 가입자를 보고 그녀가 아직 혼란스러운 상태이겠거니 했다. 그는 물어보았다.

"저 시체가 된 괴물 밑에서 넌 대체 무슨 일을 하고 있었던 거지?"

여자는 이쪽을 보았다 저쪽을 보았다 했다. 소년들이 한참 앞서 가고 있어 들릴 염려는 없었는데도, 그녀는 대부분의 이야기를 입에 담고 싶어 하지 않았다. 그녀는 이렇게 말했다.

"사람 구실 못 할 주인 나리가 일찍이 공언했어요. 자기에게 음률을 들려준다면 그것으로 내 자유를 살 수 있을 것이라고요. 주인 나리가 나와 틀어져서 나를 저 탑에다 가둬 버렸을 때에는 아직 기간이 3년이나 남아 있었죠. 탑이 너무 높아서 탈출할 수가 없었어요. 떨어져 죽을 생각이 아니라면요. 옛날 어렸을 때에는 내가 하늘을 날 수 있을 줄만 알았는데…… 하지만 내 몸에는 날개가 없었지요. 대장님의 드래곤이 그 날개를 펼쳐 목을 높이 뻗어 주어서야 제가 그 꼭대기에 기어오를 수 있었어요. 그리고 어떻게 어떻게 해서 안전한 곳으로 내려왔지요. 드래곤이 제가 거기 있을 거라고 대장님께 얘기해 준 건가요, 아니면 그냥 제 운으로 그렇게 된 건가요?"

"제발 관두렴! 우연성 이론을 놓고 왈가왈부 지껄이기 싫다. 내 둔한 머리통으로 쫓아가기엔 너무 부담스러운 화제야."

"친절하신 여러분 덕을 입어서 언제까지 신세를 지게 될까요?"

"아, 그건 내가 뭐라 말 못 할 얘기지. 시계가 나에게 마법으로 운명의 도안을 풀어 보여 줄 때에는 딱 보여 줄 만큼만 보여 주거든."

그들은 침묵에 빠졌다. 평소보다 더 동질감이 느껴졌다. 난쟁이가 자기 길을 가는 방식은 그녀 자신의 행로와 똑같이 딱딱 칸이 매겨져 구속을 받고 있다. 그녀는 난쟁이가 시계를 작동시키는 것을 딱 한 번 보았다. 길게 이어진 포장도로에서 그들과 엇갈려 지나가다가 권총을 들이대고 위협을 가해 온 좀스러운 노상강도에게 구경거리를 선사하려고 작동시켰던 것이다. 그녀는 경호대장이 높다란 기계장치 전체가 팽팽히 당겨진 힘에 부르르 진동할 때까지 태엽을 감는 광경을 지켜보고 있었다. 시계가 자그마한 여흥을 펼쳐 보이기 시작하자 일행은 모두 뒤로 물러섰다. 시계가 그저 째깍째깍 교묘히 돌며 정신을 산란하게 하는 기계장치일 뿐인지, 아니면 마법이 걸려 있는지 그녀는 아직 알지 못했다.

저 위 꼭대기에 있는 조그만 무대의 아치문에서 한 개의 꼭두각시 인형이 나왔다. 인형은 놀라 자빠질 정도로 노상강도를 쏙 빼닮은 모습이었다. 내리닫이 옷에 덧댄 칙칙한 녹색 천 조각이며 권총까지 철저했다. 인형은 곁에 다른 사람이 없는 것을 확인하려는 듯 이쪽저쪽을 돌아보았다. 그러더니 주저앉아서 두 다리 사이에 총구가 위로 오도록 권총을 꽉 끼워 잡고는 솟아오른 총신을 어루만지기 시작했다.

'어린애들의 인형 장난이 아니야, 이건.' 그녀는 눈을 감았다.

"어지간히 저질이군." 노상강도가 중얼거리는 말소리는 어딘지 모르게 칭찬 같았다.

그녀는 인형이 앞뒤로 몸을 흔들어 대는 기척을 듣고 있었다. 실제로 인형에서는 아무런 소리도 나지 않았으나, 성대한 폭발이 가까워 옴에 따라 점점 빨라지는 박자에서 알 수 있었다. "멈춰요." 하고 말하려고 애써 봤지만 목소리가 날아가 버렸다. 아무도 자기 말을 듣고 있지 않다는 것을 그녀는 알았다.

"아이고, 당신네들은 참 비위도 좋구먼……." 노상강도가 말했다.

그녀는 실눈을 뜨고 속눈썹 사이로 살그머니 내다보았다. 그 말 그대로였다. 권총 총구에서 분수처럼 끓어오른 거품 이는 선혈이 인형의 바지에 온통 범벅이었다. 인형은 실컷 했다는 듯이 발라당 뒤로 자빠져 있었는데, 죽은 것처럼 보였다.

시계가 윤리에 관한 장면들을 그려 보이기만 할 뿐이 아니라 아마도 숙명의 손길로 작용하리라는 생각에, 그녀는 두려움을 느끼며 현기증 나는 기분으로 노상강도를 쳐다보았다. 그는 인형극에 혼이 빠져 느슨하게 입을 벌린 채였다. (그의 몸에서 느슨한 것은 그 부분밖에는 없었다.) 혼이 빠진 나머지 소년들이 자기 권총과 제법 묵직한 돈지갑 둘 다를 거두어 가 자신을 가뿐하게 해 주는 것조차 눈치 채지 못했다.

일행은 현금을 챙기고 총알을 빼낸 뒤 노상강도를 석방하면서 권총은 그에게 돌려주었다. 그들에게는 두려울 게 없었다. 노상강도는 사냥개 무리에게서 도망치는 여우처럼 숲 속 덤불을 와지끈 몸으로 부딪혀 뚫으며 내뺐다.

그 피 괜찮았지, 안 그러냐? 난쟁이가 물었다. 새빨간 오렌지와 석류 즙을 내어 타르타르 크림으로 끈적하게 한 거야. 시계는 재주가 대단하지만 때때로 조금씩 연료는 넣어 줘야지.

그녀는 우연히 길에서 마주친 도적을 닮게 만든 인형이 시계에 갖춰져 있다니 그게 어떻게 된 일이냐고 묻지 않았다. 그러한 경험은 우연이라는 개념에 그야말로 종지부를 찍었다. 그러나 동시에 어떤 의미에서는 위안이 되는 일이기도 했다. 그녀는 지금 있는 이곳에 그냥 머물러 있어도 된다. 그렇게 꼼짝 않고 숨어 지내며 이것이 자기 운명이라고 멋대로 믿고 있어도 괜찮다. 미래를 결정하지 않으면 안 된다는 마음의 짐을 덜자 지금 누리는 휴식이 더욱 각별해졌다.

"내가 지시받은 것보다 더 오래 너를 붙잡아 두진 않을 거다." 받아들여 줄 거라고 미리 낙점해 둔 그 성역을 향하여 나아가면서, 이제 난쟁이는 그렇게 말했다.

"구출해 주셨으니 제가 신세를 진 건데요. 저는 대장님 휘하를 떠날 생각이 없어요. 누구의 눈에 띄지 않겠다는 것 말고는 아무런 계획도 없고요. 전 그저 우리 주위를 군대가 꽉꽉 메우고 있다는 게 걱정스러웠을 뿐이에요."

"군대란 사냥꾼들이 대오를 갖춘 것뿐이야. 정밀화기를 가진 사냥꾼들이 각을 잡고 떼를 지은 거지."

"예전에 제가 정보를 쫓는 사냥꾼 노릇을 한 적이 있어요. 그런데 저에게 정보를 준 이 하나가 살해를 당했죠. 이젠 사냥은 그만뒀어요. 대장 나리, 전 정말 사냥의 노획물 같은 건 질색이에요."

난쟁이가 손을 뻗어 손목을 토닥여 주려 했지만, 그녀는 두 손을 숄 속에 단단히 찔러 넣었다. 이렇게 몸을 사리는 모습을 보여 주다니! 예상치 못했던 내밀한 순간이 좀 더 연장되기를 바라는 마음으로, 난쟁이는 질문을 던졌다.

"사자 사냥에 대해서는 어떻게 생각해?"

─── 겁쟁이여, 조국을 위해 ───

1

쉬고 있는 사자 한 마리.

나이는 이제 얼마나 되었나? 서른여덟? 마흔? 세상의 그늘, 우중
충한 노란색이 아닌 것으로 얼마간의 그늘을 보기 위하여 그는 얼
마나 오랜 세월을 기다려 왔던가?

저 예언자, 노쇠하여 눈이 먼 그녀가 차라리 그보다 더 많은 것을
볼 수 있었다. 빌어먹을 할망구 같으니.

그녀는 협조를 거부하고 있는 것일까? 그가 무엇보다 긴요히 물
어보아야 할 질문에 바야흐로 가까이 갔는가 싶자 바로 예배당으
로 내빼다니. 『그리머리』는 어디에 있는가? 뜬소문 무성한 엘파바
의 아들 리르는 어디에 있는가, 모습을 감추고 과연 어디로 갔던가?
오즈에 사는 그 누가 알고 있다고 한다면, 바로 야클일 것이다. 야클
한 사람만 엘파바에게 신경을 썼던 건 아니다. 다른 사람들, 특히 글
린다 부인도 있었다. 하지만 야클은 어둠에 묻힌 엘파바의 삶을 꿰
뚫어 볼 능력이 있는 인물이다.

만약 자신이 그런 능력을 가질 수만 있다면 브르르는 무슨 대가든 치를 터였다. 그런…… 일종의 시각, 일종의 직관력을 가질 수 있기만 하다면. 하지만 브르르는 전혀 앞일을 내다볼 수가 없었다. 심지어는 옛일을 돌아보는 것조차도, 자신이 어떻게 번번이 되풀이하여 오물 구덩이에 엉덩뼈까지 빠지곤 했던가를 되짚어 보는 것조차 그의 통찰력으로는 힘에 부쳤다.

아무튼 이번에는 항복하지 않을 터였다. 예전에 착수했던 과제들, 예컨대 젬시의 아버지를 찾아가는 것 같은 일에서는 완전히 실패하여 나가 떨어졌던 것이다. 요행 한 번 타지 못한 완벽한 패배자였다. 브르르는 언제나 말썽이 일어날 조짐이 비치기만 하면 바로 꽁무니를 뺐다. 하지만 이번에는 도망칠 곳 하나 남지 않았다. 이 일이 아니면 감옥뿐이다.

그러니 그는 야클이 자신에게서 보고 싶은 것을 마음대로 보게 놔둘 것이다. 예지자로서 그녀가 가진 내면의 눈으로 말이다. 야클은 굳이 그가 가슴속에 간직한 자신에 대한 기억을 큰 소리로 말하게끔 하여 귀로 들을 필요가 없었다. 그 속에는 브르르가 그 어떤 여성에게라도 말하지 않을 일들이 있었다. 암사자든 인간 여자든, 재판관이든 예언자든, 천덕스러운 매춘부든 그보다 더 천덕스러운 수녀든 간에…….

남성은 일반적으로 정작 이야기를 듣기 전부터 일찌감치 자기 생각을 굳히고 있다. (그러니 구태여 말해 봐야 무슨 소용일까?) 그러나 여성은, 더 유연한 사고를 지녔기에, 언제든지 그녀가 사전에 그러리라 예측했던 것보다 훨씬 더 실망감을 표하고 멸시를 보낼 준비가 되어 있다. 야클이라고 예외일 리는 없다. 브르르는 그 점을 확신했다.

길리킨 대삼림을 빠져나왔을 때 트라움 대신 제대로 테니킨 마을의 외곽 지대에 다다랐더라면, 브르의 생애가 얼마나 달라졌을 것인가? 그래, 물론, 이제 브르는 알고 있다. 마법사의 통치 아래서 말하는 사자는 어디를 가든 길이 편안치 못했을 것이다. 그러나 만약 브르가 그 명예훈장을 젬시의 아버지에게 가져다줄 수 있었더라면, 그는 생의 초창기에 목표를 달성한다는 경험을 한 번이라도 해보고 지났을 터였다. 한 번이라도 걸음이 빗나가지 않고 제대로 간다는 경험을 해봤을 것이다.

하지만 트라움에서 벌어진 일을 떠올리면, 그것은 심지어 오늘날에 와 생각해 보아도 분명 하나의 착오였다. 길리킨 대삼림의 백치병 걸린 곰들을 따라서 망각증에 걸린 채 사는 것만이 단 하나의 적용 가능한 생활 방법이다.

"사자처럼 군다."라는 말의 뜻은 하나가 아니다.

당시 그의 젊음, 그의 어리석음은 정말 그 정도에 지나지 않았다. 젊은이의 어리석음은 용인될 만한 것이다. 그러나 트라움에서 땅에 드러누워 죽은 척을 했던 것, 그 행동은 그저 간이 작다 못해 쪼그라들어서 한 것일 뿐인데, 브르 자신이 스스로 빛나는 공모자 역할에 부응해 버렸다. 트라움의 인간들은 말하곤 했다. "겁쟁이 사자를 기억합시다. 그는 우리를 위해 목숨을 내놓고 드러누웠습니다."

자기혐오에 푹 빠져 숨이 막힐 지경이었던 그는 테니킨을 아예 지나쳐 버렸다. 차장에게 시즈까지 계속 타고 가겠다고 추가 운임을 지불했다. (한데 그 시절에 기차를 타고 다니는 동물은 달리 없었다. 스스로 치욕스러움의 고치 속에 파묻혀 있던 브르는 그 사실을 눈치 채지 못했다. 나중에 가서야 트라움의 선량한 시민 누군가가 애초부터 자신을 기차에 태우기 위해 차장에게 돈을 찔러 줬던 게 아닐까 하는 생각을 했다. 그와 가까이 있는 것 자체가 몸서리나게 싫었던 누군가가 말이다.)

그렇기는 해도, 오래 묵은 대학 도시 외곽지의 경관은 브르르의 주의를 확 끌어서 그를 낙담에서 건져 냈다. 브르르는 침침한 차창 너머를 힐끔거렸다. 먼저 거대한 공장 단지가 있었다. 유리 채광창이 나 있는, 벽돌로 지은 공장 건물들로부터 갈지자로 솟은 굴뚝들마다 유독한 연기가 울컥울컥 뿜어져 나왔다. 도시 중심부로 접근해 감에 따라 층층 구조로 된 공장 노동자들의 주거가 보였다. 빨래를 말리는 안마당에는 자그마한 인간의 어린것들이 우글우글 모여 줄넘기나 돌치기를 하며 놀고 있었다.

그러다가 기차는 오랜 세월 울퉁불퉁 마디진 시즈 중심부 대학 경내로 들어섰다. 단과대학들이 뒤죽박죽 무차별로 배치돼 있는데, 위엄을 부리듯 저마다 담쟁이를 붙여 올린 그 진입문 건물들에는 문을 통과하는 이들이 곁눈질로 스쳐 볼 만한 수개의 고요한 중정이 딸려 있곤 했다. 그리고 휘황찬란한 예배당과 강의실들이며…… 이십여 가지 서로 다른 연구 분야에서 각각 첨단의 발견을 바짝 뒤쫓고 있는 과학 실험실들까지…….

사자는 길리킨 지역의 보석인 이 세련된 소도시를 구석구석 꼼꼼히 살펴보았다. 그는 여러 단과대학 본부들이며 사람들이 모이는 주점, 말쑥하게 잔디를 깎은 공원과 인공 수로들을 탐방해 본 후 상류층들의 주거지에 자기 거처를 정했다. 식당, 주점, 목욕탕이 올망졸망 늘어선 티크노어 광장으로부터 멀지 않은 위치의, 앰플턴 쿼터스라 불리는 맞춤 건축 아파트 구역에서 독신 남성이 살기 적합한 별 잘 드는 꼭대기 층 방을 얻은 것이다. 1904호였다. 가구 집기가 다 갖춰져 있고, 특히 신식 중에서도 최신식인 수세식 화장실을 내세워 자랑하는 곳이었다.

자발적으로 터져 나온 노동자들의 반란을 진압하도록 도움으로써 얼떨결에 에메랄드 무역에 관한 마법사의 복안을 촉진시킨 바로 그 사자로서 자신의 명성을 이용해 먹을 수도 있겠다는 생각을 브르르는 그때 마음에 품고 있었던가? 실제로 순진했던 만큼, 자기가 지금 취하는 행동을 통하여 적절치 못한 이익을 얻고 있다는 점을 그가 분별할 수 있었다면 견디기 힘들었으리라. 도시에서 지내기는 생전 처음이었다, 아니면 적어도 그의 기억에 있는 한은 처음이었다. 앰플턴 쿼터스에 다른 사자는 살고 있지 않은 듯했다. 하지만 그럼에도 브르르는 자기 아파트로 향할 때 걸음을 서둘렀고 격주로 있는 입주자 모임에 참석하기를 꺼렸다. 무엇이 되었든 위원회 같은 것에 참여하라고 등 떠밀리기가 싫었기 때문이다.

브르르는 할 수 있는 한 입을 꾹 다물고 지냈다. 그리고 굳이 말하자면 사자는 외양이 비교적 그럴싸한 편이었다. 세상 사람들은 번지르르한 갈기털이며 난폭하고도 부루퉁한 뱃속의 으르렁거림에 아주 죽고 못 산다. 구태여 많은 말을 하지 않고도 남들에게 깊은 인상을 남길 수는 있다. 그리고 브르르는 자기 외모가 사자로서 썩 나쁘지 않다는 사실을 알게 되었다.

하지만 외모가 근사하면 근사한 대로 그 때문에 감수해야 할 손해도 있다. 대중은 얼굴이 잘생긴 사람이 익명인 채 돌아다니도록 내버려 두지 않는다. 그 얼굴 임자가 누군지를 기어코 밝혀내고야만 다. 시즈에서 남들과 어울리며 지낸 첫 시즌 끝 무렵쯤에 브르르는 어려운 고비를 넘어섰다. 그는 때때로 하룻밤씩은 일정을 잡지 않고 자신이 아닌 양 뒷골목을 어정대며 즐기기도 했지만, 그보다는 영웅으로 널리 알려진 자신의 명성에 의지하여 더 공적인 생활을 구축해 갔다.

결혼을 하는 것은 고려해 보지 않았다. 그쪽으로는 전혀 마음이 없었다. 그보다는, 브르르는 자기 밑천을 시즈 은행이 관리하는 '금본위'라는 이름의 다방면 채권 포트폴리오에 투자했다. 처음 몇 년 안에 액수가 제법 불어났다. 오즈의 나머지 국민들이 기나긴 기근의 영향에 여전히 고통 받고 먼치킨랜드의 농장들은 밀린 세금 대신 몰수당하고 있건만, 길리킨에 깔린 산업적 토대는 허리띠 치수를 늘려 주었으며 턱은 비곗살로 두 턱 지게 만들었다. 브르르는 점점 부유해졌으며 그에 걸맞게 살아갔다. 그는 자기 자신에게만 신경을 썼다. 이 도시에 사는 신비로운 존재로서 자신의 평판을 주의 깊게 조성해 가느라 마음에서 우러난 친밀한 접촉은 하지 않으려 했다. 그럼으로써, 그게 본인 생각처럼 그에게 구실이 돼 줄지 모르겠지만, 그는 사회적인 탄압을 보지 못했다. 시즈의 이른바 상류 세계란 그 억압 구조 위에 세워져 있었는데도.

그는 공연장에 갔다. 전람회를 보러 이리저리 쏘다녔다. 당장은 그 주제에 별 관심이 없으면서도 때때로 스리 퀸스 단과대학이나 브리스코홀에서 열리는 대중강연에 참석하기도 했다. 시즈 같은 대학 도시에 사는 뭣 좀 갖춘 사람들이라면 그런 데도 가고 할 것 같았기 때문이다. 브르르는 필기를 하는 일이 없었다. 강연은 강연대로 지절지절 귓전을 흘러가게 놔둔 채 한 덩어리로 범벅이 된 그 자신의 관심사들을 구획 지어 경중을 가늠해 보기 위하여 이따금씩 정신을 집중하는 일은 있었지만 말이다.

브르르는 그중 역사적인 예술 작품들을 보여 주고 설명해 주는 강연회가 특히 즐거웠다. 거기에는 찬란한 색색의 일루미나툼 영상이 하얀 회벽에 비칠 때면 실내조명을 어둡게 한다는 점 또한 톡톡히 한몫을 했다. 어두워진 강당에서는 아무도 브르르가 주의를 집중하는지 안 하는지 알 도리가 없다. 바로 그렇기 때문에 브르르는 강박에서 벗어나 자신이 정말로 강연 내용을 음미하고 있다는 사실을 알 수 있었다. 물론 그는 졸지 않고 깨어 있었다. 거기엔 안 그런 사람도 없지 않아 있었다.

맨 처음 브르르가 마음을 흠뻑 준 것은 필경 사본의 낱장들이었다.

"우리에게 원(原)필경사라는 명칭으로만 알려져 있는 승려의 작품 중 특히 빼어난 한 예입니다. 이 견본은 시즈에서도 가장 연원이 오랜 제책 사본으로부터 나온 것이죠." 강사가 단조로운 어조로 뇌까렸다. "왼쪽 가두리를 장식한 세 가닥의 덩굴무늬를 주목하세요. 드래곤들의 뭉개진 갈고리발톱에서 녹색 잎이 생겨나 있지요. 아주 희귀한 모습입니다. 그리고 드문드문 박힌 황금빛 점무늬도 눈여겨보도록 하세요. 이는 제작자가 여전히 럴라인 교에 기울어 그 영향에서 벗어나지 못하고 있었다는 단서입니다. 초기 유일교 문헌에서 이미 이름 없는 신을 지배적인 위치에 상정하고 있었음에도 불구하고 말입니다."

"그럼 셋째 줄의 파란색은 뭔가요?" 나이가 사오십 돼 보이는 한 여성이 질문을 했다. 그녀 자신부터가 파란 모피로 한껏 치장하고 있었는데, 흡사 턱 주위에 폭풍 구름을 두른 듯했다.

"아마도 일종의 은폐 공작용 색상이겠지요. 이교의 냄새를 맡아 내려는 사람들을 퇴치하려고 사용한……. 우리는 추측을 해볼 따름입니다."

"어쩌면 제작자가 파란색을 좋아했는지도 모르죠." 나이 먹은 예술 애호가가 대꾸했다. 그녀의 눈은 빛이 환한데, 아닌 게 아니라 파란색이었다. "전 정말 파란색이 좋아요. 파란색은…… 자극적이에요."

"작품 계속 볼까요." 강사가 피로한 듯 말했다.

브르르는 다과 시간에 그 여자와 이야기를 나누었다.

"정말 뛰어난 분이지요, 우리 초청 강사 선생님 말이에요." 그녀는 줄줄이 찬사를 늘어놓았다. "그런데 제가 영 우둔하게 보였나 봐요. 선생님 연구 일정이 어찌나 빡빡하신지 새로 단장한 저희 집 응접실에 한 번 방문해 주실 짬도 없으시다니까요. 벽판을 새로 댔는데…… 아, 정말이지 환상적이에요. 희게 바랜 진주목 벽판 열여덟 장을 쭉 붙여 놨으니 거기다 뭘 걸면 좋을지 결정하게 선생님이 도움을 주셔야 하는데요. 어디다 걸지 위치도 그렇고 말이죠. 제가 막 조르고 있답니다."

"댁에 좋은 작품들을 가지고 계신가 봅니다?" 브르르가 떠보았다.

"작품이 좋은지 어떤지, 전 안목이 없어서요." 그녀의 대답이었다.

"한번 저희 집에 와 둘러보시고 어떤지 말씀해 주시겠어요?"

브르르가 그러겠다고 말하자, 그녀는 피어소디 스캘롭 양이라고 자기 이름을 밝혔다. 무슨무슨 양이라고 부르기에는 아무래도 나이가 든 여자였기에 브르르는 혹 예술 애호가 아닌 어떤 다른 이유가 있어 집에 초대받은 게 아닌가 하는 생각도 들었다. 그러나 어찌 되었든 그는 모험을 감행했고, 스캘롭 양이 뼛속부터 부유한 데다, 아리송하니 종잡을 수 없는 예술을 향해 뼛속까지 흥미를 품고 있다는 사실을 알게 되었다. 어쩌면 그 모호성에 마취돼 버린 것이었을지도 모른다.

그렇게 해서 브르는 마침내 자신이 하나의 천부적인 재능, 흔히 '보는 눈'이라고들 부르는 수수께끼 같은 자질을 지니고 있음을 알게 되었다. 절대음감, 또는 육감의 사촌격인 감각이다. 그는 작은 판화며 소묘화를 사고파는 일에 차츰 수완을 발휘했고 응접실 벽을 아름답게 장식할 작품들에 관하여 유한부인들에게 조언을 해 주게 되었다. 거래 시에 자그마한 이득을 챙길 수도 있었다. 그렇게 브르는 돈을 벌었다. 그는 이자 소득으로 생활비를 충당하고 원금에는 손을 대지 않았다.

어느 날 저녁인가 디컨스 단과대학 회당 바로 다음 건물에 자리 잡은, 마름모꼴 유리창이 있는 휘황찬란한 강당 안에서 브르는 장내에 키득거리는 웃음소리를 들었다. 그리고 흘긋흘긋 자기 쪽을 돌아보는 얼굴들을 눈치 챘다. 강연자는 크레이지홀의 마담 모리블이었는데, 시혜하는 듯한 태도로 청중들에게 본인의 고견을 베풀어 주던 참이다. 뭐에 대한 거랬더라? 그래, 동물 규제법에 대해서다. (학계의 거물들이 쓰는 은어에 익숙하다면 '동물 우대 운동'이라고도 부를 수 있다.) 그것은 시즈 시 고등교육의 일부였다.

"예외는 언제든지 가능합니다." 이 마담 모리블은 그렇게 역설했다. 반짝이는 자비심의 가루를 보여 주듯이 한 손을 팔락거리면서, 다른 손으로는 사자가 있는 방향을 휘휘 에둘러 손짓해 보였다. "우리의 친애하는 마법사님을 섬기는 동물은 온갖 특혜를 허용받지요. 얼마든지 그럴 자격이 있으니까요. 몇몇으로부터 겁쟁이라 불리는 그 존재는 그러한 별명을 기꺼이 받아들일 만한 용기를 가졌던 것입니다. 비겁의 또 다른 이름은 무소신(無所信)의 용기입니다. 진정한 영웅은 조국을 위하여 비겁자라고 불리는 일을 감내할 수 있습니다. 그렇지 않습니까?"

브르르는 이 대목의 골자를 제대로 이해하지 못했다. 그는 수치심을 느끼지 않았다. 아무튼, 이전에 교육이라고는 받은 바가 없으니까. 그가 이런 장소에 걸어 들어와 머리를 꼿꼿이 들고 있을 수 있다는 것은 하나의 기적이었다! 브르르는 다른 이들과 함께 박수갈채를 보냈다. 하지만 질의응답 시간이 되자 할 말을 한마디라도 생각해 낼 수 없었다.

브르르는 일어서서 몸을 쭉 펴고, 거창한 외투와 비둘기 같은 회색으로 특별히 맞춘 커다란 야회용 장갑을 집어 들었다. 왼쪽 좌석의 숙녀를 향하여 몸을 틀어서는 무언가 식견 있어 보이는 말을 웅얼거리려는데 그 여자는 대화를 피하려는 듯 재빠르게 다른 쪽으로 고개를 돌렸다. 브르르는 반대편으로 몸을 틀었다. 그러자 오른쪽 좌석의 신사 또한 똑같은 행동을 했다.

브르르는 저만치 강당 반대쪽 끝을 건너다보았다. 그 누구보다 애틋이 사랑하는 이를 눈으로 찾으려는 양…… 아니면 그냥 한동아리라도 찾아보려는 듯이 시늉을 하면서 말이다. 그러고는 짐짓 남에게 들리게끔 한숨을 내쉬었다. 이런, 젠장! …… 그러다가 브르르는 강당 안에 동물이라고는 자기 혼자뿐이라는 사실을 마침내 어렴풋이 깨닫기에 이르렀다.

도보로 귀가하면서 곰곰이 반추해 본 결과, 브르르는 전에도 죽이러했다는 결론에 이르렀다. 근래 한동안 그가 거쳐 왔던 집단들에서 동물은 자기뿐이라는 걸. 브르르는 전에는 전혀 그런 줄 몰랐다.

그런데도 여전히 브르르는 자기가 웃음거리가 되어 버린 건지 어떤지 알 방법을 찾지 못했다. 초대객 명단에 브르르를 포함시키는 것이, 모멸감을 표하고 싶은 이들을 즐겁게 해 주기 위한 모욕의 술책이었단 말인가? 상류사회에 동물을 끼워 준다니…… 요즘 세상에, 이 흉흉한 시절에, 동물 '우대' 운동이 한창인 이 와중에! 브르르는 농담이 되어 버린 걸까? 아무나 맘대로 즐길 수 있는 흔해빠진 농담거리인가? 브르르를 영웅 대접 해 주는 것이 농담의 한 부분이었을까? 아마도 그게 정답이었으리라. 그럴 수 있도록 고스란히 몸을 내준 브르르의 행동, 즉 특별 초대객으로서 만찬 파티에 모습을 드러내고, 점잔 빼며 멋을 부려 분칠을 하고 리본을 맨 것이 바로 그 농담에서 브르르가 맡은 역할이었다. 사람들은 즐겼다. 브르르에게는 수치심이란 게 없었다. 다행이지 뭐야. 브르르는 마법사의 관대함과 자상함의 증표였다.

어쩌면 사람들이 보이는 것만큼 잔인하지는 않았을지도 모른다. 브르르는 생각을 굴리고 굴렸다. 겁쟁이 사자라고? 그야 듣기에 헐뜯는 소리 같기는 하다. 그러나 브르르는 이제까지 그것을 일종의 칭호랄까, 예명처럼 여기고 있었다. 애정을 담아 부르는 이름일 거라고 넘겨짚고 있었더랬다. 어찌 되었든 간에 브르르가 이름을 만들어 가지게 된 것은 새파랗게 어릴 때의 일이었던 것이다.

그러다가, 마침내는, 어떻게 해서 말이 나게 되었는지는 아무도 모르지만, 여러 해 전 그 옛날에 브르르가 죽은 척을 한 대가로 돈을 받았더라는 이야기가 새어 나왔다.

트라움 대학살. 그 언론인. 여러 해 전 그 옛날에 식당 칸에서 만

낳던 그자가 바로 '겁쟁이 사자'라는 문구를 지어내었다. 그 호칭은 살짝 완화시킨 욕설이었으며, 브르르가 공중 앞에 명사로서 스스로의 지위를 구축한 지금에 이르러 바야흐로 대중의 양심을 건드리며 시커멓게 악성화할 준비가 되어 있었다.

싸우려 하지 않는 사자. 지긋지긋한 글리쿤들은 곡식처럼 베여 넘어진다. 온순하기 짝이 없는 커다란 암코양이. 죽은 트롤들. 얌전한 꼬꼬맹이 우리 사자 애기, 울었쪄?

아아, 그랬다 하더라도 돈지갑만 받지 않았더라면 브르르가 수치를 이기기가 조금이라도 쉬웠을 것이다.

브르르는 너무나도 풀이 꺾여 있었고 너무나도 세상 물정을 몰랐으며, 너무나도 빌어먹게 배가 고픈 나머지 그걸 받을까 말까 재차 생각을 해볼 여유가 없었다. 결국에 가서 브르르의 미심쩍은 과거로부터 피어오른 악취가 구름처럼 뭉게뭉게 그의 주변을 감싸기 시작했을 때 사람들이 줄기차게 입에 올린 이야기는 비겁함에 대한 것이 아니었다. 바로 브르르가 대가로 큰돈을 받았다는 것이었다.

실수야 누구든지 하는 거지. 하지만 실수로 한몫을 챙기진 않잖아.

이제 브르르가 뭘 어쩔 수 있을까? 뜬소문은 그가 받았다는 상금 액수를 계속 곱절로 부풀려 갔다. 만약 최초의 투자금이 정말 그 정도였다면 브르르는 지금쯤 오즈에서 제일 부유한 동물이 되었을 터였다. 뒤에서 수군거리는 말 속에서 그의 추정 재산은 매번 기하급수로 번쩍번쩍 과대평가되었다. 그것 자체도 브르르에게는 커다란 부담이었다.

빈곤에 찌든 트라움 노동자들에게 돈을 돌려줄 수는 없었다. 그렇게 한다면 일종의 악행을 시인하는 것이 된다. 그런데 브르르는 나이 젊고 무지했던 것 이외에 못할 짓을 한 바는 없었던 것이다.

그뿐 아니라, 이제 사람들이 브르르가 인간 사회에서 보낸 첫날에 벌었다고들 하는 금액은 그가 도저히 감당할 길 없는 거액이었다.

무엇이 어찌 되었든 공개적으로 자선 행위를 한다는 것은 도저히 무리였다. 브르르는 그저 익명으로나 기부했다. 그리고 그런 기부가 그의 영혼에는 도움이 되었을지는 몰라도, 손상된 명성에는 아무 약이 되지 못했다.

브르르는 밤이면 잠을 이루지 못하고 번민에 휩싸여 갈기털을 쥐어뜯었다. 하지만 초대는 계속해서 수락했다. 왜냐하면 갑자기 사교 생활을 중단한다면 실패자처럼, 죄인처럼 보일 테니까. 야회(夜會)는 갈수록 가관이 되었지만 브르르는 계속해서 모습을 나타냈다. 자기가 모습을 보이기를 두려워하지 않는다는 걸 증명해 보이려는 목적도 있었다.

그러던 어느 날 저녁의 일이다. 브르르가 처프리 경의 오페라 궁의 기둥을 받치고 있는 돌 현관 아래 줄줄이 빈 마차를 기다리며 늘어선 고위 인사며 선량한 시민들 가운데에 서 있었을 때, 한 귀족 청년이 그에게 다가왔다.

"겁쟁이 사자! 시즈 대학교 실험실에 있었던 그 사자 맞지!" 청년은 그렇게 말했다. "맞지, 안 그래? 부모 잃은 꼬맹이 새끼 사자! 니키딕 박사가 네 언어 중추를 분리하려고 했더랬지. 내가 그 자리에 있었다고. 기억하고 있다니까."

"나는 갓난아이 적에 시즈에 있었던 일이 없어요." 브르르는 모욕감을 느껴 그렇게 대답했지만, 말을 하면서 그 일에 관하여 확신할 수는 없다는 사실을 깨닫게 되었다. 자기 갓난아이 시절을 그 누가 기억하겠는가?

청년은 장교 계급인 마그레이브의 자제로서, 술에 잔뜩 취하여 혀 꼬부라진 소리로 지껄이며 남들의 눈총을 모았다.

"브르르, 이름이 브르르 아니야? 내가 기억한대도. 박사님이 널 브르르라고 이름 붙였지, 네가 독감 걸린 새끼고양이처럼 바들바들 떨고 있었거든." 하는 말이 그의 입에서는 "독함 걸린 새키 회양이처럼 하들하들 털고"가 되어서 나왔다.

"말도 안 됩니다." 브르르가 항변했다. "나한테는 이번이 시즈에서의 첫 체류예요. 전에 방문한 적이 있었다면 기억하고 있을 거예요."

"그 우리 말이야." 고주망태가 읊조렸다. "고놈의 지독스럽던 쬐끄만 짐승 우리! 내가 네 이름을 기억하는 건 '버서커'하고 첫머리 발음이 똑같기 때문이야."

이름이 애버릭 텐메도스임이 밝혀진 그 고위 장교의 아들은 엘파바와 몇몇 강의를 함께 들었더랬다. 후일 이름이 난 대로, 저 무시무시한 '사악한 서쪽 마녀'와 함께 말이다. 문제의 그날 그 소동을 엘파바가 낱낱이 지켜보고 있었노라고, 고위 장교의 아들은 아주 장담을 했다. 정말이라니까!

고개들이 돌아왔다. 때마침 '마녀'는 커다란 뉴스거리가 되어 있었다. 왜냐하면 그녀의 여동생 네사로즈가 바로 최근에 먼치킨랜드를 오즈로부터 분리 이탈시킬 것을 획책하였기 때문이다. 트롭 일가는 분노에 가득 차 있었다. 언니도 여동생도 똑같이 말이다. 그들의 손아래 남자 형제에 대해서는 아직 그 누구도 가늠하지 못하고 있었다.

하룻밤 사이에, 인력거며 경(輕)사륜마차며 중후한 상자형 마차들이 빗속을 꾸물꾸물 나아가는 가운데, 사자에 대한 세간의 평판은 또 다른 방향으로 얼룩이 졌다. 공범의 혐의. 어떤 결탁. 마녀의 앞잡이인 애완동물…….

그 마녀가 가엾은 새끼 사자를 실험으로부터 구해 냈던 것이라고, 주필 앞으로 온 편지에는 쓰여 있었다. (서명은 '익명의 고용인'이라고 되어 있었다.)

아니다. 그것은 크룹과 티벳이라는 두 명의 몽상가 젊은이들 짓이었다고 가십난에 글을 쓴 누군가는 말했다. 마녀는 실은 새끼 사자를 죽였으면 하고 바랐다. 그러면 그놈에게서 짜낸 동물 아기의 피를 마실 수 있을 테니까.

아니야, 마녀가 요술 벼락을 때린 거라고. 저 불쌍한 갓난쟁이 브르르한테 말이지.

농담 해? 그 작자는 태어날 때부터 그렇게 벼락 맞게 브르르했어! 하하하.

나도 그 작자 신탁 자금 같은 돈벼락이나 맞아 봤으면 좋겠다.

몇 주 지나지 않아 티크노어 서커스에서는 온갖 풍자 공연 무대들이 점잔빼며 말하는 브르르의 화법을 조롱거리로 만들었다. 브르르가 마음먹고 투박한 시정잡배의 말투를 써 보려고 하자 조롱은 한층 더 심해졌다.

분노에 휩쓸리지 않고 벌어지는 사태를 해석하기 위하여 어느 정도 거리를 두고 바라보는 것이 가능해지자 브르르에게 놀라웠던 사실은, 희극적인 비방이 재탕 삼탕을 거침에 따라서 주지의 상식으로 확장되어 갈 수 있다는 것이었다. 마녀 엘파바는 어찌 되었든 간에

특유의 방식으로 두려움과 미움의 대상이 되어 가는 중이었다. 하지만 그래도 여전히 멀리 있는 위협에 불과했다. 이 사자가 그녀의 앞잡이라 치면, 하하! 마녀의 위협은 한층 더 우스워 보였다.

웃음은 스러졌고, 분위기는 남아 있었다. 끝끝내 시즈에 문명화된 동물로 남아 있겠다는 브르르의 근시안적인 고집을 어처구니없어하며 지켜보던 사람들의 관용이 증발해 없어지려는 참이었다. 은도금을 한 브르르의 쟁반에는 더 이상 방문객 명함들이 얹혀 있지 않아 텅 비었다. 아침마다 배달되는 우편물 속의 초청장은 갈수록 줄어들었다. 한번 들러 주십사, 만찬에 참석해 주십사, '학자의 산책길'에서 있을 소요회(逍遙會)에 자리해 주십사, 상당한 금액을 요하는 자선 행사에 참가해 주십사 하던 초대들이…… 브르르는 값비싼 옛 메타나이트 원판들을 미처 처분하지 못한 채였다. 거기에는 빚마저 걸려 있는 판국이었다.

스캘롭 양은 브르르가 한 번씩 들르는 오후마다 집에 없기 시작했다.

그러한 초대가 일주일 내내 한 건도 들어오지 않은 어느 주, 가십난 기고가들의 넌지시 빗댄 조롱은 가일층 야비해져 갔고, 브르르는 끝내 남들은 벌써 여러 달 전부터, 아니 여러 해 전부터 뻔히 알고 있던 사실을 깨우쳤다. 말하는 동물들에게는 일반적으로도 상황이 좋지 않은데, 더욱이 과거의 추문을 달고 있는 말하는 동물, 국가의 적인 마녀가 편을 들어 주었던 동물에게는…… 글쎄, 만약 그놈이 잽싸게 몸을 빼지 않는다면, 남 탓을 할 수도 없게 될 거야.

어느 날 아침, 커피와 함께 나온 신문의 만평 난에는 잔뜩 멋을 부린 사자 한 마리가 리본을 단 갈기 속에 지폐를 잔뜩 꽂은 채 잘난

체 뽐내는 그림이 실려 있었다. 곁들여진 글은 이랬다.

발발 떠는 브르르 아가씨,
요즘 사정은 어떤지?
네가 좋아하는 건 뭐?
뭘 주면 가르랑거리지?
마음 반듯한 고양이라면
그런 행동은 안 할걸
근사한 거죽 속에
겁쟁이 심보

　모욕적인 신문 뭉치가 철써덕 마룻바닥을 때렸다. 사자는 말없이 계획을 짰다. 어차피 더불어 의논할 친구도 없었던 것이다. 그리하여 그는 시즈에서 자취를 감추었다. 1904호실의 임대 기간을 3개월이나 남겨 둔 채로.

　브르르는 남쪽에 자리 잡은 에메랄드 시를 피해야만 했기에 그리로는 갈 수가 없었다. '동물 규제법'이 한층 더 살벌한 장소가 있다면 그건 오즈의 수도일 게 뻔하다. 그러나 아무리 자유로운 동물들이 서쪽으로 향하여 켈스 대삼림으로 이주해 갔다고들 해도 사자는 빈쿠스 오지의 미개척지에 대해서는 조금도 마음이 동하지 않았다. 그는 이미 신체적 안락에 너무나도 익숙해진 터였다. 그리고 또 오즈미스트들이건 곰들이건, 아니면 길리킨 숲 속의 다른 어떤 거류자건 간에 다시 찾아가 만나 보고픈 생각은 눈곱만큼도 안 들었다. 수치스러워서? 익살꾼들이 이러쿵저러쿵 했던 것처럼, 거기에 있었던 일, 그렇게 행동한 일이 수치스러워서?

　그 방향들을 버리고 보니, 자연스러운 귀결로서 브르르는 남동쪽으로 길을 잡고 시골 지역들을 횡단해 나아갔다. 그는 이리저리 떠돌아다니며 자질구레한 날품팔이 일을 했고, 배가 고파 어쩔 수 없을 때에는 남의 곳간에서 필요한 것을 슬쩍하기도 했다. 세상이 아주 잘 돌아갈 때 같으면 사자가 서로 오순도순 모여 사는 시골 마을에서 사고를 빚어 놓고서 슬그머니 꽁무니를 뺀다는 것이 오래가지 못했으리라. 그러나 이 무렵은 잘 돌아가는 세상하고는 멀어도 한참 멀었고, 덕택에 브르르는 떠돌이 생활을 해 나갔다. 그는 마들렌 산지의 기슭을 따라 방랑했는데 뱃속은 늘 주리고 털가죽에는 도끼엉겅퀴의 가시랭이가 엉켜 붙었다.

　잘 가다가 느닷없이 껑충껑충 뛰곤 하며 보낸 한 시절이었다. 브르르는 농장 집에 일자리를 구할 마음이 있었다. 수레를 끌어서 저녁밥이 나온다면 못할 것도 없다 싶은 브르르였다. 하지만 농부들은 어찌할 수도 없을 지경으로 함부로 굴든가, 아니면 참아 주지 못할 정도로 아둔하든가, 아니면 시비를 걸어 오고, 그도 아니면 웃음을 자아낼 가련한 머저리들이었다. 브르르는 자기가 일자리를 '잃었다'고 생각하지 않고 때가 차서 주인집을 떠나는 거라고 생각했다. (그때란 것은 번번이 브르르가 해고됐다 하면 바로 차는 것이었다.)

　브르르는 그러다 사자 무리를 발견했다. 몇 마리 안 되는 사자들이 마들렌 산지의 동쪽 사면에 있는 동굴인지 뭔지에 저희들끼리만 비밀 집회를 가지려는 참이었다. 그들은 시즈에 가 본 일이 없는 것은 물론이고 가장 가까운 장 서는 마을보다 더 두근두근한 장소에는 발도 디뎌 보지 못했다. 그리고 브르르가 유기되었던 길리킨 대삼림 속에 새끼 사자를 유기한 기억도 갖고 있지 않았다. 그들은 브르의 가족들이 아니었다, 그들이 확실하게 장담했다. 전혀 어림도 없는 얘기다. 그 사자들 중 누구 하나 그토록 악독한 행위는 감행할 수 없다. 그뿐 아니라 그들은 다른 방목지에 사는 사자 부족들을 일일이 파악하고 있지는 못했다.

아무튼 최소한 그 사자들이 처음에 한 이야기는 그러했다. 어느 날 저녁 파수를 서면서, 기품 있는 나이 지긋한 아주머니 암사자 하나가 외딴 사자 무리들 간에 코뮈니케를 주고받는 것이 일반적이던 때도 있었노라고 시인했다. 그녀는 넌지시 말했다.

"말하는 짐승의 무리들을 나머지 동족들로부터 갈라놓기 위한 인간들의 작전이 있었지. 위대한 '우우'는 결코 동물들을 미덥게 여기지 않았어. 길리킨 대삼림에 사는 혈족에게서 들은 바에 따르면 처음에는 흔히 볼 수 있는 밀렵꾼 한 명이었던 게 나중엔 더 조직적인 군대 사냥꾼들이 소대 단위로 합류했다더라고. 그자들의 목적은 덩치가 큰 동물들을 쓸어 없애는 거였어. 혹시라도 동물 규제법을 풍문에 듣고 도시로 간 자기들 친족을 지켜 주려고 공격에 나설까 봐 그랬던 거지. 길리킨 대삼림은 시즈에서 그렇게 멀지도 않잖아, 자네도 알듯이 말이야."

"제가 알고 있기로는 야생으로 사는 동물들은 길이 들어 버린 사촌들 일에는 거의 상관하지 않던데요."

"무리마다 다른 거지, 여보게. 동물들도 하나하나 제각각이듯이." 암사자는 부드럽게 대꾸했다.

"어린 새끼를 버린 무리가 있었는지 아시나요?"

"맘먹고 버린 건 아니야. 한때 새끼 사자를 어미 품에서 떼어내려는 시도가 있었다고 들었네." 암사자는 말을 이었다. 브르르로서는 설마 그럴 수 있으리라고 생각도 못 해 봤을 만큼 명랑한 어조였다. "실험실에서 실험에 쓰려고 그랬다더군, 대체 무슨 실험이었던지는 몰라도……. 어머니들이 자기가 자유롭게 풀려나는 대가로 새끼를 양도했다는 얘기도 있어. 물론 나라면 절대로 응하지 않았겠지만."

이쯤 되어서는 브르르도 냉소적이 되어서 그녀를 날카롭게 쏘아보았다. 암사자가 지금 무리가 감추어 온 비밀을 누설한 건가? 어쩌면 무리의 사자들 모두가 브르르에게 거짓말을 했던 것일까? 설마 하니 이 암사자가 바로……?

하지만 이 무리의 사자들은 한 마리도 남김없이 턱 밑에 거무스름한 장식털이 있는 게 특징이었다. 브르르에게는 그런 털이 없었다.

그러니 그녀가 누설한 것은 사자가 그러한 배반 행위를, 설령 그것이 자신 아닌 다른 누군가의 배반 행위라 해도, 아무튼 능히 생각에 떠올릴 수 있다는 사실이 전부였다.

브르르는 아주머니 암사자에게 안녕히 주무시라는 인사를 하지 않았는데, 안녕한 밤이 될 것 같지 않았기 때문이었다. 그 예상은 맞았다.

그렇기는 하지만, 브르르는 턱 밑에 뾰족하니 검은 털이 난 사자들 무리에게서 특정한 태도의 일관성을 배웠다. 사자들의 무리는 그때그때 유연하게 살아가는 온화한 한동아리가 될 수 있었다. 그들은 맹목적인 조상 숭배에 빠져들지는 않았지만 그렇다고 우르살리스 여왕의 궁정처럼 하루를 살면 하루를 까먹는 식도 아니었다. 사자들은 외부인에 대하여 함부로 방심하는 법이 없어 떠돌아다니는 동물들의 대집단과는 되도록 마주치지 않으려고 했다. 설사 그들이 그저 갈고리발톱을 내보이기만 해도 간단히 흩어 버릴 수 있는 녀석들이라고 해도 말이다. 정확히 평화주의자라고까지는 할 수 없어도 인간들의 전설에 나오는 흉맹한 사자는 아니었다.

그들은 제법 오랫동안 브르르를 흠모의 눈초리로 바라보았고, 매혹적이고도 위험한 도시로부터 자신들을 방문해 온 어엿한 사촌쯤으로 대접했다. 브르르는 해괴한 사건 사고 이야기들을 해 주어 그들을 경탄시켰는데, 상당수는 실제 일어났던 일들이었다. 그는 무슨 이야기든 근사하게 주워섬기는 이야기꾼, 그들의 소박한 숲 생활에 무언가 다른 점을 부여해 주는 캐릭터로서 이 사자들 무리에 눌러앉았다. 그는 몇몇 젊은 암사자들에게 구애해 보려고도 했는데(물론 한 번에 한 마리씩 상대했다.) 말을 붙여 봤지만 퇴짜만 맞았다. 브르르는 너무 이질적이고 언변이 너무 매끄러웠기에, 암사자들이 그를 진지하게 대해 주는 건 무리였다. 브르르는 자신의 놀라운 인내심과 옆에 들러붙어 떨어질 줄 모르는 능력을 발휘하면 상대방이 끝내 손을 들고 넘어올 거라고, 자기가 말을 붙인 암사자들 전부를 그렇게 넘어오게 만들 수 있을 거라고 여겼다. 브르르는 마음만 먹으면 도저히 떨쳐 버리지 못할 녀석이 될 수 있었다.

그러나 차츰 사자들은 브르르의 응접실 담화를 조롱하기 시작했다. 애정을 담아서 놀리는 것이 아니었다. 그들의 투박한 시골 생활에 브르르는 도무지 융합할 수 없는 '귀하신 몸'이었다. 만약 아무도 짝짓기를 해 주지 않아서 브르르가 누구와도 짝이 될 수 없다면, 그는 조만간에 부족의 지배권을 놓고 싸움을 벌여야 할 판이었다. 그리고…… 아, 생각만 해도 이 무슨! 사자들은 브르르 같은 도시 깍쟁이가 자기네 무리를 이끄는 일을 결코 용납하지 않을 터였다. 브르르는 거취를 옮기는 일을 생각해야 했다. 그것도 곧 말이다.

그리하여 또 한 번 브르르는 사태가 고약해지기 전에 몸을 일으켜 떠나갈 참이었다.

이 생각이 브르르의 머릿속에 생겨났을 때쯤에 그는 이 사자들 무리와 몇 년을 같이 산 터였고, 속으로 떠나자는 생각을 굴리는 것이 상상 이상으로 고통스러웠다.

지저분한 상황을 피하여 철수하는 것이 습관이 되어 가기 시작했다.

불면증에 얼룩진 밤을 보내며, 브르르는 떠나기로 철석같이 마음을 다졌다. 슬픈 새벽이 왔고, 주홍빛 구름장 너머 몰랑몰랑 노른자 같은 태양이 흐릿하게 모습을 드러냈다. 위대한 라 시바라의 후기 작품들에서 보이는 효과와도 같이…… 비가 올 듯 부드러운 습기가 느껴졌다. 어쩌면 다 괜찮아질 것이다.

이제 그의 나이가 몇인가? 브르르는 기지개를 켜 막 잠을 깬 뻣뻣함을 풀면서 속으로 헤아려 보았다. 나는 어엿한 생활을 할 만한 권리를 획득해 놓지 못했나? 아니, 그게 애초에 권리이기는 했던가?

꾸릴 것은 아무것도 없었다. 학생용 책띠도 없고 옷도 없었다. 브르르는 그가 가졌던 근사한 외출복들을 죄다 앰플턴 쿼터스의 방 1904호에다 버리고 왔다. 대담하고 순수한 동물답게 벌거벗은 채, 그는 마지막으로 한 번 더 빈터를 좌우로 훑어보았다. 놀다 버릴 임시 인형을 입에 물고서 콧등을 비비고 있는 낯가림 심한 새끼 사자한 마리 말고는 아무도 깨어 있지 않았다.

"그럼 난 간다." 브르르는 꼬맹이에게 말을 건넸다.

새끼 사자는 못 들은 척 고개를 돌리며 두 눈을 감아 버렸다. 그러고는 가짜 아기에게 가르랑거리면서 이렇게 말했다.

"꼬마 겁쟁이가 되면 못써, 아가야."

2

아주 가관이 되어 버렸지 않나! 브르르는 스스로 알고 있었다. 산 넘고 물 건너 투덕투덕 맨발로 길을 가는 우스꽝스러운 모습. 이렇다 할 목적지도 없이, 무엇 하나에 아퀴 지을 만큼의 열망도 없이⋯⋯.

아닌 게 아니라 그 사자들의 영역으로부터 멀어져 갈수록 풍경은 점점 더 삭막해졌고 브르르는 그 풍경 속에 들어 있었다. 길리킨에서 마들렌 산지라고 부르는 지형의 융기는(학교 다니는 어린애들이 좋아하는 스펀지케이크를 닮은 완만하게 솟아오른 모양 때문에 그런 이름이 붙었다.) 경계선 너머 먼치킨랜드 쪽에 이르면 그렇게 기분 좋은 모양이 아니게 된다. 이름도 바뀌어서, 웬드 팰로스라고 부른다. 바람에 씻겨 벌겋게 된 생기 없는 산언덕들이 더 낮아져 내리다 얼기설기 그물망을 이룬 마른 골짜기들로 부서져 간다. 보통 때는 물이 없는 그 메마른 시내들은 대부분 남남동으로 흐른다. 방황하는 은둔자나 탁발수도사가 아니면 누구도 아름답게 보지 못할 풍경. 시내에 물이 철철 흐를 때에는 그 물이 장대한 먼치킨 강으로 흘러든다. 오즈 최대의 호수인 레스트워터 호에 물을 대는 강이다.

그러나…… 순교자들은 덮개 없는 생 화톳불에 지글지글 구워지라지! 웬드 펠로스는 죄악처럼 보기 흉했다. 가시금작화 종류의 보풀 진 식물이 갈색으로 언덕 사면을 뒤덮었는데 마치 죽은 뒤에도 달라붙은 채 떨어져 나갈 줄 모르는 곰팡이 같았다. 남쪽을 바라보는 비탈에는 애벌레가 창궐해 허약한 나무들을 황폐화시켜 놓았다. 그런 나무의 잎들은 레이스처럼 오톨도톨해진 정도를 지나 아예 앙상하게 잎맥만 남았다. 물은 거무스름했다. 암염이 나는 자리는 싹 핥아 없어졌다.

황량하기 그지없는, 아무짝에도 못 쓸 풍경이었다. 브르르에게는 고향처럼 친숙했을는지도 모른다.

장소도 전혀 아니었고, 시기적으로도 브르르 자신의 일생 중 로맨스에 마주칠 거라고는 생각할 수 없는 때였다. 사실이지, 애초에 젬시나 커빈스와 나눈 우정으로부터 촉발되었던 육체적 친밀감에 대한 기대는 이제 깡그리 말라비틀어져 아무것도 남지 않았다고만 생각했다. 그래서 브르르는 그…… 뭐였더라? 오셀롯이었나? 하여튼 그 동물들 일족의 시야에 불쑥 들어서면서도 그다지 신경을 쓰지 않았다. 이제는 자기 보존 본능이 결여되다시피 해서, 그는 그 무리를 향해 경중경중 뛰어가서 왼쪽도 오른쪽도 돌아보지 않고 그대로 뚫고 지나갈 참이었다. 그들은 땅에 길게 누워들 있었는데 조금도 겁을 내지 않고 사지를 죽죽 뻗은 채였다. 장소는 점점 밋밋해지는 웬드 펠로스의 비탈, 뚝 잘려 턱진 언덕을 지분거리는 추레한 나무들이 듬성듬성하게 박혀 있는 숲 속이었다.

브르가 그 고양잇과 동물들에게 모욕감을 줄 만큼, 그래서 갈고리발톱을 휘두르며 자기를 덮쳐 오게 만들 만큼 오만한 모습으로 젠체하며 가지는 않았다.

그들도 모욕을 받거나 덤벼 오지는 않았다. 조금은 달라 보이는 지도자가 일어서서 브르의 진로를 가로막았다.

"모인 이들을 뚫고 지나가면서 발길을 멈추어 식사를 하지 않으면 이 근방에서는 무례한 겁니다." 그 동물이 말했다. 수컷이었다.

"초대받은 줄은 몰랐는데요." 브르가 말했다.

"그렇게 바쁜가요?" 신중하게 경계하는 어조였다. 적의도 깃들어 있었을지 모른다.

"바쁘진 않아요." 브르는 그렇게 대꾸했지만, 곧 자기 쪽에서 살짝 적대감이 일어서 말을 이었다. "하지만 얘기 나누고 싶은 마음도 아니네요." 브르는 우월한 자세로 눈썹을 치올리지는 않았으나 그렇다고 거꾸로 축 늘어뜨린 것도 아니었다.

"그럼 잠깐 있다 가지 그러시오. 고양잇과 이웃사촌들과 한자리에서 친해 봐요." 지도자는 민첩하게 두 눈을 좌우로 굴려 무리들을 둥글게 불러 모았다. "우리는 '굴림'이라고 불리는 일가붙이 한 부족이고, 내가 우두머리요. 우이오도어 하에킴이라는 이름으로들 알아준다오. 내가 보기에 당신은 우리와 이전에 만난 일이 없는 것 같은데?"

브르는 일단 자기 이름은 그대로 담아 두고 있기로 했다.

"이 근처 출신이 아니거든요."

"당신네 한동아리에서 앞질러 탐지를 나온 호위 역이오?" 우이오도어는 더 도착할 자들이 있을지 알아보려고 바람 냄새를 맡았다.

"혼자 여행하고 있습니다." 브르르는 그렇게 말하고는 덧붙였다. "내가 하고 싶어서 하는 여행이지요." 대체로 진실이라 할 수 있는 말이었다.

"보기 드문 동물이시군. 혼자서 이 풍경에 용감히 마주서다니."

"그렇게 대수로울 것도 없는 풍경인걸요." 브르르는 말 덧붙이기를 그만둘 수가 없었다. "그리고 용기 따위는 별로 필요 없어요."

"그렇긴 하지만 당신이 마주친 족속들은 평화로운 족속이오. 우리들 굴림 족 말이오. 우리는 낯선 이가 우리와 서로 모르는 상태로 우리 가운데를 지나쳐 가는 것을 좋아하지 않소. 낯선 자들은 적이 될 수도 있으니까. 그러나 친구라면? 친구라면 두 번 다시 낯선 자가 되어 돌아올 일이 없지요. 동의하지 않으시오?" 우이오도어는 꼬리를 탁 침으로써 구두점에 공기를 불어넣었다. 꼬리 바람이 브르르의 두 눈에 획획 끼쳤다.

"아아, 과연. 그렇긴 해도 낯선 이를 징발해 친구를 만들다니 전에는 만나 보지 못한 독창적인 아이디어군요."

"징발이라니 무슨. 징발도 징용도 아니오. 단지 사고를 전환하는 것뿐이지. 게다가 그 수단도 정중하다오! 피얀타, 지브리아, 여기 우리 새 친구분을 식탁으로 모셔 가려무나." 우이오도어가 말하는 '친구'라는 단어는 아주 또렷또렷하고 기품 있게 들리는 것이 무슨 법제화된 작위명 같았다.

피얀타와 지브리아가 뒹구르르 몸을 굴려 일어서면서 관절이 섬세한 앞발을 디뎠다. 그들은 짜릿짜릿한 특징들을 지닌 젊은 아가씨들로서 인간의 영향을 받아 눈가에 화장먹이 짙게 발려 있었다.

"우릴 따라오세요."

244

둘은 가르랑거리는 소리로 말하고 브르르를 이끌어 갔다. 그는 불평 없이 따라가서 땅이 조금 솟아 있는 곳 위쪽 그늘진 빈터에 이르렀다. 거기엔 나무 요정 둘이 짝을 지어서 불 위에 걸어 놓은 솥 단지를 바삐 휘젓고 있었다. 먹음직한 스튜 냄새가 환영 분위기를 돋웠다.

"당신은 우리 손님이오." 우이오도어가 멀리서 말했다. "굴림의 관습상 그래야만 하니까. 그 양반을 잘 대접해 드리도록 해, 아가씨들."

"손님은 쥐뿔, 나 같으면 원 노예 계약이라고나 부르겠네." 나무 요정 하나가 중얼거렸다.

"난, 요리를 하는 게 인생이지." 다른 하나가 주위를 이쪽저쪽 둘러보면서 성실하기 그지없는 태도로 말했다. 그러곤 안 들리게 나무랐다. "입 닥쳐, 트위그."('잔가지'라는 뜻)

"너나 닥치라고, 스템."('줄기'라는 뜻)

브르르는 나무 요정들에게는 관심을 보이지 않았다. 그는 전에 나무 요정들을 본 일이 한 번도 없었지만 이야기로 듣기는 했고, 자기가 신경 쓸 만한 상대가 못 된다고 여겼다. 그는 함께한 여성들에게 물었다.

"두 분은 나하고 이야기를 나누어도 괜찮은가요?"

"얘기를 하라고 여기 있는걸요. 벗해 드리고 아주 황홀하게 대접해 드리려고요." 지브리아가 말했다.

피얀타는 키득거리고 웃더니 지브리아의 한쪽 귓구멍을 들여다보았다. 그 속에 대체 뇌가 있기는 한지 살펴보려는 시늉이었다.

"그러면 괜찮으시다면 질문을 하나 할까 합니다."

"하셔도 돼요."

"여러분의 종류가 어떻게 되시는지 전 알아볼 수가 없군요. 겉모습을 보니 혼란스럽기만 합니다. 근육 조직에서는 호랑이를 닮았는데, 그보다는 몸집이 작으시지요. 그리고 여러분의 털가죽은…… 말린 박하 잎 같은데요. 무늬가, 줄무늬라 할까……."

"우리는 희귀종이에요. 정말로요." 지브리아가 말했다.

"아마 유일무이한 종류라고 해야 할 거예요. 호랑이처럼 화장을 했지만 속에는 향료표범이 들어 있거든요."

브르르는 눈썹을 치올렸다. 이제까지 종간 교배로 새끼가 태어날 수 있다는 건 모르고 있었다. 사실이다, 사회를 넓게 조망할 때 때때로 서로 다른 종에 속한 이들 간에 떳떳치 못한 로맨스가 이따금씩 일어나곤 한다는 것은 부인할 수 없다. 그러나 그런 교제는 잘해 봐야 빈축만 살 뿐이며, 어떤 경우이건 자손을 생산하는 일은 정말로 있기 힘든 일이었다. 그런데 이제 탈선이 그 무엇보다 화려한 고양잇과 동물을 만들어 냈다고, 브르르는 그렇게 생각했다. 피얀타가 저기 엎드려 있는 모습을 보라. 나비를 보고 눈을 빠르게 깜박거리며 경탄하고 있는 저 모습…… 여성미 그 자체가 가리비 껍데기처럼 골이 진 금갈색 털가죽에 싸여 저기에 몸을 말고 있었다. 하나의 절묘한 여성이자, 범상치 않은 여성이다.

"굴림 씨족에게 이름이 있습니까?" 브르르는 자기도 모르게 묻고 있었다. "종으로서의 이름 말입니다. 여러분이 어느 자리에 들어갈지 전 딱 잘라 말할 수가 없군요."

"우리가 우리 이름을 지을 필요가 없잖아요. 남들이 지으려면 지으라지요." 지브리아가 말했다.

"'학대 전문 장사꾼' 종 어때? 아니면 '영광스러운 과거의 노예' 종?" 트위그가 제안했다.

"국 다 끓어 갑니다!" 스템이라고 불린 나무 요정이 노래하듯 외쳤다. 그리고 국자를 철퇴처럼 휘둘렀다. "맛이 근사해요, 오늘 국은 끝내준다니! 누굴 맨 첨 줄까나?"

"손님부터지. 당연하잖아." 지브리아가 말했다.

"배고프지 않아요." 브르르는 독이랄까 뭐 그런 생각이 들고 있었다.

"그래도, 우리의 보잘것없는 음식을 들어 주셔야지 예의에 맞지요."

"보잘것없다니 무슨 소리야. 우린 이거 한 솥 끓이기에 해 뜰 녘부터 달라붙어 공을 들였다고요. 우울할 때는 쉬면 못쓴다, 내 말이 그거거든." 스템이 지브리아의 말에 토를 달았다.

"쉬면 못쓰는 건 백치 대가리지. 한 접시 퍼 올려, 형제 동지 양반. 한 대 후려쳐 그 머릿속에 골을 심어 주기 전에. 넌 아무래도 골이 영 부족한 모양이니까." 트위그가 말했다.

나무 요정들은 저희들끼리 손발을 맞추어 끈적끈적한 액체가 담긴 우묵한 그릇을 브르르에게 날라 와서는 땅 위에 내려놓았다. 그다지 많이 쏟지는 않았다. 부드러운 돌덩이 같은 감자 덩어리들이 국물 속에 희뜩희뜩 눈에 띄었다.

"양념으로 요정의 침을 쳐서 드셔야지!" 스템이 소리치고 그 말 그대로 할 듯이 시늉을 했다.

"요정 식 농담이에요." 트위그가 말하면서 스템을 찰싹 때렸다. "자, 드세요. 들어 보세요. 맛있답니다."

"부디." 지브리아가 말했다.

"못 먹겠어요." 브르르가 말했다.

"드셔야만 해요. 부디 들어 봐요." 피얀타가 끼어들었다.

"왜냐하면 굴림의 관습에 따르면 손님이 식사에 참여하시기 전에는 우리가 밥을 먹지 않고 기다리게 돼 있거든요. 그런데 전 오늘 아침엔 특별히 배가 고프네요."

피얀타는 단도 같은 진줏빛 이빨 사이로 희끄무레한 분홍색 혀를 늘어뜨렸다. 브르르는 하마터면 기절할 뻔했다. 이들이 자신들을 뭐라 부르든 간에, 아니면 자신들을 뭐라고도 부르지 않으려 한다 해도 좋다, 이 부족이야말로 완벽한 미모를 지닌 족속들이었다.

예절이라는 명분 아래 브르르는 순복했다. 만약 그가 독을 먹어서 오늘 죽게 된다 한들, 달라질 게 무엇일까? 그는 황금빛 족속들 사이에서 숨질 것이고, 다른 온갖 것으로는 속을 태우고 안달할지언정 그 점에 대해서야 불평할 게 없을 터였다.

그리고 국물 맛은 나쁘지 않았다, 정말로.

브르르는 자기 몫을 다 먹었고, 그러자 요정들이 지브리아와 피얀타에게 음식을 퍼 주었다. 같은 솥단지에서 펐다, 브르르는 그걸 눈여겨보고 마음이 좋았다. 브르르는 옆구리를 땅에 대고 벌렁 넘어져 구르며 뻐근한 다리를 쭉쭉 폈다. 사자는 산간 지대를 헤매 다닐 게 아니라고 그는 생각했다. 사지가 뻐근한 게 오늘 같아서야 정말 아니지. 하지만 여기 드러누워 간헐적으로 욱신거리는 은은한 동통에 전신을 맡긴 채 저 예쁜 혓바닥들이 할짝할짝 핥아 대는 모습을 바라보노라니…… 뭐, 지금은 참을 만하다 싶었다.

두 마리의 큰 고양이 아가씨들은 아직 다시 대화를 나누러 올 상황이 안 되었지만 세 번째 동물이 문득 이쪽으로 걸어왔다. 처음에 브르르는 우이오도어 하에킴이 다시 자기를 보러 오나 했다. 당당한 몸가짐에다 군더더기 없고 방심 없는 태도가 우이오도어인가 싶었던 것이다. 하지만 그가 보니 새로 온 동물은 암컷이었다.

브르르는 단숨에 도로 발을 딛고 섰다.

"너희들 가봐." 새로 온 이가 말하자 지브리아와 피얀타는 그 자리를 떠났다. 국물 방울을 비처럼 양옆으로 뿌리며 내뺐다.

귀공녀는 스르르 도사리고 앉았다. 나무 요정들은 그녀에게 음식을 퍼 주지 않았다. (아마 남은 게 없었는지도 모른다.) 요정들은 서로 꼭 붙들고 매달려 솥단지 뒤에 숨어 있었다.

"매사 순서대로 해야지. 먹을 것은 먹었지요." 그녀가 입을 열었다. "난 뮬라마 하에킴이에요. 우이오도어의 딸이고 하나뿐인 자식이죠."

브르르는 다시 앉으라고 권할 줄 알고 기다리고 있었지만 뮬라마는 그런 말이 없었다. 그런 채 한동안이 지나자 그는 감히 앉을 마음이 나지 않았다.

마치 식후 대담을 이어 가기라도 하듯이 그녀가 한마디 했다.

"용감무쌍한 사자로군요. 인사도 없이 양해도 구하지 않고 하늘 아래 비할 자 없는 굴림 무리에 뛰어들다니."

"여러분 굴림 족의 풍습이 어떤지 저는 모릅니다. 저는 전반적으로 교류나 사귐에 있어 눈치가 밝지 못합니다. 그 점을 고려해 주세요. 사자들 사이에서 한동안 살아 본 건 사실입니다만 진정으로 그 무리의 일원이었던 적은 없었죠. 제 형편없는 예의범절을 용서해 주셔야 합니다. 맹세코 말씀드리건대 무지 때문이니까요, 오만이 아니라요."

"그야, 물론 오만하지야 않겠지요." 뮬라마가 말을 받았다. 무연
탄처럼 새까맣고 단단하며 물기가 어린 두 눈이 그를 쏘아보았지만,
말하는 어조는 비꼬듯이 말끝이 미미하게 올라갔다.

"어디를 향해 가고 있었나요?"

브르르에게는 목적지가 없었다. 어떤 측면에서 보면 끊임없이 시
달리며 움직이고 살아 온 그의 삶, 성공적이지 못했던 그간의 일련
의 행보들이 파도처럼 브르르를 덮치고 떠밀어 바로 오늘 아침이라
는 해변에 올려놓은 셈이라 할 수 있었다. 더 이상 추구하거나, 아니
면 막연히 상상이라도 해볼 지평이 남아 있지 않은 채로 말이다.

"어디를 향해 가는 중이었냐고요? 아마 이곳으로 오던 중이었나
보네요. 그런 줄 모르고 있었기는 하지만요."

뮬라마가 고개를 돌렸다. 브르르는 문득 지금 얘기하고 있는 장
소가 굴림의 숙영지 위로 비죽이 튀어나온 곳 같은 지형 위라는 것
을 의식했다. 브르르 자신이 높다란 바윗덩이 꼭대기에 올려놓은 장
식물처럼 좋든 싫든 다소간 자기 모습을 구경시키고 있는 동시에
아래에는 그 멋진 고양잇과 동물들이 여기저기 쫙 펼쳐져 있었다.
부족은 브르르가 야생에서 마주쳤던 다른 어떤 무리보다도 더 규모
가 컸다. 브르르의 눈에는 그들의 사회 조직이 책 속의 도표를 보듯
속속들이 들여다보였다.

"굴림 씨족에게 이름이 있나요? 종명 말씀입니다만."

"우리는 굴림 일가예요. 우리들 사이에서는 그것 말고 다른 지칭
이 필요치 않지요. 그러나 다른 이들이 우리를 가리켜 상아호랑이라
고 부른다는 것은 알고 있어요. 우리 조상 가운데 호랑이가 있었던

것은 명백하니 그럴 만하죠. 한편으로 향료표범의 무늬를 가지고 있기도 하지만요. 어떤 이들은 이 무늬를 두고 얄팍하게 어슷썰기를 한 바닐라빈 꼬투리 편을 가지런히 줄로 눕혀 놓은 것 같다고 하죠."

뮬라마 하에킴, 상아호랑이 아가씨. 그리고 저 아래엔 두 앞발을 벽난로 장작 받침처럼 나란히 뻗은 채 위엄 있게 웅크린 그녀의 아버지. 대리석상과도 같이, 우이오도어는 금색과 녹색 견직으로 짠 장식 양탄자 위에 엎드려 있었다. 그 뒤편으로 무성히 자라난 고사리 수풀 가운데서 상아호랑이의 꼬리가 앞뒤로 꿈틀거렸다. 흡사 물코브라의 대가리처럼.

우이오도어 하에킴이 몸을 둔 카펫 주위로 브르르가 이제껏 목격해 온 그 어느 동물들 사회보다도 더욱 정규화된 행정 작업들이 회오리처럼 돌아갔다. 나이 지긋한 몇몇 상아호랑이들은 무슨 대사나 상원의원 같은 직위를 가진 듯한데, 자기들끼리 낮고도 진지한 음성으로 무엇인가 상의하고 있었다. 또 다른 수컷들은 험악한 빛이라고는 없는 자연스러운 태도로 숙영지 주변부를 순찰하고 다녔다. 이 호랑이들은 곰들처럼 무절제하지 않고 인간들처럼 끝도 없는 노역에 마비되어 있지도 않아, 잘 조직되어 있으며 태도가 기민했다. 브르르는 자기가 어정어정 숙영지에 뛰어든 건 분명 이들이 길을 비켜 주었기 때문이었으리라는 것을 깨달았다.

좀 더 가까운 곳에 피얀타와 지브리아가 사촌들과 더불어 일종의 개방형 규방 같은, 낙엽송 가지에 걸쳐 둔 뿌연 금빛 망사 천 뒤편에 기대 누워 있는 것이 보였다. 젊은 암컷들은 단순한 애정으로 서로의 필요를 돌보아 주었는데, 그 모습은 새끼고양이 같기도 하면서 동시에 도발적이었다.

우악스러운 젊은것들 몇 마리는 태도가 지독히도 딱 부러지는 할머니 전사에게서 기습 공격의 대수학을 가르침 받고 있었다. 전사 할머니는 녀석한테서 피가 흐르는 것쯤 전혀 개의치 않고 앞발로 후려쳤으나 답을 틀리고 얻어맞은 학생에게서 불평의 꺄옹 소리 하나라도 나오는 법이 없었다.

"여왕은 계신가요?" 되는 대로 후줄근히 퍼져 누웠던 곰들의 기둥 우르살리스를 떠올리면서 브르르는 어느새 묻고 있었다.

"오즈마 얘긴가요?" 묠라마는 침을 뱉듯이 그 단어를 뱉었다.

"그게 아니라요. 아버님이 반려를 얻어 계신지를 여쭤 본 겁니다."

"우이오도어 하에킴은 일생 함께할 짝을 취하지 않아요." 묠라마는 그렇게 말했다.

"오즈의 많은 부족들이 그러하듯이 우리는 가모장제를 따르죠. 하지만 여족장이 암컷 자손을 보지 못하면, 제일 위인 수컷 새끼가 지도자가 되어요. 그가 죽거나 갑작스럽게 일어난 도전자가 그를 이기는 데 성공할 때까지 지도자 노릇을 하죠. 우이오도어는 돌아가신 여족장님의 아들로서 내가 태어나기 전부터 지배권을 쥐어 왔어요."

"그러면 당신이 뒤를 잇겠군요, 아버님이 돌아가시면 굴림을 이끄는 역할을……."

"이 내가 누구 뒤를 잇는단 거죠!" 묠라마는 쏘아붙였지만, 그렇게 속내를 터뜨린 것을 곧바로 후회하는 눈치였다. (성깔이 있는 여자라는 걸 브르르는 알았다.) 그녀의 호흡 소리가 달라졌다. 묠라마는 숨결을 억누르고 있었다. 자기 자신을 지그시 억제하고, 안으로 갈무리해 들이고 있었다. "……당신 말이 맞아요. 전통을 따르자면 내가 다음 통치자가 되어요."

브르는 화제를 바꾸기로 했다.

"언급을 하시니까 말입니다만, 여러분 씨족에서는 오즈마가 다시금 오즈를 다스리기 위하여 돌아오리라고 믿고 계신 건지 궁금하네요."

뮬라마는 콧바람을 불었다.

"오즈마가? 당신은 오즈마를 둘러싼 산더미 같은 뒷얘기들 중에 뭐 하나라도 확실하다 장담할 게 있다고 믿나요? 세탁부들의 신화 속 거룩한 성녀 오즈마, 우리 구원자이자 우리의 인도자…… 흥! 그 어린 아기의 뼈다귀들이 지금쯤은 반 이상 진토가 되었을걸요. 에메랄드 시의 마법사가 얼마나 영악한 위인인데, 그래 그 어린애를 어딘가 외딴 곳에 빼돌려 두어서 그녀가 훌륭하게 성장한 후 군대 지휘자가 되어 돌아와서는 왕좌를 도로 내놓으라고 요구할 수 있게끔 놔뒀겠어요? 우리는 여기서 구세주를 기다리고 있지 않아요. 그런 건 필요 없어요. 우리는 우리 영토가 위협을 받으면 대응할 준비를 갖추고 있고, 오즈의 마법사든 다른 어떤 농탕질 치는 선동자든 간에 우리의 독립을 무너뜨려 자기 수중에 흡수한다든가 우리한테서 조공을 받는다든가 하진 못해요."

브르로서는 그냥 무심코 물어본 것뿐이고 보면, 뮬라마의 맹렬한 선언은 뜬금없게 들렸다. 이 부족은 위험천만한 솔직함으로 권위를 배격하는 자기들의 본색을 노출하고 있었다.

"그냥 궁금했을 뿐입니다……. 마법사가 쿠데타를 성공리에 완수했을 때 아기 오즈마를 어디론가 은신시켰다는 이야기는 과연 오래가긴 하네요."

"헛소리죠. 대체 그 미친 권력자가 잠재적인 적수를 살려 둘 이유가 있겠어요?"

"모르겠네요." 정치적 술책 이야기를 할 때면 침울한 생각에서 벗어날 수가 있었다. 특히 논쟁이 뜨겁게 달아오르면 더 효과가 있었다. 사자는 말했다. "내가 들은 바로 누군가는 이렇게 넘겨짚더군요. 만약 마법사가 언제든 오즈마를 살해한 혐의로 심판을 받게 된다면 그녀를 은신처에서 끌어내어 자기가 무죄임을 증명할 수 있을 것이라고요. 그 가설 말고는 나도 도무지 생각할 수 있는 게 없습니다."

"그래 보이네요." 뮬라마는 몸을 뒹굴려 옆구리를 땅에 대고 누워 눈도 깜박이지 않고 빤히 그를 보았다.

브르르는 이렇게 육체적으로 밀접한 거리에서 샅샅이 뜯어보는 눈길을 받은 일이 없었다는 생각이 들었다. 구석구석 감정하는 그녀의 보드라운 눈빛 앞에 몸을 움츠리지 않으려는 의지의 힘이 한 가닥씩 벗겨져 나가는 기분이었다.

"당신은 널리 여행을 하고 다닌 숙맥이군요. 얘기하는 걸 들어 보면 알고도 남아요. 주위에 다른 이들이 있는데도 혼자 초연하다는 건 모종의 독립심이 있는 거죠."

"독립심이라고 불러 주시는 건 예의상이겠죠. 전 차라리 인격적 결함이라고 생각합니다."

뮬라마는 조금 웃더니 꼬리를 탁 쳐 누워 있던 바닥의 돌을 때렸다. 브르르가 그녀에게 물었다.

"여러분만의 독립성을 그렇게 확언하시면서, 제가 굴림에 접근하도록 허용한 건 무엇 때문이지요?"

"당신한테서 우리의 보안에 위협이 될 기미는 보이지 않았으니까요."

브르르는 그들이 자신을 제대로 봤다고 인정하지 않을 수 없었다. 그러나 그렇다 해도 대답으로는 불충분한 것 같았다.

"저한테 뭐 특별한 게 있을 거라고 생각했나요? 말하자면 에메랄드 시에 관한 새 소식이라든가? 제가 시즈에 체재했던 건 몇 년 전의 일입니다만 거기서는 언제나 에메랄드 시의 향방이 초미의 관심이었죠." 시즈에 체재하다가 '체면을 망치고 떠나왔는데'라는 말은 하지 않았다. 하지만 영특한 뮬라마 하에킴은 자신의 못난 점을 충분히 짐작하리라고 브르르는 막연히 생각했다.

"우리에게는 정보원들의 망조직이 있어요, 핵심적인 기밀 정보가 필요할 경우에는 말이죠. 아무튼, 당신을 들여보내 주라고 신호한 건 나였어요."

뮬라마가 등으로 뒹굴자, 브르르는 산산이 조각난 가을 낙엽의 부스러기들을 볼 수 있었다. 빨간 단풍잎 조각, 그리고 라벤더의 열매 알갱이들이 그녀의 뇌쇄적인 금백색 배털에 달라붙어 있었다. 그것들은 흡사 보석인 양 뮬라마의 목에서 사타구니까지 점점이 붙어 반짝거렸다.

"하지만 왜?" 브르르는 왜인지 소리 죽여 말할 수밖에 없었다. 어쩌면 목소리가 갈라져 나올 것 같아서 그랬을까?

"기분전환이죠. 잠시 딴 짓 삼아서." 뮬라마가 말했다. "그럼 싫어요?"

"싫을 게 어디 있겠어요?" 브르르가 응답했다. "특별히 어디 갈 데도 없었는데요. 그러니 딴 짓이고 딴 길이고가 있을 수나 있나요."

"내 말은 우리한테 기분전환이 된단 얘기예요. 나한테 말예요. 날마다 군사력을 예비하기에 땀 흘리는 우리에게 오락이 된다고요. 여

255

족장이 될 거라는 위협으로부터 잠시 마음을 돌릴 오락거리요, 나로선 정말 받아들이고 싶지 않은 의무이니까요."

"그냥 사양할 수는 없나요?"

"아버지께 효도하기를 사양하라고요? 아버지가 통치하시는 부족에 대한 의무를 사양해요?" 뮬라마는 혀를 옆으로 빼 늘어뜨려서 시체 흉내를 냈다. "내가 죽으면 모를까. 당신은 부친이라는 것에 대해 아무 개념이 없나요?"

"없어요." 브르르가 인정했다. "나한테는 아버지가 있어 본 기억이 없거든요."

"행운아시네."

"내가요, 내 아버지가요?"

뮬라마는 고개를 돌려 브르르를 향했다. 그녀의 가슴팍은 아직 햇살 아래 드러난 채였다. 브르르가 할 수 있었던 것은 시선을 뮬라마의 눈으로 향하는 것뿐이었다.

"아버지이자 스승이신 친부께서 당신을 훈육하며 아버지답게 행실을 바로잡아 주시는 혜택을 입어 본 일이 없다면, 당신이 아버지가 될 차례가 왔을 때 어떻게 아버지 노릇을 하죠?"

"아버지가 되는 데 필요한 자질을, 갖출 필요가 있기나 할지, 글쎄요."

또다시 뮬라마가 소리 내어 웃었다.

"내 생각에 아버지가 되는 일이야 사실상 딱 한 가지만 갖춰지면 되지 싶네요. 투셰.('직격'이라는 뜻으로 펜싱에서 바로 찌르기를 뜻한다.) 하지만 사실을 말하자면…… 당신 이름이 뭐죠? 내가 신호를 보내어 당신을 우리 무리의 영역 안에 들여놓도록 한 것은, 그렇게 함으로써 주제를 전환할 수 있을 것 같았기 때문이에요. 난 내 아버지 우이오도어 하에킴과 부족의 일을 두고 언쟁을 벌이고 있었어요. 둘 다 언사가 거칠었죠, 그런데 난 완전히 성질을 터뜨리고 싶지 않았거든요. 일반적으로 굴림 족 사이에서 일어나도 좋을 일이 아니에요. 더욱이 족장의 딸이 다른 말을 해서 아버지의 체모를 깎는다는 건…… 그래요, 아예 있을 수가 없는 일이죠."

"그냥 말을 말고 돌아서면 되잖아요. 그럼 안 됩니까?"

"내가 당신한테야 무례하게 굴겠지요. 하지만 우이오도어 하에킴에게는 그럴 수 없죠." 이 말을 할 때 뮬라마는 특별히 중립적인 어조를 지켰다. 아버지의 이름을 말하면서 그녀는 조롱조도 아니고 숭앙하는 빛도 없었다. "아니면 당신 얘기는 나 스스로 부족에서 이름을 빼라는 건가요?"

"그러기도 하잖아요. 나도 그랬어요. 부득이했으니까."

"당신 외모가 마음에 들기는 했어요, 하여튼 약간이라도. 당신을 보면 얼간이같이 거들먹거리는데 그 허세가 전혀 그럴싸해 보이지는 않죠. 우리의 영역을 그런 식으로 우쭐대며 뚫고 지나갈 만큼 용감무쌍한 동물이라면 세상에 다시없는 괴짜이든가, 아니면 잘 손잡아 볼 만한 우방일 거예요."

"전 둘 다 아닐 겁니다." 브르가 말했다. 그는 '아니면 또 다른 뭔가일 테죠.' 하고 덧붙이고 싶었다. 그는 눈 하나 깜박 않고 뮬라마만 보려고 애썼다. 비록 그의 눈물샘은 하필 안 좋을 때에 비곤하는 듯했지만 말이다.

바람에서 흑심을 냄새 맡기라도 한 듯, 뮬라마가 펄쩍 뛰어 일어나 섰다.

"난 힘이 넘쳐흘러서 가만히 오래는 못 앉아 있겠어요." 그녀가 브르르에게 말했다. "당신은 아직 떠나지 말도록 해요. 당신이 이곳에 있는 동안에 내가 처리해야 할 일이 잔뜩 있으니까. 그렇지만 난 달려야겠어요. 네 다리가 지쳐 나가떨어지도록 달릴 거예요. 그러지 않으면 내 발톱으로 내 몸을 쥐어뜯고 말걸요, 죽을 때까지."

"다혈질이군요, 당신도."

뮬라마는 브르르를 향해 이를 드러내 보였다. 브르르는 좀 더 중립적인 어조로 뒤를 이었다.

"저한테 머물러 있어도 좋다는 허가를 내려 주는 겁니까, 아니면 떠나지 못하게 금지하는 겁니까?"

뮬라마는 대답해 주지 않고 그냥 바위 턱을 훌쩍 뛰어 내려갔다. 황금빛 동전 무늬가 물결치듯 맥동하며 마구 흐트러지는 가랑잎 더미를 뚫고 가 버렸다.

브르르로서는 도를 넘어 자기 운수를 시험하고픈 생각은 들지 않았다.

솥단지 뒤에 숨었던 나무 요정들이 도로 기어 나왔다. 브르르는 그들이 있었다는 걸 깜박 잊고 있었다.

"아가씨가 아주 후끈 달아올랐군." 트위그가 말했다.

"저렇게 구는 건 난생 처음 봐." 스템이 말했다.

"우리가 듣지 말았어야 할 얘기를 들은 게 아닐까?" 트위그가 물었다.

"저 여자가 얼마나 약았는데 설마. 우리가 이 뒤에서 생쥐처럼 바들바들 떨고 있다는 걸 알고도 남았을걸." 스템이 대답했다.

"더구나 우리가 말을 해봤자 아무도 안 믿을 거라고. 그러니 뭐

하러 신경 쓰겠어?"

"정말 그런 건가?" 브르르가 물었다. "우이오도어 하에킴이 그렇게나 막무가내야? 그렇게나 완고하고? 정말 그렇게 심하게 마음을 썩일 인물이냐고, 자기 장녀가 정해진 책무를 포기한다고 해서?"

"책무를 포기하고 뭘 어쩌게?" 트위그가 반문했다.

"기형아로 태어난 숲 생물들을 위해 간호학교라도 운영할까? 얼토당토않은 소리지. 상아호랑이들은 종족의 번영을 위해 산다고. 그리고 그 바탕은 면밀한 군사적 대비에 있지. 뮬라마가 저 혼자 딴생각을 할 수는 없어. 허락받지 못할 일이야."

"정신이 좀 돈 것 같아." 스템은 그렇게 말했다.

"물론, 내 말을 귀담아듣진 마. 나는 얼뜨기 멍텅구리니까. 내가 뭘 알겠어?"

"글쎄, 나는 저치들 생각을 알지. 온통 '명예'니 '전통'이니 '당연한 순리'니 하는 것들이라니까. 그리고 지나간 족장들 20대에 걸쳐 자기네들이 지켜 온 방식하고. 저치들은 독립적으로 살아온 자기네들의 고상한 역사를 등에 떠메고 있다고. 저치들 식의 황소 멍에인 셈이지. 자기가 자기 자신의 노예인 거야. '우리가 항상 해 왔듯이 지금도 그렇게 하자!' '길이 이어져 나갈 우리 역사의 사슬에 약한 고리가 되지 말자!' 이게 다 무슨 뻑뻑하게 식어빠진 죽 덩어리 같은 소린지. 적어도 나한텐 영 그래."

"난 떠나는 게 좋을까, 아니면 눌러 있어야 되나?" 나무 요정들에게 조언을 구하는 것은 체면이 깎이는 일 같긴 했다. 하지만 브르르는 우유부단해져 이러지도 저러지도 못할 마음이었다.

"우리야 아무래도 상관없지. 눌러 있으면, 우리 요리를 즐길 수 있지. 허가 없이 떠나면, 저녁 식사 시간에는 우리가 사자 스튜를 메뉴에 올리는 거지. 선택은 당신이 해. 자유 산림이잖아."

그래서 브르르는 스스로에게 머물러 있어도 좋다는 허가를 내리고 다시 피얀타와 지브리아의 시중을 받았다. 하지만 뮬라마를 만난이상 그 둘이 아까처럼 매력 있어 보이지는 않았다. 적당히 때를 보아서 브르르는 낮잠을 자겠다고 청을 하여 키득거리며 얼굴을 붉히는 두 아가씨들을 도로 저희들 규방으로 쫓아 보냈다.

3

 굴림 족에게 그는 손님인 건가, 포로인 건가? 브르르는 스스로 그 질문에 확답을 내릴 수가 없었다. 만약 손님이라면 결국에는 떠나야 한다. 만약 포로라 치면, 브르르 자신이 이 유폐 조치에 대하여 항거해야 마땅할 것이다. 그렇지만 감금 유폐가 뭐 이렇담? 운동을 하고, 아침이면 달음박질에, 뮬라마 일동과 함께 바위 언덕을 기어오르고. 형벌이라고는 보기 힘들다.

 브르르는 마음을 편히 먹었다. 그러지 않고 어쩌겠는가? 음식이 나오면 맛있게 들었다. 어떤 때는 나무 요정들이 요리한 것을 먹었고, 때로는 상아호랑이 사냥꾼들이 잡아서 마련한 피 흐르는 날고기를 먹기도 했다. (브르르는 시즈에 당도했을 무렵에 채식주의를 버린 터였다. 고기는 인간들 식으로 요리하는 편을 좋아하긴 했지만 말이다.) 숨바꼭질에도 한몫 끼곤 했는데 언제나 그가 술래였다. 왜냐하면 그 고양잇과 동물들 사이에서 브르르 혼자만이 나무에 오를 수도, 높은 나무 위 무성한 잎사귀 속에 몸을 숨길 수도 없었기 때문이다. 굶주림에 여윈 상태에서도 그는 다 자란 수컷 상아호랑이 몸무게의 갑절이나 무게가 나갔다.

(사자가 그 언제보다 게으르게 늘어지게 마련인) 오후 시간이면 브르르는 정무를 처결하는 우이오도어 하에킴으로부터 얼마 떨어지지 않은 자리에서 꾸벅꾸벅 졸곤 했다. 뮬라마는 모습을 감추었다. 브르르는 그녀가 품행 방정히 목욕 소세를 하는 것인지, 또는 그녀만의 규방에 들어 눈을 붙이는지, 아니면 (이 광경은 눈앞에 그려 보지 않으려고 애썼는데) 또 다른 그 누군가와 희롱을 하고 앉아 있는지 궁금했다. 그가 상관할 바가 아니기는 했다. 아마 절대 알 수 없을 터였다. 당당한 몸가짐의 뮬라마에게서는 빛이 났으며, 투명한 니스 칠처럼 근접 관찰의 시선을 비껴 보냈다.

그럼에도 그 생각을 하면 브르르는 한편으로 속이 끓으면서도 다소 불끈거렸다.

브르르는 누군가 자신을 매력 있게 봐 줄 거라는 기대는 한 적이 없었다. 자기 자신에게도 그다지 매력 있어 보이지 않았으니……. 뻔히 보이는 사실을 그는 인정했다. 자신을 주위에 두는 것은 흥밋거리에 우스갯감 삼아서 그러는 것이리라, 마치 보란 듯이 가족 응접실에 나와 앉은 조금 모자란 노처녀 아주머니가 이웃들을 재미있게 해 주고, 주고받는 대화가 그저 단순하고 무해한 것에 지나지 않으리라는 점을 보장해 주는 거나 마찬가지다. 하지만 그러면 어떤가? 브르르는 뮬라마의 태도에 점차 익숙해졌다. 콧대 높은 그녀의 거동과 더욱 드높은 멸시의 몸짓에 말이다. 때로 그 멸시감은 가만히 있지 못하는 조바심으로 꽃피곤 했다.

브르르와 뮬라마는 종종 서로 뜻이 맞지 않았는데, 뮬라마가 정말 심하게 그를 닦아세우기도 했다. 하지만 브르르는 기분이 상하지 않았다. 찬성 받지 못하는 게 아예 안중에 없는 것보다는 나았기 때문이다.

조화로운 균형 상태가 산산이 깨지게 된 것은 브르르가 굴림과 함께한 지 한 달, 아니 거의 두 달이 지나서였다. 어느 날 밤, 볶아서 뭉근히 찐 흑멧돼지 허리살에 버섯을 곁들인 만찬을 들고 난 후의 밤중에 우이오도어 하에킴이 경기를 일으키며 잠을 깨었다. 그는 고약한 꿈에 치여서 깨어났노라고 말했다. (아마도 상아호랑이들은 좀처럼 꿈을 꾸지 않는 모양인데, 혹시 꿈을 꾼다면 나쁜 징조였다.) 그렇긴 하지만 실제로는 거센 바람이 벌거벗은 산지를 휩쓸며 나뭇가지들을 부러뜨려 휘몰아친 것이었다. 족장은 필경 근처의 나무가 쓰러지는 소리에 놀라 깨어났을 터였다.

꿈이란 언제나 경고인 법. 하지만 그것이 의미하는 바가 무엇일까? 관습상 꿈에 대해서는 아무래도 생소했던 우이오도어는 브르르를 옆으로 불러들였다.

"꿈속에 인간 남자들이 비쳤다." 건조한 강풍이 휘몰아치는 가운데 앞을 보고 뒤를 보고 하면서 상아호랑이가 말했다. "넌 인간들 세상에서 살았다고 했지. 그 꿈을 어떻게 해석해야 할지 말해라. 내가 왜 지금 이때에 꿈을 꾸게 되었는지 알려다오."

"폭풍 탓에 마음이 뒤숭숭하신 겁니다." 브르르는 그렇게 일렀다. "청각이 날카로우시니까, 무슨 사나운 짐승이 거센 바람을 뚫고 돌진하며 부르짖는 경고성을 들은 거겠지요. 신경 쓰지 마십시오."

"꿈이었다고 하잖나. 대체 어디에서 온 것일까?" 우이오도어는 완강했다.

"버섯이 맛이 갔던 게 아닐까요?"

하지만 이건 너무 경박한 소리였다. 우이오도어는 눈총을 보내며 다시 한 번 자기가 꿈에서 본 애매하기 짝이 없는 한밤의 몽조를 되풀이해 말했다. 얘기는 한층 더 막연했다, 꿈속에 위험한 인간들이 있었다. 브르르는 속으로, 고양이 종류들이 의미심장한 꿈을 꾸느니 차라리 양말이나 겨자가 꿈을 꾸겠다고 생각했다.

그러나 브르르는 얘기를 지어내는 데 거리낌이 없었다.

"요리사들을 자르는 문제는 생각해 보셨습니까?"

"독을 넣었다는 얘긴가?"

"세상에! 아닙니다." 브르르는 이 이상 자기의 앞발에 피를 묻히고 싶지 않았다. 설령 나무 요정들의 멀쩡고 반편이 같은 피일지라도 말이다. "어쩌면 족장님의 미각에 전환이 필요한 게 아닐까 하는 거죠……. 소화가 잘 안 되시는 건 어쩌면 무엇인가 새로운 미각에 대한 일종의 호기심이 낳은 결과가 아닐까 하는……."

바람이 얇은 금빛 가리개 한 장을 낚아채어 휠휠 날려 보냈다.

"어쩌면 숙영지를 옮기셔야 하는 건지도 모르겠네요. 아마도 그 꿈은 폭풍보다 더 힘이 센 재난이 이곳을 덮치기 전에 짐을 꾸려 떠나라는 경고일지도요."

이 얘기가 좀 더 그럴싸했다. 족장은 도로 잠자리에 들어 남은 밤 시간을 뜬눈으로 지새웠다. 그리고 브르르는 일전에 직접 골라 놓은 피신처인 불쑥 튀어나온 반반한 분홍색 화강암 밑 우묵한 틈새로 도로 기어 들어갔다. 달이 뜨고 하늘이 맑게 개었다. 브르르의 눈에 나무 요정들이 바람에 날려가지 않으려고 자기들이 요리를 하던 무쇠 솥단지 속으로 기어 들어가 있는 것이 보였다.

새벽에 우이오도어 하에킴은 장로 회의를 소집했다. 그는 사자의 조언의 타당성에 의거하여 명령을 내렸다. 지금 당장 새로운 숙영지 터를 찾아 철수하기로 한다. 한층 새로운 식량 공급원을 찾고, 그들이 이제 버리고 떠날 참인 장소로 닥쳐오고 있을 모종의 재난들을 피하는 것이다.

우이오도어의 부족은 언제나와 마찬가지로 품위 있게 즉각적으로 명령에 반응했다. 뮬라마를 제외하고는 전원이. 뮬라마는 아무 말 없이 숲 속으로 모습을 감추어 버렸다.

브르르는 이 모든 사태를 어떻게 보아야 할는지 알고 싶어서 취사장으로 갔다.

"우이오도어 하에킴, 굴림의 용감한 족장! 저 양반한테선 좀처럼 볼 수 없는 미신의 현장이로구먼. 자기 자신 그따위 것들보다는 윗길 간다고 자부하고 있었을 텐데." 트위그가 평했다.

"옮겨 갈 이유가 생길 때까지는 그냥 이 숙영지에 있는 건데." 스템도 동의했다. "그렇지만 트위그, 우이오도어 하에킴이 결정을 내릴 때 어떻게 내리든 간에· 네가 이러쿵저러쿵 할 일은 못 돼. 어떤 지도자들은 짐승 창자를 보고 결정하고, 찻잎을 보고 결정하고, 돼지 발가락뼈로 결정을 내리기도 해. 우이오도어 하에킴은 폭풍이 몰아치는 꿈을 꾸고서 결정을 내린 거고. 아니, 폭풍처럼 몰아치는 꿈들이었다고 할까? 이러나저러나."

"굴림 족은 자주 옮겨 다니나?" 브르르가 물었다.

"일일이 기억 못해."

나무 요정들이 동시에 말했다. 스템이 말을 이었다.

"숲 속 빈터야 여기든 아무데든 다 마찬가지지. 우리는 죽을 때까지 일평생 노예 신세야. 그러니 주위 환경이야 아무렇든지 관심도 없어."

"그냥 떠나 버리면 안 되나? 너희들 무슨 족쇄 같은 걸 차고 있지도 않잖아. 게다가 누구 하나 너희한테 신경 쓰지 않을 때가 반은 될 텐데."

나무 요정들은 성을 냈다. 트위그가 말했다.

"정말이지! 숙맥도 이런 숙맥이 있나, 응, 브르르? 우리가 없으면 저들은 끝장이야, 끝장이라고. 다른 손가락에 마주보는 엄지를 가진 굴림 따위는 한 마리도 없잖아. 소금딸기 푸딩하고 상아고사리를 곁들인 숲 염소 다리 통구이를 저자들이 무슨 재주로 한단 말이야? 정말이지, 어이구!"

스템도 거들었다.

"게다가 말이야, 우리가 가긴 어딜 가겠어? 나무 요정들 집단이 여남은 개나 여기저기 새싹 돋듯 돋아나 있진 않단 말이야. 꼭 무슨…… 무슨 숲 속 인구 조절 기능에 이상이라도 생긴 줄 알아?"

"우리는 가라면 가는 거지." 트위그가 결론지었다.

"그리고 내가 보기엔 당신도 마찬가지일걸, 브르르. 책무를 다하는 신성함에 대하여 배운 바가 없는 거야? 당신도 우리랑 함께 가는 거야. 우리 고용주들이 당신의 존재가 하늘에서 폭풍우를 불러 내리고 족장에게 꿈을 불러왔다고 결정하지 않는 한은 말이야. 그럴 경우에는 당신이 희생될 수밖에 없겠지. 목숨을 바쳐, 피를 뽑히고, 구워져서, 얇게 썰려, 미나리아재비상추 잎을 깔고 그 위에 담겨 서빙되는 거지."

"절인 샬롯을 곁들여서." 스템이 두 손을 비비며 말했다.

"아니야, 그건 너무 한여름 같아. 가을 느낌으로 가자고. 개암을 다져 살구버섯 소스에 버무린 것으로 속을 채운 박 요리와 야생 쌀 파스티초로."

"그만 좀 하지? 난 아무데도 안 가. 내 얘긴, 요리용 냄비 속 같은 데로는 절대 안 간다고, 제발 좀. 너희들은 내가 근처에 있어서 행운인 줄 알아. 혹시 너희들이 그런 꼴을 당하게 될 때 구해 줄 수 있으니까." 브르르가 말했다.

"아직 그럴 기회가 있었을 시절에 바람에 실려 다음 세상으로나 떠나갔으면 좋았지, 우리도."

굴림 족이 숙영지를 철거하기 시작하는데 뮬라마는 있는 대로 화가 치민 상태로 버티고 앉아, 아무라도 가까이 다가가기만 하면 발칵 성질을 터뜨리며 위협하는 소리를 뱉었다. 브르르도 적당한 거리를 두며 조심했다. 그는 망사 커튼을 드리워 놓은 나뭇가지에 쪼르르 올라가 묶은 끈을 풀고, 요리 도구들을 나무 상자에 차곡차곡 챙겨 넣고, 무늬가 들어간 우이오도어의 양탄자를 돌돌 말고, 이런저런 잡동사니며 세간을 챙기는 게 나무 요정들임을 알아차렸다. 상아 호랑이들이 나무 요정들에게 제공하는 것은 아마도 일종의 안전 보장인가 보다고 브르르는 짐작했다. 하지만 일은 모조리 요정들이 도맡아 했다.

다는 아니고 대부분 도맡아 했다고 해야겠지. 쓰러질 듯 흔들리는 낡아빠진 수레가 어디인지 보관해 두었던 곳으로부터 끌려 나오고, 브르르는 수레를 밀어 달라는 요청을 받았다. 트위그와 스템은 짐 꼭대기에 앉아서 수레를 몰 예정이었다.

그리하여 브르르는 인간들이 쓰는 수레의 비스듬한 뒤판에 어깨를 대었다. 그렇게 하려면 머리를 한쪽으로 휙 꺾어야만 했고, 브르르는 뮬라마가 어느 정도 고마운 눈빛으로 바라봐 주지 않을까 하는 기대를 품었다. 보라, 그도 어엿이 밥값을 하고 있다. 나무 요정들과 마찬가지로 말이다. 하지만 뮬라마는 한 번 시선을 받는 기쁨을 그에게 베풀어 주지 않았다. 그는 아무런 보상도 받지 못한 채, 심지어 도와주는 이 하나 없이 혼자 일했다.

뮬라마의 말투는 있는 대로 꼬여 있었다.

"그래서 목적지가 어디죠? 달나라로 가요? 우이오도어, 우리를 죄다 끌고 행군해서 저 민둥산들 비탈을 끝까지 올라갈 심산이신가 봐요? 그래 그 꿈은 크기가 정확히 얼만했는데요? 난 이제 한 걸음도 더 안 뗄 거예요!" 그녀는 아버지를 향한 복종이라는 자신의 책무를 그만 깜박 잊어버린 듯했다. "아니면 소위 그 꿈이라는 게 그냥 속임수였나요? 아버지는 아무튼 간에 고지에 새롭게 자리를 잡기로 계획해 놓고서 우리에게 말 안 하고 넘어간 거 아녜요? 너희들 빙충이들은 그래 말 한마디 없이 터벅터벅 따라만 가는 거야?"

뮬라마는 침을 뱉지 않을 수 없을 정도로 비위가 뒤틀렸는데, 그 침 뱉는 모습은 보기에 우아했을뿐더러 일종의 섹시함마저 깃들어 있었다. 목과 어깨가 아파 오는 와중에도 브르르는 그렇게 생각했다.

아마도 뮬라마의 성화가 그녀의 아버지를 지치게 만든 듯했다. 우이오도어는 땅거미가 지기도 전에 새로운 숙영지를 선택했다. 브르르로서는 얼마나 먼 길을 온 것인지 도저히 가늠이 되지 않았지만, 한 치를 가는 데도 덜컹거리고 삐걱대는 수레와 함께였으니 아무리 해도 10킬로미터까지는 못 왔을 터였다. 땅에 떨어진 굵은 나뭇가지며 폭풍우가 헤집어 놓은 난장판……. 한곳에는 물이 다 빠져 버린 연못이 있어 진흙 속에서 기어 올라온 거북들이 공기 속에서 어리둥절해 눈을 껌벅이고 있었다.

"그 폭풍 재주 한 번 비상했네요." 브르르가 그 광경을 바라보며 최대한 스스럼없는 투로 말을 건넸다.

브르르는 분위기를 읽으려고 애를 썼다. 뮬라마는 브르르를 전혀 거들떠보지도 않고 아버지 쪽만 보고 있었다. 그녀의 아버지는 아직도 자기가 본 예시를 굳게 믿어 의심치 않았는데, 왜냐하면 꿈에 본 광경도 바람에 난장판이 된 모습이었기 때문이다.

"여기가 최종적으로 살림 차릴 장소인가요?" 뮬라마가 물었다. "아니면 그냥 하룻밤 묵을 데인가요? 또 태풍이 몰아쳐서 아버지가 겁을 먹으면 내일 우리는 계속 전진해서 글리쿠스까지, 어쩌면 써레로 난도질을 쳐 놓은 그 콘배스킷까지 가는 거죠? 그 들판에 득실득실한 겁쟁이 들쥐 새끼들처럼 사람들 경작지에 자리를 펴고 살게요."

우이오도어의 눈이 불을 뿜었지만, 뮬라마는 자기 딸이고, 그러니 다들 보는 앞에서 호되게 나무랄 수가 없었다. 이르건 늦건 결국에는 그녀가 굴림을 통치하게 된다. 우이오도어는 딸의 권위를 손상시킬 행동을 할 수는 없었다. 설사 딸이 자기 권위에 의문을 제기할지라도 말이다.

브르르는 보고 있었다. 아버지가 자식을 상대로 보여 주는 뜻밖의 타협성이 놀라웠다.

브르르는 또한 나무 요정들이 수레의 짐을 풀라는 지시를 받는 것을 보았는데, 그러니 아마도 이곳이 정말로 향후 기약 없는 기간 동안 굴림 족이 머물러 살 숙영지가 맞는 모양이었다. 내일 다시 행

군을 할 것이라면 나무 요정들이 쓸데없이 꽃 줄이니 휘장 등 상아
호랑이들이 사족을 못 쓰는 장식물들로 빈터를 치장하지는 않을 것
이다.

사냥꾼들이 저녁거리를 잡아 쓰러뜨리기 위해 살금살금 사라져
버리고, 브르르는 저녁밥이 소스나 곁들임 따위하고는 인연이 없이
생으로 나오겠구나 하는 우울한 예상을 했다. 몸을 쭉 펴자 단단히
뭉쳐 결리는 어깨가 어느 정도 풀렸으므로 절름거리며 뮬라마가 있
는 곳으로 올라가 그녀를 아래위로 훑어보았다.

뮬라마는 이를 드러내고 으르렁거렸다.

"날 휙 훑어봐서 뭘 어쩔 셈이죠?"

"오늘 하루 온종일을 거의 머리끝까지 화만 내면서 지낸 것 같
아요."

"그래서요?"

"그게요……." 이 순간 그 말이 튀어나왔다. "내가 보기에 당신은
화내는 게 참 잘 어울려요, 진짜로."

뮬라마는 몇 걸음 뒤로 물러섰다. 그녀의 꼬리가 탁 내리꽂혔다.

"당신…… 수레나 끄는 사자가! 노예 노릇이나 하는…… 집짐승
이 돼 가지고! 어떻게 그따위 소리를! 배짱 한 번 대단하네요!"

"배짱 같은 건 없어요." 브르르가 대꾸했다. "하지만 당신 부족을
위하여 기꺼이 노역을 했더니 지쳐 떨어질 지경이라 거짓말이 안
나오네요. 당신이 다른 어느 때보다도 바짝 약이 올라 있을 때에 더
욱 유혹적이라는 사실을 말하면 안 될 이유라도 있나요?"

"당신…… 당신이란 작자 때문에, 당신이 족장의 꿈 해몽을 해 준
탓에 우리가 그놈의 점괘를 따라서 숙영지를 옮기게 됐잖아!"

"아, 관둬요, 좀." 가랑잎이 널린 땅바닥에 털퍼덕 주저앉으며 브르르가 말했다. "당신한테 말을 붙이는 건 나 하나뿐이라고요. 게다가 나는 또 솔직하고."

자기가 한 말에 따끔한 진실이 들어 있었다는 것을 브르르는 알았다. 뮬라마는 움찔해서 얼어붙었다. 그래도 꼬리만은 저 혼자 앞뒤로 이리저리 꿈틀거리기를 멈추지 않았지만……. 브르르는 우위를 점하자 그대로 더 압박해 갔다.

"왜 안 떠나려고 하는 거예요? 당신이 아버지한테 화를 내는 건 그냥 일방적인 통보가 싫어서인가요? 모두들 하는 말이 사실이라면, 그런 권력은 언젠가는 당신 것이 되는 거잖아요."

"난 통치하고 싶지 않아요. 아직도 말귀를 못 알아들었어요?"

"왜 싫은데요? 다들 당신을 우러러볼 거예요. 당신의 일거일동을 중요하게 봐 줄 거고요."

뮬라마는 고함을 질렀다.

"당신은 무슨 돌연변이예요? 고양잇과 동물들은 남한테 인정받길 구하지 않아요!"

브르르는 대답하지 않았다. 뮬라마의 말은 날이 서 있었지만 아직 어느 쪽으로든 브르르가 감 잡을 만한 결론은 퉁겨 주지 않았다. 날 선 말을 들으면 가슴이 쓰리다는 것 말고는 말이다. 그 사실이야 브르르가 벌써부터 익히 아는 바였다.

"나는 이렇게 꽁꽁 지킴을 받는 삶에는 아주 진력이 나요. 언제나 우리를 친친 둘러 감고 있는 이 안전망에, 이…… 우리 자신에 대한 근시안적인 노예 짓거리에 몸서리가 난다고요." 뮬라마는 조금 느리게 말을 이었다. "난 아버지의 횡포 아래 매여 사는 공주 노릇 말고도 다른 포부가 있어요."

"그럼 그냥 떠나 버리지 그래요? 몸도 그렇게 늘씬하면서. 사냥꾼들이야 몇이 쫓아오든 얼마든지 따 버릴 수 있을 텐데요."

"그래서 결국엔 당신처럼 되란 말이죠? 목적도 없이 숲 속을 방랑하고 다니라고요?"

"그보다 더 안 좋게 될 수도 있지요. 당신도 그렇게 생각하지 않나요? 도대체 왜 떠나지 않는 거예요?"

"그랬다간 아버지가 상심하실 테니까요." 뮬라마는 여전히 나지막한 음성으로 그렇게 대답했다. "아버지는 그것 하나를 보고 사세요. 나를 위해서도 아니고 저이들을 위해서도 아니고, 지배자가 되는 것과 장차 그 지위를 물려줄 일에 흠뻑 취해 사신단 말이에요. 아버지란 단 한 가지만을 바라죠, 자기들의 권력이 자기가 죽은 후까지도 살아 있기를요. 아버지가 나에게 주실 선물은 어찌 됐든 그 권력 하나뿐이니까요."

브르르는 뮬라마의 해석에 믿음이 가는지 어떤지 판가름하기 어려웠다. 그래도 어쨌든 뮬라마가 억압감을 느낀다는 데는 믿음이 갔다. 괜히 재미 삼아 불평을 늘어놓고 있는 건 아니었다.

"당신이 원하는 게 정말 뭔데요?" 브르르는 다시 물어보았다. 좀더 탁 터놓고 물어보면서 어쩌면 뮬라마가 뜻밖에 내밀한 모습을 보여 주지 않을까 은근히 바라고 있었다. "나무 요정들 말이 맞나봐요? 근방에 내연의 상대를 숨겨 놓았던 거 아니에요? 그래서 떠난다니까 그렇게 질색을 한 거고요."

"그것들이 그런 소릴 해요?" 뮬라마의 머리가 어찌나 빠르게 획하고 돌아가던지 브르르의 눈에는 뾰족 세운 두 귀가 그려낸 원의 둥근 선밖에는 안 보였다. 그녀가 단걸음에 날아가 요정들을 잡아 죽일까 봐 겁이 났다. 브르르는 몸을 일으키며 서둘러 대답을 했다. "아니요. 내가 농담한 거예요⋯⋯. 사실은 내가 한 생각이었어요. 내 생각이 틀렸기를 바라는 마음이지만요."

"당신은 온갖 일에 다 틀린 생각만 하니까, 꿈에라도 처신을 반듯하게 하면 그⋯⋯." 하지만 뮬라마는 생각한 것을 다 말로 하지 못했다. 그를 향해 부라린 눈빛은 아마도 브르르가 본 것 중에서 가장 차가웠겠지만, 브르르는 미미하게나마 일렁이는 가능성이 본 것 같은 생각이 들었다.

"당신 생각이 틀렸기를 바랐다 이거죠."

뮬라마가 그가 한 말을 따라 읊었다. 그녀는 한 걸음 뒤로 물러섰는데 눈으로는 계속 그를 바라보고 있었다. 마치 그를 처음 보는 듯했다. 브르르는 갈기를 빗을 시간이 있었으면 좋았을걸 하고 생각했다. 하지만 도무지 단정치 못한 모습으로라도 아무튼 고개를 척 쳐들어 그녀를 향해 뽐내는 몸짓을 해 보였다. 그것은 보통 인간들을 모여들게 만드는 동작이었는데, 그래도 괜찮았다. 뮬라마는 움츠리지 않았다. 오히려 한 치쯤 가까이 다가들었다.

"브르르." 뮬라마가 불렀다. "세상에, 브르르. 오늘 내가 너무 이 기적으로 군 것 같네요. 당신이 이 힘든 일을 다 해내고, 그게 다 내 눈길을 끌려고 한 일인데 말이에요. 이제 알 것 같네요. 이제 알았어요."

"난 일하는 게 좋아요." 그는 거짓말을 했다.

"그런데 저이들이 당신을 이용해 먹었지요. 꼭 자기들다워요. 당신도 알죠, 우리 일족이 어떤지. 손님을 하인으로 부려먹잖아요. 당신도 물론 상아호랑이 셋이서 저 수레를 앞에서 끌면 아주 손쉬웠을 거라는 걸 알고 있겠죠. 요정들이 가죽으로 장구를 채워 주면 되었을 텐데. 하지만 그러질 않았어요. 저이들은 그저 당신의 무지막지한 힘을 이용해 먹은 거예요."

근육이 지쳐 늘어지고 등은 배기다 못해 경련이 이는 판이었지만 브르르는 뮬라마가 '무지막지한 힘'이라고 말하는 어조가 듣기 좋았다. 그는 자기가 뮬라마에게 경련이 안 보이는 각도로 서 있는 것이기를 바랐다. 세상을 보는 눈이 있고 보면 그런 것들이 죄다 헛것이라고 할 수야 없지. 브르르는 그렇게 생각했다. 그는 바라는 마음이 있었다. 그가 다시금 말했다.

"도와 드릴 수 있어서 영광이었어요."

"당신 괜찮은가요? 아파 보여요." 뮬라마가 물었다.

"아무렇지도 않아요. 누워서 조금 쉬면 좋을 것 같긴 하군요. 고된 하루였지요."

"우리 산책 나가요." 뮬라마는 말하더니 고개를 돌려 가까이에 있던 보초에게 이를 드러내어 으르렁거렸다. "우린 산책하러 갈 거야. 알아들었어?"

왜 그들이 뒤로 물러나 뮬라마를 말리지도 않고 그냥 지나가게 하는지 브르르로서는 모를 일이었다. 어쩌면 그녀가 아직도 바짝 열받아 있다는 것을 알아차렸기 때문이리라. 어쩌면 브르르가 그녀를 진정시키는 것을 보았기 때문인지도 모른다.

뮬라마가 앞장섰다. 냄새 맡는 감각이 몹시도 날카로운 그녀는 사방에 주렁주렁 늘어진 포도 덩굴 사이를 뚫고 가는 길을 택하여 몇 분 후 물웅덩이 가장자리에 다다랐다. 여기에서 뮬라마는 땅에

엎드렸는데, 하반신을 완전히 털퍼덕 내려놓고 가슴으로 우아한 곡
선을 그리며 고개를 뒤로 젖혀서 건너다보았다. 그녀의 몸 뒤편으로
푸른빛과 연보랏빛과 연자줏빛이 얼비치는 진주 같은 그림자가 드
리워졌다. 뮬라마가 시선을 낮추었다. 두 귀도 낮게 눕혔다. 그녀가
말했다.

"아무도 우리 뒤를 쫓아오지 않아요. 만약 쫓아오고 있었다면 내
가 소리를 들었어요."

브르르는 가깝게 붙어 앉았다. 아주 바짝 붙지는 않았다. 그래도
뮬라마의 털가죽에서 더운 기가 느껴질 만큼은 가까웠다. 희귀한 종
류의 사향 냄새가 풍겼다. 이토록 적나라한 유혹의 향기는 맡아 본
일이 없었다. 불에 그을린 피칸, 살구향, 습기 어린 도발.

"정말 고귀한 혈통이네요, 발정을 마음대로 불러올 수 있어요?"
입에 담을 만한 말은 아니며, 상대가 공주가 아니었더라면 야비한
소리로 들렸을 것인데 브르르는 정말이지 칭찬으로 한 이야기였다.

"내가 능력이 뛰어난 거예요." 뮬라마가 대꾸했다. 그러면서 꼬리
는 휙 하고 다시 한 번 포물선을 그리며 높다랗게 쳐들었다. "그런
데 당신은 나한테 이것저것 퍽이나 갖다 붙이는군요."

둘은 한동안 말을 하지 않았다. 그동안 저녁녘 새들이 서로 큰 소
리로 전할 말을 주고받았고, 수긋이 있기에 질려 버린 황소개구리
는 물속으로 뛰어들었다. 잉잉 소리를 내는 꽃송이가, 그러니까 벌
새 한 마리가 다가와 뮬라마의 귀에 앉으려다가 실수한 것을 깨닫
고 날아가 버렸다.

"당신이 내게 그렇게 다정하게 나올 수는 없어요." 한동안이 지
난 후에 브르르가 말했다. "있을 수 없는 일이에요. 아무도 그랬던

적이 없는데요. 나는 맞지 않아요."

"맞지 않는 건 바로 나예요." 뮬라마가 말했다. "고집 센 행동거지며, 내 성깔이며, 바로 여기 내가 매여 있는 고향을 떠나고 싶어 하는 거며……. 내가 공주로 보이겠죠, 암요. 하지만 나는 여기서 노예 신세예요. 나무 요정들보다 나을 것이 없고 당신보다도 나을 게 없어요. 나는 소속돼 있지가 못해요."

뮬라마는 엉덩이 쪽을 경사지게 세웠고, 꼬리의 움직임이 변했다. 꼬리가 메트로놈의 추처럼 천천히 박자를 세는 가운데 마침내 뮬라마는 하체를 더 높다랗게 밀어 올렸고, 머리를 홱 뒤로 젖혀서 자신의 털가죽으로 그녀의 아름다운 털가죽을 감싸 덮어 간 브르르의 목덜미에 입질을 했다.

말로 생각할 수 있었을 때에 브르르가 생각한 것은, 그게 그때 당시의 일인지 지난 뒤에 생각했던 것인지는 몰라도, 이랬다. '이제 내가 딱 들어맞았어.'

백일몽은 맛있었다. 두 눈이 감겼다. 브르르는 한편으로 둥실둥실 떠 있는 세상의 실오라기들을 감각하고 있었다. 그것들의 올 방향이 새롭게 잡혀 가지런해지며 더 곱다란 모습으로 그에게 다가왔다. 아마 잔광이라 불러도 될 것이다. 브르르에게 이것은 몽롱한 꿈결 속에 빠져 있다가 이제 막 새로운 욕구가 휘저어져 솟아나게 된 형국이었다. 하지만 날카로운 경고의 소리가 느닷없이 훼방을 놓았다. 브르르는 일이 이미 벌어져 다 끝날 때까지도 무엇이 자기를 덮쳐 왔는지 거의 지각하지 못했다.

상아호랑이 파수꾼들에게 현행범으로 적발되어, 강제로 숙영지로 도로 끌려와서, 우이오도어가 고발을 하여……, 굴림 일족의 고귀한 혈통에 먹칠을 한 브르르의 죄상을 밝히고. 이것은 우이오도어의 통치에 훼방을 놓으려고 한 짓인가? 브르르는 오즈의 마법사가 보낸 끄나풀이었던가? 그자가 획책한 대로 이곳에서 활동하여, 굴림 족장의 딸을 유혹하도록 파견되었나?

"유혹한 적 없습니다, 족장님!" 브르르는 혼비백산했다. 눈을 희번득거리며 뮬라마를 쳐다보고 그녀가 증언해 주기를 바랐다.

뮬라마는 자기 아버지에게 찬동하지도 않고, 아버지의 고발에 맞서 항변을 하지도 않았다. 그녀는 입을 떼지 못했다. 화가 나서인가? 후회스러워서? 그러다 브르르는 다른 이들은 일찌감치 보아 안 사실을 알아차렸다. 뮬라마는 아까부터 피를 흘리고 있었다. 지독한 쇠 비린내. 상처는 감추기에는 너무나 컸다. 멈출 줄 모르고 줄줄 흘러나오는 내부 장기의 출혈이었다.

아마도 브르르는 실제로 '딱 들어맞은' 것이 아니었는데, 다만 뮬라마가 그래도 그를 제지하지 않았던 모양이다.

차디찬 결의로써, 그녀 역시 그를 향해 호통을 쳤다.

"가요. 모르겠어요? 정말 모르냐고요! 가요, 이자들이 당신 머리를 판자에 박아 높다랗게 걸어 놓기 전에. 이미 할 만큼 했잖아요."

어쩌면 그래도 우이오도어의 딸이라서였을까, 상아호랑이들은 브르르를 보내 주었다. 비록 우이오도어가 멀어지는 브르르의 등 뒤로 이렇게 선포하기는 했지만.

"너는 야생의 짐승이 아니다, 사자여. 너는 이곳에 속하지 않았다. 우리가, 아니면 우리의 우방이라도 너와 다시 마주치게 되는 날엔 넌 야수들의 공공연한 사냥감이 될 것이다. 점 찍힌 표적이지. 우리 복수의 맹세를 실행에 옮길 때까지 10분을 주겠다."

그래서 브르르는 내뺐다. 하지만 그 후로 내내 자기가 왜 그랬던지 의아스러웠다. 그저 한 목숨을 건지자고 도망쳤던가? 그의 목숨은 주석을 부어 만든 가짜 동전처럼 하찮아 간직할 가치조차 별로 없었다. 아니면 자기 신변의 안위보다 뮬라마의 생명이 그 피와 더불어 흘러 나가는 광경을 보아야만 한다는 괴로움이 더 크게 작용했기에 달아난 것인가?

어느 쪽이었든 간에, 그는 떠나갔다. 처음 있는 일도 아니고 이게 끝도 아니었다. 사태가 못 견딜 만큼 뜨겁게 달아오르기 전에 비열하게도 소동으로부터 발을 빼는 것이다.

다시 야생지로, 다시 숲으로, 다시 방랑 생활로 돌아가다. 더욱이 이번에는 이제 막 경험해 본 피붙이 관계로 인하여 더욱 쓰라린 외로움을 견뎌야 할 것이다. 아니, 사랑이라 할까? 굳이 말하자면 뭐.

자기 자신으로부터도 달아난 유배의 나날은 무엇인가가 찾아오지 않는 한 이어질 터였다. 찾아와 그를 구원해 줄 때까지 이어질 것이다.

훗날 (그게 며칠 뒤, 아니면 몇 주 뒤였던가?) 웬드 팰로스가 쭈그러들어 콘배스킷이 되는 지점 근방에서 과연 그를 찾아온 것은 그 먹음직스러운 좀생이 계집애 도로시였다. 또다시 인간이라는 희귀한 진미를, 이번에는 여자 아이를 만난 것이다. 그 애는 먼치킨랜드 중앙부로부터 뻗어 나온 '노란 벽돌길'을 따라 어이없는 여행을 하고 있었다.

4

조그만 여자 아이와 그 짜증나는 두 동행이 브르르를 보자마자 펄쩍 뛸 만큼 겁을 먹었던 건 빛이 빚어 낸 착오였을 따름이다. 다른 건 없다. 아니면 그가 마지막으로 세수하고 몸단장을 했던 게 너무 오래전이라서 그랬을까? 어찌 되었든 간에, 피치 못할 취조를 예상하고 마음을 단단히 먹으면서 브르르는 자신의 유감스러운 과거를 어디까지 대충 얼버무릴 수 있을지 의문스러웠다. 혹시 식량을 좀 나누어 줄지도 모르는 일이었다.

하지만 도로시는 그다지 맹렬한 호기심에 불타오르지는 않았다. 검열 삭제를 거친 그의 자서전을 액면 그대로 받아들여 주는 듯싶었다. 도로시는 은근히 찔러 보는 질문을 던지지도 않았다. 그저 앞치마 끄트머리를 쓰다듬어 펴면서 바들바들 떨고 있는 조그만 강아지를 달랬다.

"응, 토토야, 네가 아무리 심한 악몽을 꿔도 이렇게 엄청 큰 고양이가 있을 줄이야 상상이나 해봤겠니? 겁이 나서 점심도 못 먹고 그러면 안 돼."

도로시는 어떤 오즈 시민들이 보았다면 대체 온정신인지 의심했을 만한 동작으로 자기 얼굴을 개 얼굴에 바짝 대고 비볐다.

그러나 브르르는, 자기 스스로도 놀라울 일이지만, 도로시에게 조금이나마 공감이 갔다. 이제는 인간을 따뜻하게 바라볼 마음이 들지 않게 된 브르르였지만, 예외를 만들 수 있었던 것은 도로시가 이방인인 게 너무나 뚜렷했기 때문이다. 브르르는 도로시가 자신과 마찬가지로 고아일 거라고 상상했다. 인간들은 일반적으로 저희 어린 것들이 달랑 혼자서 한길을 헤매게 내버려 두지 않기 때문이다. 그리고 어느 종이건 간에 정신이 절반이라도 제대로 박힌 부모라면 허수아비와 양철 나무꾼을 아이의 보호자 겸 무장 보좌관으로 고용하지는 않을 터였다.

"우리랑 함께 가자. 우린 에메랄드 시로 가고 있단다." 소녀가 말했다. 자비로운 말씀이었다.

자기의 일생을 송두리째 바꿔 놓을 사람을 만났다고 해서 꼭 그 사람을 알아보라는 법은 없다. 훌륭한 선생님, 잡화상 계산대 너머로 추근추근 던져 오는 추파, 손에 칼을 든 좀도둑. 천 번의 우연한 만남 중 어느 하나라도 일생일대의 인연이 된다. 아니면 일생일대의 악연이라고 해야 할까? 파란 격자무늬 치마에 가슴받이가 달린 하얀 앞치마를 입은 집 잃은 소녀는 아무리 해도 장밋빛 미래로 브르르를 안내할 사절처럼은 보이지 않았다. 하지만, 기이한 일들도 일어나는 게 세상이었다.

브르르는 그 일행에 합류할 생각을 해보았다. 그것 말고 뭐 할 일이 있기라도 하단 말인가? 브르르는 또다시 굴림 족들 속으로 불쑥 뛰어들게 될 위험을 무릅쓸 수 없었다. 시즈의 졸부들 사이로 뛰어드는 것도 안 된다. 곰들이나 오즈미스트들과 맞닥뜨려도 안 되고, 단도를 지닌 글리쿤들과도, 길리킨 대삼림에서 길을 잃고 헤매는 그 어떤 다정한 소년 병사와도 마주쳐서는 안 된다.

야생의 세계에는 아무래도 브르르가 낄 자리가 없다, 길을 들여야 할 것은 문명 세계였다. 어쩌면 한숨 돌릴 수 있는 행운의 기회일지도 모른다. 사실 그럴 때가 되고도 남았다.

그리고, 그렇다면 사회로 재진입하는 데 브르르의 동반자 노릇을 이 도로시보다 더 잘해 줄 사람이 누구일까? 도로시는 글린다 부인이 발행해 준 안전 통행증을 지니고 있었다. 글린다 부인은 먼치킨랜드의 총독이자 가장 최근까지 재임했던 트롭 가문의 수장 네사로즈의 느닷없는 죽음을 조사하던 중에 이방인 소녀를 만났던 것이다. 브르르가 도로시에게서 이야기를 전부 다 캐내기까지는 여러 주가 걸렸다. 회오리바람 이야기, 하늘에서 추락한 집 이야기, 반짝이는 구두 이야기까지. 그때쯤 되자 브르르는 글린다 부인이 이 여자아이를 위험한 처지로부터 피신시키고 있는 것인 줄을 알 수 있었다. 왜냐하면 총독이 죽은 이상 먼치킨랜드는 이제 아무나 손에 넣을 수 있는 땅이 되어 버렸기 때문이다. 네사로즈의 언니 엘파바가 콜웬 그라운즈로 돌아와서 분리령을 다스리려 하지 않을까?

먼치킨랜드에서 한 발짝이라도 멀리 가는 것이 서쪽의 사악한 마녀에게서 멀어지는 길이다. 브르르는 그 사실을 확실히 알았다. 정확한 사실이든 아니든 간에 브르르의 이름은 과거 엘파바와 결부되었던 적이 있다. 또다시 합쳐지는 것은 절대 사양이다.

그리고 일단 에메랄드 시에 가면…… 글쎄, 그 유명한 은둔자, 오즈의 마법사를 만날 수가 있다! '우우'를 만난다! 글린다 부인이 도로시에게 확실히 장담한 대로 두루 통하는 인맥을 지녔다면 말이지만…….

"꼭 우리랑 같이 갔음 좋겠어, 사자야. 글린다 부인은 정말 친절하시거든."도로시가 말했다.

"마법사님은 틀림없이 글린다 부인의 요청을 존중해서 우릴 만나 주실 거야. 벌써 이렇게 먼 길을 왔는걸? 게다가 그 무시무시한 폭풍을 뚫고 나오기도 했고 말이야. 수천 킬로미터 안에 헛간도 한 채 없는 곳까지 날아와서……. 하늘에 떠 있는 동안 내가 어떡하고 있었던지 너한텐 얘기 안 할래. 정말 끔찍했지 뭐야."

힘들여서 날짜를 뒤로 헤아려 본 결과, 브르르는 도로시를 오즈로 실어 온 거대한 회오리바람이 애초에 우이오도어 하에킴에게 악몽을 선사한, 그리하여 마침내 자신이 굴림 일족에게 추방당하기까지 일련의 사건들을 일어나게 만들었던 바로 그 폭풍임을 알아내었다. 브르르는 잠시 동안 도로시에게 복수를 하는 음험한 환상 속에 빠져들었다. 하지만 도로시가 그 폭풍을 조작하여 생겨나게 한 건 아니었다. 운명의 희생자라는 점에서는 도로시도 브르르나 진배없었다. 그렇기에 브르르는 그 일을 그냥 흘려버렸다.

"같이 가도록 하지."도로시와 일행들을 향해 그가 말했다.

바로 이 지점, 브르르가 역사의 스포트라이트 속으로 발을 내디딘 이 시점에 그의 나이는 아마 스무 살이었을 것이다. 물론 사자이고 보면 그 나이는 중년이지만. 스무 살, 그리고 브르르가 과오를 범하고 추문에 휩싸인 일련의 사건들은 오직 길리킨과 먼치킨랜드에서만의 일이었다. 하지만 오즈의 위대한 수도는 브르르의 한평생 옆어지면 코 닿을 곳에 존재하면서 그 자체로 하나의 국가이자 독립적인 영토가 되기에 충분한 위력을 내뿜으며 맥동하고 있었다. 어쩌면 다른 어느 곳에서, 예컨대 시즈처럼 고루한 주도(州都)에서라면 구설수에 오를 만한 일일지라도 수도에 가면 아무것도 아닌 게 될지도 모른다. 어쩌면 에메랄드 시는 넓기도 넓고 대단히 번화한 도회지라서 브르르가 겪어 온 시련과 수치스러운 과거 따위는 눈에도 띄지 않을 흔해빠진 일이 될는지 모른다.

이제 와 잃을 것은 없다 싶었다. 글린다 부인한테 받았다는 도로시의 승인 도장이 정말 진짜라면 브르르는 외교 면책권을 가지고 여행할 수 있을 터였다. 아무튼 도로시가 두루마리에 쓰여 있는 서류 내용을 보여 주기는 했다. 비록 잔뜩 멋을 낸 소용돌이 장식 서체의 글이라 브르르로서는 제대로 판독하기 어려웠지만 말이다.

'글린다 부인의 입맞춤.' 그 서류는 그렇게 불렸다. 이 증명서를 소지한 자가 에메랄드 시까지 가는 동안 법률이 허용하는 한 최대한의 형벌을 부과하여(브르르는 '최대한의 편의를 보장하여'를 잘못 읽었다.) 안전하게 통행할 수 있도록 할 것이며, 등등.

서류 말미에는 다소 날려 쓴 듯한 화려한 장식체로 미소 짓는 하트 문양이 그려져 있었는데, 브르르의 눈에는 그 어떤 흉악한 아가리에서 뽑혀 나와 자유로워진 것을 기뻐하는 이빨 그림으로 보였다.

그 뒤로 일어난 수많은 일들(도로시의 문제 말이다.)에 대해서야 브르르는 굳이 신경 쓸 마음이 없었다. 전신에 양철 콘돔을 뒤집어쓴 절름발이 인간에다, 착하기야 하지만 생각하는 게 제 출신만큼이나 종잡을 수 없는 허수아비하고 동행하다니 이 무슨 몰락인가. 하긴 누구의 출신인들 분명한 게 있을까만⋯⋯. 그래도 도로시는 브르

르의 호감을 샀다. 어느 날 저녁 브르르는 자기도 모르는 사이에 도
로시가 치마를 입고 머리를 땋은 젬시라고 상상하고 있었다. 우습고
재미있을지는 몰라도 너무나 기괴한 생각이었기에 그는 다른 데로
정신을 돌렸다.

그 에메랄드 시가 이윽고 지평선 위에 떠올라 왔다. 브르르가 한
껏 상상했던 것보다 더한층 화려하고 장대한 광경이었다. 사방 천지
가 에메랄드다. 화장실 휴지까지도 녹색이어서, 브르르는 뭔가 디자
인상 착오가 있었으려니 생각했다. 하지만 '글린다 부인의 입맞춤'
이 전과 마찬가지로 이번에도 마법을 부렸다. 위대하고 두려운 오즈
의 마법사께서 일행을 만나 주기로 했다는 것이다. 따로따로 면담을
하는 것이지만……. 브르르는 마지막 차례였고, 도로시에게 나타났
다는 모습대로 거대한 머리가 나타날 줄로만 알았다. 그런데 포도주
가 생각했던 것보다 더 독했던지 브르르의 눈에 보이는 것은 옥좌
에서 비쳐 나오는 빛뿐이었다.

마음을 굳게 먹으려고 애쓰면서 브르르는 오즈미스트들을 상기
했다. 그리고 생각했다. '거래다!' 브르르는 이 외국의 고위 인사를
궁전으로 모셔 온 대가로 뭔가 정부 한직 하나쯤 얻어내 볼 심산이
었다. 그래서 입을 열었다.

"청할 것이 있습니다, 오 위대하고 강력하시며 모든 것을 아시는
오즈시여."

"용기로군." 마법사가 말했다.

"아니요, 용기 말고요." 사자가 말했다. "제 말씀은요, 그러니까,
용기도 괜찮기야 하지요. 전 그보다는 일자리 쪽으로 생각을 하고
있었는데 말씀입니다."

"내가 너에게 가장 필요한 것을 줄 것이다, 사악한 서쪽 마녀를 쓰러뜨리기만 하면." 마법사의 말이었다.

"마녀를 쓰러뜨려요? 그 여잔 애초에 일어서지를 말았더라면 좋았을 거라고 생각하고 있었는데요." 브르르는 웅얼거렸다. 마법사 쪽이 브르르보다 거래에 더 능한 것 같았다.

나중에 브르르는 새로 생긴 길동무들을 향해 이렇게 말했다.

"내 생각에 이쯤 되면 그냥 들고 내빼는 게 상수야. 우리가 왜 마법사의 뒷설거지를 해 줘야 하는데? 마법사한테는 군대가 있잖아. 에메랄드 시에 온통 우글거리는 게 병사들 아니냐고."

그 군대에 나이가 중년인 복무자들 중에는 어쩌면 젬시와 아는 사이였던 사람들이 있을지 모른다는 생각이 들었지만, 브르르는 그냥 그 생각을 흘려버렸다.

양철 나무꾼 닉 초퍼가 말했다.

"그렇지. 그런데 그 병사들이 언제든지 마법사님의 분부를 듣지 않았다는 이유로 널 잡아 가둘 수도 있단 말이야."

"서쪽으로 가라고 한 게 명령은 아니었잖아. 우리는 자원한 거라고. 안 그래? 그렇잖아?" 브르르가 보챘다.

모두들 그를 쳐다보았다.

"우리 의사에 반해서 떠밀려 가는 건 아닐 테지, 분명히."

"데 팍토('사실을 말하자면'), 그렇다네." 허수아비가 말했다.

"아무튼 저 병사들이 우리를 못살게 굴지 않는 이유는 오직 하나, 우리가 오즈의 치리자로부터 임무를 하달 받았다는 사실 때문이니까. 동물 규제법은 아직 해제되지 않았어, 고양이 아가씨야. 이 아름다운 도시의 길거리에 동물들은 별로 보이지가 않잖아, 응?"

"그것도 그렇고, 나는 집에 가고 싶어." 도로시였다. "난 여기가 신물이 나. 너희들이 싫다는 건 아니야, 친구들아. 절대로 그건 아니야. 하지만 이렇게 굽실굽실 절이나 하고 횡설수설 끝도 모를 얘기들을 지껄이는 데는 진짜 진력이 난다고. 별것 아닌 군사 작전이잖아, 그냥 우리가 헤쳐 가야 할 난관이라고 칠 수 없을까? 무슨 일이 있어도 나는 갈 거야. 부득이한 경우엔 혼자서라도 갈래."

"마녀 한 사람 죽이는 게 그렇게 간단해? 누가 하란다고 바로 하게? 감정도 없는 애로구나. 괴물딱지야." 양철 나무꾼이 말했다.

"그 여자를 죽이겠다고 말하진 않았어. 어쩌면 그 사람이랑 은밀하게 협상을 맺을 수 있을지도 모르잖아. 평화 협정을 알선하는 거야, 뭔가 절충안을 내 보자고. 누가 알아, 잘될지? 어쨌든 간에 우리 집이 그 여자 여동생을 깔아뭉갠 셈인데, 난 아직 그 일로 받은 충격을 소화할 기회가 없었어. 행사며 뭐며 떠들썩했거든. 무슨 말이냐면 내가 이제 여기에 뭔가 마무리를 지어야 한다는 거야."

아무래도 오즈의 마법사가 일행 모두를 손아귀에 쥐고 있었던 모양이다. 결국 판단은 제대로 해 놓고서도 브르르 역시 그 임무에 참여하기로 했다. 어쩌면 도로시의 불가사의한 천진무구함이 일행의 앞길에 행운을 불러올지도 모른다. 그러면 브르르도 한몫 들어 득을 볼 수 있으리라. 더욱이 마법사는 임무가 성공하면 그에 적합한 포상을 내려 주겠노라 브르르에게 분명히 약속했으니까.

자, 그러면 그 출발은 승리를 향한 것이었던가? 아니면 프라이팬에서 불로 뛰어든 출발이었던가? 판돈으로 최고액을 쏟아 부은 내기였다. 무슨 일이 벌어지든 이 여행을 거친 후에 이름을 숨기고 조용히 물러난다는 것은 불가능할 터였다. 아마 브르르는 으르렁 포효를 하여 고 조그만 강아지 토토를 일찌감치 무덤으로 보내 버리고, 아직 그럴 수 있었을 동안에 발을 뺐어야 했을 것이다.

서쪽으로 가는 여행길은 모든 면에서 성가시고 고생스러웠다. 마침내는 마녀의 날개 달린 원숭이들이 모습을 드러내어 가파르기 짝이 없는 노블헤드 파이크 위 '키아모코'라고 불리는 마녀의 성채까지 일행을 들어 날라 주었다. 양철 인간과 허수아비는 뒤에 남겨졌지만, 사자와 도로시와 토토는 안뜰로 인도되어 마녀와 그녀의 몇 안 되는 측근들을 만났다. 다른 원숭이들과 이름이 리르라고 하는 사내아이, 그리고 나이 든 유모였다. 아마 야클이 그 옛날 만났다는 바로 그 유모였을 것이다.

리르는 그 자리에서 제일 보잘것없는 인물로서, 사자의 기억 속에는 영 어수선한 모습의 마녀 제자였다. 어설프고 순박한 아이. 높은 탑의 창에서 떨어진다고 해도 별로 놀라울 것 같지 않은 부산스러운 꼬마였다. 사자는 리르에게는 별로 신경을 쓰지 않았다. 리르의 행방이 어느 날엔가 에메랄드 시의 중차대한 관심사가 될 줄을 누가 알았겠는가?

그리고 소위 마녀라는 그 여자에 대해서도, 브르르가 이제 떠올릴 수 있는 기억이 뭐가 있나? 브르르의 일생은 이 어마어마한 대사건을 향하여 죽 이끌려 왔던 것만 같았다. 사악한 서쪽 마녀를 암살하라는 지령 말이다. 그러고 보면 바로 그녀, 엘파바 트롭에 대한 것은 좀 더 확실히 기억할 거라고 생각한대도 무리가 아니다.

하지만 브르르가 그녀를 본 것은 사실 단 한 번뿐이고, 그러니 엘파바의 모습은 그의 마음속 시야에 기념주화에 새겨진 상(像)처럼 밋밋한 부조로 찍혀 있을 따름이었다. 엘파바가 정말로 마녀였다면,

온갖 마녀다운 치장을 다 제하고라도 퍽 괴상한 마녀였다. 그 성채
의 층계 꼭대기에 선 엘파바의 몸은 이리저리 꺾인 듯한 모습으로,
마치 W자를 옆으로 쓰러뜨려 놓은 것 같았다. 온몸에 각이 져서 절
름발이처럼 일그러지고 분노와 공포로 배배 틀렸다. 하지만 몸이 마
비된 건 아니었다. 마비된 것하고는 거리가 멀었다.

"너!"

엘파바가 브르르를 향해 고함 쳤다. 옛날 시즈의 실험실에서 본
새끼 사자라는 걸 알아봤을까? 알 도리가 없었다. 확실히 하기 위해
물어볼 만한 만용은 브르르에게 없었다.

"너!"

엘파바가 다시 고함질렀고, 이번엔 브르르의 속은 더욱 깊숙이까
지 흠칫 떨려 들었다. 꼭 이렇게 말하는 것 같았던 것이다. '너 이 배
신자, 어떻게 네가, 사자인 네가 나를 향해 덤비는 거지? 네가 태어
나기도 전부터 난 너희들의 안녕을 위해 싸워 왔는데!'

브르르는 대꾸하고 싶었다. '그렇게 무조건 깔보지 마요. 당신의
반대자들이 더러는 날 보고 마녀의 앞잡이 애완동물이라면서 비방
하기도 했는데요.' 충분히 항변할 만했다. 더한 말이라도 했을 것이
다. 그럴 배짱이 있기만 했더라면.

하지만 엘파바의 시선은 도로시에게 돌아갔고, 그러자마자 마치
마법에 걸려 저절로 움직이는 거대한 달걀 젓개처럼 그 층계 전체
를 한달음에 휩쓸고 내려왔다. 이어서 벌어진 일이 그 유명한 '녹아
없어진 마녀' 사건인데, 그건 무대 밖 안 보이는 데서 일어났다. 왜
냐하면 하늘을 나는 원숭이들이 브르르와 마녀의 조수인 리르에게
우르르 달려들어 식료품 저장소에 집어넣고 문을 잠가 버렸기 때문

이다. 브르르가 문돌쩌귀를 부줬을 때쯤에는 이미 돌이킬 수 없었다. 마녀는 사라졌다. 그리고 브르르는 그때 성안에 있었다는 사실로 인하여 영영 오명을 벗지 못하게 되었다.

공범, 아니면 대중의 환호로 만들어진 영웅. 일련의 사건들을 어느 모리배가 전하느냐에 따라 평가는 달라지리라.

어느 쪽이든 간에, 마녀는 세상을 떠났다.

빈쿠스의 야만족들과 두어 차례 사소한 충돌을 거쳐서 사자와 도로시는 소년 리르를 동반하여, 그리고 얼마 안 가 나무꾼 닉과 허수아비와도 다시 만나서 에메랄드 시까지 멀었던 그 길을 되짚어 왔다. 저마다 희망에 부풀어 있었지만 곧 낙심하고 말았다. 공연 무대에서 종종 있는 사고가 벌어져서, 그 깽깽 짖어대는 도로시의 강아지 토토가 장막을 물어 당겼던 것이다. 아둔한 짐승이 그때까지 한 짓 중에 딱 하나 쓸모 있는 일이었다. 마법사는 그저 인간일 따름이며 협잡꾼이라고 할 만한 자임이 밝혀졌다. 이제껏 그가 공포한 살벌한 법령들이며 강권 정치에 도가 텄던 만큼이나 손재주 또한 기막혀서 온갖 똑딱거리는 발명품 기계들을 만들고 무시무시한 형상을 영사해 보여 주었던 것이다. 세상에 이럴 수가.

뒤이은 혼란 속에 에메랄드 시의 '비정규군' 일행에게 쏟아진 것은 허섭스레기들이었다. 싸구려 잡화점에서 살 수 있는 잡동사니 물건들 말이다.

마법사는 서랍 속을 뒤적이면서 어깨 너머로 말했다.

"영예로운 자리를 마련하는 데 대해서는 내가 데리고 있는 연구원들이 시킨 대로 철저하게 준비를 갖추어 놓았지. 이보게, 자네는 겁쟁이 사자로 알려져 있잖나……. 아니, 부끄러워할 것 없어! 자네

이력이 자네보다 먼저 풍문에 들려왔던 거니까! 내 자네가 받아 마땅한 물건을 줌세. 궁정에 나설 때 걸면 딱 좋을 명예의 증표지."

그러면서 녹색과 금색 띠에 달린 양철 훈장을 끄집어냈다. 그 물건은 교회에서 여는 고물 시장에라도 차고 나갈 만한 것이 못 되었다. 가서 고물 기부 상자에 집어넣을 작정이 아니라면 말이다. 띠에는 보기만 해도 섬뜩한 연한 갈색 얼룩이 묻어 있고(그게 정말 무엇인지 알고 싶지도 않았다.) 훈장에는 '용기!(COURAGE!)'라고 적혀 있었다. 어찌나 조야하게 만들어졌는지 글자가 떡처럼 뭉개져서 '분노!(RAGE!)'라고 읽혔다.

"감사합니다, 오즈 폐하." 설마 농담이기를 바라며 브르르가 말했다. 장난을 치는 것이기를, 마지막에는 기분 좋게 끝나기를 바라면서 말이다.

위대한 '우우'가 브르르의 목에 훈장을 둘러 주었다. 젬시의 무용 훈장도 이렇게 울컥 화가 날 만큼 싸구려로 대량 제조된 물건이었던가? 브르르는 훈장을 들어 올려 킁 하고 냄새를 맡아 보았다. 그렇게 젬시를 회상하려고 했다. 그러다 훈장 뒷면에 달려 있던 핀 끝에 앞발의 푹신한 부분을 베었다.

"이걸 받을 수는 없어요……."

브르르가 막 입을 여는데 마법사는 이미 다음 차례로 도로시를 상대하는 참이었고, 오즈를 떠나갈 출국 비자를 얻을 수 있다는 부푼 희망에 반짝반짝 눈을 빛내는 소녀의 모습에 사자는 차마 방해하고 끼어들 배포가 없었다.

그래도, 접견이 끝나고 밖으로 인도되어 나가는 마당에도 브르르는 여전히 어떻게든 구실을 대어서 이 미덥지 못한 명예장 대신에

다시 사회로 복귀할 만한 자리를, 하다못해 마법사의 궁정에라도 한 자리 얻어낼 수 있지 않을까 꿈을 꾸고 있었다. 하지만 그건 착각이었다. 타이밍이 이보다 더 나쁠 수는 없었다. 길었던 마법사의 집권이 마침내 끝을 맞이한 것이다. 오스카 조로아스터 디그스, 위대하고 강력한 '우우'는 왕위에서 물러나 더운 공기를 넣은 풍선을 타고서 에메랄드 시를 떠났다. 듣기로는 그가 40년 전 이곳에 올 때 그렇게 왔다고 했다. 왜, 왜 이제 와서 떠난단 말인가? 숙적인 사악한 마녀를 끝내 해치워 버린 지금에 와서? 아무도 확실히는 몰랐다. 아마도 그 손재주 좋은 괴짜 늙은이가, 궁전의 칼들이 구운 고깃덩어리를 저며 내는 것보다 좀 더 흉흉한 목적 아래 날이 서게 갈아지고 있다는 이야기를 들은 모양이었다.

"겁쟁이 사자야." 브르르를 정신 차리게 하려고 눈앞에서 손가락을 딱 소리 나게 튕기면서 도로시가 말을 걸었다. "내가 가지고 온 행운이 있었다고 하더라도 이젠 거의 끝이 났어. 그래서 가기 전에 너하고 얘기를 좀 해야겠어."

억울하고 분해서 얼이 나가 있던 브르르는 주섬주섬 몸을 일으켰다. 도로시는 브르르가 배정받은 허름한 숙소의 방문을 닫았다. 직접 들어오는 빛은 없었다. 북쪽으로 여섯 층이나 더 높다랗게 정부 건물이 위압해 오고 있으니 당연하다.

"정말이지 이 방 안 꾸민 건 좀 개비해야 되겠네." 도로시는 엉덩이 밑으로 치마를 가지런히 하면서 매끈한 침대보 위에 앉았다.

"그래도 엠 아주머니와 헨리 아저씨한테 닥친 일하고 비교할 만한 건 아무데도 없지. 내가 집을 통째로 가지고 집을 나와 버렸잖니."

"순회공연 중인 거야? 마지막으로 진정제를 베풀어 주며 다독거리게? 치워라, 숨만 차니까."

"그렇게 굴지 마. 막상 내가 떠날 때가 되면 남들 다 보는 앞에서 날 붙잡고 소란 피울 거면서. 그래서 사적으로 얘기할 게 있어서 온 거야."

사실 브르르는 도로시의 송별식에 참가해야겠다는 생각은 안 하고 있었다. 그래도 그냥 고개를 끄덕였다. 얘기해 봐.

"난 너 말고 다른 친구들도 좋아, 알지? 허수아비하고 나무꾼하고. 그런데 그 둘을 좋아하는 건 특이해서거든? 반면에 너를 좋아하는 건 네 속에 동물이 들어 있어서란다."

대부분의 동물들 동아리에서, 누구를 가리켜 동물적인 본능을 운운하는 행위는 지독한 모욕으로 간주되었다. 하지만 브르르는 이 단계에서 도로시에게 결투를 신청하는 건 관두는 편이 좋겠다고 생각했다. 십중팔구 자기가 질 터였다.

"알겠니, 난 농장에서 컸거든. 예전에 기르던 암탉 한 마리가 있었어. 그 닭은 내 주위를 졸졸 따라다니며 부엌에도 들락거리고 안마당에도 나가고 그랬단다. 당연히 말은 할 줄 모르는 닭이었어. 지금 얘기하는 건 캔자스 얘기거든. 만민에게 두루 말할 자유를 크게 떠받들어 주는 곳은 아니지, 거기가."

"무슨 교훈이라도 있는 얘기야?"

"하루는 그 암탉이 길을 건너질렀어. 걔가 무엇 때문에 길을 건넜는지 알아?"

"농담 하는 거야?"

도로시에게 농담 따위는 없었다.

"왜냐하면 내가 길 건너편에 서 있었기 때문이야." 도로시는 말을 맺었다. "나는 한 발로 서서 짧은 노래를 부르고 있었는데, 그게, 어머나, 무슨 노래였는지는 잊어버렸네. 하여튼 그 용감한 꼬마 암탉은 나한테 오려고 위험천만한 길을 건넜던 거야."

"그래서 어떻게 됐어?"

"언젠가 토요일에 헨리 아저씨가 그 닭의 목을 비틀었고, 엠 아주머니가 닭고기 스튜를 만들었어. 난 엉엉 울고 또 울었지만 사실 맛은 있더라."

브르르는 고개를 절레절레 저었다.

"도대체 무슨 소리를 하는 건지 난 모르겠다, 도로시. 너 아무래도 너희 동족들하고 너무 오래 떨어져 있었던가 봐."

"그게 바로 내가 하려는 얘기야!" 도로시가 언성을 높였다. "봤지, 나도 부모님을 잃었다고. 엠 아주머니랑 헨리 아저씨는 친척도 뭣도 아니야. 두 분이 미주리 주 인디펜던스에 있는 고아원에다 편지를 써서, 좌골신경통이 있는 엠 아주머니가 이것저것 집안일을 돌보시는 데 도움을 줄 아이를 하나 데려오고 싶다고 했던 거야. 그래서 날 데려온 거지." 도로시는 두 갈래로 땋은 머리꼬리 한쪽을 입에 물고 잘근거렸다. "아마 지금쯤은 후회하고 있을걸. 안 그럴 수도 있지만. 말하기 힘드네."

"도로시, 나 낮잠 자려던 참이었어."

"미안해. 요점은 이거야. 너하고 난 네가 생각하는 것보다 더 서로 비슷하다는 거. 그리고 비록 엠 아주머니 성깔이 한없이 고약하고 헨리 아저씨는 완고해 터졌더라도, 이제는 그분들이 내 가족이라는 거야. 난 아저씨 아줌마가 그리워, 두 분을 사랑해. 아저씨 아줌마가 저쪽에 계시다면 난 길을 건너갈 거야, 내 암탉이 날 보고 길을 건너왔던 것처럼 말이야. 너도 네 가족을 향해 똑같은 감정을 가져야만 해."

"지적해서 미안한데, 나한텐 가족이 없어, 도로시."

도로시는 브르르의 몸에 팔을 둘렀다. 묘하게 위안이 되었다.

"리르를 보살펴 줘." 도로시가 속삭였다. "알았지? 리르도 가족이 없잖아. 게다가 리르는 좀…… 뭐랄까, 사람이 흐리멍덩해서."

"그 꼬마한테 내가 뭘 어떻게 해 줘야 할 의리는 전혀 없어."

브르르는 자신이 어떻게 젬시와 커빈스를 저버렸던가를 너무나 잘 기억하고 있었다. 그 리르라는 녀석은 덩치 크고 우락부락한 사자를 곁다리로 두었다가 낭패를 보기보다 그냥 혼자 인생을 개척해 나가는 편이 나을 것이다.

"나를 위해서 그래 줄래?" 도로시가 말했다. "그 마녀가 리르의 엄마였다면, 분명히 말할 수 있어. 이젠 리르도 고아가 됐는데 그건 바로 내 탓이야. 나나 너처럼 고아가 됐단 말이야. 리르를 내가 고향으로 데리고 갈 수는 없어. 그렇다고 혼자 내버려두는 것도 차마 못할 일이지. 리르한테는 누군가가 좀 있어 줘야 해, 브르르. 그리고 너한테도 마찬가지고."

브르르는 도로시에게서 몸을 떼었다. 이 의논이 불편했다. 도로시는 무릎 아래 손을 넣고서 심각한 얼굴로 앉아 있었다. 약속을 기다리고 있었다. 도로시의 부드러운 태도와 강철 같은 참을성에는 어쩐지 섬뜩한 느낌이 있었다. 도로시가 세상의 선의에 대한 생각을 뒤집기보다 바람이 바위 벼랑을 바스러뜨려 조약돌 해변으로 만드는 게 먼저일 거다.

브르르가 도로시를 사랑하지 않을 수 없었던 것이 그 점 때문이었다. 브르르는 털투성이 입맞춤을 했다. 도로시가 이 입맞춤을, 리르를 내 가족으로 여기겠다는 약속으로 받아들이리라는 것은 알고 있었다. 하지만 브르르는 그저 도로시를 내보내려는 생각뿐이었다. 브르르는 미성년자를 보살필 만한 위치에 있지 못했다. 브르르 자신이 미성년자나 다름없이 허술한 존재인 다음에야…….

"안녕, 도로시. 여기서 우리가 너를 사랑했던 것만큼 고향에서도 그분들이 마침내 널 사랑해 주기를 바랄게."

"뭐, 그래야지. 내가 아줌마 아저씨한테 그러라고 할 거야." 자리에서 일어서며 도로시가 말했다.

5

　도로시가 떠난 후 몇 주 되지 않아서 글린다가 공식적으로 옥좌를 차지했다. 브르르는 가까스로 접견에 성공했고, 가르랑가르랑 목을 울리며 다소 알랑방귀를 뀐 끝에 작위를 따냈다. 트라움 시장 주변 지대 하급 전권대사이신 브르르 경이라고. 그것은 브르르가 속으로 생각했고 다른 이들이 겉으로 농담거리로 삼았던 대로, 혹독한 한 방이었다. 수여받을 수 있는 가장 하찮은 귀족 작위라 할 수 있었다. 쓰레기통을 뒤져도 그보다 윗길 가는 명예 칭호들을 집어낼 수 있으리라. 하급 전권대사라는 것은 영지가 없는 봉작이고, 급여가 나오지 않는 직위였다. 하염없이 늘어진 공백기를 거쳐 글린다 부인이 재소집하겠노라 약속한 바 있는 대합의회에서 목소리를 내어 투표할 권한도 갖지 못하는 명예직이었다.

　게다가 트라움이라고? 세상 천지에 하필이면 트라움이야? 글린다 부인은 브르르가 공중 앞에 망신을 당했던 바로 그 지역에다 그를 배치했다. 어디 한번 당해 봐라 하는 건가? 아니면 아주 순진하기가 아찔할 지경이라 브르르에게 정복자 영웅으로서 금의환향할 기회를 주고자 했던 것일까? 브르르는 알 수 없었고, 자기 관할구를 방문하여 구태여 어느 쪽인지 알아낼 마음도 들지 않았다. 알아서들 하라지.

브르르는 낮 동안 과음을 했고, 그 불안정한 꼬마 녀석 리르의 행방은 잃고 말았다. 글린다 부인의 뒤를 이어 왕위에 오를 인물로 허수아비가 물망에 올랐다는 사실을 알게 되자(자신은 하급 전권대사 나부랭이로 벌벌 기는데 허수아비는 승승장구 신분이 올라 오즈의 수장이 될 판이니!) 사자는 위산 때문에 장 표면적이 더한층 줄어들었다.

"쾌감상실증입니다. 즐거움을 겁내는 것이죠." 의사의 말이었다.

브르르는 하마터면 그 의사를 한입 깨물어 버릴 뻔했다, 무는 즐거움을 위해서.

만약 그에게 한동아리의 친구들이 있었더라면 수모를 견뎌 낼 수 있었을지 모른다. 속을 털어놓을 사람, 어울려 줄 벗이란 참으로 절실한 존재다.

그러나 도로시는 가 버렸다. 사라졌다. 어쩌면 오즈마 티페타리우스가 사라졌듯이 꼭 그렇게 자취를 감췄다. 허수아비는 치리자로서 처리할 일이 많아서 동료들은 좀처럼 안 만났다. (왕위에 오른 허수아비는 원래 그 허수아비가 아닌 가짜라고 말하는 이들도 있었다. 브르르는 그에 대해 이러쿵저러쿵 얘기할 만큼 그에게 가까이 가 보지도 못했다.) 그리고 나무꾼 닉은 노동자 반란이라는 낭만에 푹 빠져서, 수상쩍은 작자들과 꿍꿍이를 맞추어 오즈의 기계화된 하인 계급인 시계 노동자들을 조직하려는 계획을 싹틔우기에 이르렀다. 변화의 냄새가 난다고, 모두들 그렇게 말했다. 온갖 것이 다 바뀌었다, 여자 속

곳만 빼고. 그건 바뀌지 않았다. 더 좋은 세월이 온 건 아니었다. 그 냥…… 전과 달라졌을 따름이다. 새로운 방식으로 고생스러운 세월 이었다. 어쨌든 참신하기는 하니 다행이라고 생각할 수는 있겠지, 차 마실 시간이 될 때까지는 말이다. 그때가 되면 왕궁이 아닌 한 탁자 위에는 말라빠진 호밀 비스킷과 찐득찐득한 젤리나 겨우 차려 지게 될 것이다. 물론 왕궁에서야 안 그렇겠지만.

브르르가 글 읽는 법을 배우지 못했더라면 견뎌 낼 수 있었을지 모른다. 하지만 매일같이 이 카페 저 카페에 죽치고 앉아서 노상 보는 떨거지들과 벗하여 맛없는 차가 아니면 번트포크 산 싸구려 포도주에 물 탄 것을 홀짝이면서 휙 던져진 신문 뭉치를 집어다가 켜켜이 뜯어보는 것 말고 더 할 일이 뭐가 있었겠는가? "우월하신 허수아비께서 궁정 연회를 여시다." 에메랄드 시에서 전해 온 뉴스. 왕국의 귀족들이 한자리에 모이다. 부(副)설립자 이상의 지위를 가진 귀족들에 한하여 어젯밤 찬란하게 빛나는 오즈마 회랑에서 가장 엄격하게 정선된 참석자들로 정례 야회를 벌였다. 기라성 같은 유명 인사들이 얼굴을 비치다! 사교계 정보원 티지 스플렌드스리프트가 지난밤 근사한 골드헤이번 구역의 확인되지 않은 사유지에서 열린 대단한 난장판 파티 소식을 전한다. 오즈의 사교계 인사들, 사회 계층의 피라미드에서 더 이상 오를 자리가 없을 만큼 높은 곳에 위치한 거물과 명사들이 그곳에서는 부적절한 행동을 일삼았다. 실로 난행이라 할 만했다…….

너무 거칠게 넘기는 바람에 신문이 찢어졌다. 경제란과 사설란에서는, 나무꾼 닉의 인맥이 과연 현재 제안된 시계 노동 인력들의 실적, 즉 신용구매 제도에 왕좌의 관심을 끌 수 있을 만큼이 되는가에 관하여 논쟁이 벌어져 있다. 그리고 그 제도가 오즈에 과연 득이 될 것인가 어떤가에 대해서도……. 시간 맞춰 똑딱거리는 시계 장치에 대하여 보상을 해야 한다는 사회적 책무(그런 게 있기는 하다면 말이지만)…… 총파업이 선포될 경우 노동자들과 그 가족들이 겪게 될 고통……. "나무꾼 닉, 자비로운 심장인가 심장 없는 학살자인가?"

브르르에게는 아무래도 좋았다. 연회건 누구의 응접실이건 또는 도서실 벽지를 황녀 오즈마 스타일로 다시 바를 비용을 마련하고자 열린 위원회 모임이건 간에 어차피 초대받지 못했던 것이다. 그래, 이제는 오즈마의 이름을 부르는 것이 더 이상 금지 사항이 아니었다…….상류층 권력자들의 방종한 삶을 비웃는 뒷얘기꾼들이 점심 식사에 곁들이는 낮술! 브르르는 정말 기꺼이 자신의 옛 친구들을 깔아뭉갤 터였다, 그들이 끼워 주기만 했더라면.

얼마 지나지 않아 몇몇 언론인들이 정체를 숨긴 채 궁정에서 그 사자에게 무려 하급 전권대사씩이나 되는 지위를 주어 포상한 것이 과연 정당한지 의문을 제기하는 기사를 써 냈다. 뭐라고 해도 사자는 부역자가 아니었던가? 그는 마법사의 지시를 받아 일했다. 그렇지 않은가? 그보다 존경할 만한 여타 동물들은 감옥에 갇혔거나 오지로 도망쳤던 그때에 말이다. 안 그런가?

'부역자.' 마법사를 위해 일한 놈. 오즈의 동물들을 그렇게나 압제했던 마법사를 위해서. 도대체 언제는 마녀의 애완동물이라는 오명을 씌우더니만 이제는 그 적의 하수인이었다고 하네? 브르르는 팔방미인 변절자였다. 어떻게 손 쓸 도리가 없었다.

논쟁은 한 걸음 더 나아갔다. 어쩌면 겁쟁이 사자에게 주어진 명예를 모두 환수한다면 고되게 노동하는 동물들이 마침내 정의가 실현되었다는 마음에 오즈 방방곡곡의 마을과 도시로 되돌아와 다시금 노동력에 일익을 담당하게 될 수 있으리라는 데까지 갔다. 브르르는 겁쟁이 사자로 유명하지 않았나? 만약 브르르가 진정 그렇게 용감했더라면 그는 스스로, 자발적으로 자기가 받은 명예를 내놓았을 것이다. 상징적인 행위로서 말이다. 국가에 대하여 사과하는 의미로서.

브르르로 하여금 일개 보통 시민으로서 재활의 길을 걷게 하자. 충성스러운 오즈가 곧 피란 생활을 접고 그만 돌아와 주기를 바라고 있는 동물들의 노동 인력에 합류시키자. 그러니까, 아직 절멸되지 않고 살아남은 동물들 말이다, 그들이 존재한다면. 예비 노동력의 원천으로서 동물들을 도로 불러들여야만 한다. 동요하는 제분업 노동자들에게 만약 그들이 말썽을 일으킨다면 일자리에서 쫓겨날 수도 있다는 사실을 똑똑히 보여 주어라.

그럼 그러라지, 발을 빼겠어, 완전히 빼 버리겠어. 브르르는 그 처사의 부당함에 관해서는 생각을 않으려고 애썼다. 하지만 물론 날이면 날마다 부당하다는 생각을 안 할 수가 없었다. 고약한 운명의 힘 말고 그가 이토록이나 궁지에 몰려야만 할 다른 이유가 있기는 했던가?

도로시 생각이 나는 건 피치 못할 일이었다. 그렇게 생각하지 말아야 할 이유도 없었다. 도로시는 마녀가 그랬던 것만큼이나 성공적으로 오즈에서 증발해 사라졌다. 도로시가 먼 나라에서 날아왔던 것은 다른 이유가 아니라 바로 닥치는 대로 마녀를 녹여 물로 만들려고 온 것이었다고 생각할 수도 있을 것이다. 하지만 그건 피해망상이지, 안 그래? 도로시 그 빌어먹을 년. 말하자면 그렇다는 거다.

그런데 리르에게서 눈길을 떼지 않겠다고 약속했던 건…… 뭐, 리르는 리르대로 사연이 있고 제 갈 길이 있었던 거다. 리르는 에메랄드 시의 군중 속으로 모습을 감추었다. 이제 또 한 명의 부랑아가 탄생할 참이다. 권력자들이 그냥 제쳐 놔 버릴, 깡마르고 빌빌대는 강아지 한 마리지. 그 녀석은 제 할 대로 제 운명을 회피해 보라고 하자. 아무튼 그 녀석은 사자 새끼도 아니잖아. 브르르는 자기 몸 하나 건사하기도 벅찼다.

야생의 세계로 돌아간다. 또다시. 낮은 지위를 받아 승격되었다가 여지없이 강등되었다는 현실이 그래도 좀 덜 뼈아프고 덜 공공연할 만한 그곳, 야생지로. 브르르는 굴림 족과 마주쳐서는 안 되었다. 뮬라마 하에킴이 살았다면 지금쯤은 여족장이 되었을지 모른다. 또한 굴림의 연락망이 자기네가 큰소리쳤던 것만큼 민활하다면 그들은 자기네한테서 도망쳐 간 사자가 하잘것없는 명예 칭호를 받음으로써 체면을 구기고 형편없이 되었다는 사실을 전해 들었을 것이다. 게다가 최악으로 모멸적인 이름 아래 비웃음 당하고 있다는 사실도 들었겠지. '부역자.'

안 된다. 굴림은 피해 다닐 것이다. 누구라도 마주치지 않게 피해야지. 지금 이때까지 그가 살아온 빌어먹을 한세상의 오만가지 엉망진창을 다 피하도록 해야 한다.

6

도로시가 떠난 후에

브르는 혹시 그 마들렌 산지 서쪽 지역에 사는 턱에 장식털이 난 사자들 무리를 다시 찾아가 그들과 함께 살아도 괜찮지 않을까 하는 몽상에도 빠져 보았다. 그가 아는 한 사자가 작위를 받기는 자신이 처음이었다. 그 사자 무리는 에메랄드 시에서 그만큼 멀찍이 살고 있으니 어쩌면 그 저주스러운 '부역자!' 소리까지 전해 듣지는 못했을 수도 있다. 대단하다고 감탄해 줄지도 모른다. 일찍이 브르를 쫓아내다시피 했던 일을 다시 돌이켜 보고는 자신들이 브르의 훌륭한 점을 첫눈에 알아보지 못하고 텃세를 부렸구나 생각하고 있을지도 모른다. 그러지 말라는 법이 있는가?

하지만 이 몇 년 사이에 그 사자들은 뿔뿔이 흩어진 뒤였다. 길리킨의 오지는 아무래도 동물들이 발붙이고 살 만한 땅이 못 되었던 것이다. 야생의 생활방식을 버리지 않았던 동물들에게조차 무리였다. 아직도 그 근방에 어정거리고 있던 몸집 작은 동물들은 옛 이웃을 고해바치기 싫어서 머뭇거리면서도 브르르에게 턱에 장식털 있는 사자들이 동쪽으로 옮겨 갔다고 가르쳐 주었다. 먼치킨랜드로 들어갔다는 것이었다.

"그렇긴 한데, 내가 듣기로는 먼치킨랜드 자유령에서도 동물들은 오즈 충성령에서나 매한가지로 살기가 팍팍했대요. 대기근이 국경 따위를 가리겠어요? 덩치 큰 동물들은 그나마 살 만한 지역을 내주고 못살 곳으로 물러나야 했대요." 주의 주장이 있는 다람쥐가 덧붙인 말이었는데, 윗입술이 갈라진 언청이라서 무슨 말을 하는지 알아듣기 힘들었다.

"그러니까 어디로 말이야?"

"노란 벽돌길 남쪽으로 먹고살기도 힘든 변경 지대들 있잖아요. 네스트 하딩스, 웬드 하딩스, 그리고 일스워터 강둑에 퍼져 있는 먼지톨 같은 유령 마을들로 갔겠죠."

"유령 마을이라."

오즈미스트는 아닐 것이다. 그럴 리 없지. 오즈미스트들은 길리킨 대삼림을 차지하고 앉아 위세를 떨치고 있었다. 아니면 대기근 탓에 구름 늪지대에도 무슨 일이 생겼나? 그래서 유령들도 이주하게 된 것일까?

"내 말은 먼치킨랜드 남동부의 옛날 농장 마을들 얘기예요. 먼치킨랜드가 지나갈 수 없는 사막으로 스며들어 없어지는 그 끝자락에 쪼금씩 깔려 있는 후진 땅 쪼가리들요. 인간들이라도 더 이상 쓸데없어 내버린 몹쓸 땅들 있잖아요. 아니면 동물들이 이주해 들어오기 시작하니까 인간들이 버리고 떠난 것일 수도 있지만."

"그리로 가야겠어."

"나도 같이 갈게요." 다람쥐가 열의를 띠고 말했다.

"호두 까먹으며 살고 싶으면 그런 말 마. 안 될 소리." 이제 길 가다가 벗을 만드는 건 딱 질색이었다.

브르르는 동쪽으로 향했다. 답답하고 한스러운 심정을 달래는 법을 배워 가면서 길을 갔다. 갈무리할 애틋한 추억들은 또 얼마나 많은지! 비몽사몽간에나 꿈을 꾸면서 맺힌 것들을 마음에서 뽑아내 버리고, 잠 못 드는 우울 속에 그것들을 매듭지어 가면서 나아갔다. 브르르는 그 너절한 피어소디 스캘롭 양이 마치 성직에 몸 바치려는 사람 같은 지성스러운 태도로 무슨 병인지도 모를 자기 지병을 돌보곤 하던 것을 기억했다. 브르르도 비슷한 정열을 기울여 모욕의 쓰린 상처를 매만졌다. 계속해서 그 상처들을 신경 씀으로써 아물지 못하게 만들었다.

젬시의 죽음. 곰들의 조롱. 오즈미스트들이 그냥 떠나 버린 일. 트라움에서 벌어진 학살극. 뮬라마와 나눈 애틋했지만 야만스러웠던 성관계, 그리고 그에 잇따른 굴림 족으로부터의 추방.

그리고 이제 모욕들이 쏟아졌다. '겁쟁이.' '마녀 따라지.' 그가 앰플턴 쿼터스에서 도망쳤던 당시 엄청난 반향을 불러일으켰던 인기 뮤지컬 패러디의 그 「꼬마 아가씨」 노래. '하급 전권대사' 나리, 럴라이나여 맙소사. '부역자.'

간덩이가 콩알만 한 사자라도 일단 사자이고 보면 우호적이지 못한 천지를, 이를테면 오소리나 느린 걸음의 암소보다는 한결 쉽게 헤매고 다닐 수 있다. 사자는 기피당하지만 달리 고약한 일은 당하지 않았다. 브르르는 홀몸으로 다녔다. 먼치킨랜드에서는 좀처럼 일을 구할 수 없었다. 농부들이 농장 잡일을 절대 시켜 주려 하지 않았던 것이다.

어느 날 밤 브르르는 옥수수밭 가장자리에서 잠이 들었고 지금보다 행복했던 지난 시절의 꿈을 꾸었다. 그러다 소변을 보려고 일어났는데, 나직이 웅얼대는 자기 자신의 목소리가 귀에 들렸다. 먹을 것을 노리는 놈들을 겁주려고 세워 놓은 길쭉길쭉한 허수아비를 향해 말을 걸고 있었던 것이다. 기묘하게 생긴 허수아비는 브르르의 옛 길동무와는 닮은 데가 하나도 없었다. 남성도 아니고 여성도 아니며 동물도 아니고 인간도 아닌 놈인데 여자들 앞치마를 걸치고 농부가 쓰는 부드러운 펠트 제 예배당 모자를 썼다. 그리고 소 목걸이를 채워서 거기에 썰매 방울 한 줄을 맵시 나게 이어 놓았다. 대가리는 박 같은 것으로 만들어져 있는데 뒤통수 쪽이 물러져서 들쥐가 쏠아 터뜨린 상처로부터 식물성의 두개골 안에 든 씨앗들이 쏟아져 나오고 있었다.

"우리 호박덩이한테서 썩 물러나!" 사자는 호통을 쳤다.

그러나 쥐들이 혼비백산해 이리저리 달아나 버리자 그는 그만 울고 말았다. 이렇게까지 되었구나. 기근으로 헐렁해진 들판에서 말 못 하는 쥐새끼들에게나 군림하고 있지. 게다가 허수아비에게 말을 붙이고. 친구라고 내세울 수 있는 건 기껏해야 이 허수아비인 거지.

브르르는 마들렌 산맥의 남쪽 가장자리 근방에서 국경을 넘어 길리킨으로부터 먼치킨랜드로 들어갔다. 굴림 족을 멀찍이 돌아가고 싶었기 때문에 남서쪽으로 방향을 잡아 노란 벽돌길이 아치 아홉 개짜리 머스스톤 다리로 먼치킨 강을 가로질러 출구를 내어 놓은 지점을 향해 갔다. 강 건너에 이르자 땅의 굴곡이 팍 펴지더니 주름 한 오라기 잡힐 줄 모르는 흙먼지 들판이 되었다. 소출은 형편없지만 입에 풀칠은 해 줄 만한 농토였다. 저 북쪽 콘배스킷 지방에서 보이는 먼치킨랜드의 떵떵거리는 풍요로움은 찾아볼 길이 없었다. 바람에 쓸려 잿빛으로 낡아 풀죽어 있는 지스러기 농장들이 다였다.

브르르가 얻을 수 있었던, 그리고 굴욕감 없이 해낸 일 하나는 농장 마구간에서 수레로 말똥을 실어내는 일이었다. 이 메마른 땅에서 농부들은 거름이 없이는 제대로 된 소출을 거둘 수가 없었다. 그렇기 때문에 마구간은 분뇨를 생산하는 공장인 셈이었다. 동물들이 귀리를 먹고 요구받은 분변을 내놓는 데 대하여 과연 만족하고 있는지 어떤지 브르르는 알 수 없었고 절대 물어보지 않으려고 혀를 꽉 물었다. 줄에 매인 커다란 수말과 얼굴을 맞대게 되었을 때에도 말 못 하는 벙어리 사자이거나 아니면 기본적인 오즈 어를 모르는 것처럼 굴었다. 수말이 그 알량한 수를 꿰뚫어볼 수 있었으리라는 점에 브르르는 한 점 의심도 없었지만, 그렇다 해도 벙어리인 척 가장하는 편이 올바른 일일 것 같았다.

브르르는 일을 마치고, 내장육과 오팔로 품삯을 받았다.

브르르는 인가에서 멀찌감치 떨어져 혼자 잠자면서 예의 불면증이 또다시 불길처럼 일어날 때까지 체재하다가 그때가 되면 다음 농장을 찾아 다시 움직였다. 끊임없이 바뀌는 지평선만이 강박적으로 한스러운 일들을 곱씹는 그에게 그나마 예방책이 되어 주는 것 같았다.

다음번 지평선, 때로는 그저 다음번 농장 집이 이번보다 아무래도 나을 것 같았다. 나을 것도 없었다는 사실이 밝혀질 때까지는 말이다.

이런 식으로 브르르는 천천히 먼치킨랜드 남동 지역을 가로질러

나아가서 마침내 하딩스라고 알려진 궁핍한 오지에 다다랐다. 다람 쥐가 했던 말 딱 그대로였다. 스리 데드 트리스, 러시마진스, 그리고 도무지 걸맞지 않은 이름이 붙여진 센터 바운티('중앙 부요지(Center Bounty)'보다는 차라리 '중앙 구렁텅이(Center Spite)'가 더 어울릴 것 같 았다.)의 거리에는 오만가지 것들이 웅기중기 웅크리고 앉아 최고의 고약한 상황을 만들고 있었다.

이제쯤 되자 브르르도 끝내는 오즈의 동물들에게 벌어진 사태를 이해하기 시작했다. 전문직 종사자들, 입만 산 비평가들, 재잘재잘 지저귀고 꿀꿀 꽥꽥 으르렁 컹컹대는 온갖 직종의 동물들이 다 지하 로 숨어들었다. 개중에는 말 그대로 땅을 파고 들어간 이들도 있고 (두더지, 굴토끼, 오소리같이) 상징적인 의미에서 지하로 은신한 이들도 있었다. 포괄적으로 보아서 그들 중 대다수는 각자 저희 조상들의 생 업으로 돌아가려 시도했을 때, 그들이 도무지 품삯을 잘 쳐 받지 못 했던 그 어떤 단순노동으로부터도 배제된 지 무척 오래된 상태였다.

그들은 생계를 이어 갔다. 변변치 못하나마, 먼치킨랜드 동남방 의 돌투성이 골짜기와 거무스름하니 소금기 있는 시내, 자라는 것 이라고는 금작화와 가시금작화 정도고 간혹 가다 가까스로 몇 마 리 안 되는 양 떼나 먹일 나무 없는 산언덕들에서 말이다. 그 양들 은 녀석들만큼이나 빈약한 양모를 얻으려고 키우는 것이었다. 아니 면 후추젖 망아지를 치기도 한다, 마찬가지로 빈약한 치즈를 얻으려 고…… 지금보다는 희망 있었던 시절에 지어진 돌 마구간, 돌 외양 간, 돌 헛간마다 동물들은 우글우글 서로 부대끼어, 짧은 털이 난 턱 밑 살에 남의 뺨이 부벼지고 종기 난 목덜미를 남의 등허리에 걸칠 정도였다.

브르는 하찮은 악당으로서의 경력을 이어 갔다. 스리 데드 트리스에서 한 달, 브로드 슬로프 타운에서 두 주, 그 다음으로는 가장 긴 기간으로 거의 1년 동안이나 러시마진스에 머물렀다. 일스워터 강물이 가끔씩 수면을 후려치는 햇살 아래 혹독한 아름다움을 빛내는 그곳. 하늘에 회색 줄무늬가 죽죽 가 있는 때가 더 많기는 했지만……. 이 지역은 도무지 많이 따사로워지는 때가 없었다. 봄이 와도 바람이 마치 밀물과 썰물처럼 끊이지 않고 땅을 쓸어 갔다. 바람을 타고 동쪽 사막 지대로부터 날려 온 모래가 창유리에 끝없이 얼룩을 새기곤 했다.

그러나 마침내는 러시마진스에서조차도 더 이상 버틸 수 없는 날이 왔고, 브르는 맞바람을 안고 길을 잡아 더더욱 먼 남쪽으로 향하려 했다. 브르는 혹시 자기 마음에 오즈를 영영 떠나 버리고픈 은밀한 강박관념이 자리 잡고 있는 건가 의심해 보았다. 길이라고는 나 있지 않은 사막으로, 돌아올 이 없다고들 하는 저 사막으로 들어가 버리고 싶은 건가. 자연이 제공해 줄 수 있는 가장 널따란 고양이용 모래 화장실에다 자기 스스로 무덤을 파고, 자기 자신을 한 덩어리 똥처럼 거기 묻어 버리고 싶은 건가? 오즈의 법령이 미치는 국경 밖으로 아예 나가서, 오즈에 얽힌 기억으로부터도 할 수만 있다면 탈출을 해서 말이다.

어느 날 저녁 스톤스파 엔드에서 멀지 않은 일스워터의 남쪽 기슭 비탈에서 브르는 버려진 목사관을 찾아냈다. 원래는 유일교 목사가 사용하도록 지어진 집이었다. 브르는 상인방에 조각되어 있는 상징 표식을 알아볼 수 있었다.

신심 깊은 말을 중얼거리고 발라맞추며 젠체하는 짓이야 정계의 수도에서 실컷 해보았기 때문에 브르는 그냥 지나쳐 가려고 했다. 그런데 열린 창으로 목소리가 날아와 그를 부르며 물이나 한 들통 들고 가라고 권하는 것이었다. 설사 영적인 유혹을 받는 대가를 치러야 한다고 해도, 마실 것을 거절할 수는 없는 노릇이었다.

그를 부른 이는 원숭이였다. 장식 주름을 넣은 우단 누비 윗옷을 입었는데 어찌나 낡았던지 원래 색깔이 무엇이었는지 전혀 알 길이 없었다. 원숭이는 부들부들 떨리는 손가락 마디로 손짓을 해서 그를 불렀다. 그리고 자기 이름을 '미코 씨'라고 대었다. 그는 '렝크스 교수'라는 멧돼지와 보금자리를 공유하고 있었는데, 멧돼지는 골반이 쇠약해져서 바퀴 달린 손수레에 몸이 실린 채 옴짝달싹 못 하는 처지였다. 그를 태운 손수레가 뜰의 문을 드나들려면 원숭이가 정말 간신히 갖은 요령을 다 부려야만 했다.

두 동물 다 몹시도 나이가 들어서, 시즈에서 교편을 잡던 좋았던 옛 시절을 추억하는 것 말고는 할 수 있는 일이 별로 없었다.

"종신 교수였다니까." 미코 씨가 말했다. "그런데 종신 교수에서 해임됐지 뭔가."

"잘린 거지. 사프란 크림 좀 건네주겠소, 여보?" 렝크스 교수가 말했다. 농담인 모양이었다. 사프란 크림이란 이 두 노인네 사이에 통하는 옛일에 관한 뭔가일 것이다.

그들은 선선히 사자를 재워 주었다. 다만 이런 대접이 한시적이라는 점은 확실히 다짐해 두었다. 브르는 케케묵은 과거의 방식을 고수하는 그들을 비웃어 주고 싶은 충동을 억제하느라 애썼다. 식료품 찬장에 가지고 있는 것은 무엇이든 브르에게 3분의 2를 먹으라고 굳이 권하는 그들은 허울 좋고 우월감에 찬 태도였다. 하여튼 브르르는 먹어치웠다.

"자네도 자기 집을 물색하고 있는가 본데, 여기 우리한테는 침실이 딱 두 개뿐이라서 말이야." 미코 씨가 넘겨짚었다. "우리는 어엿한 구시대 상류 인사들이라네. 알겠나. 그래서 가축들 모양으로 한방에 잠자리를 꾸릴 수는 없어."

"안 되고말고. 생각조차 못할 일이지. 가당키나 한가." 렝크스 교수가 말했다.

"지나치게 오붓해. 우리는 그렇게는 못 살지."

"제가 신경이나 쓸 줄 아시나 본데요." 조금 애매하게나마, 브르르는 기분 상한 듯이 말을 할 수 있었다.

"글쎄, 사자가 혼자서……." 둘은 말을 하다 말끝이 흐려졌다. 수상해. 그들이 품고 있는 생각은 이거였다. "……특별한 볼일도 없이 말일세."

"볼일이 없긴요. 당치 않은 말씀입니다."

농조로 한 말대꾸에 그들은 마음을 조렸다.

"게다가 먹을거리 조달하기도 영 녹록치 않거든, 당연한 얘기지만 말일세. 지금 우리한테 예전에 대학에서 가꾸던 것 같은 텃밭이 있기만 하다면야 얘기가 다르겠지. 그때 채소들이야! 미코 씨, 그때 채소들 기억나시오? 달착지근한 여름 둥근파에 토마토, 파란 덩굴콩! 그리고 옥수수가 익어 갈 때면! 참으로 축복받은 계절이지요."

"아닌 게 아니라 아주 잘 기억하고 있다오, 우리 친애하는 교수 양반. 하긴 나는 공식 산책용 정원에 혹하는 편이지만 말이에요. 도형에 따라 가꿔 놓은 화단이랑 꽃망울 터뜨리던 벚꽃들, 미카산드라와 붓꽃으로 가두리를 두르고……."

"시즈는 뜰이 제대로였지. 여기서는, 애석하게도 감자철에 감자 여덟 알을 캐면 행운이라고 할 지경이니. 크레이지홀의 정원들은 참! 정말이지 기억이 생생해요. 레서 켈스에서 옮겨다 심은 흰개미 옻이 제멋대로 자랐던 그해 말입니다! 직원들이 달려들어 전부 뿌리를 뽑는 데 5년이나 걸렸지요. 심지어는 그 와중에 고대 럴라인교 제단 하나를 싹 치워 버릴 수밖에 없었잖아요. 이동하는 뿌리 뭉치가 하필 거기 자리를 잡고 얽혀드는 바람에."

"지금도 그랬으면 큰일 났겠지."

"큰일은 났지요, 지금은 먼지가 쑥쑥 파고 들어오지 않습니까?"

둘은 소리 내어 웃었다. 브르르는 이미 안중에도 없었다. 그들의 옛 추억이 지금 현재보다 강한 것이다. 브르르는 자기 자신 새로운 침입자가 된 느낌이었다.

"저도 시즈에 살아 봤습니다." 그렇게 말을 건네 보았다.

"아무렴, 살아 봤겠지. 시즈에 가는 사람이 한둘인가." 미코 씨가 말했다.

"그리고 시즈를 떠나는 이들도 많아요." 렝크스 교수가 말했다.

둘은 가장 심오한 철학적 원칙을 논하기라도 하는 얼굴로 서로 마주보았다. 그러더니 동시에 웃음을 터뜨렸다.

"망나니들이 싹 사라지니 속이 다 시원하겠지!"

둘이 손발이 착착 맞는 꼴을 보고 있노라니 지긋지긋하면서도 사랑스러운 면이 있었다.

저녁식사를 하면서(독이 오른 감자로 끓인 감자죽에 맹맹한 빵으로 만든 샌드위치였다.) 화제는 자연스럽게 시즈로 돌아갔다. 브르르는 마법사 정권이 발효한 동물 규제법에 관하여 상당히 많은 것들을 추가로 배웠다. 일찌감치, 그러니까 전문직 동물들이 아직은 자기 지위를 버리고 자유롭게 국경을 넘을 수 있었던 시절에 렝크스 교수는 너무 빨리 몸을 빼느라 시즈 신탁은행에 맡겨 둔 상당 규모의 자산을 미처 유동화하지 못하고 도망쳤다. 그 이후 그 돈은 마법사 정권의 재무부 관료들이 빼내 갔을 거라고 교수는 짐작하고 있었지만, 확실히는 알 방법이 없었다.

"편지를 써서 문의할 생각은 하지도 않았네. 내가 있는 장소가 드러나게 된다지만 그거야 상관이 없어, 알아듣겠나. 그저 내가 구식이라 돈 문제로 이러고저러고 하는 게 내키지 않는 거지. 난 그런 쪽으로는 조심스럽다네." 멧돼지는 그렇게 말했다.

"누군들 당신을 겁쟁이라고 부르겠어요, 우리 교수 양반아." 미코 씨의 말은 세월을 한참이나 거슬러 올라가는 둘 사이의 의견 불일치 끝에 이어진 일격이지 싶었다. "고 치즈 샌드위치에다 겨자 좀 발라 드릴까? 역시 그렇지. 여기 내가 발라 드릴 테니까, 자."

그 '겁쟁이!'라는 모욕적인 말, 하필이면 바로 그 말을 꿀꺽 들어넘겨야 했던 렝크스 교수에 대하여 찌르르할 정도로 동정심이 치민 탓이었을까? 아니면 자기 자신이 그 비난의 과녁이 아니라는 데 그저 안도한 심정이었을까? 브르르는 어느새 이런 말을 꺼내고 있었다.

"제가 실은 한때 시즈에서 유명인사였달까, 뭐 그런 노릇을 좀 했지요. 게다가 당연하지만 지금은 공식적으로 귀족 지위를 가진 몸입니다, 글린다 부인의 하사품으로요."

"귀족이라고! 그런데 그걸 이제야 말한단 말이오. 너무나도 겸손하시구려, 브르르 경." 렝크스 교수가 말했다.

"겸손하신 김에 여기 감자죽이나 한 국자 더 퍼 드릴까?"

"요즘 들어 에메랄드 시에는 특정 종류의 노동력이 부족한 상황입니다. 가정 내 노동은 아직 동물들을 다시 받아들일 태세가 아닙니다만, 다른 기회들이 열려 있지요. '우우'는 흘러간 과거사입니다, 선생님들. 두 분이 활개 펴고 다니시던 터전인 시즈를 공장들이 줄줄이 둘러싸게 되었어요. 시즈 북쪽의 딕시하우스에서는 인력 좀 달라고 애걸복걸인 것 같더군요. 동물 규제법이 지금은 아주 느슨해졌고 에메랄드 시는 피란 간 동물들을 향해 온갖 제안들을 던지고 있지요."

"글쎄, 노동자가 되기에 우리는 너무 심하게 늙어 났으니." 미코 씨가 말했다.

"게다가 난 몸도 성치 않아서. 내 전문 분야가 수학이었다는 점은 아예 제쳐 놓더라도 말이오. 특히 희석 공식 전문이었어요."

"뭐라고요, 착각 공식이라고요?" 미코 씨는 이 말과 함께 경건한 몸짓을 해 보였다.

"하하하. 참 무지하게 우습군. 유머감각 하나는 어쩌면 그렇게 정정하신지. 역사에 대한 감각이 도무지 그만 못한 게 정말 유감이외다. 아니면 가르치시던 과목이 역사가 아니라 역할극이셨던가? 난 까맣게 잊어버렸소그려. 하긴 잊는 것도 무리가 아니지."

다른 이유는 제쳐놓고 전문가들끼리 물고 뜯는 코미디를 이만 무마시키기 위해서라도, 브르는 말을 이었다.

"만약에 에메랄드 시의 노동부 관료들이 진정으로 동물 노동력에 구애를 하여 돌아오게 하려는 생각이 있다면, 마법사의 '관례' 아래 떠나야만 했던 동물들의 예금을 멋대로 끌어갔을 시 그 돈을 도로

풀어 줄 만큼은 머리가 돌아갈 겁니다."

"우리가 꼭 '떠나야만 했던' 건 아니지요." 미코 씨가 말했다. "사실이지 나는 역사를 가르쳤다오, 젊으신 브르르 경. 그러니 그 정도는 알아요. 우리는 얼마든지 자유롭게 감옥에 가는 쪽을 선택할 수도 있었소. 그렇잖아요? 그 선택지를 빼앗아 간 적은 결코 없었지. 그러니 우리는 우리 자신의 자유의지로 떠났다고 봐야 하는 거요."

"제 말이 무슨 말인지 아시잖습니까? 은행들이 말하자면 자진 신고제 같은 걸 시작할 수 있을 겁니다. 동물들이 다시금 투자하고 이윤을 보는 것이 허용된다면 산업 발전의 수레바퀴를 굴리는 데 기꺼이 어깨를 빌려줄 개연성도 아마 높아지겠죠. 당국에서 분명 이 안을 고려할 거예요."

"글쎄. 나는 현 정권을 오즈의 마법사보다 요만큼이라도 더 신뢰할 맘이 없네. 오즈의 마법사는 지옥에나 처박혀 썩으라지, 어린애들 잠자리가 편해지게. 내 할 말은 이것뿐일세." 렝크스 교수는 베이컨 쪼가리를 입 안에서 다루느라 혀를 놀리다가는 거칠거칠 털이 난 입 가장자리로 연골을 뱉어 냈다.

"쯧쯧. 내가 방금 저 똥 무더기를 쓸어 내놨건만." 미코 씨가 말하고, 함께 침을 뱉어 장단을 맞추었다.

"아, 허수아비는 속임수를 쓸 만큼 영리한 위인이 못 돼요." 사자가 말했다.

"멍청함은 영리함만큼이나 위험하다오." 원숭이가 반박했다.

"오히려 더하지." 멧돼지가 거들었다.

브르르는 그 두 동물을 바라보았다. 그들의 쇠약함, 그들의 비참함, 자신을 향한 그들의 의젓한 예의들을 하나하나 챙겨 보았다. 이 늙다리 영감태기들이 좋아진 건 아니었다. 절대 그렇게 극적인 이야기는 아니다. 하지만 만약 브르르가 어느 정도 지위가 있는 도시 출신의 동물이었더라면, 어쩌면 그 자신 시즈 대학교에 갔을지도 모른다. 과거 어느 시점엔가 말이다. 브르르는 그 생각에 녹아들었다. 이 둘은 어쩌면 바로 브르르 자신의 지도교수였을 수도 있다. 한순간 브르르는 정말 그런 양, 그리고 자기 자신은 매우 충실한 학생인 양 해보았다. 열성적이라서 나서서 좋은 일을 하는 학생, 교수님들 일을 챙겨 드리는 학생 말이다. 마음에 애틋한 이 늙은이들은 이제 자기 힘으로 감당할 수 있는 일이 많지 않으니까 말이다.

"몇 개인가 때때로 듣던 강의들이 있었죠." 환상에 그린 대로 연기를 하며 브르르가 말했다. 하긴, 대중에게 개방된 강연회에는 더러 참석했다. 그러니 틀린 말은 아니었다. "한때 연습 삼아 소규모로 진품 유리 에칭화 소품들을 거래해 봤습니다. 때로는 수채화도 다루었죠. 오래된 종이에 대해서는 상당히 아는 게 많아졌고, 특정한 염료의 바래는 성질에 대해서도……."

"허, 그랬구먼! 그런데 참 희한하네그려." 미코 씨가 말했다. "설마 자네 콰지몬다 양하고 마주친 적은 없을 테지? 그 여잔 흰원숭이인데 실물 소묘를 가르쳤어. 무척이나 남우세스러운 일이지 뭔가."

"당신이 연관돼 있고 보면, 놀랄 일도 아니지." 렝크스 교수가 은근슬쩍 한마디 했다.

"실물 소묘라는 발상 자체가 추잡하다는 말이잖아요!" 미코 씨가 씩씩댔다.

"아니, 아니오, 만난 적 없습니다." 브르르가 서둘러 끼어들었다. "그 시절에 마주쳤던 이들의 이름은 도무지 기억나는 게 없어요. 어디였더라, 어떤 여자대학 교장을 맡고 있던 여자분 하나 말고는요. 그이 이름이…… 마담…… 마담 모리블이었나요?"

너무나 빽빽해서 흙손으로 밀면 밀릴 것 같은 침묵이 깔렸다.

"그 여자는 마법사와 한통속이었소." 렝크스 교수가 짧게 말했다.

"하여튼 그런 얘기가 돌았지."

"물론 사실이지, 그 여자하고 그 여자가 데리고 있던 작은 시계장치 조수 놈, 그래미틱하고."

"그로메틱이에요."

"미안하지만 분명히 그래미틱이었어요. 그래미틱!"

"머리 거죽에만 빈 데가 있는 줄 알았더니 머릿속은 더 심하게 구멍이 숭숭 나셨구먼." 미코 씨는 동료에게 늙어빠진 이를 드러내 보이고는 몸을 돌려 브르르를 상대했다. "렝크스 교수는 신경 쓰지 마세요. 정신이 나갈락 말락 하니까. 딜라몬드 박사하고 만난 적도 없으시겠구먼? 역사와 과학을 위시해 몇몇 분야에 정통했던 염소인데."

"과학의 역사요, 역사의 과학이로다." 렝크스 박사가 웅얼대었다.

"만나 뵌 적 없습니다. 그런데 마담 모리블을 입에 올린 건 죄송하게 됐습니다. 그 여자분도 개인적으로 만난 일은 없어요. 마담 모리블은 차를 곁들인 자리를 마련해 방문객들을 맞았죠. 사회관계를 조율하고, 뭐 그런 거죠. 대학과 지역 주민들의 긴장 완화를 도모한달까? 한두 번 강연회를 열었습니다. 주제가 뭐였는지는 기억이 안 나네요."

사실은 기억하고 있었다. '동물 규제법과 마법사의 자비심.'

"딜라몬드 박사, 훌륭한 학자지." 렝크스 교수가 말했다.

"그리고 내가 기억하기로는 초창기 엘파바 트롭이 우러러보던 인물이지요." 미코 씨가 덧붙였다.

브르르는 저절로 눈앞에 내밀어진 기회를 포착했다.

"혹시 갓난 새끼 사자가 시즈의 실험실로 운반돼 왔던 일은 기억 못 하시겠죠? 무슨 실험인가를 한다고 그랬던 건데."

렝크스 교수와 미코 씨가 시선을 교환했다.

"기억 못 하는 편이 좋을 일들만 잔뜩 일어났지." 미코 씨가 부드럽게 말했다.

"제 생각에 어쩌면 제가 바로 그 사자 새끼였을지 모릅니다."

무거운 침묵이 내렸고, 옆방에 쌓여 있던 조그만 석탄 더미에서 석탄 몇 조각이 굴러 떨어졌다. 원숭이가 일어나 상을 치웠다. 손에 든 잔들이 떨리고 있었다. 원숭이가 방을 나서자 멧돼지는 몸을 앞으로 기울였다.

"우리는 찬성하지 않았네." 입속의 소리로 그가 말했다. "부탁이니 이 얘기는 다시 꺼내지 말게. 저이가 몹시도 신경에 거슬려한다고. 저 멍청한 늙은이가 말일세."

"저한테는 평생을 좌우한 일이었어요." 브르르가 말했다.

"그리고 우리에게는 이게 우리 삶이지. 삶에서 그나마 우리에게 남은 게 이거야. 우릴 좀 봐주게, 그 편이 자네한테도 득이지. 자넨 충분히 젊잖나. 보게, 자넨 목숨 부지하고 살아 있지. 우리 장한 브르르 경은 아주 복 받을 거야. 그러니 입 좀 닥쳐 주게나."

미코 씨가 자리를 떴기에 브르르가 렝크스 교수의 수레를 밀고 앞쪽 방으로 나갔는데, 그랬더니 수레가 방을 반이나 차지했다. 사자는 멧돼지가 마담 모리블과 다종족 대학 생활의 마지막 황금기에 대한 추억에 빠져든 사이에 불을 쑤석여 활활 타게 했다. 마침내 쥐 파먹은 낡은 등받이 의자(온통 은빛 원숭이 털투성이였다.)에 자리를 잡고 앉은 브르르는 말을 하는 대신에 피란길을 떠난 동물들과 공장에서 일할 근대적 노동력의 필요성에 관하여 생각했다.

여기에 하나의 기회가 있었다. 바로 코앞에 떡하니 놓여 있다. 제대로만 해낸다면 일종의 재활이 될 것이다. 제대로 해낼 만한 패기가 브르르에게 있기만 하다면.

후식을 들면서 브르르는 쓴 뿌리로 담근 셰리주 잔에 곁들여 제안을 내놓았다. 대리인이 되어 일해 주겠다고 했다. 자기가 시즈로 돌아가서 렝크스 교수의 대리인으로서 적법한 권리를 띠고 심부름 왔노라고 나서겠다고. 그래서 예금을 찾아내어 인출하면 그 금액의 15퍼센트를 달라고 했다. 만사 공증을 받아서 확실하게 처리할 것이다.

"자네가 젊은 줄은 알았네만." 미코 씨가 말했다. "뭐, 젊은 축에 들기는 하지. 한데 자네 정말로 오즈 충성령으로 돌아갈 배짱이 있나?"

"저는 귀족입니다." 브르르가 다시 일깨워 주었다. "오즈의 마법사가 손수 내게 훈장을 달아 준 적도 있단 말입니다. 그리고 한동안은, 제위에 올라 있는 저 허수아비와 사적인 친구 사이로 지내기도 했어요."

"우리도 상류 사회 명사들이야, 그런데도 이토록 고귀하게도 누더기가 된 윗옷을 입고 있지 않나." 멧돼지의 말은 짓궂으면서도 부드러웠다.

브르르는 자기 주장을 더 밀어붙였다.

"최소한 허수아비한테 옆에서 같이 얘기를 들어 달라고 할 수는 있을 겁니다. 은행이 절 상대로 까다롭게 나온다면 말이죠."

한결 쓰기 편한 손을 가지고 있는 미코 씨와 달리 렝크스 교수는 부들부들 떨리는 걸 잘 조절할 수가 없었다. 간신히 브르르를 재정 대리인으로 삼는 계약서를 써 냈다.

"시즈의 은행들 약관이 국경 너머 오즈 충성령 쪽에 의거하고 있다고 치면, 이쪽 먼치킨랜드 트롭 가문의 수장은 자금 이동을 허용할까요? 통화 정책에 대해서는 아는 게 많지 않아서요. 그런데 참 지금은 대체 누가 트롭 가문의 수장인 겁니까?"

브르르가 묻고, 미코 씨가 대답했다.

"엘파바와 네사로즈 둘 다 죽어 버렸으니 트롭 가문의 수장 지위는 셸에게 귀속될 수밖에. 즉, 그 집안에 여자 후손이 끊겼으니까 말일세. 왜냐하면 오즈마들의 가계와 마찬가지로 가문의 수장 지위도 모계 편향 상속이거든. 그렇지만 셸은 에메랄드 시 도박장들에서 난봉꾼 짓을 하고 다닌다지. 홍등가에도 밥 먹듯이 드나들고 말이야. 상류 생활과 왈츠를 내던지고 무법지경을 다스리러 오고 싶어 한다는 기색은 전혀 없던걸. 셸의 정치적 동질감이, 혹시 그런 게 어느새 생겨 있긴 하다면 말이지만, 마법사와 같은 것으로 확인된 것 아닌가 의심해 볼 수도 있고 말일세, 아무튼 간에."

"또 대두된 인물은 누가 있나요? 그러니까, 네사로즈가 죽는 바람에 붕 떠 버린 나라를 날름 집어삼키러 나선 이들이 있었겠지요?"

"한줌어치의 이 동네 떨거지들이지. 그렇지만 자네가 잘하면 가져다 줄 돈이 우리 손에 있다면 그 돈은 올드 파스토리아에 사는 파스토르 가문의 수장에게 걸겠네. 그 여자 이름이 멈블리지."

"그 여자 이름은 매플리예요."

"여자 이름 따윈 아무래도 좋아요. 멈블리, 머미, 말 좀 끝까지 하게 해 줄래요, 우리 선생님아? 그 여잔 두문불출하고 있네. 파스토리우스와 먼 친척이 되지, 마법사가 정권을 탈취하기 전 마지막 오즈마 섭정이었던 파스토리우스 말이야. 만에 하나 재병합 시도가 있게 될 시에는 그이가 에메랄드 시에 대항하여 일어설 만한 정통성을 제일 많이 지녔다고 할 수 있지, 과연 일어설는지야 잘 모르겠지만. 네사로즈가 품고 있던 강력한 예외론적 신념을 가지고 있는 것 같지는 않거든."

멧돼지가 한마디 거들었다.

"뭐가 어찌 됐든 통화는 같은 통화를 쓰고 있네. 그러니 우리 은퇴 자금을 돌려달라는 데 대해 금지령을 내릴 도리가 있으려고?"

브르는 둘이 수다를 떨도록 내버려둔 채 솔솔 피어오르는 기대감 속으로 묻혀 들었다. 과연 이게 통할까? 한 번에 양쪽 무리들 모두에게 이바지하는 적법한 직업이라. 만약 그가 노동 위기를 해결하도록 도움을 준다면, 틀림없이 그때야말로 지금껏 인간 사회에서 도무지 손에 닿지 않던 떳떳한 한 자리를 부여받을 수 있지 않을까?

에메랄드 시를 떠난 지 몇 년이 흘렀다. 이제 의기양양하게 돌아갈 수 있다. 북쪽으로 빙 돌아 우선 시즈부터 가야지, 물론. 가서 협상을 시작해야지.

브르는 불 앞에서 잠이 들었고, 감사의 인사를 받는 꿈을 꾸었다.

✦✦✦

아침에, 브르르는 두 홀아비 할아범들에게서 앞으로 얻게 될 돈에 대한 선금을 얻어내는 데 성공했다. 메타나이트 동전 열다섯 닢이 든 돈자루 하나다. 점점 부풀어 오르는 희망을 안고 그는 시즈를 향하여 육로로 왔던 길을 되짚었다. 발붙이고 살 수 있는 먼치킨랜드 맨 끄트머리의 오지로부터 돌아오고, 삶으로 돌아오는 길이었다. 길을 가는 내내 그는 작전을 짰다. 최우선으로, 가진 돈의 3분의 1은 새 의복을 갖추는 데 쓸 것이다. 그러고 나서 어엿한 사람들이 사는 동네를 골라 방을 마련하리라. 앰플턴 쿼터스보다 한층 더 좋은 동네라야 한다, 그 점이 중요하다. 사람들은 분명히 그 점을 알아챌 것이다.

더도 말고 딱 일주일 동안 브르르는 카페며 음악회로 나다닐 터였다. 짐짓 겸손하게 몸을 사리며 이전에 어울리던 이들과는 알은체하지 않을 것이다. 모습을 보여 주는 걸로 충분할 테니까. '브르르가 돌아왔다. 브르르가 시내로 돌아왔다고.' 구미가 당기는 얘깃거리지, 그가 돌아오다니. 인간 사회에 주눅 들지 않는 사자라니. 숨었던 동물들 중에서 처음으로 모습을 드러냈다고 입소문이 짜하게 만들자. '브르르가 첫 번째야, 정말 그렇지? 그가 첫 번째로 돌아올 거라고 누가 생각했겠어?'

떳떳하게 고개를 들고 나다니더라고 평판이 나야 한다.

'갈기가 청동으로 빚은 주름장식 깃 같아. 동물 규제법이 오히려 힘을 길러 주었나 봐!' 이런 말도 들려야 한다.

그렇기는 해도, 마침내 간신히 용기를 그러모아 렝크스 교수가 일러 준 그 은행의 총재를 찾아가 얼굴을 맞댈 참이 되자 빨간 우단으로 지은 긴 외투에 가린 브르의 무릎은 후들거렸다. 바로 그런 증상을 들키지 않기 위해 일부러 길게 지은 옷이었다.

오즈 왕궁 기명 귀족인 브르 경이노라고 이름을 대었다. 어느 등급의 작위를 가졌고 어디 영지의 귀족인지는 밝히지 않았는데, 잘 한 일이었다. 총재는 그런 것을 캐묻는 건 실례 되는 일이라고 생각한 게 분명했다. (동물 귀족이란 적어도 여태까지는 그 자체로 모순되는 말이었고, 브르가 짐작하기에 이 은행의 총재는 아무리 새롭게 세워진 것이라 해도 관습에 무지한 것으로 보이고 싶지 않았던 것 같았다.)

브르의 요청에 퍽이나 충격을 받았던 탓에, 은행 사무소에서는 신청 사항을 거절할 이유를 즉각 생각해 내지 못하고 말았다. 결국 에는 저 정신없는 렝크스 교수가 명절에 엽서 한 장 보내는 일 없이 빈둥대고 있었던 이 오랜 세월 동안 교수의 예금액을 안전하게 보관하느라 뼈 빠지게 고생해 온 대가로서 인출 총액에 대하여 얼마의 수수료를 적용하느냐의 문제가 되어 버렸다.

은행에서 마침내 얼마를 떼겠다고 운을 떼자(30퍼센트였다.) 브르는 충격을 받았다. 브르는 자기가 받기로 한 수수료에 비추어 자기가 얼마나 싼값을 불렀던 것인지 대번에 깨달았다. 하지만 은행이 뗀다는 수수료율에 5퍼센트를 더 얹어 부르는 일, 그래서 그 차액을 챙겨 넣는 일이야 얼마나 쉬운가? 그만 한 일은 해 주었다. 브르의 협상 기술과 브르의 배짱이 아니었더라면 스톤스파 엔드의 동물들은 한 푼도 못 받고 말았을 것이다.

지급 보증서를 받아 가지고, 브르는 먼치킨랜드로 되돌아가는 여행길에 올랐다. 산적이 두려워 큰길을 피했기 때문에 당도할 때까지 다소 시간이 걸렸다. (생떼 같은 현금을 운반하고 있었으니까.) 브르르가 떠나 있는 동안 미코 씨는 모종의 세균에 감염되어 고생한 끝에 치아가 전부 빠져 버렸고, 그래서 자기 방에서 도무지 나오려 들지 않았다.

렝크스 교수는 어땠는가 하면, 넣어 두었던 투자액이 불기는커녕 원래 금액에서 50퍼센트나 사라져 버렸다는 것을 알고 심통이 났다. 그러나 얼마라도 현금을 손에 쥐는 쪽이 아무것도 갖지 못하는 것보다는 나았다. 렝크스 교수는 눈물을 보이며 거칠거칠한 포옹으로 브르르에게 흠뻑 고마움을 표했고, 스리 데드 트리스 쪽 이웃 하나를 소개해 주었다. 절름발이 체브라 늙은이였는데 그 일가 중에도 시즈의 현금 시장에 상당액의 트러스트 펀드를 가진 이가 있었다…….

그렇게 해서 (스스로 창안한 직업인) '개인 금융 협상 전문가'로서 브르르의 경력은 뿌리를 내렸고 무럭무럭 커 갔다. 브르르는 시즈에 새 거처를 마련했다. 용도를 바꾸어 개수한 궁전 건물의 꼭대기 층이었다. 그의 집에는 전용 엘리베이터가 있었고 개인 집사도 고용했다. 집사는 사람이었는데 얼마나 뿌듯한지 몰랐다…….. 그리고 밤이면 자기 응접실에서 브르르는 수어사이드('자살'이라는 뜻) 운하의 검은 물에 비쳐 반짝거리는 양안의 불빛들을 볼 수 있었다. 피아노 위에는 호랑이 털가죽이 걸쳐 있었다.

7

 남들은 드나들지 못할 이런저런 동아리들이라도, 사자라면 들어갈 수가 있다. 일단 전문 금융가로 위상을 정립하고 나자 브르는 있으면 한층 유용할 보증 서류들을 감히 요구하기 시작하여 손에 넣었다. '먼치킨 쥐구멍'이라 불리는 오즈와 먼치킨랜드 접경의 검문소에서 국경을 통과할 수 있도록 허가하는 해당 관청의 신임장들이 그것이다. 이 또한 잘된 일이었다. 암거래 시장의 큰손들처럼 큰길을 피해 뒷길로 쑤시고 다니기보다 한결 안전한 것이다. 하지만 그래도 노상강도에 대한 두려움은 강하게 남아 있었다. 말 두 마리가 끄는 사륜 대절마차의 청동제 바퀴 테가 노란 벽돌길을 구를 때면 사방팔방에 알리려는 듯 우레 같은 소리를 내었던 것이다. 여기 돈이 지나가고 있어요!
 브르의 집사는 운전수 노릇도 하게 되었다. 집사는 곤봉과 권총을 몸에 지녀 그 자신 산적 같은 꼴이었는데, 어쩌면 그게 먹힐 것도 같았다. 그의 코는 쉴 새 없이 이리저리 냄새를 맡았고 온종일

더운물에 탄 독주를 홀짝이고 저녁에도 홀짝였는데, 나머지 모든 일이 제대로 단속이 되고 있는 한 브르르는 보고도 못 본 체해 주었다. 그자 이름은 플라이스와터('파리채'라는 뜻)라고 했다.

브르르가 에메랄드 시의 옛 짝패 허수아비에게 접근해야 할 필요성은 대두되지 않았다. 이것 역시도 다행이었다. 왜냐하면 허수아비는 하야를 했는지 당했는지 했기 때문이다. 사실이지, 플라이스와터는 뒷세계에서 도는 얘기들을 대표하여 허수아비는 실종된 것이라고 우겼다. 에메랄드 시의 권력은 현재 도저히 그럴 법하지 않은 인물, 그 유명하고 강력한 누나들 네사로즈 및 엘파바와 절연했다고 공식적으로 떠벌린 바 있는 셸 트롭의 손에 굴러 떨어진 상태였다. 그리하여 셸 트롭은 자기 스스로 제위에 올라 버젓한 체하고 있었다.

어떤 권위에 의거해서일까? 그는 개심한 사람이었다. 이름 없는 신이 그를 선택하여 오즈를 이끌라고 했다. 이름 없는 신은 셸을 이 위대한 국민의 하인이자 집사로 삼고, 그런 인재를 가질 자격이 있는 이 국가에, 이 온갖 미덕의 집합체에, 고통의 사막으로 에워싸인 이 복되고 짙푸른 초원에 봉사하도록……. 하여튼, 미사여구는 오즈가 처한 일시적인 도덕 정지 상태만큼이나 한가득 늘어졌다.

브르르는 이런 문제를 거의 의식도 하지 않았다. 오즈 황제의 궁전에 꼭 등성해야만 할 경우를 당하지 않아 기쁠 따름이었다. 대신에 복식부기 상의 대차액에나 열중했다.

은행들은 예금액이 줄어드는 광경을 떨떠름하게 바라보았으나, 세상물정을 잘 아는 축들은 임박한 군사적 공격에 소요될 비용에 관해 노상 투덜거렸다. 집권자가 군비를 충당하려는 목적에서 그 언제 예금액을 압수하게 되는지 누가 알겠는가? 동물이 인출하는 돈마다 빠짐없이 30퍼센트씩 수수료를 떼고, 회계 상의 마법을 부려자기들이 본 이득을 마치 오즈마가 자취를 감춘 만큼이나 감쪽같이 안 보이게 감출 수만 있다면 은행들은 얼마간 선수를 친 셈이 될 것이다.

윤리를 내세우는 내부 움직임 따위는 얼마든지 쉽게 억눌렀다. 일부 골수 애국파들은 애초에 시즈 은행들이 동물의 돈을 신탁한다는 것 자체를 용납 못했다. 더럽게시리!

그리하여 은행들은 짧은 기간에 흥성해 갔고, 번 것을 은닉했다. 동물들은 오랜 기간 쫄쫄 굶다가 그래도 얼마간의 목돈을 만져 보게되었다. 그리고 브르르는 엄청나게 살림이 폈다. 브르르 명의의 은행 계좌에는 돈이 쌓이기를 마치…… 그래, 마치 마법처럼 쌓여 갔다. 브르르는 앰플턴 쿼터스 관련 묵은 빚을 청산하였고, 히리 푸르켈스태얼의 금박 입힌 조각 그림 중에서 너무 난하지 않은 것들에 약삭빠른 투자를 했다. 팔려고 산 것이 아니라 자기가 좋아서 산 것이다.

사자가 피어소디 스캘롭과 딱 맞닥뜨린 것은 어느 날 오후, 티크노어 광장 이편에서 열린 예술 조각 작품 교환전에서였다. 스캘롭 양은 그다지 우아하게 나이 든 편이 못 되었다. 얼굴은 자줏빛으로 뻘게지는데 하얀 주름 장식에 분홍색 치맛단 장식까지 전혀 어울리지 않는 소녀풍 드레스를 차려입었다. 발목이 코끼리 다리처럼 퉁퉁 붓는 증세 탓에 구두끈은 매지도 못했다. 만성의 지병 탓에 한쪽 어깨가 다른 쪽보다 처진 꼬락서니로, 스캘롭 양은 브르르를 보고 깜짝 놀라 자리에서 벌떡 일어섰다. 그러고는 수박 터뜨리기라도 하는 사람처럼 양손을 공중에 부산스럽게 휘저어 대면서 톱밥이 어질러진 바닥을 가로질러 쿵쿵거리고 다가왔다. 브르르는 그녀를 멈춰 세웠다.

브르르는 어엿하게 잘살았다. 몸무게가 불어서 중년 신사에 어울리는 당당한 풍채가 되어 갔다. 먹는 것을 잘 먹어서다. 그거야 척 보면 알았다.

브르르는 '관록'이라고 불렀으나, 기름기 있는 고깃국을 흠뻑 마셔서 뱃살이 붙은 것이다. 브르르는 고기 국물 속에서 헤엄이라도 칠 판이었다.

그릇이 뒤집혀서 그를 바닥에 쏟아 버릴 때까지지만.

이번에 그 일은 너무나도 천천히, 아주 점잖게 진행되었기에 브르르는 닥칠 일을 미처 예상조차 하지 못했다. 클럽에서 길리킨 지역의 제조업 단지를 떠받칠 동물 노동력의 필요성에 대한 대화를 듣고도 별로 신경 쓰지 않았다. 그쪽 분야에 아직까지 특기할 만한 진전이 없노라고 해당 업계의 장들이 걱정스러워하고 있었다. 그러나 이제 귀족 칭호를 내놓고 쓰고 있던 '브르르 경'은 자기와는 무관한 내용이라고만 생각했다. 우선 첫째로 브르르는 노동자가 아니었다. 그거야 명명백백한 일이다. 그리고 둘째로, 애초에 그가 시즈 은행들에 제안을 했을 때 예금 관리 정책을 완화한다면 일자리를 찾아 나서는 동물 노동자들이 늘어나게 될 것이라고 말했건만 은행가들은 못 들을 소리를 들었다는 식으로 굴었던 것이다. 은행들은 지금껏 인출 건당 엄청난 수수료를 뜯어 챙기고 있었다.

"도대체 뭐가 불만이란 거야?" 브르르는 집사를 상대로 투덜거렸다. 대답을 기대하고 한 말은 아니었다. 플라이스와터는 아무 대답하지 않았다.

또 무슨 찧고 까부는 소리가 울려 퍼졌든 간에, 오즈 충성령이 동물 규제법으로 회귀하는 일은 생기지 않았다. 사실상 허옇게 닳아빠진 그 낡은 억제책은 대중적 상징주의에 흠뻑 젖은 의례들 속으로 은퇴한 터였다. '여러분의 고향 오즈로 돌아오세요.' 행정부가 실은 전면광고는 그랬다.

"흥, '고향 오즈로 돌아오세요.'라. 그것 아주 볼 만하겠군." 플라이스와터를 상대로, 브르가 말했다.

"무엇이 볼 만하겠다는 말씀이십니까, 나리?"

브르는 설명해 주었다. 먼치킨랜드나 빙커스의 오지로 이주해 간 동물들은 은신을 풀고 세상에 나서는 데 대하여 여전히 조심성이 있었다. 먼치킨랜드 자유령이라고 차별이 한결 덜했다고는 할 수 없지만, 마법사의 동물 규제법이 그나마 약하게 작렬했기에 이럭저럭 많은 동물들이 상대적으로 평온한 삶을 누렸다.

"개중에는 이제 망명한 지 꼬박 한 세대가 찼으니 하딩스나 팰로스의 외곽 농촌 지역으로 멀리 나가서 박해를 받지 않고 사는 자들도 있단 말이지. 그이들은 자기 것은 자기가 단단히 챙겨. 안전한 피난처를 찾았으니까 꽉 붙들고 늘어질걸. 그게 영리한 것이기도 하지, 그렇지 않겠나?"

"저는 잘 모르지요, 나리."

브르는 다시 생각해 보았다. 그가 했듯이 시즈나 에메랄드 시에 다시 발을 붙이려고 시도한 동물은 거의 없었다. 저 바깥에서라면, 플리안이나 익스 같은 데라면 문제가 다르다. 하지만 오즈를 에워싸고 있는 모래는, 목숨을 보존하여 그 모래밭을 건너질러 외국으로 나갈 수 있었던 이들을 웬만하면 그곳에 머무르게끔 했다.

충성령이든 아니든 오즈는 그대로 남아 있었다. 그 너르고 활기에 차고 멀리 떨어진, 국제 연합 같은 것하고는 아예 동떨어져 있는 상태 그대로 말이다. 발명가나 광인들이 몇 세대에 걸쳐 그런 것을 공상해 오긴 했으나, 썰매 끄는 달음질꾼들의 힘에 의지해 사막의 모래 위를 건널 수 있는 선박은 아직 건조된 바 없었다.

"먼치킨랜드 접경에 군부대가 결집하고 있다지, 소문에." 한번은 브르르가 플라이스와터를 상대로 이런 말을 웅얼거린 적이 있었다. 집사는 수염을 다듬어 주는 중이었다. "먼치킨랜드의 생명줄에 타격을 가하고 싶어 오래도록 안달을 하고 있더니만 드디어?"

"무슨 생명줄 말씀이십니까, 나리?"

"레스트워터라는 호수 말이야. 아주 크지. 자넨 신문 안 보나?"

"저는 제 일에 집중하는 편이라서요, 나리."

브르르는 경제면으로 넘어갔다. 오즈의 인간 황제인 셸이, 벌어질지도 모르는 침략 사태에 대비하여 군세를 보강하는 데 파산에 이를 정도로 보물창고를 다 털어 넣은 모양이었다.

"그 정도면 됐네, 플라이스와터."

브르르는 은행에 가 보기로 했다. 브르르는 황제가 임명한 장관이 다만 몇 푼이라도 세금을 붙일 수 있는 은행 이익이 있지 않을까 하는 기대를 품고 은행들에 회계감사를 지시하곤 했던 사실을 알고 있었다.

은행 관리인은 바빠서 만나 줄 수가 없었다. 브르르는 집에 와서 그 사안이 신문 지면에 펼쳐져 나가는 것을 예의 주시하고, 클럽들에서 오고가는 뒷소문들에 귀를 기울였다.

어랍쇼, 이것 보게! 회계 감사원들이 목청을 높였다. 이게 뭔가? 시즈의 예치금이 저희들끼리 따로 나라를 세워 내빼려는 먼치킨랜드 측으로 흘러나가고 있지 않나?

필경 감히 반기를 들려는 저 먼치킨랜드의 군대 양성 자금으로 흐르는 돈이겠지?

더구나 사회적으로 불안한 이때에? 노동력은 부족하고, 기근의 그림자가 아직 걷히지 않았고, 뚝 떨어진 총수입 탓에 세수의 기반이 침식되고 있는 판인데?

언어도단이오! 장관이 목청을 높였다. 은행가들은 어깨를 추썩였다, 그러자 '언어도단!'이라는 말은 그들의 어깨에서 굴러 떨어졌다. 그것은 심판처럼 브르르의 어깨 위에 턱 얹혔다.

그게 아니라면 혹시 플라이스와터가 브르르를 밀고했는지도 모른다. 어찌 되었든 간에 어느 날 아침 지구대 경찰관이 모습을 나타내었고, 집사는 내뺐기 때문에 브르르가 몸소 문을 열어 주러 나갔다. 애석하게도 그가 입고 있던 것은 매우 사랑스러운 가운이었다. 베이지색 바탕에 더 진한 베이지색 줄무늬가 직조되어 들어간 감에다 분홍색 파이핑을 둘러서 그야말로 안아 주고 싶은, '간밤에 굉장했지' 같은 느낌의…… 게다가 그의 갈기는 사방으로 뻗쳐 있었다. 경찰관의 어깨 뒤로 플래시 한 방에 즉석에서 일면 사진을 뽑아낼 신저널리즘의 신봉자들이 벌 떼처럼 우글우글 사자를 덮치려고 대기 중이었다.

"이적 및 교사 행위." 경찰관은 마치 남성복에 있어서는 안 될 범죄라고 주장하는 듯이 그 말을 던졌다.

"그 옷 람피니 모조품인가?"

"진짜 람피니요." 브르르는 말하면서 가운이 흘러내려 바닥에 떨어지게 했다. 동물이 벌거벗은 모습은 항시 인간들을 불편하게 만들었다. 이렇게 즉석에서 바로 들이댄 혐의에 대하여 브르르가 할 수 있는 최선의 저항이었다. "옷 좀 입고 가도 되겠지요?"

"우리는 신사들이오. 하지만 잽싸게 입으시오."

"사슬에 철커덕." 석간에 실린 사진 설명은 그랬다. 그리고 그에 이어 "브르르 경이 줄무늬를 그렇게 좋아하신다는데 우리 아가씨께 줄무늬 죄수복을 권해 드리자."라고 했다.

골자는 브르르를 감옥에 처넣었듯이 몇 명 더 잡아넣자는 것이었다. 그러면 우리가 꼭 집어 브르르를 비난했다는 점도 그냥 멀쩡하게 넘어갈 수 있을 테니까.

"저는 배달책일 따름이에요. 여러분이 문제 삼을 건 은행가들이지, 제가 아닙니다."

브르르는 법정 서기에게 그렇게 단언했다. 여성 서기는 한 눈썹을 치올렸다. 브르르는 그게 무슨 뜻인지 알아차렸다. 은행가들은 언제 어느 때든 순결하다. 은행가들은 사제들보다도 순결하다. 돈이 가진 모종의 특성이 그들을 미덕 속에 격리시켜 놓는다.

"우선 사기죄로 기소하도록 하지. 네놈은 악당이야." 시즈에서 만난 첫 번째 치안판사는 그렇게 말했다. 맨 먼저 나서서 기소장의 법정 정의를 기워 맞추는 일을 하는 사람이라 '초인종 판사'라고 알려진 인물이었다.

"당신은 허풍으로 기소해야겠군요. 난 희생양입니다." 사자가 되쏘았다.

사기죄 기소는 등록이 되었다. 피해자들에게 자행된 사기가 아니라(누가 피해자들 따위에 신경을 쓰겠는가?) 모종의 이유로 도리어 은행들을 상대로 사기를 쳤다는 것이다. 반역에 종사하느라 사기를 쳤다고. (브르를 고발한 자가 도박장에서 어울리던 패거리 중 하나였을까?) 고발장 문구가 어찌나 배배 꼬였는지 브르는 들어도 이해가 안 됐다. 아무튼 아주 된통 걸려든 건 확실했다.

동물들의 해약 계좌로부터 불법적으로 갈취한 것으로 여겨지는 금액이 얼마가 되었든 모조리 반환하겠다는 브르의 제안은 '부답(不答)' 처리되었다. 법정은 흥정을 할 분위기가 아니었다. 브르는 우리 속에 갇혀 몇 주를 보냈다. 숙소로는 렝크스 교수와 미코 씨가 거기 살며 노망이 나도록 늙어 간 그 낡은 관료 별장보다도 못하지 않았다.

어느 날 밤 그는 꾸러미처럼 꾸려져서 한밤중에 시즈에서 수도로 달리는 특수 죄수 호송 열차에 실렸다. 황제의 궁전에서 일이 마일 밖에 떨어지지 않은 곳에, 브르가 알다시피, '남쪽 계단'이 도사리고 있다. 거석(巨石) 무덤 터를 파 들어가 만든 지하 감옥이다. 브르는 그 장소를 오즈의 엄청나게 커다란 아가리라고 상상했다. 돌로 된 입 구멍이 이를 득득 갈면서 브르의 몸뚱이가 던져지길 기다린다.

하지만 그에 앞서 몇 단계 견뎌야 할 과정들이 있었다. 에메랄드 시에서 항소를 신청한다는 우스개에다, 제일 고약한 치안판사가 자신의 사회적 의무들을 다 해치우고 시간이 나게 될 때까지 심리를 받지 못하고 기다려야 한다는 징벌까지. 늘 있는 사소하고 더러운 툭탁거림이다.

불리한 판결의 타격으로 인해 브르의 자산은 비용 책정을 기다리며 동결되어 있었다. (그를 남쪽 계단에 투옥하는 비용을 누군가 치르기는 해야 하는데, 나라에서 내는 것보다야 피고에게 내게 하는 것이 나았다.) 브르르는 사자 떼에 던져진 어린양이 아니었다, 브르르 자신 잘 알았다. 그는 치명적으로 독한 주제에 대세를 점하고 있는 이름 없는 신의 어린양들 사이에 내던져진 사자였다.

그러다가 마침내 한 가닥 행운이 찾아왔다, 그것을 행운이라고 부를 수 있다면 말이지만. 법정 조언자로 역할을 하던 누군가가 심리실의 브르르를 알아본 것이다. 바로 텐메도스의 마그레이브, 길리킨인 귀족으로서 이름이 애버릭이라고 하는 사람이었다. 애버릭은 다른 건 관두고라도 자기 자신의 즐거움을 위해 첩보 공작 부서에 속하여 일하고 있었다. 궁전 측을 수호하려 일하는 작전 팀의 일익이다. 브르르의 최종 변론이 이유 불충분으로 기각되기에 앞서, 그리하여 브르르가 감옥으로 끌려가기에 앞서 애버릭은 중대 범죄자 브르르와 판결을 내릴 판사 사이에 회동을 주선했다. 꾸짖고 윽박지르는 데 도사인 여판사의 이름은 엘더스도터였다. 법정의 재량으로 애버릭도 참석이 허락되었다.

"내가 알기로 자네는 귀족이라지." 엘더스도터 판사가 말했다. 반짝이는 턱주가리에 보기 흉한 터럭이 얼마나 많이 났는지 그걸로 냅킨을 짜서 써도 될 것 같았다.

"트라움 하급 전권대사 브르르 경입니다." 그가 대답했다.

"그와 같은 명예를 입은 최초의 동물이지요." 애버릭 경이 한마디 거들었다.

"그럴수록 더더욱 본보기를 보여야 할 것 아닌가." 엘더스도터 판사가 되쏘았다. "자기 자신 창피한 줄을 알아야 해, 브르르."

'경'자를 떼어 버린 판사의 말투는 말 그대로 비아냥이었다. 브르르는 치미는 성질을 다스렸다.

"저는 이 상황이 몹시도 창피스럽군요." 브르르가 냉랭히 말했다.

"암, 창피할 만하지."

판사의 눈길은 서류 쪽으로 흘러갔다. 브르르는 만약 자기가 계속 판사의 말에 응답을 한다면 그녀가 방금처럼 그 말을 받아서 고스란히 도로 대꾸할 모양이라고 생각했다. 정말 마음 깊이 창피하게 생각합니다, 판사님. 당연히 그래야지, 브르르. 당연히 그렇습니다, 판사님. 당연히 그럴 거라 생각하네, 브르르. 그렇게 계속 계속 계속.

그러다 판사가 눈길을 들었다.

"서쪽의 그 사건 때 '겁쟁이 사자'가 아닌가? 얌전한 도로시와 함께 당시 그 사소한 분란에 관련됐더랬지? 꽤나 돌아다녔구먼."

"그 사자 맞습니다, 판사님. 편지 쓸 때 그 별명을 넣어 서명하지는 않지만요."

애버릭 경이 콧소리를 냈다. 엘더스도터 판사조차도 떠오른 웃음을 억지로 비틀어 의견 개진으로 얼버무렸다.

"그러면 자네는 서쪽의 사악한 마녀나 마녀의 시종 아이하고 상종한 바가 있는 게지."

"그걸 상종했다고 말하면 윤색이 너무 심한 거죠. 제가 도로시와 동행하여 서쪽으로 가서 한 일은 궁금해하며 하룻저녁을 보낸 게 다였습니다. 그것도 주로 주방의 창고에 갇힌 채로요."

"리르라고 불리던 그 소년을 알고 있겠지. 마녀의 아들이라고도 하던데."

"아직 살아 있다면 이제는 소년이라고 할 수 없는 나이일 겁니다.

몇 주 동안 봐서 알기는 압니다. 그런데 그때 보고 끝이었죠."

"그 소년이 정말 마녀의 아들인지 아닌지 자넨 의견이 있나? 혹시 마법 주문에 대하여 특별한 재능을 지녔을 조짐이 보인 적 있던가?"

"제가 그를 알았던 당시엔 뭔가 해보려는 의지라고는 거의 찾아볼 수 없었고, 뭐가 되었든 유망해 보이는 분야도 전혀 없었습니다."

"그래도." 판사는 아리송한 투로 그렇게 말했다. "그래도 말일세. 그럴수록 더더욱."

"여기 우리 앞에 한 가지 기회가 열릴 수 있습니다." 마그레이브가 말했다.

"무슨 이야기를 하려는 건지 알 것 같구먼, 애버릭 경. 제안하려는 바를 본 법정에 개진해 주겠나? 기록에서 이 부분은 제외할 참이니, 소설리 양, 이르지만 차 한 잔 마시고 와요."

소설리 양이 꼬리를 감췄다. 엘더스도터 양은 치안판사의 가발을 벗어 납작하게 눌려 버린 강철 빛 머리를 드러냈다. 빈약한 숱에 후줄근한 모양새였다. 애버릭 경이 말하는 동안 판사는 소설리 양의 연필을 써서 머리를 띄우고 있었다.

브르르는 자신의 운명을 타인의 손에 맡긴 채 창밖을 바라보았다. 듣기는 했지만 처음에는 그다지 귀를 쫑긋 세우고 듣지도 않았다. 애버릭 경이 제안하는 것이 무엇이든 거기에 희망을 품게 될 것이 두려웠다. 엘더스도터 판사가 몇 가지 질문을 하고 몇 번 끼적끼적 무엇을 적기도 했다. 한 번은 궁전으로 비둘기를 날려서 누군가에게 정보를 요청하기도 했는데, 비둘기는 20분 후에 돌아왔다. 달아 보낸 편지의 뒷면에 흘려 쓴 답신이 있었다.

그렇게 하여 브르르의 처벌을 오즈 제일의 보안 감옥 수감으로부터 정부에 대한 봉사라는 시민적 대안으로 교체하려는 음모가 꽃을 피웠다. 서쪽의 사악한 마녀 및 그 아들로 추정되는 인물 리르에 대하여 과거에 겪은 바가 있었던 점을 사서, 브르르로 하여금 법정을 위하여 또한 첩보부를 위하여 모종의 조사 작업을 수행하도록 등록시키겠다는 것이었다.

브르르는 한 8년 전 리르가 마지막으로 모습을 보였던 그때 이래로 그에게 무슨 일이 벌어졌는지를 알아내게 될 것이다. 그때 리르는 바로 이곳 셰일섈로의 세인트글린다 수도원에 성역을 구하여 숨어 들어갔을 것으로 의심되었다. 브르르는 엘파바가 지녔던 물건들을 이것저것 뒤져 볼 것이다. 몇몇 증인들을 면담할 것이다.

그래서 최종 목적은 무엇인가? 브르르는 요점을 확실히 해 달라고 고집을 피웠다. 꼭 그걸 알아서 고려해 보려고 그러는 게 아니라 단지…… 그래, 고려하려고 그런 것이다. 호기심이 고양이를 죽인다고들 하지만, 브르르쯤 되면 어지간히 덩치가 큰 고양잇과 동물이니 웬만한 고양이들보다는 한결 맷집이 좋았다.

"애버릭 경이 설명해 줄 거야. 사건 종결합니다." 엘더스도터 판사는 서류철을 덮고 관자놀이를 문질렀다.

"새로운 임무에 임하기 전에, 브르르, 자네 경력 중에 판화 인쇄 골동품 감정에 관련된 부분이 있던데 나한테 그쪽 일로 귀띔 좀 해 줬으면 좋겠구먼. 홀로 되신 테니킨의 백모님이 유산으로 곰팡이 핀 고물을 한 무더기 나에게 남겨 주셨는데 상당한 가치가 있는 물건들이 아닌가 싶어."

온갖 가능성들이 피어올랐다. 브르르는 속으로 생각이 정리될 때까지 혀를 함부로 놀리지 않고 꼭 간수했다. 생각이 정리되자 차분

337

한 어조로 말했다.

"아무래도 제가 그 업계에 몸담았던 때하고는 시장이 너무 많이 변하지 않았나 싶습니다, 판사님. 이제는 제가 무슨 판단을 내릴 자격이 없을 것 같군요."

"하긴. 판단 내릴 자격이 아무한테나 있는 건 아니지." 그렇게 말해 놓고, 여판사는 몸을 젖혀 의자 등에 기대고 두 발을 쭉 뻗으며 그 자그마한 자화자찬에 소리 내어 웃고야 말았다.

홀몸이 되신 엘더스도터 판사의 백모님이 보병 젬시의 어머니였다고 가정해 보자. 만약 그렇다면 치안판사와 젬시는 사촌간이다. 하지만 만약 엘더스도터 판사가 그런 식으로 친척이 된다면 브르르는 알고 싶지 않았다. 시적 정의란 정말 그렇게나 기묘한 것일 수도 있겠으나, 그렇다 한들 무엇 때문에 굳이 그것이 브르르의 가장 연약한 감정을 짓뭉개게 만들 것인가?

형량 협상이 타결되어 추인이 나고 서류 세 부가 작성되어 서명을 필하고, 복사본들이 철해지고 그 수령증에 도장이 찍혀 그 또한 세 부로 작성되어 다시 그것들도 서류철에 들어가고 나자, 브르르는 감방에서 풀려났다. 애버릭 경이 브르르를 맡아 가려고 잡범들을 수용하는 세인트사탈린 땅굴 감옥으로 사륜마차를 타고 왔다. 애버릭은 그럴싸한 곳에 가서 오찬을 들자고 권했지만 브르르는 입맛이 돌지 않는다고 사양했다. 그 말이 통째로 거짓말은 아니었다, 실제로 브르르는 공공장소에서 정찬을 하는 모습을 남에게 보인다는 데 대해 입맛이 딱 떨어졌던 거니까.

그래서 애버릭은 브르르를 데리고 오즈마 제방을 따라 걷는 산책길에 나섰다. 거기라면 행인들이 엿들을 염려가 없었다. 애버릭은 바람총이라고 부르는 작은 도구를 소지하고 있었는데, 그것을 쏘면 느닷없는 빵 소리가 나서 가까이의 새들은 종류를 불문하고 모조리 좋든 싫든 무조건 미친 듯이 후다닥 날아오르고야 말았다. 운하의 백조들이 그 힘센 날개로 수면을 때리고, 백합꽃들을 후려쳐 물보라를 날리며 공중으로 떠올랐다. 애버릭이 누설할 이야기를 곁귀로라도 들을 만큼 가까운 거리에 날개 달린 작은 첩자들은 하나도 남지 않았다.

"법정을 위하여 정확히 무슨 임무를 수행해야 할지 물어본 건 당신이 옳소." 애버릭이 털어놓고 말했다. "보안도 중요하지만, 요원이 최대한 능력을 발휘하려면 일의 윤곽을 알아야지."

브르르는 옷깃을 갈기 둘레로 바싹 끌어당겼다. 미칠 듯이 화가 났지만, 어쨌든 자유의 몸이다. 오즈마 둑길에는 봄꽃이 한창이었다. 나비들이, 울려 퍼진 총소리에도 아랑곳없이 퀵스우드 분재 위에 다닥다닥 붙어 있었다. 벌들은 그들대로 여신의 꿀물에 대한 찬양을 거듭거듭 불러 댔다. 족쇄를 찬 거리 청소부도 노래하고 있었다. 듣자니 럴라이나를 칭송하는 이교의 찬가 같았다. 장미는 일주일만 있으면 흐드러질 것이다. 이것이 그 얼마나 빠르게 깡그리 쓸려 없어져 버릴 뻔했던가 하는 생각에 브르르의 눈에는 눈물이 괴었다. 아름다운 것. 악당들.

"왜 선생이 날 담당하고 나섰는지 모르겠군요." 애버릭 경을 향해 브르르가 말했다.

"겁쟁이처럼 움츠러들지 마시오. 감상에 젖어서 그런 건 아니니까 내 말을 믿어요. 내가 듣자니 당신은 한때 그 마녀의 앞잡이 애완동물이라는 딱지가 붙었더군요. 과거 그녀가 공적 1호였던 시절에 말이오. 그리고 그 위에 동족인 동물들에 반하여 마법사 편을 들었다고 해서 부역자라는 오명도 뒤집어썼고요. 당신은 참 재주꾼이오, 그러고 보면. 좌익도 우익도 당신을 적 편의 선동자라고 불렀소. 당신은 모두에게 경멸을 받았지요. 그건 이 계통 일을 하는 데 있어 훌륭한 조건이오. 과거에 실제로 배반을 해본 경험이 있다면 또다시 그런 작전을 해치우는 일도 한층 수월하니까."

브르르는 대답하지 않았다. 브르르 자신은 스스로 마녀의 옹호자라고도, 마법사에게 부역했다고도 결코 생각해 본 적이 없었다. 그것은 언론의 해석이요 대중 정서였을 뿐이다. 브르르의 속내를 짐작한 듯 애버릭은 말을 이었다.

"거슬려하지 마시오. 배반자란 힘든 상황에 맞닥뜨릴 때마다 자신의 윤리적 죄책감을 왜곡하여 자기 행동이 올바르다, 심지어 그만하면 장하고 훌륭했다고까지 생각할 수 있는 법. 그것 또한 첩자의 위장술에 한몫을 하는 요소요. 자기 자신의 목적이 정당하다고 스스로를 속이는 능력 말이오."

브르르는 가까스로 용기를 내어 말했다.

"선생, 나는 첩자가 아닙니다."

"뭐, 아무렴 어떻소." 애버릭은 끄떡도 하지 않았다. "당신은 반역죄로 감옥에 갇힐 뻔했던 걸 아슬아슬하게 모면한 귀족일 뿐이지. 당신한테 그런 애국적 충동이 있었다는 게 얼마나 행운이오? 자그마한 사실 조사 임무를 맡아 국가에 조력할 준비가 다 되어 있었으니! 그리고 당신이 배반자도 아닌 이상, 지금 그렇게 주장할 참인가 본데, 첩보부를 위해 일하는 데 아무런 거리낌도 없을 테죠."

오즈마 둑길 위를 걸어온 그들은 한 장소에 이르렀다. 뒤로 돌아

대운하 쪽을 바라본다면 옥좌가 있는 궁전이 보이는 장소다. 궁전은 그림자가 비치는 수반 위로 돌출한 뭉툭한 반도에 찬란한 모습으로 서 있었다. 호수 물에 반짝이는 반사광처럼 궁전 겉을 뒤덮은 에메랄드들이 명멸했다. 이 시간, 이 위치에서 바라본 궁전은 마치 가장 순수한 물로 지어진 것처럼 보였다.

이 장관을 소재로 삼은 메타나이트 에칭화와 냉석 부조가 수십 작품이나 있었다. 이 광경에 대해서라면 브르는 자기 앞발 발등을 빤히 알듯이 아주 꿰고 있었다. 하지만 실제로 바라보노라니, 종이에 잉크와 수채 물감을 먹여서 번지게 한 그림이 아니라 돌과 보석과 수로를 맨눈으로 보게 되니…… 뭐랄까, 뼛속까지 떨려 오는 느낌이었다. 흡사 궁전이 구경꾼에게 경련을 일으킴으로써 그 힘을 과시하는 듯했다.

"내가 들은 바로는 말이오." 애버릭이 말하고 있었다. "옛날에 엘파바가, 빗자루를 탄 그 깡마른 마녀가 한 번은 오즈의 마법사에게 자기가 『그리머리』라고 부르던 책의 낱장 한 장을 뜯어 주었다고 합디다. 그걸로 마법사를 유혹하려는 거였소. 이름을 노르라고 하는 정치범의 석방을 추진하면서 그 책을 흥정의 판돈으로 써먹으려 한 거요. 착하신 마법사께서는 그 마녀 같은 테러리스트와 협상하기를 거부했소. 그렇지만 솔직히 말하면, 유혹을 받기는 받았던 거요. 마법사께서는 벌써 그 마법책에 관하여 알 만큼 알고 계셨고 그 책을 원했소. 그날 그분이 엘파바에게서 얻어낼 수 있었던 책장 한 장이 바로 군사 작전에 동원할 목적으로 드래곤을 훈련하는 법에 관한 지식의 원천이었단 말이오."

"대단한 책이군요." 브르가 신중하게 말했다.

"마법사가 그 책 전체를 손에 넣었더라면 얼마나 더 많은 성취가 있었겠소! 하지만 마법사는 왕위에서 물러났지요……. 어떤 사람들은 폐위됐다고 하지, 마법사께서 그 전대의 오즈마 섭정위를 폐했듯이 말이오. 그리하여 착한 여왕 글린다와 그 뒤를 이은 허수아비의 짧고도 붕 떴던 치세에 걸쳐 그 신령한 마법 주문에 대한 생각은 한동안 망각에 묻혀 있었지요."

"그렇군요." 브르르는 자기 인맥을 뽐내고 싶은 생각을 억누를 수 없었다. "우연히도 그 허수아비하고는 한때 퍽이나 막역한 사이였죠, 제가."

"암, 그렇지요. 당연히 그랬고말고. 그 뒤에 엘파바의 남동생인 셸이 그 참 얼마나 매끄럽게 아무런 저항도 받지 않고 왕좌를 이어받았던지 당신도 기억을 하겠지요. 허수아비는 문지기였던가 싶어요, 찍소리 없이 그렇게 녹듯이 사라져 버렸으니 말이오."

"저는 당시에 여행 중이었습니다. 하지만 나중에 이야기를 들었죠."

"셸의 장관들이었어요. 장관들이 보물창고를 샅샅이 훑어서 셸황제의 군대에 댈 만큼의 군자금을 조성하려다가 용 훈련법이 적힌 낱장을 우연히 찾게 된 거였소."

애버릭이 설명해 나갔다. 그 책장의 뒷면에 적힌 것은 어떤 주문의 후반부인 것 같았다. 달리 그 정체가 밝혀진 바 없었기 때문에 당초에는 아무도 거기에 별 신경을 쓰지 않았다. 그러나 황제가 시즈의 마법 학자를 고용했다. 그레일링 양이라는 사람인데 글자는 g, r, e, y라고 썼다. 아니, 어쩌면 g, r, a, y였던가? 하여튼 그 비슷한 철자다. 그 여자를 고용한 건 그 주문의 결론이 무엇인지 가능한 한 판독하고, 만약 판독이 가능하다면 주문의 제목과 의도를 추론하라고 한 것이다. 브르르가 넘겨짚었다.

"그러려면 상당히 재능이 있어야 했겠군요."

"그 여자는 몇 년을 그 주문에 매달렸소." 애버릭이 말을 이었다. "결국에는 황제에게 보고서를 제출했지. 그 여자가 그나마 최대한 말할 수 있었던 것은 주문이 적혀 있던 그 책장의 왼쪽 면은 숨겨진 글자를 드러내는 주문의 뒷부분 절반인 것 같다는 거였소. 암호라든지 숨김무늬라든지 그런 것 있잖아요. 명문(銘文)을 해독하는 포괄적인 주문인 거요. 아마도 숨어 있는 사람의 위치도 짚어 낼 수 있겠지요. 글쎄, 과연? 그런 것이든지, 아니면, 오트밀 프리터 요리법이 적혀 있는 거였을지도 모르죠. 딱 잘라 말하기 힘든 일이오.

우리 셸 황제는 이렇게 응답하셨소. '짐에게 필요한 것은 이 주문의 나머지 부분이다. 그러면 그걸 써서 『그리머리』의 행방도 찾아낼 수 있을 테니까. 이런 야망이 닭이 먼저냐 달걀이 먼저냐 하는 이야기 같지만, 일단 『그리머리』가 짐의 수중에 들어온다면 짐이 그 외에 더 할 수 있는 일이 무엇이겠는가!'"

"『그리머리』는 외관이 어떻습니까? 서적이나 그런 쪽으로 제가 뭐 아는 게 있다는 건 아닙니다. 제 전문 분야는 개인 소장 압착 인쇄기로 찍어낸 낱장 인쇄물에 한정돼 있어요."

"그 책을 볼 수라도 있었던 사람은 거의 없소. 그러니 생김새에 대하여 믿을 만한 정보는 없다는 거요. 셸이 보고에 두어 둔 책장의 크기로 보건대 큼지막한 고문본(古文本)인 것 같소. 두껍고 큰 책. 아마 가로세로 한 자씩이나 되게 클 거요." 애버릭은 빈틈없는 눈으로 브르르를 살폈다. "당신은 그 마녀가 책을 갖고 있었던 것으로

343

여겨지는 기간 동안에 마녀의 성에 갔던 몇 명 중 하나요. 무슨 말인가 하면, 나머지들은 죽었거나 사라져 갔지요. 키아모코라 불리던 그 성을 마녀가 접수하여 살게 되기 전에 그곳을 점거했던 티겔라르 일가는 모조리 체포되어 투옥당했소. 그중 한 명, 이름이 노르라고 하는 그 어린애가 몇 년 전에 남쪽 계단에서 탈출했지요. 그 계집애가 『그리머리』의 행방을 알지 모르오."

"그렇다면 물어보지 그러십니까?"

"댁이 찾아서 물어보시오. 또한, 몇몇은 엘파바의 아들이라고도 하는 그 소년 리르가 그 계집애를 찾아 남쪽 계단으로 갔더랬소. 어쩌면 그자도 책을 보았을지 모르지. 그래서 같이 꿍꿍이를 꾸미려고 이복누이를 찾아 나섰던 건지도. 그렇지만 리르도 마찬가지로 숨어 버렸소. 어디 있는지 우리가 도무지 찾아내지 못하고 있는 쓸모 있는 자들의 수로 미루어 판단하건대 오즈에는 숨을 구멍이 숭숭 뚫려 있는가 보죠. 당신 상상이 갑니까, 만약 정부가 그 주문의 나머지 부분을 손아귀에 틀어쥘 수 있게 된다면 그 얼마나 대단한 행운일지? 책의 나머지 부분을 찾는다면 더 말할 것도 없지."

"마녀의 성은 수색을 했겠지요?" 브르르가 물었다. 거기에는 다시 가고 싶은 마음이 없었다. 차라리 감옥에서 한세월 보내기를 자청할 지경이다. 그놈의 날개 달린 원숭이들…… 기억만 떠올려도 살갗에 소름이 돋았다.

"그 장소라면 샅샅이 뒤집어 놓았소. 적어도 내가 알기로는 그래요. 거기 남은 건 옛날부터 있던 하인 한 명과 원숭이들뿐이오. 아니지요, 추측은 누군가 『그리머리』를 키아모코에서 가지고 나갔다는 거요. 하지만 누가, 그리고 왜 그랬는가는…… 수수께끼지. 그리고 그게 현재 어디에 있는가는 더더욱 큰 수수께끼요."

"실제 그 책의 임자는 누굽니까?" 브르르가 물었다. "제 말씀은, 그러니까 리르가 진짜로 마녀의 아들이라면, 그 책은 사실 리르의 책이 아닌가 하는 겁니다."

"책은 정부에 속한 것이오." 애버릭이 말했다. "내가 당신을 믿은 게 헛짚은 게 아니었으면 좋겠소, 브르르."

"전혀 아닙니다. 전 그저 얘기를 해보자는 거죠. 어쩌면 리르가 어떻게 해서든 결국 그 책을 찾아냈던 게 아닌가 싶고요."

"리르가 찾았다고는 생각 안 하오. 왜냐하면 『그리머리』가 리르의 손에 들어갔거나 앞으로 들어가게 될 경우, 그자는 황제에 반하여 그것을 사용할 방법을 찾아낼 것이라는 데 도박장에서 9 대 1 비율로 돈을 걸고 있거든."

"우리의 국가 안보 정책이 도박장의 돈 거는 비율에 좌지우지된단 말입니까?"

"당신도 참 재미있는 양반이군." 마그레이브는 그렇게 말했지만 목소리에는 거의 즐거운 빛이 없었다. "리르는 7년인가 8년 전에 일종의 시위 행위를 주도했는데, 말하자면 황제에 반하는 것이었다고 할 수 있소. 엄청나게 많은 새들을 징발해서 놈들이 떼 지어 에메랄드 시 위를 날아갔지. 마녀의 빗자루와 망토를 리르가 가지고 있었소. 마녀의 책마저도 손에 넣는다면, 어느 구석에서 소요가 벌어지기 시작할지 알 도리가 없소. 한 10년간 사태가 잠잠했던 걸 보면 그자도 우리만큼이나 그 책을 찾아 헤매고 있다는 얘기요."

"어쩌면 그렇지 않을지도 모릅니다. 어쩌면 리르는 소위 그 어머니라는 여자처럼 녹아 없어졌는지도 모르지요. 리르가 양심적인 거부 행위를 한 것도 그냥 그걸로 끝이 나서……."

애버릭이 흠칫했다.

"폭도를 선동한 행위 말씀입니다." 브르르는 그렇게 말을 고쳤다.
"그러니까, 폭도들이 더 이상 들끓지 않는다면 무엇 때문에 신경을
씁니까? 어쩌면 리르는 시골로 은퇴해서 크로케나 치기 시작했나
보죠."

"리르가 은신했다는 건 분명하오." 마그레이브도 동의했다. "하지
만 우리가 원하는 건 정확히 말해 리르가 아니지.『그리머리』요. 당
장 착수해야 할 일을 직시하시오. 마담 모리블로부터 시작하라고 권
하고 싶군. 그 여자는 마법사에게 고용되어 엘파바를 모종의 감시 아
래 두고 있었던 게 확실해요. 죽은 지 한 20년은 되었지만, 그래도 그
여자의 물건들이 생전에 학장으로 재임했던 시즈 대학교의 단과대
보존실에 보관돼 있소. 크레이지홀이라는 곳이오. 거기서 시작해요."

둘이 서로 헤어져 갈 시간에 임박해 브르르가 물었다.

"어떻게 내 보고를 받을 겁니까?"

"당신을 믿소." 애버릭이 말했다. 그는 망토를 끌어당겨 양어깨를
덮었다. 문문히 피어오른 봄꽃에도 불구하고 싸늘한 바람이 휘몰아
치며 오래된 얼음 냄새를 풍겼다. "당신은 '겁쟁이 사자'잖소, 친구.
옥좌에 대한 임무를 완수하지 않으면 사면이 번복될 텐데. 겁쟁이는
특정한 방식으로 행동하니까 언제 어느 때건 믿을 수가 있지. 겁쟁이
는 정욕만큼이나 빨라요. 그 때문에 당신이 몹시도 쓸모 있는 거죠."

"참 관대한 칭찬이십니다."

브르르의 말에 애버릭은 소리 내어 웃었다.

"당신은 심지어 아부도 자신 있게 못 해요. 완벽한 첩자 감이오.

바로 이래서 당신을 위해서나 또 우리를 위해서도 당신이 일을 잘 해낼 수 있으리라 희망해 보는 거요."

풀려나서 다시금 아무데나 갈 수 있게 되었다. 꼬까옷은 없어졌지만 말이다. 브르르는 번트포크 거리의 빈민 시장 양품점 거치대에서 산 이류급 옷을 입는 신세로 내려앉았다. 사자가 되어 가지고 치아가 다 빠진 노신사가 사려고 하던, 그걸로 돈 몇 푼 만들어 보려고 한다던 가짜 람피니 의상을 홱 낚아채어 실랑이를 벌인 것이다. 브르르가 몸싸움에서는 이겼다, 하지만 체면은 완전히 내버렸다. 글쎄, 내버릴 체면이라는 게 여태 남아 있기나 했는지.

명령서 한 다발과 약간의 활동비를 받아 챙겨서 브르르는 시즈로 향했다. 중년이 된다는 것은 소름 끼치는 일이었다. 보위부 직원이 되어서 터벅터벅 사각형 중정들을 꿰고 다닌다는 것은. 한때는 오페라 케이프를 걸치고 대담한 장미 향 콜론을 뿌리고 잔돌이 깔린 산책길들을 통통 튀는 걸음걸이로 누비고 다니던 멋쟁이였는데. 이제는 모든 게 그의 기분처럼 지저분해 보였다. 혹시 이게 나이를 먹어 가는 과정인 건지 브르르는 알 수 없었다. 무사태평하던 시절이 가고 이렇게……. 아니면 대학이 요즘 경기가 좋지 못한지도 모른다.

브르르는 기록 보존실 담당자 그레일링 양을 만났다. 실용적인 신발을 신은 딱딱한 여자였는데, 브르르는 그녀가 온정신이 아니라고 결론 내렸다. 그레일링 양은 여닫이창의 걸쇠 하나 조작 못 했고 브르르와 악수할 때는 어느 손으로 해야 하는지도 제대로 떠올리지 못했다. 물론 동물의 털 난 앞발 바닥을 건드리는 게 서툰 짓인지 대담한 건지, 상례에 어긋나는 행위인지 도덕적으로 심오한 행위인지도 기억해 낼 수 없었다. 이 여자가 어떻게 반쪽짜리 주문이 무엇을 말하고 있는지를 추론할 수 있었을까? 반쯤은 마법이라야 했겠지, 푼돈이라도 들일 가치가 없는 짓이었다고 브르르는 생각했다. 한 술 더 떠 그레일링 양의 자격증들도 보기에 영 의심스러웠다. 하지만 그레일링 양은 매우 열심을 보이고 수선을 떨었으며, 브르르가 자칫 거친 말을 쓰기라도 하면 두 빰을 발그레 붉혔다. 실제로 브르르는 자신이 결국에는 동물이라는 사실을 새삼 깨우쳐 줄 목적으로 사이사이 언사를 거칠게 했다. 그러면 그레일링 양은 말했다.

"어머나, 선생님. 그런 당치 않은 말씀을! 저 소리 지를 거예요!"

브르르는 재미있게 생각하는 한편 비분했다. 결국 여기에 이르렀구나. 나이 지긋한 노처녀들을 상대로 야한 말이나 지껄여서 발끈하게 만들고 있네. 이런 늑대 같은 놈. 이런 한심한 놈.

그레일링 양은 그래도 야클의 이름을 찾아내 주었고, 브르르는 이윽고 수첩에 걱정스러울 만큼 적은 수의 기타 단서들을 갈겨써 가지고 가까스로 그 후끈한 분위기를 뒤로했다.

유리 고양이 한 마리가 수위실에 도사리고 앉아 몸단장을 하고 있었다. 아마도 시즈의 거리에서 사자를 본다는 게 낯선 일이었던지, 고양이는 온몸을 던져 거의 구애하는 것처럼 달라붙었다. 늙은 것이 목구멍으로 폭풍처럼 가르랑거리면서……. 그래, 애완동물을 갖는다는 게 이런 거구나. 브르르는 그렇게 생각했고, 따라오라고 부추기지는 않았을망정 그렇다고 걷어차 버리지도 않았다. 누군가가, 그게 사람이든 동물이든 그냥 짐승이든 간에 브르르를 보고 좋아서 목을 울린 것은 정말 너무나도 오랜만이었으니까.

고양이가 노란 벽돌길을 건너온 이유가 뭐게? 길 건너에 기다리던 사자한테 가려고.

브르르는 동행을 받아들였다. 신기한 일이었다. 고양이의 이름을 '그림자꼭두각시'라고 지었는데, 투명해서 환히 비쳐 보이는 데다 마치 햇살에 과열되지 않으려는 듯 살금살금 그늘진 곳으로만 다니는 습성 때문이었다.

다시 육로로, 오즈에서도 군사 작전을 눈앞에 맞닥뜨릴 가능성이 높은 지역으로 들어간다는 것은 소풍 길이 못 되었다. 그래도 브르르는, 처음으로 전투의 조짐이 보이기까지는, 절박한 위험보다 차라리 고상한 척 꾸며 놓은 시골집의 임대 손님방을 택했다. 라벤더 향초 주머니, 제라늄과 박하로 우린 차, 힘들고 불안해서 우짖는 그 예쁜 소리로 분위기를 윤색하는 새장 속 새들. 노처녀들은 저마다의 집을 수공품과 위장막으로 장식할 수 있었지만, 사자에게 그것은 다른 종류의 감옥처럼 보였다.

어쨌든 브르르는 기세 좋게 새로운 방향으로 출발하였고, 거기에는 약간의 좋은 점도 있었다. 처음 마주하는 지평선은 언제나 그의 마음을 설레게 했다. 브르르는 정남을 향하여 에메랄드 시를 지나쳤고, 켈스워터라 불리는 죽은 호수가 레스트워터의 거대한 수원지에 가장 가깝게 다가든 지역을 향하여 서남쪽으로 길을 갔다. 빈쿠스와 길리킨 두 주(州)가 여기서 만나며, 동쪽으로는 먼치킨랜드 자유령이 비죽이 양 주를 찔러 들어오고 있다. 깨끗한 물의 필요성이 대두됨에 따라 필경 이곳이야말로 지금 현재 지도에서 가장 뜨겁게 관심이 집중되고 있는 지역이었다.

저마다 현관 그늘에 자리 잡고 있던 여러 여편네들이 하나같이 말했다. 털참나무 숲으로부터 바로 북쪽에 셰일샐로의 세인트글린다 수녀원이 있을 거라고. 운이 좋다면 그 못된 할망구 야클이 아직

기신기신 명줄을 붙들고 있을 것이다. 만약 야클이 이렇게 거룩하지 못한 나이까지 생존했다면 그 할망구를 상대하는 것쯤은 식은 죽 먹기일 테지. 브르르는 그 문제에 대해서는 아무런 염려도 하지 않았다.

브르르는 리르에게서나 다른 어떤 정보 제공자로부터라도 얻을 수 있는 실마리는 뭐든 무조건 좇아가 볼 생각이었다. 『그리머리』라고 알려진 그 숙명의 마법책이 어디로 갔는지. 눈앞의 풍경이 보병 부대들의 이동으로 자글자글 끓고 있어도 갈 터였다. 그래서 그 가운데에서, 조금은 섬뜩했던 어느 밤에 부상자를 돌보던 의사 수녀와 약제사 수녀와 마주쳤고, 그들을 설득하여 수도원으로 복귀할 때 자신과 그림자꼭두각시를 함께 데리고 오도록 했던 것이다.

.

‡‡‡

브르르는 어두워 오는 방 안에 앉아 있었다. 이른 저녁 시간은 언제나 가장 처리하기 어렵다. 그는 목전의 상황에 정신을 집중하려 애써 보았다. 바람은 웬만큼 수그러들었다. 털참나무 숲의 격렬하던 흐느낌 소리가 지금은 덜했다. 달이 떠오르는 중이었다. 아마도 오늘 밤 내 구름 속에 숨었다 나왔다 하려는가 보았다. 세상이 처음에는 그늘과 비밀 속에 묻혔다가 이윽고 적나라한 알몸을 드러낸다.

브르르의 생애 중 추억으로 되새길 만한 일은 하나도 없었다. 정말로. 매번의 전환점이 좋은 일을 약속해 놓고 그보다 못한 결과를 가져다주었다. 그러니 사실을 말하자면 마담 모리블이 됐건 리르가 됐건 아니면 하다못해 야클 할망구의 것이라도 좋으니 누군가 다른 이의 굴곡진 인생행로를 샅샅이 뒤져내는 일이 대놓고 마음에 위안이 되었다. 반가운 여흥이다. 말 많고 탈 많았던 브르르 자신과 마찬가지로 삐뚝빼뚝 걸어온 남의 인생들을 곱씹어 보는 것은 정신을 딴 데 팔아 볼 기회였다.

마녀의 앞잡이 애완동물에서 마법사의 부역자가 되더니 이제는 이 꼴이다, 정보기관에 굴레 씌워진 공공의 노복. 애버릭의 말 그대로 좌우 양편에서 똑같이 배척당하는 신세. 어찌 보면 사방에서 모두에게 몰아붙여졌기에 브르르는 더 이상 다른 누구도 무엇도 될 수가 없고 오직 자기 자신이 될 도리밖에 없었다.

하지만 그 얼마나 갑갑한 이야기인가. 아무리 비관적인 전망을 한대도 그렇지.

예컨대 사람이 요리를 잘 못할 수도 있고, 아니면 처세술이 별로일 수도 있고, 또는 투자를 잘못 하거나, 개인 위생 측면에서 영 제대로 관리를 못 해서 문제일 수도 있다. 하지만 잘못 살고 싶어 하는 사람은 없다. 들이쉬고 내쉬는 숨 한 번 한 번마다, 처음부터 끝까지 영 틀려먹은 삶, 너무나 잘못되어서, 정말 송두리째 그릇되어서 어쩌면 좋아질 수 있을지도 모른다는 가냘픈 희망의 빛마저 결코 찾지 못할 삶. 설마 이걸 원하는 이가 있을까? 어쩌면 이 정도로 헛짚은 삶을 살아왔다면 아예 전부 틀려 버리는 편이 나을지도 모른다. 속담에 나오는 저 무지한 개미처럼, 예언자의 모자챙 위를 기면서 오로지 예언자의 왼쪽 귀 뒤 그늘로 가려고 쩔쩔맬 뿐 지금 자기가 듣고 있는 문명의 향방을 바꿀 설교에는 깜깜했던 그 개미처럼 말이다.

8

타임 드래곤 시계의 복사들이 요를 둘둘 말아 잡아매면서 조리 기구를 더러운 주전자에 땅땅 때렸다. 과장된 큰 소리로 터뜨리는 그들의 웃음에서 멀리서 들려오는 대포 소리에 흥분한 기색이 훤히 드러나 보였다. 전쟁놀이를 옆에 끼고 사는 사내아이들이란.

"우리 이제 말뚝 다 뽑는다, 시큰둥 아가씨야." 경호대장이 소리쳐 불렀다.

하지만 그녀가 일어나서 서둘러 그들에게 가지 않자 두목은 입속으로 욕설을 우물대며 계속해서 짐마차를 단단히 고정할 밧줄 매듭을 지어 갔다. 그녀가 귀먹은 척을 하려고 들 때 거기 대고 쩌렁쩌렁 고함을 쳐 대는 건 숨 낭비다. 그러기엔 해야 할 일이 너무도 많았다.

여자는 그들에게 등을 돌린 채였고, 고개는 수그러져 마치 내부에서 벌어진 다툼에 귀 기울이는 듯했다. 그녀는 시설에 붐비는 말기 환자들처럼 늘 혼자였다. 자기 모습을 찬찬히 비추어 볼 거울을 가지고 있었더라면 그녀는 일찌감치 희어진 은빛 머리카락과 관자놀이 가장자리에 점점이 낀 기미를 보고 기꺼워했을 것이다. 이것들이 여전히 반지르르한, 샘낼 만한 젊음의 광채를 띠고 흡사 속에 불을 켠 듯 빛나는 살결을 못 본 척하는 데 도움이 되었을 테니까.

하지만 거울은 갖고 있지 않았다. 그녀는 자기 얼굴로부터 예전의 자기 모습인 희망에 찬 어린애의 그림자도 보고 싶지 않았고, 이제 짓궂고 싹싹한 아가씨로 변신한 모습이 순간순간 비치는 것도 보고 싶지 않았다. 최근 몇 년 동안, 그녀는 찬사에 얻어맞아 얼룩이 졌다. "세상에 어쩌면 이렇게 요정 같나! 정말 참한 아가씨야!" 마치 크나큰 재난에 죽지 않고 살아남아 쓸모 있는 일을 해내려 한 노력도 그녀를 원숙하게 만들기는 무리였다고 증명하는 것 같은 찬사들이다.

빈터는 가닥가닥 늘어진 털참나무로 줄무늬져 있었다. 아까는 윙윙대며 진동하고 있었지만 밤이 다가오면서 바람이 잤고, 그러자 음악 소리도 멈추었다. 바야흐로 촛불을 켤 때가 되어 갔지만 그녀는 짐수레의 한패들에게 돌아가기 싫었다. 고함이야 치고 싶은 대로 쳐 댈지 몰라도 그녀를 놔두고 떠날 리는 없었다.

그녀는 양손에 펜 한 자루를 올려놓고 가누면서 사색에 잠겨 있었다.

그녀는 몇 년 동안이나 글을 쓰려고 시도해 왔다. 하지만 어찌하여 한두 줄은 썼다 해도 인칭대명사를 쓸 수가 없었다. 못 쓰는 건지, 쓸 마음이 내키지 않는 건지. 몸에 밴 부재증명 탓에 써지지가 않았다. 어쨌든, 그녀는 이제 그토록 단호하게 제 자신에 대하여 큰 소리를 쳐 대는 글자를 자기가 과연 소유했는지 더 이상 확신이 서지 않았다. 나, 나, 나! 어떻게 그 글자를 써 넣는다 해도, 바로 뒤에 마침표를 찍게 되었다. 나. 그게 그녀 이름의 머리글자라고 칠 수도 있었다. 예컨대 이렇게. "나.는 시설에 붐비는 말기 환자들이 홀로 앉아 있듯이 바로 그렇게 혼자서 앉아 있었다."

그녀의 의구심은 미학에 근거한 것이 아니었다. 그 의견 분야에 대해서는 아는 것이 거의 없었고 개의치도 않았다. 아름다움, 그리고 아름다움을 증진시킨다는 것. 흥! 만약 도무지 해소할 길 없는 '나'라는 것에 대하여 그녀가 가지는 진저리나는 혐오를 이론의 언어로 사고해 보아야만 한다면, 아마도 자신은 정의의 엄밀성, 간결성에 관해 논할 것이라고 그녀는 생각했다. 당신의 '나'와 나의 '나'는 같은 무게를 지닌다고. 아니면 평등의 중요한 역설에 관해 논하겠지, 정의가 건방지게도 개인의 과거에는 아무런 관심을 두지 않는다는 점에 관한 논쟁을 유지하기 위해, 1인칭 대명사 '나'는 근절시켜야만 한다. 정의가 아무리 그러한 개인사의 존재할 권리를 옹호하여 싸우기 위해 존재할지라도 말이다. 나와 나와 나와 나, 온 세상에 가득하다.

난쟁이가 짖어 댔다.

"맹하신 궁정 귀부인 아씨님아! 정찰 간 녀석이 저놈의 성가신 군부대들의 최신 이동 정보를 물어 가지고 돌아오기 전에 야영한 자리는 걷어 챙겨야 될 거 아니냐! 놈들 싸움에 우리가 과녁이 될지 가장자리로 둘러 갈지 답이 나오기 전에 후딱 튀자고! 대포 연기에 꼴딱 삼켜지고 싶지 않거들랑 공책은 치워라. 에메랄드 시의 직업 병사들이 쏘는 대포인지 땅딸막한 꼬마 게릴라들의 대포인지야 우리가 알 도리가 없을 테지만. 듣고 있냐, 산꼭대기에 쩍쩨그르르 새라도 울고 있냐?"

한동안 그대로 있다가, 그녀는 짙은 붉은색 잉크병 뚜껑을 열고 몇 단어를 썼다. "전쟁이 미쳐 갈수록 평화는 정신이 깬다."

이게 정말일지 알 수 없었다. 쓰는 것은 자기 자신에게 질문들을 던지기 위해서다. 도대체 평화가 제정신이라야 할 이유가 있기는 할까? 어쩌면 전쟁을 시도한다는 것 자체가 너무나도 심하게 미친 짓이라 세상이 온정신으로 버텨 낼 수 없는 것인지도 모른다. 어쩌면 전쟁의 여파는 언제나 부패한 것일지도. 이것과 부패를 따로 떼어 생각할 수 없는 나.란 사람. 그녀는 알고 있었다.

생각이 떠올랐지만 쓰지는 않았다. 대포 소리가 요란할수록, 평화를 가져오는 자들은 귀가 먹는다.

이것은 그녀가 원하는 바와 좀 더 가까웠지만, 딱 맞는 말은 아니었다.

그녀는 한숨을 쉬었다. 글을 쓰려는 충동이 애초에 어떻게 솟아올랐는지를 생각해 보면 딱 맞는 단어들을 얻기가 이렇게나 힘든 것도 신기할 게 없다.

몇 년 전, 둔하고 더러운 늙은이의 간호사로 일하기 전에 그녀는 레드샌드의 길리킨인 불법 산업촌에서 신사들의 위안부 노릇을 했다. 그 장사 수완에 능해져서 유용하게 써먹을 수 있기에 이르렀다. 어느 날 저녁 그녀는 스스로 수단을 부려 솔트 파운틴스 홀의 그늘진 한구석으로부터 곧바로 북방 길리킨인 철광 공급자의 무릎 위로 올라앉았다. 자기 이름이 세르비오라고 했지만 그녀는 그게 가짜 이름인 줄 뻔히 알았다. 그야 별것 아니다, 그녀 또한 이 일을 하면서 거짓 이름을 쓰곤 했으니까.

짧은 기간 동안 마차를 타고 장난을 치면서 달린 끝에 그녀가 마침내 다다른 곳은 레드샌드에서도 한층 구질구질한 동네의 임대 주택에 있는 그자의 방 침대 위였다. 뜨거운 폐수와 유황, 산화물의 냄새가 뒤섞인 채 커튼 자락에서 풍겨 왔다. 공장들이 밤까지 연장 가동 중이었다.

그녀의 고객은 취해 있었고, 다소 비만 기가 있기는 해도 잘생긴 사람이었다. 고향에 아내가 있는데 아내는 그가 원하는 대로 말채찍을 쓰게 해 주지 않았다. 반면에 나.는 아무렇지 않은 척할 수 있었고, 한도를 넘어서기 직전에서 아슬아슬 기교를 다했다.

임대 주택 관리인이 문을 두드리는 바람에 그녀의 고객은 갈색 등불 빛 아래 그녀를 알몸 그대로 두고 나갔다. (그는 방해를 받아서 김이 새기는커녕 방해 받은 것이 불붙는 욕정에 더욱 기름을 부은 듯했다.) 관리인은 불평을 했다. 세르비오 씨, 부탁인데 이런 시각에 정문에 와서 귀하를 찾는 방문객을 좀 만나 주시지 않겠소? 관리인은 이제 들어가 보려고 하는데, 이번에는 다시 불려 나올 일 없게 좀 안 될까요?

그녀는 훼방꾼이 있으리라는 것을 미리 알고 있었다. 그 때문에 그녀가 여기 와 있는 것이다, 비록 얻어맞을 줄은 전혀 생각 못 했지만 말이다. 그래도 용케 물건을 전달할 수만 있다면 맨 살갗에 부어오른 예상치 못한 매 자국들은 명예의 훈장처럼 보일 것 같았다.

세르비오가 방을 나서서 셋방들이 늘어선 복도를 따라 잰걸음을 치는 즉시, 그녀는 임무를 완수하려고 진저리를 치며 침대에서 일어났다.

뒤를 받쳐 주는 사람들이 철저하게 작전을 짜 두었기에, 그녀는 준비가 되어 있었다. 세르비오가 글리쿠스의 서쪽 끄트머리로부터 이곳에 와 있는 동안에 레드샌드의 군수 생산업자 한 명이 그와 비밀리에 협상을 하고 싶어 한다는 정보가 있었다. 그 흥정은 세르비오가 철광산이 자리한 스칼프스 비탈의 자기 집으로 향하기 전에 확정돼야 할 터였다. 그녀가 알아내야 할 것은 이런 것들이다. 세르비오가 레드샌드의 무기 공장에 파는 청철광의 양이 얼마나 되는가? 그리고 얼마나 자주 거래가 있는가? 보병 부대 작전에서 중요한 것은 오로지 특정 종류의 총기뿐이고 특히 폴링어 리더블러가 관건이었다. 그런데 폴링어 총신을 주조하는 데 쓰이는 철광은 거의가 글리쿤 산지로부터 온 것이다. 그러므로 폴링어 포를 대량 생산하는 게 어느 공장이고 얼마나 꾸준히 만들어 내고 있는지 윤곽을 잡을 수 있다면 그건 에메랄드 시의 장성들이 먼치킨랜드 침략을 어떻게 추진하고 있는지에 대한 단서가 될 것이다.

상당 규모의 군수 물자가 생산되는 것이 이곳 레드샌드에서라고 하면, 그때는 필경 침략이 남쪽으로부터 개시될 것이다. 왜냐하면 (신중하게 계획된 육상 물 운송과 더불어) 총포가 레드샌드에서 셰일샐로로 길리킨 강 물길을 타고 운반될 수 있기 때문이다. 침략 목표는 십중팔구 대호수를 총력 탈취하여 먼치킨랜드에 물 공급을 끊는 것으로 한정될 가능성이 높다.

다른 한편, 만약 트라움의 신진 군수 공장으로 보낼 철광석을 따로 꿍쳐 두고 있다면 에메랄드 시의 침략 작전은 글리쿠스 운하를 끊고 질러가는 식으로 전개될 개연성이 높다. 트롤들이 있지만 그래도. 그래서 방비가 되어 있지 않은 북쪽으로부터 먼치킨랜드로 치고 들어오게 될 것이다. 네스트 팰로스를 뚫고 행군해 와서(보병들에게는 여름휴가 같겠지!) 센터먼치와 콜웬 그라운즈로 진군할 테고, 레스트워터라는 먹음직스러운 열매를 따기보다 우선은 수도부터 점령할 것이다.

나.가 유혹을 계획했다. 그녀는 레이스가 엿보이는 빨간 피칸델라를 입었고, 머리에는 구슬 꽃을 꽂았다. 자개를 아로새긴 화장품 상자 안을 우묵하게 파고 그 자리에 맞게끔 가장자리를 둥글게 만든(한 장 한 장 손톱가위로 오려서 맞게 만든 것이다.) 얄팍한 수첩 한 권과 손가락 한 마디만 하게 깎아 놓은 연필 동강을 맞추어 넣었다.

하지만 층계참에 놓인 새장 속 새들은 사전 계획 속에 넣지 못했다. 한밤중 거리 쪽으로 난 문을 두드리는 소리가 나자 새들은 미쳐서 마구 지저귀었다. (곤봉이 낸 소리며 이를 악문 그녀의 비명 소리에는 짹 소리 한 번 내지 않던 놈들이다. 어쩌면, 그런 자들이 수도 없지만, 그 새들도 관음 성향이 있었는지도 모른다.) 이제 새들은 째지는 소리로 경보를 울려 대고 있었다.

피멍이 든 부드러운 발바닥으로 서둘러 방으로 돌아오면서 그녀는 나머지 날치기 사업가 세입자들 모두가 설사 잠에서 깨었더라도 각자의 부적절한 침대 속 짝꿍과 더불어 자기를 찾는 사람이 없기만을 바라며 고개를 처박고 있어 주기를 기도했다. 일단 나이 스무 살을 넘기고 보면 한밤중의 방문객을 좋아하는 사람은 거의 없다. 그녀는 치마를 그러쥐고 치맛자락이 펄렁펄렁하도록 쌩 하니 돌아와 그걸로 새장을 폭 덮어씌웠다. 새들은 예상치 못한 즉각적인 일몰을 맞아 조용해졌다.

그녀는 층계참 꼭대기에 몸을 웅크리고 추위에 떨었다. 귀를 기울였더니 한두 마디 중요한 단어가 귀에 들어왔다. 조금 있다가는 보너스가, 그리고 오는 봄에 주문이 늘어난다는 말이 들렸다. 그리고 두 번째 보너스가…… 폴링어 총포 생산을 도와줄 또 한 명의 철광석 공급자가 이리로 불려 온다는 말이……. 세르비오는 도매가를 낮추어서 경쟁자가 내놓은 가격에 맞추어 주어야 하지 않을까? 톤당 단가를 좀 더 낮게 매겨서…….

그녀의 고객이 흥정을 시작했다. 얼어붙을 듯 추운 복도에서 엉덩이에 단추로 잠그는 내복 바지 한 장만 입고서도 자기 지분을 지킬 수 있는 사업가를 그녀는 우러러보지 않을 수 없었다.

이걸로 충분했다. 치마를 도로 거두어 가지고 그녀는 살그머니 방으로 돌아와 새들이 다시금 시끄럽게 아우성치기 시작할 때까지 세 마디를 적었다.

그 새소리가 세르비오가 발끝으로 걸어 돌아오는 기척을 덮었다. 세르비오는 방으로 돌아오며 여자가 베개 밑에 머리를 처박고 엉덩이만 비쭉 내놓은 모습과 마주치고 싶었다. 그런데 여자는 무엇을 쓰느라고 정신이 없었다.

"그동안 참 못된 딸이었어요…… 하고 엄마한테 편지라도 쓰고 있나?" 세르비오가 말했지만, 한쪽 눈썹이 휘어져 올라간 것으로 보아 맞닥뜨린 광경 앞에 몹시 수상해하고 있는 게 분명했다.

그녀는 헉 하고 숨을 삼켰고, 수첩을 내던질 뻔한 것을 간신히 참았다. 머릿속에 제일 먼저 떠오른 대로 이렇게 말했다.

"이야기를 메모했어요." 긴 침묵이 있었다. "상상 이야기를 쓰고 있어요. 꼭 힘들 때만 생각이 떠올라요." 그녀는 치마를 끌어당겨 무릎을 가리며 유희로 상황을 얼버무리려고 했지만, 세르비오는 종잇장을 붙잡으며 이렇게 말했다.

"상상이라니 뭔 상상? 말해 봐, 그 상상 내가 세 배로 부풀려 주게? 흐흐흐."

그녀에게 암호 쓰는 법을 배워야 한다고 고집했던 그 한패 사람에게 축복 있으라. 세르비오가 말했다.

"이거 보기에는 드래곤 똥 같구먼. 여기에 무슨 단어는 보이지도 않는데."

"막 쓰기 시작한 참이었어요." 그녀가 말했다.

"굳이 이 달콤한 고통의 침상에서 일어나 적어야만 했던 그 대단하신 착상이 뭔지 어디 나한테 얘기해 보시지."

아마 그가 엄마를 들먹였기 때문이었을 것이다. 그녀는 어린 시절에 들었던 이야기 하나를 기억해 냈다. 그것이 유명한 전설인지 아니면 그녀의 어머니가 만들어 낸 이야기인지 그녀로서는 알 도리가 없었다.

"마녀에 대한 이야기예요." 그녀가 말문을 열었다. "한 마녀가 있었는데 느닷없이 오늘은 꼭 아기 여우들을 가지고 저녁밥을 만들어 먹어야겠다는 생각에 사로잡혔어요. 하지만 여우 엄마가 울부짖어서 달을 떨어뜨리고, 달은 데굴데굴 굴러 와서 마녀의 동굴 앞에 무덤의 문처럼 딱 막아 버려요. 그래서 그 사악한 늙은 마녀는 그 속에 영영토록 갇혀 있게 되어요."

세르비오는 의구심을 갖지 않을 만큼 만취해 있지는 않았다. 예상치 못했던 한밤중의 사업상 흥정이 그의 생각 줄을 바로잡아 놓았다.

"이 쓱쓱 그은 그림으로 그 얘길 전부 써 놨다고? 선 몇 개 긁적여 놓은 게?"

"막 시작한 참이었어요."

"내가 앉아서 네가 쓰는 걸 구경해 보도록 하지. 넌 생각나는 대로 큰소리로 읽어도 좋아." 세르비오는 침대 가에 무릎으로 서서 그녀의 무릎을 가린 치마를 끄집어 당겨 치워 버렸다. 그리고 한 손을 쑤셔 넣었다.

"우리 늙은 마녀를 동굴에서 두들겨 쫓아내 볼까 어쩔까." 손을 비틀면서 그가 말했다. "네 생각은 어떠냐? 우리가 뭘 어떻게 해야 할 것 같아?"

"옛날에 여우 엄마가 있었습니다." 그녀는 말했지만, 먼젓번에는 흐느껴 울지 않고 참아 넘겼던 대목에 이르자 이런 상황에서 다시 풀어내고 있는 이야기의 지난 추억이 더욱 큰 슬픔을 안겨 주었다.

어쨌든 회피책은 먹혔다. 그녀는 요구받은 정보를 가지고 빠져나왔고, 다음 날 아침 시장 좌판 너머로 연락원에게 건넸다.

"어디 다쳤나?" 감자가 멀쩡한지 살펴보는 척 종이에 적힌 정보를 조끼 속으로 미끄러뜨려 넣으면서 중간 연락책이 물었다.

"잘 모르겠네요." 그녀가 대답했다. "이야기 가지고는 무마되지 않았어요."

그 일이 있은 지 얼마 후, 그녀는 첩보 활동 탓에 당하게 된 최악의 부상을 이기고 살아남기 위하여 이야기들 속으로 도망쳐 들어갔다. 이야기들은 그녀가 알몸일 때에도 말랑한 갑옷처럼 그녀를 감싸 주었고, 그녀의 정신이 움츠러들어 틀어박힐 수 있는 장소 역할을 해 주었다. 몇 번이고 몇 번이고 그녀는 혼자서 마녀와 아기 여우들 이야기를 되뇌고 또 되뇌었다. 그것은 마치 스스로 용기를 얻고자 머릿속에서 노래를 부르는 것과도 같았다. …… 그날 저녁 그 시끄

362

럽고 추잡한 새 새끼들이 했던 일이 바로 그거다. 나중에, 멍이 들고 정신도 혼란해진 상태에서 때때로 그녀는 무엇을 끼적끼적 써 보려고 함으로써 마음을 가다듬었다. 암호로 된 메모는 아니었다. (그 수법은 놀랍게도 끝까지 들통이 나지 않았다.) 그런 건 아니고 이런저런 이야기 쪼가리였다.

그녀는 그 일에 몰입하게 되었다. 얼마간 그것이 그녀에게 구원이 되었다. 그녀는 이모들이 같은 소설을 계속 다시 읽곤 했던 정경을 떠올렸다. 왜냐하면 가진 책이 그것뿐이었기 때문인데, 노처녀로 헛헛하게 살아가던 이모들에게 그 조작된 세계에서 펼쳐지는 가짜 모험들은 얼마나 짜릿한 것이었던가.

그러다 얼마간 간격을 두게 되고, 먼저처럼 탄력을 받지는 못하게 되었다. 그녀는 자기 이야기들이 사태에 대한 논쟁임을 알아차리기에 이르렀던 것이다. 아무렇게나 제멋대로인 듯 보이던 것, 심지어 마법적이기까지 했던 것들, 마치 그녀의 연필이 생각해 내기라도 하는 것처럼 심 끝에서 술술 풀려 나오던 사건들을 그녀는 이제 환원적인 정형화로, 세계를 거짓되게 단순화하는 것으로 보게끔 되었다. 서사의 맵시란 거짓말로 쓰인 허구, 그 자체로 거짓인 허구였다. 연필은 세상이 얼마나 풍부한 의미를 담아낼 수 있는지에 대하여 거짓말을 하고 있었다.

그녀가 다다를 수 있는 그 어떤 결말도 거짓된 것이었다. 왜냐하면 아직 삶이라는 격한 고통에 포로 된 채인 생명체로서는 그 어떤 결말의 타당성도 결코 입증할 수 없기 때문이다. 살아 있고, 그렇기 때문에 여전히 무수한 원인들과 무수한 최종 결과들에 관하여 도무지 학습이 되어 있지 않은 생명체로서는.

그래서 몇 년이 지난 뒤에 그녀는 이야기를 짓는다는 실험을 포기했다. 한동안만일지 영영일지는 알 수 없었다. 그녀가 나이 지긋한 홀아비(그녀가 괴물이라고 불렀던)의 간호사이자 보조원으로 들어갔을 때, 그랬다가 꼼짝없이 잠긴 탑 위에 갇혀 그가 죽는 것을 내려다보게 되었을 때, 언어는 다시 한 번 그녀를 배신했다.

이제 자신을 구원해 준 시계의 동반자들 무리 바로 바깥에 앉아서, 그녀는 종이 위에 그어지는 연필 선을 바라보았다. 그러자 언어를 회피하여 기다랗게 구부러진 선이 생겨났다. 무슨 나무줄기 같았다. 그녀는 기하학적으로 정확히 굽어 있는 둥글둥글 휘어진 가지들을 이렇게 또 저렇게 더해 넣었다. 맵시 좋은 버드나무, 완벽한 녹색의 분수.

때때로, 말이 그녀의 살갗을 부르트게 하고 가슴속에 절박한 공포를 불러일으키기 시작할 때엔 그냥 그림이면 될 것이다. 어떤 유래가 있는 것도 아니다, 이 순수한 나무 그림은. 어쩌면 이건 또 다른 종류의 암호인데 그녀가 아직 읽지 못하는 것인지도 모른다.

경호대장이 불렀다.

"일리아노라!"

이름이 불리는 소리를 들으면 몸을 움찔할 수밖에 없었다. 어쩔 도리 없이 그렇게 되었다. 두목은 말을 이었다.

"달음질꾼들이 돌아왔다. 어느 길로 갈지 정했단다. 서쪽에서 접근 중인 에메랄드 시 군대의 겨냥 눈금에 우리가 아주 정통으로 들어가 있는 참이다. 그자들 앞길에서 비켜나는 데 시간이 15분 남았다. 너 안 올 거면 여기 두고 간다! 그러면 미인 아기하고도 안녕 바이바이지!" 난쟁이는 나머지 일행을 향했다. "북쪽으로 간다, 머슴아들아! 북쪽으로 숲의 가장자리를 향해서 가는 거다. 하지만 뻥 뚫린 평지로 나가선 안 돼, 먼치킨랜드인들이 어디에 있는지 우리가 정확히 알지를 못하니까. 저녁 어스름 빛에 그네들이 우리를 저희들 적으로 오인하면 안 되지 않겠냐. 그 작자들 총탄을 불러들여서야 안 되지. 자칫했다간 한밤중이 되기 전에 걔들의 전투 부수비용으로 떨려 나갈 판이니! 내 감이 헛다리 짚은 게 아니라면 피신처는 바로 우리 코앞에 있다."

소년들은 끈을 찼고, 난쟁이는 앞쪽으로 올라앉았다. 그녀는 연필과 수첩을 앞치마 주머니에 쑤셔 넣고 베일을 눈썹 뒤로 넘겨 썼다. 그러고는 몸을 돌려 가족에 합류하러 갔다.

"저 가요." 그녀가 알렸다. 왜냐하면 지금까지 죽 그래 왔으니까. 그리고 자신의 과거로부터 달아날 수 없는 만큼이나 자신의 미래도 피할 수 없기에. 그녀가 아무리 자주 조용히 외떨어져 앉아서 그 생각에 노심초사 괴로워했어도, 안 되는 것이다.

"저 가요." 그녀는 더 크게 외쳤다. 대포 소리를 넘어 일행이 들을 수 있도록.

---- 영향력의 문제 ----

1

유리 고양이가 불평하는 소리를 냈다. 브르르는 현재로 되돌아왔다.

"오오 그래, 그림자꼭두각시야. 저녁밥은 금방 올 거다. 이름 없는 신의 이 가난한 종들이 너를 배고프게 놔두지는 않을 거야. 그이들의 강령이 허락하지 않을 일이니까."

고양이는 브르르의 무릎으로 와서 조끼의 보풀에 붙어 있던 오래된 빵부스러기들을 핥아먹었다. 브르르는 고양이를 토닥여 주어서 가르랑 목 울리는 소리를 내게 만들려고 했다. 이것이 그림자꼭두각시가 보여 줄 수 있는 유일한 따스함이었다. 소리로 전하는 따스함. 그림자꼭두각시의 몸뚱이는 덥고 추운 변화에 아무런 영향을 받지 않았다. 브르르가 말할 수 있는 한도 내에서는 그랬다.

얼마나 득이 되는 특성인가. 어쩌면 늙어서 그런지도 모른다. 무엇인가 바라볼 게 있다는 것, 숙명이 유예된다는 것.

그렇게 호호 늙은 야클조차도 감정적으로는 영 맥이 없어 보인다.

야클은 누가 봐도 명백한 불사성을 극기의 정신으로 견뎌내는 중이
었다. 브르르라면, 만약 귀가 솔깃해지는 죽음이 자신에게는 영영
주어지지 않는다고 생각하게 되었다면 엄청나게 화가 났을 것이다.

브르르는 이제 지나간 시간 동안 그에게 물밀듯이 밀려들었던 저
많은 추억들로부터 탈출하려 애썼다. 동물이든 인간이든 어떤 종족
과 어울리려 했을 때마다 처참히도 화합하지 못했던 것. 굴림하고
처럼, 시즈 은행계에서처럼, 도로시나 엘파바 같은 무뢰한들과 상대
했던 그의 실수도. 엘더스도터 판사의 법정 피고석에서 받았던 수
모까지.

'부역자.' 하지만 적에게 부역한다는 건 원래 타고난 제 부족에
대한 배반의 의미를 함축한다. 그러니 원래 자기 부족이 없는 경우
에는⋯⋯.

아마 야클에게 한 가닥 자비심이 있었으리라. 아마 기도를 하려
고 방을 뜬 것이 아니라, 브르르에게 더한층 악랄한 기억들이 물밀
듯이 밀어닥칠 동안 자리를 비워 준 것이었으리라. 아마 익히 짐작
을 한 거겠지, 트라움으로부터 이곳 중앙지를 벗어난 수도원에 다다
르기까지 그 사이에 브르르가 견뎌 내야 했던 삶을. 와장창 무너지
는 희망들, 그리고 불운들로 점철된 일생.

만약 그렇다면, 만약 저 고약한 할망구가 그만큼이나 인정이 있
었다 치면 브르르는 야클에게 조금은 고마워해야 할 것이다. 여태까
지의 이력으로 보아도 아마 그의 생각이 틀렸을 것이다. 브르르는
또 다른 작전의 또 한 개 졸(卒)일 뿐, 야클의 관점이 무엇인지는 아
직 까맣게 짚어 내지 못한 터였다.

어느 쪽이든 간에 야클은 이제 곧 예배에서 돌아올 것이다, 살았

던 것에 비해 거룩하게 그새 죽지만 않았다면. 때맞추어 작은 별이 한 점 한 점 돋아났고 어스름 빛 속에 천천히, 마지못한 듯이, 저마다 제 궤도를 탔다. (브르는 구름 늪지대의 소름 끼치는 기후를 겪은 이래로 죽 흐린 날을 좋아했다.) 별들이 하늘에 긁어 놓은 생채기가 도비우스와 그 추종자들이 그려냈던 그 신비로운 바다 빛으로 빛났다. 푸른 목탄 콩테 크레용을 검지로 문댄 위에 독사 같은 초록색을 엷게 덧씌우는 것 말이다. 앞으로 10분만 더 지나면 하늘에 어린 녹색은 검은색에 잠겨 사라져 갈 테고 트집 잡을 데 없는 완연한 밤이 내릴 것이다. 지금은 아직 낮이 마지막으로 온 힘을 다 써서 하늘은 제 차원의 수를 모조리 펼쳐내며 흥청망청, 높이와 넓이와 깊이와 영구성까지 모든 방향으로 그 찬란한 불꽃을 피워 올리고 있었다.

대포 소리, 멀리서 나고 있기는 하지만 마음이 편할 만큼 멀지는 않은 그 소음이 복도를 따라 가까이 오는 야클의 기척과 겹쳤다. 벗어 제치고 숨을 내쉬며 존재감을 과시하는 기척이다.

야클이 방 안으로 들어섰고, 그러면서 여기까지 인도해 온 견습 수녀가 도와주려고 내민 손길을 뒤로 휙 쳐 버렸다.

"됐어, 까마귀 같으니. 어디 다른 불쌍한 굴뚝새한테나 가서 집적거리라고. 내 엉치뼈는 내가 마음이 내키면 부러뜨리는 거고 넌 아무 상관 못 해."

"죄송하지만요, 야클 수녀님. 의사 수녀님께서 사자를 저녁 시간 쉴 방에 데려다 주고 수녀님은 수녀님 방에 데려다 드리라고 하셨어요. 이리로 모셔온 건 저녁 인사 하시라고 온 것뿐이에요. 그런 다음에는 다시 모시고 갈 거예요."

"난 여기 깜깜한 데 앉아 있을 거다. 침대 필요 없어."

"저는 잠자는 데 시간을 허비할 마음이 없습니다." 브르가 말했다. "총포 소리가 안 들립니까? 무슨 일이 벌어지고 있든 간에 이리 가까워지는 중이에요. 여기 일을 끝냅시다, 그러고 나서 저는 어둠에 몸을 숨기고 제 갈 길을 갈 겁니다. 왔을 때하고 똑같이 말입니다. 여기서 밤을 지낼 생각은 전혀 없어요."

"바깥에서 기다릴게요." 견습 수녀가 말했다. "10분 드리겠어요. 의사 수녀님 명령을 제가 함부로 뒤집을 자유는 없다고요."

젊은 여자가 물러가고 문이 닫혔다. 야클은 자기 의자 쪽으로 몸을 부딪히며 갔다. 브르는 돕겠다고 나서지 않았다. 야클은 더 지친 기색이었다. 전보다 한 푼이라도 더 죽음으로 기울어진 기색은 없었지만 말이다.

"기력이 좀 회복되신 거죠?" 브르가 씁쓸히 물었다.

"변한 게 없어, 저 계집들은 도대체. 내 저것들하고 같이 한 수십 년은 앉아 있었던 것 같은데 어떻게 저럴 수가 있는지 늘 궁금하다니까. 하나부터 열까지 감정을 억제하고, 온통 엄혹한 규범에다 열심에다가. 난 아직도 궁금해. 난 아무래도 이 세상에 살라고 생겨난 몸이 아닌가 봐."

야클이 말하는 투로 보아 단지 수도원을 가리켜 말한 게 아니라 전반적인 세상을 가리킨 것임을 브르는 알아들었다.

"감상적인 종교성인가요? 사람을 할퀴어 드는 특성이죠, 그렇잖아요?"

"나는 그걸 정의할 수단이 없네. 옹호할 수도 비하할 수도 없어. 그냥 나를 한결 낮게 만들어 준다는 것뿐이지, 그게 다야. 저 여자들은 어떻게 이름 없는 신에게 저리도 찬송을 불러 댄단 말인가? 그래서 뭘 어쩌자고?"

응답을 바라고 하는 일은 아닐 것이다. 이름 없는 신인데.

"왜 그렇게 비딱하십니까? 당신도 아무튼 수녀이긴 하잖아요. 어쨌든 지금까지 수십 년을 수녀의 허울을 쓰고 살았고요."

"나한테 영성이 있다고 주장할 맘 없네, 자네가 용감하다고 나서는 거나 마찬가지지." 야클은 그렇게 받아쳤다.

"정말이지, 나는 눈이 멀었는데 귀도 먹었더라면 좋았을걸 그랬어. 제발 여편네들이 저희들끼리 넘기고 받고 하는 소리 좀 안 듣게. 의사 수녀가 아무튼 다소간에 책임을 떠맡은 수장 격인데, 외과 처치실 조수이니 그 부관 격인 약제사 수녀는 자기는 승격에서 쏙 빠지고 의사 수녀가 윗자리로 올라갔다는 걸 지금껏 잊지 않고 있거든. 내 짐작하기에 그 상처가 한 몇 년 동안은 별달리 문제 되지 않고 넘어왔는가 본데 황제의 병력이 바야흐로 먼치킨랜드를 침략해 들어올 판이 되고 보니, 이것 보게, 저 땅딸막한 먼치킨랜드 산 불독 약제사 수녀가 생각하기에 의사 수녀는 너무 어중간하니 영도할 그릇이 못 되는 거다."

"아주 심리학자 나셨네요."

"비꼬지 말게. 양쪽에서 깔아 내리는 소리를 들어 두 귀가 먹먹할 지경이구먼. 간에 붙고 쓸개에 붙는 살살이, 약제사 수녀의 눈에 의사 수녀가 그래. 성깔만 더럽게 부려 대는 촌년, 의사 수녀 눈엔 약제사 수녀가 이렇고. 그것들의 기도 소리에 담겨 있는 이런 속내가 그래 내 귀에 죄다 안 들리고 배기겠나?"

"귀가 참 좋으십니다. 마음의 평화에는 퍽 부담이 되겠는걸요. 충분히 이해가 갑니다."

"가서 쉬게. 오늘 밤엔 자네하고 얘기 안 할 거니까, 자네도 잠을 자든지 하라고. 아침에 부리나케 들고튀어야 할 판이라면 하룻밤 푹 자는 편이 썩 이로울걸."

"전 필요한 얘기를 아직 못 들었는데요."

"지금 당장은 못 들어." 야클이 답했다. "난 여기 잠시 앉아 있을 참일세. 어둠 속에. 자네한테 이 이상 얘기를 해 줄지 아예 관둘지를 생각 중이야. 얘기해 줄 수도 있겠지. 하지만 나 혼자 잠시 넋두리를 좀 하고 있고 싶은데 그걸 엿듣는 건 싫어."

"시간 됐어요, 브르르 경." 견습 수녀가 수줍게 말했다.

견습 수녀는 브르르를 층계참으로 이끌어 갔다. 내려가는 층계가 널찍하고 높다란 층계실로 이어졌다. 벽에는 윤을 낸 장두리널 위로 커다란 창문이 나 있었다. 중앙에는 투명한 창유리가 끼워져 있고 가장자리는 색유리로 테가 둘러진 창이었다. 브르르는 층계 맨 위 단에 서서 그림자꼭두각시가 따라잡기를 기다렸다. 등뼈를 늘리고 목을 빼어서 창틀 가장자리를 넘겨, 수도원을 둘러친 바깥벽을 넘겨 그 너머를 보려고 했다. 혹시 어느 사단이나 명사수들의 조짐을 포착해 위치를 가늠할 수 있을까 하여 본 것이다. 하늘이 거의 지면까지 내려와 있었다. 보이는 것은 어둠을 배경으로 몇 점 불빛을 켜 놓은 집 한두 채뿐이었다.

집이 딱 진군로에 들어앉아 있다. 불쌍한 바보들.

"브르르 경."

견습 수녀는 사자를 원하는 쪽으로 몰아가려고 억울해 못 살겠다는 식의 목소리를 냈다. 브르르는 유리 고양이를 집어 들어, 그놈을 견습 수녀의 정수리에 메다꽂고 싶은 충동을 억누르며 다시는 한마

374

디 말도 하지 않고 그녀를 따라갔다.

견습 수녀가 데려다 준 방에는 높고 좁은 창 세 개가 한 벽을 채웠다. 창은 너무 높아서 혹시 밤중에 이 장소가 공격을 당할 시에 뛰어올라 빠져나갈 수 없게 생겼다…….늘 차고 다니는 이런 걱정 근심이란 참! 또 뭐가 어찌 됐든 그 창들은 너무 작기도 했다. 힘든 시절을 겪었는데도 브르르는 다소 뱃살이 불어나 있었으니 말이다.

저녁밥이 왔는데, 음식이 속에 잘 받지 않아서 받은 대로 상을 물렸다. 그림자꼭두각시는 거리를 두고 비켜나 다가오지 않으며 고약한 냄새를 맡고 유리질 콧잔등에 주름을 잡았다.

브르르는 딱딱한 짚 요 위에서는 잠들 수가 없었다. 그래서 외투를 깔고 그 위에 몸을 말았다. 돌바닥은 차가웠고 브르르는 그림자꼭두각시를 방의 다른 쪽 끝으로 쫓아내기에 족할 만큼이나 몸을 떨었다. 작은 달빛 고양이는 마치 산산이 깨질까 봐 두려워하는 듯했다.

브르르는 맨 마지막 굴레, 그중에서도 제일 끔찍한 추억을 피해 이리저리 뒤척이며 좀처럼 잠들지 못했다. 그러나 점점 피곤이 밀려와 저항은 엷어져 갔다. 그리고 마침내 그것이 그에게 덮쳐 왔다.

막대기와 작살 총을 든 남자들. 그물, 수치스러운 그 그물. 굴복하여 붙잡히고, 우리의 공포에, 그 치욕. 죄목을 들이대고, 선고가 내리고. 마취제를 든 외과의사. 주사 바늘과 압출기. 그리고 너더댓 명 이발사들이 한꺼번에 그를 에워싸고 사방으로 가위질을 해 댄다. "짐승을 철들게 하는 데는 망신을 주는 게 잘 듣지." 한 목소리가 말한다. 외과의사인가, 누군가가. "명예를 싹 벗겨내 버리고, 갈기를 다 깎아 버려. 사정없이 꺾고 잘라서 뭉툭하게 뭉개 놓으라고. 그랬는데 그놈이 살아남으면, 한층 굳세게 성장할 테니."

박박 깎인 머리, 부역자의 상징.

브르르는 그 기억을 어디에다 위치시킬 수 없었고, 위치시키고 싶은 생각부터도 없었다. 그 기억이 실제라는 생각조차 그는 결코 하지 않을 터였다. 브르르는 자기 자신을 사자 새끼로도, 금융가인 동물 신사로도 바라볼 수 없었다. 진상은 그대로 남겨져 있다. 브르르는 그 자신의 삶 한중간에 뻥 뚫린 구멍이었다. 그는 도무지 자기 자신의 모습을 가늠해 볼 수가 없어, 그에 견주어 남들을 판단할 기준이 없었다.

어쩌면 이것은 단지 브르르가 상상해 낸 공포일지도 모른다. 만약 이게 정말 벌어졌던 일이라면, 브르르는 자세히 기억하고 싶지 않았다. 그날은 그대로 무덤 속에 덮어 두는 편이 낫다.

가장 어두운 회상으로부터 놓여나서, 브르르는 마침내 스르르 잠이 들었다. 그는 꿈을 꾸었고 꿈속에서 이게 꿈이라는 것을 알고 있었는데 이는 썩 궁금증을 불러일으키는 희한한 일이었다. 고양잇과 동물들 전체가 꿈을 꾸지 않는다는 점을 고려하면 더욱 신기했다.

길고 늘씬한 뮬라마 하에킴의 몸매가 꿈꾸는 그의 의식 속에 들어와 있었다. 우아하게 기지개를 켜는 그 모습, 마치 밀림의 물웅덩이 옆에서 낮잠을 자고 방금 깨어난 듯하다. 브르르는 활처럼 한껏 구부린 뮬라마의 등뼈를 핥았다. 이어져 있는 등골뼈를 한 번에 하나씩 육감적인 주름이 생기도록 핥아 나갔다. 상아호랑이 암컷의 참한 몸매를…….

브르르의 꿈속에서 뮬라마는 발정기에 들어 있었고, 그 체취가 그의 가슴통 속에서 꽃불 불꽃처럼 터졌다. 치르르르르르 펑. 그 화약 덩어리는 마치 브르르가 꿀꺽 삼키기라도 했던 것처럼 속에서 더 아래로 내려가서 사타구니를 지지고 사자다운 제왕의 홀을 부풀어 오르게 했다. (꿈에서는 그가 길리킨 대삼림의 왕이었다.) 뮬라마는 사랑스럽게 그를 향하여 꼬리를 탁 쳤다. 놀리듯이. 올라타요 당장, 나한테 올라타요. 머리를 살짝 젖혀 브르르 쪽을 보고, 으르렁거릴 것 같기도 한 미소를 띠고, 또는 웃는 듯이 캬옹거리며, 그러다 두 눈이 반쯤 감기고, 이윽고 천천히 일정하게 몸을 흔들던 것 때문인지 속이 들여다보이지 않는 흑요석과 같던 뮬라마의 두 눈이 일순 확 밝아지며 바다의 포말인 양…… 바다라는 것이 정말 있었던가?

브르르는 꿈을 꾸면서 목구멍으로 그르렁거리고 신음을 했다. 그리고 자칫 사정할 뻔했지만 그러기 전에 잠을 깨었다. 깨어 보니 그는 처참할 만큼 홀로였다. 찰나지간에 꿈이 남긴 헛그림자인가 싶은 것이 그의 눈꺼풀 안쪽에 어려 있었다. 뮬라마 하에킴이 삐죽삐죽 나온 석회암층 가장자리를 껑충껑충 뛰어 건너질러 가는 광경이다. 브르르가 다시 잠들어서 따라잡기에는, 그래서 마저 정복하기에는 이미 너무 멀었다. 너무 멀어서 혹시 다쳤는지, 피를 흘리고 있는지도 알 수 없었다…… 만약 이게 그때라고 한다면. 아니면 그녀가 아직 어리고 유혹적인 고양잇과 동물로서 왕가인 자기 집안에서 뛰쳐나온 거였는지도 모른다.

브르르는 옆으로 돌아누웠다. 한밤중의 주책을 그림자꼭두각시가 보고 있었는지 어떤지 쳐다볼 마음이 나지 않았던 것이다.

잠은 돌아올 줄 몰랐다. 야클의 약삭빠른 질문법에 말려 본의 아니게 이것저것 끌어다 댄 브르르 자신의 진술로 인해 뮬라마가 고스란히 그의 패배 목록 속에 들어와 버렸다. 그는 그렇게나 많은 일들을 파묻어 두었다. 새끼고양이가 자작나무 잔가지 같은 고 조그마한 분변을 숨기는 것처럼, 브르르는 일찌감치 모래를 파고 그 수많은 재앙의 기억들을 묻어 버렸더랬다.

살았다면 지금은 어디에 있으려나?

내가 그녀를 사랑했다는 게 아니야. 브르르는 혼자 뇌까렸다. 그녀는 내가 자길 사랑할지 말지 감을 잡을 만큼이라도 자기를 잘 알 수 있게 해 주지 않았잖아.

그리고 또 그래, 나도 그녀에게 나를 알려 주지 않았지. 브르르는 자기 혼자서 우는소리를 했다.

늙은, 늙어빠진 브르르가 차디찬 방에 웅크리고 누워서. 풋풋했던 시절 짜릿했던 아가씨를 그리고 있네. 얼마나 처량한 꼬락서니인지! 모든 면에서 남보다 가난한데 단 하나 우리가 서로에게 저질러 볼 수 있는 갖은 배반에 대해서만큼은 상상의 폭이 참 넓기도 하다.

한순간 용한 생각이 들어서 거의 웃음이 떠오르려 했다. 남들 쪽이 기회주의자였다는 생각을 정말 거리낌 없이 할 수 있게 된 브르르였다. 좌우간 뮬라마는 그에게 사랑 따위는 전혀 갖지 않았을 것이다. 아마도 그를 (정말 그 말 그대로) 사이즈 재어 보고, 자기 아버지 뒤를 이어 통치하기에 부적격인 몸이 되고자 주도면밀하게 작전을 짰던 것이다. 그 영감 이름이 뭐였더라, 유요도? 우이오도어, 그래, 그 이름이었지.

산도가 찢어지고, 피를 철철 흘려서, 상처가 남고, 제구실을 못하면, 뮬라마는 굴림 족의 영도자 자리를 물려받아 수행할 자식을 낳을 수 없게 된다. 왕위에서 물러나도 부족이 반대하지 않을 것이다. 뮬라마는 자신이 부적격하다고 말할 수 있게 된다. 굴림의 사회는

378

아무튼 모계 사회였지. 브르르는 기억했다.

브르르가 속으로 곱씹어 보는 생각이 어떤 것인지 짐작이나 한 듯이, 방 건너편 끝의 늙어 빠진 고양이는 침을 뱉었다. 브르르는 앞발로 주먹을 쥐어 놈을 산산조각으로 빠개 버리고 싶은 충동을 눌러야 했다.

방 안에 잘라낸 듯 뚜렷이 들어온, 거무스름하게 물들어 가는 터키옥 색깔의 사각형 하늘들을 브르르는 바라보았다. 그리고 보이지 않는 줄기 끝에 달려 돌아가는 더 연한 터키옥 색 별들을. 달이 뜨고 있었다. 달빛이 별빛을 바래게 했다. 럴라이나여 고맙습니다! 브르르는 분명히 시계 째깍거리는 소리가 들렸다고 생각했다, 사방 벽이나 탁자에도 시계는 보이지 않았지만…… 그 째깍째깍 하는 시간 속으로 들어가는 발걸음 소리를 브르르는 헤아렸다. 하나씩하나씩 빼놓지 않고, 다시금 잠에 빠져들어 더 이상 셀 수 없을 때까지 세어 갔다.

이번에는 꿈을 꾸지 않았다. 그것은 우리에게 베풀어진 얼마 안 되는 자비 중 하나였다.

2

여러 개의 방 저편에, 기분도 긴장감도 브르드와는 동떨어진 상태로, 야클은 바닥에 앉아 있었다. 내뻗친 두 다리는 서로 직각이고 그녀의 척추와도 직각이었다. 엉덩이에서 허리까지는 실하고 민활한데 그 위로 이어지는 가슴통부터는 굳고 비틀어져 있었다. 울퉁불퉁 혹덩어리들에 뒤덮인 글리쿤 꼴이로구먼. 야클은 그렇게 생각했다. 아무튼 야클의 머릿속에서 글리쿤들은 그랬다.

그렇지만 야클은 잠들지 못했다. 잠은 그녀에게 베풀어진 축복이 못 되었다, 마지막 잠이 찾아올 때까지는 말이다. 잠에서 깨는 것은 매일 반복되는 참혹함이요 모욕이기에 야클은 잠을 자지 않음으로써 그것을 피했다.

야클은 잠 잘 필요가 없기 때문에 자지 않았다. 야클은 아무래도 눈으로 볼 필요도, 사실은 음식을 먹을 필요도 없는 것 같았다. 장운동을 시키거나 방광을 비워 줘야 할 필요가 1년 이상 대두되지 않곤 했다. 들어오고 나가는 모든 것은 그녀의 폐를 통과해 갈 뿐이다.

그래서 야클은 앉아서 양 무릎을 꽉 붙들고 등뼈를 죽 펴 보았다. 그리고 째깍거리는 소리를 유심히 들었다. 수녀들이 어디다 시계를 두거나 했던 기억은 도무지 없었다. 수녀들은 그냥 성스러운 시간 가운데서 이럭저럭 살림을 꾸려 간다. 변칙적이고, 모순되고, 유의어 반복적인 얘기야, 시간이 아무런 의미를 갖지 못하는 시간이라니. 역설이지. 그걸 뭐라 하더라?

말을 못 하게 돼 가고 있는 건 아니겠지, 설마?

절대 촉각까지 잃어 가고 있을 리는 없다.

모순어법. 그래, 그거다. 성스러운 시간이라, 웃기고 있네.

그렇지만 야클은 얼마나 그 속으로 미끄러져 들어가고 싶은지 몰랐다. 성스러운 시간 같은 개념을 믿지 않음에도, 믿으려야 믿을 수가 없음에도 말이다. 할머니가 해 주신 엉터리 상상 동화 이야기를 듣는 어린애들 기분이 딱 이럴 거야. 야클은 그렇게 생각했다. 세 딸 중 막내딸이 숲에서 길을 잃었습니다. 신비스러운 푸른 바다에 작은 놋쇠 물고기가 살고 있었습니다. 소원을 이루어 주는, 단 아주 곧이곧대로 이루어 주는 깃펜에 대한 우스운 이야기도 있었지. 어린이들은 그 이야기에 따라서 논다. 이야기를 꿈으로 꾼다. 그 이야기들을 진정으로 받아들여 이야기 속에 들어간 것처럼 행동한다. 야클은 생각했다. 우리는 우리 자신에 관한 이야기 속에서 살고 있는 거야. 이야기의 모순점이니 실수들, 우리의 죽어 썩어질 영혼에 반하는 플롯의 마모를 되도록 못 본 척하면서 말이지.

그리고 어쨌든 여기에 야클이 앉아서 똑같은 일을 하고 있다. 자신이 시계 안에 들어와 있다고 상상한다. 한 시간의 원주를 따라 한 치 한 치 째깍째깍 짚어 가는 톱니바퀴 장치. 움직이지 않는 기어,

진동하는 추, 살금살금 기어가는 시곗바늘, 영영토록 정확히 똑같은 비율로 동시에 열리고 닫히는 '현재'의 구멍. 하지만 수도원에는 해시계 말고는 시계가 없고, 해시계는 소리 없이 해의 시간을 가리켜 주었던 것처럼 달의 시간을 가리키고 있을 것이다. 이에 대해서는 생각하면 생각할수록 더더욱 확실하게 생각되었다.

심장 탓인가? 내 이 늙은 심장이…… 내 심장이든 내 늙은 가슴통 속에 들어와 살고 있는 그 누구의 늙은 심장이든 간에, 이제는 숫제 시계처럼 똑딱똑딱 소리를 들려주게 생겼는가?

아니면 수도원 자체가 시계로 화해서 단단히 붙박인 높다란 낡은 돌 시계가 되고, 신경이 곤두서서 몸을 뒤척이며 잠에 든 수녀들은 무게추의 이동에 따라 그 안을 쪼르르 달려 올라가고 내려오는 생쥐가 된 건가, 히코리, 디코리, 생쥐들? 〔전승 동요집 『마더 구스의 노래』의 하나인 「히코리, 디코리, 독」에 시계 속을 오르내리는 생쥐들이 등장한다.〕

하지만 이건 공상이었다. 야클은 여태 이런 적이 없을 정도로 공상에 굴복하고 있었다. 참 고상한 태도다. 이제 잘하면 다음엔 유령을 보기 시작하겠네? 늘 쏠쏠한 대접, 매양 핏 하는 비웃음, 이 생활의 무거움이란 생에 대해 품어 볼 법한 기대의 범주를 뛰어넘은 것이다!

야클은 창 쪽으로 고개를 돌렸다. 이 시점에 야클의 방은 각도상 피어오르는 구름 언덕을 마주하고 있었다. 그리하여 사자에게는 터키옥처럼 새파랗게 보이는 하늘이 야클에게는(야클의 방에 있는 사람의 눈에는) 진창 같은 보랏빛으로 부풀어 오른 듯이 비쳤다. 야클은 아무것도 보고 있지 못했지만 속으로 하늘에 문어 먹물 같은 것이

울컥울컥 밀려들어 어린 별빛을 주르르 눌러 꺼 버리는 광경을 그려 보았다. 야클의 본능은 여전히 예리했다. 자각하고 있는 것보다 한층 더 예리했다.

브르르를 신뢰할 수 있을 만큼 그에 대해 잘 알게 되었는가?

야클이 브르르의 굴욕을 세세한 부분까지 다 알 필요는 없었다. 야클이 추론할 수 있었던 것은 무수히 긁히고 찍혔음에도, 떨려 나간 삶을 살았음에도 그가 아직 수치를 모르지는 않는다는 점이었다. 그리고 우리 모두를 내리쳐 죽죽 상처 자국을 남기는 저 회초리에도 약간은 좋은 점이 있다. 덕분에 그 회초리가 다시 쌩 하고 내리쳐 올 때 그것을 피하려는 간절한 마음이 솟아나니까.

야클은 브르르의 기억들을 할 수 있는 한 많이 골똘히 들어냈다. 어떤 것은 브르르가 입 밖에 내어 말했다, 설사 브르르는 자기가 그 얘기를 하고 있다는 사실을 자각하지 못했을지라도 말이다. 그 나머지는 침묵 속에 발설되었는데, 야클은 귀가 좋았다. 야클은 하루 만에 브르르에게는 끝없이 계속해서 뭐든 엉망으로 만들어 버리는 경향이 있는 것 같다는 점을 포착했다. 어쩌면 천하의 무용지물로 살아온 그의 이력이 그로 하여금 야클이 알고 있는 어떤 사실, 아직껏 가슴속에 숨겨 둔 비밀을 맡길 보물 지킴이가 될 수 없게끔 구실을 대 주고 있는 것만 같았다.

야클이 알고 있는 그 일을 믿고 말해도 될까? 말할 수 있으면 그 다음에는? 죽을까?

아니면 이것은 어떤 대가를 치르고라도 피해야만 할 유혹인가? 심지어 우리 모두에게 약속된, 언젠가는 반드시 죽는다는 그 죽음을 포기하는 대가를 치르고라도?

그러자 발작적인 경련이 한순간 야클의 목구멍을 죄었고, 야클은 왠지 사자가 자신에게 물었던 것을 곰곰 생각해 보기 시작했다. 브르르, 그 닳고 닳은 녀석. 그놈이 거칠게 군다고 야클이 깜박이라도 속아 넘어갈 리야 없었다. 야클이 그럴 인물이 아닌 것처럼 브르르 또한 비정한 법 집행자는 못 되었다. 그래서 물어본 게 뭐더라? 야클에게 혹시 다른 인생이 있었던 거나 아닐까 하는 거였지. 혹시 기억의 저 밑바닥에 너무나 깊이 가라앉아 있어 떠올려 볼 수 없는 다른 인생이 있었다고 한다면 야클이 내세우는 얘기들은 전부 그저 저것이다, 미치광이 노파의 정신 나간 자기방어.

아니야. 야클은 생각했다. 아니고 말고, 그럴 수가 없지. 그 가능성은 이전에 800번이나 곱씹어 봤는걸. 그랬는데 번번이 아닌 걸로 결론 났잖아. 아니야. 무엇인가 조그마한 것이 그녀의 이전 생을 누설할 것이라고 생각한 점은 브르르가 옳았다. 숟가락, 잇새에 낀 셀러리 심 한 줄기, 구름이 문어 먹물처럼 보이는 것. 무엇인가가 더 이전의 기억에 걸려 있을 것이다, 만약 이전의 기억이 존재한다면 말이다. 하지만 다이얼을 휙휙 아무렇게나 돌려 봐도 문득 깨어나 일어났던 그 시점 이전에 존재한 그 어떤 삶과 교신되는 법은 없었다. 평상 위에 벌거벗은 늙은 여인의 몸으로 태어난 그 시점 이전으로는 없었다.

야클의 마음속에서 브르르는 바로 그곳 야클 앞에 자리했다. 야클은 그의 모습을 정확하게 그려낼 수는 없었다. 하여튼 떠올릴 수 있는 영상은 그가 눈을 데룩데룩 굴리며 좀처럼 다루기 힘든 펜을 가지고 손장난을 하고 있는 것 정도였다.

"왜 그렇게 엘파바한테 관심이 많으셨죠? 엘파바와 네사로즈의 개인사가 어째서 그렇게나 당신에게 얽혀 있는 겁니까?" 브르르가 큰 소리로 궁금증을 표했다.

"댁이 말해 보시구려." 야클이 되쏘았다. 마음속으로, 한밤중에 증언을 하고 있는 참이다. 아니면 말은 않고 참았던가?

"정신착란이 일어나면 기억을 온전히 할 여력이 없어지죠. 당신은 아마도 미친 소펠리아 이모님인 겁니다. 파트라 부인의 또 한 명의 딸, 멜레나의 언니 소펠리아요. 엘파바, 네사로즈, 그리고 현재 오즈의 황제인 셸에게 큰이모가 되지요. 진짜배기 트롭 후계자 말이에요."

"내가 그 소리를 믿으면 얄짤없이 과대망상으로 유죄지." 야클이 말했다. "그러면 내가 정말로 미친 것이고, 누군가가 나를 지하 묘소보다 더한 어딘가에 처박아 버릴 방법을 찾기만 하면 당장 그렇게 해 버려야 옳을 것이야."

"소펠리아가 확실히 죽었는지 어떤지 저는 들은 바가 없습니다. 그리고 당신의 나이는 얼추 들어맞지요. 짐작이지만, 소펠리아가 아직 살았다면 얼마나 늙었겠나 생각해 보세요."

"미친 소리. 댁이 정신 나갔구먼." 야클은 대꾸했다.

"내가 아니죠." 야클의 마음속에서 스르르 꺼져 없어져 가면서 브르르가 빙그레 웃음을 지었다. "당신이잖아요. 아무튼 당신이 당신 스스로 이 대화를 하고 있는 참이니. 전 지금 저쪽 다른 방으로 자러 갔습니다."

"염병할." 싸늘한 침실에서 야클이 소리 내어 말했다.

야클은 조금 더 자취를 더듬어 보았다. 특히 두드러진 부분들만 짚어 가면서. 자신이 어떻게 오즈 땅 이곳저곳을 돌아다녔던가, 트롭 자매 두 사람에게만 골몰해 이리저리 다녔다. 야클은 특별히 점지 받은 듯한 느낌을 갖게 되었더랬다…… 그 말이 어울리는지 모르겠지만. 아니면 꼼짝없이 옭아매인 거라고 할까? 한켠에서 보조하며 살도록 내려진 임무에 옭아매였다. 야클은 진정한 예지의 힘을 발휘하여 그 한도껏 그때그때 무슨 일이 벌어지고 있는지와 이제부터 무슨 일이 벌어질지를 애써 읽어낸 뒤 엘파바가 가는 길에 맞추어 먼저 가 자리를 잡고 앉아 있었다. 조금이라도 도와줄 수 있는 위치를 택해서 말이다.

물론 헛다리를 짚기도 아주 크게 짚었다. 야클이 결코 무오류는 아니었다. 그때 그 저속한 성적 일탈의 소굴에서 야클은 창구에 앉아 돈을 받았더랬다. 그날 밤 엘파바가 그곳에 올 거라는 예시를 읽고서 그랬던 것이다. 야클은 자기가 엘파바를 그 어떤 끔찍한 경험으로부터 보호할 수 있을 것이라고 생각했다. '철학 클럽!' 야클은 그곳을 기억할 수 있었다. 문간에 있던 난쟁이. 그 빌어먹을 쪼끄만 망나니 영감. 그때가 그자와 야클의 인생행로가 맨 처음 엇갈렸던 때다. 보기에 그 난쟁이 역시도 엘파바의 발걸음을 졸졸 따라 짚어온 듯했다. 야클로서는 왜인지 도무지 알아낼 도리가 없었지만 말이다.

그날 밤 그자도 야클과 마찬가지로 허방을 짚었다. 따져 보면 엘파바는 참으로 포착하기 힘든 상대였다. 야클의 예지 능력으로도 더듬어 좇을 수 없을 만큼 재빠르던 때가 많았다. 그래 맞다, 엘파바의 학교 친구들은 거기 나타났지. 애버릭, 보크, 피예로하고 몇 명 더. 하지만 엘파바나 글린다는 안 왔다. 그 두 단짝 친구는 대신에 그날 밤 몰래 몸을 뺐고, 다른 곳을 지켜보느라 정신이 없던 야클의 눈을 피해(당시에는 제구실을 했다, 야클의 눈, 실제 눈 두 짝이 말이다.) 오즈의 마법사와 그 유명한 면담을 하기 위해 에메랄드 시로 날았다.

그리하여 야클이 다시금 엘파바의 자취를 발견하기까지 몇 년이 걸렸다. 엘파바는 지하로 숨어든 후였다. 모종의 자유의 투사가 된 셈인데 윤리적인 면에서는 좀 의문스러웠다. 엘파바는 지독하게 잘 숨어 다녔다, 녹색 피부를 가진 아가씨가 감쪽같이 모습을 감출 수 있을 거라고 그 누가 생각이나 했겠는가? 엘파바의 발자취를 도로 찾아내어 뒤밟는 데에는 야클이 가진 재능을 최대한 발휘해야 했다. 그래도 야클은 찾아냈다. 몇 년이 흐른 뒤였다. 그리고 이번에는 야클의 예시가 좀 더 정확하게 들어맞았다. 야클은 엘파바가 수도원으로 돌아오게 되리라는 것을 예지했다. (비록 그 이유는 몰랐고 피예로의 죽음에 직접적인 책임이 있는 몸으로 오게 되리라는 것도 몰랐지만.) 그리하여 야클은 그보다 앞서서 그 시설의 문간에 몸소 버티고 섰다. 자기가 거기에 있으려고, 엘파바가 당도했을 때 마침맞게 대기하고 있으려고 말이다. 그리고 정말로 그렇게 있었다.

야클은 속셈을 감춘 채 노망 난 할머니처럼 담요를 휘감고 고개를 끄덕거렸지만, 실은 망을 보고 있었다. 야클은 한 손을 엘파바에게 내밀었더랬다, 울툭불툭 옹이진 손가락들이 초록빛 손바닥 안에 잡혔지, 마치 층계를 오르는 데 도움이 필요하기라도 했던 듯이. 야클은 그 말없는 소통으로써 힘과 용기를 쥐어짜 주려 했던 것이다. 그게 얼마간이라도 도움 되지 않았다고 단정할 이 누구겠는가?

엘파바에게 빗자루를 건네주었을 때 자기가 무슨 일을 하고 있는 건지를 야클이 알고 있었던가?

이제는 더 이상 기억이 나지 않았다.

그러다가, 때가 되자 엘피 자매는 서쪽을 향해 길을 떠났다. 티겔라르의 좌석이 있는 저 산꼭대기를 향하여, 치리자인 아르지키 가문을 찾아서. 반항아로 살아간 생 내내, 투지로 인해 눈물 글썽이며, 엘파바는 은둔자가 되기를 소망했지. 피예로의 미망인에게서 용서받기를, 외딴 산중에서 고요를 찾을 수 있기를 소망했어.

하지만 그놈의 난쟁이가 다시 나타나 이야기에 끼어들었고 엘파바에게 그녀가 어릴 적에 갖고 놀며 들여다보던 오래된 유리 세공품을 가져다주었다. 엘파바는 유리를 다시 달구어 그것으로 수정구를 만들었다. 거울을 눈으로 바꾼 것이다. 그 유리 공 속에서 엘파바가 무엇을 보아 냈던지 누가 알랴. 재능이 비상한 아이였으니.

재능이 비상하다 못해 모든 것을 다 피할 수 있었지. 단 하나, 결국에는 자기 죽음은 피하지 못했지만.

그렇기는 해도 아마, 야클과 마찬가지로, 죽음은 엘파바가 가장 원하던 것이었을지 모른다.

야클은 신음했다. 소펠리아 이모, 정신이 돈 소펠리아 이모일 수 있다는 생각 탓이다. 빌어먹을 착상이 머릿속에 아주 똬리를 틀어 버렸구먼! 이제 혼자만의 만족을 위해서라도 그 생각이 틀렸음을 입증해야 할 판이다. 그래도, 어떻게 보면 정신 나간 착상인 대로 일리가 없지도 않다. 이 늙은 나이에 괴이하게도 몇 십 년이나 더 목숨을 부지해 가면서 그 어떤 다른 사람의 인생 언저리를 맴도는 데 그 세월을 다 보낼 이유가 또 뭐가 있을까? 그러지 않으면 안 될 것 같은 심정이 어디서부터 왔는지 야클은 도무지 알 수 없었다. 그런데 어쩌면 핏줄처럼 아주 단순한 까닭에서였을지도 모른다.

건물이 째깍거렸다. 동정하는 것도 비난하는 것도 아니었다.

야클은 생각했다. 죽을 수가 없고 보니 오만 가지 것들이 죄다 시계 째깍거리는 소리를 내는구면.

야클은 새벽이 온 것을 눈으로 볼 수 없었지만, 부산스레 움직이는 세상의 기척을 들을 수는 있었다. 바람이 기왓장에 불어닥치고 빛이 점점 떠오름에 따라 부풀어 오르는 새소리도 들린다. 야클은 지쳤지만 기진맥진한 것은 아니었다. 아니, 기진맥진했지만 쇠약해지진 않았다고 해야 할까. 형언하기 힘든 상태다.

야클은 스스로 물어보았다. 그건 그렇다 치고 내가 소펠리아 트롭 이모님이 아니라면, 옛날에 그 여자였던 적도 없다면 그럼 누가 나를 이 자리에 있게 했는고? 그 누가 그렇게나 영향력이 충분해서 나를 다소 인간을 닮긴 닮은 형상 속에 때려 넣어 더 제대로 인간 모습을 한 피조물들과 동물 형상을 띤 이들이 있는 세상 속에 있게 했노? 또 한편에는 비켜 선 난쟁이들이랑, 예언하는 시계들도 있는 이 세상에?

만약 내가 엘파바의 인생에 변화를 일으키기 위하여 점지되었다면 내 생에 변화를 일으키라고 점지된 건 누구람? 우리 중에 있는 전설적인 악의 원천, 해묵은 여자 악마, 쿰브릭 마녀인가? 아니면 장대하고 흐리멍덩하며 곰팡내 나는 케케묵은 신격, 창조의 여신, 럴라이나 자신인가? 또는 이름 없는 신인가? 한층 비밀스럽기 때문에 한층 제정신인 신이지. (그런데 '이름 없다'라는 게 이름 지을 수 없다는 뜻인가 아니면 한때는 이름이 있었으나 그 이름이 이젠 없어졌다는 뜻인가? 이렇게 오래도록 유일교 수녀들 사이에서 지냈으면서도 야클은 단 한 번도 신학적인 질문을 던진 적이 없었다. 옹고집 이외에 무엇이 증거가 될까?)

390

럴라이나든 다른 어떤 신격이든, 대체 누가 그 권능을 주었는가?

바로 어린아이들이 주었겠지, 아마도? 지금 이 순간 엘파바의 이야기를 듣고 있을 어린애들 말이다. 사악한 서쪽 마녀 이야기를, 그녀가 흥성했다가 스러져 간 이야기를 그저 겁주는 우화로서 듣고 고스란히 믿을 어린애들이 그런 권능을 부여하지 않았겠는가? 멋대로 도덕을 재단하여 그 선전 도구화한 엘파바의 일대기로부터 값싼 교훈을 얻게끔 학교마다 그 어린애들에게 엘파바 이야기를 해 주고 있겠지?

알 길이 없었다. 야클은 상상하려다가 골치가 지끈거렸다. 요즘 들어 잠드는 것과 그나마 제일 비슷한 것은 어떤 환상 속으로 슬쩍 피하여 들어가는 것이었고, 그래서 본 환상은 이러했다. 영향력의 원은 줄줄이 이어진 도미노 패들이 네 방향으로 쓰러져 가는 것과도 같았다. 패 한 장이 다른 패를 때리고 쓰러지면, 다른 시각에서 볼 때 그 패는 딸깍 하고 일어서서 또다시 얻어맞고 쓰러질 채비가 되는 것처럼 보인다.

만물은 그저 연관되어 있는 정도가 아니라, 뭐라고 말을 할까? 결부돼 있었다. 반영된다. 계시적이다. 지시적이면서 또 숭배적이다.

아니, 야클은 말을 잃어 가고 있지 않았다. 말이 넘쳐 목에 막힐 지경이었다.

3

삼사 킬로미터밖에 떨어지지 않은 앞쪽에서는 땅에 깔린 덤불이 작은 생물들의 움직임으로 들썩들썩했다. 시계의 일행은 숲의 지면에 그려진 야생동물들의 도주로를 읽어낼 수 있었다.

"켈스워터 북쪽 호변으로부터 접근 중인 에메랄드 시 부대가 이쪽으로 향하는군." 경호대장이 결론지었다. "머슴아들아, 빠릿빠릿하게 해라! 놈들이 선수를 쳤다. 저 작자들이 여기까지 와서 우리 앞을 따고 지나가기 전에 우리가 쟤들의 행군로를 건너질러 가야지. 조심하지 않으면 저 작자들하고 코 비비며 인사하게 생겼다!"

"놈들을 저세상으로 날려 버리죠 뭐!"

소년들 중 하나가 외쳤다. 다혈질이지만 머리가 둔한 녀석이었다. 동료 소년들은 일행의 여행길에 총기를 소지하고 있지 않다는 점을 굳이 일깨워 주려고도 하지 않았다. 일행의 방어책이라고는 단 하나, 잘 넘어오는 사람들의 마음속에 예언이 불러일으킬 수 있는 두려움뿐이었다. 그런데 침략하는 대부대에 속한 병사들이 얼마나 껌

벅껌벅 잘 속아 줄는지, 아니 애당초 넘어가고 말고 여부를 가릴 만큼 느긋하게 발길을 멈추어 주기는 할는지 그것은 알 도리가 없다.

"끌어라, 자, 끌어." 난쟁이가 호령했지만, 그조차도 목소리를 낮추려고 애쓰고 있었다.

밤을 맞아 깃을 들였던 털참나무 숲의 새들이 도로 깨어 부산을 떨며 재재거렸다. 일리아노라는 또다시 그 복도의 새들을 생각했다. 발각되지 않으려는 보루 삼아 처음으로 공상적인 이야기를 끼적였던 그날 밤의 그 새들. 심장을 뱉어낼 듯 울어 제쳐라. 일리아노라가 생각했다. 어느 쪽에 가장 막강한 위험이 도사리고 있나 우리에게 알려다오.

하지만 일행과 떨어져서 혼자 걸으면서 그녀는 그다지 공포감은 느끼지 않았다. 일행을 걱정하기는 했다, 소극적으로나마. 그러니까 일행이 죽지 않고 살아남기를 바라고 있었다. 분명히 고통 받는 것은 바라지 않는다. 하지만 그녀는 평온의 특권을 지녔고 그 평온 속에서 그녀 혼자만이 예언에 대해, 또는 그들 모두가 용을 쓰며 구애하거나 반항하는 미래에 대해 아무런 구애를 받지 않았다. 과연 그녀는 종종 자기가 혹시 죽은 건 아닌지 궁금했다. 죽진 않았다 해도 안에서부터 밖으로 죽어 가고 있는 건 아닌지, 그러니까 그것이 이 평온의 근원이고 자기 자신을 선선히 포기할 수 있는 이유가 아닌지 생각했다.

이제는 빛이 없이는 더 갈 수가 없었다. 진짜 밤이 된 것이다. 난쟁이는 홰에 불을 댕겨서 들고 가라고 한 자루를 주었다.

"선두로 가렴, 네가 그럴 마음이 난다면 말이다." 난쟁이가 우물거리는 소리로 말을 건넸다.

그녀는 자기가 앞장서서 나가는 게 소년들의 배짱을 좀 더 두둑하게 만들어 주리라는 점을 알고 있었다. 또 등불을 수레에 딱 붙여 놓으면 너무 위험하다. 그랬다가는 어디서 날아왔는지 모를 탄환 한 발이 유리 굴뚝을 박살내고 불꽃 통 전체에 불이 붙어 펑 터질지도 모르니까.

하지만 그 웬 광경일 것인가! 또 다른 종류의 배설이겠지, 그녀는 생각했다.

일리아노라는 시키는 대로 했다. 길을 찾는 데는 아주 훌륭한 감각을 지니고 있었다. 이곳 두 호수 사이에서 숲의 바닥은 제법 편편했고, 그것 하나만은 모두에게 참으로 고마운 일이었다. 다만 일행이 동쪽으로부터 접근 중인 먼치킨랜드 저항군의 사격 대열 앞에 제 발로 똑바로 달려 들어가지 않으리라고 확신할 길은 없었다.

저 위 꼭대기에 올라탄 경호대장은 채찍을 휘두를 필요가 없었다. 그가 부르는 대로 부르자면 그의 '미동(美童)들' 중 네 명이 일종의 대충 만든 마구를 쓰고 예언하는 시계 장치를 끌고 가고 있었다. 다른 세 명은 뒤에서 어깨를 붙이고 밀어서 수레바퀴가 땅에 박히지 않고 털참나무 뿌리들 위로 잘 넘어갈 수 있게 보조했다. 바람은 이미 잦아들었는데 운 나쁜 일이었다. 일행이 털참나무 열매에서 수직으로 드리워진 술 사이를 헤치고 감에 따라 기괴하게 일렁이는 진동음이 울려 나와 그들을 휩쌌기 때문이다. 그것은 오랜 세월 조율을 하지 않은 피아노 현이 그 위를 화닥닥 달려가는 생쥐 때문에 울릴 때 같은 소리였다.

분명 에메랄드 시의 병력은 일행의 왼쪽 옆으로부터 접근해 오고 있겠지? 병사들도 그들만의 등장 음악을 연주하며 오겠지?

시계의 종자들이 발길을 멈추고 털참나무의 늘어진 실들이 모두 다시 잠잠해지게 한다면 이 숲 속 어디에서 또 불협화음이 울려나고 있는지 들을 수 있을지도 몰랐다. 하지만 소년들은 이제 정신없이 열심이었고 공포 때문에 약간 정신이 나간 상태라 경호대장이 잠깐 멈추고 귀를 기울여 보자고 해도 반응이 없을 것이다.

수레는 경사가 심하지는 않지만 보통보다 한결 길게 올라가는 오르막을 만났고, 소년들은 힘이 들어 불평을 토했다. 무게가 얼마 나가지는 않았지만 그래도 짐을 덜어 주려고 경호대장이 새처럼 올라앉아 있던 높은 횃대에서 뛰어내렸다. 그는 일리아노라와 나란히 걸으려고 앞쪽으로 왔다. 똑바로 서도 그녀 키의 절반밖에 되지 않았다. 일리아노라는 속으로 생각했는데, 이런 생각을 하기가 처음은 아니었다. '이 작은 남자하고, 이 일곱 명의 소년들. 내가 만들어 낼 법한 이야기 같지. 예전에 내가 이런 공상 얘기들을 쓰곤 했잖아.'

대장이 말했다.

"전에 이 길로 가 본 적이 있지. 한동안은 길이 괜찮을 거야. 나무 밑 덤불이 유난히 빽빽하지만 않았으면 이제 왼쪽으로 켈스워터가 내려다보여야 되는데."

"오즈 온갖 곳에 다 가 보셨네요."

"정말 그런 것 같군, 이렇게 세월을 보내고 보니까." 그는 일리아노라의 지난 행로에 대해 묻지 않을 만큼은 아는 것이 있었다. 어차피 대답 안 할 것이다. 숨 낭비다.

"먼치킨랜드 군 진영이 북동쪽으로 얼마나 떨어……."

"쉬잇."

일행은 길었던 오르막 끝의 밋밋한 정상부에 다다르고 있었다.

그때 첫 한 발이 날아왔다. 생각했던 것과는 달리 총탄은 아니고 화살이었다. 화살은 나무줄기에 촉이 다 들어가도록 푹 박혔다. 그리고 두 번째 화살이 날아왔다. 이어서 세 번째 것이.

"사선에 들어왔어. 얘들아, 숙여라!" 대장이 숨소리로 외쳤다.

일리아노라는 일이 분의 시간이라도 벌어 주고자 등불에 덮개를 막아서 불을 껐다. 하지만 화살은 넉 대가 더 날아왔고, 언덕 좌측 사면에서 군 병력의 고함 소리가 치고 올라왔다. 붙잡히는 것은 이제 간발의 일이었다.

달이 잔인하게도 무리지어 앞을 가렸던 구름장 뒤에서 눈을 떴다. 그리하여 일행은 저 아래 호수의 철백색 수면을 배경으로 도드라진 병사들의 몸 윤곽들을 볼 수 있었다.

"우리는 중립을 표방하는 거다. 어떻게 되나 상황을 보자." 일리아노라의 손을 잡아끌어 무릎으로 앉게 하려고 하면서 난쟁이가 말했다. "이 녀석들, 머저리들 같으니, 엎드리라고!"

병사들 쪽이 낮은 곳에 있어서 불리하기는 하지만 그들은 훈련받은 병사들이었다. 일리아노라는 석궁이 겨누어지는 것을, 총검의 반짝임을 볼 수 있었다. 그들은 우글우글 몰려왔다, 서른 명, 마흔 명, 쉰 명…… 1킬로미터쯤 남았다. 덤불을 헤치고 뭉개는 소리, 전진해 오는 사내들의 저벅거리는 발소리.

"속도 올려, 밀집 지형이다." 한 명이 소리쳤다. 들려온 그 음성은 가축 떼 모는 일을 업으로 하는 목자처럼 사무적인 어조였다.

"정숙, 제2차 일제사격이다." 또 다른 사람이 외쳤다.

"거리 재고 겨냥." 좀 더 가까이에 있던 자가 말했다.

"될 법하지도 않은데요." 그에 대한 대꾸였다. 총소리가 울려 퍼졌다.

"우리는 어느 편 깃발도 날리지 않소!" 경호대장이 부르짖었다. 하지만 또 한 발의 총소리가 그의 말소리를 덮어 버렸다.

"지옥에나 쑤셔 넣을, 우리는 무저항이라니까!" 난쟁이가 고래고래 소리를 쳤다. 너무 긴박해서 목소리가 와들와들 떨리며 가성으로 째졌다.

이에 대하여 시계는 생각이 달랐다. 웅장한 드래곤 머리의 기계장치가 잠에서 깨어나 백조처럼 빙그르르 돌아갔고, 어두운 선홍색 불꽃이 번쩍 하며 어둠 속에 두 눈이 떠올랐다. 가죽질의 콧구멍은 벌름 벌어지고 양철 비늘들은 두 날개 속에서 움직이는 뼈대가 쫙 뻗쳐짐에 따라 서로 끼긱끼긱 긁혔다. 날개는 숲 속에 두 장의 돛처럼 펼쳐 올랐다. 아마도 그것이 가장 가까이까지 접근해 온 에메랄드 시 구세군들을 멈춰 서게 하는 데 가까스로 성공할 만큼 위력을 발휘한 모양이었다. 병사들은 일단 발을 멈추고 어둠 속에서 빛을 내고 끼긱거리는 소리를 내며 기다리고 있는 엄청나게 큰 물체가 무엇인지 알아내려고 했다. 빛이 흔들렸다.

"계속 전진!" 경호대장이 조랑말 노릇 하는 소년들을 호령했다. "장난질께서 나서서 하실 말씀이 있으시단다!"

콧구멍에서 불이 뿜어져 나왔다. 잿빛 연기가 줄줄이 돌돌 말린 타래를 지어 미적미적 쏟아져 내리고, 밑으로 떨어지면서 줄줄이 풀려 나가는데 퍼질수록 되려 물에 떨어져 알알이 엉기는 젤라틴 국물 방울처럼 걸쭉했다. 잠시 있다가 시계는 효모와 진흙 냄새를 풍기는 안개로 뒤덮였다.

"겨눠라, 더 낮게!" 저쪽 대장이 외쳤다.

"눈에 물집이 잡힙니다." 앞장섰던 척후병이 외쳤는데 퍽이나 가까웠다. 일행은 그자가 숨 쉬는 소리와 욕하는 소리, 그리고 땅에 쓰러지는 소리까지 들을 수가 있었다.

"전진하라니까 안 들리냐!" 경호대장이 말했다. "발을 움직여 걸어서 앞으로 나가라 그 말이다, 이 '나무 사이로 산책이나 할래요' 아가씨야. 활로를 뚫어 줘야 우리가 탈출을 하지. 한 오라기 한 오라기 세면서 가야만 되겠거든 그렇게라도 가!"

언덕 꼭대기는 안개로 범벅이었다. 에메랄드 시 군사들에게보다 일리아노라에게 덜 곤란할 것도 없었다. 하지만 일리아노라는 공격해 오는 자들보다 먼저 정상부에 올라왔다는 이점이 있어서 앞쪽 지형이 어떻게 되어 있는지 다소 본 바가 있었다. 등성이를 따라 죽 가다가 불규칙하게 팬 우묵한 자리로 내려간다. 거기까지는 길을 인도할 수 있을 터였다. 일리아노라는 앞으로 팔을 뻗어서 숲의 현(絃)들을 튕겨 짓궂은 노래 가락을 뽑아냈다. 피치카토로 전진하자. 일행은 그녀 뒤에 바짝 붙었고, 드래곤은 쉽사리 엷어지지 않을 숨결의 장막을 길게 끌며 나아갔다.

일행은 꽤 많이 나아갔다. 아마 한 2킬로미터는 간 것 같았다. 그러자 털참나무들은 끝이 나고 이어지는 완만한 언덕 위로는 더 키가 큰 수사슴대가리참나무들이 관을 씌워 놓았다. 거기에서 일행은 멈추어 쉬면서 자칫 너무 동쪽으로 길이 엇나가지는 않았는지 달빛으로 판단을 해보았다. 난쟁이가 목표로 하고 있는 곳은 정북에 있었다. 위험으로부터 벗어나는 가장 확실한 길이 정북향이다. 드래곤의 두 눈은 한층 어두워지고 코에서 뿜어져 나오던 풀무 바람도 자서 이제는 매캐하니 희미한 연기 가닥이 끌릴 따름이었다. 드래곤의 날개는 원래 자리로 도로 간추려졌는데 받침 위에 엇갈리게 접혀 놓인 날개에 그물 모양의 발톱들이 꼿꼿이 위를 향해 있어서 창촉들처럼 보였다.

"숲 속을 헤매기에는 영 꽝인 밤인데. 재수가 나쁜 작자들도 있겠어, 우리는 괜찮더라도. 눈들 가려라, 번들거려서 들킬라."

일행은 얼어붙은 듯 동작을 멈추고 손가락 사이로 경호대장이 가리키는 곳을 보았다. 동북으로 칠팔십 미터 되는 거리에 한 무리의 먼치킨랜드인들이 판초 외투에 장화 차림으로 일종의 투석기 같은 장치를 채비하고 있었다. 그들은 숨죽여서 말을 하고 있었다. 틀림없이 내리막길에서 벌어진 접전 소리를 다소나마 들은 듯했다. 하지만 그들은 따로 떨어진 언덕 꼭대기에 잔뜩 몸을 숙인 시계 일행을 알아채지는 못한 것 같았다. 전심전력으로 높이가 자기들 키만큼은 되는 것 같은 원구형 무쇠 솥단지에 든 무엇인가를 휘젓느라고 여념이 없었다.

그들의 주의력이 공격 채비에 온통 쏠려 있었다는 건 사실 기적이라 할 만했다. 한편 여전히 땅 쪽으로 낮게 깔려 있던 드래곤의 숨결을 뚫고서, 에메랄드 시 군사들이 내는 부산스러운 기척은 무뎌진 채로 들려와서 그들이 있는 위치를 분명히 밝혀 주고 있었다. 등성이를 따라 1마일쯤 떨어진 곳의 등성이 아래 비탈…… 서쪽 비탈이다. 잘못해서 튕겨진 털참나무 술 오라기의 퉁 소리, 그리고 병사들의 불평이며 지휘관들이 고래고래 내지르는 욕설까지.

연기는 그 후로도 족히 15분은 걷히지 않았고, 그때쯤에는 이미 먼치킨랜드 게릴라들이 숲 속에서 쓰는 썰매 비슷한 것에다 그들의 육중한 포를 실어 땅 위로 밀고 나갔다. 매끌매끌한 솔잎들이 깔려

있다는 점을 이용한 미끈한 자작나무 썰매였다. 연기가 가셔서 달빛
이 다시금 켈스워터 수면에 빛날 만큼이 되자 시계 일행의 시야는
충분히 트였다. 먼치킨랜드인들의 공격을, 그들의 무시무시한 잔 안
에 준비한 불타는 역청을 쏘아 대는 모습을 본 것이 아니다. 에메랄
드 시 병사들이 엎드리고 물러나는 광경도 아니다……. 그런 광경들
은 모두 거대한 어둠과 구분해 볼 길 없는 첩첩의 언덕 능선에, 털
참나무 가지들의 장막에 가려 보이지 않았다. 일행이 볼 수 있었던
것은 밝은 달빛이 비친 물 위에 금속성으로 빛나는 동그라미들, 호
숫가로부터 생겨나 퍼져 나가는 물 무늬들이었다. 원들이 느린 원들
을 간섭하고, 갈매기형이 갈라져서 조각조각 나뉜다. 그것은 에메랄
드 시 구세군들이 호수 쪽으로 몰려서 한 명 한 명씩 물 속으로 쫓
겨 들어가는 물 무늬였다.

다가올 과거

1

새벽은 복면을 하고 찾아왔다. 구름장이 과시병 걸린 태양을 기죽여 놓았다.

그간 수면이 죽 들쭉날쭉했던 브르르는 자리에 일어나 앉았다. 아직 빛이 비치지 않은 구석 쪽에 그림자꼭두각시가 멀건 우유처럼 고여 있었다. 근처에는 자그마한 똥 덩어리가 똬리를 틀고 있었다. 가느스름하게 뽑힌 끄트머리가 뱀 대가리 같았다. 투명한 생명체가 도대체 무슨 재주로 불투명한 변을 만들어 내는 건지 브르르는 상상도 가지 않았으나, 이 문제가 혹 변장하고 나타난 철학적인 화두라면 아침 식전부터 골머리를 썩이고 싶지는 않았다.

브르르는 일어나 서서 쭈글쭈글해진 외투의 주름을 펴 보려고 애썼다. 검박한 수녀들이나 눈먼 예언자나 신경 쓸 리 없는 일인데도.

창밖을 내다볼 수는 없었다. 창문이란 얼마나 식욕을 자극하는지! 브르르는 너른 대지를 내려다보고 싶었다. 가까운 곳의 밀밭이며 저만치 먼 데 펼쳐진 털참나무 숲을 바라보았으면 싶었다. 가능하다면 서로 대치한 양측 군대의 위치 이동을 가늠해 보았으면, 밀밭 속에 있던 그 작은 농장 집의 굴뚝에서 부엌 연기가 피어오르고 있는지, 아니면 그 검질기던 거주자들이 밤사이에 결국 살던 집을 등졌는지 확인해 보았으면 했다.

하지만 창이 없고 보니, 브르르의 시선은 내면으로 비껴서 마침내 원치 않게도 일어나고 만 충동에 떠밀려 그의 가장 사적인 소유물 쪽으로, 뮬라마의 추억을 향하여, 무너지듯이 쏠려 갔다.

뮬라마는 모습을 감추곤 했다. 브르르에게서 빠져나간 만큼의 활력에 차 껑충 뛰면서, 진주과일 껍질 색을 띤 바윗덩어리로 이루어진 급경사를 뛰어올라 가곤 했다. 이제 수염이 희끗희끗 세어 가는 마당에, 브르르는 그 바위 벼랑 너머 수컷 오셀롯이라든가 하는 녀석이 숨어 있었을 것을 충분히 상상할 수 있었다. 아니면 더한 놈이, 타락 호랑이가 있었을지도. 차라리 그 편이 뮬라마에게 더 잘 맞으리라. 성격도 그렇고 성기의 궁합도, 우락부락한 '겁쟁이 사자'보다 나았을 테지.

한 가지만은 분명하다. 뮬라마가 성적인 접근을 받아들이는 요령에 어두웠을 리는 없다. 뮬라마는 스스로 나서서 만족을 얻는 법을 능히 알고 있었는데, 브르르는 처음에는 자기가 끝내주게 테크닉이 좋아서인 줄로 깜박 착각하기도 했던 것이다. 나중에…… 또다시 그 나중 일들이지만, 브르르는 뮬라마가 도통해 있었던 것을 곱씹어 보곤 했다. 어딘가 관목 숲 속에 애인이 있었던 걸까?

고양이 일족이란. 알 도리가 없다. 브르르는 그걸 제가 처음 인정하기라도 한 것처럼 그렇게 생각했다.

"이리 온, 그림자꼭두각시야." 발톱을 내지 않은 발로 늙은 고양이를 슬쩍 집적이면서 브르르가 불렀다. "면담을 마무리할 시간이란다. 당장 앞에 닥친 수수께끼들을 풀자꾸나, 손에 닿지 않는 수수께끼는 놔두고."

고양이가 가르랑거리고, 브르르도 그르렁 목을 울려 응답해 주었다. 요즘 들어 나날의 가장 흐뭇한 순간이 둘이 함께 말없이 가르랑가르랑 소리를 내는 이 시간이다. 브르르가 손에 넣은 감정 중 동료애에 가장 근접한 어떤 것이었다.

그때, 아침 예배를 봉헌하러 올라오고 있던 검은 옷으로 철갑을 두른 지치고 성마른 수녀들의 무리와 딱 마주쳐, 하루 중 가장 좋은 시간은 지나 버리고 말았다.

의사 수녀와 약제사 수녀는 계단참에서 열을 내며 다투고 있었다. 브르르가 다가가자 그들이 돌아보았다.

"숙녀 분들, 이런 지붕 아래서는 자애로움이 주재하는 법 아니겠습니까?"

"댁 일이나 신경 쓰세요." 의사 수녀가 말했다.

"수녀님은 매사에 대답이 그거죠." 약제사 수녀가 쏘아붙였다.

약제사 수녀는 봉합 수술을 하고 온 것처럼 한 손을 허리춤에 띄워 들고 있었다. 어쩌면 달음질을 치다 왔는지도 모른다. 어느 쪽이든 간에 약제사 수녀는 땅딸막하고 딱 바라진 여자였으며, 층계는 먼치킨랜드인의 다리에 맞춰 지은 것이 못 되었다.

"제가 뭐든 도울 일이라도 있겠는지요?" 브르르의 음성은 오늘 아침 썩 장중하게 울렸다. 아마도 때때로 뮬라마를 회상하는 일이 강장 효과를 일으키는 모양이었다.

"하시는 일이나 마치시고 갈 길로 가세요." 약제사 수녀가 말했다.

"저희와 함께 예배에 참석하여 간밤에 숨진 이들을 위해 기도하시든가요." 의사 수녀가 말했다.

브르르는 갈기가 곤두섰다.

"야클은 아니겠지요?"

"아니에요. 그치만 그분이 계속 안 돌아가시고 버팅기신다면 우리가 바퀴 달린 관짝에 집어넣고 켈스워터로 굴려 처넣어 버릴 수도…… 버릴 수도……." 의사 수녀, 이 뻣뻣하기 그지없던 여자가 양 눈초리에 한 톨씩 느닷없는 눈물 방울을 놓치고 말았다. 눈물 방울들은 저희들 스스로도 나올 수 있었다는 데 놀란 듯이 풀처럼 천천히 흘러내렸다.

"추적거리지 마요."

약제사 수녀가 윽박지르더니 신경질적으로 코멘소리를 컹컹댔다. 그러곤 뭔가 조심성 없는 농담을 하는 바람에 의사 수녀는 혐오스러운 듯 눈을 부라렸다.

브르르에게는 두 사람 다 요령부득이었다.

"그런데 뭔데 그럽니까? 새롭게 군사 작전이 있었습니까? 견습 수녀들이 뭔가 사고를 치기라도 했나요? 대체 무슨 말씀들을 하시는 거예요?"

"어젯밤에 교전이 있었다는 소식을 들은 참이에요." 의사 수녀가 말했다.

"편력 중인 난쟁이 한 사람이 오늘 아침 일찍 먹을 것을 얻으러 찾아와서 아는 대로 이야기를 해 줬어요. 한밤중에 먼치킨랜드 의용군이 에메랄드 시 구세군 한 부대를 포위하고 가파른 경사 아래로 몰아 내려갔대요. 그 난쟁이가 다 봤다고 말하더라고요. 먼치킨랜드

인들은 그 불쌍한 병사들을 몹쓸 조약돌이 깔린 비탈진 기슭에 몰아붙여 켈스워터 죽음의 물가로 빠뜨려 버렸어요."

"그럴 수는 없어요." 사자가 말했다.

"계속 활을 쏘아 댄 거예요, 일제사격에 무차별 사격을 퍼부어서⋯⋯. 난 군사 쪽에서 쓰는 말들은 잘 모르지만, 병사들은 그렇게 몰려서 점점 깊이까지 들어갔대요. 허리 깊이까지, 더 깊이까지, 그러다 결국에는 살육을 피하려고 그대로 첨벙 물에 뛰어든 거죠."

"그렇지만 켈스워터 물은 독 물이잖아요." 브르르가 말했다. "얘기가 그렇던데요. 거기선 아무것도 자라는 게 없고, 동물들도 그곳 물가에서는 물을 마시는 법이 없다고."

"그게 사람들이 하는 얘기고, 언필칭 그 얘기 그대로예요. 충분히 그런 얘기가 돌 만하죠. 병사들은 죽어서 떠올랐고 시체가 떠오르자마자 썩어 문드러지기 시작했어요. 송장이 너무나 많아 서로 부대끼며 출렁거리더래요. 누구 한 명 살아서 포로로 잡힌 이 없고 거기 있던 사람들 누구에게도 아무도 아무런 자비도 베풀어 주지 않았대요." 의사 수녀의 말이었다.

"허어. 성과가 있었던 작전이라는 얘기네요, 그럼." 사자는 그렇게 말했다.

"먼치킨랜드인들은 불필요하게도 잔혹했어요. 철두철미한 걸 좋아한다더니, 항복을 받을 수도 있었을 텐데 일개 연대 전체를 죽여버린 거예요."

"식견 한번 고상하시네요." 자기 자신 먼치킨랜드인인 약제사 수녀는 종류를 막론하고 고상 떠는 거라면 다 거부했다. "에메랄드 시 병력이 다른 쪽 호수를 병합하겠다고 먼치킨랜드에 침략한 거라고요. 저쪽의 큰 호수, 좋은 호수를 갖겠다고. 모든 면에서 보아 불법적인 행위예요. 먼치킨랜드인들이 뭐가 됐든 적절하다고 생각되는 수단을 동원하여 영토를 수호하겠다는데 안 될 게 뭐예요?"

"좋은 물과 몹쓸 물이라." 이 자리에서 편을 드는 일은 피하고 싶었기에 사자는 그렇게 얼버무렸다. "한쪽 호수는 죽은 호수, 끝이 어딘지 아무도 모를 만큼 가없이 펼쳐진, 바닥 모를 독 웅덩이라지요. 그리고 다른 한쪽은, 겨우 몇 리 떨어져 있지도 않건만, 오즈 최대의 초록빛 경작지 선물 세트를 뒷받침하는 생명의 샘물입니다. 물이란 어쩌면 그렇게 극과 극의 면모를 펼쳐 보일 수 있는 걸까요?"

"경이 도와주실 일이 있긴 있네요, 브르르 경." 약제사 수녀가 말했다. "뜻만 있으시다면요. 난쟁이가 그러는데 먼치킨랜드인들은 육상전에서 중상을 입고 고통스러워하고 있었대요. 이 작전에 착안하기 전에 말이죠. 수레 끄는 말이랑 당나귀는 이쪽 군대에서 징발하고 저쪽 군대에서 징발해서 지난 몇 주 사이에 모조리 뺏겼어요. 괴로워하는 사람들을 수레에 모아 싣고 끌고 올 방법이 없어요. 수고를 베풀어 주시겠어요?"

브르르는 의사 수녀를 보았다. 먼치킨랜드인들의 전술을 용서 못하는 그녀이니까 부상당한 먼치킨랜드인들에게 구조의 손길을 제공하는 일도 허락 못한다고 하지 않을까 해서였다. 그러나 그 기대는 무너졌다. 의사 수녀의 냉랭한 자비심의 파편은 아무튼 그 자체로 어엿한 자비심이었고 결코 흐려질 줄 몰랐다. 의사 수녀가 말했다.

"수레가 있는데 거기 달린 굴레가 댁한테 얼추 맞을 거예요. 당혹스러우시겠죠, 압니다. 위신이 상하는 일이겠고……. 그렇지만 지금은 전시예요, 브르르 경."

410

"도저히 제가 할 수 있는 일이 아니로군요." 브르르가 말했다. "일단, 저는 오래전에 다쳤던 것 때문에 등뼈에 문제가 있어요. 아프다고 불평을 하고 다니지는 않으려고 합니다만, 몸이 그렇다 보니 특정 종류의 노역은 아예 무리예요."

"아프고 쑤시는 근육을 풀어 주는 약이라면 나한테 잔뜩 있어요. 연고제며 바르는 물약이며 하나 가득 있답니다."

"그럼 좀 더 심오한 문제가 개재되겠군요. 왕실에 대한 저의 책무 말입니다." 약제사 수녀의 말을 덮어 뭉개며 브르르가 계속했다. "저는 조사 작업을 마쳐야 하고, 보고를 올리러 당장 길에 나서야 합니다."

"빠져나갈 수 있다면 천행일걸요." 의사 수녀가 말했다. "그 난쟁이 말이 사실이라면 에메랄드 시 구세군은 먼치킨랜드인들을 상대로 더한층 악랄한 군사 작전을 전개할 참인가 본데, 이 고요한 은둔처는 양측 군대 진영 사이의 진군 길 한가운데에 놓여 있으니까요."

"난 내가 해야만 하는 일을 할 겁니다." 사자가 말했다.

"난 내 땅의 동포들을 위해 기도하겠어요." 약제사 수녀가 말했다.

"난 원망하고 있어야겠군." 의사 수녀가 그들 둘 다를 향해 말하고 쌩 하니 층계를 내려갔다.

내내 아무 소리 없이 조용했던 유리 고양이가 하악 하고 날카로운 소리를 뱉었다.

2

브르르는 심문실로 돌아갔지만 야클은 거기에 있지 않았다. 야클
은 예배당에 있었고, 운 좋은 사자(死者)들을 이끌어 날아가는 천사
들에 관한 전례의 음악에 귀 기울이고 있었다. 천사들은 죽은 이들
을 좋은 과보를 타도록 데려가는데, 그들이 타는 상이란 천사들 가
운데서 영원토록 푹 쉬는 것이다.

야클이 살아온 어둠의 우물 속은 동료 수녀들이 짐작하던 것과
다소 달랐다. 야클의 눈 먼 상태는 때때로 시력과는 별 상관이 없는
것 같았다. 그보다는 욕구라는 게 아예 결여된, 또는 남들이 느끼리
라고 야클이 상상해 온 모종의 욕구가 결여된 상태와 관계된 듯했
다. 해방되리라는 기대를 갖지 못한 채 안달복달 바라는 심정이 야
클이 경험한 바이다. 거세당한 사람의 성욕이 아마 이럴 것이라고
야클은 생각했다. 아니면 예컨대, 빈대에게 깃든 영적인 야심이 이
럴까?

그래서 예배당에 있으면서, 수녀들이 익사한 에메랄드 시 구세군

413

병사들을 위해 기도하는 동안 야클은 주위 독신녀들의 헌신을 향한 열망에는 귀 기울이지 않았다. 죽을 수가 없으면서 죽음을 믿는 야클이다. 죽음을 믿음의 한 조항처럼, 아니, 믿음의 유일한 조항처럼 여기는데, 그런데 죽음은 손닿지 않는 곳에 있으니! 다만 '내세'라는 개념은 생각만 해도 토할 것 같았다. 내세의 지루함을 상상해 보라! 언제까지고 변함없이 저 기도 소리가 꺼울꺼울 울려 퍼진다면! 그러나 강간당할까, 살해당할까, 아니면 어떤 수준의 불편이든 간에 점령군에게 해를 당할까 싶은 공포심을 품고 있는 수녀들은 떨리는 음성으로 자신들의 포식자에게 용서와 영원이 베풀어지기를 노래 부를 준비가 되어 있는 것 같았다. 착한 여자들이었다. 정신들이 나갔지.

기도를 하는 대신에, 야클은 과거에 예배당 벽 높은 곳과 둥근 천장을 장식했던 흐려져 가는 천사들의 프레스코화를 떠올림으로써 기억을 훈련했다. 야클이 아는 바 지금은 백회를 덧칠해서 그림들을 다 지워 버린 상태였다. 천사들이란 게 다소 유행에 뒤진 것이다 보니 그렇다. 하지만 그녀가 눈 먼 것의 가장자리 울짱 너머로 야클은 그 그림들을 제대로 그려내어 볼 수 있었다. 길게 날리는 옷을 걸친, 장난기 어린 매력이 넘치는 여성 천사들은 항구적인 관능의 쾌락에 젖어 있는 것처럼 입술을 뿌 하고 내밀고 발목을 구부린 채였다. 날개는 매트리스 같다. 내내 은근히 뻗대기를 그치지 않는 깃털 투성이 부속 기관에 휘둘리고 있어야만 하는 천사가 된다고 상상해 보라지. 남성 천사들도 속수무책이긴 매한가지다.

천사가 된다는 건 얼마나 짜증나는 일일까? 터질 듯이 성스러운 활력에 넘쳐, 그 전부를 이름 없는 신에게 쏟아 붓는다. 형태도 없고 이름도 없으며 십중팔구 물질적인 실체도 없어서 천사들이 기꺼이 바치고파 몸 달아하는 주의 주목을 즐기리라고는 거의 생각하기 힘든 신에게 말이다.

필경 그 그림들은 백회로 덧칠을 해 덮어씌워 버렸겠지. 이 동떨어진 외곽 지역에 자리 잡은 소명의 집은 편리하게도 에메랄드 시의 영적 통치로부터 멀리 떨어져 있었고, 저 스스로 제위에 오른 오즈의 사도 황제는 고래로 지역에 전해 내려온 종교적이거나 불가지론적인 갖가지 전통을 누를 만한 영향력을 갖지 못했다. 저 위에 있던 젖가슴이 봉긋한 님프들과 장밋빛 궁둥이의 사내아이 천사들은 아마도 무지의 구름장 뒤로 사라져 버렸으리라. 넓적붓으로 쫙쫙 흰 칠을 해서 없애 버렸을 테지. 아아, 그 부드러운 털의 넓적붓이 아껴 마지않았을 행복한 추억들이여!

야클은 자기 마음을 격동시키려고 혼자 공작을 하는 중이었다.

그녀는 잠시 음악에 정신을 집중해 보려고 했다.

하지만 성스러운 음악이란……. 이것도 변칙이다. 내세가 온갖 좋은 것들이 영원히 다 함께 존재하는 곳이라면, 거기에 음악은 존재할 수가 없다. 음악이란 서로 인접한 소음들이 떠듬떠듬 연이어지는 것이다. 강세, 불협화음, 부조화, 협화음, 그리고 해소에 이른다. 이어진다는 건 시간차가 있다는 뜻이다. 음악을 이루는 소리들이 모두 함께 존재한다면, 즉 모든 음이 동시에 울린다면, 그리고 영영 그치지 않는다면 그것은 그냥 소리일 것이다. 탁하게 흐린 소음 덩어리이자 청각을 교란하는 윙윙거림의 바다이리라.

"놓을지어다, 놓을지어다."

수녀들이 노래 불렀다. 장송곡인데, 기막히게도 왈츠 박자에 맞추어 작곡된 장송곡이었다. 야클은 기억이 났고 발끝으로 톡톡 박자를 짚었다.

> 그대의 영혼을 이제 놓을지라,
> 대기를 그슬리도록,
> 놓을지어다, 그리하여 천상의 계단을 오르라.
> 놓을지어다, 놓을지어다.
> 이제 거의 이르렀노라.
> 그대 이미 뼈는 진흙 속에 떨어뜨렸고,
> 놓을지어다, 놓을지어다, 그대의 영혼을 놓을지어다
> > 어둠침침하고, 이름 없는 사라짐으로:
> > > 이름 없는 신의 심장을 향해

의사 수녀가 죽은 병사들을 기리는 축도를 하고자 단상으로 다가갈 때, 야클은 갑자기 변소에 용무가 생긴 척 일어서서 절뚝절뚝 자리를 떴다.

3

익숙하지 못한 냄새가 앞을 가로막았을 때, 야클은 브르르가 면
담을 하던 그 방에 거의 다 와 있었다. 돌 냄새를 품은 싸늘한 복도
의 숨결 속에 부드럽고 퀴퀴한 뿌리채소 냄새가 끼어들었다. 야클의
넓적다리 정도 높이였다.

"누구요?"

개인가 생각하며 야클이 물었다. 아니면 너구리인가? 야클이 만
난 적 없는 먼치킨랜드 인인가? (이 시설 내에 먼치킨랜드인이라고는
약제사 수녀 한 사람뿐인데 그녀의 체취는 썩어 가는 찻잎의 방향이었다.
라벤더향을 처덕처덕 끼얹고 다녀도 소용없었다.) 그러다 야클은 생각이
났다. 내가 살짝 돌았나 보구먼, 그 거시기 이름이 뭐랬더라, 사자의
과거사에 등장했던 글리쿠스 사람, 그 사람 아닌가 생각하고 있네,
사칼리 오아피시랬지. 글리쿤이면 근채 냄새가 나기도 할 거야, 하
나같이 땅 밑에 살고 있으니까.

하지만 대답이 돌아오자 그것은 남자의 목소리였다.

"끄나풀이 끈끈하기는! 세상에 이럴 줄이야 누가 짐작이라도 했을라고? 이 할망구가 정말? 여태까지 이승에 눌어붙어 있었나? 뭘로 여태 버틴 거요?"

야클은 그 목소리를 알아들었다. 몇 년인지 까마득한 옛날에 알던 목소리다.

"또 사고 치러 나타났소?" 야클이 난쟁이를 닦아세웠다.

"사고를 내가 친 적은 없소. 나야 사고가 나게끔 길을 터 준 거지." 난쟁이가 키득키득 웃으며 항변했다.

"여기서 뭘 하고 있소? 엉뚱한 장소에 기신거리는 것도 유분수지, 고르고 골라 하필 종교에 몸 바친 여자들의 수도원에 와서?"

"내가 딱히 골라서 올 곳은 아니지." 난쟁이가 시인했다. "하지만 작고 하찮은 이 몸이다 보니 역사의 홍수 물에 떠밀리는 지푸라기 신세라, 진군하는 구세군에게 몰려서 온 거라오. 에메랄드 시가 오늘 아침 공격 소식을 듣게 될 테지. 보복할 차례라 이거요. 물론 전부 다 카드에 들어 있어요, 모르겠소? 군대들이 이미 여기까지 왔고 이어질 도발에 대비를 했소. 게임이라 치면 뻔할 뻔 자요, 시시하기 짝이 없는 판이지. 하지만 말이오, 맞기는 맞소. 할멈도 그렇겠지만 나도 홍수 물에 휘말려 종교 시설 뚝방 위로 떠밀려 올라오는 건 맘에 안 들어요. 아주 별로야."

"됐구면, 그럼 썩 나가지 그러쇼. 댁의 훼방 짓거리에 끼긴 싫으니." 야클이 말했다.

"훼방은 뭘 훼방을 한다고 그래요. 입도 벙긋 안 하고 있구면. 난 그저 오도카니 앉아서 보기만 하고 있다오. 내 충고일랑 가슴속에 묻어 둔 채로 말이지. 입술은 봉하고, 눈꺼풀은 열어 두고. 대체 지

418

금껏 어떻게 살아서 버텼소, 이 이교도 할멈아."

"한 번에 한 숨씩 쉬면서 살았지. 지금은 내 숨소리를 댁한테 들려주고 앉아 있을 시간이 없소. 길 비켜요, 꼬마 귀신 같으니. 비키라고, 땅도깨비 양반아."

"거 기분 씁쓸하구먼." 난쟁이는 발라맞추는 목소리를 냈다. 애정이 담겼다고 해도 될 것 같았다. "우리 사이가 얼마나 오래된 사이인데, 허 참."

"어지간히 오래됐지, 오래된 건 오래된 거고 앞으로는 볼일이 없어. 비키라니까." 야클이 말했다.

"이 복도에 널브러져 앉은 사자한테 쫓아갔던 건 아닐 테지요? 만났소, 그놈?"

"이단자 같으니, 무슨 꿍꿍이인 거야?" 야클은 난쟁이를 윽박질렀다.

"아이고, 알면서 시치미 떼시네. 광란의 여신도 마담아. 할멈은 할멈 혼자만 미래를 훔쳐본다고 생각하는데, 나도 퍽이나 대단 번쩍한 바퀴 달린 기계로부터 진군 명령을 받는 처지란 말이오. 여기쯤 와서 사자 하나를 만날 줄 믿어지게 된 참이지. 시절이 시절이고 보면 나도 새로 누구 하나 징집을 해야 할 판이에요. 갈고리발톱 달린 놈으로 말이오."

"이런 몹쓸…… 그 녀석한테 치근거리지 마시오. 만나더라도 건들지 말라고. 그인 할 일이 있는 몸이니까."

"할멈, 지금 겁쟁이 짐승 놈을 역성드는 거요? 그런 게 아니라고 말해 줘요. 할멈은 자기 일 아니고는 절대 안 나서는 위인이라고 생각했는데 말이야."

야클은 대답하지 않았다. 뭐라 말할 수 없는 자신의 방식으로 지금 막 그 사자의 그림자가 보여 온 참이었다. 구부정한 등허리에 축 늘어진 턱밑 살과 돋쳐 있는 수염까지 갖추어진 그림자가. 손에서는 쥐고 있는 모자는 계속 바꾸어 잡고 있고, 조끼에는 얼룩이 묻은 채다. 노상 자기 어깨너머로 넘겨다보는 탓에 경련을 앓고 있다.

"저 사자의 역할은 여기가 아니라오." 야클이 말했다.

야클은 난쟁이를 떠났다. 야클이 아는 한, 난쟁이는 이름 없는 신과 마찬가지로 이름이 없었다. 다만 이름 없는 신처럼 죄 없지는 않았다. 이름 없는 신이 인간의 고통에 대하여 책임이 없다 치고 말이지만…… 그리고 만약 그렇다고 한다면 그따위 무능한 신은 아무짝에도 소용이 없겠지만 말이다.

야클은 옆으로 비켜 가던 길을 가면서 이를 갈았다. 그러다가 이런 생각이 들었다. 어쩌면 저 골칫덩이 난쟁이 토막이 바로 나의 구원인지도 모른다. 어쩌면 사자는 그냥 헷갈리게 만드는 미끼고 헛것일지도 모른다. 어쩌면 나의 고요하지 못한 무덤으로부터 나를 불러 올린 것은 임박해 있던 난쟁이의 도착이고 사자는 그저 우연히 도중에 나타나게 되었을 뿐인지도 모른다. 안 좋은 때 안 좋은 장소에 나타나는 것이야말로 그 운 나쁜 무능자가 살면서 유일하게 몸에 익힌 재주인 게 틀림없어 보이니 말이다.

4

방에 들어서면서 야클은 내심 동요하고 있었으나 브르르는 거의 눈치 채지 못했다. 와해된 군대 소식을 듣고 브르르 자신의 몸에 털이 부르르 물결치는 참이었다.

"말씀 듣는 일은 오늘 아침 중으로 마무리를 짓도록 하지요." 야클이 의자에 제대로 몸을 안정시킬 틈조차 주지 않고 브르르가 말했다. "어젯밤 켈스워터에서 벌어진 참사에 대한 보복이 정확하게 이쪽 방향을 겨누고 있습니다. 몸으로 느껴져요. 공격이 닥쳐오기 전에 철수할 생각입니다. 이 면담 바짝 해치웁시다."

"세상에 뭔들 해치워지는 게 있나." 야클이 받아쳤다.

"그렇게 살살 약 올리는 소리는 넣어 뒀다가 점심 반찬으로나 씹어 드세요." 브르르는 퉁명스럽게 대꾸하고 팔락팔락 수첩을 펼쳤다.

유리 고양이는 둘 사이의 날선 분위기에 좀 놀랐는가 싶더니 이어서 창턱을 눈으로 쟀다. 그러나 빛과 바람을 들이기 위해 오늘 아침에는 창문이 활짝 열려 있었고, 고양이는 뛰어올라 좁은 창턱에 균형을 잡기에는 제가 너무 늙었다는 것을 알 만큼은 똘똘한 모양이었다. 자칫 균형을 잃고 바깥으로 넘어가는 날에는 한참 밑의 자갈밭으로 떨어지고 말 것이다. 그러면 산산조각으로 부서질까?

"이로써 두 번째 회담입니다." 브르르는 말하면서 새로운 페이지에 그렇게 써 넣었다. "그리고 이게 마지막이 될 거고요. 어제는 서로의 과거 행적을 가지고 밀고 당기고 하느라 너무 많은 시간을 낭비했지요. 원래 용건으로 갑시다, 바로 들어가지요. 군대가 도달하기 전에."

"군대는 분명히 닥쳐 올 거야. 최고의 권위에 의거하여, 내 장담하지."

"그 심오하신 육감에 의거해서요?"

브르르가 비꼬아 물었다. 야클이 응답했다.

"아니. 그보다 더 확실한 것에 의거해서. 인간의 잔학함에 대한 나의 신뢰에 의거하여 말일세. 그렇지만 할 질문을 하시게나. 나도 자네 못지않게 이 짓이 지겨우니까. 자네의 털북숭이 궁둥이가 흔들흔들 멀어져 가는 꼴이 보고 싶구먼. 보는 거든 상상을 하는 거든 간에, 아무튼. 자네가 떠날 때 고 궁둥이에 낡은 장화 한 짝을 콱 박아 보냈으면 좋긴 하겠는데, 말하자면 말이지만."

"그러고 싶어 한 사람이 당신이 처음은 아닙니다. 자, 집중하세요. 한 십여 년에 걸쳐 떠돌았던, 엘파바 트롭한테 아들이 있었다는 뜬소문에 대해서입니다. 리르라는 이름의 남자아이지요."

"그 애가 뭘?"

"만약 리르가 엘파바의 아들이라면, 그리고 지금까지 살아 있다면, 또 엘파바가 리르 말고 따로 낳은 딸이 없다면 리르는 트롭 가문의 수장 지위의 최상위 후계권자니까요. 먼치킨랜드의 실질적인 지배자가 될 수도 있습니다. 리르가 후계권을 주장한다면 오즈의 사도 황제이신 셸 트롭, 엘파바의 남동생의 후계권을 능가합니다."

"난 셸이 누군지 알고 있어. 그리고 리르에 대해서도 알지."

"리르가 엘파바의 아들인지 아닌지 확인해 주실 수 있습니까? 혹은 그가 살아 있는지 여부라도요? 몇 해인가 전에 리르는 이곳에 왔던 것 같습니다만."

야클은 사자에게 에메랄드 시가 보낼 암살자가 리르의 행방을 알아내는 데 도움을 줄지도 모를 정보를 한 가닥인들 줄 마음이 아예 없었다. 야클은 주의를 다하여 말을 했고 자기가 생각하기에 중요하지 않은 것, 가외의 것만을 입에 올렸다.

"그렇지. 리르는 살면서 세 차례 이곳에 왔어. 한 번은 어렸을 때였네. 어쩌면 갓난아기 적에 왔었는지도 몰라. 엘파바가 아직 사악한 서쪽 마녀가 되기 전의 일이야. 엘파바는 이곳으로부터 서쪽에 있는 성으로 나갔거든……."

"키아모코."

"그래, 그래. 이름이야 어찌 됐든. 엘파바가 그 성을 보수했는데 제 나름대로 이유가 있어서 고쳤던 게지. 어린애를 같이 데리고 갔다오, 애가 원래 어디서 생겼는지는…… 그러니까 엘파바의 자식인지 아닌지야 내 모르지만."

"내면의 눈을 통해 봐도 모릅니까? 확실히 알아낼 수는 없나요?"

"내가 안다손 쳐도, 자네한테 무슨 증거가 되겠나? 내가 그렇다고 말하는 것뿐이지. 빗자루 손잡이가 저 혼자 까만 뾰족 모자 속을 쑤셔대며 화끈하게 기분을 낸 끝에 만들어 놓은 결과물이 리르라고 내 말할 수도 있지. 그런들 무슨 차이가 있으려고? 내가 보는 능력이 있다고 해서 꼭 그것들이 진실인 건 아니라고." 야클 자신은 스스로 그렇게 말해 본 일이 없었지만 말이다.

"잠을 설쳤네요, 우리." 브르르는 두덜거렸다.

야클은 눈먼 사람이 할 수 있는 한도껏 그를 향해 눈을 부라렸다. 브르르가 다소 중립적인 어조로 말을 이었다.

"당신이 하는 말은 빠짐없이 기록에 올라갑니다. 그게 진실인지 아닌지는 누군가 다른 이가 판가름하겠죠. 그때 말고 또 리르를 본 건 언제 일이었습니까?"

"그 애가 공중에서 황제의 용들에게 공격당한 후였다고 할까, 내가 알기로는 그래. 남쪽으로 약간 가면 있는 '절망의 땅'에 죽으라고 버려져 있었지. 누군지 착한 일 좋아하는 오지랖꾸러기가 그 녀석 몸뚱이를 수습해 이리로 날라 와서 수녀들에게 돌보게 했지. 그렇게 해서 캔들이라는 이름의 젊은 쿼들링 여자가, 견습 수녀였는데, 리르를 도로 살려내고 건강한 몸으로 되돌려 놓았어. 제 나름의 속셈이 있고 수단도 있었던 게지."

"당신은 아무 관여 안 했고요?"

야클이 멈추었다.

"저에게 거짓말하지 마세요. 저한테 거짓말은 하지 마시라고요." 브르르가 포효했다. "무슨 상관입니까? 온 세상이 거짓말을 하잖습니까! 당신까지 거짓말을 하진 마십시오!"

"내가 그 계집애를 조금 돕긴 했어." 야클이 말했다. 무엇에 뒤흔들릴 수 있다는 느낌이 얼마나 기묘한지. 어쩌면 죽어 가는 중인지

424

도 모른다! 야클은 대번에 기분이 좋아졌다. "그래, 내가 캔들을 도왔지. 안 될 게 뭐람? 리르가 엘파바의 아들이었는지는 내 몰랐네만, 아마 아들로 컸을 거야. 그건 내가 알 수 있지. 그 애가 어렸을 때부터 내가 기억하고 있으니까. 그래서 치료 상황에 약간 로맨스를 집어넣었지. 그 기묘한 심부름꾼 계집애, 캔들, 고것이 참 탐스러웠지. 탐스러운데 아리송한 계집애였다네."

"누구와는 전혀 달라서 말이죠." 브르르가 말했다.

"누구와는 전혀 다르지." 야클이 맞장구쳤다. "그래서 리르가 삶을 부여잡고 매달리게끔, 젊은 여자가 할 수 있고 해 줄 맘이 있는 온갖 수단을 동원해서 고것이 보조를 하는 동안에 나는 그 탑실 위에 올라가 파수 보는 일을 자청했지."

"온갖 수단이라고요?"

"꼭 꼬집어 묻기는, 색골 같으니라고."

"말씀하신 건 당신입니다. 그런 의미로 말씀하신 거잖습니까, 분명히."

야클이 말한 게 사실이었다. 아차 하는 사이에 말해 버렸다. 어떻게든 수습을 할 차례다. 야클은 말을 이었다.

"그러게. 나는 다리 겹치기의 재미를 제대로 본 일이 한 번도 없어. 내 생각에 캔들 그년은 하면 하겠더라고. 리르 그 녀석도 하면 하겠고. 내가 보기에는 리르가 아무래도 영락없는 숫총각이더라니까? 말하자면 그게, 그런 걸 뭐라 하더라…… 전이라고 할까, 신성한 승화라 할까. 비유라고 불러도 좋아. 내가 둘을 한 방에 넣고 잠가서 고것들의 본능이 제 갈 길을 가게끔 해 주었지."

"그래서 무슨 일이 일어났나요?"

"내가 큐피드 노릇을 하긴 했네만, 엿보기꾼 호색가는 아닐세. 무슨 일이 벌어졌는지는 역사가 판가름할 일이지 자네나 내가 할 일이 아니야."

"아니, 그래도 무슨 일이 벌어졌느냐고요? 제 말씀은, 둘이 몸을 섞었건 섞지 않았건 간에 그 다음에는 일이 어떻게 되었느냐는 겁니다."

"그 다음 일이라면 둘이 어둠에 몸을 숨기고 수녀원을 떠난 일이지. 자네도 현명했더라면 간밤에 딱 그랬어야 했을 일일세."

"어디로 갔습니까?"

야클은 한동안 사이를 두었다가 말했다.

"이 모든 게 다 오래된 일들이지. 말한들 누가 다칠 일도 없을 거야."

"누구를 보호하려 하시는 겁니까? 무슨 까닭으로요?" 브르르가 압박해 들어갔다.

"아아, 하지만 그게 문젠데. 바로 그게 문제라고." 야클은 자기 실수를 제대로 포착한 브르르가 대단하다고 생각했다. 그렇기는 해도 먼저 한 질문에는 답을 해 주었다. "옛날에 수녀들이 작은 인쇄기 한 대를 굴린 적이 있었네. 종교 생활에 부업 삼아서 말이지. 전쟁을 일으키려 드는 황제에 반대하는 소책자를 찍어냈지. 우연히 일어난 사고랄까, 그 인쇄기는 황제의 부하들에게 발각되었고 놈들이 어느 정도 그걸 망가뜨려 놨어. 하지만 선동 혐의를 추적해서 이곳까지 문제를 끌고 오진 못했다네. 인쇄기는 어느 정도 거리를 둔 곳에 설치해 두었거든. 이곳에서 하룻길쯤 되는 거리에 말이지. 나는 젊은 한 쌍을 나귀 등에 실어서, 리르는 간신히 목숨만 붙어 있는 상태였는데, 그렇게 두 사람을 저희들 갈 길로 보내 줬네. 미련하게 우리 자매들을 믿고 늘어지지 않고 말이지. 그걸로 걔들하고는 끝이라고 난 생각했거든."

"그러셨군요." 브르르는 이 말을 평탄한 어조로 했다. 벽토만큼이나 무덤덤하게 보이려고 신경 쓰고 있었다. "계속 말씀해 보세요, 할머니."

"그랬어, 그런데 얼마 시간이 지나지도 않아서…… 한 몇 주쯤 됐나? 최대한으로 잡아도 몇 달 안짝이었을 거야. 리르가 마지막으로 수녀원에 돌아왔네. 리르하고 에메랄드 시 병사 한 명하고 왔지. 소(小)메나시에였는데 이름이 트리즘 본 카발리쉬라고 했고 둘이서 비룡들의 마구간에 불을 지르고 에메랄드 시에서 도망쳐 온 거야. 그 사건은 정치적인 행위였네, 간첩 활동이랄까? 자넨 뭐라고 부르는지 모르겠구면. 그렇지만 체리스톤 장군 휘하의 에메랄드 시 군 부대가 열화같이 뒤를 쫓았고, 머슴아들이 오고서 바로 얼마 안 지나 이 수도원 담장에 와 닿았네. 이건 내가 눈이 멀기 전 일이야, 허, 한 9년 전쯤 되던가? 그러면 리르는 그때 한 스무 살쯤 되었겠고, 같이 온 청년은 그보다 몇 살 위였고."

"리르가 붙잡혔습니까?"

"안 잡힌 줄 알면서 그러는구면." 이것만은 참말이었다. "시간 낭비하지 마시게, 브르르 경. 남은 시간이 많지도 않으니 말이지. 리르가 그때 붙잡혔다면 기록에 그렇게 되어 있지 않았겠나. 그랬으면 댁이 리르 일을 묻겠다고 여기 와 있지도 않았을 테지."

"옳은 말씀입니다." 브르르가 시인했다. "그렇지만 그 둘은 그래서 어떻게 되었던가요?"

"리르는 마녀의 빗자루를 손에 넣어 지붕을 통해 수녀원을 떠났네. 글린다 부인이 거처할 적에 일어난 일이지. 글린다 부인은 이 수녀회에 일종의 후원자였다네. 자넨 몰랐나? 오래전에 자기 이름을 갈린다에서 더 폼 나는 글린다로 바꾸었지. 그 유명한 성녀를 기릴 겸, 촌티 나는 출신을 묻어 버릴 겸 해서, 또 다른 이유도 있었을 테지. 알 게 뭔가. 아무튼 간에 글린다 부인이 트리즘을 자기 수행원 중 하나로 꾸며서 탈출시켜 주려 했는데, 처음에는 통할 것 같았네. 머슴아들을 뒤쫓아 잡으러 온 수색대가 언감생심 글린다 부인을 반역죄에 걸 주제는 못 되었으니 말이지. 뭐가 됐든 증거 비슷한 게 있어야 엄두라도 내 보겠지. 아무튼 한때라도 오즈의 옥좌에 앉았던 사람 아니겠나? 글린다 부인은 여전히 자기 사람들의 가슴속에 소중한 자리를 차지하고 있고 그에 뿌듯해한다네. 정계의 기후가 그렇게나 심하게 변했어도, 최악으로 변했어도 말이지."

"자연스러운 일 아니겠습니까? 우리 중 누구는 아무 이유도 없이 반역죄로 걸려들지요. 그런가 하면 반역죄가 적용돼 마땅한 다른 누구들은 산들바람에 날려가는 비눗방울처럼 가뿐하게 자유를 얻기도 하고요. 따져 봅시다."

"쉬이잇. 들어 보라고. 글린다는 무사히 정밀 심사를 통과했다고 생각하자 본 카발리쉬가 제 나름의 작전에 임할 수 있게끔 자기 일행에서 떠나보냈지. 자기한테 미행이 따라붙을 줄은 몰랐던 거야. 그리고 에메랄드 시의 암살자들이 트리즘을 계속 뒤쫓을 거라는 생각도 미처 못 했고. 흉한들이 매복해 있다가 트리즘을 마구 구타했어. 아주 모질게 다루었다더라고, 내가 듣기로는. 그러고는 트리즘이 도망치게 했지. 트리즘이 분명 리르와 어딘가에서 만날 것이고 자기들을 그리로 안내하리라 계산한 거지. 리르와 트리즘 사이에 로맨스가 있었거든, 알겠나?"

"당신이 로맨스를 조장한 건 리르와 캔들 사이 아니었나요?"

"허? 그야, 로맨스는 그냥 놔둬도 알아서 피어날 곳에 피어나는 법 아니겠나. 안 그런가?"

브르르는 그다지 말을 섞고 싶지 않았다.

"그래서 그자들이 트리즘의 뒤를 좇아 농장으로 갔군요."

"그럼 그렇지. 자네가 이 얘기는 이미 알고 온 게지."

브르르는 목 속에서 위험한 그르렁 소리를 냈다. 유리 고양이가 돌아보았다. 제 목에 가시가 박힌 줄 이제 알기라도 한 듯이 깜짝 놀란 모습이었다.

"나는 거기가 농장이란 말은 한 번도 안 했네." 야클이 지적했다.

"사전 조사를 하긴 했지요. 충분히 할 수 있는 일 아닙니까?" 브르르는 인정했다.

"제각각 섬길 두목을 고르는 법이지." 야클은 동의했다. "노예로 일하는 자들은 예외지만. 아무튼 실제로는 트리즘이 어떻게 했는지 수단을 부려서 한 이틀은 그 병사들을 따돌렸다네. 오래 따돌려 두지는 못했지, 그자들이 블러드하운드들까지 붙여서 뒤쫓았거든, 믿을 수 있겠나? 하지만 그래도 소중한 이틀은 벌었던 거지. 짐작이지만 트리즘은 캔들과 안면을 튼 모양이고, 그 둘 사이에 벌어진 일은…… 내가 말할 일이 못 되지."

"못 하시는 겁니까, 하기 싫으신 겁니까?"

"이러나저러나 마찬가지라네, 귀여운 양반."

"하지만 이제 핵심에 이르렀는데요. 트리즘이 캔들을 질투했나요? 아니면 그 반대였습니까? 뭐라고 해도 그 둘은 한 명의 애인을 공유하고 있었지 않습니까? 둘이 살쾡이처럼 서로 덤벼들기라도 했던가요?"

"이게 자네가 조사하는 일에 밀접한 관계라도 있나, 아니면 내가 포착한 대로 성적 질투심에 대해서만 특별히 관심이 동하는 건가? 자네 혈액순환이 빨라지지 않았나? 숨결도 가빠지고?"

"엿이나 처드세요."

"그랬으면 행운이게."

그림자꼭두각시가 팽팽한 분위기를 감지한 듯했다. 아침 몸단장을 중단하고, 상황이 문명에서 야만으로 흐른 데 당혹한 기색으로 벽의 얼룩 하나를 뜯어보기 시작했다.

브르르는 자제심을 발휘했다. 지금 끈을 놓치면 안 된다. 얘기가 핵심으로 접근해 가는 참인데.

"캔들과 트리즘. 리르를 향한 그 두 사람의 공통된 끌림이 어떻게 해서인지 서로를 향한 끌림으로 형태를 바꾼 것입니까? 리르가 자리를 비운 사이에 마음이 이쪽으로 기울었다 저쪽으로 기울었다 한 걸까요? 그 농장을 떠나서, 엿보는 눈들로부터 벗어나서…… 무슨 일이 벌어졌습니까?"

아니면 캔들과 트리즘은 단지 어떻게 해서 서로를 이용하고 있었던 것일까? 브르르 자신과 야클 할멈이 지금 그러는 것처럼?

"예언자일지라도 단정해 말할 수 없는 일들이 있다네." 야클이 말했다. "내가 아는 것은 리르가 돌아왔을 때쯤 해서 트리즘은 이미 떠난 뒤였다는 거지. 어쩌면 그는 리르를 피하고 싶었는지도 몰라. 어쩌면 나중에 어딘가 안전한 피신처에서 합류하자고 캔들을 설득했을 수도 있지. 풋내기 마법사에게 주목받지 않게 멀리 떠나서 말이야."

"마법사라고요!"

"글쎄, 엘파바의 아들이 맞다면 리르도 마녀나 그 비슷한 것 아니겠나, 안 그래? 아무튼 그럴 가능성은 있었을 거 아닌가? 바로 그것 때문에 이렇게 오만 푸닥거리를 하고 있는 거잖나, 안 그런가? 자, 이제 자네야말로 나한테 거짓말 좀 그만하지." 야클은 브르르를 몰아붙였다. "자네의 진짜 목적이 뭔지 내가 기어코 뒤쫓아 잡아 캐낸 게지, 안 그런가? 자넨 리르를 찾고 있나? 어떤 좁은 길을 뚫고라도 리르한테 다다르려고 하지 않나? 리르의 애인 둘 중 누구를 통해서든 간에, 캔들이든 트리즘이든 아니면……." 아직 안 돼. 야클은 뚝 말을 그쳤다. 그건 말할 수 없는 일이었다.

"아니면 뭡니까?"

브르르는 야클이 자기가 알고 싶은 그것에 대해 말을 할지도 모른다는 희망에 찼다. 『그리머리』, 바로 그 책 『그리머리』 말이다! 야클 쪽에서 나누고 싶은 얘기를 주절거리는 대신에……. 야클은 이야기를 이어 갔다.

"그렇게 되어서 체리스톤 장군이 애플 프레스 농장을 포위하는데 트리즘은 이미 떠난 뒤였네. 체리스톤은 리르가 돌아오기를 기다리며 그대로 매복해 있었지. 그때, 어느 날 아침이 밝아 오기 직전에 새벽을 타서 캔들이 팔 아래 웬 보퉁이를 끼고서 농장을 떠나는 거야. 그게 『그리머리』일지도 모른다는 희망으로 체리스톤은 전력을 경주하여 캔들의 뒤를 쫓았어. 한데 캔들이 끼고서 허둥지둥 도망간 그 보퉁이는 그냥 누더기 천을 둘둘 뭉친 것에 지나지 않았던 걸로 밝혀졌지. 캔들은 중요하지 않은 인물로 간주돼. 아마 백치인 척이라도 했던 게지. 그래서 캔들은 풀려나네."

"그래서 다들 어떻게 되었습니까?"

"연기 속으로 사라지지." 야클이 말했다. "다들 공중의 연기 속으로 사라졌어. 한 명 한 명 펑 하고 꺼져 버린 게야."

브르르와 야클 둘 다 사적인 탈출구의 편리성을 곰곰이 되씹어 보았다.

"어떻게 그렇게 많이 알고 계시지요?" 브르르가 압박했다.

"다른 모든 실마리가 다 사라진 후에 체리스톤이 이곳으로 돌아왔다네. 그리고 반 강제로 이전 원장 수녀와 면담을 했지. 말하기도 딱한 일이오만 늙은 원장 수녀는 그러고 몇 시간 있다가 죽었네. 쇼크가 왔든지, 아니면 내가 간신히 조달한 것보다 그 양반이 더 센 자기 보존 본능을 지녀서 그랬든지, 하여간에."

"그래서 체리스톤 장군이 당신하고 면담을 했군요." 브르르가 말했다.

"알면서." 야클이 응대했다.

"당신은 체리스톤 장군에게 해 준 것보다 나한테 더 많은 이야기를 해 줬습니다. 내가 장군처럼 당신 양쪽 눈을 파낼 정도로 극단적인 짓까지는 안 했는데도 말이죠."

"눈이 멀면 앞이 보이는 사람들과는 역사를 보는 방식이 달라지지. 게다가 말일세……." 야클은 말하면서 한숨을 쉬었다. "옛날 그 시절에는 내가 자연스러운 죽음을 맞을 희망이 이렇게나 깡그리 말라붙을 줄 전혀 생각도 못 했거든. 그때는 온통 피에다, 완전히 엉망진창으로……."

"하지 마세요. 제발. 저 아침 먹었단 말입니다."

"한옛날 얘긴걸. 역사지. 이게 9년 전 일인데. 이젠 다들 어디로 갔는고? 다들 어찌 그리 철두철미하게 사라져 버렸다지? 그 애들이 아직 살아 있다면 리르는 스물여덟인가 스물아홉일 거야. 캔들도 그 쯤이고. 트리즘은 서른둘이지, 그리고, 그리고……."

그리고. 야클은 생각했다. 그리고 그 어린애. 그 어린애는. 캔들이 낳은 그 어린애는……? 하지만 입 밖에 내어 말할 수는 없었다.

브르르는 꼼짝도 하지 않고 앉아 있었다. 야클은 등을 폈다.

"내가 아는 대로는 다 얘기해 드렸네. 진실은 뭔고 하니, 내가 일단 눈이 먼 뒤로는 예언자로서 내 능력에 대하여 의심이 가더라는 거야. 어쩌면 체리스톤 장군이 나한테 가한 처참한 짓 바로 그것 탓에 그리 되었는지도 모르지. 나는 냄새로 사람을 알아, 또 거짓말도 냄새로 알지. 그렇지만 이제는 더 이상 내 얼굴 바로 앞에 떡 하니 놓여 있는 진실은 직시할 수가 없다네."

"확실히 크게 협조해 주셨습니다." 브르르도 인정했다. "그렇기는 합니다만, 트리즘과 캔들의 움직임에 대하여 도대체 어떻게 그렇게 많은 것을 알게 되셨습니까?"

"캔들이 다시 여길 왔거든. 하룻밤 동안이지만." 야클이 답했다. "캔들은 나에게 고맙다고…… 하여튼 고맙다고 인사를 하러 왔어. 분별이 있어서 자기가 어디로 가려는지는 말을 안 했다네. 그랬으니 내가 불려고 아무리 억지를 써 본들 불 수가 없지. 캔들은 체리스톤이 오기보다 한 일주일쯤 먼저 왔다가 갔네." 야클의 거동은 꼭 창밖을 내다보는 것 같았다. "그 애를 자주자주 생각한다네. 난 그 젊은 계집애가 맘에 들었어. 보통 보는 사람들보다 한결 용감했거든.

…… 댁보다 한결 용감했지."

"그렇다고 대단할 건 없을 것 같습니다." 브르르가 말했다.

"나는 거짓말 냄새를 맡을 줄 알아. 내가 보기에 자넨 왜 여길 찾아왔는지 아직도 실토 안 한 게 틀림없구먼."

"말씀드렸습니다. 리르를 찾고 있다고요. 모르시겠어요? 먼치킨랜드 인들이 리르를 정당한 트롭 가문의 수장으로 삼아 그를 선봉으로 뭉치는 일이 없게끔 하려는 겁니다. 오즈 곡창 지대에 대하여 셸이 주장한 통치권이 도전받는 일이 없게끔……."

"더 이상 거짓말로 보낼 시간이 없네." 브르르에게 건넨 야클의 말은 차라리 평화로웠다. 만약 브르르의 큼지막한 앞발이 어디 있는지 분간이 가서 그걸 토닥토닥 두드리며 그를 달래 줄 수 있었더라면 야클은 그렇게 했을 것이다. "자네가 여기 온 건 실은 리르에 대해서 캐러 온 게 아니잖나. 트리즘이나 캔들이나 다른 누구에 대해서 캐러 온 것도 아니고. 그쪽에 대해서는 자네가 이미 대부분 알고 있으면서 말이지. 자네는 리르에 대해서 알고 있고, 트리즘과 캔들이 서로 사랑에 빠졌다고 생각하고 리르가 어떻게 괴로움을 겪었을지도 알고 있네. 두 사람을 사랑하는 게 리르한테는 아무 문제 없었지. 다만 뒤이어 상대방 둘의 사랑을 지켜본다는 건 그렇게 녹록치 못했지만 말이야."

"저는 많은 것에 주목합니다. 하지만 사람들의 삶에서 그 방면에는 별로 주의를 기울이지 않지요."

"그러고 싶지 않은 게지." 야클이 간파했다. "그 방면이 고향이랄까 근본에 지나치게 가깝기 때문 아니겠나, 필경."

"당신이 신경 쓸 일이 아닙니다." 브르르가 그르렁거렸다. "당신이 그렇게나 시종일관 못되게 굴며 정곡만 찔렀다 치면, 그럼 내가 어떻게 거짓말을 하고 있었을까요? 내가 어떻게 당신이 아직 말해 주지도 않은 그 뭔가를 찾아왔단 말입니까? 이제 털어놓고 말해 보세요. 이제 면담을 접자고요. 내 코에는 프라이팬 안에 점심식사 때 먹을 베이컨과 나란히 죽음이 튀겨지고 있는 냄새가 풍깁니다. 마무리를 합시다."

야클은 일어서서 일호의 차착도 없이 뼈만 남은 손가락으로 브르의 콧잔등 털이 좌우로 나뉜 정중앙을 딱 짚어 가리켰다.

"자네가 찾아내기를 원하는 것은 『그리머리』의 소재야." 야클이 말했다. "그 대단한 마법서를 원하는 거지. 물론 리르가 어디에 있는지 알면 좋아라 하겠지. 리르나, 별 볼 일 없는 리르의 작은 한동아리 누구의 행방이든지. 그렇지만 리르는 엘파바와 달리 큰불을 낼 불씨가 못 돼. 그 마법 주문 백과사전을 빼면 리르는 아무것도 아니지. 황제가 댁을 이리로 보낸 건 혹시 내가 그 책이 어디 있는지 알려 줄 수 있을까 싶어서 한 짓이지. 엘파바의 마법서이자, 엘파바가 손에 넣기 전에는 다른 누군가의 마법서였던 그 책 아니겠소? 댁은 면담 내내 거짓말을 하고 앉아 있었지. 리르는 일부에 지나지 않고, 자네가 원하는 건 책일세."

브르는 오랫동안, 아주 오랫동안 가만히 꼼짝 않고 앉아 있었다. 유리 고양이가 깜박임 없는 눈으로 바라보고 있었다.

"면담 내내 그 사실을 알고 계셨다면, 책이 어디 있는지도 알고 계시겠지요." 브르가 나직이 말했다.

"아, 아니지. 그건 아니야. 자네의 동료 전우였다가 나중에는 그냥 사령관으로 변한 그자가 내 눈을 멀게 했고, 그걸로 난 내가 가졌던 능력을 잃었네. 체리스톤 장군한테 그러게나, 다시 와설랑 내 심장을 잡아 뜯어내서 자네의 점심식사용 베이컨 옆에다 나란히 튀겨 보라고 말이야. 그렇게 해서 내가 남은 능력도 잃을 수 있을는지 어떤지 보자고. 숨 쉬기, 생각하기, 기억해 내기, 미워하기 등등이 있겠구먼. 이 기능들 중 몇 가지를 놔 버릴 수 있다면야 난 참말로 기꺼울걸세."

"놔 버릴 거면 구구절절 떨고 있는 청승이나 놔 버리시죠, 좀. 도대체 당신이 그냥 환상을 봐서 『그리머리』가 어디 있는지 찾아내지 못할 이유가 뭔지 말해 보십쇼. 그게 제가 원하는 전부입니다. 확실한 정보라고 할 만한 것을 손에 넣어서 이곳을 빠져나가는 것 말입니다. 이제 우리한테 남은 시간은 몇 시간 정도지, 며칠이 아닙니다. 몇 시간이면 이곳은 군사 작전 구역이 되고 만다고요. 마담 모리블의 기록이 암시한 바, 당신은 엘파바의 수호천사였다지요. 당신은 다른 누구보다 그 책이 어디에 있는지 알 가능성이 제일 높아요."

"천사라고!" 야클이 웃기 시작했다. 두 눈이 두개골 속에서 데굴데굴 구르는 광경은 보기에도 끔찍했다. 야클은 갈비뼈를 움켜쥐고 몸을 꺾었다. "아이고, 환장하겠네! 무신론자 천사가 났구먼!"

브르르는 야클의 홍소가 진정될 때까지 기다려야 했다.

"부탁입니다. 『그리머리』의 소재를 아는 대가로 제가 무슨 약속을 해 드려야 되겠습니까?"

"될 일이 아니라니까." 야클은 이제 모든 희망을 내버린 양 들뜬 음성이었다. "환상은 보고 싶다고 내 맘대로 척척 끌어다 보는 게 아니야. 그리고 만약에 내가 알고 있더라도 그렇지, 브르르 이 귀여운 양반아. 내가 어떻게 자네한테 말을 해 주겠나? 우리 둘이 목적이 서로 엇갈리는데. 에메랄드 시는 그 정보를 가지고……."

그러나 야클은 상쾌한 희망 없음의 상태로부터 갑작스러운 격동 상태로 옮아갔다. 얼굴에 경련이 일어났다.

"괜찮으세요?" 브르르가 물었다.

야클은 고개를 저었다. 심적인 격동이 죽음의 단말마는 아니었다. (야클에게 그보다 더 톡톡히 잘 듣는 처방은 없었을 텐데.) 그러나 그것은 야클이 줄곧 그래 왔던 만큼 질기게 죽을 줄 모르는 존재만 빼고 조금이라도 덜 질긴 다른 누구라도 죽음에 이르게 했을 정도로 격심한 시름이었다.

"그만두세요. 설마 아니겠지요. 그렇게까지 일이 더럽게 돌아갈 리는 없어요." 브르르가 말했다.

"『그리머리』의 소재를 알아내지 못하면 자넨 앞으로 어떻게 할 셈인가? 다음으로 만나 볼 증인은 누구지?" 야클이 마침내 그렇게 물었다.

"아무도 없습니다." 브르르는 수첩을 탁 접었다. "마담 모리블의 서류들은 실상 몹시 적은 양이었던 걸로 드러났습니다. 당신도 알고 계시겠지만 마담 모리블 본인이 일종의 여마법사였지 않습니까? 게다가 마담 모리블은 파기해야 할 서류가 뭔지 정확히 가릴 만큼 지모가 있는 인물이었어요. 그 여자의 기록 속 당신에 대한 내용조차 교묘하게 은폐돼 있었지요. 그 글줄들 속에서 당신의 존재를 추론해 내기 위해 수학 방정식 같은 것을 동원해야 할 정도였죠. 그리고 당신의 이름을 들어낸 건 그로메틱이라는 기계 첩보원의 조직을 통해서입니다."

"여기까지 오는 데 그렇게나 공을 들였구먼. 그런데 나는 자네한테 몹시도 적은 것밖에 못 알려 주었지. 이제 어떻게 할 셈인가?"

"사지 멀쩡하게 저쪽 동네로 건너갈 수 있다 치면, 그나마 모은 정보를 가지고 에메랄드 시로 돌아가야겠죠. 법정에서 내 성과를 흡족해하지는 않겠지만 전 최선을 다했어요."

"그자들이 자넬 남쪽 계단으로 떨어뜨리지는 않겠는가?"

"그러진 않을 겁니다. 형량 협상으로 최소한 그건 당하지 않게 협의가 됐으니까요."

"법정이 베풀어 주었던 약속을 철회하지 않을 거라고 신뢰하고 있는가?"

이번 면담을 통해 브르르의 생애가 지금까지 어떻게 흘러왔는지를 되짚어 본 지금에 와서 말인가? 대답은 하나뿐이었다.

"아니오, 저는 법정을 전혀 신뢰하지 않습니다."

"그렇다면 그게 내가 본 중 처음으로 자네가 사리분별을 제대로 한다는 증거가 되겠구먼." 야클이 자기 손가락들을 이리저리 비틀어대는 모습은 시체 파먹는 귀신 같았다. "자네를 믿어 보겠네. 믿어서 자네가 이곳을 떠나면 제정신이 돌아와 사리분별을 할 수 있을 줄로 좋게 생각해 보지. 에메랄드 시는 절대 자네를 포용하지 않을걸세. 그자들이 받아들이기엔 너무 본연 그대로에 눈에 팍 띄거든. 보게나, 나한테는 다른 방법이 없어. 이 건에 대해서 난쟁이는 신뢰하지 않을 생각이야, 이미 자기가 편들고 충성하는 데가 있으니까. 자넨 이제부터 골라서 결정을 해야 하지. 자넨 어리석음과 불운 탓에 악당이 되어 버린 인물이야. 하지만 자네가 에메랄드 시의 두목 나리들을 믿지 않을 만큼이라도 머리가 돌아간다면, 아무튼 조금이나마 희망이 있지 않나, 난 그렇게 생각한다네."

"제가 말씀드리는데, 실수니까 관두시죠. 당신은 그렇게 똑똑한 분이면서 설마 저를 신뢰하시려고요."

"내가 자네 도움이 필요해." 야클이 대답했다. "자네 외에는 아무도 없어. 결국은 그렇게 낙착이 되는구먼. 믿어도 되건 믿으면 안 되건 간에 자네를 믿을 수밖에 없다네."

그래, 그거였다. 안 그런가? 야클을 위해, 브르르 자신을 위해, 또 누구 다른 이를 위해? 남이 자신을 필요로 한다는 그것, 맞지? 애처로울 만큼 낡아빠진 믿고 맡기기 게임, 그거잖아? 통하든지 통하지 않든지 양단간에 결정이 날 거다. 야클한테는 다른 선택지가 없었다.

"좋습니다. 그럼 저한테 말씀하시죠." 브르르가 말했다. "저한테 해야만 한다는 그 말씀을 해보세요. 어쩌면 제가 다시 에메랄드 시에 발붙이고 살면서 이럭저럭 도움을 드릴 만한 지위에 있게 될지 모르죠."

"아직도 포기 안 했군. 응?"

"보세요. 당신이 저를 신뢰하실 거라면 믿거니 하셔야 합니다. 주시는 정보를 들어 봐서 제가 이러면 되겠다 싶은 대로 행동할 겁니다. 하긴 제 판단력이 별로인 건 이미 아시죠."

"지금 이 시점에는 자네가 나보다 명철하구먼."

"견해 차이겠죠." 브르르는 수첩을 덮었다. "연필은 치워 두겠습니다. 그냥 저한테 말씀만 하세요."

"리르 문제가 아니라네." 야클이 입을 열었다. "리르하고 캔들 둘의 문제지…… 부탁할 건…… 그 둘의 아이일세. 내가 나서서 그 어린애 뒤를 봐줘야 해, 그 애한테 필요하다면 말이지. 자네한테는 아무도 나서 줄 사람이 없었잖나."

"두 사람의 아이라고요?"

"애플 프레스 농장에서 태어났지. 리르가 자리를 비운 동안에 말일세. 9년 전이야. 캔들이 옆에 보퉁이를 끼고 빠져나갔던 건 감시하는 눈길을 갓난애한테서 떼어내기 위해서였던 게야. 캔들은 리르가 와서 찾게끔 아이를 남겨두고 떠났지. 사냥개들이 냄새로 추적해 올까 봐 서둘러서 놈들을 멀리 데려갔다네."

"그러니까 당신이 캔들을 리르와 함께 탑에다 가둔 이유가 바로 그거였습니까? 그렇게 해서 그녀가 리르와 섹스를 하도록 하여 잘하면 아이를 배라고요? 왜 당신이 신경 쓰시죠? 당신은 아홉 살이었던 때가 아예 없었기 때문인가요? 아니, 그게 아니군요. 당신 자신은 아이를 배는 일이 결코 없을 것이기 때문이겠네요. 당신은 태어날 때부터 팍삭 늙어 있었죠. 시작도 해보기 전부터 바싹 말라붙었잖아요."

"거 참 날카로우시구먼. 그런 말쯤 들어도 싸지. 남들 맘속 동기를 넘겨짚는 걸로 오락을 삼는 전문가 나리들과 디너파티도 어지간히 하셨네그려. 하지만 내 동기야 아무려면 어떤가? 벌어진 일은 벌어진 일이고 이제 세상에 어린애가 생겨나 있단 말일세. 여자애지. 내 이제 차차 알 것 같네만 내가 못 죽는 이유가 바로 이것 때문이었던 게지. 그 애가 잉태될 때 내가 그 자리에 있었네. 말하자면 내가 그 애의 대모인 셈이지. 그런데 내가 없어진 뒤에 그 애를 살펴줄 후견인을 정해 주지 않았거든. 내가 엘파바한테 해 주려고 한 것만큼 해 줄 사람이 있어야 하는데 말이야."

"그 애한테 후견인이 있어야 할 이유는 뭡니까? 누구는 후견인이고 뭐고 아예 없이도 크는데요." 사자의 음성은 차가웠다.

"그래서 자네 자신의 경험에 비추어 볼 때 후견인 없는 게 그래 바람직하던가?"

"그 여자애 한번 특별하네요." 악의 어린 말투로 브르르가 말했다. "역사가 그 애한테 달려 있지요, 예? 아직 어린 나이에 먼치킨랜드의 차기 수장이 되겠고요? 가녀린 어깨 위에 예언이 얹혀 있어 파르르 떨리고 있는 거죠? 당신이 쾌락의 물약 한 단지를 마시고 처음으로 환상을 보았을 때 엘파바를 보고 뭐라고 하셨던가요? '이 아이는 역사에 남으리라.' 뭐 그런 말씀을 하셨다죠, 그렇지 않아요? 선악이 팽팽히 균형을 이루고 있고 말이죠. 그러니 이 어린애는 어떤 대가를 치르더라도 보호해 줘야만 하는 거고. 그 애가 우리 모두를 구원할 테니까. 딱 그 죽은 꼬마 오즈마처럼 말이죠, 사랑스러운 아기 오즈마처럼, 안 그래요?"

"그 애가 특별하다는 게 아닐세. 선택받은 아이라는 것도 아니고." 야클이 말했다. "요는 그 애가 우리들의 아이라는 거지, 그게 전부일세."

브르르는 그 소유격이 무엇을 의미하는지 알았다. 특별하건 그렇지 않건 그 아이가 바로 지금 여기 있는 것이다. 역사에 찬란한 이름을 남길지, 아니면 운명에게 버림받을지 몰라도……. 그 아이는 사고를 당해 희생될 수도 있고 예언에 선택받은 아이가 될 수도 있다. 그런 건 아무 상관이 없다. 그 아이는 아무것도 모르고 사태에 휘말렸다. 그게 전부다. 결국 결론은 그것뿐이었다.

"어린애가 지금은 아홉 살이 됐겠구먼. 아이한테 참 좋은 나이지." 야클의 목소리는 더욱 낮아져 혼잣말같이 되었다. "이게 뭔고 하면……." 하고 야클은 말을 이었다. "내가 늘 그럴 거라고 추측했다 이 말일세. 나는 아홉 살이었던 적이 없거든. 자네도 알지. 하지만 그래도 참말이지 듣기만 해도 기분 좋은 나이 아닌가?"

브르르는 자기는 몇 살 때고 그렇게 기분 좋은 시절 따위는 없었다고 생각했다. 그럼에도, 이 시점에 이르자 지나온 시절들 한순간이라도 내버릴 마음이 들지 않았다.

"자, 자. 우리 둘 다 청승은 관두죠. 얘기하시면 들어 드리겠다고 제가 그랬지요, 잘 들어 드렸습니다. 하신 말씀 알아들었어요. 받아 적지는 않았습니다. 그 얘기는 여기에." 브르르는 자기 가슴을 톡 쳤다. "담아 두겠습니다."

유리 고양이가 너무도 잽싸게 고개를 돌리는 바람에 그 귀 끝에 섬광처럼 반짝 빛이 흘렀다. 브르르는 의자에서 일어나, 문득 무릎을 꿇고 주저앉았다. 관절에서 심하게 뚝뚝거리는 소리가 났다. 그는 떨고 있는 늙은 마귀할멈의 발치 바닥에 몸을 웅크렸다. 야클은 누더기 수의 자락에 묻혀 울고 있었다. 브르르는 그르렁그르렁 목을 울리며 그녀의 두 복사뼈에 머리를 비벼 댔다.

5

문 두드리는 소리가 났다. 브르르는 펄쩍 뛰어 일어나 좀 더 위신이 서는 자세를 하고 방에 들어오는 약제사 수녀를 맞았다.

"실례를 용서하세요." 이의를 허용치 않는 어조로 약제사 수녀가 말했다. "수도원 탑 위에 갇혀 지내는 '은둔자 수녀'가 이례적으로 침묵을 깨고 바구니에 쪽지를 넣어 내렸습니다. 어찌 형용해야 할지 엄두가 나지 않을 만큼 규모가 큰 대군이 이곳에서 서쪽에 위치한 길리킨 강 여울목을 건너고 있답니다."

"무슨 말씀인지 잘 못 알아듣겠습니다. 어느 쪽 군대인가요, 어느 방향이라고요?"

"서에서 동으로니까, 틀림없이 에메랄드 시 구세군이겠지요."

중립을 표방하는 이상 건조한 어조이기는 했으나 약제사 수녀의 동정심은 원래 자기 고향 사람들에게 향해 있었고, 그래서 눈빛만은 석탄불처럼 이글이글 타올랐다.

"하지만 한편으로는 남쪽에서 화광이 오르기도 했어요. 아마도 구세군의 일단이 숲을 불태우는 모양이에요. 저격이나 게릴라를 숨겨 줄 만한 차폐물을 파괴하려는 거겠지요. 그들은 먼치킨랜드 군을 몰아붙여 남쪽으로 후퇴하게 만들 거예요. 무엇이 어찌 되든 간에 구세군은 지금까지 아무런 저항에 부딪히지 않았고 해 질 녘에는 이곳에 이를 겁니다."

"나는 그쪽 편인걸요." 딱히 누구에게랄 것도 없이 사자가 말했다. 말하고 나자 그건 자기 자신에게 한 말이었다.

"아주 잘나셨네. 경이 800명을 상대로 차 대접에 꿀과자나 차려 내시면 되겠네요." 약제사 수녀의 마음이 꼬인 것은 공포 탓이었다. 그녀는 서두르며 말을 이었다. "수도원을 치리하는 삼두회를 긴급 의회라고 일컫지요. 그러니까 의사 수녀는 물론이고 보좌역 둘을 해서 셋이에요. 나는 그중 하나가 아니지요, 수도원 행정 업무 상으로는요. 긴급 의회가 무자비한 침략자들을 어떻게 맞이할 것인지 그 방안을 상정할 겁니다."

"침략자라고 하기는 어려워요. 이 수도원이 먼치킨랜드 땅에 있는 게 아니니까요." 브르르가 정정했다.

"제 사전에는요, 침략할 의도를 품은 군대는 침략군이에요, 국경 이쪽에서 보든 저쪽에서 보든 상관없어요. 의사 수녀님의 견해는 다를는지 모르죠, 그분의 특권이니까. 저야 그저 일꾼이고요." 약제사 수녀의 머리가 복도 쪽으로 돌아가더니 누군가를 소리쳐 불렀다. "거기 듣고 있어요? 그러지 말고, 들어오세요. 오셔도 괜찮아요."

"누가 왔나?" 야클이 물었다.

"저흰 누굴 만나고 할 시간이 없는데요." 브르르가 말했다.

"이 문제에 관해서는 당신한테 발언권이 없어요. 여기에서 당신

444

은 손님이라는 걸 잊어버리셨나요? 의회가 소집되었고, 접객 담당 수녀와 요리사 수녀가 출석을 요구받았어요. 그러니 제가 찬 음식으로 점심을 차려서 성역을 구하여 이곳에 오신 여행자분들 모두를 대접하는 거예요. 식사는 함께하셔도 괜찮잖아요. 의회에서 여러분을 보내 드리는 편이 현명한 조치라는 결론이 나면 그때 떠나실 수 있을 테니까요."

"전 이런 조건에서는 일 못 합니다." 브르르가 말했다.

"용기를 내게나. 자네가 뭘 할 수 있고 할 수 없는지 누가 알겠나?" 야클이 말했다.

약제사 수녀는 견습 수녀들을 도와주려는 기색이 전혀 없었다. 견습 수녀들은 물병이며 껍데기를 쫙 가른 진주과일, 햄샌드위치, 그리고 파란색 올리브를 담은 사발 한 개를 방 안으로 날랐다. 나이 젊은 그 여자들은 식사를 보조 탁자에 놓고는 도망쳐 나갔다.

방 안으로 어정어정 들어선 것은 난쟁이 한 사람에 수수한 베일을 쓴 여자가 하나, 그리고 박박 민 머리에 귤색 통옷과 바지를 갖춰 입은 바람에 전체적으로 귤 같아 보이는 근육질의 소년들 몇 명이었다.

"소개는 각자 알아서들 하시고요." 약제사 수녀가 말했다. 그녀는 턱을 쳐들다 못해 거의 이마와 같은 높이에 이를 지경이었는데 그렇게 하고 보니 난쟁이보다는 키가 크다는 것이 확연해졌다. 그 사실을 보지 못한 사람은 아무도 없었다.

"머리 민 총각들을 견습 수녀들 사이에다 믿거니 하고 풀어놓을 수는 없습니다." 약제사 수녀가 딱 부러지게 말했다. "그리고 이미 말씀드렸다시피 저희는 긴급 의회를 소집하는 참이에요. 그러니 여

기 열쇠 때문에 섭섭하시더라도 용서하세요. 이건 지금 같은 전시에
는 필수적인 조치니까요. 절대 저희가 예의가 없어 이러는 게 아닙
니다."

단호한 쫘당 소리와 함께 문을 닫고 약제사 수녀는 가 버렸다. 모
두가 자물쇠에 열쇠가 물려 돌아가는 소리를 들었다.

"이제 우린 수도원 수녀들에게 인질로 잡힌 겁니까?" 브르르가
물었다.

"이봐요, 난 소변을 잘 못 참는데요." 민머리 소년 하나가 말했다.

"소변은 창밖으로 보세요." 약제사 수녀가 문짝 저편에서 말했
다. "제가 무례하다고 생각지 마세요. 저희는 날고기 같은 총각들이
멋대로 수도원을 헤집고 다니고, 견습 수녀들 옷장에 숨어 기다렸다
가 한밤중에 걔들을 놀래게 하는 상황은 아무래도 감당이 되지 않
아요. 여러분이 이해하시리라 믿어요."

"또 당신이군." 말이라도 된 것처럼 콧구멍을 커다랗게 벌름 하
며 야클이 말했다.

"또 나요. 우리는 휴가를 함께 보낼 운명인 모양이구려." 난쟁이
가 동감을 표했다.

"허허. 우리 둘 중 하나는 운명에 대해 좀 안다는 위인인데. 그래
도 지금 이 판국이 될 줄이야 몰랐다고 내 실토하지."

"눈에 얼어걸리는 것보다 훨씬 더 많은 뻔히 보이는 것들이 닥쳐
오는 법." 난쟁이가 말했다. "사람들이 말하는 눈 말이오, 할멈의 신
통치 않은 그 두 짝 눈 말고. 하긴 내가 뭘 알겠나? 이런 건 항상 어
느 정도는……."

"나는 여기서 정부의 공무를 수행 중입니다." 브르르가 끼어들었

446

다. 아닌 게 아니라 그렇기는 했다. 아무튼 난쟁이에 비해 본다면 그렇다. 브르르는 수첩을 내둘렀다. "기록을 위하여, 당신들의 이름이나 기타 등등을 받아 적어야 하겠습니다. 법정에서 내 진술 조서의 이 뒷부분을 문제 삼을 때 상황에 따라서는 물적 증거가 될 테니까요."

"이름은 없구먼." 난쟁이가 상냥하게 말했다.

"누구에게나 이름은 있어요." 브르르가 말했다.

"뜰의 나방에게 이름이 뭔지 물어보시오."

"난쟁이. 못생겼고 비우호적임. 스스로 이름을 대기를 거부하다." 수첩에 적으면서 브르르가 말했다.

"아니 세상에 자기가 자기 이름을 지어 부르는 법도 있나? 참나." 난쟁이가 말했다.

"난 내가 지었지." 야클이 말했다.

"아하, 당신. 당신이야 걸물이지. 암! …… 아이고 맙소사, 노망난 우리 여사님이 갈수록 태산이네."

"저는 일리아노라예요." 여자가 말했다. 얼굴에 썼던 베일을 이마로부터 벗어내려 날카로운 얼굴선이 드러났다. 여자의 하얀 머리카락은 올이 굵고 윤기가 돌았으며 조금도 누레질 기미 따윈 없었다.

과연. 브르르는 눈치를 챘다. 일리아노라의 살결은 반지르르하고 주름은 눈가에 몇 가닥 있을 뿐이었다. 턱이 내려앉지도 않았고, 혈색도 적자색으로 아주 좋았다.

"난쟁이의 도제라고 적어 두세요. 그리고 저분도 괜히 까다롭게 굴고 계신 건 아니에요. 저분은 실제로 이름이 없답니다. 아님 적어도 최근 오륙 년 넘게 이름 대시는 건 제가 들은 바가 없다고 할까요. 저분을 불러야 할 때에는 저는 '대장님'이라고 하지요."

"고향은?" 브르르가 물었다.

일리아노라의 억양은 기묘했다. 어디 말인지 종잡을 수가 없었다. 혹시 이 여자 윙키인가?

"없어요. 우리는 방랑자들이랍니다. '타임 드래곤의 시계'와 함께 떠돌아다니죠. 우리 이야기를 들은 적이 있을 거예요."

"흐응, 어디 보자……." 브르르는 기억을 더듬었다. "들은 적이 있군요. 그래요. 그게 아직도 굴러가고 있는 단체인 줄은 몰랐는데."

"지금 이 시점에야 어디로 빠르게 굴러가고 있노라고는 말 못 하겠는걸." 난쟁이가 제법 붙임성 있게 말했다.

난쟁이는 아래쪽 척추 끝 지점을 긁적거렸다. 난쟁이에게 꼬리가 있었더라면 꼬리가 돋쳐 있을 바로 그 지점이라고 브르르는 생각했다.

"그쪽 헌걸찬 젊은 어깨들, 댁들은?" 브르르가 물었다.

청년들은 이름을 대기를 거부했다. 그들은 자리를 잡고 앉아서 샤메리카 놀이판을 벌였다. 카드 두 벌과 종이 대용품을 묶어 만든 수첩 한 권, 추를 박은 주사위 한 세트와 작은 청동 깃발들을 꽂을 수 있는 트라푼토 천 지도를 써서 하는 게임인 듯했다. 청동 깃발들을 옮겨 꽂거나 뽑아 버리기도 했다. 브르르는 녀석들이 내놓을 것은 별로 없으리라 짐작하고 휘갈겨 썼다. '도제 일곱 명.' 나중에 위협을 해서 이름들을 알아낼 수 있을 터였다.

"그러면 에메랄드 시 구세군들이 군단 단위로 진군해 오고 있단 말이지요. 그런데 제 발로 이 와중에 끼어들다니 복안이 훌륭하십니다, 키 작은 양반."

"진실이냐 우연이냐. 내가 제일 좋아하는 게임이구먼." 난쟁이는 햄샌드위치에 이를 박아 넣고는 한 입 가득 깨문 그대로 입을 벌려 활짝 웃었다.

"그렇게 급하게 드시지 마세요. 목 막혀요." 일리아노라가 타일렀다.

"목이나 막혔으면 좋겠군." 난쟁이의 말에 야클이 놀란 빛을 띠었다.

"나 같은 소리를 하는구먼? 댁한테도 삶이 영 너무 긴 것 같던가?"

"아이고, 나 좀 그만 겁 먹이쇼."

"대장님께 신경 쓰지 마세요." 일리아노라가 야클과 브르르 둘에게 겸하여 그렇게 말했다. 그러고는 이어서 말했다. "우리는 이 틈에 쉬도록 하죠."

"그러면 되겠군. 우리가 다시 움직일 여건이 되고 보면 십중팔구 잽싸게 움직여야 할 테니까." 난쟁이가 응답했다.

일리아노라는 바닥에 앉아서 치마 주름을 매만져 발목을 가렸다.

"저희한테 신경 쓰지 마셨으면 해요, 두 분. 저희는 조용히 앉아서 한낮의 쪽잠을 좀 자려고 하니까요. 데리고 계신 수정 고양이처럼 말이에요."

고양이는 신호를 받은 듯이 한 눈을 반짝 떴다. 절대로 고양이의 행동을 예측하지 말랬지. 브르르는 생각하며 왠지 으쓱했다.

"브르르, 이 얼마나 근사한 일인가? 우리가 서로 해 줄 수 있는 이야기가 이제 막 동이 날 참이지 않나. 그러자 자, 보게. 보라고, 운명이, 아니면 이름 없는 신이, 아니면 무작스러운 우연의 일치가, 하여튼 무엇이라 불러도 상관없이 그게 우리에게 마무리 끝 악절을 마련해 주는구먼. 타임 드래곤의 시계는 바로 진실을 가르쳐 주는 기계가 아니고 뭐겠나? 그리고 우리의 면담이 끝자락에 이르러 더 이상 진전이 없게 된 지금 그것이 바로 여기 와 고꾸라진 게 아니겠나. 축복인지, 저주인지, 누군들 알겠나? 그렇지만 다음 단계인 건 틀림없지."

"나야 공적인 일을 보러 여기 왔다고는 말하기 힘든데. 올해는 내 안식년이거든." 입에 음식을 가득 문 난쟁이가 콧소리로 말했다.

"정확히 무슨 볼일로 왔지요, 그럼?" 사자가 물었다.

"댁한테 대답할 의리는 없소, 참견꾼."

"나는 황제의 칙서를 부여받은 몸입니다."

"내가 섬기는 주군은 독립된 기관이오, 그러니 접어 둬요. '오즈의 황제'한테는 아뢰어 바칠 맘이 없소." 난쟁이는 시무룩했다. "사실 그렇소. 나는 사자를 찾아 나선 참이었어요. 그렇게 생각했지. 그렇지만 국가의 하수인 따윈 필요 없소. 경내에 누구 다른 사자는 없겠지?"

"대장님, 대장님도 참." 일리아노라가, 애정이 담겼으면서도 지친 목소리로 말했다. 그녀는 주머니에서 상아 빗을 꺼내어 머리카락에 엉킨 곳들을 빗어 정리하기 시작했다.

"그래 그 기괴 번쩍한 기물은 동반하고 온 거겠지, 안 그렇소? 타임 드래곤이 꼭대기에 서리서리 감고 올라앉은 근사한 극장식 시계, 갖고 왔지요?" 야클이 물었다.

"대장 나리가 이 계절에는 창고에 처박아 두질 않아요." 청년 중 한 명이 뻐근한 어깨를 문지르며 고해 바쳤다. 난쟁이가 짖었다.

"내 네 녀석의 요 밑바닥 언저리에다 다른 걸 처박아 줄 테다. 들려줄 말이 있으면 그 말은 내가 해! 안 그랬다간 네 녀석은 영영 이별이야. 알아먹었어?"

"너무 많이 먹어 탈이죠." 젊은 녀석은 꿍얼거리며 욱신거리는 엉덩이를 가리는 시늉을 했다. 하지만 그 다음부터는 조용해졌다.

"시계 장치를 상대로 이야기를 할 마음은 없어요." 사자가 말했다.

야클은 힘이 넘쳤다.

"하지만 생각해 보라고! 난 이제 여력이 다했네, 상상 속의 내 콧잔등 너머를 내다볼 힘도 동이 났단 말일세. 그런데 그 참에 걸어 들어온 게 다른 누구도 아닌 바로 저 양반이야. 그래, 대장 나리, 그렇게 불러 주세. 저 양반이 째깍거리는 전설의 그 기계, 감추어진 것을 냄새 맡아 내는 그것을 동반하고 왔단 말이야. 브르르, 나는 시계한테 내 죽음에 관해서 물어볼 걸세. 뭔가 새로운 것을 배우는 걸 감당해 낼 수 있어. 여기 틀어박혀 있는 데는 진력이 났어. …… 댁은 뭐라 하시겠소? 오랜 친구에게 편의 한 번 봐줄 수 있으시겠지?" 난쟁이가 늘어져 빈둥거리고 있다고 여겨지는 쪽을 향하여 야클이 말했다.

"어떤 과정을 통하여 당신들 둘이 친구라고 일컬어지게 된 것이지요?" 브르르가 물었다.

"그래, 어떤 과정을 통해서 그게 그렇게 되나?" 난쟁이가 매정하게 물었다.

"우리는 몇 년이고 서로 상대방 주위를 맴돌고 있었다네. 저 양반 진술을 받지 그러나, 브르르 경? 저 양반도 엘파바의 인생 언저리에 얼씬거리던 사람이야."

"순전히 우연의 일치지. 설사 그랬다손 치더라도 말이오. 내가 이렇게 말한다고 정말 그랬다든가 그게 아니라든가 얘기하는 건 아니고. …… 나한테는 다른 사명이 있어요, 마나님. 나를 댁의 난장판 소란통에 끌어들이지 마쇼."

"상관이 있으면서 그러네. 댁이 이 근처에 볼일이 없었더라면 여기 와 있지도 않았을 거 아닌가. 내 시간을 낭비하지 말라고!"

"낭비해서 안 될 게 뭐요? 실컷 낭비할 만큼 갖고 있으면서." 난쟁이가 대꾸했다. "할멈이 조금이라도 젊어지는 일은 없을지 몰라도, 요만큼이라도 애틋해질 리도 없겠구먼. 싫소, 나는 그럴 만한 이유가 있어서 사자를 하나 찾아서 같이 다닐 생각이었는데, 그래도 이 깐깐하게 구는 덩치는 싫어. 내가 뭔가 헛짚었나 보지."

"댁의 기괴한 시설물은 제가 어디로 가고 싶은지, 어디 머무르고 싶은지 잘 알지 않소. 그러니 그것이 이리로 오고 싶어 한 게지, 안 그래요? 그게 보기에는 째깍거리는 장바닥 볼거리 같지. 톱니바퀴에 반짝이 장식에 화약 불꽃이 빵빵 터지고. 순회 극장이랄까? 하지만 그것이 아는 것, 보여 주는 것은! 댁은 그걸 어떻게 설명할 테요? 댁이 조무래기 공범들을 미리 앞길로 내보내서 그 동네 소문을 염탐하든가, 찻잎 점이라도 쳐 오게 하나? 그래서 댁이 그 마을에 시계를 끌고 들어갈 때는 사람들 마음속 비밀을 이미 알고 있는 거고?"

"저놈들을? 허." 난쟁이는 한 콧구멍을 막고 다른 콧구멍에서 콧물을 쿵 하고 불어 날리는 시늉을 해 보였다. "저 녀석들 머릿속엔 코로 풀어 버릴 만큼의 골도 안 차 있소."

"그러면 그건 마법인 게지. 난 늘 그럴 거라고 생각했소. 뭔가 엄청나게 대단한 마법, 세상의 비밀들을 몇 십 년이고 꾸준히 정확하게 읽어 낼 수 있는 그런 마법 말이오."

"99.97퍼센트의 정확도예요." 일리아노라가 말했다. "하여튼 광고 간판에 쓰여 있기로는 그래요."

"쉬잇, 얘야." 난쟁이는 전보다 더욱 상냥한 어조로 말했다. "물이나 좀 따라 주렴. 그래 주겠니?"

"누구의 주문이 그렇게나 강하단 말입니까?" 사자가 물었다. 본의 아닌 흥미가 동하는 중이었다. "대체 누구의 주문이 꼭두각시 기계장치로 하여금 그러한 비밀들을 쏟아내게 할 수 있지요?"

"내가 내 이름을 대지 않는 것과 마찬가지로 그 이름을 대지 않을 누군가의 것이지." 난쟁이가 말했다. "아이고, 이 물 맛 참 좋구먼. 나는 늘 에메랄드 시의 고위 마법 관료들이, 그런 자들이 정말 있기는 하다면 말이지만, 그냥 직접 켈스워터 전체에다가 정화 마법을 걸 방법을 고안해 내지 않는 건지 궁금했소. 외국의 물에 대한 오즈 충성령의 의존도를 낮추는 거지. 켈스워터는 레스트워터만큼이나 큰 호수이고, 마실 수 있게 만들기만 하면 오즈 충성령 전체에 물을 댈 수 있소. 그렇게 되면 에메랄드 시가 먼치킨랜드 인들의 반골 성향에 대한 강박에서 풀려날 테고. 듣자니 먼치킨랜드 인들은 결단코 노예는 되지 않으리라고 하던데."

일리아노라가 말했다.

"제가 어릴 때 들었던 옛날이야기 중에 말이죠, 바로 먼 옛날의 악한 마녀 쿰브리시아가 켈스워터 호수 깊숙이 살고 있다는 게 있었어요. 아님 거기서 죽었거나요. 그래서 계속해서 물을 버려 놓고 있다는 거예요."

"너도 그렇고 그놈의 이야기도 그렇고. …… 내가 젊었을 때 들었던 옛날이야기 중에는 옛날이야기는 말짱 바보놀음이라는 얘기가 있었지. 어쨌든, 원인은 문제의 핵심이 아니야."

"원인을 냄새 맡아 내어라, 그리하면 해결책이 떠오를지니." 야클이 말했다.

"하지만 아무럼 어떨까? 대장 나리, 대장 나리. 댁이 브르르 경에게 오즈 땅 그 어디에 『그리머리』가 숨겨져 있을는지를 가르쳐 주지 않을 거라면, 이 양반이 여기 온 건 사실 그걸 알자고 온 거니까 말이오만, 그렇더라도 나한테는 좀 호의를 베풀어 주구려. 댁의 옛 짝패이자 엘파바의 인생 가장자리에 얼쩡거렸던 복수의 망령에게 좀. 내가 어떻게 죽게 되는지 가르쳐 줘요. 나는 이 사자에게 내가 아는 대로 다 얘기해 주었소. 그 보답으로 조그마한 혜택을 거두게 해 달란 말이오."

"사자는 에메랄드 시를 위해 일하고 있지. 할멈이 에메랄드 시가 유용하게 써먹을 만한 정보를 저치한테 넘겨준 데 대해서 내가 보상을 해 줘야 한단 말이오? 내가 본질적으로 오즈 황제의 적대파는 아니라지만, 그렇다고 무슨 애정이 있는 것도 아니라니까. 살아라 그리고 소동이 일어나게 하여라, 이게 내 좌우명이오."

"어차피 시계에는 손이 닿지 않아요. 우린 이 안에 갇혔잖아요." 그 하얀 머리채에 흰 리본 세 개를 맞추어 달고 있던 일리아노라가 말했다. "지금 현재는 이곳이 오즈 중앙지에서 가장 안전한 장소일 거예요."

"성역이 아니면 덫이겠지요. 그럴 마음이 든다면 난 저 문을 호통한 방에 무너뜨릴 겁니다. 하지만 대장 나리시라는 당신, 왜 당신이

엘파바의 인생 '언저리에' 있었다는 거죠? 야클 수녀님이 한 말대로
라면 당신이 그랬다면서요?"

"당신은 여기 늙은 욕쟁이를 취조하러 왔지 날 취조하러 온 게
아니잖소. 내 말이 맞지 않소? 그 의자 이리 줘 봐요, 당신. 의자를
받쳐야 내가 창밖을 내다보고 군대가 보이나 볼 게 아니오." 난쟁이
는 바동거리며 의자 위에 올라가 한껏 까치발을 하고 섰다.

사자는 난쟁이에게 보이는 대로 이야기해 줄 수도 있었다. 서남
방향에 나지막하게 베개 받침처럼 깔린 연기가 있다. 무거운 연기
인 게 틀림없다. 아롱진 연기 가닥이 마치 거무스름한 고니의 대가
리 같은 모양으로 위로 뻗어 올랐다가, 도로 고개를 꺾어 가라앉았
다. 그래도 대기 중에 매캐한 냄새는 나지 않았다. 필경 바람이 아직
도 북쪽이나 북동쪽으로부터 불어오는 모양이었다.

"털참나무 숲을 태우고 있구면. 먼치킨랜드 인들을 더 남쪽으로
몰아붙이고 있는 게지. 호수에서 떨어지라는 것일 거요, 내 짐작엔."

일리아노라가 난쟁이 옆에 와 섰다.

"바람이 한 바퀴 빙 둘러 불지 않는 이상 저 연기가 먼치킨랜드
인들을 개활지로 내몰 거예요. 큰 낫에 베어지는 밀대처럼 먼치킨랜
드 인들이 베여 넘어지겠군요."

"우리는 편을 들지 않는단다. 방침에 어긋나." 난쟁이가 일깨워
주었다.

"굴복하지 않고 자비의 편을 들 수는 있지요, 분명히?" 일리아노
라가 응수했다.

"그러다가 우리 사명을 망치지만 않는다면 그러지야 못하겠니?"
난쟁이는 먹성 좋게 샌드위치를 물어뜯었다. "자비에 꽝 얻어맞고

나가떨어져 보려무나, 귀염둥아."

"대장 나리, 구세군이 연기로 몰아내는 방법을 생각해 낸 건 드래곤 덕택일 거예요. 그들의 동료 보병들이 우리 시계 장치에서 피어오른 연기에 눈이 멀어서…… 그래서 그 폐수가 고인 호수로 쫓겨 들어갔던 거잖아요."

"운명이 자칭 운명의 대변자랍시고 나선 자들을 추적해 붙잡은 것 같구먼."

야클이 말했는데, 브르르가 보기에는 만족한 기색이 없는 것도 아니었다. 예언자들 사이의 직업적인 시기심이라니!

난쟁이는 우적우적 음식을 씹었다.

"흥, 운명이라. 누구는 운명이라 부르겠지. 누구는 점심 끼니라고 부르고."

"댁이 종사하는 그 일을 헐뜯다니? 부끄럽지도 않나?" 야클은 신이 난 듯했다.

사자가 거들었다.

"운명이 여러분을 이리로 이끌어 왔습니다. 그건 인정해야죠."

"들어 봐요." 난쟁이가 말했다. "교회에서 놀이방 어린이들을 한 떼 몰고서 소풍을 갔다고 칩시다. 애들은 풀이 덮인 언덕 꼭대기에 올라갈 참이오. 그중 한 애가 혀짤배기 꼬마 동생의 신발 끈을 매주는 사이에 구름이 낍니다. 그리고 벼락이 쳐서 언덕 꼭대기를 때려요. 낙뢰가 그중에 제일 못된 애를 때렸다고 해보자고. 걔는 꼬마를 도와주려고 발을 멈추지 않아서 앞장서 올라갔던 것이지. 아니면 그 애는 이미 지나가서 무사했다고 칠 수도 있소. 그래서 낙뢰는 그 다음으로 올라오던, 친절해서 한 발 늦은 아이를 죽이지. 아니면 이렇게도 생각해 볼 수 있어요. 치사하게 굴었든 친절을 베풀었든 간에 뭔가 행동을 했던 아이들은 둘 다 무사히 언덕 위 풀밭을 지나갔고, 죽은 것은 아무것도 한 게 없는 순진한 꼬마 애라고. 굳이 교훈을 끌어다 대지 않아도 세 가지 죽음 모두가 가능하오. 벼락이 사람 성격 봐 가며 희생자를 고른다고 생각해요?"

"그렇다면 운명의 설 자리는 어디지요? 당신의 그 시계가 앞으로 일어날 일을 거명할 수 있는 것 아니었나요? 늙고 눈먼 예언자가 제 할 몫을 다할 수 있고?" 브르르가 물었다.

"운명은 실제로 일어난 후에야 운명이지. 우리들의 죽음조차도 우리가 꼴까닥 할 때까지는 그저 이론적인 것일 뿐이라오."

일리아노라는 대화에 참여할지 말지를 결정하려는 듯 입술을 앙다물었다. 그녀는 참여했다.

"거기에는 언덕 아래 네 번째 아이가 있었어요. 날씨를 볼 줄 알아서 벼락이 칠 것 같다고 생각했죠. 그 여자애는 달음질쳐 올라가서 다른 아이들을 모두 언덕 꼭대기에서 내려가게 할 수 있고, 그러다 죽을지도 모르지만 죽음을 무릅써요. 만약 그 용감한 아이가 벼락을 맞아 죽음을 당하면 그것은 엄정한 운명이 작용한 거예요. 그러나 다른 아이들의 인생은 달라졌지요. 역사는 줄곧 소수의 놀이꾼들의 간섭에 휘둘려 왔어요. 그게 우리가 소망하는 바이고, 또 두려워하는 것이기도 하지 않은가요? 그렇지 않아요?"

난쟁이가 대답했다.

"내가 두려워하는 건 마늘 넣은 머핀뿐이다. 자, 봐라, 날씨의 위험성을 읽을 줄 아는 그 어린애는 어쩌면 다른 애들을 서둘러 언덕 아래로 내려가게 함으로서 맨티코어의 아가리 속으로 몰아넣은 것일 수도 있지. 그 괴물도 천둥번개를 잘 감지하고 언덕 비탈 아래 덤불 속에 숨어서 먹이를 기다렸던 거야."

"행동하지 않는 것도 행동이에요." 일리아노라가 고집했다.

난쟁이는 여기에는 동감한 것 같았다. 아니면 토론에 지쳤던 것일 수도 있다.

"더할 나위 없이 옳은 말이다, 달콤한 것아. 하지만 우리한테 이렇게 마냥 조잘거리고 있을 시간은 없구나. 나는 딱 붙잡히자고 옆 걸음을 쳐서 피하는 일 따위는 운명적으로든 어쩌다가든 지난 50년간 해본 일이 없다. 그것도 천하에 빌어먹을 장소 중에서도 이 무슨 놈의 수도원 변소간에서? 저 문을 부수게, 사자. 그러면 우리 모두 밖으로 나갈 수 있지. 이 성스러운 여인들은 스스로 희생 제물이 되든지 하라지. 아마 수녀한테는 겁탈당하고 순교당하는 게 생생한 즐길 거리일 거야. 하지만 내가 우리 일리아노라를 위험에 처하게 할 수는 없지. 사자, 문일세."

브르느는 난쟁이의 명령에 냉큼 따를 의향이 없었으나 그대로 주저앉아 있을 의향은 더더욱이나 전혀 없었다.

"항상 문은 내 차지지." 브르느가 말했다. "내가 그 마녀의 성에서 문을 부수고 나왔을 때엔 지금보다 몸 상태가 나았어요."

그는 조끼를 벗어서 단정히 개었다. 소년들은 카드를 그만두고 네 가닥 홈이 파인 상아 말들을 긁어모았다. 작은 유리 고양이는 눈을 깜박였다. 말 잘 듣고 심지어 온순하기까지 한 태도였지만 이제 예언자들과 복사들로 이루어진 한동아리를 떠날 준비는 다 된 모양이었다.

일리아노라는 이 상황에 비추어 보면 다소 저능이 아닌가 싶을 정도로 화평함을 지닌 채 베일 끝자락을 반듯이 펴더니 일어나 섰다. 그리고 문을 가리켜 사자에게 말했다.

"앞장서세요."

막상 브르느는 지금까지 격투에 적합한 신체 조건을 유지하겠다는 야심을 평상시에 품고 살던 사자가 아니었다. 브르느는 무릎 굽혀 펴기를 깊숙이 몇 번 하고는 혈액순환을 위해 방 안을 가로질러 이리저리 도약했다. 야클을 돌아보고 물었다.

"같이 가실 겁니까? 아니면 이것이 당신이 기다리던 바인가요, 군대의 명사수 손에 죽는 죽음이? 저는 필요 이상으로 오래 어정거리고 있을 수는 없어요."

야클은 기절한 것 같았다.

"구경하는 데 좀 연습이 필요하기는 하죠. 압니다. 그럴싸하다고 깜박 넘어가는 사람한테는 그……."

"이분은 아프세요." 일리아노라가 말했다. 그녀는 딱히 서두르는 기색 없이 늙은 여인 곁으로 움직여 갔지만 목소리에는 결국 다급한 심정이 얼마간 비쳐 나왔다.

호호백발의 예언자는 옆으로 기우뚱 넘어가 바닥에 쓰러졌고, 두 눈이, 결코 보기 좋은 광경은 아니게도 실제로 회까닥 뒤집혔다. 예언자는 그렇게 할 수 있다고들 하는 말 그대로 눈알이 돌아가서 눈동자가 머리뼈 속을 향한 것이다. 그리하여 보이지 않는 두 눈은 내부를 바라보게 되었다. 늙디 늙은 눈꺼풀 지스러기 틈으로 엿보이는 것은 더께 진 흰자위뿐이었다.

일리아노라가 야클을 무릎에 받쳐 안았다. 어머니가 어린아이를 안고 있는 것 같지만 역할이 반대였다.

"괜히 그러는 거예요." 사자의 말에는 확신이 없었다.

"우와, 저것 봐. 구역질난다, 저 눈." 소년 중 하나가 말했다.

"할망구가 우릴 여기 붙잡아 놓으려고 그러는 거야." 난쟁이가 말할 때 야클은 퍼들퍼들 몸을 떨기 시작했다. "우리를 붙들어 두려는 힘들과 공모해서 저러지. 할멈은 신경 쓰지 말게, 사자. 저 문을 부숴 버리라고, 내가 댁을 요절내기 전에."

난쟁이는 쾅쾅 발을 구르며 가로질러 와서 우스꽝스럽게 조그마한 주먹을 쳐들어 보였다. 손마디에 난 뻣뻣한 터럭이 흐릿하게 보일 만큼이나 바짝 들이댄 탓에 사자는 눈에 초점을 잡기 위해 고개를 빼야만 했다.

"좀 도와주실 수 없어요?" 일리아노라가 물었다.

야클은 자기 옷을 찢어 벌려 놓았고 일리아노라가 도로 옷자락을 여며 주려고 애쓰는 중이었다. 늙은 수녀가 수족을 마구 내뻗치는 바람에 일리아노라의 노력은 수포로 돌아갔다. 야클의 입에서 풀려 나오는 응응대는 소리는 항의성의 기록이었다. 브르르도 이제 자기 귀로 들을 수 있었다, 직접 들렸다. 그것은 털참나무 숲의 신음소리, 그 나무들의 하프 현이 연기에 진동하고, 무조(無調)로 일렁이다, 마침내 단숨에 끊어져 버리는 소리였다. 이 모든 것을 브르르는 들었고 그 외에도 들어 알아챈 것이 있었다. 방 안에 심한 정적이 자리잡은 것이다. 모든 사람이 무슨 병증인지의 발작에 빠진 야클을 지켜보고 있었다. 마치 어떤 보이지 않는 짐승이 방을 집어삼키기라도 한 듯했다.

"물을 드려야 해."

일리아노라가 입속말을 했고, 소년들 중 하나가 큰 잔에 담긴 물을 내밀었다. 하지만 야클의 입이 액체를 부어넣을 수 있을 만큼 가만히 있지를 않는 바람에 물은 얼굴에 흘러넘쳐 옷에 얼룩을 만들었다.

접어 넣은 다리에 꼬리를 단단히 둘러 감고 있던 늙은 그림자꼭두각시가 이제 힘겹게 기지개를 켜고 더듬더듬이라고밖에 할 수 없는 모습으로 마룻바닥을 건너질러 오는 것을 브르는 보고 있었다. 그림자꼭두각시는 십자 쇠가 박힌 묵직한 문에 망설이듯 한쪽 앞발을 올렸다. 그리고 문짝 판자 위를 걷듯이 앞다리를 놀려 꼿꼿하게 일어서서, 마침내는 몸을 바짝 갖다 붙인 모습이 마치 깨지기 쉬운 유리 지지대를 괴어 놓은 것처럼 되었다. 고양이가 야옹 울었다. 브르는 그림자꼭두각시가 가르릉 목 울리는 소리는 들은 적 있었지만 이 몇 주나 되는 시간 동안 그 무엇도 이 불쾌한 소리보다 더 표현력 강한 것은 없었다. 이 불평은 몹시 사나웠다. 흡사 수고양이가 제 앞을 가로지르는 적수에게 지르는 소리 같았고, 한순간만이긴 했지만 브르에게 걸핏하면 발칵 하던 뮬라마의 성미를 기억나게 했다.

"가자고. 다들 동의했잖나." 난쟁이가 말했다. "자네의 유리 부스러기 고양이조차도 때가 됐다고 그러는데."

브르는 수첩을 파라락 접었다. 야클이 일부러 저러고 있는 걸까? 얼마든지 그러고도 남는다고는 생각했다. 하지만 야클이 왜 일행을 거기 잡아 두고 싶어 하겠는가? 브르를 해칠 생각으로 그러는 건 아니다. 에메랄드 시 구세군은 브르한테 손가락 하나 대지 않을 것이다. 에메랄드 시의 소개장을 친히 몸에 지닌 한에는 말이다. 야클이 털어놓은 것 이상으로 난쟁이에 대해서 뭔가 더 알고 있는 바가 있었나?

하지만 누가 상관하랴. 브르르는 소기의 목적을 달성했다 할 만큼 많은 것을 얻은 후였다. 늙은 머저리 할망구가 아프려면 아프고 병신 놀음을 하려면 실컷 하라지. 고통 받고 불구 노릇을 하는 그것이 바로 야클이 원한 바 아닌가? 게다가 뭐가 어찌 되었든 위기에 닥쳐 냅다 내빼는 것이야말로 브르르의 특기이자 장기 아니었던가?

브르르는 납죽 엎드린 걸음으로 방 안을 왔다갔다 하기를 몇 차례 더 했다. 그렇게 하여 피를 돌게 하고, 관절을 풀고, 우람한 근육을 일깨웠다. 브르르가 온 몸으로 어디에 부딪혀야만 했던 것은 지금으로부터 매우 오래전의 일이었다. 실제로 했는데 수도원 문짝 하나를 무너뜨릴 수 없다면 창피하지. 그래도 브르르는 아직 그런 생각은 하지 말자고 애써 마음을 다스렸다. 그런데 시야 가장자리에 난쟁이가 자기 조끼 주머니를 뒤지고 있는 것이 잡혔다.

"이봐요, 도대체 무슨 짓을 하는……."

너무 늦었다. 난쟁이는 고급 피지의 공문서를 착착 접어 갈매기형 딱지를 만든 후에 그걸로 겨냥하고…….

"설마 당신!"

피지 문서는 사자가 낚아채기보다 한 발 앞서 붕 하고 창밖으로 날아갔다. 난쟁이가 정답게 말했다.

"이제 우리 모두가 한배를 탔지. 아무도 구세군에게, 아니면 어느 쪽이든 제일 먼저 여기 도달하는 군대로부터 피해 입지 않을 특별한 방어 수단을 챙기고 있는 사람이 없으니까. 그러니 이제 늑장은 그만 부리게, 사자. 병사들이 도착하기 전에 우릴 여기서 나가게 하라고."

브르르는 난쟁이를 덮칠 수도 있었다. 앞발로 후려쳐 창밖으로 날려 버린다면! 깔아뭉개서 흉측한 유기농 햄버거 고기로 만들어 버릴 수도 있다. 소시지용 분쇄육이 그라인더에 갈려 나오듯이 내부 장기가 죄 밖으로 밀려 나오게 뭉개 버리면, 눈 하나 끔쩍 않고 불굴불퇴의 자세로 버티고 선 대장 나리는 그만 안녕히 가세요. 비죽비죽 수염이 뻗쳐 난 턱과 마노 같은 눈도 안녕히. 그 투혼도, 확고한 태도도. 그 모든 게 저렇게 작은 몸에 한데 꾸려져 있다. 몹시도 농축되어 있다. 사칼리 오아피시 같다. 대체 어디서 온 것일까?

난쟁이가 글리쿤이었던가? 트라움 학살극의 복수를 하는 것인가? 이 오랜 세월이 흐른 지금에?

아니다. 그 생각은 브르르 자신의 신경 줄이 자신을 못살게 굴고 있는 것이다. 기분 탓이다. 아니면 누군가는 그렇게들 부르는 대로 피해망상이라고나 할까? 다른 어떤 것 못지않게 자기 스스로 생각에 떨면서 브르르는 포효했다. 소년들은 화들짝 놀랐다. 난쟁이는 놀라지 않았다.

사자가 몸을 긴장시켰다가 뛰어올랐고, 굽혔던 척추를 죽 펴며 앞으로, 머리뼈를 갖다 박는 대신 어깨로 충격을 받아내려고 몸을 비스듬히 하여 부딪혀 갔다.

육중한 텅 소리가 울리고 찌직 하고 나무가 쪼개지는 날카로운 소리가 났으며 반향이 돌아왔지만 문은 반쪽이 나지 않았다. 해묵은 참나무 판자를 서로 결이 엇갈리도록 두 겹으로 대어 장부촉 이음으로 짜 맞추고 덧쇠를 대어 보강한 문짝이었다. 게다가 문설주는 돌로 되어 있었다.

"멋지구면. 아주 훌륭했어, 정말. 내 그럴 줄 알았지." 난쟁이가 말했다.

"한마디로 말하죠. 아니, 한마디까지도 필요 없어요. 첫째, 아이고. 그 다음으로, 입 닥쳐요. 직접 부딪혀 보고 싶으면 어디 해보든가요."

일리아노라가 브르르에게 다가와 두 손을 어깨 근육 위에 꾹 짚었다.

"당신의 연로한 아주머님을 보살펴 드려야 해요. 우리를 이 안에 가둔 그 먼치킨랜드 인 수녀가 치료사 아니었나요? 약제사랬죠? 그 수녀를 찾아와야겠어요."

브르르는 일리아노라의 손을 떨쳐 냈다.

"말이 안 통하는군. 이제 야클이 결국 잘못될 거라면, 그 무엇보다 더욱 바라지 않을 일이 바로 보살핌이오. 그렇지만 다시 해보지요."

세 번, 네 번 문에 부딪혔다.

"급한 게 누구시더라? 나는 아니야. 나야 저 높다란 창 너머로 군대가 접근하는 걸 볼 수가 없지. 키가 작거든. 그러니까 난 전혀 아무 상관 없어. 난 아무래도 여기 앉아서 외국어로 숫자 세는 법이나 독학하고 있어 봐야겠군. 하나, 둘, 셋, 니미, 뒈질, 여섯, 일곱, 여덟, 아홉, 씨발."

"대장님." 일리아노라가 타일렀다.

"어, 저 비쳐 보이는 괭이새끼 좀 봐. 저거 성질 부리고 있는 거냐?" 한 소년이 말했다.

"아마 털뭉치 토하려고 그럴걸." 다른 녀석이 대답했다.

"토하면 유리 털뭉치를 토하려나? 어이쿠."

브르르는 생각했다. 마치 그림자꼭두각시가 명령서를 잃어버린

나 때문에 놀란 것 같구나. 안절부절못하는 내 심정에 공명한 거지. 작지만 뭔가 살갑게 위안이 되는데.

다른 누구를 위해서는 아닐지라도 그림자꼭두각시는 지켜 주기 위하여 사자는 또 대여섯 번이나 문으로 몸을 던졌다. 끝내는 목재가 옹이를 따라 쪼개지고 철제 문 손잡이와 자물쇠 장치는 술 취한 듯 기우뚱하게 늘어지기에 이르렀다. 보니까 약제사 수녀는 열쇠를 열쇠 구멍에 꽂아 둔 채 가 버린 것이었다. 자물쇠 장치를 도로 반듯하게 맞춰 놓는 데 약간 수고가 들었지만 결국에는 해낼 수 있었고, 문짝의 남은 부분을 열었다.

"가야지?" 난쟁이가 말했다.

"이분은 지금 움직일 상태가 못 돼요. 가세요, 가서 정리할 거 하고 계세요. 저희는 되는 대로 빨리 따라갈게요."

다들 허겁지겁 달려 나갔다. 돌 층계를 내려가는 그들의 발소리가 적막한 울림을 만들어 냈다. 수도원은 여전히 무덤 건물 같았다.

아직도 야클은 몸을 뒤틀었다, 제 입에 이어진 낚싯줄이나 위에서 굽어보는 낚시꾼을 볼 수 없는 눈 먼 물고기가, 그래도 줄을 당길 때마다 반응은 하는 형국이었다. 일리아노라는 야클의 어깨나 손목에 계속 한 손을 짚어 두고 있었다.

"앓는 이를 편안하게 해 주는 능력이 있소?"

"아뇨. 같이 가지 그러세요? 여기 계셔야 할 이유도 없는데."

대답할 말이 없었고, 그래서 브르르는 대답하지 않았다.

"같은 질문에 대해, 당신의 대답은 뭐지요?"

"오랜 습관으로, 저는 질문에 대답하지 않는답니다." 그녀의 응답이었다.

"내 등에 실을 수 없을까? 내가 떠메고 층계를 내려가도 되지 않겠소?"

"뼈가 너무 약해요. 그리고 지금도 무슨 마법 주문 같은 것이 이분한테 작용하고 있는 거예요."

"이번에 깨어나면 갓난아기가 된 자신을 발견할지도 모르겠군." 브르르의 말은 거의 혼잣말이었다. "겁쟁이 사자하고, 누군지 어차피 상관없다는 당신을 부모로 해서. 그래 당신은 뭐 하는 사람이오?"

"시계의 시녀라고나 할까요." 일리아노라가 말했다.

"그 대답은 내가 알고 싶어 하는 것에 못 미치는데."

"기록하시려고요?"

"안 합니다. 약속해요."

일리아노라는 두 무릎을 턱에 닿도록 끌어당겼다. 하얀 베일을 쓴 그녀는 자칫 작은 얼음원숭이처럼 보일 지경이었다. 마찬가지로 흰옷을 입은 야클과 함께 있으니 둘은 할머니 얼음원숭이와 그 손녀 같았다. 어울리는 수의를 걸친 두 기괴한 인물들이다.

"당신은 대장 나리의 딸입니까, 아니면 결혼한 사이인가요? 가족 사업이 아니라면 여자가 자청해서 시계 장치의 예언자 노릇을 할 이유가 뭔지 난 이해가 가지 않아요."

"나는 결혼 안 했어요. 앞으로 할 일도 없고요. …… 이제는 아이를 밸 수 있는 몸이 아니라서요."

"당신 머리가 백발이긴 해도, 그렇게 나이가 든 건 아닐 텐데요……."

"나 스스로 닫아 잠근 거예요. 인간의 부당함을 볼 만큼 본지라 인류라는 종족에 절망했거든요. 닫았어요. 그래서 나는 세상을 가

벼운 발걸음으로, 할 수 있는 한 가뿐하게 걸어 다니고 내가 겪었던 고통을 겪으라고 갓난아이를 세상에 내보내는 일은 하지 않아요. 전에는 에메랄드 시의 권좌를 차지했던 우리 사도 황제 나리의 폭정에 항거하여 투쟁한 지하 결사의 단원들과 함께 일했지요. 그러다 알게 됐어요. 그들이 명예로운 목적에 봉사하노라고 하면서 황제나 마찬가지로 명예롭지 못한 행동을 저지를 수 있다는 것을요. 그래서 나 스스로 자포자기하고 모습을 감췄죠. 아무런 목적도 야망도 없이 헤매 다녔어요. 사람이 평생을 써 버리는 방법 치고 참 슬프고도 어리석지요."

"글쎄요, 매번 새로 만나는 문을 열 때마다 흠뻑 성공을 거두었던 나로서는 잘⋯⋯."

일리아노라는 브르르를 보고 웃었다. 악의라고는 전혀 깃들어 있지 않은 종소리 같은 웃음소리에 브르르는 귀가 찌링찌링 울렸다. 브르르는 그녀를 압박해서 계속 말을 시키려 했다. 꼭 이야기를 들으려는 것만이 아니라 그 자신 얼굴이 뜨뜻해졌기 때문이다.

"그래서, 그 시계가 당신을 찾고, 시계에 매인 몸으로 만든 겁니까?"

"그렇게 말씀하실 수도 있겠네요. 예언자를 진짜 믿으신다면요. 난 운명을 믿지 않아서 전혀 다칠 일이 없어요. 내 인생을 예측하는 데 시계의 능력은 전무(全無)예요. 나 스스로 시계 추종자 일행에 도제 노릇을 해 왔고, 시계가 내놓는 예언에 대하여 일종의 번견(番犬)으로 봉사하고 있어요. 난쟁이는 아무 생각도 기준도 없어요, 그저 자기 할 대로 할 뿐이죠. 그 사람은 시계가 세상을 들쑤셔서 무슨 소동을 빚어내건 상관 안 해요. 한 번에 몇 달, 심지어 몇 년씩이라도 둘러싸고 몰려다니는 사내아이들은 젊어서, 또 인생의 가능성들에 두려움을 느껴서 한패가 되곤 하지요. 역사가 미리 정해진 대로 펼쳐진다는 믿음은 앞길이 그리 창창하지 못한 사람들의 마음을 달래 주어요. 보통 광부나 농노 같은 노동 계층 집안에서 난 아이들이에요. 그 아이들은 조금이나마 오즈 구경을 하고, 시계가 예측을 말해 주어 말썽을 일으키는 광경을 지켜보고, 난쟁이가 시키는 일을 하지요. 아마도 그게 더 밝은 미래를 손에 넣는 길이라고 생각하는가 봐요."

"어쩌면 그 녀석들이 당신보다 더 잘 아는 건지도 모르지. 시계를 믿는 것 자체가 보상인지도. 시계가 당신의 미래를 말해 준 적은 한 번도 없었소?"

"저한테는 미래가 없어요. 그게 말할 턱이 있나요?"

"말씀하는 게 아주 냉소적이시구먼."

"살아 보니 그렇지 않다고 얘기하실 만큼 되던가요?" 일리아노라가 물었다.

"얘기했다시피 길마다 꽃밭이고 공원의 산책길이었지. 난 그렇게 살아왔소. 그런데 이것 봐요, 야클이 이제 살아나려고 눈을 끔적이는걸. 이 할머니야말로 한 때의 정탐꾼이나 시계 장치 같은 기계를 거느리지 않은 예언자지. 진짜배기 예언자요. 당신이 야클에게 물어본다면 야클이 뭐라고 말해 주려나?"

"말해도 안 들을 거예요. 애초부터 물어보지도 않을 거고요." 일리아노라가 말했다. "보통 제가 물어보기는 백지에 대고 물어 보지요. 한데 평생 단 한 번이라도 백지장 위로 마법 글자들이 나타난 적은 없네요."

6

야클은 신음을 했고 가까스로 일어나 앉았다. 일리아노라가 한쪽
에 붙고 브르르가 다른 쪽에 있어서 야클을 도왔다. 야클은 이해할
수 없는 소리들을 웅얼거렸다. 그러더니 바닥에 침을 뱉었다. 묽고
거품이 이는 액체가 레이스같이 늘어졌다.

"돌아가신 줄 알았습니다." 사자가 말했다.

"불행히도, 아직은 아니야. 그렇지만 어쩌면 내가 마침내 탈출구
를 찾은 것도 같네. 방금 전에 난 뭔가를 봤거든. 내가 본 광경 중에
서도 가장 진실된 영상일 거야. 하지만 날 도와줘야만 해. 이 아늑한
지옥에서 빠져나가세."

브르르는 일리아노라를 흘긋 보고 한쪽 눈썹을 치올렸다. 그리고
야클을 향해 말했다.

"당신 운이 좋군요. 내가 벌써 문을 뚫어 놨지요."

"여기가 참으로 조용하구먼." 상황을 인식한 야클이 일리아노라
쪽으로 몸을 돌렸다. "아가씨네 친구들은 어디로 갔나? 아가씨를 놔

두고 가 버리지는 않을 테지, 아니지?" 야클은 불안해져서 도로 브르르를 향했다. "그들에게 달려 있어. 그 시계에 달렸어…… 난 봤다고."

"걱정 마세요. 나를 두고 떠나지는 않을 거예요." 일리아노라가 대답해 주었다. "팔을 이리 주세요, 할머니."

야클은 안절부절못하며 조바심을 쳤다.

"수녀들이 여직도 회의 중인가, 아니면 진군해 오는 군대를 보고 도망들을 쳤나? 이 층계 좀 내려가게 도와주게. 도와줄 거지? 내 무릎이 왜 이러나, 후들후들 떨리는구먼."

"자, 여기 있잖습니까. 양쪽에서 부축 중입니다."

브르르가 말했고, 야클은 메마른 잔가지 같은 손을 뻗어서 그의 오른쪽 앞다리 근육을 꽉 그러쥐었다.

"자, 빨리 가세. 아가씨는 먼저 가서 그것들이 나를 빼놓고 도망치려고 하고 있거들랑 못 가게 해. 내가 이 구경거리 종합 선물 세트를 놓칠 수야 없지!"

브르르와 일리아노라는 짧은 눈길을 주고받았다. 브르르는 끄덕여 주고 야클을 부축할 수 있게 두 팔을 들어 올렸다. 이렇게 하면 야클이 붙잡을 수도 있을뿐더러 기댈 수도 있었다. 일리아노라는 그들보다 앞서 서둘러 층계를 내려갔다.

그림자꼭두각시는 브르르 옆에 바싹 붙었다.

"난 잠깐 쉬어야겠소, 내 옆구리에 꿰맨 자국이……." 야클이 말했다. 그러고는 이마를 돌 벽에 대고 보이지 않는 눈을 감았다.

"안 좋은 광경이었나요? 그 보셨다는 게요."

"자네가 나한테 준 것일세." 야클이 말했다.

"무슨 말씀입니까?"

"자네가 말해 준 거야. 나한테 은근히 실마리를 줬다고. '들어온 길로 나가야 한다.'라는 말에. 자네가 그 말은 나한테 해당하는 거라고 그랬잖나. 그리고 그 말이 옳다는 걸 내가 봤네. 나한테 그 말이 정말 맞는 말이었어. 그리고 자네한테도 그 말은 정답일세."

"지금 진술 중 어느 것도 법정에서 통용되지 않을 겁니다."

브르르는 말했지만, 야클이 자기 말에 담겨 있는 애정 어린 놀림을 더 말해 보라는 격려로 받아들일 것임을 알고 있었다.

"자네가 원한다면 내가 본 걸 얘기해 주지. 자네한테도 적용되는 얘기니만큼."

"농담인지 헛소리인지, 군대들이 딱 우리 있는 이곳으로 엄습해 들어오는 이 시점에 하필…… 그래요, 뭐 아무려면 어떻겠어요."

야클은 한 손을 뻗쳐 브르르의 앞발을 찾았다. 브르르가 손을 잡아 주었다.

"길리킨 대삼림에서 사자 새끼 사냥이 있었지." 야클이 그를 향해 말했다. "몇 십 년 전인가 봐, 추측이지만. 해수를 세는 데는 난 영 젬병이라서. 인간 남자들이 무슨 연구실인지에서 실험하는 데 쓸 새끼 사자를 원했어. 내가 본 건 바람에 가랑잎 날리는 어느 날이었네. 자네 알지, 숲에 가을이 와서 온통 빨간색과 금색으로 물드는 그런 거 말이야. 남자들이 둥글게 사자 무리를 에워싸고 좁혀 들어가는 게 보였어. 사자들은 대부분 뿔뿔이 흩어졌지만, 개중에는 젖먹이 새끼가 딸린 어미가 하나 있었지. 어미는 너무 지쳐서 도망치지 못했고 그 짝도 암컷 옆에 남아 있었네. 일가족이 한데 뭉쳐서. 그들 주위로 사람들이 나타났어. 덤불을 철썩철썩 때리면서, 그물과 올가

미로 훑고, 몸을 지키기 위해 휴대용 풀무에서 막 끄집어낸 새빨갛게 달궈진 쇠막대기들을 든 모습으로 말이야. 가족의 아버지였던 그 사자 무리의 왕은 경계하며 이리 뛰고 저리 뛰었어. 올가미가 팽팽히 당겨 조여졌지. 사자 가족은 깨져 흩어졌네. 어떻게든 혼란을 불러일으킬 수 있지 않을까, 주의를 분산시키고 몇 마리라도 살아남을 수 있지 않을까 하는 생각에서였지. 아버지 사자와 어린 새끼는 폭발이 일어나기 전에 빠져나갔어."

브르르는 일평생 이랬던 적이 없을 만큼 침착했다.

"그러면 어머니는요?"

"강력 폭약에 불이 붙었네. 바위가 동강나 조각조각 공중으로 떠올랐지. 어미 사자는 땅으로 비 오듯 쏟아진 그 바위 덩어리들에 치었다네. 척추가 부러지는데도 자기 흉곽 아래 또 다른 새끼를 감싸 보호했지. 사람들이 그 새끼를 어미의 젖에서 떼어내어 데려갔네."

"어…… 또 다른 새끼라고요?"

"그래. 두 마리가 한배였어. 빠져나간 쪽 새끼는 벌써 부모를 빼닮았더군. 턱에 털이 한 뭉치 거뭇하게 나 있어서 말이야. 자네는 검은 털이 나지 않던가?"

"안 났어요."

"무서워서 못 났는가 보군."

"그랬나 봅니다." 브르르의 음성은 그야말로 차분해서, 흡사 그가 아직도 말하는 법을 배우고 있고 그러느라고 아주, 아주 힘들여 집중하고 있는 것과도 같았다.

"자네는 꼭 들어온 길로 나가야만 해." 야클이 이야기를 마쳤다. "그 얘긴 나한테만 적용되는 얘기가 아닐세. 자네한테도 마찬가지로 통하는 말이야. 자네는 가족의 일원으로 이 세상에 왔지, 날개와 기도로 온 나와는 달리. 자네는 그렇게 홀로 외롭게 지내면 못쓰네."

"저한테 가족은 없습니다."

커빈스도 없고, 뮬라마도 없고, 피어소디 스캘롭도 없고, 젬시도 없고, 그의 가석방 담당관이 씌운 멍에에 대한 충성심도 없다. 당연히 턱에 장식 털이 난 사자 무리에 대해서도 가족이라는 감정이 들지도 않는다. 아무래도 그 무리는 브르와 자기들 사이에는 아무 인연이 없었던 걸로 치는 편이 낫다고 생각하여 스스로 마들렌 산맥 쪽으로 옮겨 간 모양이니까.

"자네한테는 시간이 있지 않나, 자네가 선택한 일을 하는 데 쓸 수 있는 시간이야."

"그들이 내 안팎을 뒤집어 버렸어요. 또 그리고 또 그리고. 누구나가 다 그랬지요."

"나는 마법을 기다릴 수밖에 없어. 자넨 그러지 않아도 되잖나. 다른 누가 어떻게 해 주기를 기다리지 말라고. 자네가 직접 나서게."

빛은 어느덧 자리를 옮겨 수도원 상공에 있었다. 먼지가 진동하는 맑은 일광이 시시각각 표정을 바꾸며 넓고 견고한 사각의 계단통에 길이로 길게 내리비쳤다. 야클과 사자와 유리 고양이. 수도원 안 나머지 부분에는 싸늘한 정적이 내린 채 지그시 기다리고 있었다…… 이제부터 닥칠 일을. 그것이 뭐든 간에.

"자, 가세." 야클이 일렀다.

층계가 끝난 곳에 널찍한 테라스가 나오고, 테라스는 아치 통로를 지나 열린 하늘 아래 자리 잡은 중정으로 이어졌다. 어깨를 좀 편하게 하려고 브르는 몸을 왼쪽으로 기울였고, 그러느라 시선이 저 하늘로 흘러가 동쪽에서 우르르 밀려드는 군대 같은 구름 떼를 보게 되었다. 구름이 짙고도 컴컴해 몇 점 안 되는 새파란 조각하늘이 물처럼 보일 정도였다. 호수들, 옴폭 파인 물길들, 저럴 수는 없는 바다들⋯⋯. 젖은 종이죽 같은 회색으로 그려진 땅덩어리 사이사이에 선명하게 도드라진다.

"오즈 지도인걸요."

한순간 야클이 눈먼 것을 잊고서 브르르가 말했다. 하지만 그러고 나자 그 안뜰 한가운데 있던 구조물로 주의가 옮아갔다. 브르르는 숨을 그르렁거렸다.

"오즈마 맙소사. 저거 무슨 가구 덩어리도 아니고, 굉장한데요?"

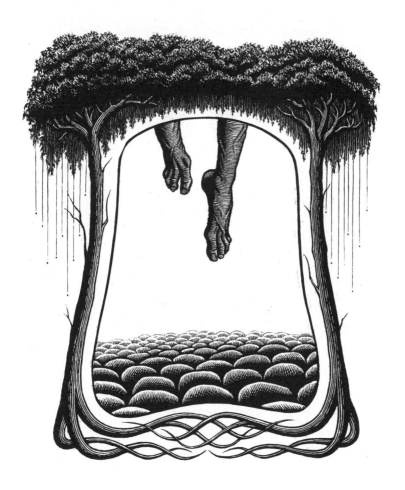

1

브르르는 야클을 무사히 안뜰에 깔린 조약돌 위로 데려다 세워
놓았다. 야클의 심장 박동이 빨라지는 것을 느낄 수 있었다. 브르르
자신의 심장 박동만큼이나 급해졌다. 일리아노라가 한켠에 비켜서
는 것을 의식했는데, 얌전 떠는 것도 공손하게 구는 것도 아니고 그
저 자기 인생에 대하여 시녀 노릇을 하는 사람의 태도였다. 햇살이
그녀의 베일에 들어간 은빛 실땀에 비쳤다. 야클 쪽으로 나오며 한
팔을 내미는 일리아노라는 석녀라 해도 눈이 부신 석녀였다.

"그래, 이제 왔군그래." 난쟁이가 중간쯤 올라간 지점의 창구멍으
로 고개만 쏙 내밀고 말했다. "기어가 끼어서 멈춘 줄 전혀 생각도
못 했지 뭐야. 생각도 못 했어. 그래도 이제 막 고쳐진 모양이니까.
어쩌면 이게 댁들이 도착할 때까지 시간을 끈 모양이지. 뭐 하느라
이리 오래 걸렸소?"

"환상을 보느라고 그랬지." 야클이 연극조로 읊었다.

"환상은 개뿔. 우리야 그 업계에서 볼 장 다 본 사람들 아뇨, 임

자?"

"이거 참 대단한 기계 덩어리를 다 갖다 놨군요." 브르르가 말했다.

"이게 바로 타임 드래곤의 시계일세, 눈앞에 대령이요! 아, 자네더러 쓰라고 대령한 건 아니고." 난쟁이는 창구멍으로 몸을 빼어 기계 덩어리의 옆을 타고 내려왔다.

"지금껏 우리가 모자에서 역사를 줄줄이 끄집어낸 세월이 얼마인데, 그래 자넨 한 번도 우릴 보도 듣도 못했단 말인가?"

그 물체는 엄청나게 컸다. 편편한 수레 위에 올려놓았는데, 브르르가 똑바로 일어선 키의 세 배는 되게 높다랬다. 거리를 두고 보았을 때는 무슨 석탑같이 생겼다고 생각했다. 조각이 새겨진 장대한 이동식 기념비랄까? 하지만 가까이 다가가자 대충 싸구려로 때운 티가 났다.

사자의 평가를 짐작하기라도 한 듯 난쟁이가 말했다.

"임시변통으로 해 놓은 것 때문에 그렇게 보이는 거야. 천은 자주자주 바꾸는 편이고 마무리 뒷손질도 제대로 한다네. 그렇지만 최근에는 길을 오느라고 말이야."

"난 그런 거 몰라."

야클이 말하며 일리아노라의 소매를 붙든 손을 비틀어서 빨리 앞으로 나가라고 재촉했다. 나이 든 수녀는 손을 내밀어 접혀 있는 드래곤의 가죽 날개를 어루만졌다. 드래곤의 머리와 앞다리를 보니 순간 섬뜩했던 공포심이 싹 없어졌다.

"상품을 그렇게 만지면 쓰나." 난쟁이가 그르렁거렸다.

"이제 가동시켜 보구려." 야클이 말했다.

"난 명령은 안 받소." 난쟁이가 대꾸했다.

"여자 분이 하라는 대로 하시오." 브르르가 을렀다.

"내가 명령을 하는 게 아니에요, 대장 나리. 이건 예지라오. 댁은 이 자리를 떠나기에 앞서 시계를 가동시키게 될 거요. 갈 길을 가고 싶어 안달이 난다면, 누가 안 그럴까마는, 내 덧붙여 말해 주는데 아주 빌어먹게 빨리 후딱 이걸 깨워 일으키도록 하시구려."

일리아노라가 난쟁이에게 말했다.

"그렇게 하셔도 될 것 같아요. 이분 말씀이 옳을지도 몰라요."

"너야말로 예지를 믿지 않는 아이 아니냐? 뭐에 휘둘리는 거냐, 우리 헛소리꾼 아가씨야?" 그러나 충분히 애정이 담긴 어조였다. 난쟁이는 일리아노라의 손을 조금 토닥였다.

"빨리 하세요, 대장 나리. 군대들이 오고 있기도 하고 상황이 그렇잖아요. 다들 방랑벽이 꿈틀거린다고요."

"아하, 주제에 방랑벽이 뭐 어째? 아는 척하는 자식일세. 그래, 끼었던 기어도 풀렸겠다, 이제 수레 밀고 출발을 하지."

"태엽을 감아요." 야클이 말했다.

"내가 댁보다 더 잘 알아요. 적어도 오늘은 말이오. 그리고 시계가 나보다 한 수 위지." 난쟁이는 눈먼 야클이 못 볼 줄 알면서 몸짓으로 욕을 해 보였다.

브르르가 가슴을 부풀렸다.

"대장 나리, 내가 어깨로 몸을 던져 문을 부순 건 우리가 이 자리에서 어정거리며 잡담이나 교환하자고 한 게 아닙니다. 나 역시 군대들이 도달하기 전에 빠져나가고 싶어요. 지금 보니까 저기 뜰 한 구석에 우물이 하나 있군요. 내가 들어가 숨기에는 턱없이 작지만 당신에게는 딱 안성맞춤으로 아늑하겠는데요. 병사들이 무서우시다면 들어가면 되겠어요."

그러고는 이전에는 해본 적이 없는 행동을 했다. 오즈마 맙소사, 브르르는 다시는 같은 행동을 해야만 하는 일이 없기를 소원했다. 입을 벌려 난쟁이의 몸에서 제일 두둑하고 탄탄하게 살이 붙은 부분, 즉 체구에 비해 딱 바라진 그의 어깨를 물어서 그를 들어 올린 것이다. 그런 다음 어미고양이가 새끼고양이를 물어 옮길 때처럼 난쟁이를 물고 안뜰을 가로질러 가기 시작했다. 난쟁이가 툴툴대었다.

"아하, 그래 좋아. 모두들 나를 못살게 군다 이거지?"

"마음들이 불안한 거예요." 일리아노라가 말했다.

걱정이 진짜임을 입증하기라도 하듯 멀리서 대포 소리가 들렸다. 잠시 후에 대포 소리는 다시 울려 왔다. 네 번인가 다섯 번 연이어 울리더니 기왓장이 우박처럼 우수수 안뜰로 쏟아져 내렸다.

"망치 수녀가 아주 끝내주게 기쁘겠구먼." 자세를 수그려 머리를 감추며 야클이 말했다. "한데 수녀들이 다들 도망들을 간 건가?"

"도망이라니, 우리를 그렇게 가둬 둔 채로 도망을 쳐요? 신경도 굵지." 사자가 말했다.

난쟁이는 시계 받침판으로 이어지는 작은 사다리 모양 발 디딤대를 올라가서 색을 칠한 나지막한 문 안으로 모습을 감추었다. 수도원의 망루 위, 시계 위의 상공에서는 새롭게 생겨난 화약 연기구름이 하늘 위 오즈의 지도 전체에 더한층 시커먼 얼룩으로 번져 나갔다. 브르르는 코를 쏘는 초석 냄새를 맡을 수 있었다.

"아아, 내가 한때 가졌던 두 눈에 대고, 브르르 경, 지금 무슨 일이 벌어지고 있는지 자네가 나에게 말을 해 줘야만 하겠네."

"저는 징조를 못 읽어요. 그건 당신 일 아닙니까?"

그들은 입을 다물었다. 난쟁이는 이리저리 움직이는 기척이 났다. 고정해 두었던 시계추들을 풀어 놓거나 시간 조절 장치를 감아 두면서 두덜두덜 혼잣말을 하고 있었다. 어딘가 발이 걸렸다. "이크, 이런 젠장." 그러더니 도로 모습을 드러냈는데, 아까보다 조금 숨이 차서 팔꿈치에 묻혀 나온 톱밥을 털었다.

"자, 할 만큼 해 놨네. 이제 요게 요리를 하는 중이지. 이번에는 우리 이쁜이가 뭘 내놓나 어디 구경해 볼까? 무슨 군대가 진군해 와서 머슴아들 몇 명의 모가지가 댕강댕강 잘려 나가고 사자는 통구이 용으로 막대에 매달리는 재미있고도 깜찍한 희비극은 아니었으면 좋겠는데."

"모르는 겁니까? 당신이 장치를 맞춰 놓지 않나요?"

브르르의 말에 난쟁이는 냅다 쏘아붙였다.

"물론 모르지. 여기 있는 나는 하인이라네. 어디 한 번이라도 난 쟁이가 일을 좌지우지하는 것 본 적이나 있나?"

모두가 지켜보았다. 시계 내부의 기계장치가 동력을 축적해 갔다. 째깍거리는 소리, 돌아가 맞물리는 찰칵 소리가 동체 속 깊숙이에서 났다. 신음 같은 우웅 소리가 일어났는데 흡사 관현악단이 악기를 조율하는 소리 같았다. 음을 조정하여 화음을 조에 정확히 맞게 하려는 것이다.

이윽고 드래곤이 대가리를 쳐들기 시작했다. 톱니바퀴의 톱니 한 개 한 개만큼씩 착착 움직이는데, 변비 걸린 침묵 속에서 기계장치가 돌아가는 소리를 들을 수가 있었다. 반짝이 장식이 붙은 비늘 밑으로 교묘한 경첩과 올가미 장치가 드래곤의 등뼈를 꽉 조여지게

481

모아 당기고, 그 결과 드래곤의 대가리가 위로 들렸다. 드래곤의 두 눈은 붉게 타오르기 시작했다. 콧구멍들은 확장되어 외설적으로 끔적이면서 딸꾹질을 하듯 희미한 자줏빛 연기를 뿜어내었다.

"드래곤도 연기를 피우고 있네요." 브르르가 야클에게 말했다.

"그 정도는 나도 냄새로 알아." 야클이 답했다.

2

브르르는 드래곤이 무슨 계시를 엿보여 줄까 망설이는 것처럼 보인다고 생각했다. 폭로할 게 있기만 하다면 말이지만. 한쪽 옆면에 붙어 있는, 반쪽 난 도자기 찻잔으로 만들어진 발코니로 빨간 갈기가 달린 조그마한 꼭두각시 인형이 튀어나와 야옹 울었다.

"저게 나라고?"

사자가 말하자, 반응에 실망하기라도 한 듯 인형은 들어가 버렸다.

"시계를 두고 이러쿵저러쿵 품평은 관두게. 아니 도대체, 시계가 석간신문에 실린 광고를 찾아보고 어디 연락이라도 넣어야겠나? 어디서 성깔 더러운 무대감독이라도 채용하게? 그냥 그런 대로 보라고."

난쟁이는 그렇게 말하기는 했지만 자기도 기연가미연가 하는 모양이었다.

"뭘 하는 중인가?" 야클이 물었다.

브르르가 말해 주었다.

"이제 벽감에 꼭두각시 인형이 하나 나왔네요." 브르르는 자기가 옳게 보고 있는 건지 어떤지 실눈을 뜨고 재었다. "남잔데, 얼굴이 다이아몬드 모양으로 칠해져 있어요."

"침착해야지." 야클이 말했지만, 누구에게 대고 말한 건지는 불분명했다. 아마도 꼭두각시 인형더러 한 말 같았다.

"없어졌어요. 이거 참 뒤죽박죽이군요."

"시계한테 이래라 저래라 말이 많군. 한꺼번에 당신들 둘 다에게 통할 얘기를 해 줘야 하잖나, 과연 그런 과제를 해낼 수 있을지 어떨지도 모를 판국에……."

"이쪽이다. 여길 봐요. 여기도 무대가 있었군."

빨간 벨벳으로 된 막이 오르자 둥근 연단 같은 무대가 보이지 않는 롤러에 실려 미끄러져 나왔다. 얼굴에 파란 다이아몬드 무늬가 있는 남자 인형이 재등장했다. 조명이 충분히 밝아져서 인형의 어깨에서 품질 좋은 시골풍 통옷이 미끄러져 내린 것을 볼 수 있을 만큼이 되었다. 인형의 가슴은, 비록 매끈하게 윤을 낸 포플러나무 조각일 따름이지만 그래도 이럭저럭 유혹적으로 보였다. 파란 다이아몬드 모양 문신은 한쪽 유두를 빙 둘러 새겨져 있었고 한 줄로 조르륵 인형의 복부까지 이어져 내려갔다.

"저건 서쪽 지역에서 온 사나이예요, 필경 윙키겠지요. 돈이 있다는 걸 보여 주는 복장을 하고……."

하지만 브르르의 목소리마저도 목구멍에 막혀 나오지 못했다. 찬장 문이 열리고 녹색으로 칠이 된 사람 형상이 견습 수녀의 까만 치마를 갖춰 입고 아장아장 걸어 지나가는 걸 보느라고 그랬다.

"엘파바로군요. 윙키 왕자님과 함께 있네요. 저건 다른 사람일 수가 없어요." 브르르가 말했다.

"아니에요. 시계가 그럴 리 없어요. 전 안 믿어요." 일리아노라가
말했다.

야클은 그 작은 무대가 어디에 있는지 정확하게 아는 것처럼 똑바
로 그쪽을 향해 턱을 들고 있었다. 그리고 거기에 상연되고 있을 내
용도 다 아는 듯했다. 야클은 일리아노라의 손을 단단히 움켜쥐었다.

"침착하게, 침착하게, 침착하게." 늙은 여인이 젊은 쪽에게 말했다.

"치정 관계군요. 저 남자가 마녀의 애인이에요. 엘파바한테 애인
이 있었나요? 아니면 이거 그냥 흰소리를 퍼뜨리는 겁니까?"

난쟁이는 대답하지 않았다. 남들과 똑같이 푹 빠져 있는 듯했다.

포옹은 짧았고, 만약 색칠한 나무와 헝겊으로 만들어진 인형들
사이에서 그런 것을 보아 낼 수 있다고 치자면 또한 열정적이기도
했다. 그런 다음 엘파바는 무대 뒤로 홱 꺼져 버리고 조명 밝기가
반으로 줄었다. 인형들이 어딘가 다른 곳으로 튀어나오고 있는 모양
인데 그 위치는 바로 좀 더 낮은 곳의 격자 철창 뒤였다. 거기서 무
슨 일인가가 벌어지고 있었다. 큼지막한 금붕어인지 잉어인지 하여
튼 물고기 한 마리가 둥둥 떠다니는데……. 그러나 브르르는 어두워
진 무대에서 무언가 움직이느라 반짝 한 것을 눈치 챘고 휘파람을
불었다.

"위쪽에도 뭐가 있어요. 봐요!"

윙키 왕자 인형은 성교 후에 깜빡 졸음에 빠졌는지 풀죽은 모습
으로 주저앉아 있었는데, 옷장 꼭대기 위로 무슨 형상이 하나 나타
났다. 그것은 온통 작은 거울들을 꿰매 붙인 우스꽝스러운 흰색 바
늘겨레였다. 부족한 조명 아래에서나마 거울들이 빛을 반사했다. 브
르르가 말했다.

485

"저기에 작은 별님이 떴다 이건가? 똥똥한 꼬마 별이 옷장 위에서 염탐하는 건가?"

하지만 그 반짝거리는 똥똥한 것은 부인할 수 없는 고양이다운 날렵함을 보이면서 뛰어내렸고, 털이 난 작고 뻐쩡한 다리를 놀려 살금살금 잠든 애인에게 다가갔다. 그것은 잠든 남자를 아래위로, 부드럽게 호흡하는 콧구멍에서부터 사타구니 쪽까지 살살이 냄새 맡았다.

브르르는 자기가 숨을 죽이고 있다는 사실을 깨달았다.

브르르는 그림자꼭두각시를 보호하려는 듯이 아래로 손을 뻗어 그 유리 고양이를 끌어 잡아 올리곤 공연을 보지 못하도록 머리를 다른 쪽으로 돌리게 했다. 하지만 유리 고양이건 뭐건 고양이라면 이런 식의 명령에 고분고분 따르지 않는 법이라 그림자꼭두각시는 꿈지럭거리며 무대 위의 움직임을 유리 눈알로 좇을 수 있을 만큼까지 고개를 되돌렸다.

"저력 있는 공연이야. 내 이 꼬맹이가 완전히 홀렸는걸." 남들 들으라고 한 말인 동시에 브르르 자신을 향한 말이기도 했다.

공연 속의 흰 고양이는 무대 뒤편에 나 있는 출입구 쪽으로 달려가서 야옹거렸다. 날카롭게 세 번, 딱 끊어지는 울음소리를 내어 오히려 말소리 같았다. 별로 "야옹" 같지도 않아서 "와요, 와요, 와요!"로 들렸다.

그림자가 몇 점, 복면을 하고 곤봉을 든 모습으로 차츰 이럭저럭 사람 형태를 하고 있음이 드러나며 스르륵 앞쪽으로 몰려나왔다. 네 명인가 다섯 명. 잠자던 남자는 깨어났고 두 번 고함을 쳤다. 그에 이어 곤봉들이 남자를 덮쳤다. 장난감 피가 현실감 있게 무대에 흘뿌려졌다. 모형 고양이는 구경을 했고, 나중에는 제 몸에 붙은 거울에 튄 피를 핥았다.

브르르의 팔에 안긴 유리 고양이가 몸을 꿈틀대기 시작했다. 브르르는 더 꽉 안았다. 고양이가 욕처럼 들리는 야옹 소리들을 내어 항의했다.

"자, 좀 진정하렴. 이제 여기 가게를 접어 가지고 후딱 내뺄 참인 이때에 네가 쪼르르 달아나서 숨어 버리는 건 싫다. 어느 쪽 군대가 됐든 너한테 나처럼 잘해 줄 거라고는 도저히 생각 못 하겠고."

"미련퉁이 같으니, 숨을 못 쉬잖아." 그림자꼭두각시가 소리쳤다.

"아니 이런 젠장할, 뭐야!"

브르르는 그림자꼭두각시에게 귀신이 들린 것처럼 확 밀쳐냈지만 바닥에 팽개치는 것만은 간신히 참았다. 브르르는 난쟁이를 향해 짖어댔다.

"내 유일한 위안, 내 귀염둥이를 꼬마 악한 놈으로 그려 났겠다? 당신은 그런 식으로 관객을 사로잡나? 그들 사이에 한 땀 한 땀 불화와 의심을 꿰매 넣어서?"

"날 보고 그러지 말게. 나는 직원이지 감독이 아니라고." 행군 대장이 말했다.

"그리고 너……." 충격을 받은 브르르가 몸을 뒤틀며 바둥대는 녀석을 향했다. "너는 갑자기 어디서 말문이 청산유수로 트여서 야옹 소리 대신에 더 강력한 불평을 늘어놓게 된 거야? 이것 때문에, 이 꼭두각시 연극 때문에 마법에 걸린 거냐, 아니면 이걸로 네 정체가 폭로된 거냐?"

"너였군! 네가 밀고한 거야, 엘파바와 그…… 그 사람……." 일리

487

아노라는 남자의 이름을 말하기가 몹시 힘든 듯했다. "그 사람……
피예로를, 밀고했지? 너였어?"

일리아노라는 그림자꼭두각시를 브르르의 손에서 채어 가서 어
찌나 우악스럽게 움켜쥐었던지 꼬리가 부러져 나갔다. 꼬리는 바닥
에 깐 자갈 위로 떨어져 산산조각 났다.

유리 고양이…… 그 녀석이 고양이였단 말인가? 그놈은 몸을 뒤
로 젖히며 발톱을 콱 내밀어 찍었다. 일리아노라는 흐느껴 울다가
흠칫 손을 빼면서 고양이를 땅바닥에 내던졌다. 깨지지는 않았지만
앞다리 하나가 부자연스럽게 옆으로 굽어서 베틀에서 북을 좌우로
던져 받는 방법을 보여 주려는 것처럼 되었다. 유리 고양이는 그 자
리에 앉은 채 몸을 반 바퀴나 크게 비틀어 잘려 나간 꼬리 밑동에서
나는 피를 가까스로 핥았다. 피는 묽고 갈색이 나서 똥물 같았다.

"그림자꼭두각시야! 네가 마녀를 정탐했던 거냐? 마법사에게 고
용되었던 거야? 어떻게 네가…… 어떻게 그런…… 배신자…… 변절
자가……."

"더럽고 추잡한 놈이라고 말하고 싶은 거겠지. 그게 아니면, 굳이
말을 꾸며서 하겠다면, 부역자라고 하든가."

갑자기 브르르는 만약 자신이 '내 옆에는 내가 있다!'라고 말했다
면 그게 사실 무슨 뜻이었을지 알 것 같다는 기분이었다. 세상이 다
시 뒤틀어졌다. 무엇인가 새로운 것을 배우게 될지 모른다고 생각했
던 것도 오래전이건만! 마치 자신이 길리킨 대삼림으로 돌아가 있
고 지금 엿듣고 있는, 인간들이 으레 지저귀곤 하던 음악적인 소리
다발이 실은 언어임을, 의미를 품고 있고 세상의 비밀을 간직하고
있어 브르르가 어쩌면 그 비밀을 벗길 수도 있을 언어였음을 이제

알아차린 느낌이었다. 동물이 말 못 하는 그냥 동물로 가장할 수도 있다는, 뼈까지 얼어붙을 듯 소름 끼치는 자각이라니! 브르르는 그런 일이 가능할 줄 몰랐다.

그림자꼭두각시가 짜증스럽게 말했다.

"아, 우리 모두 제각각 가장은 하는 거 아닙니까? 폭동 교사는 덩치 큰 고양잇과 동물이라야 할 수 있답디까?" 녀석은 모두를 향해 캬악 소리를 냈다.

난쟁이가 말을 받았다.

"이것 가지고 사자 씨가 그렇게까지 흥분할 거 뭐 있나? 내가 보기에 시계가 그려낸 에피소드가 자네한테 연관된 것도 아니구먼."

"그렇지는 않지요. 하지만 내가 그림자꼭두각시를 애완동물로 삼고……."

"참 나. 그게 아니에요, 나리. 내가 당신 담당으로 배정이 된 거지. 오랜 경력의 끝을 최후의 화려한 공헌으로 장식하려고……. 그런데 보쇼, 내가 당한 건 내던져져서 꽁무니를 바닥에 박은 것뿐이지."

"배정되다니, 누구한테서?" 브르르가 물었다.

"정권이 바뀌고, 직책도 누가 부임을 했다가 공석이 됐다가 다시 충원이 됐지. 지금 자리를 차고 앉은 게 누군지 기억도 안 나는구먼요. 당신이 그래 날 떨어뜨리고 내 자리를 차지하려고 생각했나? 다시 생각하시지. 아무튼 간에, 내가 무슨 의리로 당신한테 설명을 해줘야 한단 말이오?"

일리아노라가 말했다.

"당연히 해야지. 네가 마녀를 고해 바쳤다면, 넌 요원으로서 피에로 티겔라르의 죽음에 관련된 거야. 그분은 우리 아버지라고."

"이제 보니 그랬군. 그것 참 안됐네." 고양이가 말했다.

"노르인가?" 야클이, 고개를 일리아노라 쪽으로 향하면서 불렀다. "노르 티겔라르? 피예로의 딸이지?"

"노르는 소녀였어요. 그 소녀는 죽고 없어요." 일리아노라가 말했다. "그 소녀는 남쪽 계단 감옥에서 죽었어요. …… 저는 이제 일리아노라라는 이름으로 불려요." 그녀는 베일을 도로 이마로부터 드리웠다. "말하는 고양이가 그냥 고양이로 변장하고 살금살금 돌아다닐 수 있다면 소녀는 어른 여자인 척 변장할 수 있지요." 일리아노라의 말소리는 차분해서 그다지 격앙된 빛이 없었다.

브르르는 피예로는 만난 일이 없었으나 오래전 에메랄드 시를 향해 여행길에 올랐을 때 때때로 피예로의 사생아가 아닌가 생각되는 소년과 동행한 일이 있었다.

"일리아노라, 잘 들어요. 마녀의 아들 말입니다, 엘파바가 맡아 키우던 그 소년…… 그 친구가 수년 전에 당신을 찾고 있었어요. 그 후로 그가 당신을 찾았습니까?"

"리르요? …… 리르 말씀이지요? 아직 살아 있나요?"

"20년 전에는 살아 있었어요." 브르르가 말했다.

"10년 전까지도 살아 있었어." 야클이 말했다.

"그 아이가 이젠, 그래, 스물아홉인가 서른이 되었겠구먼. 이 판국에 채근해서 미안하네만 시계에 대고 물어보지 그러나?"

"물어봐 봐야 소용없소. 시계는 제가 보여 줄 것만을 보여 준다오." 난쟁이가 딱 잘라 말했다.

그들 모두가 다시금 시계를 쳐다보았다.

"그러면 당신은 서른다섯 살이겠군." 브르르가 말했다. "대충 그쯤 되지요. 당신이 리르보다 연상이었지요, 맞죠?"

일리아노라는 대답이 없었다. 얼굴을 두 손에 묻은 채였다. 누군가가 한때 자신을 몹시 찾아다녔다는 소식이 마음에 스며들어 간 모양이었다.

"당신을 신경 써 주는 사람이 있어요. 어딘가에. 당신은 난쟁이 밑에 종처럼 매여 고생할 필요가 없어요. 뭐 빚진 것도 없잖소."

"나는 신경 쓰지 마시오." 경호대장이 말했다. "나는 무슨 윙키왕자를 밀고하지 않았거든. 나는 편을 들지 않소. 내 일에만 신경 쓰지. 나도 작고 내 열 발가락도 작아서 탓할 구석이라곤 없지. 하나하나가 옆집 것보다 한층 더 순수하다오."

3

야클은 두 손을 되는 대로 공중에 내저었는데 그 모습은 주문을 외우는 건지 암탉을 쫓는 건지 알 수 없었다. 이제 흥분하기 시작한 터였다.

"당신 보배를 열어요, 대장 나리. 내가 좀 씁시다."

"할멈이 흔들의자에서 굴러 떨어졌다고……." 하고 난쟁이가 허두를 떼었다. 야클이 말을 채었다.

"내가 마지막 순간을 맞으려는 걸 막지 마시오."

야클은 두 주먹으로 눈을 비볐다. 조바심을 내고 있다. 브르르는 야클이 그럴 수만 있다면 마지막으로 단 한 번 두 눈에 초점을 맺게 하려고 억지를 쓰겠지 생각했다.

"공연은 끝났소." 난쟁이가 그르렁거렸다. "당신들이 우리 처녀 색시를 들쑤셔 놨지. 하루에 벌일 말썽이 그 정도면 됐잖소?" 난쟁이는 경첩으로 펼치게 되어 있는 무대를 세차게 위로 접어 버리고 잠금장치를 채웠다. "시계한테 한번 해보게 했는데, 이게 보여 준 것이라고는 쓸모없는 과거사 한 쪼가리였지. 자칫하면 박살이 날 저 고양이가 한때 그놈의 구닥다리 마법사 나리를 위해 일했다는 것 따위 누가 신경이나 쓸까? 마법사는 사라진 지 오래요. 지금은 셸 황제가 왕좌에 앉아 있잖소. 간첩질과 폭력 행위에 대해 헛소리를 아무리 떠벌려 본들 케케묵은 옛날 얘기이고 누구한테 무슨 이득이 될 일도 없지. 누구보다 고양이한테는 더 그렇고. 꼬리가 산산조각 나 버렸으니."

시계는 난쟁이를 순순히 따르지 않고 덜커덩 하며 중앙 무대를 도로 열었다.

"얼씨구, 이것 보게." 난쟁이는 기분이 상했다. "아주 기력이 넘치는구먼, 허? 이거야 일이 요상하게 돌아가는걸." 그래도 얼떨떨한 얼굴로 약간 뒤로 물러서기는 했다.

"봐요." 브르르가 말했다.

"말이야 쉽지." 야클이 대꾸하며 기다란 손톱으로 죽어 있는 눈의 한쪽 눈꺼풀 위를 톡톡 두드렸다.

시계의 기계장치로부터 참나무 주사위가 따그르르 구르는 듯한 음향이 울렸다. 난쟁이는 그만 두 손은 옆구리에 늘어뜨렸으나, 주먹은 그대로 쥐고 있었다. 마치 시계가 감히 대장 나리한테 버릇없는 볼거리를 펼쳐 낼 시에는 장치를 두들겨 패기라도 하겠다는 듯했다. 브르르는 더 잘 보려고 자세를 곧추세웠다. 일리아노라와 청년들도 관심 있게 쳐다보고 있었다.

바닥에 장치된 통풍구에서 뿜어져 나와 무대를 온통 뒤덮은 연무 속에서 키 큰 형상이 솟아났다. 인형은 선 키가 10인치나 되었다. 기다란 흰 수염을 달고 기다란 우단 모자를 쓴 모습인데, 모자는 꼭 마녀 모자 같지만 챙이 달려 있지 않았다. 얼굴은 알아보기 힘든데 골골이 깊은 주름이 져 있어 독특했다. 마치 양말 두 짝을 열린 쪽끼리 맞닿게 하여 돌돌 말아 놓은 형국이었다. 밑을 향한 원뿔형의 흰 수염과 위로 세워져 있는 원뿔형의 검은 우단 뾰족 모자 사이에 껴 찌부러진 것 같은 얼굴이다. 노인이 걸친 긴 옷에 달과 별 무늬들이 눈에 띄었다.

"뭐가 진행되긴 하는 건가? 지금이 입 다물고 있을 때가 아니잖나, 자네들." 야클이 말했다.

"죄송합니다." 브르르가 말하고, 자기가 본 것을 묘사하기 시작했다.

인형은 팔에 보통 이상으로 커다란 책을 한 권 안고 있었다. 적갈색 가죽 표지 안에 들쭉날쭉한 피지 책장을 물린 2절판 책이었다. 커다랗다는 것은 비례를 따져 보았을 때 이야기다. 실제로는 굴뚝새 한 마리를 구워 끼워 넣은 샌드위치만큼이나 될까 싶게 조그마한 소도구였다.

인형은 바닥에 자리를 잡고 책을 내려놓았다. 왼쪽 오른쪽을 살펴보는 품이 정말 아무도 없는지 확인하는 듯했다. 그러고 나서, 깜짝 놀란 듯이 인형은 소규모의 관객들을 바라보더니 바로 그들을 향하여 한 눈을 찡긋 감아 보였다. 여기에는 외설적인 느낌마저 들었다. 브르르는 거친 마법이 작용하는 것을 느꼈다.

"책이군요. 마법서예요. 마법서가 틀림없어요." 브르르가 말했다.

"『그리머리』예요." 일리아노라가 보충했다. "어렸을 때 봐서 알고 있어요. 키아모코에 살던 시절에."

"『그리머리』라. 짐작한 대로야. 그게 어떻게 되고 있나?"

브르르와 일리아노라는 번갈아서 장면을 묘사했다. 인형이 책 표지를 열었다. 그것은 진짜 책이 아니라 책을 흉내 내어 만든 모형에 지나지 않았고, 재어 본다면 책장이 가로세로 5인치를 넘지는 않을 듯했다. 일단 책이 활짝 펼쳐지자 펼쳐진 곳은 한중간에 있는 페이지여서 앞으로도 뒤로도 펼쳐진 두께가 일정했다. 수염 달린 인형은 책 중심부 골진 곳 위로 무엇인가 신비로운 손짓을 했다. 인형은 긴 수염을 책 위에 드리워 놓아 수염이 제본된 선을 따라 스르르 끌렸는데, 보기에 거의 음란할 정도고 분명 해괴한 모습이었다. 그러더니 인형은 손가락을 도르르 말아 쥐면서 울툭불툭 마디진 두 손을 쳐들었다. 비록 종이죽으로 만들어진 인형의 손이지만 그 손이 울툭불툭 마디져 있다는 것을 브르르는 장담할 수 있었다. 인형은 손가락을 놀려 주문을 짰다. 그 모습은 마치 책 위의 공기에다 글자를 적고 있는 것 같았다. 브르르는 그렇게 생각했다.

"뭔가…… 책으로부터 무엇인가를 끌어내려고 하고 있어요."

"물론 그렇겠지. 『그리머리』 아닌가. 자넨 도대체 아무것도 보이는 게 없는 게야?"

"그렇게 구박하지 마세요." 브르르가 말했지만 부드러운 어조였다. 야클을 정말 탓할 마음이 들지 않았다.

공기 자체가 메말라 따닥따닥 불꽃이라도 튈 것 같았다. 브르르의 갈기도 정전기 탓에 엉망진창이었다.

야클은 양손으로 자기 팔꿈치를 움켜쥐어 혼자 팔짱을 끼었다.

"그래서 뭘 불러내고 있는가?"

무엇인가가 펼쳐진 책장으로부터 일으켜 세워지기 시작했다. 보이지 않는 손이 종이접기 공작을 하는 듯한 광경이었다. 복잡하게 접힌 상앗빛 종이가 저 스스로 비틀리고 펴져서 손인지 발이 되고, 다시 한 바퀴 접혀 돌아가더니 뿅 하고 어깨가 나왔다. 만들어진 형상은 서서히 사지로 일어나며 균형을 잡았고 이어서 그중 둘로 지탱하여 곧게 섰다. 두 발로 선 것이다. 거기에 세 번째 팔다리인가 싶은 한 쌍의 돌기가 등 뒤에서 뻗어 나와 허공을 긁었다. 그것들은 계속해서 펼쳐지고 또 펼쳐져, 마침내 그 두발짐승 키의 배나 되게 되었다.

"날개야." 일리아노라가 숨 막힌 소리로 말했다.

"날개 달린 인간이군요." 브르르가 말했다. "종이로 만들어진 날개 달린 인간이라는 말입니다, 물론."

그 형상은 단 한 번만 제 키를 다 펴고 섰는데, 얼굴 부분의 접힌 주름에 무엇인가 수를 썼던지 약간의 광채가 비쳐 나왔다. 아마도 한두 점의 마른 풀 자국이 잠깐 불빛을 반사하여 반짝인 것 같았다. 벌거벗은 몸에 지극히 장려한 그 형상은 호호백발로 나이가 든 날개 달린 여자인데, 갈기처럼 성대하게 헝클어진 종이 머리카락이 브르르라도 부러워할 만했다.

그러더니 그 창조물의 날개는 도로 접혀 들었다. 오므라들어서 여자의 양어깨에 기형적으로 두둑한 모양으로, 한 쌍의 혹 덩어리로 꾸려졌다. 두 혹의 무게 탓에 여자의 등은 약간 굽었다. 앞으로 굽힌 자세가 되자 더한층 늙어 보였다. 이 때문에 여자의 머리카락은 이마를 넘어 앞으로 흘러 떨어졌으며, 쑥대머리 밑으로 엿보이는 인상이 뭔가 비굴하고 떳떳치 못하게 되었다. 조명이 다소 낮아졌다. 브르르는 이제야 그 종이가 접어 만들기 전에 먼저 구겨졌던 줄을 알아차렸다. 그리하여 수십 줄의 구깃구깃한 주름 자국들이 핏줄이 얼기설기 돋아난 늙은이의 살갗을 거의 흡사하게 나타내고 있었다.

"늙은 여자예요." 브르르의 음성은 착 가라앉아 있었다. "방금 『그리머리』의 책장으로부터 한 늙은 여인이 일으켜 세워졌어요. 그런데 여인이 똑바로 서는 데 도움을 주었던 두 날개를 그만 빼앗겼어요. 날개는 접혀서 여인의 등에 무겁게 얹혀, 그 무게로 여인의 등뼈를 찌부러뜨려 놓았어요. 그래서 그 여인은 이제 무릎을 꿇고 있네요. 엎드렸어요. 벌거벗은 채, 늙은 몸으로."

"알지." 지친 소리로 야클이 말했다. "벌거벗고 늙은 몸으로 갓 태어난 거지. 어머니의 입맞춤 따윈 생전 알지 못한 채로. 비극적이야. 이제 브르르 자네가 자네의 근본을 알게 됐는데 나 역시 내 근본을 알았구먼. 축 탄신일세." 하지만 야클의 목소리는 피곤한 것만큼이나 자랑스럽게 울렸다. "자, 그럼 이제?"

펼쳐진 마법서의 책장으로부터 솟아난 쭈글쭈글한 여인은 스르르 무대 뒤로 사라져 갔다. 도로 일어나지도, 꿈틀거리지도 않은 채였다. 뒤에는 턱수염 달린 인형 혼자 남았다. 인형은 책을 집어 들었다. 이쪽을 보고 저쪽을 보는데, 무엇인가를 포착하려는 몸짓이었다. 꼭두각시 인형은 별별 것을 다 할 수가 있다. 마침내 인형이 돌아서고, 무대 안쪽에서는 종이 두루마리가 인형 뒤편으로 새로운 배경을 펼쳐 놓았다. 탑처럼 우뚝 솟은 저택을 향해 길이 뻗어 있다. 저택은 성채라고 불러도 될 만큼 높은데…….

"키아모코!" 브르르가 말했다.

일리아노라가 브르르의 앞발을 꽉 잡았다.

"키아모코는 저보다 더 크지 않았나요?"

"어렸을 때 본 것은 뭐든지 커 보이는 법이에요." 브르르가 설명했다. "하여튼, 이건 무대 배경이잖소. 그러니 커 봐야 얼마나 크겠소?"

"내 눈 내놔." 야클이 말했다.

더도 말고 딱 노망 난 노파가 하는 소리 같긴 해도, 브르르는 무슨 뜻인지 알아듣고 야클에게 답을 해 주었다. 자기가 본 것을 묘사한 것이다.

성채는 침침하고 고풍스럽게 그려져 있었다. 창에는 박쥐가, 문에는 어긋매긴 뼈다귀가 있다. 브르르의 기억이 신뢰할 수 있는 것이라면 다소 과장된 면이 있었다. 하지만 여기 마법사가(그 인물이 마법사 맞다 치면) 높다란 모자를 쓰고 점잖다고는 못 할 수염을 달고 다가가고 있다. 마법사는 성벽 앞에서 노크를 하는 시늉을 하더니 책을 문가 땅바닥에 내려놓았다. 어쨌든 문은 닫힌 모습으로 그려져 있는 것이었다. 거기까지 하고 나자 마법사 인형은 안달이 난 시계의 기계장치에 의해 공중으로 날려 휙 하고 빨려 들어갔다.

"저렇게 해서 『그리머리』가 키아모코에 오게 됐던 거군요." 일리아노라의 말소리는 거의 속삭임이었다. "언젠가 한번 어머니가 우리에게 이야기해 주셨던 생각이 나요. 늙은 행상꾼인지 뭔가 신비한 술법사인지 하는 사람이 그 책을 건네고 떠났다고요. 그로부터 여러 해가 지난 후에 엘파바가 다락방에서 그 책을 찾아냈지요."

책은 무대 바닥 위에 놓인 채였다. 무대의 나머지 부분은 비어 있었다. 아무 일도 일어나지 않았다.

그림자꼭두각시가 그 틈을 타서 끼어들었다.

"시계태엽 장치가 제공하는 볼거리가 극적 구성 면에서는 뭔가 많이 모자라는걸. 이 부분의 플롯은 영 늘어져. 이대로 여기 주저앉아서 거미줄이 자라나는 것을 구경하는 겁니까, 군대들이 진군해 오고 있는데? 브르르 경, 경이 이걸 믿을 만한 증인으로 여기겠다면 타임 드래곤의 시계를 에메랄드 시 치안판사 법정으로 그냥 끌어가면 어떻소? 이게 그렇게나 신통하다고 믿는다면 이걸 끌고 가서 한 자리 따지 그래요?"

"네가 하는 충고를 들어도 될지 별로 믿음이 안 간다, 그림자꼭두각시. 넌 속이 투명하게 비쳐 보이는 것도 가짜로 꾸민 것 아니야? 응?" 브르르가 으르렁거렸다.

고양이가 대꾸했다.

"우리가 계속 말을 섞을 거라면, 이름은 그리몰킨이요. 줄여서 몰키라고 부르지요. 그림자꼭두각시라니, 그건 정말이지…… 정말이지 딱 당신다워."

야클이 두 주먹을 공중으로 내던지며 중풍 온 손가락들을 할 수 있는 한껏 펼쳤다.

"그만 좀 해! 누구 내 부탁 들어줄 사람 없나? 드래곤, 난쟁이, 아가씨, 사자, 누가 좀. 시계한테 책을 달라고 하게!"

브르르는 굳어 버렸다.

"어디 있는지 물어보라는 건가요?"

"자넨 모르겠나? 나는 내 이야기가 어떻게 끝날지를 보았어. 여기야, 여기 있다고. 시계 안에 있어. 끄집어내게."

"저건 연극이에요. 가짜 책입니다." 브르르는 야클을 타일렀다. 끝내 정신이 나간 걸까?

"쉬잇, 할머님." 일리아노라는 퍼들퍼들 떨리는 야클의 팔뚝에 주름진 살갗을 쓸어 주었다.

난쟁이조차도 저렇게 흥분했건만 아무 결과를 못 본 야클이 조금은 안되었다는 표정이었다.

"그 말들이 맞지 싶소, 수수께끼투성이 아주머니. 우리 재주도 이젠 동났어요. 공연 끝이라고. 더 볼 것이 없다니까. 이제 갑시다그려. 왼쪽으로들 붙으쇼. 옆 사람한테 말들 해. 럴라이나의 은총이 임하시고, 또 뭣도 하시고 등등이라……."

하지만 타임 드래곤의 생각은 달랐다. 드래곤은 한쪽 앞다리를 움직이더니 아코디언처럼 주름이 잡힌 피막 날개 한쪽을 펴서 중앙 무대실 앞을 가로막았다. 쩔꺼덕거리며 숙여지는 구불구불한 모가지가 불길하고도 고귀한 느낌이었다. 루비처럼 빨간 유리 눈알이 가죽으로 된 눈구멍 속에 불거졌다. 자유자재로 굽힐 수 있는 드래곤 목의 심재가 앞으로 쭉 뻗어 나와 대장 나리를 제자리에 못 박아 버렸다. 드래곤의 콧구멍으로부터 모두의 코를 찡그리게 만든 독한 연기가 스며났다. 유독할 만큼 짙은 연기가 드래곤의 코에서 술술 뿜어져 나와 안뜰에 자욱해졌고 모든 이의 눈에서 눈물을 뽑아냈다.

브르르는 두 눈을 문지르고 싶었지만 팔에 그림자꼭두각시를…… 아니, 몰키를 안고 있는 터였다. 녀석은 갑작스러운 연무 속에서 몸을 빼려고 바둥거렸다.

"그만둬, 그만두지 않으면 사지를 뚝뚝 분지를 테다. 하나씩 차례로 꺾어 버릴 거야."

기침 섞인 쉰 소리로 브르르가 말했다. 팔뚝으로 얼굴을 비비려는 판이라 그럴 수밖에 없었다. 줄줄 흐르던 눈물이 그치자 연기도 걷혔다. 모두가 따끔따끔한 검댕이 앉아 고생하고 있었다. 일리아노라는 쓰고 있던 은빛 도는 베일로 얼굴을 훔쳤고, 난쟁이는 턱수염을 사용했다. 소년들은 서로 붙들고 서서 울먹이고 있었다. 너무 갑작스럽게 너무나 많은 비밀을 목도하고는 집에 가고 싶어진 것이다. 야클도 눈을 비비는 중이었다.

"보게." 야클이 말하며 손가락으로 가리켰다.

드래곤의 날개가 쳐들려 특정한 각도를 이루는 중이었다. 브르르는 뚫어지게 보고 있었다. 시계는 난쟁이에게 명령 받는 존재가 아니었다. 시계는 제 나름의 속셈이 있다. 드래곤의 두 번째 날개가 반대 방향으로 쳐들리기 시작했다. 창문 커튼을 양옆으로 여는 것 같은 광경이었는데, 브르르의 뇌리에는 뒤늦게 모두에게 보라고 말한 사람이 야클이었다는 사실이 떠오르고 있었다. 그렇지만 지금 야클의 얼굴이 어떤지를, 정말 그런 일이 가능한지, 즉 드래곤이 뿜은 연기로 야클의 시력이 돌아온 것인지를 브르르는 감히 돌아볼 엄두가 나지 않았다. 그는 그저 야클의 지시에 따라서, 보았다.

4

무대 바닥판이 드르륵 앞으로 밀려 나왔다. 기름 친 베어링 장치에 실려 있는 목판이 혓바닥처럼 내밀어졌다. 서랍 속에, 녹색과 금색 비단으로 된 융단 위에, 『그리머리』가 그들을 기다리고 있었다.

브르르는 더 이상 야클에게 그 모습을 묘사해 줄 필요가 없었다. 일리아노라가 확인해 줄 필요도 없었다. 조그맣게 만들어진 무대용 소도구가 아니었다. 진짜 『그리머리』였다.

책은 빈쿠스 전통의 사냥 숄에 반쯤 싸여 놓여 있었다. 검은 바탕에 장미 무늬가 들어간 자글자글한 천이었다. 책을 특별히 소중히 해본 적 없는 브르르에게는 그렇게 놓여 있는 모습이 어쩐지 음탕한 느낌마저 들었다. 단지 책일 뿐인데 거기에서 성(性)과 가능성과 왕성한 생산력의 냄새가 풀풀 풍길 수 있으리라고는 생각해 본 일이 없었다. 그렇기는 해도 책이란 무르익은 고랑과 낭창낭창한 책등을 지지고 있고, 은근히 살랑살랑 꼬리를 치는 책장은 무한대에 가깝도록 가지각색으로 요부 같은 매력을 뽐낸다. 브르르는 그렇게 생각했다. 게다가 책에서 그 어떤 새로운 생명이 움터 나올 수도 있지 않은가? 아마 어떤 책에서든 움틀 수 있을지도.

"아직 아무도 『그리머리』에 손대선 안 돼." 대장 나리가 말했다.

그러나 그 음성은 빛이 바랬다. 그는 이제 중요하지 않은 사람으로, 곁다리로 전락했고 모두가 그 사실을 알고 있었다.

야클이 브르르의 앞발을 잡았다. 진짜 눈으로 브르르를 아래위로 훑어보았다. 브르르가 똑똑히 보고 있는 그 두 눈은 강옥처럼 파래서 한 점 흐림이 없었다.

"내가 그렸던 것과 똑같지는 않구먼." 야클이 인정했다. "여기저기 군살이 좀 붙어 있는걸. 자네 준비는 됐는가?"

야클이 자신을 럴라이나의 가슴팍으로 데려갈 죽음의 천사가 아니라는 사실 하나는 브르르도 확실히 알고 있는 터였다. 그럼에도 브르르는 한 눈썹을 치올려 묻는 표정을 지었고 겨드랑이는 축축해졌다.

"그렇게까지 준비가 다 된 것 같지는 않은데요. 내가 내 몫만큼의 실수도 충분히 저지르고 그러긴 했습니다만, 이것 봐요, 세상엔 항상 다음 기회라는 게 있지 않습니까?"

야클이 소리 내어 웃었다.

"이런 바보. 정신 차리게. 내 말은 선택할 준비가 됐는가 하는 말이야. 자네는 『그리머리』에 대한 정보를 찾을 수 있지 않을까 하고 왔던 것인데 그 대신 실제 책과 떡 하니 맞닥뜨렸지. 이 위험천만한 책을 자네가 맡아 가져가면 아마 이걸로 죗값을 대신할 수 있을 테지. 이 책이 자네한테는 재활의 기회야…… 아니면 자네가 그런 희망에 혹해 있다고나 할까?" 야클은 말을 이었다. "그런가 하면 다른 선택도 있네. 자네한테야 돌아갈 이득이 훨씬 적을는지 모르지. 아마 그럴 게야. 어떤 결과가 나올지 아무것도 확실한 게 없는 선택일세."

하지만 바로 그거다. 한 어린이의 인생에 어떤 결과가 나올지는 결코 확정할 수 없는 것이다. 야클은 리르와 캔들의 아이 일을 브르르에게 일깨우고 있는 것이었다. 엘파바의 손녀다. 가능성이 있다는 것뿐이긴 하지만.

"지하 묘실에서 올라오신 게 제게 그 이야기를 해 주기 위해서였다는 말씀인가요? 그……."

난쟁이나 시계 장치 예언자 무리들이 있는 자리였기에 브르르는 '그 아이'라는 말을 뱉지 않았다. 야클은 브르르가 둘 사이의 비밀을 누설하지 않으려는 것을 알았다. 적어도 아직은 안 하려는 것이다. 그래서 짓궂은 여학생처럼 그를 향해 빙긋 웃음을 보냈다. 브르르는 말을 이었다.

"그렇지만 저한테 뭘 이야기해 주려고 그러신 게 아닙니다. 『그리머리』가 접근하고 있는 것을 느꼈던 거죠. 그게 다예요. 바로 그랬던 겁니다."

"내가 왜 내 석관을 박차고 뛰쳐나왔는지는 신경 쓰지 말게. 이제는 까마득한 옛일이야!" 야클이 명랑하게 말했다. "그리고 아무렇든 간에. 두 가지 일이 다 옳을 수는 없다고 구태여 우길 이 누가 있겠나?" 야클은 핏기 가신 늙은 손을 브르르의 가슴팍 무용 훈장이 걸려 있을 법한 위치의 꼬불꼬불한 털 위에 얹었다.

사실 브르르가 아직도 하나 갖고 있기도 했다.

"자네에게 선택의 순간이 온다면, 올바른 선택을 하시게, 브르르 경." 야클은 그렇게 말했다. "아, 드디어 자유다!"

하얀 이불잇 자락을 어깨까지 들어 올리면서, 야클은 진정 나이든 사람이 그러듯 조심조심 발을 디디는 걸음으로 아장아장 걸어나갔다. 마치 시력이 돌아왔기 때문에 자기가 얼마나 노쇠한 몸인지 새삼 지각한 듯했다. 일리아노라가 야클 옆으로 몸을 움직여 넘어지면 잡아 줄 태세를 취했으나 야클은 남아 있는 다섯 걸음을 걸어가는 동안 균형을 유지할 수 있었다. 오즈 주민 무리로부터 『그리머리』의 영토로 나아가는 다섯 걸음이다.

"그 책에 손댈 생각 마시오." 대장 나리의 말은 파리가 윙윙거리는 소리, 그뿐이었다.

브르르는 야클이 책 표지로 손을 뻗는 것을 보고 있었다. 표지는 브르르가 알아볼 수 없는 재료로 만들어져 가죽과 천의 특성을 둘 다 지녔다. 걸림 없이 매끄러운 가죽의 윤택과 천에서 볼 수 있는 격자로 오톨도톨 진 잔무늬를 겸비했다. 표지 색은 물에 비친 빛을 연상케 했다. 그 따스한 색상이 흡사 책 안쪽 깊숙한 곳으로부터 우러나오는 듯이 보였던 것이다.

책등에는 보석이 박혀 덩굴풀 무늬를 그리고 있었다. 온갖 색상의 보석이 다 들어 있지만 에메랄드만은 없었다. 그리고 비밀을 철저히 잠가 지킬 수 있도록 쇠 자물쇠가 달려 있었다. 하지만 걸려 잠기는 부분이 풀린 채로 걸쇠는 경첩 위로 물러나 얹혀 있었다.

야클이 표지를 들어 올려 옆으로 젖혔다. 책은 아무 쪽이나 펼쳐지도록 해 주지 않았다. 저 스스로 어느 한쪽으로, 앞에서 3분의 1쯤 되는 한쪽으로 넘어갔는데 마치 지금 이 순간에는 그 책의 다른 쪽들이 전부 딱 붙어 버리고 그 한쪽만이 펼 수 있는 듯했다. 뭘 찾는지는 알고 찾는 겁니까?" 브르르가 물었다.

"자기 죽음이 어떤 형태일는지 확실히 아는 이는 아무도 없네. 하지만 내 감히 장담하는데, 내가 보면 알아."

책장은 첫눈에 자줏빛을 띤 것으로 보였고, 거기 박혀 있는 글자들은 은빛이었다. 보고 있는 사이에(이제는 모두가 보고 있었다. 그림자꼭두각시마저도 몸을 앞으로 내밀었고, 심지어 대장 나리까지 땅바닥에 두 발을 못 박고 선 그 자리에서 목을 길게 빼었다.) 그 색상이 바래며 무덤덤한 복숭앗빛으로 가라앉았다. 그렇게 보니 무두질한 돼지 피지와 닮지 않은 것도 아니었다. 잉크 색은 은빛이 덜해지고 오히려 검은색에 가까워졌다. 어쩌면 책이 다른 책들과 비슷하게 보이려고 할 수 있는 한 애쓰고 있는 건가 싶었다.

"아하. 저것 봐요. 보여요? 숨김무늬가 있군요."

브르르의 말에 일리아노라가 물었다.

"숨김무늬가 뭐죠?"

"에칭과 드로잉 미술품 거래상을 하던 시절에 배운 겁니다. 숨김무늬란 장인이 종이를 만들 때 넣는 보이지 않는 도장 자국 같은 거요. 상표인 셈이지요. 종이가 완전히 틀이 잡히기 전에 요철로 문장을 박아 넣어요. 그러면 그 부분의 지섬유가 더 단단히 눌리니까 종이를 빛 쪽으로 들어 보면 그림이 보이게 됩니다. 그렇기는 하지만 뒤에 불빛을 비추지 않고도 볼 수 있는 숨김무늬는 금시초문인데."

"책 자체가 빛을 품고 있잖나." 야클이 말했다.

브르르는 야클의 노쇠한 어깨에 턱을 얹었다. 야클의 힘이 그것을 버틸 만큼은 되었다. 글자를 읽어 내려 애를 쓰면서, 야클은 아무 생각 없이 한 손을 올려 브르르의 입술 바로 아래를 긁어 주었다. 전에 누가 이렇게 해 준 적이 있었다면 브르르가 분명 좋아했을 바로 그 자리였다.

그쪽에 쓰여 있는 글 대부분이 움츠리고 한켠으로 옮겨 가 있었다. 다음번 등장 순서를 기다리며 대기 중인 무용수들 같았다. 숨김무늬는 더 잘 볼 수 있게 되려는 듯 약간 더 커졌다. 브르르는 그 형태를 어림해 볼 수 있었다. 비록 숨김무늬 밑에 한 개의 외국어 단어를 이루고 있는 외국 글자는 알아볼 수 없었지만 말이다. 일리아노라가 말했다.

"저건 우리가 알아볼 만한 상징 기호 아닌가요?"

"번개인가?" 소녀들 중 하나가 건너다보며 추측했다.

"황새 다리가 달린 까마귀지." 브르르가 설명해 주었다.

"엘파바를 형용하는 말로 거 썩 그럴싸하구먼." 야클이 말했다.

"여기 쓰여 있는 게 엘파바 이야기인가요? 아니면 책 자체가 엘파바 책입니까?"

"한때는 이 책이 엘파바 책이었지." 대장 나리가 말했다. 드래곤의 갈고리발톱이 마침내 그를 놔주어 일어나 앉을 수 있었다. "그렇다기보다 엘파바가 간수했던 책이라고 말해야겠지만. 『그리머리』는 내 것이 아니듯이 그 여자 것도 아니오. 어느 머나먼 나라로부터 온 마법사에게 속한 책이지. 그 마법사가 책을 안전하게 보관하고자 오즈로 가지고 온 거요."

"누구 말이오? 오즈의 마법사를 얘기하는 건가요?" 브르르가 물었다.

"제발 좀. 내 지성을 모독하지 마쇼."

"오즈의 마법사한테는 아무 힘도 없었어요." 그림자꼭두각시가 말을 가로챘다. "그건 이제 상식이라고요. 아니지, 우리의 영예로운 마법사 나리께서는 그 책을 찾으러 오즈에 왔던 거예요. 모르나요? 그리고 엘파바가 죽고 책이 자취를 감춘 이래로는 모두가 그 책을 찾고 있지요."

"너 역시 그렇지." 브르르가 넘겨짚었다. "네가 받은 지령은 내가 정말 뭔가를 찾아내고도 보고하지 않기로 결심할 때를 대비해 나를 쭉 주시하는 거였잖아."

"어허, 당신이 그럴 리야 없지요." 그림자꼭두각시는 조롱조로 말했다. "브르르 경은 절대 그럴 리가 없지. 이 바닥에서 우리가 데리고 있는 요원들 중에서 제일 믿음직한 요원인데. 그렇게나 고결한 '원칙'을 갖고 있기로 유명한 브르르 경이. 세상에 그럴 일은 없지! 그건 그렇고, 난 당신을 절대 배신 못 하겠는걸. 당신처럼 재미있는 양반을 어떻게 저버리겠나. 당신 진짜 꾀꼬리야."

야클은 손바닥을 아래로 하여 두 손을 책장 위에 올려놓았다. 책장 위의 열기를 읽기라도 하는 듯했다.

"얼마나 오랫동안 여기서 책을 수호하고 있었나요?" 브르르가 물었다.

"아직도 받아 적으려고? 글쎄, 하다가 말다가, 흠, 한 80년 되나? 실컷 재미를 보고 있으면 시간 가는 줄 모르는 법이니까." 대장 나리가 답했다.

"오즈의 마법사가 처음으로 에메랄드 시에 오기도 전이군요? 하지만 왜지요?"

"그건 다음 기회에 할 이야기지. 내 출입 이야기는 말이오. 당신이 궁금한 건 우리 야클 마나님의 역사가 아니었나? 그건 전부 다 『그리머리』에 들어 있소. 이제 보지 않았소?"

"하지만 왜였습니까?" 브르르가 물었다.

"전부 저기에 있소. 이젠 보았을 텐데?" 난쟁이는 답했다.

"저를 위해 풀어서 설명해 주시죠."

"시계가 당신에게 얘기해 준 거요. 당신은 야클의 탄생 이야기를 보았소. 이 마법서의 책장으로부터 태어났지. 야클이 책에서 나와 이곳에 오게끔 된 것은 할 일이 있어서요. 엘파바의 일생에 걸쳐 불침번을 서는 역할이지. 참견도 개입도 하지 않은 채, 목격자로서 지켜보는 일 말이오. 그걸로 충분했소."

"그게 내가 한 일 전부요." 야클이 말했다. 그들에게 한 말인 동시에 야클 자신에게도 이른 말이었다. 온 힘을 다해 규명해야 할 사실이었다. "내 평생에 한 건 그게 다지. 나는 시녀였소. 몸종 노릇이나 하기에는 지나치게 연륜이 쌓였소만, 세상은 오만 가지 것들이 다 모여서 이루어지는 것이지. 엘파바에게 빗자루를 준 게 나요. 내가 그 정도 인정은 받을 만하지. 그렇지만 그 빗자루로 엘파바가 뭘 해낼 수 있을지는 알지 못했소. 어째서 그 아이가 내 생애에 숨김무늬가 되는지도 알지 못했지. 내 기괴한 존재가 연관되는 자리마다 그 근저에는 엘파바가 있었는데. 내가 알고 있는 것이라고는 내가 결국 하게끔 되어 버리는 게 무엇인지, 단지 그뿐이었소. 그리고 지금 내가 결국 뭘 하지 않으면 안 되는지 내가 알겠소."

브르르는 경호대장에게 말했다.

"이 책을 지키느라고 혼자 크나큰 짐을 떠멨군요. 에메랄드 시에서 당신의 존재를 알게 된다면 당신은 역사에 남을 겁니다."

난쟁이는 어깨를 으쓱 했다.

"난 내 일이 있고 그 일을 하지. 책을 보호하는 일이오. 타임 드래곤의 시계는 그게 필요해졌을 때 마법으로 생겨나 『그리머리』를 담아 두는 일종의 성유물 보관함 역할을 했소. 나는 질문을 하지 않아. 엘파바는 이 책을 가장 정확하게 읽을 수 있는 인물 같았소. 아마 핏줄이 그래서 재능을 타고났던 거겠지. 그리하여 마법사가 이 책을 남겨 둔 자리에서 엘파바가 책을 찾았고, 사용했소. 그리고 책장 한 장을 오즈의 마법사에게 보여 주었지. 그자는 그 이후로 계속해서 책을 손에 넣으려고 쫓아다녔지만, 엘파바가 사라지고 마법사가 제위에서 물러나게 되자 책은 결국 그때까지의 친우 갈린다의 손으로 넘어갔지. 미안, 글린다라고 해야지. 한때 오즈의 왕권 대행 총리였던 사람 말이오. 내가 그녀의 영지인 목베거홀을 지나가던 중에 우리 글린다 부인이 나에게 『그리머리』를 돌려주었소. 몇 년 전의 일이야. 책은 그때로부터 죽 안전하게 여기 보관되어 있었소. 오늘까지, 시계가 간직했던 보물을 당신들 머저리들에게 드러내 보일 때가 됐다고 마음먹은 오늘까지 말이오.”

“야클.” 일리아노라가 불렀다. “야클 할머니, 뭐 하시는 거예요?”

그제야 브르르는 자신이 난쟁이 쪽을 보느라, 그리고 고양이를 꽉 붙잡고 있느라 야클과 『그리머리』를 등지고 있었음을 깨달았다. 말썽이 생길 만한 요소를 통제하느라 그만.

야클은 숄을 걷듯이 수의 자락을 어깨로부터 벗어 내린 모습이었다.

야클이 줄곧 말을 하고 있었던 동안에 숨김무늬는 다시 나타나 펼쳐진 책의 양면을 채웠다. 책장은 상앗빛에서 희미한 봄 연둣빛으로 변해 있었다. 뾰족한 코와 약간 굽은 모자, 그리고 비쩍 마른 몸이 갈지자를 그린 것까지 더없이 엘파바를 닮은 형상이었다. 이제 막 날아오를 채비가 된 모습, 그들의 눈에는 보이지 않는 책장 가장 자리 바깥에서 일어난 무슨 반역 행위를 진압할 전장으로 날아가려 는 듯한 모습이다.

숨김무늬를 그린 선들은 한층 노란빛을 띠어 불타는 듯한 녹색으로 달아올랐고, 마녀의 형상은 마치 등허리에 굽은 혹이 솟아나기라도 하는 듯이 굽으며 비틀어졌다.

그러더니 숨김무늬가 책장에서 떨어져 위로 떠올랐다. 몸뚱이를 갖추고 솟아오른 것은 아니었다. 무슨 형광 꼭두각시 인형이나 방사능을 띤 초록 앵무새처럼 튀어나온 것이 아니라 그림으로 그려진 윤곽선을 그대로 유지한 채 생략, 상징화된 원래의 형태대로 떠올랐다. 앞발을 들어 올리듯이 한쪽 끝이 잦혀지더니 망토 자락을 한 번 스치며 솟아올랐다. 떠오른 그 모습은 마치 검은색으로 자글자글한 바탕감 위의 빨간 장미꽃들과 단어들로 이루어진 꽃밭을 배경으로 둥실 떠오른 한 송이 녹색 꽃 같았다. 그것이 엘파바는 아니었다. 엘파바는 여기 없다, 그녀의 시대는 지나갔고 끝이 났다. 그래도 그것은 엘파바의 문양으로, 여전히 눈앞에 생생하였다. 엘파바를 다시, 혹은 처음 바라보며 그들은 눈이 시큰거렸다.

"암, 그렇지." 야클이 짧은 시간 몸을 돌리고 일리아노라를 향해 광채를 발했다. "너에게 남동생이 있고말고! 당연히 계속 나아가야지! 왜냐하면 역사가 조그마한 놀이꾼들의 간섭에 휘둘려서야 안 되는 거니까. 모르겠나?"

야클은 일리아노라를 똑바로 보았고, 난쟁이를 보았고, 브르르를, 몹시도 복잡하며 너무도 강렬하여 감히 읽을 수 없는 표정을 띠고 서 바라보았다.

"정말 모르겠는가? 그녀가 돌아오고 있는데……."

브르는 일순 생각했다. 그렇지만 누구 얘기지? 야클은 그녀가 지닌 기이한 시력으로써 뮬라마 하에킴을 그려낼 수 있는 건가? 아니면 야클이 말한 것은 사라져 버린 오즈마인가? 아니면 녹아 없어진 엘파바이거나, 또는 요정 여신 럴라이나나 쿰브릭 마녀인가, 아니면 아예 무단 침입자 도로시를 가리키는 건가?

그 무엇이든 간에 야클의 수의는 흘러내려 땅바닥에 떨어졌다. 그리고 벌거벗은 빈약한 등으로부터 두 개의 큼지막한 돛이 펼쳐졌다. 깃털과 지지대로 이루어진, 종잇장처럼 얇고도 가벼운 돛이었다. 지금껏 수십 년간 사용되지 않았음에도 몸을 떠오르게 하는 힘은 조금도 잃지 않았다. 야클은 세인트글린다 수도원 안뜰의 공중으로 떠올랐다. 굳은살이 앉은 야클의 발뒤꿈치는 흙먼지와 땅바닥의 자갈 찌꺼기를 보여 주고 있고, 정강이와 궁둥이는 자루처럼 축 처졌고 상처 자국이 있어 오래디 오랜 삶의 흔적이 적나라했다. 야클은 더 이상 아무 말도 하지 않았다. 다만 엘파바의 숨김무늬가 도로 원래의 책장으로 가라앉기 시작하여 편편해지자 야클도 그 뒤를 따랐다. 야클은 다이빙 선수가 마법 수영장의 가장 깊은 부분으로 입수하듯이 『그리머리』 속으로 모습을 감추었다. 슬로모션으로, 그야말로 우아하게, 발가락을 광채 속에 담갔다. 처참했던 껍질을 벗어버리며, 수의를 벗어 버리며 들어갔다. 야클은 마술적으로 『그리머리』 안으로 접혀 들어갔다. 야클에게서 3차원과 4차원에 걸친 부분들은 아코디언 주름처럼 차곡차곡 펼쳐진 책장의 이름 없는 비밀의 차원 속으로 접혔다. 모두가 그 광경을 보려 그 대단한 책 위로 몸을 굽혔다.

그러나 야클은 아직 완전히 끝을 본 것이 아니었다. 두 팔과 날개 끄트머리와 머리가 물질적인 맵시를 잃기 직전에 야클의 두 손이 허공에서 비틀렸다. 브르르는 야클을 만난 지 고작 24시간밖에 되지 않았지만 야클이 지금 뭘 하려고 하는 건지는 충분히 짐작이 갔다. 그는 낭떠러지 끝에서 굽어보는 사람 같은 자세로 책 쪽으로 자세를 기울여 팔을 내밀었다. 그림자꼭두각시 몰키가 몸부림을 치며 울부짖기 시작했으나, 일리아노라가 녀석의 뒷발을 붙잡았다. 그녀와 브르르 둘이 함께 유리 고양이를 야클의 두 손에 쥐어 주었다. 야클의 날개 끝과 두 손목과 덩굴손 같은 머리카락 끄트머리와 함께 붙잡힌 고양이의 반짝임이 『그리머리』 책장 속으로 자취를 감추고 뒤에 남은 것은 악을 쓰려다 모음이 채 붙지도 못한 비명 부스러기뿐이었다.

"편드는 일을 끊기로 맹세한 몸이지만, 쓰레기 같은 악당 놈을 치워 버리니 속이 다 시원하군요. 그놈이 저 안에서 사냥개로 가득 찬 구덩이 같은 데 떨어져 있었으면 좋겠어요." 일리아노라의 말투는 매서웠다.

"저 캭캭거리는 쪼그만 협잡꾼 녀석이 저 책 속에 갇혀 있는 동안에는 더 이상 해 되는 짓을 못 할 거요. 저놈이 안쪽에서 어찌저찌 밖으로 기어 나올 생각이나 하지 말았으면 좋겠군." 브르르가 말했다.

그들은 혹시 그림자꼭두각시가 책장에 그림이 되어 박혀 있지나 않나, 아니면 혹시 야클이라도 그려져 있지 않을까 싶어서 엿보았지만, 이제는 글자들이 되돌아와 우글우글 붐비고 있었다. 글자들은 확대되었고, 빵 반죽처럼 부풀어 올라 서로서로 겹치고 있어서 책장에 찍혀 있는 글자 윤곽 사이사이에 남은 공간은 점점 줄어드는 빛의 점들로만 보였다. 그러다 마침내 글자 색이 완전히 까매지며 종이 전체에 어둠의 막을 쳤다. 먹색의 바다에 숨김무늬는 연하게, 봄빛을 띠고 남아 있었다. 다른 그림은 없었다. 야클도, 그림자꼭두각시도. 리르와 캔들과 그 둘의 딸에 대한 계시도 전혀 없었다.

『그리머리』가 스스로 닫혔다. 시계는 책을 도로 숨겨진 방 안으로 거두어들였다. 저 위 꼭대기에 붙은 드래곤은 한숨을 내쉬고, 요란하게 철컹거리며 끝을 알렸다. (이봐요들, 공연 끝났습니다.) 그리고 일행은 수수께끼의 영토로부터 나와서 다시 전쟁의 영토로 돌아왔다.

5

그들 모두가 잠시 동안 서 있었다. 찰나와 찰나 사이 한 줄기 산들바람이 안뜰로 밀려 들어오고 연기와 녹색 식물의 냄새가 한층 강해졌다. 냄새는 정적 중에 모두의 영혼을 들깨워, 그들은 가능성에 질책당하며 정의의 미학적 호소에 조롱당하는 느낌이었다. 그들은 배고픔을 느꼈고, 개중 몇은 욕정에 들떴다. 빛은 한 떼의 새들이 태양을 가로지르는 경로를 잡고 날아가기라도 한 듯이 팔락거렸다. 확실히 보기에는 너무 높은 곳이고 귀로 듣기에도 너무 높지만 영향을 미치지 못할 만큼 높지는 않은 상공에서 말이다.

6

    최근에 함께하게 된 어중이떠중이 한동아리들 사이에 서 있어도,
그에게만 특별히 수여된 급박한 애도의 정을 느끼는 데 있어 브르
는 혼자였다. 공허감이 들었다. 건망증이 밀려 들어와 완충과 마
취를 해 줄 때까지의 감정이다. 야클은 결국 그에게 반동 인물은 아
니었던 것이다. 떠나간 야클에 대해 아픔을 느끼며, 브르는 그 사
실을 충분하고도 넘치게 깨달았다. 발바닥에 박힌 가시도 그것이 욱
신욱신 쑤셔 대는 동안에는 당연한 것처럼 여겨진다. 심지어 야클은
가시인 동시에 연고였다.

    브르의 몽상은 발소리가 들려오는 바람에 깨졌다. 사자가 눈을
들자 약제사 수녀가 외곽 벽 위를 쿵쿵거리며 달려오고 있었다. 그
녀는 열쇠들이 채워진 고리를 내두르면서 거의 말이 되지 않는 소
리를 쏟아놓았다.

    "좀 진정해요. 숨 한 번 들이쉬고. 그러다 단추가 튀어나오든 비
장이 터지든 하겠소." 브르가 소리쳤다.

"진군하고 있다고요, 아이고 럴라이나여 맙소사."

약제사 수녀는 겁에 질린 나머지 이교도적인 감수성으로 회귀해 있었다. 럴라이나는 이름 없는 신에 대한 신앙이 수녀들을 수도회로 불러 모아 섬기게 하기보다 한참이나 전에 역사로 등장하여 신화로 사라져 갔기 때문이다. 아무도 그 연대를 확신하는 이가 없을 정도로 너무나 오래전의 일이었다.

"우리가 회의를 하는 동안, 당신들을 가둬 놓고 회의를 하는……어라, 나와 있군요." 약제사 수녀는 이제야 알아차렸다. "그새 먼치킨랜드 쪽으로 예기치 못하게도 한 무리의 애국자들이 지원병으로 와 합류했어요! 그들에게 신의 은총이 있기를! 그렇지만 그들은 동쪽으로부터 모여드는 중이고, 그래서 아무래도 정말로 바로 이 지점에서 전투가 벌어질 모양이에요. 우리 수도원 경내 바로 요 옆에서요! 그러고 보니 착한 자매들은 끝내 도망을 쳤지요. 오늘은 의사 수녀가 앞장을 서서 죽자고 달렸어요! 나는 서둘러 돌아가서 당신들을 풀어 줘야겠다고 말했어요, 결국엔 당신들 생각이 났거든요. 아무도 내 말에 반대하지 않았죠. 우리 사전에 그런 오점을 바랄 사람이 누구겠어요. 그래서 내가 여기 왔습니다. 당신들은 이제 풀려난 걸로 아세요. 쉬, 가세요들." 약제사 수녀는 두 손을 내저었다. "야클 수녀님은 어디 계시죠?"

"안전히 계세요." 브르르가 말했다.

"용감한 분이시군요, 착한 수녀님이세요."

일리아노라는 그렇게 말하며 문들을 닫아 올려 끈을 채우고 무대들을 서랍처럼 장롱 같은 시계의 내부로 닫아 넣는 난쟁이를 거들기 시작했다.

"용감하고 착하고, 겁쟁이고 못됐고 간에 난 몰라요, 상관 안 해요. 빠져나갈 수 있을 때 여길 나가세요. 내가 열쇠 꾸러미를 가지고 있고 수도회 회의가 됐건 감독 수녀님이 됐건 날 말릴 순 없어요. 먼치킨랜드 인들에게 문들을 활짝 열어 주고 싸워 볼 수 있게 해 줄 거예요. 당신들이 여기서 그들과 함께 딱 걸리고 싶은 생각이 아니라면, 빨리 달아나요, 당장요!"

"우리가 어느 쪽으로 가야 되겠소? 우리한테는 소중한 짐이 있어요." 난쟁이가 물었다.

과연 그런가? 브르는 의문을 가졌다. 그는 대장 나리가 타임 드래곤의 시계와 『그리머리』를 두고 말한 것이라고 생각했다. 그 나머지 일행들은, 일리아노라를 포함해서, 심지어는 난쟁이 자신까지도 조금 더하고 덜하고는 있을지라도 모두 없어도 되는 여분이었다.

약제사 수녀가 대답했다.

"어느 쪽 군대가 여러분을 덜 곤란하게 할지야 내가 알 수 없죠. 알아서 선택하세요. 먼치킨랜드 인들은 털참나무 숲의 동쪽 가장자리로부터 완만하게 굽은 길을 쓸어 올라오는 중이에요. 황제의 군대가 도착할 때쯤 맞공격을 하려는 진군이지요. 우리 수녀들은 서북쪽으로 피신했어요. 길리킨으로 더 깊숙이 들어가는 길이에요…… 내가 좋다고 하든 싫다고 하든 간에요. 집게의 두 날이 정확히 화가 닥친 우리 수도원을 노리고 좁혀 들고 있어요. 동군과 서군이 마주쳐서 저마다 피를 흘릴 바로 그 지점 벼랑 끝에 이 집이 서 있는 거예요. 그리고 그때까지는 며칠이 아니라 15분 단위로 시간을 헤아릴 판이에요. 내가 실컷 경고의 노래를 불러 드렸으니까 도망칠 거면 도망을 치세요. 안 갈 거면 그 책임은 당신들한테 있어요. 나는 준비를 하고 있어야만 하겠어요. 에메랄드 시 병사가 접근한다면 무조건 바깥 벽 위로 불과 석탄을 퍼부어 줄 거고, 먼치킨랜드 인이 먼저 온다면 피신처를 제공해 주어야지요."

"선악은 골고루 퍼져 있어 어디나 마찬가지인데 그걸로 판단을 내릴 수는 없어요." 일리아노라가 말했다.

"누가 악하다는 얘기를 하는 게 아니에요. 우리 동족이 누구냐 하는 얘기지."

브르는 속으로 생각했다. 수녀들의 무리란 그냥 자기들끼리 만들어 낸 거잖아? 그렇지? 그리고 일시적인 것이고. 만약 그 무리가 전쟁의 압박 아래 와해되어 구성원들의 원래 출신 집단인 부족으로 돌아가 버린다면 말이다. 그렇기는 해도, 모든 훌륭한 것이 영원해야만 한다는 법칙은 없다. 어쩌면 가족이라는 것 역시 아름다움과 마찬가지로 일시적인 것이리라. 그리고 영원하지 못하다고 해서 그것이 꼭 못 미더울 것도 없다.

최후통첩을 마친 약제사 수녀는 몸을 돌렸는데, 지나치게 빨리 움직인 탓에 자기 몸을 주체할 수 없었다. 계단통의 돌과 돌 사이 틈새를 디뎌 한쪽 발이 삐끗했고, 약제사 수녀는 땅바닥까지 아홉, 열 자나 되는 높이를 데굴데굴 굴러 내려 쓰러진 채 꼼짝도 하지 않았다.

"죽은 건 아니겠죠."

일리아노라가 말했지만, 브르는 그 말이 예후보다는 희망 사항일 거라고 생각했다.

난쟁이는 기다렸다 보고를 받을 마음이 없었다.

"거기 팔팔 뛰던 꼬마 할망구는 자기네 동네 사람들더러 돌보라고 내버려 둬. 우리는 손 떼고 발 빼는 거다, 그 여자가 그러랬잖냐."

난쟁이는 복사들에게 짖듯이 명령을 하여 대문 빗장을 벗기게 하고, 이어서 출발 대형을 갖추게 했다.

소년 넷이 수레채 사이로 들어가 자리를 잡고, 나머지 소년들은 밀기 위해 뒤로 붙었다. 그러나 일리아노라가 말했다.

"대장님, 먼치킨랜드 인들이 먼저 온다는 보장이 없잖아요. 에메랄드 시 구세군이 먼저 오는 날에는 이 수녀가 위험에 처할지 몰라요. 마부석에 눕히도록 하죠. 그리고 잠깐 멈춰서 한숨 돌릴 때 상태를 봐주도록 해요. 브르르, 도와주세요."

"아이고, 우리 사랑스러운 아씨 마님, 넌 우리 곁을 떠날 생각이라도 하고 있냐? 왜, 왕위 계승자 명단에라도 이름을 올리시게? 아니면 내 이 폭삭 늙은 나이에 색시감이라도 보쌈해 가라는 거야? 저런 성미 고약한 여편네를! 정신이 돌아오면 기겁을 할걸. 그래라, 데리고 가자."

브르르와 일리아노라가 약제사 수녀를 들어 옮겼다. 그렇게 작은 체구 치고는 무게가 꽤 나갔다. 위를 보고 누운 자세로 안정되게 눕혀 놓자, 눈은 감긴 채였지만 최소한 브르르가 보기에 숨은 쉬고 있는 것 같았다.

"자, 그럼?" 짐마차 위로 기어오른 난쟁이가 말했다.

"자넨 우리와 함께 가지, 겁쟁이 사자?"

"그건 초대를 하자는 겁니까, 아니면 예언입니까?"

"난 자네를 데리러 왔네. 안 그런가? 그게 바로 시계가 나에게 시킨 일이야."

"당신이 이리로 와서 나를 찾은 건 사실입니다만, 당신에게 내 쓸모는 그저 미끼 역할을 하는 것뿐이었을지도 모르지요. 『그리머리』를 야클에게로 이끌어 와서 야클이 떠날 수 있게끔 해 줄 미끼로 말입니다. 게다가 좌우간 어디로 가려고 그러는 거죠? 과거 엘파바가 내세웠던 명분 쪽으로 전향했나요? 눈앞에서 그녀가 그렇게 떠오른 것을 보았으니까?"

"엘파바는 죽고 없네." 난쟁이의 음성은 썩 차분했다. "우리는 중립을 지켜. 여기저기 코를 들이밀지만 누가 탓할 짓은 안 하지. 어느 쪽 편을 들거나 하지 않고 우리 몸을 사린다네. 그러니 자네는 여기서 어정거리며 성이 풀릴 때까지 한세월 묵새기든가 맘대로 하게. 어느 편 군사 감옥에 처박힐지 모르겠지만 결국에 가서 처박히거든 엽서나 써 보내라고. 얘들아, 자, 영차! 힘을 써, 영차! 다리 펴고, 영차!"

브르르는 난제를 이고 섰다. 그의 임무는 끝이 났다. 『그리머리』가 어떻게 되었는지 알아보라는 지령을 받았는데 목표를 한참이나 초과 달성한 것이다. 아예 그 책을 찾아내고 말았다. 그러니 왜 손에서 빠져나가게 놔둔단 말인가? 아닌 게 아니라 동행을 함으로써 그들을 손 닿는 범위에 두어야 할지 모른다. 적절한 때가 오면 브르르는 작정하고 그들을 밀고하여 황제의 군대에 넘길 수 있을 것이다. 충분히 그럴 결심이 섰다고 생각한 시점도 있었다. 난쟁이가 흠씬 퍼부은 모욕과 비방이 그런 생각을 정당화할 정도로 산적했던 것이다.

타임 드래곤의 시계와 함께 에메랄드 시로 귀환한 브르르 경에게 날아와 쌓일 영예들을 생각해 보라. 시계 안에는 『그리머리』가 고이 안장되어 있다.

그러지 않았을 때 생길 수 있는 일들을 생각해 보라. 이제 그는 시계의 무리에 가담할 수도 있고, 그러면 만약에 그들이 냄새 고약한 퀠스워터 호변 둑길을 따라 서쪽 지역으로 탈출했다면, 그가 저 무시무시한 기계의 제동 장치를 조작하여 째깍거리는 드래곤과 그놈의 으르대는 예언을 죽은 물 속으로 수장시켜 버릴 수 있으리라. 그러면 다시는 아무도 『그리머리』를 이용하여 다른 목숨을 해치는 방법을 배우지 못할 것이다.

"마음을 정해, 결과는 자네가 알아서 감당을 하고." 타임 드래곤의 시계가 느릿느릿 삐그덕거리며 그것이 맞이할 미래를 향한 대장정에 나서는 그때 난쟁이가 말했다.

일리아노라가 브르르를 돌아보고 한 손을 내밀었다.

"쑥스러워 마세요. 당신은 시계 일행에 훌륭한 길동무가 될 거예요. 당신도 이제는 누구 못지않게 잘 알고 있잖아요. 시계가 어디에서 유래했고 우리가 왜 시계를 시중들고 있는지의 내막을요."

"왜 시중들고 있는지 난 모르겠소." 브르르는 그렇게 말했지만, 수첩을 파라락 접어서 주머니에 넣었다. "돌보는 일은 내 신조에 어긋나요, 일리아노라. 그러니 괜한 소리는 관둬요. 여길 빠져나갑시다."

일행은 올라가 있는 쇠창살 문 아래를 지났다. 셰일샐로가 널찍하게 서쪽과 남쪽으로 뻗어 있고, 서북쪽으로는 밀밭이 깔렸다. 지평선에 진군하는 군대의 에메랄드 녹색 삼각기들이 보였다. 이 거리에서는 깃발이 펄럭이는 소리는 바람에 가려 들리지 않았지만…….에메랄드 시 군부대들은 정찰을 위해 잠깐 멈춘 것일까? 대포를 장전하나? 장군이 고래고래 집합 연설을 하고 있나? 그 다른 세상에서 온 마법사는 무엇 때문에 야클을 이끌어내어 엘파바를 지켜보게 했을까?"

브르르가 일리아노라에게 물었다.

"그의 목표가 단순히『그리머리』를 숨기는 것이었다면 이쪽 세상사를 멋대로 헤집어 놓는 데 그 책을 사용할 필요는 없었잖소. 그게 초래한 앙화를 봐요."

"역사에 대한 내 생각은 전부 나 자신의 뒤틀린 운명에 걸려져 나갔어요. 난 결론을 내릴 수가 없네요." 일리아노라의 대답이었다. "어째서 엘파바가 한옆에 따로 감도는 천사를 거느릴 만한 사람인지 도저히 생각도 못 하겠어요. 그게 종이로 된 천사라고 해도요. 나머지 우리들은 감옥과 고문에 맞닥뜨려 각자 혼자서 감당해야만 하는데."

"감옥과 고문?"

"언젠가 말해 줄게요. 하지만 당신이 에메랄드 시에서 급료를 받는 동안에는 안 해요, 사절이에요. 에메랄드 시가 위에서 감독하여 우리 친족을 멸족시키게 했는데, 어림없죠."

"전부 죽은 건 아니오. 리르는 아마 죽지 않았을 거예요. 그리고 당신을 찾으러 나섰더랬어요, 몸소 찾아 나서서 남쪽 계단까지 들어갔다고 들었어요."

"그건 그래요."

"난쟁이는 좀 당하게 놔두고 떠나도 되지 않소? 우리가 리르를 찾아볼 수도 있을 텐데." 사자가 말했다.

그러면 이제 브르르는 야클의 희망에 투신하는 것인가? 그를 향한 야클의 교활한 신뢰에 그만 홀라당 넘어가고 마는가? 그게 아니면 혹시 도로시가 옛날 옛적 부탁했던 걸 기억해 낸 건가? 그때 도로시는 리르와 서로 떠나지 말라고 당부했었다.

"별 대단한 걸 바라진 않아요." 브르르는 어깨를 추썩이며 말을 이었다. "연애를 하자는 건 아니오. 믿어 줘요. 당신과 나는 둘 다 우유부단한 게 썩 잘 어울려요. 그렇지만 두 개인을 한데 엮는 것이 연애만은 아니에요."

둘은 타임 드래곤의 시계를 따라잡기 위하여 빠른 걸음으로, 반쯤 뛰듯이 걷고 있었다. 그래도 워낙 뒤로 처져 있어 아직 한두 마디 남몰래 말을 주고받을 만큼은 시간이 있었다. 세인트글린다 수도원의 깎아지른 벽들이 등 뒤로 떨어져 내렸다. 그들이 벗어던지고 있는 돌 망토다. 양편 군대가 서로 고함치면 들릴 정도로 접근해 든 이상, 이 거룩한 요새의 문들은 모두에게 열려 있게 되었다.

"당신이 에메랄드 시에 고용된 하수인인 동안에는 동행하고 싶지 않아요." 일리아노라가 마침내 말을 했다. "당신의 고양이가 첩자로 파견된 배후에 그들이 있잖아요. 우리 아버지, 우리 어머니, 내 형제자매 모두의 죽음 배후에 그들이 있다고요. 모두 다 죽었어요."

"모두 죽었어도 리르는 아니지요." 브르르는 또다시 그 말을 하며 뭔가를 위해 일리아노라를 설득하려 하고 있었다. "리르가 어디선가 당신을 기다리고 있어요. 우리가 그를 찾아낼 수 있어요."

"당신은 달리 끝마쳐야 할 일이 없나요?"

브르르가 도중에 발을 뺀 일들은 몹시도 많았다. 수치와 혼란에 빠져 그만두곤 했다. 지저분한 과거를 바로잡으려 해봐야 큰 성과는 없다. 당연하다. 어쩌면 할 수 있는 일이 아예 없는지도 모른다. 브르르가 지난 일을 꼬고 때워서 뮬라마를 그에게 돌아오게 할 수는 없다. 과거로 돌아가서 젬시의 다리에서 덫을 빼 줄 수도 없다. 오즈의 마법사가 사악하다는 사실을 경고해 줄 수 없었던 것을 도로시에게 사과할 수도 없는 노릇이다.

"무엇을 해야 할지 안다는 게 힘들죠." 브르르가 인정했다. "나는 그 굉장한 마법책을 보았고, 그 책의 비밀을 훔치려는 눈들로부터 책을 지키기 위하여 마련된 거창한 장치들도 다 봤어요. 아마도 운명이 그토록 빽빽이 그 책 주위를 빙빙 두르고 있어서 심지어 누구의 평생이 그 속에 말려들어 있을 정도 같지요. 당신의 인생, 야클의 인생, 아마 엘파바의 인생도, 어쩌면 나 역시 그럴지도요. 마법으로 쓰여 있는 것이 그렇게나 빽빽한데 어떻게 우리가 우리 스스로의 삶에 대하여 비난받을 만한 주체가 될 엄두나 내어 볼 수 있겠소?"

일리아노라가 웃었다. 몇 년 만에 처음으로 소리 내어 웃은 것인가 보다고 브르르는 짐작했는데, 왜냐하면 일리아노라 자신부터가 자기 입에서 나온 소리를 듣고 놀란 표정을 지었기 때문이었다.

"당신과 나는 생각이 비슷하네요. 참 별나죠. 그렇지만 난 마법책에 큰 믿음을 갖지 않아요. 누설한 것을 다 합쳐 봐도 더 많은 것들이 감추어져 있으니까요. 저 『그리머리』가 우리에게 장차 무슨 이득이 되겠어요? 마법책이 있어서 골칫거리 노파 하나를 꿀꺽해 버릴 수 있어요, 그래서요? 군대가 마법책 속으로 사라져 버릴 수 있는 것도 아니잖아요."

브르르가 맞장구쳤다.

"맞는 얘깁니다. 책이 죽은 병사 한 명이라도 도로 살려 놓을 수 있답디까?"

일리아노라는 어깨 뒤로 넘겨 멘 가방의 끈을 끄르느라 분주했다. 가방 안에 손을 넣어 작은 공책을 꺼냈다. 공책을 펼치며 그녀가 말했다.

"봐요." 일리아노라는 브르르 쪽을 향해 텅 빈 책장들을 팔락거려 보여 주었다.

"이것도 책이에요. 쓰여 있는 것을 찾아보기가 어렵죠. 이 책도 『그리머리』 못지않게 잘 맞는답니다, 어쩌면 더 정확할걸요. 이 책이 공백이라고 원통해 마세요. 오히려 자유로워지세요. 자, 받아요, 드리는 거예요. 나는 그 안에 남겨 둘 만한 말을 한 단어도 적어 넣지 않았어요. 그러니 내가 당신에게 주는 건 마법도 아니고 내 생각을 해 달라는 것도 아니에요. 단지 우리의 미래가 공백이라는 걸 믿는 내 믿음을 드리는 거예요. 마법 주문이란 거기까지죠. 여기요, 받으세요. 당신이 당신만의 이야기를 적어 넣든지 말든지 그건 당신이 알아서 해요."

브르르는 공책을 받았다. 주된 이유는 일리아노라가 그것을 넘기고 손 털고 싶어 하는 것처럼 보였기 때문이다.

"법정 조사원에게 빈 공책을 주면서 한 자리 마련해 달라는 거요?" 브르르는 놀리려고 말한 것일까, 조금이라도? 그랬다.

"당신 자신의 자리를 마련하세요." 일리아노라가 말했다.

브르르는 옆눈으로 그녀를 보았다. 일리아노라의 베일은 이마까지 깊숙이 덮고 있어서 그녀의 이마를 가로지른 고불고불한 머리카락 끄트머리까지 다 가렸다. 그렇지만 턱은 들어 올리고 있었다. 일리아노라의 눈은 말라 있었고 진실되었다.

"그러면 계속 그대로 가 봐요, 당신은." 사자가 말했다. "어떤 시계 장치의 마법 주문이 기록해 두지 않은 미래를 찾아봅시다. 우리가 함께 우리 운수를 개척해 나가도록 해요, 내가 복귀하면요."

"왜요? 지금 뭐 하시려는 거예요? 어디로 가려는 거죠?" 일리아노라가 물었다.

브르르는 무슨 대답을 할지조차 확실히 모르고 있었다. 그는 기다려서 자기 입으로부터 나오는 단어들을 들었다.

"저기 오두막 말이오."

그들은 털참나무로 지붕을 이은 작은 돌 오두막을 지나치는 중이었다. 음식 하는 불이 아직도 굴뚝 아래 타고 있고, 집 뒤로는 빛을 받아 안은 밀밭이 물 위의 황금처럼 바람에 일렁였다.

"수녀 한 사람이 얘기 중에 저 집에 노부부가 산다고 했어요. 아들들은 전쟁에 나갔다지요. 곧 비가 올 거고 바람도 불 거요. 그리고 내일이면 군대가 이 들판을 밟아 뭉개 놓은 후겠죠. 나도 그걸 장담할 만큼은 예언할 줄 알아요. 저 집의 미래는 피범벅이오. 참사가 닥치기 전에 내가 밀을 거둬들일까 해요. 한때는 웬만큼 농사일을 해봤거든요. 내가 저이들을 위해 곡물을 수확해 들여놓을 수 있소. 전투가 지나간 일이 되고 아들들이 죽은 뒤에 저이들이 제분소에 팔 것이 있는 편이 낫지 않겠소? 저 밀이 빵이 되는 편이 낫지 않겠느냐고요. 그렇잖아요? 안 그렇소?"

"가세요, 그럼." 일리아노라가 말했다. "꼭 그래야겠다면요. 누군가는 그렇게 벼락에 포위당한 언덕에서 꼬마 학생 아이들을 쫓아 보내기도 해야겠죠."

일리아노라는 그를 바라보지 않은 채 오히려 베일을 더 당겨 썼고, 베일 자락으로 입을 가렸다. 미소를 감추는 것인가? …… 브르르가 거짓말을 한다고 생각했을까? 시계의 동반자들을 배반하기 위하여 몸을 뺀다고? …… 아니면 일리아노라는 브르르를 영웅으로 생

530

각한 건가, 그가 그렇게나 납득하기 힘든 자선 관념을 갖고 있기에?

브르르는 경중경중 앞으로 뛰어가 타임 드래곤의 시계 뒷부분으로부터 야클이 남기고 간 수의를 끌어당겼다. 야클에게는 이제 필요 없을 것이다. 브르르는 그 수의를 몸에 걸쳤다. 항복의 하얀 깃발이 아니라 그가 중립임을 천명하는 표시였다. 그냥 지나가게 해 달라는 탄원이다.

"가세요." 일리아노라가 반복했다. "나이 들고 의지가지없는 이들에게 빵을 줘야죠. 책을 돌보는 것 못지않게 훌륭한 일이에요. 어쩌면 한층 더 훌륭한 일일 거예요."

"우리 리르를 찾읍시다, 내가 돌아오면요." 그가 말했다.

"우리가 리르를 찾는다."

일리아노라는 그 생각이 몸에 맞는지 시험 삼아 한번 걸쳐 보았다. 모든 것을 잃은 그녀에게 이제 와서 누군가가 남아 있을지도 모른다는 생각. 일리아노라는 혈색이 발그레해져서, 쓰고 있는 베일이 마치 시즈의 꽃장수들이 싱싱한 생화를 싸는 하얀 코팅 종이처럼 보이고 거기 싸인 일리아노라는 꽃다발인가 싶었다.

"당신과 내가 함께요? 나를 찾아올 거죠?"

"내가 찾아가리다."

"약속인가요?"

하지만 브르르가 대답을 했더라도 일리아노라는 듣지 못했을 것이다. 난쟁이가 소년들에게 밀라고 고함을 치고 있었기 때문이다. "밀어, 밀어, 등을 대고 밀라고." 드래곤의 버드나무 뼈대가 삐걱거리고, 피막 날개는 원을 그리며 도는 송풍 장치처럼 늘어진 채 펄럭거려 소란을 도왔다. 몇 킬로미터 밖에서 전쟁의 음악이 짤랑짤랑

들려오고 있었다. 사냥터의 클라리온 나팔이 울고, 돌투성이 대지를 딛는 말발굽의 천둥소리와, 터지는 대포 소리, 쟁쟁 울려 오는 칼 부딪치는 소리.

그 어떤 소리보다도 더 크게 들려온 것은, 인간들이 짐승처럼 으르렁거리는 소리였다.

사자는 바람을 받으며 방향을 돌렸다. 한 번 더 도망칠 것이다. 더 이상 에메랄드 시의 사절이 아니다, 이제 방금 아니게 되었다. 그렇다고 그 반대편 지하 조직의 보병도 아니다. 예언적 정의와 마법적 희망을 수호하는 중립자도 아니다. 그는 자유로운 행위자, 떠돌이 사자였다. 막 숲을 나와 첫발을 내디디던 그때와 똑같이 말이다. 이제 막 세상으로부터 배우기 시작한 외로운 떠돌이 사자다.

브르는 축 늘어진 이엉에 엉성하게 엮어 놓은 그 오두막으로 발길을 향했다. 시간이 정말 조금밖에 없었다. 도와주겠다고 말하는 것 자체로 거기 사는 노부부를 기겁하게 만들지도 모른다. 그것은 그가 할 수 있었던 일 중에서 최저도 아니고 최고도 아니었다. 그것은 단지 그가 이전에 복무했던 모든 캠페인들과 척 보아 일치하는 형태를 따르지 않는 행동일 뿐이었다. 거래를 거절하는 연습이다. 죽은 척하지 않겠다고 거절하는 연습이다. 그것이 그가 생각할 수 있는 유일한 길이었다. 역사를 휘두르는 길.

물웅덩이다. 브르는 발 디딜 땅을 잘 살폈다. 만약 그가 위를 올려다보았다면, 그래서 구름 속의 오즈 지도를 살펴보았다면, 전투의 연무가 맨 처음 흰색을 뚫고 올라가 얼룩을 만드는 것을 보았을 것이다. 벼락은 저 하늘에 대기 중이었다. 당연하다. 이르건 늦건 간에 벼락이 우리 모두를 찾아온다. 일단 지금은, 잠깐 동안, 구름이 저희들끼리 자리를 바꾸어, 아마도 브르르는 그 모양이 하늘을 나는 피조물처럼 보인다고 말했을 것이다. 빛과 비영속성으로 이루어진 그림자 천사. 그러나 구름들은 그 모양을 저희들끼리만 보고 말았다. 브르르는 줄곧 고개를 숙인 채로, 자기가 하려는 일을 향해 달렸다.

뉘 생각했으랴, 쪼그라든 나의 마음이

초록빛을 회복할 수 있으리라고?

— 조지 허버트, 「꽃」에서

옮긴이의 글

머과이어는 특이한 작가다. 어떤 작가든지 조금은 비뚤어진 부분이 있게 마련이지만(그렇지 않으면 아무런 재미도 없을 것이다.) 머과이어는 특히 미묘한 부분에서 그 비뚤어짐을 잘 드러내 보인다. 좀처럼 건드려지지 않는 부위에 비딱한 각도로 칼날을 들이대어 예리하게 이야기를 저미는 쾌감이 이 작가의 장점이라면, 어쩌면 본질상 성취와 직관적인 행복의 추구를 중요한 요소로 삼는 동화를 패러디하기에 가장 유리한 조건을 가진 사람일지도 모르겠다.

동화의 패러디는 동화 아닌 것이 된다. 꿈은 이루어지지 않고, 기대는 배반당한다. 운명과 해피엔딩은 쓴웃음과 비웃음의 대상이 된다. 착한 주인공은 비판과 모멸을 견뎌야 하고 악당은 갑자기 입체성을 띠고 지지를 획득한다. 그리하여 쉽게 삼킬 수 있는 단맛보다는 맥주 같은 쏩쓸함, 젓갈 같은 짭짤함, 향채나 방아 같은 취향을 타는 향미가 동화 독자층이 아닌 독자들의 식탁 위를 더 다채롭고 풍요롭게 만든다.

역자로서 머과이어의 독특한 정신세계를 손상 없이 전달하기 위해 노력했지만 맥락과 세부 중에서 선택해야 할 때도 많았다. 문장을 해치지 않고 해설할 수 없어 그냥 넘어온 것 몇 가지를 여담 삼아 부연한다.

트롭 집안의 윗대 어른 피어리스 트롭은 그 이름에 '(매우 뛰어나서) 비할 데 없는'이라는 뜻이 있다. 또한 '트롭 가문의 수장'이라고 옮긴 단어는 원래 '뛰어난', '걸출한', '탁월한'의 뜻을 가진 '에미넌트(eminent)'였다. 그러니 '트롭 가문의 수장 피어리스 트롭'은 정말 이름과 호칭이 앞뒤로 빼어나다.

그런가 하면 정반대로 엉뚱하게도 천하고 추한 이름들도 많다. 에메랄드 시의 수어사이드 운하는 말 그대로 '자살 운하'다. 그리고 브르르의 집사이자 마부인 플라이스와터의 이름 뜻은 '파리채'이다. 글린다의 남편 처프리 경의 저택 목베거(Mockbeggar) 홀은 자연스럽게 '거지(beggar)'와 '흉내 내다' 또는 '모욕하다'라는 뜻을 가진 단어 'mock'의 합성으로 이해되는데, 매우 속물적이고 인심이 꽉꽉할 것 같은 이름이다.

오즈마들의 왕호도 그렇다. 이름의 형식과 발음은 로마 황제들의 것과 동일하지만 내용은 오즈마 빌리어스(Ozma Bilious)는 '역겨운', '구역질나는', '몹쓸 성질을 지닌' 것을 뜻하고, 오즈마 티페타리우스의 어근인 '티펫(tippet)'은 '목도리'를 의미하기도 하지만 이러한 이름 짓기 분위기 때문인지 은어로써 동시에 교수대 밧줄도 연상케 된다. 파스토리우스(pastorius)는 목사나 사제를 의미하는 'pastor'를 어근으로 하여, 멜레나의 남편인 유일교 목사와 더불어 주요 인물들의 배우자에 유일신교적 인물을 배치하는 패턴이 엿보인다.

앞 작품과의 연관성을 보면, 『오즈의 마법사』의 주요 출연진인 '겁쟁이 사자'를 주인공으로 한 이 권은 꼭 『위키드 3: 리르 이야기』의 후속편은 아니다. 오히려 또 다른 『오즈의 마법사』의 인물 엘파바의 일대기인 첫 권 『위키드』 1, 2권과 비슷한 비중으로 나란히 놓인다고 할 수 있다. 『위키드3: 리르 이야기』에서 독자들의 궁금증을 증폭시켜 놓은 아기는 이 책에서는 사자 브르르의 인생의 선택에 영향을 끼치는 요소로만 등장한다. 시간적으로는 몇 해가 지난 뒤라 아이의 나이는 아홉 살이다.

좌충우돌하는 불꽃처럼 주위 사람들을 휘몰고 그 결과 회한에 은둔했던, 평생 무엇인가에 굶주렸던 비범한 주인공 엘파바와 그 후폭풍을 고스란히 받아 휩쓸리면서 자신만의 발 디딜 자리를 찾으려 한 못난 아들 리르의 이야기에 이어, 이 책에서는 순진하고 무지한 동물로서, 또 고아로서 모두에게 무시당하고 경멸을 받으면서도 위엄을 지키려 애쓰는 브르르의 이야기가 펼쳐졌다. 책 말미에서 브르르가 당부 받은 내용대로, 오즈 이야기의 대단원이 될 『위키드』 5, 6권에서는 어디에 있는지 알 수 없는, 야클이 브르르에게 부탁한 리르의 딸아이에 대한 이야기가 비로소 시작된다.

캔들과 리르는 어떻게 되었을까? 『그리머리』의 비밀은 마침내 어디까지 드러날까? 깊이 상처 받은 노르는 회복할 수 있을까? 브르르는 과연 실패투성이로 도망쳐 나오던 생에서 하나의 성공을 거두게 될까? 그리고 수수께끼의 오즈마는 과연 돌아올 것인가? 이 모두에 답을 내놓게 될 후속작은 매우 조바심 나고도 즐거운 기다림의 대가로 곧 독자들을 찾아올 것이다.

옮긴이   이지연

편집자, 번역가, 소설가. 어슐러 르 귄의 『어스시의 마법사』, 아서 크라크의
『2010 스페이스 오디세이』, 그레고리 머과이어의 『위키드』 등을 옮겼고,
SF 앤솔로지 『책에 갇히다』, 『퍼스트 콘택트』 등에 단편소설을 실었다.

위키드 4

겁쟁이 사자 이야기

———

1판 1쇄 펴냄 2012년 4월 25일
1판 10쇄 펴냄 2018년 1월 18일
2판 1쇄 찍음 2024년 11월 25일
2판 1쇄 펴냄 2024년 11월 30일

지은이 · 그레고리 머과이어
옮긴이 · 이지연
발행인 · 박근섭, 박상준
펴낸곳 · (주)민음사

출판 등록 · 1966. 5. 19. 제16-490호
서울특별시 강남구 도산대로1길 62(신사동)
강남출판문화센터 5층 (우편번호 06027)
대표전화 02-515-2000 · 팩시밀리 02-515-2007

www.minumsa.com

ISBN 978-89-374-2842-5(04840)
ISBN 978-89-374-2820-3(세트)

* 잘못 만들어진 책은 구입처에서 교환해 드립니다.